Entfernung.

1

Was sollte sie tun. Sie stand auf der Schwelle der Wohnungstür. Zwischen den beiden Türflügeln. Was sollte sie tun. Er hatte seinen Wohnungsschlüssel vergessen. Sie hatte die äußere Wohnungstür aufgemacht. Hatte nach ihrem Schlüssel gegriffen. Hatte ihren Schlüssel aus der Silberschale auf der Biedermeier Eckkonsole genommen. Wollte hinausgehen. Die innere Tür hinter sich zumachen. Und hatte seinen Schlüssel liegen gesehen. Silbern gegen den silbernen Boden der Schale. Er hatte den Schlüssel liegen gelassen. Wieder. Schon wieder. Sie stand. Lehnte sich gegen den Türstock. Das Holz kühl durch das Leinen der Jacke. Der Rucksack war über die Schulter gerutscht. Der Riemen. Ein tiefer Schnitt in den Oberarm. Sie konnte ins Café »Eiles« gehen. Sie konnte ihm den Schlüssel bringen. Ihm den Schlüssel nachtragen. Sie konnte an seinen Tisch treten. Den Schlüssel auf den Marmortisch legen. Sie konnte sich zu ihm setzen. Sie konnte sich eine der auf der Sitzbank gestapelten Zeitungen nehmen. Die Süddeutsche. Die Neue Zürcher. Die Herald Tribune. Sie konnte einen kleinen Schwarzen bestellen. Zeitunglesen. Und mit ihm wieder nach Hause. Sie konnte ihm den Schlüssel bringen und gleich wieder gehen. Den Schlüssel auf den Marmortisch. Ihm einen Kuss auf die Wange. »Ich fahre jetzt. Pass auf dich auf.« Und weg. Zum Auto. Zum Flughafen. Und weg. Warum ließ er den Schlüssel liegen. War das schon länger so. War das seit kurzem. Diese Vergesslichkeit. Sie stand da. Auf dem Gang. Die Sonne hatte die riesigen Fenster erreicht. Mittag. Ein schmaler Streifen Sonnenlicht fiel unter den Fenstern auf den Boden. Ließ die gelblichen Specksteinplatten weiß aussehen. Das Licht warf wässrige Wellen an die Wand links. Es war noch nicht heiß. Es war gerade noch nicht heiß. Die Hitze erst noch flirrend. Beweglich. Bis Abend fest. Bis zum Abend der Gang ein Hitzetunnel wurde. Im Sommer. Im Stiegenhaus dann ein Luftzug und im Hauseingang unten war es wieder kalt. Zwischen dem Tor zum Hof und dem Haustor. Die Luft noch vom Winter und schwer. In der Wohnung. Sie schaute zurück. Die Zimmer dämmrig. Alle Türen zum Balkon offen. Der Blick in die Linden. Die Baumkronen. Ein Gewirr von Grün. Die Sonnenstrahlen in das Grün und verschwanden und in zackigen Flecken auf den Boden des Balkons fielen. Schwimmende zittrige Flecken auf dem Holzrost. Sie konnte auch auf den Balkon gehen. Sie konnte in ihr Zimmer gehen. Den Rucksack auf dem Bett abstellen. Die Jacke aufhängen. Auf den Balkon gehen. Sich auf ihren Liegestuhl legen. Und ein Buch. Oder Musik. Oder nur liegen. Im leisen Rascheln der Blätter liegen. In der mittäglichen Stille des Hofs. Vor den Stadtgeräuschen. Sie konnte sich ausstrecken und sich weit weg fühlen. Von den Stadtgeräuschen. Und sie die Einzige sein würde. Niemand sonst auf einem der Balkone. Alle anderen im Urlaub. Im Job. Beschäftigt. Sie. Sie konnte lesen. Oder Musik hören. Sie konnte einen kostbaren Augenblick an den anderen reihen. Einen kostbaren Augenblick an den anderen fügen. Und auf den Vater warten. Ihm aufmachen, wenn er klingelte. Aber er würde mit der Sydler kommen. Die Sydler würde ihm mit dem Ersatzschlüssel aufsperren. Er war gar nicht vergesslich. Er wollte die Sydler sehen. Das Ganze war eine Ausrede, die Sydler in die Wohnung zu holen. Und wahrscheinlich war das ihretwegen. Wahrscheinlich war das seine taktvolle Art. Er wollte ihr nicht sagen, dass er die Sydler sehen wollte. Sah. Dass er die Sydler sah. Und dass die Sydler und er. Sie stieß sich vom Türrahmen ab. Griff nach

8

dem Schlüssel. Sie musste den Schlüssel vom Boden der Schale ablösen. Die Fingernägel über das kalte Metall. Sie erschauerte. Sie musste die Schulterblätter nach oben ziehen. Gegen den Schauer. Sie schloss die weiße Innentür. Trat auf den Gang. Schob die Außentür zu. Versperrte das Türschloss und das Balkenschloss. Sie rüttelte an der Klinke. Vergewisserte sich. Wohnungseinbrüche hatten ein neues Hoch erreicht. In diesem Sommer. In Wien. Sie sah die Tür an. Dr. Karl Brechthold. Türschild. Briefschlitz. Drehklingel. Türknauf. Das Messing war stumpf und schartig. Die Tür abgewetzt. Der braune Anstrich matt und zerkratzt. Alle anderen im Haus hatten Alarmanlagen installiert. Wenn die Tür so arm aussähe. Das würde die Diebe decouragieren. Meinte der Vater. Das Balkenschloss hatte die Mutter einbauen lassen. Aber ein einziger Schlüssel musste alle Schlösser sperren. Der Vater wollte keinen Schlüsselbund. Auf einem einzigen Schlüssel für alle Schlösser hatte er bestanden. Damit er ihn bequem im Täschchen in der Weste tragen konnte. Und jetzt ließ er ihn liegen. Sie drehte sich von der Tür weg. Sie ging zum Asparagus zwischen den Fenstern. Der Blumenstock auf einem niedrigen schmiedeeisernen Tischchen mit hellgrünen Kacheln als Tischplatte zwischen den Fenstern. Das grün durchsichtige Gewirr der nadeligen Zweige reichte bis hoch in die Mitte der Fenster hinauf. Fielen in großen Bögen fast bis zum Boden hinunter. Sie beugte sich zu dem Blumenstock. Griff in den Topf. Die Asparagusnadelchen sanft stichelig auf dem Handrücken. Sie fühlte die Erde. Nass. Die Erde war nicht feucht. Die Blumenerde war nass. Die Sydler war also wieder gegangen und hatte den Blumenstock gegossen. Nachdem sie ihn schon gegossen hatte. Also auch der Asparagus eingehen würde. Auch dieses Blumentischchen würde auf die anderen

Blumentischchen gestapelt werden. Das Blumentischlager in der Dienstmädchenkammer hinter der Küche würde dann vollständig sein. Dann waren alle da gelagert. Die hohen Blumentischchen mit den Blechwannen aus dem 19. Jahrhundert. Die niedrigen art-déco-Tischchen. Helles Holz und abgerundete Tischbeine. Die schmiedeeisernen Blumentische mit den Kacheln. Aus den 50er Jahren. Wenn der Asparagus tot war. Dann waren alle Blumentische in der Kammer gelandet. Dann war der letzte Blumenstock von der Mutter tot. Und Asparagus. Da gab es eine Regel. Asparagus durfte nicht gegossen werden. Irgendwann. Sie wusste nicht mehr, wann das sein sollte. Sie griff noch einmal in den Topf. Griff in die feuchte Erde. Sie konnte sich nicht erinnern. Sie konnte sich an keine dieser Regeln erinnern. Sie war hier gestanden. Sie hatte ihre kleine Kindergießkanne gehabt. Sie war mit der Mutter hier gestanden und hatte Blumen gießen dürfen. Sie konnte sich fühlen. Wie sie da gestanden war. Die Spannung in den Füßen vom Auf-den-Zehenspitzen-Stehen. Vom Sich-Hochrecken, um alle diese Blumen erreichen zu können. Es war nicht aus den Fenstern zu sehen gewesen. Vor Blumen. Sie konnte sich fühlen. Klein. Angespannt. Sich hochstreckend. Begierig, das Wasser in die Blumentöpfe zu leeren. Dem Wasser zuzusehen, wie es in die Erde rann. Wie es in der Erde verschwand. Die Mutter hinter ihr. Die Mutter stand hinter ihr. Sie konnte sie fühlen. Hinter sich. Ein Wesen. Vorstellen konnte sie sie nicht. Vorstellen konnte sie sich die Mutter nicht mehr. Und der Asparagus hatte nun schon lange überlebt. Sie stand da. Sah hinaus. Sie sah auf den Schönborn-Park. Auf die Feuermauern dahinter. Die Dächer. Die Hügel des Wienerwalds. Weit hinten. Dunstig verschleiert. Sie musste aufpassen. Sie durfte nicht verbittert werden. Verbitterung. Das sah man in

10

den Gesichtern. Und sie hatte diese Linien von der Mutter geerbt. Diese Linien von den Nasenflügeln zu den Mundwinkeln. Die die Mundwinkel nach unten zogen. Sie richtete sich auf. Zog die Schultern nach hinten. Vielleicht war es ja gut, wenn der Asparagus so viel Wasser bekam. Bei dieser Hitze. Die Pflanze sah nicht krank aus. Und man musste alles innen behalten. Es durfte nichts zu sehen sein. Außen. Auch in der Haltung nicht. Sie trat an das Fenster. Sah hinunter. Die Autos auf der Lange Gasse Grün hatten. Die Ampel an der Kreuzung zur Florianigasse auf Grün umgeschaltet. Sie sah die Autodächer anfahren. Eine Prozession von silbernen und grauen Autos zwischen den parkenden Autos durch. Die Gehsteige fast leer. Sie schob den Riemen des Rucksacks über die Schulter zurück hinauf. Sie ging den Gang entlang. Am Stiegenhaus vorbei. Sie trat immer nur einmal auf eine der großen Specksteinplatten. Als Kind hatte sie hüpfen müssen. Jetzt musste sie nur längere Schritte machen. Aus dem Stiegenhaus ein Lufthauch. Kein Geräusch. Ihre Schuhe lautlos. Die Pradaschuhe hatten Gummisohlen. Sie hatte sie genommen, weil sie »Prada« in Weiß auf ein schmales glänzend rotes Bändchen auf der Zunge unter den Schuhbändern geschrieben hatten und an der Sohle. Die Ferse herauf. Für Jonathan Gilchrist waren solche Signale wichtig. Und wenn es regnete. Dann hielten diese Schuhe die Nässe aus. Die Wettervorhersage hatte nichts von Regen gesagt. Aber in London wusste man nie. Sie blieb vor der Tür am anderen Ende des Gangs stehen. Die Tür weiß. Neu gestrichen. Ein Spion über dem Namensschild. Dr. Evelyn Sydler. Psychotherapie. Über der Tür links oben der kleine beige Kasten mit der orangeroten Lampe der Alarmanlage. Sie läutete. Ein Summen. Sie wartete. Stand da. Zögerte, ein zweites Mal zu läuten. Wenn die

Sydler nicht da war. Sie hatte gar nicht daran gedacht, dass die Sydler nicht daheim sein könnte. Dann musste sie ihm den Schlüssel bringen. Dann musste sie ins »Eiles«. Und wenn er nicht da war. Dann musste sie nach Hause und warten. Der Ärger ballte sich kurz um die Mitte. In der Magengrube. Alles spannte sich um diesen Punkt. Dann zerfiel ihr innen gleich wieder alles. Sie konnte spüren, wie ihre Schultern nach vorne sackten. Wie die Rippen sich über den Oberbauch stülpten. Wie sie gleich flacher atmete. Wie die Hoffnungslosigkeit sich ausbreitete. Die Arme schwer machte. Vor Schwere baumeln machte. Und der Kopf seitlich nach vorne sackte. Der Spion wurde von innen aufgemacht. Sie hörte die Klappe wieder schließen. »Ach. Selma. Warte. Einen Augenblick.« Schlüssel wurden umgedreht. Die Tür ging auf. Sie trat zur Seite. Dr. Sydler machte die Tür weit auf. Sie stand in der Tür. »Fährst du also doch.« sagte sie. Sie lächelte zu Selma hinauf. Selma nickte. Sie lächelte. Sie zwang sich zu lächeln. Ja, sie mache sich auf den Weg. Sie stellte die Tasche ab, nahm ihren Schlüsselbund in die linke Hand. Hielt den einzelnen Schlüssel der Frau hin. Die lachte leise. Zufrieden. Selma dachte, die Sydler lache zufrieden. Sie nahm den Schlüssel. Sie nahm den Schlüssel Selma von der Handfläche. Nahm ihn mit 2 Fingern. Selma spürte die Finger in der Handfläche. Seidig. Sie nahm ihre Handtasche wieder auf. Behielt den Schlüsselbund in der Linken. Hob den Rucksack über die Schulter. Hielt den Riemen da fest. Sie fände das gut, dass Selma reise, sagte die Sydler. Und London. London. Das wäre doch eine der schönsten Städte. Oder. Sie legte den Kopf zur Seite. Sah Selma fragend an. Lächelte. Sie, sagte sie. Sie habe sehr interessante Zeiten gehabt. In London. Sie sah Selma in die Augen. Selma trat einen Schritt zurück. Wollte die Sydler ihr Geschichten

12

erzählen. Von sich. Wollte die Sydler von Frau zu Frau mit ihr reden. Die Frau schaute an ihr vorbei. Lächelte an ihr vorbei. Das Theater in London. Das wäre in den 70er Jahren international richtungsweisend gewesen. Sie wüsste ja nicht, wie das heute wäre. Und Selma wüsste überhaupt das alles besser. Ganz sicher. Aber damals. Damals wären alle nach London gefahren. Wegen des Theaters. Peter Hall und Peter Brook hätten da gearbeitet. Und die Ausstellungen. Wien war damals noch ein richtiges Provinznest gewesen. Selma nickte. Sie machte sich an ihrer Tasche zu schaffen. Öffnete den Zippverschluss. Verstaute ihren Schlüsselbund. Sie fühlte sich ertappt. Sie fürchtete, es wäre ihrem Gesicht anzusehen. Es wäre ihrem Gesicht abzulesen, dass sie dachte, die Sydler wüsste ganz genau, was sie gerade dachte. Dass die Sydler wusste, dass sie Angst gehabt hatte, die Sydler würde sich auf eine Affäre beziehen. Von sich. Auf eine Liebesgeschichte. Dass Selma befürchtete, dass die Sydler ganz genau wüsste, dass Selma nichts wissen wollte. Von ihr. Über sie. Und schon gar nichts Genaueres. Intimes. Womöglich. Dass es eine Grenze gab. Eine Grenze von ihr zu dieser Frau. Dass sie fürchtete, diese Frau überschritte diese Linie. Und dass sie dann zu weinen beginnen müsste und dann nicht aufhören könnte. Sie zog den Zippverschluss der Tasche wieder zu. Sie sah wieder auf. Das wäre doch alles sehr interessant. Das sollte sie einmal genau hören. Das sollte sie ausführlich erzählt bekommen. Jetzt. Ja jetzt. Jetzt müsse sie weiter. Der Weg zum Flughafen. Man könne ja nie wissen. Der Verkehr. Wenigstens habe sie kein Gepäck aufzugeben, sagte Dr. Sydler und nickte. Sie stand in der Tür und sah zu Selma auf. Die Arme locker hinunterhängend. Weißer Leinenrock. Mintfarbener Pullover. Helle Schuhe. Strümpfe. Weiße Schuhe mit einer winzigen Goldschnalle. Klein. Zart.

13

Hübsch. Die Haare fast weiß. Sie war immer so gestanden. Sie war sicher immer so dagestanden. Selma konnte sich vorstellen, wie diese Frau schon als kleines Mädchen so dagestanden war. Ruhig. Erwartungsvoll. Abwartend. Delikat. Selma fühlte sich verschwitzt. Dunkel und eckig. Sie beneidete die Frau. Sie konnte das nicht. So ruhig dastehen. Sie hätte nicht so in der Tür stehen bleiben können. Sie hätte jeden in die Wohnung bitten müssen. Oder sie wäre auf den Gang getreten. Sie kam immer zu nahe. Oder war gleich ganz weit weg. Sie war zu offen. Sie drängte sich auf. Deshalb erfuhr sie dann nie. Deshalb fand sie nie heraus, was jemand wollte. Was die anderen wollten. Sie überschüttete alle. Umarmte alle. Vertraute allen. Vertraute allen gleich in allem. Sie sah die Frau an. Die Frau blickte zu ihr hinauf. Sie sahen einander in die Augen. Einen Augenblick hatte Selma Vertrauen. Verstand die Frau. Fühlte sich von der Frau verstanden. Einen Augenblick. Ein großes, warmes Gefühl. Die Möglichkeit eines großen, warmen Gefühls. Sie kannte diese Person ihr Leben lang. Fast ihr ganzes Leben lang. Die Dr. Sydler konnte sich an sie erinnern. Die Dr. Sydler konnte sich an sie als kleines Mädchen erinnern. Die Dr. Sydler hatte sie schon als kleines Mädchen so angesehen. So aufmerksam. Abwartend. Freundlich. Und dann gleich der Druck um den Hals. Die Kehle verschlossen. Tränen aus dem Druck zu quellen drohten. »Ich gehe jetzt besser.« sagte sie. »Ja. Selma. Gib Acht auf dich.« Ganz kurz hätte sie die Frau umarmen können. Aber sie stand zu weit weg. Die Entfernung war zu groß. Sie ging. Sie wandte sich um. Schaute über die Schulter auf die Frau zurück. »Bis dann.« rief sie. Und sie wäre ja gleich wieder zurück. Sie ging schnell. Sie drehte sich an der Stiege um. Die Frau stand in der Tür. Sie nickte ihr zu. Hob die Hand mit dem Schlüssel. Hielt den

Schlüssel in die Höhe. Selma winkte. Sie lief die Stiegen hinunter. Sprang die Stiegen hinunter. Ihre Sprünge nur einen dumpfen Widerhall von den Stufen. Die Schuhe lautlos. Sie fuhr nach London. Alles funktionierte. Sie flog nach London. Eine Reise. Sie konnte nachdenken. Unterwegs. Sie konnte unterwegs über alles nachdenken. Durchdenken. Alles durchdenken. Sie fuhr weg. Fort. Allein sein. Sie war in transit. Nicht erreichbar. Und das Allein-Sein ein Bestandteil der Reise. Das Allein-Sein richtig. Notwendig. Anerkannt. Von allen verstanden. Für die anderen verständlich. Es war nicht dieses Allein-Sein in Wien. Dieses Sich-in-die Ecken-Drücken. Sie musste nicht diesen Blick spielen. Sich ganz nach hinten setzen und dann so schauen, als erwarte sie noch jemanden. Sie musste nicht immer eine Zeitung oder ein Buch in der Tasche haben und sich beschäftigen. Unterwegs. Da durfte sie vor sich hin starren. Da durfte sie dösen. Da konnte sie in Anblicke versinken. Da kam niemand auf die Idee zu fragen, wo der Toni wäre. Sie durfte fraglos allein sein. Sie ging ja mittlerweile nur noch aus Trotz aus. Ging irgendwohin. Die meisten. Und das waren sogar die Netteren. Niemand wollte mit ihr reden. Nur die Monster mochten sich noch mit ihr abgeben. Mit ihrer Unglücksserie. Die Netteren fragten gar nichts mehr. Gingen einem aus dem Weg. Und sie hatte das ja auch immer getan. Sie war ja auch irgendwie verschwunden, wenn sie auftauchten. Die Beladenen. Die Verlassenen. Die Entlassenen. Sie sah sich selber. Nach hinten gehen. In die Menge verschwinden. Sich ein Glas holen. Ans Buffet gehen. Sich umdrehen. Langsam. So nebenbei. Den Blick weglenken. Langsam. Fließend. Die Person gerade noch in den Blick gekommen. Der Umriss. Und das Weggleiten hatte eingesetzt. Jetzt kannte sie diese Welle des Wegwendens als

15

Umriss. Jetzt war sie eine Silhouette, deren Auftauchen dieses sanfte Abwenden auslöste. Es war auch komisch. Es war kitschig komisch. Und immer ein kleiner Funke, es verdient zu haben. Dass das alles verdient war. Ihr recht geschah. Aber sie war nicht schuld. Es war keine Schuld, Leuten zu vertrauen. Sie ging langsamer. Der Stiegenabsatz im 2. Stock dunkel. Beide Parteien hatten ihre Wohnungstüren an den Stiegenabsatz vorgeschoben. Hatten ihre Wohnungen verlängert. Um den Gang. Brachten die Hitze in ihre Wohnungen, sagte der Vater. Verstauten die Hitze hinter den vorgeschobenen Doppeltüren. Eine Reihe Glasziegel entlang der neuen Türen. Das Sonnenlicht verfing sich im Glas. Erreichte den Raum nicht. Es roch nach Knoblauch. Nach frisch geröstetem Knoblauch. Sie hatte gar nicht gewusst, dass bei den Dallmayers jemand zu Hause war. Sie hatte gedacht, die wären alle weggefahren. Sie ging die Steinbrüstung entlang. Da hatte sie schon nicht mehr zu Hause gewohnt. Diese Umbauten. Die hatte sie dann schon vorgefunden. Da war sie aus Mailand gekommen. Zu Weihnachten. Die Veränderungen abgeschlossen. Die Dallmayers sich die Sommerhitze schon in die Wohnung geholt hatten. Die Mutter über den Baustaub geklagt hatte. Und ihr war das alles gleichgültig gewesen. Vollkommen gleichgültig. Ihr Leben hatte gerade begonnen. Was hatte sie ein Umbau in diesem Haus interessiert. Oder wie die Eltern lebten. Beim Hinuntersteigen in den ersten Stock. Sie hob den Kopf. Sie zog das Genick hoch und schob den Kopf in die Rundung des Gelenks. Hob das Kinn. Ein Knacken. Ein Knacksen. Der Arzt hatte ihr gesagt, wie das hieß. Wie diese Ablagerungen hießen. Weiter nicht schlimm. Altersgemäß. Sie hatte sich nicht daran gewöhnt, etwas von innen zu hören. Etwas von sich innen. Sie stieg vorsichtiger. Federte in den Knien. Der

16

Gedanke, hier als Kind hinuntergehüpft zu sein. So spinnenleicht gewesen zu sein. Sie zog den Riemen des Rucksacks zurecht. Schwang die Handtasche auf die linke Schulter. Sie sollte den Rucksack richtig tragen. Mit beiden Riemen über die Schultern. Das Genick weniger belasten. Die Schultern entlasten. Aber sie war ja gleich beim Auto. Bis dahin reichte diese Art von Gleichgewicht. Musste diese Art von Gleichgewicht reichen. Sie musste hart bleiben. Härter. Sie durfte sich nicht so überwältigen lassen. Der Geschichtsträchtigkeit ihrer Probleme so viel Raum lassen. Kämpfen, sagte sie sich. Kämpfen. Vorsichtig und kämpfen. Alles war neu. Alle Reaktionen und Umstände unbekannt. Und niemandem zu vertrauen. Das war das Neueste. Daran konnte sie sich am schlechtesten gewöhnen. Das musste sie sich jeden Augenblick vorsagen. Immer wieder. Dass niemandem zu vertrauen war. Weil niemand das Ausmaß ihrer Zerstörung wissen durfte. Niemand durfte auch nur ahnen, dass sie wirklich alles verloren hatte. Keiner. Keiner wollte mit einer so unglücklichen Person auch nur reden. Sie sah sich selbst. Die Stiegen hinuntersteigen. Eine gut aussehende Frau. Eine interessante Frau. Eine Frau im schwarzen Strenesse-Hosenanzug und in Pradaschuhen auf dem Weg zum Flughafen. Eine dünne Schicht Haut konnte sie sich noch vorstellen. Glasdick diese Schicht Haut. Und dann hohl. Leer. Und der Weinanfall vor der Sydler Nachweis genug. Sie musste wirklich sehr vorsichtig sein. Wenn sie noch einen Augenblick länger an sich als Kind dachte. Und dass sie nun hierher zurückkommen hatte müssen. Mit nichts. Dass sie nichts vorzuweisen hatte. Für das ganze Leben bisher. Dass sie alles verloren hatte. Sie ging. Sie dachte nach, ob diese Außenhülle. Würde sie zerbrechen. Zerschellen. Wenn jemand es aussprach. Oder sie es laut sagte. Was für eine Versagerin sie war. Und wie bedrängt. Und dass das ihr Leben bedeutete. Ihr Leben bedrohte. Oder würde diese Hülle in sich zusammen. Dann doch nur die Kleider und ein Bündel auf dem Boden. Und was würde mit dem dunklen Inneren geschehen. Würde sie eine hautlose Dunkelheit sich weiter quälen müssen. Würde sie dann noch einen Sitz brauchen. Im Theater. Beim »Ottokar«. Bei den Salzburger Festspielen. Sie lachte auf. Sie hatte jetzt viele soziale Ideen. »You live and learn«, sagte sie sich vor. Sie ging wieder schneller. Im ersten Stock alles genau so wie bei ihnen oben. Der weite Gang. Die Helligkeit. Die Hitze. Die Wellen Licht an der beigen Wand. Das Licht auf dem Stiegenabsatz von beiden Seiten zusammenfloss und jede Linie und Farbtönung auf den Steinplatten genau zu sehen. Sie ging wieder mit den längeren Schritten. 5 Schritte waren das zwischen den Stiegen. Pass. Ticket. Kreditkarten. Handy. Sie hatte alles mit. Der Vertragsentwurf. Englisch und deutsch. Sie musste noch einen Kugelschreiber kaufen. Aber wahrscheinlich war im Hotel einer zu finden. Jonathan Gilchrist musste noch beim Abendessen festgenagelt werden. Und die Unterschrift durfte nicht am Fehlen eines Schreibgeräts scheitern. Bis man sich vom Kellner etwas zum Schreiben ausgeborgt hatte, hatte Jonathan sich das schon wieder überlegt. Und sie durfte ihre Probleme nicht auf das Projekt übertragen. Sie musste das auseinander halten. Jonathan wusste nichts von ihren Problemen. Er durfte nichts von ihren Problemen ahnen. Nicht einmal irgendetwas durfte er ahnen. Sie musste sich vorsagen, dass es immer schwierig gewesen war. Mit ihm. Mit dem Royal Court. Das waren immer jahrelange Verhandlungen gewesen. Das hatte immer nur jedes fünfte Mal funktioniert. Sie durfte auch nicht zu uninteressiert wirken. Sie musste das richtige Maß an Leidenschaft finden. Für ihr Projekt. Aber es durfte nie durchscheinen, dass es lebensnotwendig war. Für sie. »Sprezzata desinvoltura.« murmelte sie sich vor. »Gerade das richtige Maß an sprezzata desinvoltura. Meine Liebe.« Sie stieg hinunter. Federnd. Hielt sich am Geländer fest. Mit der Rechten hielt sie die Riemen ihrer Tasche und des Rucksacks zusammen. Hielt die Riemen mit der Faust vor dem Brustbein. Sie fuhr den Holzlauf entlang. Mit der Linken. Glatt und kalt. Die Rundung passte genau in ihre Hand. Wenn sie die Hand um den Holzlauf schloss, konnte sie unten das Metallband spüren. Ihre Fingerspitzen glitten die Metallkanten entlang. Das Metall einen Geschmack auslöste. Sie konnte sich vorstellen, wie das Metall schmeckte. Ihr Pass war gültig. Noch 2 Jahre. Die Engländer waren da genau gewesen. Aber da waren sie noch nicht in der EU gewesen, wie sie einen zurückgeschickt hatten. Wenn der Pass nur noch 2 Monate gültig gewesen war. Das passierte einem jetzt nicht mehr. Mit einem EU-Pass. Im Mezzanin standen 2 Männer vor der Tür zu den Büchelrieders. Die Männer standen ruhig da. Still. Zur Wohnungstür gewandt. Sie konnte nur die Rücken sehen. Anzüge. Dunkel. Dunkle Haare. Sie redeten nicht. Selma hatte die Männer nicht heraufgehen gehört. Waren diese Männer schon die ganze Zeit vor dieser Tür. Wer hatte diesen Männern aufgemacht. Wenn bei den Büchelrieders niemand aufmachte. Sollte sie sie fragen. Was sie wollten. Was sie da machten. Sie zögerte. Machte kleinere Schritte. Sie war schon wieder auf der Stiege, als sie die Frau Büchelrieder hörte. Sie hörte die Frau grüßen. »Ja. Kommen Sie herein.« hörte Selma sagen. Sie ging weiter. Sie hielt die Riemen mit beiden Händen vor ihrer Brust fest. Sie wollte nicht nachdenken, wer diese Männer waren. Was sie bedeuteten. Man stellte sich ja

19

ohnehin nur vor, was einem einfallen konnte. Sie dachte, dass das die Leichenabholer von der Wiener Städtischen Bestattung waren. Und dass der Herr Büchelrieder von der Frau Büchelrieder heute Morgen tot im Badezimmer aufgefunden worden war. Während er sich seinen Schnauzbart gestutzt hatte, war er tot zusammengebrochen und die Bartschere hatte sich in ein Auge gebohrt. Beim Fallen. Und in Wirklichkeit waren das 2 Installateure gewesen, die den tropfenden Abfluss in der Küche reparieren sollten. Sie ging über den gekachelten Zwischenabsatz. Senffarbene Kacheln mit blauem Mäander rund um den Rand. Am Küchenfenster zur Hausmeisterwohnung vorbei. Ein Radio lief. »Theo, wir fahr'n nach Lodz.« Geschirr klapperte. Sie stieg die 3 Stufen zur Einfahrt. Das Stöckelpflaster weich. Wie federnd. Die Tür zum Hof geschlossen. Das blaue Glas in den Türfenstern das Licht draußen hielt. Beim Tor war es fast schon dunkel. Sie ließ die Handtasche von der Schulter gleiten. Warum hatte sie den Schlüssel in die Tasche gesteckt. Sie suchte nach dem Schlüssel. Sie musste den Rucksack abstellen. Auf dem Boden neben der Haustür. Die Haustür in das große Holztor geschnitten. Sie lehnte sich gegen das Tor. Hielt die Tasche vor sich. Griff in der Tasche herum. Tastete nach dem Schlüssel. Sie sah auf das Tor zum Hof. Die blauen Scheiben hatten grüne Mäander an den Rändern. Das Licht das Grün leuchten ließ. Das Blau stumpf. Sie fand den Schlüssel. Hielt ihn in der Tasche in der Hand. Sie ließ die Tasche sinken. Ließ die Tasche zu Boden gleiten. Hielt den Schlüsselbund in ihrer Hand. Das Gefühl war wieder da. Das Gefühl schon eine Erinnerung. Aber die Erinnerung. Sie war nach einem Mittagsschlaf aufgewacht. Sie war aus einem Dösen nach dem Mittagessen. Sie war auf dem Bett gelegen. Die Pölster hoch aufgetürmt. Sie war mehr geses-

20

sen als gelegen. Sie hatte das Buch weggelegt und die Augen zugemacht. Eine wohlige Schläfrigkeit. Wegsinken. Und beim Aufwachen. Beim Zu-sich-Kommen. Beim Wieder-an-sich-Denken. In ihrer Brust zog sich die Erinnerung an diesen Augenblick zusammen. Eine Schwere. Eine Schwere versammelte sich an der Stelle. An der Stelle zwischen Brustbein und Nabel. In der Bucht unter dem Brustbein. Aber auch in der Erinnerung sprach sich der Satz selber. An dieser Stelle. Sie spürte es wieder. Da. Eine Wiederholung war das. Eine Vorführung. Eine Wiederaufführung. »Das bist du, die sterben wird.« Hatte der Satz sich gesagt. Der Satz hatte sich selbst gesprochen. An dieser Stelle. Sie hatte im Dösen nach dem Mittagsschlaf auf diesen Satz an sich selber hinuntergesehen. Hinuntergehört. Die Betonung war auf dem Du gelegen. Auf diesem Du. In der Wiederholung hatte sie den Relativsatz verbessert. »Die sterben wird müssen.« sagte es sich vor. »Das bist du, die sterben wird müssen.« Mit der Erinnerung in der Wiederholung des Satzes an dieser Stelle. Dieses schwere Aufsprudeln im Oberbauch aufstieg. Immer gleich schwer. Zu schwer. Gleich eine Erschöpfung. Ein Zusammensinken über dieser Schwere. Um diese Schwere. Die Erinnerung nichts abschliff. Nichts lernen ließ. Keine Übung. Keine Gewöhnung. Sich gegenüber stand. Mit diesem Satz. Sich gegenüber lag. Sie hörte Schritte. Vor dem Tor. Jemand ging schnell. Mit hohen Absätzen. Jemand ging langsam. Sie richtete sich auf. Sie steckte den Schlüssel ins Schloss. Das kommt davon, dachte sie. Arbeitslose hatten eine 7-mal höhere Chance, eine Depression zu entwickeln, hatten sie in einem Fernsehmagazin gestern Abend behauptet. Die Moderatorin hatte bedeutungsvoll geschaut. Dazu. Ihre blonden Haare hatten sich keinen Millimeter bewegt, wie sie den Kopf auf die Seite gelegt hatte. Ihrem bedeutungsvollen Sehen noch mehr Bedeutung zu verleihen. Selma nahm den Rucksack auf. Hob ihn auf die Schulter. Sie zog die Tür auf. Lehnte sich gegen die Tür. Hielt die Tür offen. Sie schwang die Tasche über die rechte Schulter über den Rucksack. Schob den Daumen unter die Riemen. Sie trat auf die Straße. Die Hitze warm umfangend. Nach der kalten Hauseinfahrt. Sie ließ die Haustür hinter sich ins Schloss fallen.

2

Sie wandte sich nach links. Wo stand das Auto. Sie ging. Steckte die Schlüssel in die Jackentasche. War das Auto in dieser Richtung. Hatte sie das Auto hier irgendwo geparkt. Wann hatte sie das Auto zuletzt gebraucht. Was hatte sie am Abend gemacht. Gestern. Sie ging auf das Eisgeschäft zu. Ein paar Tische besetzt. Sie zwang sich, geradeaus zu sehen. Nicht über die Straße zu gehen. Auszuweichen. Und wenn sie jemand aus dem Büro da sitzen sah. Sie musste nichts anderes tun, als zu grüßen. Freundlich zu grüßen. Sie hatte es eilig. Festen Schritts musste sie freundlich grüßend vorbeigehen. Sie ging. Die Hitze. Die Straße in der Sonne. Kein Schatten. Sie schwitzte. Die Luft beim Atmen. Dehnten sich die Lungen aus, wenn man so heiße Luft atmete. Sie fragte sich. Die Mosaiksteinchen an der Wand beim Eisgeschäft glitzerten in der Sonne. Gelb. Blau. Das Eisgeschäft schon ewig hier. Sie war beneidet worden. In der Schule. Ein Eisgeschäft gleich beim Haus. Sie konnten Eis holen. Sie hatten immer Eis essen können. Damals ja der Transport. Ohne Styroporschachteln. Das Eis war nach 5 Minuten schon ein Brei. Die Mutter hatte sie immer mit einer im Eiskasten gekühlten Schüssel Eis holen geschickt. 2 junge Frauen an einem Tisch. Sie bekamen gerade ihren Eiskaffee serviert. Sie schauten die hoch aufgetürmten Schlagobersgipfel an. Kicherten. Sie nahmen die langen Löffel. Die eine fuchtelte mit dem Löffel herum. Die andere lachte. Die jungen Frauen trugen Tops mit Spaghettiträgern. Dottergelb und rosa. Kurze bunte Röcke. Sandalen mit sehr hohen Absätzen. Sie waren gebräunt. Überall gleichmäßig. Nirgends eine Stelle weißer Haut. Ein weißer Streifen. Die Haare duftig hinaufgetürmt. Selma spürte den Schweiß im Genick. Sie hätte die

Haare wenigstens. Sie fühlte sich dunkel. Beim Vorbeigehen. Sie ging auf die Kreuzung zu. Wie eine Witwe. Wie eine sehr alte Frau. Wie eine Person in Trauer. Sie ging schnell. Das Futter der Jacke bei jeder Bewegung klebriger. Sie hatte Grün. Sie musste nicht stehen bleiben. Sie ging weiter. Über die Florianigasse. Aber das bin ich ja, sagte sie sich. Ich bin eine Witwe. Die Witwe meines eigenen Lebens. Das Bild gefiel ihr. Sie trug dieses Bild in sich. Den Kopf hoch erhoben. Den Kopf ins Genick gestemmt. Die Schultern zurückgezogen. Sie ging. Wenigstens war niemand vom Büro im Eissalon gesessen. Sie war oft hier heraufgekommen. In der Mittagspause. Auf einen Eiskaffee. Mit der Puntschi. Und der Kathi. Und auch mit der Clara. Sie waren dagesessen und hatten genauso gekichert. Über die riesigen Schlagoberstürmchen. Und wie man das essen sollte. Sie hatten auch miteinander so geflirtet. Dass das zu viel wäre. So viel Schlagobers könne man nicht essen. Dass wäre nun wirklich tödlich für die Figur. Sie waren dagesessen und hatten dieses frauenfreundschaftliche Flirttraining absolviert. Hatten alle Argumente durchgespielt. Und die Clara war dann gegangen und hatte ihre Trainingseinheit auf den Intendanten angewandt. Der Ärger quoll so schnell hoch. Selma musste sich zwingen, nicht stehen zu bleiben. Sie ging weiter. Langsamer. Zwang sich Schritt für Schritt. Ruhe. Sie befahl sich Ruhe. Ruhig zu bleiben. Sich auf das Gehen zu beschränken. Den Ärger durch sie hindurch. Den rasenden Ball von Wut in den Bauch. Gegen den Nabel und sich dann ausbreiten. Alles zusammenballen lassen und dann langsam aus. Verebben. Zerfließen. Und nicht weinen. Nicht über die Ursache. Nicht über die Wirkung. Nicht weinen. Gehen. An der Reinigung vorbei. Am Biofriseur. Gehen. Atmen. Weiteratmen. Nicht den Atem anhalten. Am Anfang hatte sie vergessen zu atmen. Bei diesen Anfällen. Und dann in einen Taumel geraten. Und in Tränen. Weinkrämpfe. Ohnmachten auf dem Bett. Die Hilflosigkeit in bleischweren Schlaf und dann Schlaflosigkeit. Aber jetzt hatte sie keine Zeit. Sie hatte keine Zeit für einen ausführlichen Anfall. Sie musste zum Flughafen. Sie musste nach London. Sie musste eine Chance nutzen. Sie konnte sich nicht um sich selber kümmern. Und sie konnte sich nicht um die Reaktionen der anderen kümmern. Im Gegenteil. Sie musste die Reaktionen der anderen verdrängen. Sie musste sich vollkommen entfernen. Absetzen. Und dann alles selbst bestimmen. Sie musste begreifen. Sie war außerhalb geraten. Gestoßen. Und ihre Aufgabe war es jetzt, dieses Außerhalb. Sie musste lachen. Sie lachte laut auf. Die Straße leer. Kaum jemand ging. Aber sie sah sich gar nicht um. Es musste ihr gleichgültig sein, wie irgendwelche Passanten sie beurteilten. Sie musste zielgerichtet agieren. »Aber bitte keinen Psychotalk.« Sie sagte das laut. Die Tasche und der Rucksack schlugen bei jedem Schritt gegen ihr Schulterblatt. Die Riemen würden Striemen hinterlassen. Auf der Schulter. Auf Reisen war das immer so. Blaue Flecken. Striemen. Knieschmerzen vom verkrampften Sitzen im Flugzeug. Aber niemand würde sie nackt sehen. Niemand würde sie je wieder nackt sehen. Außer medizinischem Personal. Sie konnte sich das überhaupt nicht vorstellen. Sie konnte sich das nicht mehr vorstellen. Libido. Sie hatte keinen Platz für Lust. Das war gerade noch so wichtig gewesen. War das der eigentliche Verlust. Hatte die Kette von Schicksalsschlägen. Sie dachte nach. Konnte sie das so nennen. Aber es bot sich kein anderes Wort an. Schicksalsschläge. Hatte sie das die Lust gekostet. Hatte sie das auf die Seite der Todessehnsucht gestoßen. Ohne Umwege über die Lust gleich der Tod der Ausweg.

Aber wenn sie es ernsthaft überlegte. Wenn jetzt noch etwas passierte. Dann blieb ihr nichts anderes übrig. Als Strotterin konnte sie sich nicht sehen. Noch nicht. Auch wenn die Bandion sicher war, den Prozess gegen den Anton zu gewinnen. Dass sie ihr Geld bekam. Dass sie ihr Geld bekommen sollte. Das war dann trotzdem noch nicht sicher. Sie ging. Es war einfach zu heiß, an irgendetwas zu denken. Und es war nur natürlich, diesen Teil von sich einmal stillzulegen. Das war wahrscheinlich sogar gesund. Irgendwie. Diese Stille im Körper. In der ihr der Körper nichts zuraunte. Kein Wollen. Kein Wünschen. Nur das Verlangen nach Ruhe und richtigem Schlaf. Nach tiefem Schlaf. Das hätte sie alles mit der Sydler besprechen können. Das hätte sie alles mit der Sydler besprechen sollen. Aber sollte sie wegen ihrer Umstände alle Vorhaben aufgeben. Sollte sie, weil ihr Chef und ihr Mann Schweine waren. Weil die Welt am Ende doch nur ein Schweinestall. Sollte sie deshalb auch. Sollte sie sich einreihen. Und der Mutter nicht mehr die Treue halten. Sie musste sich verändern. Sie musste alles ändern. Es war ihr alles umgestoßen worden, und sie musste einen neuen Weg finden. Die Schritte neu. Sie musste etwas lernen aus diesen neuen Umständen. Aber sie musste nicht gleich alles aufgeben. Und die Sydler wartete darauf, dass sie zusammenbrach. Dass sie sich ausweinen kam. Die Mutter war ja dann auch. Am Ende. Und sie musste der Mutter treuer sein als die Mutter sich selbst. Sie ging am Hafnermeister vorbei. In der schattigen Auslage ein Empirekachelofen. Weiß. Rund. Mit Füßchen. Schlank. Und jetzt im Sommer kühl beim Anlehnen. Der Hafnermeister war schon immer da. An diesem Geschäft war sie immer schon vorbeigegangen. Zur Schule. Zum Papiergeschäft an der Ecke zur Schmidgasse. Am Vorsprung zum Haus vom »Schnattl« ein bisschen

26

Schatten. Zwei Schritte im Schatten. Aber gleich der dunkle Stoff weniger Last um den Oberkörper. In London war es nicht so heiß. In London hatte es heute 25 Grad. Das war für London ohnehin schon warm. Der schwarze Hosenanzug war für London gerade richtig. Jonathan hatte einen Tisch bei einem Italiener bestellt. Das konnte in London alles heißen. Aber Jonathan war stolz auf seine hohen Spesen. Jonathan erzählte einem immer, wie der kaufmännische Direktor des Royal Court sich aufregte. Über seine Rechnungen. Aber diesmal musste sie zahlen. Da konnte sie sicher sein, dass es sich um ein gutes Lokal handeln würde. Die Adresse war Kensington Highstreet. Das klang nicht nach Pizzeria. Und richtig sommerliche Kleidung. Das war nicht professionell. Jedenfalls nicht in ihrem Alter. Beim »Schnattl« stand das Schild auf dem Gehsteig. Das Mittagsmenu waren gefüllte Paprika für 7 Euro 20. Die Fenster zum Restaurant standen weit offen. Sie ging auf die andere Straßenseite. Im Restaurant gingen die Kellner in ihren schwarzen Jacken und weißen Hemden. Die Kellnerin in Zagreb fiel ihr ein. Wie die bei der Hitze hin und her gelaufen war. Schweißüberströmt. Freundlich. Da hatte sie noch gedacht, dass sie das nicht könnte. Dass sie sich so ihren Lebensunterhalt nicht verdienen könnte. Sie ging in den Schatten der Maria-Treu-Gasse. Das Auto musste da stehen. Sie hatte es doch gestern hier abgestellt. Nach dem Film. Sie hatte noch der Filmemacherin zugehört. Kurz. Sie war dann bald gegangen. Alle Frauen kämpften um ihre Positionen. Alle hatten es nicht leicht. Aber die, die zurückfielen. Die sich an die Väter anschmiegten. Wieder anschmiegten. Das konnte sie nicht aushalten. Das musste sie sich nicht anhören. Das Publikum. Ein Publikum heute. Das war fürchterlich tolerant. Das fällte keine Urteile mehr. Das sagte nicht einmal seine Meinung. Das war nur mehr wie bei den kleinen Kindern und dem Onkel, der ihnen Zuckerln anbot. Die einen nahmen es. Die anderen nahmen es nicht. Aber niemand redete über die Onkels. Und die Onkels hatten die Zuckerln zum Verteilen. Sie sah ihr Auto vorne auf der anderen Straßenseite. Sie verließ den Schatten. Stieg auf die Straße. Zwängte sich zwischen 2 eng geparkten Autos durch. Überquerte die Gasse. Ein silberner BMW musste bremsen. Ihretwegen. Der Fahrer ließ das Auto aber weiterrollen. Bremste nicht ganz ab. Beim Gehen über die Straße rollte die Kühlerhaube in ihr Blickfeld. Rechts. Rollte auf sie zu. Wenn sie gestolpert wäre, der Fahrer hätte nicht mehr bremsen können. Sie hätte stehen bleiben wollen. Stehen bleiben und den Fahrer zwingen, doch noch. Eine Notbremsung. Das Fahrzeug zum Stehen zu bringen. Stillzustehen. Ihr Platz lassen. Platz machen. Das Auto hetzte sie. Trieb sie über die Straße. Rechnete mit ihrer Flucht. Sie hatte Lust, auf die Kühlerhaube einzuschlagen. Am liebsten mit einem Hammer. Einer Eisenstange. Sie lief die letzten Schritte über die Straße. Sprang zwischen 2 Autos durch auf den Gehsteig. Schaute gerade vor sich hin. Auf den Gehsteig. Nicht kümmern, sagte sie sich. Nicht kümmern. Die Lust blieb. Der Wunsch auf dieses Auto einzuschlagen. Auf diese Kühlerhaube einzudreschen. Oder noch lieber. Auf den Fahrer losgehen. Sie hatte ihn nur aus dem Augenwinkel gesehen. Zurückgelehnt war er dagesessen. Den einen Arm auf der Autotür aufgestützt. Helles Hemd. Krawatte. Sonnenbrille. Braun gebrannt. »Hallo Selma.« Sie sah auf. »Eva.« sagte sie. »Was machst du hier.« Sie blieb stehen. Die Frau stand vor ihr. Sie lächelte die Frau an. »Ich wohne hier.« sagte die Frau. Selma wüsste das doch. »Hast du die Wohnung noch.« sagte Selma. Sie wollte schon sagen, dass sie auch. Dass sie auch

wieder hier wohne. Dass es sie wieder hierher zurückver-
schlagen hatte. Sie hätte lachen wollen dazu. Sich lustig
machen. Sich über die Wechselfälle des Lebens lustig
machen. Als stünde sie über dem allem. Als wäre das normal
für sie. Als hätte sie solche Krisen immer schon bewältigt. Sie
sagte dann, dass sie leider keine Zeit habe. Für einen Kaffee.
Sie sei auf dem Weg zum Flughafen. Ein Termin in London.
Es klang angeberisch, wie sie das sagte. Die Frau sah sie spöttisch an. Ihre Termine führten sie nur noch nach Kalksburg,
sagte sie. Spöttisch vorwurfsvoll. Selma wusste nichts zu
sagen. Sie zuckte mit den Achseln. »Wenn es hilft.« sagte sie
dann. Die Frau war dünn. Mager. Die schmierigen Jeans
hingen an den hervorstehenden Hüftknochen. Das T-Shirt
reichte nur bis über den Nabel. Der Bauch. Nach innen
gefallen. Blaue Adern zogen sich durch die fahle Haut. Der
Nabel von einem Kreis bläulicher Adern umgeben. Das
weiße T-Shirt lose. Die Schultern nach vorne gefallen und
sich kein Busen abzeichnete. Die Arme knochendünn. »Geht
es dir gar nicht besser.« fragte Selma. Die Frau steckte die
Hände in die Jeanstaschen. Zog die Schultern hoch. Das
würde wohl nichts mehr, meinte sie. Ihr Gesicht war voll.
Die Backen und die Stirn. Wie geschwollen. Die zerplatzten
Adern zeichneten sich genau ab. Die Nase war oben eingesunken. Zerbrochen. Das Gesicht sah fröhlich aus. Ein
Mondgesicht. Ein rotes Mondgesicht. Mehr ein Mann als
eine Frau. Die Haut großporig und glänzend. Die Frau sah
Selma ins Gesicht. Sah sie aufmerksam an. Langsam. Dann
wandte sie sich ab. Sah zu Boden. Sie schaute auf den Gehsteig. Auf ihre alten Birkenstock-Sandalen hinunter. Die
Hände in den Hosentaschen. Sie drehte eine Schulter nach
vorne. Dann die andere. Abwechselnd. Schaukelte sich so.
Kam in ein Wiegen. Verharrte in der Bewegung. Dann sah

sie plötzlich wieder auf. Hielt still. Schaute in Selmas Blick. Schaute Selma wieder in die Augen. »Sei froh, dass es dir gut geht.« sagte sie. Sie war wie früher. Während sie Selma in die Augen schaute und diesen Satz sagte, war sie wie früher. In der Mittelschule. Die beste Sportlerin. Die beste Tänzerin. Die beste Skifahrerin. Mühelos. Sie war die Erste gewesen, die Sex gehabt hatte. Die dann im Umkleideraum auf den Metallspinden oben gestanden hatte und es allen vorgespielt. Sie hatte den Mann gegeben. Und die Gritschi Perlinger hatte die Frau spielen müssen. Wie eine Gymnastiklektion hatte sie das vorgemacht. Liebe machen. Sie hatte der Gritschi Perlinger genau gesagt, wie sie die Beine spreizen musste. Und wann einen kleinen Schrei ausstoßen. Selma wollte sagen, dass es bei ihr auch nicht so. So ideal aussähe. Sie wollte gerade die Serie der Schickssalsschläge aufzählen. Wollte sich dieser Person über die Aufzählung ihres Unglücks nähern. Ihr alles erzählen. Mitteilen. Ihr Unglück ausbreiten, damit die andere sich nicht allein fühlen solle. In ihrem Unglück. Sie dachte, das wäre eine Basis. Eine Verständigungsbasis. Und ein Gespräch. In dem sie diese Person erreichen konnte. In dem sie einander erreichen konnten. Wie früher. Und nicht so. Sie standen einander gegenüber. Die Frau musterte sie. Bevor sie zu reden beginnen konnte, wandte sich die Frau ab. Sie drehte sich weg. Sprach die Frage schon an Selma vorbei. Sie ging weg, während sie Selma fragte. »Mit dem Toni bist du aber nicht mehr zusammen. Was?« Selma sah ihr nach. Die Frau ging mit gesenktem Kopf. Die Arme an den Oberkörper gepresst. Die Hände tief in den Jeanstaschen. Die Schultern hochgezogen. Sie war dünn. Ein Skelett. Sie schob die Füße knapp über dem Boden nach vorne. In kleinen Halbkreisen schob sie den einen Fuß am anderen vorbei. Die Sohlen der Birkenstock-

Sandalen schliffen über den Gehsteig. »Eva.« sagte Selma. »Eva.« Die Frau bewegte sich auf die Hausmauer zu. Knapp bevor sie anstieß, wandte sie sich zu Selma zurück. »Der hat doch jetzt ein Kind.« sagte sie. Sie ging weiter. Von der Hausmauer bewegte sie sich auf den Gehsteigrand. Und wieder zur Hausmauer zurück. Selma sah ihr nach. Sie sah ihr nach, bis sie um die Ecke gegangen war. Bis sie in die Lange Gasse eingebogen war. Dann ging sie ihr nach. Die Frau war weitergegangen. Schlurfte die Hausmauer entlang. Selma schaute nur um die Ecke. Die Handtasche fiel ihr von der Schulter. Sie fing sie mit dem Unterarm auf. Stand. Schaute die Gasse hinunter. Schaute auf den Boden vor sich. Hundekot am Gehsteigrand. Vertrockneter, vom Regen verwaschener Hundekot. Frischer Hundekot. Braun glänzend. Die Schulfreundin ging weiter. Langsam taumelnd. Sie drehte um. Ging die Maria-Treu-Gasse hinunter. Ihr Auto der vorletzte Wagen vor der Piaristengasse. Sie ging auf das Auto zu. Eilte. Holte den Schlüssel aus der Tasche. Beim Auto blieb sie stehen. Die Beine blieben stehen. Bewegten sich nicht. Bewegten sich nicht nach vorne. Sie wollte zurück. Sie stellte sich den Vater vor. In der Lange Gasse. Wie er die Florianigasse heraufkam und um die Ecke bog. Um diese Zeit kam er aus dem Kaffeehaus wieder zurück. Sie sah ihn gehen. Der Khakianzug. Die grüne Krawatte. Die korrekten Schuhe. Sie wollte ihm nachlaufen. Rufen. Dass er stehen bleiben solle. Warten. Auf sie warten. Sie sah das kleine Lächeln, mit dem er sich umdrehte. Mit dem er sich umgedreht hätte. Und wie sie dann nebeneinander in die Wohnung hinauf. Sie sperrte die rechte Autotür auf. Stellte die Handtasche und den Rucksack auf den Beifahrersitz. Sie ging um das Auto herum. Wartete, bis ein schwarzer Mercedes an ihr vorbeigefahren war und sie Platz hatte, die Auto-

tür zu öffnen. Sie stieg in das Auto. In die zusammenge-
presste Hitze. Das Lenkrad glühend. Sie suchte nach ihren
Handschuhen. Die Handschuhe immer in der Seitentasche
der Autotür. Sie schnitt sich am Eiskratzer in der Seitentasche. Der Eiskratzer in den Parkscheinen versteckt. Die
Handschuhe waren im Handschuhfach. Selma hielt inne.
Saß ruhig. Wann hatte sie die Handschuhe ins Handschuhfach gelegt. Sie machte das nicht. Warum sollte sie das gemacht haben. Sie war immer allein. Im Auto. Jetzt. Sie musste nicht aufräumen. Oder Platz machen. Sie konnte sich
nicht erinnern. Sie konnte sich schon wieder an so eine Klei-
nigkeit nicht mehr erinnern. War das Stress. Oder verließ sie
ihr Hirn. Ihr Kopf. Das Gedächtnis. Jemand hupte hinter
ihr. Sie schreckte auf. Sah in den Rückspiegel. Ein dunkel-
blauer Ford stand hinter ihr. Die Frau am Steuer beugte sich
vor und deutete auf den Parkplatz. Ob sie wegfahre. Selma
winkte und startete. Sie schnallte sich an. Hastig. Verwickel-
te den Gurt. Verdrehte ihn. Hatte ein zusammengedrehtes
Gurtseil vor ihrer Brust. Sie fuhr an. Sie musste zweimal vor
und zurück. Der Parkplatz so eng. Die Frau ließ das Auto
vorrollen. Blinkte. Hinter ihr die kurze Straße hinunter
andere Autos. Die laufenden Motoren. Selma merkte erst
beim Einbiegen in die Piaristengasse. Sie hatte den Atem
angehalten. Ihr Herzschlag den Hals herauf. Sie holte tief
Luft. Sie fuhr. In der Lederergasse schnallte sie sich ab. Drehte mit der rechten Hand den Gurt gerade. An der Ampel zur
Josefstädterstraße schnallte sie sich wieder an. Sie glitt im
Strom der anderen Autos dahin. Rumpelte über die Stra-
ßenbahnschienen. In der Mittagshitze kaum jemand auf der
Straße. Sie bog dann wieder in die Lange Gasse ein. Schlängelte sich an Lieferwagen vorbei. Beim Billa und bei GEA.
Auf der Lerchenfelderstraße alles frei. Sie konnte sofort ein-

32

biegen. Die Ampel zur 2er Linie grün. Dann der Stau. Auf der 2er Linie um diese Zeit. Immer nur schrittweise. Und erst Ende Juli Wien dann so leer, dass man zu jeder Zeit mit Schwung durchfahren konnte. Selma kam hinter einem riesigen grünen SUV zu stehen. »Pathfinder« stand hinten links. Sie fuhr hinter diesem Wagen her. Sie konnte nichts sehen. Nur die grüne Hinterfront. Sie schaltete. Bremste. Fuhr wieder an. Schaltete. Mehr als der zweite Gang war nicht notwendig. Sie starrte vor sich hin. Sah die grüne Front vor sich verschwommen. Folgte dem Grün. Beim Volkstheater kam sie dann kurz mitten auf der Kreuzung zu stehen. Aber es ging sich dann doch noch aus. Die Kolonne fuhr gerade wieder an, als der Querverkehr Grün bekam. Es interessierte sie aber nicht. Nicht sehr. Beim Museumsquartier fiel ihr ein. Sie konnte die Klimaanlage einschalten. Sie saß in der Hitze. Sie hatte kein Fenster geöffnet. Die Hitze umfing sie. Drängte auf sie ein. Umfasste sie. Die trockene heiße Luft ein Korsett. Für das Gesicht. Für den Hals. Sie schwitzte in den Handschuhen. Aber sie wollte die Hände nicht in die Sonne halten. Am Steuer. Sie hatte Altersflecken. Nur vom Autofahren hatten sich braune kleine Flecken auf den Handrücken gebildet. Blasse braune Flecken. Die Mutter keinen einzigen Altersfleck gehabt hatte. Aber sie hatte auch nicht die Haut der Mutter geerbt. Sie war nach dem Vater gekommen. Brünett mit einem roten Stich. Und die sommersprossige Haut. Und noch so viele sommersprossige Models in der »Vogue« zeigen konnten. Sie mochte sie nicht. Sie fuhr dahin. Die schlechte Laune über sie gegossen. Sie war wund. Tief innen. Weh. Sah die Gestalt die Lange Gasse hinunterschlurfen. Sah dieses Unglück sich über den Gehsteig schleppen. Weiter außen war sie wütend. Ihr Unglück hatte keinen Platz neben dieser Zerstörung. Auch darin

Konkurrenz, dachte sie. Nicht einmal in der Tragödie unbehelligt. Noch im größten Unglück maximieren notwendig. Und das Überleben immer nur vom Superlativ gewährleistet. An der Oberfläche. Sie schimpfte über den »Pathfinder«. »Arschlöcher.« sagte sie vor sich hin. Wenn sie einen automatischen Fensterheber in ihrem alten Golf gehabt hätte. Sie hätte das Fenster heruntergleiten lassen und »Arschlöcher.« hinausgeschrien. Das Fenster herunterkurbeln. Sie war zu müde dazu. Zu eingefangen in diesem Sitzen hinter dem Lenkrad. Er hatte gesessen. Der Satz »Der hat ja jetzt ein Kind.« Die Szene in den Kopf holte. Die Szene in den Kopf stopfte. Sie sich selber sehen musste. Vor der eigenen Wohnungstür. Mit dem Köfferchen aus Zagreb zurück. Wie ihr diese Frau einen Koffer nach dem anderen auf den Gang stellte. Wie sie dem zugesehen. Gebannt zugesehen hatte. Wie nach dem vierten Koffer die Tür zugefallen war. Und ihr Schlüssel ihre eigene Tür nicht aufsperren hatte können. Diese Frau musste hinter der Tür gewartet haben. Gelauert auf sie. Und das Baby geschrien. Die ganze Zeit. Während die Frau ihr die Koffer vor die Füße gestellt in ihrer Wohnung. In ihrer eigenen Wohnung das Baby geschrien. Und die Frau keinen Augenblick reagiert darauf. Fortgefahren. Grimmig entschlossen. Und eigentlich hatte sie nur dieses Babygeschrei im Kopf. Und der hatte jetzt ein Kind. Aber verwundert über diese Geschichte war nur sie. Diese Geschichte hatte nur sie erstaunt. Niemand sonst. Bei der Polizei hatten sie sich nicht gewundert. Die Bandion war nicht einmal beeindruckt gewesen. Sie habe schon Scheußlicheres gesehen, hatte sie gesagt. Und der Polizist war erleichtert gewesen. Es sei ja niemand verletzt, hatte er ihr gesagt. Und hatte ihr geholfen, die Koffer ins Auto zu schleppen. Aber die Eva. Die war ja immer ein Arschloch gewesen.

Das hatte alles lustig ausgesehen. Was sie so angestellt hatte. Es war das gewesen, was man damals von pubertierenden Mädchen erwartet hatte. Selbstverletzungen. Sie hatte geholfen, diese Selbstverletzungen auf die Spitze zu treiben. Und sie musste kein Mitleid haben. Sie verdankte dieser Person schließlich. Jedes Mal. Fast jedes Mal beim Vögeln. Irgendwann war die Erinnerung aufgeblitzt. Wie sie oben herumgeturnt hatte. Auf der Gritschi. Und gekreischt. »Spreizen. Weiter auseinander. Spreizen.« Da musste sie nicht dankbar sein. Zum Naschmarkt hin das Fahren nur noch schrittweise. Die Hitze im Auto. Sie ließ sich einfangen von der Hitze. Dämpfen. Beschränken. Die Wut in ihr. Die Traurigkeit. Der Zorn. Die Hilflosigkeit. Sie hätte dieser Person nachlaufen können und auf sie einschlagen. Ihr eine Ohrfeige geben. Sie aufhalten. Dieses schlurfende Gehen unterbrechen. Sich vor sie hinstellen. Und ausholen. Aber die Eva so dünn. Aber die Lust groß. Ein Verlangen, dass bestimmte Menschen verschwanden. Nicht mehr existierten. Die Ungarin. Der Anton. Die Eva. Sie wünschte sich, dass die alle einfach nicht mehr waren. Und wenn sie dazu sterben mussten. Dann war ihr das auch gleichgültig. Sie kroch in der Kolonne an der Secession vorbei. Ein Wohlgefühl aus diesen schwarzen Gedanken. Aus diesen Vorstellungen. Ein dunkles Wohlgefühl. Alles innen. Alles innen wieder Platz hatte. Kein Druck. Kein Pulsieren. Keine Fremdkörper, die sich zwischen die Organe drängten. Raum, den Atem auszubreiten. Innen. Ein Singen in der Scheide. Ein winziges Singen. Sie lehnte sich zurück. Legte den Kopf gegen die Kopfstütze. Erschöpft. Plötzlich war sie vollkommen erschöpft. Der Schweiß. Im Genick. Vom Genick ein Tropfen den Rücken hinunter. Brennend. Juckend. Der Rücken bleiern. Die Arme gegen die Schwere da anheben musste. Sie blieb gegen den Sitz gepresst sitzen. Den Kopf gegen die Kopfstütze. Die Zeit. Langsam wurde es eng. Sie musste auf diesen Flughafen kommen. Wenn sie nach London wollte, dann musste sie bald auf diesem Flughafen sein. Der »Pathfinder« war am Naschmarkt in die Wienzeile abgebogen. Ab dem Karlsplatz der Verkehr wieder fließend. Sie fuhr dahin. Automatisch. Ohne Ehrgeiz. Sie hätte sich nicht nach vorne kämpfen können. Sie reihte sich in die Fahrspuren ein. Lange bevor das notwendig war. Sie ließ sich von anderen Autos schneiden. Sie konnte nur fahren. Bei der Unterführung an der Franzensbrücke. Die Müdigkeit hatte sich in eine Starre verwandelt. Sie wusste nicht, ob sie sich überhaupt noch bewegen konnte. Ihr Körper ein Panzer. Rund um sich ein Panzer. Und die Hitze rundherum. Erst auf der Autobahn war es ihr möglich. Sie kurbelte das Fenster herunter. Der heiße Wind. Aber kühler als im Auto. Sie kurbelte das Fenster ganz auf. Und dann begann auch die Klimaanlage zu arbeiten. Eiskalte Luft. Sie schaltete sie auf die Beine. Ihre Füße kalt umweht. Ihr Gesicht im Fahrtwind. Sollte sie bei der Tankstelle gleich beim Abstellplatz für die abgeschleppten Autos ein Wasser besorgen. Es ging ihr sicher nur so, weil sie kein Wasser mithatte. Bei dieser Hitze brauchte man Wasser. Sie schwitzte ja wie ein. Und nur gut. Es war ja doch eine gute Idee gewesen, sich die Schweißdrüsen entfernen zu lassen. Die Jacke wurde nicht verschwitzt. Unter den Ärmeln. Wenigstens diese Handlung des Aufbegehrens gegen die Eltern. Die Mutter entsetzt gewesen. Nur über den Gedanken. Den Schweiß zu stoppen. Aber in Italien alle gemacht hatten. Damals. Routine. Wie Augenbrauen zupfen. Oder Lippenstift. Und diese Sorge wenigstens nicht. Sie fuhr. Ab der Abfahrt Simmering fuhr sie auf der linken Spur. 110. Zuerst. Nach dem Aufheben der

Geschwindigkeitsbeschränkung 150. Wenn sie jetzt auch noch den Führerschein verlor. Das würde sie nicht aushalten können. Sie wollte das nicht riskieren. Sie wollte nicht riskieren herauszufinden, dass sie noch mehr aushalten konnte. Wenn sie musste. Sie fuhr die Raffinerie entlang. Am Tag die Tanks und Rohre und Rauchfänge schäbig. Rostig. Das Gras vertrocknet gelb. Die Straßen zwischen den Tanks brüchig. Der Geruch nach Benzin. Sie fuhr schneller. Diesen Geruch wieder aus dem Auto zu jagen. Vor der Abfahrt eine Kolonne von Lastwagen. Sie fuhr die Lastwagen entlang. Zwängte sich zwischen einen ungarischen Laster und einen Tankwagen. Der Tankwagen musste bremsen. Der Fahrer hupte. Gestikulierte. Sie schwang sich auf die Ausfahrt. Schnitt einen grünen Toyota. Bremste. Sie rollte mit den vorgeschriebenen 80 auf den Flughafen zu. Sie wurde von der Polizei durch die Straßenkontrolle durchgewinkt. Sie fuhr die Auffahrt zum Abflugterminal hinauf. Schlängelte sich zwischen den Taxis und Bussen und Abschied nehmenden Paaren und Gruppen durch. Die Kurven durch die neuen Baustellen fuhr sie schnell. Zügig. Sie überholte alle. Rechts. Links. Jeder von denen konnte sie den Parkplatz kosten. Sie fuhr zum Parkplatz C. Zog die Parkkarte. Kreiste auf dem Parkplatz. Suchte nach einem Parkplatz in der Nähe des Ausgangs. Es war aber alles voll. Auto neben Auto. Reihe um Reihe. Sie fand einen Parkplatz in der Nähe von 17 C. Da musste sie wenigstens nur gerade auf den Ausgang zusteuern. Sie wendete. Fuhr nach hinten in die Parklücke. Sie hatte ihr Auto auch schon so eingezwängt hier gefunden, dass sie es kaum herausmanövrieren hatte können. Sie kurbelte das Fenster hinauf.

3

Die Parkkarte. Sie steckte die Parkkarte in die Handtasche.
In das Seitenfach. Zum Pass und zum Ticket. Sie sagte es sich
vor. »Die Parkkarte ist in der Handtasche.« Im Seitenfach.
Sie zerrte den Rucksack vom Beifahrersitz zu sich. Stieg aus.
Sperrte das Auto ab. Hatte sie das Licht ausgeschaltet. Dieses Fahren mit Licht am Tag. Es hatte sie schon eine Batterie gekostet. Sie stand vor dem Auto. Nach vorne die Autos
so dicht geparkt. Kein Weg zwischen den Autos durch. Die
Einfassung der Scheinwerfer glänzte in der Sonne. Das Licht
war abgedreht. Sie legte den Rucksack. Stellte die Tasche auf
das Autodach. Sperrte auf. Kontrollierte noch einmal den
Schalter für die Scheinwerfer. Der Schalter nach links gedreht. Alles in Ordnung. Sie machte alles richtig. Aber sie
glaubte es sich nicht. Und die Batterie. Da hatte sie das Licht
in der Garage in Salzburg nicht ausgeschaltet. In der Garage im Untersberg. Im hellen Licht da. Taghell ausgeleuchtet.
Sie war davongegangen und einen Tag später zurückgekommen. Sie hatte dann noch gedacht, die neue Batterie wäre
eine Verschwendung. Für dieses alte Auto. Aber jetzt. Jetzt
war ein neues Auto. Ein neuer Wagen. Das war ganz unvor-
stellbar. Das war vollkommen unmöglich. Das war vielleicht
nie wieder möglich. Sie sperrte das Auto ab. Ging die parkenden Autos entlang. Sie folgte den Schildern »Überdach-
ter Gehweg«. Ging zwischen Bauzäunen auf die Einfahrt zu.
Ein Wind. Sie ging im Wind. Ließ die heiße Luft um sich
streichen. Durch die Haare fahren. Die Kopfhaut trocknen.
Sie sah sich auf dem Arbeitsamt sitzen. Die dicke Frau. Maglott hieß die. Oder so ähnlich. Die immer mit dem Bildschirm sprach. Sie sah einen an. Am Anfang. Im Lauf des
Gesprächs rutschte ihr Blick immer häufiger dem Bild-

38

schirm zu. Bis sie dann gar nicht mehr versuchte, einen anzusehen. Oder ihren Blick vom Bildschirm. Loszureißen. Die würde ihr das dann erlauben müssen. Die würde das abzeichnen müssen. Dass ein Auto eine berechtigte Ausgabe wäre. Für sie. Die Vorstellung dieser Frau. Die einen nicht sehen wollte. Die niemanden sehen wollte. Sehen konnte. Die darüber entschied. Was sie. Wie sie. In der Hitze. Ein Schwindel. Ein leichter Schwindel. Im Kopf wirbelte alles. Leicht. Wehte im Kreis. Und versammelte alles im Hinterkopf. In der Rundung des Schädels. Hinten. Oben. Das Denken vorne dünn. Nebelig. Auseinander gezogen. Sie ging weiter. Sie setzte die Schritte. Schaute auf den Betonboden. Folgte den Zebrastreifen über die Straße. Sah nicht auf. Hörte ein Auto bremsen. Nicht stark. Sie ging über die Straße. Schaute nicht links oder rechts. Stelzte über die Straße. Hob die Beine. Beugte die Knie. Setzte die Füße auf. Im Kopf. Sie konnte wieder weiter sehen. Weiter nach vorne. Nicht nur den Boden. Unter sich. Sie musste nur schnell gehen. Der Blutdruck. Die Hitze. Sie war zu lange in der Hitze gesessen. Sie musste nur ein Wasser kaufen. Dann würde alles wieder in Ordnung kommen. Sie drückte auf den Knopf beim Lift zur Unterführung zu den Terminals. Wartete. Die Lifttüren glitten auf. Niemand im Lift. Sie war erleichtert. Sie trat in den Lift. Drückte auf den Knopf, nach unten zu kommen. Sie drückte mehrmals. Suchte nach einem Knopf, die Türen schließen zu können. Sie sah ein Paar mit riesigen Koffern auf den Lift zukommen. Der Mann lachte. Die Frau schüttelte den Kopf. Die beiden waren vergnügt. Sie zogen die Riesenkoffer hinter sich her. Unbeschwert. Der Mann nestelte Sonnenbrillen aus der Brusttasche von seinem Hemd. Urlauber. Aufbruch zu einer guten Zeit. Die Türen schlossen sich. Sie überlegte, ob sie

39

den Fuß in die Lichtschranke halten sollte. Das Lichtsignal unterbrechen und die Tür für diese Leute offen halten. Sie konnte nicht. Sie konnte nicht mit diesen Menschen im Lift stehen. Und sich anhören. Anschauen. Fühlen, wie sich die beiden verstanden. Wie sie nebeneinander standen. Diese kleinen Bemerkungen machten. Nähe und Einverständnis. Selbstverständlichkeit. Sie konne sich selbst nicht garantieren, dieser Frau zu sagen. Dieser Frau zu erzählen. Erzählen zu müssen. Sie wäre genau so dagestanden. Genau so eine Reise war geplant gewesen. Für genau diese Zeit. Nach dem Ende der Festwochen. Urlaub. Erholung. Entspannung. Und vielleicht ein oder zwei Termine. Und vielleicht ein besonders spannendes Projekt entdecken. Etwas Unbekanntes. Wo immer diese Reise hingeführt hätte. Sie hatten über die Reiseziele geredet. Hatten sich nicht einigen können. Nicht so richtig. Aber auch kein Streit gewesen war. Und diese Frau. Sie hätte ihr das nicht geglaubt. Sie hätte es selbst niemandem geglaubt. Wenn ihr irgendjemand gesagt hätte, dass der Anton. Und das musste ja nun mindestens 11 Monate gegangen sein. Der kleine Moritz jetzt 2 Monate. Ein Doppelleben. Und der Anton es ihr ja auch nie gesagt hatte. Der Anton nie ein Geständnis. Es zugegeben. Das hatte die Ungarin erledigen müssen. Das hatte die Ungarin für ihn erledigen müssen. Das hatte die gerne gemacht. Der war dieses Verdrängen ein Vergnügen gewesen. Eine Erfüllung. Ihres Platzes. Sie ging um die Ecke in den langen Gang. Links Fensterluken. Unter der Decke. Ein Kunstwerk. Rechts. An der Stirnwand des Gangs. Etwas Weißes. Glattes. Ein dunkler Sockel. Hatte sie das aus dem Fundus. Aus den 60er Jahren. Sie ging an der Plastik vorbei. Ein weiß glänzender schräger Bogen auf einem dunkelholzigen Podest. Das war typisch für diesen Flughafen. Der war gebaut. Als würde eine wild gewordene Hausfrau aus den 70ern ihre Makrameearbeiten in Beton verwandeln. Und überall ein Häkeldeckchen und Topfpflanzen. War das der Grund für die vielen Russen in Wien. Dass sie am Flughafen in einem Stil empfangen wurden, der als nächster in der Reihe kam. Nach ihren 50er-Jahre-Prägungen. War das Fortschritt für sie. Vom gehäkelten Armschoner zum Makrameeblumenstockhängekörbchen. Sie ging. Sie schwang den Rucksack über die linke Schulter. Trug die Tasche in der Hand. Sie wanderte den langen Gang hinunter. Ein Getränkeautomat. Rechts. Der Boden schimmernd grau gesprenkelt. Glatt. Ihre Schuhe leise quietschende Geräusche auf diesem Boden. Sie ging. Sie wollte schnell gehen. In den Oberschenkeln ein Widerstand. Die Oberschenkel sich nur gleichmäßig nach vorne. Nicht anzutreiben waren. Sie wollte dieses Paar nicht hören. Sie wollte von diesen Menschen nicht eingeholt werden. Sie musste trotten. So vor sich hin. Nicht dieser eilige Schritt der welterfahrenen Reisenden. Dieses zielsichere rasche Gehen. Eine Person. Zu Hause auf allen Flughäfen dieser Welt. Sie ging. Niemand auf dem Gang. Die Laufbänder weit vorne. Schnurrten. Leer. Sie schleppte sich. Das Gefühl, durch etwas Schweres zu gehen. Durch Wasser bis zur Hüfte zu waten. Dieses Gefühl in den Oberschenkeln innen zu spüren. Sie stieg auf das Laufband. Hielt sich an. Von hinten war nichts zu hören. Sie drehte sich um. Hinter ihr war auch niemand. Sie war allein in diesem endlosen Gang. Unter der Erde. Sie hielt den rechten Fuß bereit, vom Laufband auf den Boden. Sie wollte nicht ungeschickt erscheinen. Sie taumelte dann doch vom Laufband weg. Zum nächsten. Stand auf dem Band. Ließ sich tragen. Sie stand still. Starrte vor sich hin. Ließ die Schultern fallen. Hielt die Tasche und den Rucksack mit beiden Händen vorne. Am Ende des Bands stieg sie mit dem linken Fuß auf den Boden. Schwang den Rucksack wieder über die Schulter. Rechts. Es tat weh da. Ein leichtes Ziehen im Oberarm. Sie stieg die Rampe zur Tür hinauf. Vorsichtig. Sie konnte sich nie erinnern, in welche Richtung diese Türen aufgingen. Immer vorsichtig auf diese Türen zuging. Immer eine kleine Sorge, diese Türen ins Gesicht. Die Türen schwangen in ihre Richtung auf. Sie ging durch. Nach rechts. Schwenkte nach links. Hier Leute. Auf dem Weg zum Bahnhof hinunter. Ticketautomaten. Getränkeautomaten. Die großen Fensterscheiben zum Supermarkt. An der Wursttheke eine lange Schlange. Wurstsemmelkäufer. Mittagspause. Sie ging. Der Boden leicht bergan. Das Gehen anstrengend. Menschen kamen ihr entgegen. Eine Gruppe Männer in grauen langen Jacken mit gelben Signalstreifen und »Vienna airport« stumpfrot aufgedruckt. Sie gingen auf den Supermarkt zu. Eine Frau mit einem Rollkoffer. Sie hastete an Selma vorbei. Überholte sie keuchend. Stürmte auf die Rolltreppe zu. Stand dann keuchend auf der Rolltreppe. Menschen trugen ihre Koffer die Stiegen neben der Rolltreppe herunter. 2 AUA-Stewardessen schlenderten auf die Stiegen zu. Die tomatenroten Uniformen im fluroreszierenden Licht lilastichig. Die Frauen redeten miteinander. Waren in ein Gespräch vertieft. Sahen vor sich auf den Boden. Hörten einander zu. Sie gingen im Gleichschritt. Sie setzten ihre rot bestrumpften Beine im gleichen Schritt nebeneinander. Stiegen so die Stufen herunter. Alle anderen mussten rund um sie ausweichen. Sie gingen. Bemerkten niemanden. 3 Männer stürmten die Rolltreppe herauf. Sie drängten sich an Selma vorbei. Stießen sie aus dem Weg. Die Männer. Alles dunkel an ihnen. Die Kleidung. Die Haare. Die unrasierten Gesichter. Sie sprachen aufgeregt miteinander. Rochen nach Rauch und ungewaschener Kleidung. Sie feuerten einander in einer slawischen Sprache an. Es klang russisch. Selma war nicht sicher. Sie verschwanden nach oben. Selma stand auf der Rolltreppe. Ließ sich hinauftragen. Sie bewegte sich nicht. Sie stieg von der Rolltreppe. Langsam. Ging langsam weiter. Ging an den Schaltern der Mietwagenfirmen vorbei. An der Gepäckaufbewahrung. Sie musste sich durchkämpfen. Menschen aus allen Richtungen. Gingen. Liefen. Drängten sich durch die Menge. Standen. Ein Paar in einen Kuss vertieft. Die Menge an ihnen anstieß. Sie wurden geschoben und gestoßen. Die beiden blieben verschlungen. Aneinander geklammert. Selma wich aus. Sie wollte nur keine Berührung. Mit diesen ineinander verkrallten, aneinander festgesogenen Menschen. Die selig geschlossenen Augen der Frau. Das Gesicht des Mannes. Über die Frau gebeugt. Die Haare fielen ihm über die Augen. Seine Augen nicht zu sehen. Selma ging weiter. Ekel. Ihr war das ekelhaft. Sie wollte Menschen nicht so sehen. Sie wollte nicht zusehen müssen. Sie wollte keine Vorführung von Ekstasen. Die gutmütigen Lächeln der Vorbeihastenden an diesem Paar. Auf der Rolltreppe zur Abflughalle. Zwei Flugkapitäne stiegen an ihr vorbei die Stufen hinauf. Eilten oben davon. Schwenkten die Pilotenkoffer. Waren in der Menge verschwunden. Selma kam oben an. Die Halle voll. Lange Schlangen vor den Eincheckschaltern. Vor den Ticketschaltern. Polizisten. In Paaren. In Ecken. Lässig lehnend. Durch die Menge streifend. Die Maschinenpistolen im Anschlag. Reden. Lachen. Schreien. Kinderweinen. Quietschende Koffer. Gehen. Selma ging zu den Business-Schaltern. Links. Die Schlangen dort nur kurz. 4 oder 5 Personen. Personen quer durch die Halle liefen. Hasteten. Koffer nachzogen. Große Taschen schleppten. Selma musste ausweichen. Zur Seite treten. Platz machen. Sie wurde angestoßen. Stolperte über eine Tasche auf dem Boden. Ein junger Mann stellte sich ihr in den Weg. Ob sie nicht schauen könne. Selma drängte sich an ihm vorbei. Sie antwortete nicht. Sie stellte sich hinter einer Gruppe Japaner an. Sie hoffte, dass alle Vorurteile stimmten und die Japaner so höflich waren, alles in Ordnung zu haben. Alles rasch zu erledigen. Aber sie war in die falsche Reihe geraten. Neben ihr. Auf beiden Seiten rückten die Reisenden auf. An ihr vorbei. Checkten ihre Koffer ein. Nahmen ihre Boardkarten in Empfang. Gingen weg. Selma sah zu. Sie wollte keine Entscheidung treffen. Sie wollte alles ablaufen haben. Sie wollte nur funktionieren müssen. Dem Ablauf folgen. Sie wollte dastehen. An diesem Business-Schalter. Solange ihre frequent-flyer-Karte gültig war. Noch. Solange sie eine Berechtigung hatte. Hier. Die Japaner standen an den Schalter gedrängt. Große Plastikschalenkoffer rund um sie. Pastellfarbene Plastikschalenkoffer. Hellblau. Türkis. Blassrosa. Sie sprachen miteinander. Redeten dann auf den Mann am Schalter ein. Der telefonierte. Deutete jemandem weit hinter Selma etwas. Sie drehte sich nicht um. Der Mann versuchte jemandem vom Ticketschalter gegenüber etwas zu deuten. Das hieß, es musste ein Supervisor kommen. Das hieß, sie würde noch lange warten. Sie würde noch lange hier herumstehen. Sie stand. Sie wollte keinen Entschluss fassen müssen. Sie wollte keine Entscheidungen treffen. Aber die Zeit. Sie musste weiter. Sie wusste nicht, von welchem Terminal der Flug weggehen würde. Beim Terminal A dauerte die Sicherheitskontrolle jedes Mal länger. Sie war nervös genug. Die Unbeweglichkeit. Die Langsamkeit. Die war nur außen. Innen. Tief im Bauch. Zuckende Unruhe. Sie nahm die Tasche vom Boden. Ging weg. Hinter ihr ein Mann. Ungeduldig. Er stieg Selma auf die Ferse. Selma drehte sich

44

langsam weg und machte sich auf den Weg zu den Automaten zum Einchecken. Er drängte so nach vorne. Hatte es so eilig, ihren Platz einzunehmen. Er ließ ihr gar keine Zeit, den Platz zu räumen. Selma wandte sich ab. Ging weg. Die Ferse schmerzte. Der Mann hatte schwere Lederschuhe angehabt. Die Kante der Ledersohle scharf an ihrer Achillessehne entlang. Die Haut abgeschürft. Sie musste weg. Sie hätte den Mann mit der Tasche geschlagen. Ihm den Rucksack auf den Kopf geworfen. Ihn angeschrien. Ihre Augen. Tränen waren in die Augen geschossen. Der scharfe Schmerz am Fuß. Ihre Wehrlosigkeit. Die Unmöglichkeit ihren Platz einzufordern. Aber es war besser, keine Szene. Oder vielleicht war es falsch. Und sie sollte schreien. Einfach schreien. Kreischen. Alle anschreien und beschimpfen. Aber sie würde die Erinnerung daran nicht aushalten. Die Erinnerung eines solchen Vorfalls. Die Demütigung wäre noch viel größer. Sie stand vor dem Automaten. Steckte ihre Vielfliegerkarte in den Schlitz. Der Automat schrieb ihr, dass er nach ihrem Ticket suche. Dann wusste der Automat, dass sie nach London fliegen wolle. Dass der Abflug um 13.25 angesetzt sei. Dass sie um 14.50 in London Heathrow ankommen würde. Dann erschien der Sitzplan des Flugzeugs. Sie überlegte. Seit Japan kannte sie alle Tricks. Da gab es gar keine Schalter mehr, an denen jemand für einen die Boardkarte ausfertigte. Sie wählte einen Sitz am Gang. Der Fensterplatz war besetzt. Die Chance größer, dass niemand dazwischen zu sitzen käme. Sie wartete auf den Ausdruck ihrer Boardkarte. »Habe ich Ihnen weh getan.« fragte eine Männerstimme. Der Mann stellte sich nahe neben sie. Er hielt seine Boardkarte in der Hand. Beugte sich zu ihr herunter. Versuchte ihr ins Gesicht zu sehen. »Ich habe Ihnen weh getan. Das tut mir schrecklich Leid. Es tut mir wirklich Leid. Wis-

45

sen Sie. Mich macht dieser Flughafen so nervös. Normalerweise benehme ich mich besser.« Selma stand da. Der Automat schob ihr ihre Vielfliegerkarte zu. Sie nahm sie. Wie lange würde sie die behalten. Behalten können. Der Automat surrte innen. Dann schob sich die Boardkarte aus dem Schlitz. Links unten. Der Mann war nahe. Mittlere Stimmlage. Sicher. Er stellte sich neben den Automaten. Vor sie. Er lehnte sich gegen den Automaten. Hielt sein Köfferchen. Er versuchte ihr ins Gesicht zu sehen. Selma hielt den Kopf gesenkt. Zog die Boardkarte aus dem Schlitz. Es wäre schon in Ordnung, sagte sie. »Aber.« Der Mann zögerte. Sie sagte, sie wäre nur erschrocken. Das sei alles. Ob man den Fuß nicht anschauen solle, fragte der Mann. »Nein.« sagte Selma. Nein. Sie lächelte den Mann an. Er war um die 40. 45. Grauer Sommeranzug. Hellgrüne Krawatte. Er war braun gebrannt. Das Gesicht schmal. Intelligent. Sie verstaute die Boardkarte in der Tasche. Es wäre alles in Ordnung, sagte sie und ging. Sie ließ den Mann stehen. Sie ärgerte sich. Sie hatte die Boardkarte in die Tasche gesteckt, obwohl sie sie ja gleich vorweisen musste. Am Eingang zum Terminal. Damit der Mann nicht dachte, sie wäre eine Provinzlerin, bog sie zur Post in den schmalen Gang hinter den Check-in-Schaltern ein. Sie ließ sich eine Telefonzelle zuweisen. Zelle 1. Sie setzte sich in den Glaskobel. Stellte den Rucksack ab. Die Tasche. Sie schaute auf das Telefon. Früher hätte sie mit so einem Mann angebandelt. Sie hätte ihm gesagt, dass er ihr weh getan hatte. Sie hätten ihr Bein angesehen. Und dann wären sie in die Business Lounge gegangen und hätten ein Glas Sekt getrunken. Vielleicht wäre dieser Mann auch nach London geflogen. Dann hätten sie sich im Flugzeug. Jetzt. Es interessierte sie nicht einmal. Der Mann hatte sie kalt gelassen. Vollkommen kalt. Er hatte sich erst nach dem Einchecken entschuldigt. Er hatte sich erst um sie gekümmert, nachdem er seine Dinge erledigt gehabt hatte. Wenn es ihr besser gegangen wäre. Sie hätte ihm das sagen müssen. Ganz ruhig. Dass er seinen Charme nicht verschwenden solle. Dass er oberflächlich war. Offenkundig. Egoistisch. Und dass sie das nicht interessierte. Nicht mehr interessierte. Über so etwas hätte sie noch vor 3 Monaten hinweggesehen. Sie wählte die Nummer des Vaters. Keine Antwort. Das Telefon läutete. Sie sah die Wohnung. Die Parkettböden glänzend. Die Möbel dunkel schimmernd. Die dunkelgrünen Vorhänge halb vor den Fenstern. Die Türen offen. Die Vögel vom Hof zu hören. Die Dosen und Döschen in der Vitrine vor dem Fenster. Die Farben leuchtend. Der Geruch von ihrem Kaffee vor der Abfahrt. Das Klingeln des Telefons in die Räume rollte. Verrann. Niemand da. Sie hätte mit dem Vater reden wollen. Sich durch seine Knappheit beruhigen lassen. Mach es gut, hätte er ihr sagen sollen. Sie wählte die Nummer in der Maxingstraße. Sie konnte sich die Wohnung da nicht. Sie wusste nicht, ob das da noch so aussah, wie sie es. Der Apparat läutete 4-mal. Dann ein Anrufbeantworter. »Hier ist der Anrufbeantworter von Selma Brechthold und Anton Breithuber. Hinterlassen Sie uns eine Antwort nach dem Piepton.« Antons Stimme. Er hatte darauf bestanden. Sie solle an erster Stelle genannt werden. Er würde sprechen. Dafür. Als Ausgleich. Damit alles ausgewogen war. Sie legte auf. Wählte wieder. Sie hörte sich seine Stimme an. Legte auf. Drückte auf die Wiederholungstaste. Nach ihrem Namen legte sie auf. Sie saß da. Starrte auf das Pult in der Glaszelle. Starrte auf das Telefon. Beige mit hellbeigen Tasten. Die Welt war weit weg. Die gläserne Zelle schien unendlich weit. Ausgedehnt. Die Wände nicht zu erreichen. Weggeglitten. Und alles sehr langsam. Das könne nicht wahr

47

sein, dachte sie. Fühlte es. Spürte die Wirklichkeit durch die
Fingerspitzen davonfließen. Durch die Füße in den Boden
rinnen. Und gleichzeitig wurde sie größer. Wuchs. Füllte die
Glaszelle aus. Sie hob die Tasche vom Boden. Sie begann den
Inhalt der Tasche auf das Pult zu legen. Die Mappe mit den
Unterlagen. Eine Packung Taschentücher. Die Geldbörse
mit den Euros. Die Geldbörse mit dem englischen Geld. Das
Etui für die Kreditkarten und die Bankomatkarte. Das Etui
für den Führerschein und die Autopapiere. Das Etui für die
Visitenkarten. Das Necessaire mit Lippenstift und Puder-
dose. Das Necessaire mit den Augentropfen und der kleinen
Tube Handcreme. Gegen die trockenen Hände. Der Termin-
kalender. Das Adressbuch. Das handy. Eine kleine Packung
feuchte Tempos. Brillenetui. Kaugummi. Sie holte die Parkkarte aus dem Seitenfach und steckte die Parkkarte zu den
Autopapieren. Sie räumte alles wieder ein. Sie holte die
Boardkarte und den Pass heraus. Behielt den Pass in der
Hand. Sie stand auf. Verließ die Telefonzelle. Sie wäre nichts
schuldig, sagte der Schalterbeamte. Selma ging. Eine Ste-
wardess in einer blauen Uniform kam ihr entgegen. Selma
hielt ihr die Tür offen. Die Frau lächelte sie an. Bedankte
sich. Selma ging weiter. Sie war durstig. In der Halle. Auf den
Bänken gleich nach dem Gang zum Postamt. Drei Frauen.
Schwarz gekleidet. Lange schwarze Umhänge. Schwarze
Kopftücher. Die Frauen waren alt. Sahen alt aus. Ein junger
Mann stand vor ihnen. Ein großer brauner Koffer. Zwischen
den Frauen und dem Mann. Ein alter Koffer. Ein gestreiftes
Band war unter dem Griff durchgezogen. Hielt den Koffer
zusammen. Die Frau in der Mitte hatte den Kopf zurückge-
legt. Ihr Kopf hing über den Rücken der Bank gegen die
Wand. Die Frau weinte. Tränen liefen über ihre Wangen. Die
Frau rechts neben ihr hielt ein weißes Tuch in der Hand. Sie

48

tupfte die Tränen ab. Sie wischte über die Wangen der Frau. Dann saß sie wieder. Sah den jungen Mann an. Die Frau links von der weinenden Frau sah vor sich hin. Sah dem Getriebe in der Halle zu. Selma stellte sich in die Reihe. Vor dem Durchgang zu den Terminals eine Schlange. Gepäcktrolleys quer. Selma musste sich einen Weg bahnen. Sie schob einen Trolley zur Seite. Eine Gruppe Italiener nahm ihren Platz ein. Selma reihte sich hinter sie ein. Die 3 Frauen auf der Bank. Sie saßen da. Die mittlere weinte. Die rechte tupfte die Tränen weg. Die linke schwenkte ihre Beine unter dem langen schwarzen Rock und schaute sich um. Der junge Mann stand hinter dem Koffer. Selma fragte sich, wer von diesen Personen abreiste. Oder ob alle zusammen wegfuhren und es ein anderer Abschied war. Ein Abschied von jemandem, der gar nicht da war. Die Tränen der Frau. Niemand sah hin. Alle Blicke streiften diese Frau. Vermieden es, die Frau wieder anzusehen. Die Italiener vor Selma. Sie unterhielten sich über diese Personen. Sie fanden es eine Zumutung. Sie besprachen, wo man auf diesem Terminal ein Glas Champagner bekommen konnte. Sie sahen sich um. Besprachen die Architektur. Sie fanden die Halle scheußlich. Selma fand die Halle auch scheußlich. Aber bei den Bemerkungen der Italiener. Sie ärgerte sich. Hätte das Aussehen der Halle verteidigt. Selma hatte den Rucksack auf den Boden gestellt. Sie schob ihn mit den Füßen nach vorne, wenn die Schlange weiter vorrückte. Hinter ihr. Sie hörte »Wie ich ein Kind war.« Die Frau ließ die Tränen rinnen. Der junge Mann hatte sich nicht bewegt, seit Selma ihm zusah. Er stand gespannt. Er war angespannt. Selma dachte, es könnte jeden Augenblick. Eine Handlung. Eine Reaktion. Es könnte jeden Augenblick etwas geschehen. Die Anspannung ließ ihre Unruhe ansteigen. Und sie wollte alles wissen. Wer diese

Personen waren. Wie sie zueinander standen. Wie sie zusammengehörten. Warum sie auf diesem Flughafen gelandet waren. Was in dem Koffer war. Wem der Koffer gehörte. Wohin. Sie kam an die Kontrolle. Sie hob den Rucksack wieder auf. Schwang ihn über die Schulter. Sie hielt ihre Boardkarte hin. Der Beamte winkte sie durch. Kontrollierte ihre Boardkarte nicht. Selma ging an dem Mann vorbei. Sah sie so spießig aus. Traute ihr der nicht zu, eine Terroristin zu sein. War sie die Kontrolle nicht wert. Vor dem Caviar House gleich beim Eingang drehte sie sich um. Die 3 Frauen saßen auf der Bank. Der junge Mann stand da. Selma ging den Gang in Richtung Terminal A hinunter. Die aufgeschürfte Haut an der Achillessehne schmerzte.

4

Sie ging an den Bankschalter. Gleich nach dem Eingang. Rechts. Sie musste warten. Hatte Zeit, das Geld aus der Tasche zu kramen. Bereitzuhalten. Der Mann war beschäftigt. Sie stand. Schaute durch die Glasscheiben auf die Halle zurück. Das Getöse in der Halle durchzuhören. Gedämpft. An den Check-in-Schaltern rechts stellten sich Passagiere an. Die Menschen, die sich für den Eingang einreihten, mussten diese Schlangen umgehen. Die 2 Menschenschlangen gerieten durcheinander. Sie konnte die Frauen auf der Bank nicht mehr sehen. Dichtes Gedränge. An diesen Schaltern da gleich rechts. Da hatte sie oft eingecheckt. Da war KLM gewesen. Die Flüge in die USA. Da hatte man sich hier angestellt. Da war man damals schon denen im Weg gewesen, die auf dem Weg zum anderen Eingang waren. Ivan. Er war nicht erstaunt gewesen, sie da zu sehen. War nicht verwundert. Hatte nicht gefragt, warum sie nach Los Angeles angestellt stand. Er hatte sie gegrüßt, als hätten sie einander gerade erst gesehen. Gerade erst kennen gelernt. Sein Tod. Wie sollte sie traurig sein, wenn er sie so gegrüßt hatte. Damals. Er war wohl. Die Bitterkeit ein metallischer Geschmack. Ein glatter metallischer Geschmack am Gaumen. Ivan. Ivan war ja nun wohl überholt. Anton hatte sich den ersten Platz verdient. Die größte Enttäuschung ihres Lebens. Das war nun wohl Anton. Und manchmal fiel ihr das gar nicht gleich ein. Manchmal lebte sie. Fühlte sich in der Zeit davor. Vor der Heimkehr nach Zagreb. Ivan. Glücklich war sie gewesen. Nicht mit ihm. Aber seinetwegen. Bei der Fahrt nach Zell am See. Nicht mit ihm. Davon war nichts übrig. Aber auf der Fahrt. Eine singende Vollkommenheit. Sie war im Auto gesessen. War gefahren. Die Westautobahn.

Und eine jubelnde Vollkommenheit. Die Erwartung. Singen hatte müssen. Die ganze Fahrt. Alles richtig gewesen. Alles. Einmal und. »Ja. Bitte.« sagte der Mann am Schalter. Er zählte Banknoten. Lehnte sich gegen das Glasfenster. Sah auf die Scheine in seiner Hand. Wie er sie in blitzschnellen Bewegungen zu einem Stapel legte und sie dann in eine rosarote Schleife steckte. Das nächste Bündel aufnahm. Selma schob 300 Euro unter der Glasscheibe durch. Sie wolle diese 300 Euro in britische Pfund gewechselt haben. Der Mann nahm die Scheine. Tippte einen Beleg. Zog eine Lade mit Geld auf. Zählte Geld heraus. Legte ihr das Geld und den Beleg hin. Wandte sich gleich wieder den Kunden auf der anderen Seite zu. Sie fischte das Geld aus der metallnen Grube unter dem Glas. Das Metall frostig und sie musste an die vielen Hände denken. Die da hingriffen. Sie steckte das Geld in die Tasche. Sie ging nach links. Schaute durch das Glas der Tür in die Halle zurück. Die Bank leer. Sie ging. Eine Versuchung. Ihn anzurufen. Das handy herausnehmen und mit ihm reden. Beim Gehen. Ihm erzählen, wie schäbig das hier alles war. Wie eng. Wie hineingestopft. Wie provinziell. Wie gestresst sie sich gleich fühlte. Wie diese aneinander gedrängten Geschäfte einen ansprangen. Vorwurfsvoll bedrängten. Und wie die Leute da herumgingen. Weltläufig im Einkaufen. Und die Preise von Paschmina-Schals und Digitalkameras von allen Flughäfen der Welt wussten. Aber ein Reflex war. Es war nur noch der Reflex. Der Überhang der 15 gemeinsamen Jahre. Gewohnheit. Und im neuen handy seine Nummer nicht. Sie ging zwischen dem Caviar House und dem duty-free-shop hinunter. Sie wollte zur Buchhandlung bei der Passkontrolle. Englische Zeitungen. Sich vorbereiten. Gesprächsstoff für das Abendessen. Was ist los. In London. Im Theater. Was schreibt Michael Billington. Sie hielt die Riemen ihrer Taschen. Ging mit den Armen gekreuzt. Abwehrhaltung, dachte sie. Und wann hatte sie das letzte Mal Sex gehabt. Sie versuchte, sich zu erinnern. Überlegte. Aber die Erinnerung an ihn. An die Wohnung. An das Leben da. An die Umgebung. Die ganze Zeit. Ein Durcheinander. Ein undurchdringliches Chaos. Bilder. Worte. Gerüche. Gesichter. Sprechen. Bewegungen. Sie selbst. Denkend. Redend. Lachend. Und so weit weg. Sie war in sich nicht mehr Teil dieser Erinnerungen. Konnte nicht zu sich in diesen Erinnerungen durch. Konnte sich an nichts erinnern. Sie wurde von einem Paar überholt. Beide in dunklen Anzügen. Sie zog ein kleines rotes Köfferchen nach. Er ein schwarzes. Sie hasteten. Keuchten. Drängten sich an ihr vorbei. Die Frau sprach in ihr Telefon. Laut. Auf Italienisch. Sie sagte, dass es Konsequenzen geben würde. Dass das nicht so ginge. Und dass das anders ausgemacht wäre. Convenuto. Deciso. Der Mann lief neben ihr. Hielt den Kopf gesenkt. Die Frau sah im Hasten immer wieder zu ihm hinüber und er nickte zustimmend. Im duty-free-shop standen die Angestellten in ihren weinroten Uniformen an einer Kassa. Sie lachten. Eine Frau wartete zu bezahlen. Die Angestellten kehrten ihr den Rücken zu. Die Frau sagte etwas. Hielt etwas in der Hand. Hielt etwas hoch. Ein Angestellter wandte sich ihr zu. Langsam. Ging an eine andere Kassa. Deutete der Frau, dahin zu kommen. Selma ging. Hielt die Riemen eng vor der Brust gekreuzt. Sie hätte der weinenden Frau draußen. Der hätte sie helfen wollen. Aber sie war auch wütend. Sie hatte auch allen Grund zu weinen. Sich hinzustellen. Und laut zu klagen. Aber sie. Sie musste alles begraben. In sich. Und sie hätte alles wissen wollen. Über diese Szene. Wer waren diese Personen gewesen. Woher waren sie gekommen. Sie hatten nach Mittlerem Osten ausgesehen. Oder einem dieser Sowjetunionnachfolgestaaten. Waren sie alle abgereist. War der junge Mann abgereist. War er der Sohn. Warteten sie auf jemanden. Wohin gehörten sie. Sie ging. Schaute nicht rechts. Nicht links. Das war alles nur mehr für die anderen. Sie brauchte gar nicht mehr hinsehen. Sie musste gar keine Entscheidung mehr treffen. Über die Waren. War etwas kitschig. War etwas spießig. War etwas neureich. War etwas o. k. War etwas unumgänglich. Musste man etwas haben. Sie würde nichts kaufen. Können. Sie gewöhnte sich besser daran. Ein für alle Mal. Selma, böse Gouvernante, dachte sie. Sie ging. Bei den Sachertorten und Altmann-und-Kühne-Bonbonnieren bemerkte sie die Tränen. Sie liefen ihr über die Wangen. Rollten. Sie wischte sie nicht weg. Es waren schöne Tränen. Brennende Kügelchen. Sie ließen eine dünne gerade Spur über die Wangen zurück. Verliefen sich. Und es schaute ohnehin niemand. Das Mustern. Das gegenseitige Mustern. Sie war nicht mehr jung genug. Die letzten Jahre waren die Blicke so farblos geworden. Wenn jemand sie ansah. Frauen oder Männer. Sobald sie ins Blickfeld kam. Die Blicke. Den Glanz verloren. Sich weiterwandten. Sie konnte weinen. So viel sie wollte. Es waren aber nur ein paar Tränchen. Selbstmitleid, dachte sie. Und sie sollte es loswerden. Bevor sie in London ankam, sollte sie es losgeworden sein. Gleich nach den Süßwaren ein Speckstand. Eine Frau stand hinter einer kleinen Theke. An der Wand hingen Speckstücke. In Plastik eingeschweißt. In allen Größen. Die Frau trug ein blaues Dirndl mit rosaroter Schürze. Sie war dick. Sie stand. Selma schaute genau. Es gab keine Möglichkeit zu sitzen. Oder sich anzulehnen. Die Frau stand bewegungslos. Selma ging vorbei. Das waren die Jobs, die sie nicht einmal bekommen würde. Das hatte die Frau Maglott ihr schon klargemacht. So einfach ging es nicht.

Einen Einzelhandelsjob. Dafür musste man Erfahrung haben. Und wie es mit ihren Beinen stand. Krampfadern. Oder so. Ob das alles in Ordnung wäre. Der Rücken. Überhaupt. Und Personen wie sie. Da wurde nur geseufzt. Vor der Passkontrolle. Zu den A-Gates. Ins Nicht-EU-Ausland. Die Menge reichte weit in den Gang. Selma kämpfte sich vorwärts. Niemand wollte sie durchlassen. Alle glaubten, sie wolle sich vordrängen. Sie zwängte sich zwischen den Menschen durch. Schlängelte sich die Wand links entlang. Durchquerte die Boutique. Noch vor kurzem die Buchhandlung an dieser Ecke gewesen. Beim Ausgang. Links unten rot glühend der Eingang zum Beate-Uhse-Sex-Shop. Sie ging um die Raucherinsel. Eine Zigarette lag auf dem Rand eines Aschenbechers. Die Aschenbecher runde Büchsen an eine Stange geschweißt. Die Raucher um die Stange angereiht. Die Stange im Viereck angeordnet. Die Raucher einander ansehen mussten. Einander zusehen. Beim Rauchen. Selma an ein Pissoir denken musste. Bei diesen Raucherinseln. Die Zigarette brannte in einem der Aschenbecher. Rauch kräuselte sich in die Lüftung hinauf. Der Geruch. Der Geruch machte Selma sich schwach fühlen. Eine Verzweiflung, nun auch noch diesen Geruch aushalten zu müssen. Männer verschwanden im roten Schein des Sex-Shop-Eingangs. Eine Frau auf einem Plakat. Überlebensgroß neben dem Eingang. Ihr Kopf und ihre Brust zu sehen. Das Gesicht vollkommen überschminkt. Glänzend. Die Lippen und die Augen. Die Wangen schimmernd. Die Haut leuchtend hell. Die Frau trug ein Ledergeschirr rund um ihre Brüste. Die Brustwarzen erigiert und dunkelrot. Das Leder lackschwarz spiegelnd. Die Frau sah in die Kamera. Der vorgeschriebene Schmollmund. Der Busen vorgeschoben. Die Arme nicht zu sehen. Nur der gebrauchsfertige

Körper. Die Arme Balanceinstrumente. Die geforderten Stellungen auszubalancieren. Abzustützen. Auf solchen Fotos die Arme immer hinter dem Körper angeordnet waren. Jede Erinnerung an Abwehr. An eine unwillkürliche Geste. An einen Eigenwillen. Rechts die Menge. Eine Masse. Ein Pulk. Alle angestellt. Nach vorne schoben. Die Mehrzahl Männer. Selma ging die Menge entlang zur Buchhandlung in der Ecke. Es waren fast nur Männer. Die Charterflüge waren schon früh am Morgen abgefertigt. Da die Ziffern ausgeglichener. In den Urlaub. Da war das Paarprinzip gültig. Hier ging es ums business. Die Männer in den dunklen Anzügen. Mit den kleinen Rollköfferchen. Die Unterlagen. Der laptop. Die Unterhose. Der Rasierapparat. Das Kondom. Sie hätte das Kondom im Necessaire lassen sollen. Sie hätte Anton die Kondompackung im Necessaire lassen sollen. Aber sie hatte gedacht. Sie hatte denken müssen. Er hatte sie gebeten, seinen Koffer zu packen. Sie hatte gedacht. Sie hatte denken müssen. Es wäre eine Geste. Von ihm gewollt. Er musste doch gewusst haben. Dass sie das finden würde. Aber sie hatten darüber nicht mehr nachdenken müssen. Sie hatten keine Sorge mehr gehabt. Deswegen. Das war. Die Sache mit einem Kind. Das war abgeschlossen. Und sie war sich so clever vorgekommen. So frauenzeitschriftsclever. So freundinnenratbefolgend klug. Kein Kondom im Necessaire. Keine Versuchung. Für den verantwortungsvollen Mann keine Versuchung mehr. Sie hatte gedacht. Sie musste offensichtlich gedacht haben, sie erleichtere ihm das Leben. Nähme ihm die Entscheidungen ab. Mit der Entfernung des kleinen Päckchens. Ein uraltes Modell gewesen. Eine Antiquität. Eigentlich. Sie hatte es angesehen. Eine weißhäutige Frau auf der Packung. Vorgebeugt. Ihr Hinterteil in die Höhe gestreckt. Auf den Händen aufgestützt. Die blonden Haare über den Rücken. Eine lockige Kaskade. Den Busen in die Höhe gereckt. Eine grob kolorierte Zeichnung. Sie hatte das Päckchen in den Küchenabfall gesteckt. Hatte das Päckchen begraben. Unter Erdäpfelschalen und Salatblättern. Sie war sich. Erwachsen. Sie war sich überlegen vorgekommen. Den dummen Mann in die richtige Richtung. Keine Abenteuer. So nebenbei. Eine kühle, kluge Frau, die ihr Leben in die Hand nehmen konnte. Die ihre Partnerschaft. Und sie hatte ihn. Sie hatte gedacht, dass er das auch von ihr erwartet hatte. Dass sie solche Dinge überlegte. Und ordnete. Aber besprochen war es nicht gewesen. Und sie hatte die Rechnung ja nun. Aber nur das Ergebnis. Kein Gespräch. Keine Erklärung. Keine Abrechnung. Nur die Summe. Die eine Abstraktion ergab. Die Sehnsucht. Zu reden. Darüber zu reden. Wenigstens die Gründe zu hören. Sie blieb vor dem Zeitungsständer mit den englischsprachigen Zeitungen stehen. Die Sehnsucht und das Wissen, dass es auch schon zu spät war. Zu viele Ereignisse. Die Rechtfertigungen sich gar nicht mehr zurückverfolgen lassen würden. Sie beugte sich hinunter. Beugte sich über die Leere in der Brust. Presste die Leere zusammen. Der Schmerz. Sie musste sich hinhocken. Sie konnte nicht gleich wieder aufstehen. Sie studierte die Titelzeilen der Zeitungen. Las. Erfasste nichts. Sie nahm einen »Guardian«. Zwang sich, sich aufzurichten. »Peace in Irak will take at least five years to impose.« »QC completes longest speech in history.« »Jackson's freakish body represents the struggle of fantasy against reality.« Sie starrte die Zeitung an. Wartete auf die Rückkehr des Bluts in ihren Kopf. Bemühte sich, gerade zu stehen. Nicht zu schwanken. Nicht in sich zusammen. Nicht sich fallen lassen. Sich nicht in sich zusammenfallen zu lassen. Sie stand. Stemmte sich gegen den Wunsch. Sie stand. Hob den Kopf. Studierte die

Schlagzeilen auf der »Herald Tribune«. Ganz oben. Knapp über ihren Augen. Der Wunsch von vorne kam. Von vorne anbrandete. Gegen die Brust. Von außen ein Druck. Ein Schieben. Drängen. Sich fallen zu lassen. Die Kraft nicht mehr aufbringen. Diesen Körper. Aufrecht. Sich zusammenbrechen lassen. Sich andere um sie kümmern lassen. Sie konnte die Stimmen hören. »Lass es.« »Versuch es gar nicht mehr.« Und. »Das hat doch keinen Sinn.« »Wem fühlst du dich verantwortlich.« Und. »Wenn es so für dich ist, dann ist es so.« Und das Gefühl, dass es ihr besser ginge. Dass es ihr helfen würde. So eine Ohnmacht. So ein Zusammenbruch. Das war eine Veröffentlichung. Wenigstens. Und danach neu anfangen. Aber sie war noch nicht so weit. So tief war sie noch nicht gesunken. Sie konnte es noch zusammenhalten. Sie würde diesen Menschen da. Diesen Massen an der Passkontrolle hinter ihr. Denen würde sie kein Spektakel bieten. Sie konnte es nicht riskieren, dass man den Vater anrief. Und wollte sie dann von ihm abgeholt werden. Sie stand da. Sie wollte das. Sie wollte von ihrem Vater abgeholt und nach Hause gebracht werden. Und er musste ihre Hand halten. Beim Nach-Hause-Fahren. Er musste sich Sorgen machen. Und es sagen. Einmal. Und er würde es nicht. Er konnte nur dieses abwesende Lächeln. Niemand liebte sie so, wie sie es sich vorgestellt hatte. Gewünscht hatte. Sie hatte nie bekommen, was sie sich erwartet hatte. Und jetzt war es zu spät. Sie würde es nie bekommen haben. Was sie gebraucht hätte. Und keine Möglichkeit mehr, etwas nachzuholen. Alles. Vorbei. Gelaufen. Vertan. Sie nahm eine »Times«. Ging zu den Büchern. Nach hinten. Sie spürte, dass sie lächelte. Grinste. Sie konnte sich also nicht an das letzte Mal erinnern. Sie konnte nicht rekonstruieren, wann sie das letzte Mal Sex gehabt hatte. An das erste Mal konnte sie sich auch nicht. Nicht so recht. Das Dunkel in einem Auto. Dunkler als die Nacht draußen. Das war alles. Die kalte Feuchte zwischen den Beinen. Das war schon Erfindung. Das dachte sie sich dazu. Das fügte sie aus den späteren Erinnerungen dazu. Das konnte sie fühlen, weil es so sein musste. Weil die ganze Sache mit dem Sex sich als die geheime Bewährung herausgestellt hatte. Weil es da immer so sein musste, weil es so sein musste. Und sie ihre Anpassung. Das hatte sie nun geliefert. Sie hatte sich den diffusen Regeln in die Arme geworfen. Hatte alles so gemacht, wie sie glauben hatte müssen, dass es sein sollte. Und hatte nichts davon. Nichts davon gehabt. Hatte sich da ausgeliefert. Sie weinte nicht öffentlich. Sie klagte nicht öffentlich. Sie fiel nicht in Ohnmacht. Sie belästigte niemanden. Und sie hielt auch das geheim. Sie hatte auch das geheim gehalten. Und nun keine Erinnerung. An das letzte Mal. An das erste Mal. Die Anweisungen aus Frauenzeitschriften. Die Bemerkungen. Nebenbei gefallen. Und die kleinen Notizen. Wann Frauen nun wirklich einen Orgasmus haben sollten. Im Gang mit den englischen Krimis stand ein Paar. Sie las die Titel laut vor. Er stand neben ihr. Hörte sich die Titel an. Schüttelte den Kopf. Er nahm dann ein Buch. »Komm.« sagte er. »Ich bleibe bei Agatha Christie. Die versteht wenigstens etwas davon.« Selma ging in den Gang hinein. Zum vierten Buchständer. Sie las die Buchrücken. Drehte den Ständer. Die ersten 5 Ständer für Agatha Christie reserviert. Danielle Steele in pastellfarbenen Einbänden mit Golddruck. Robert B. Parker. Michael Crichton. Patricia Cornwall. Elizabeth George. Dan Brown. Christabel Axell. Gary Druckbawr. Valerie Rolandsen. In den letzten 2 Ständern war Pornographie zu finden. »Miss High Heels«. »Hot School Girls«. »In the Belly of the Beast«. »The Nice Officer«. Ständer 6 und 7. Sie suchte. Sie wollte etwas Gemütliches. Sie wollte etwas anderes. Etwas ganz anderes. Keinen Hinweis auf ihr Schicksal. Nichts zum Nachdenken. Nichts, womit sie zu tun hatte. Zu tun hätte haben können. In einer anderen Sprache. Ihre Augen sollten die Buchstaben einer Fremdsprache entlangwandern. Sie sollte mit dem Übersetzen beschäftigt sein. Die Sprache einen Schritt mehr entfernt. Weiter weg. Ihr Unglück. Das war wienerisch. Das sprach sich auf Deutsch. Die Sätze. Die Worte. Der Satz. »Wir müssen uns leider trennen. Von Ihnen. Sie wissen ja. Sie kennen ja unsere Situation am besten.« Das war vom Sagen direkt in ihren Kopf. Das war in ihrem Kopf so, wie es gesagt worden war. Und sie hatte es mitgedacht. Sie hatte sofort mitgedacht. Schon das Hören. »Wir müssen uns leider trennen.« Da war sie beim Hören schon in das »Wir« eingeschlossen. Da hatte sie beim Hören schon alles verstehen müssen. Aus diesem »Wir« und dem »Leider«. Das waren Geiselnahmen. Sie war bei diesem Gespräch in ihrer eigenen Sprache zur Geisel gemacht worden. Weil sie in ihrer eigenen Sprache alles so gut verstehen konnte, war sie wehrlos. Sie war wehrlos gewesen. Es war nur ein Gefühl gewesen. Nie beweisbar, dass das nicht richtig war. Wie das alles gesagt wurde. Dass das Überschreitungen waren. Dass sie missbraucht wurde. Dass sie in ihre eigene Vergewaltigung verpflichtet wurde. In diesem Therapietalk. Und das management by weakness. Sie hatten alle die Schwächen des Intendanten verwaltet. Benutzt. Sie hatten alle geglaubt, ihn im Griff zu haben. Zu managen. Zu machen, was sie wollten. Und hatten es ihm gerichtet. Damit. Der saß da. Schaute verzweifelt. Der erwartete, dass er getröstet wurde. Für die Zerstörungen, die er anrichtete. Und der bekam es dann. Er hatte es von ihr bekommen. Von ihr. Der Unbestechlichen, Unentbehrlichen.

Und jetzt wollte er etwas anderes. Jetzt wollte er eine Geliebte als Chefdramaturgin. Jetzt wollte er sich anders unterhalten. Und so ebnete sich dann alles ein. Letzten Endes hätte sie auch mit ihm ins Bett gehen können. Es hätte sich alles ein bisschen anders geordnet. Er. Der Herr Intendant. Er hätte immer alles bekommen. Dem konnte es ja gleichgültig sein, wie er es bekam. Sie hatte am besten gearbeitet als schwesterliche Beraterin. Als mütterliche Zuhälterin. Sie war dann eben die Zuhälterin gewesen. Die der Ehefrau die Ausreden weitergab. Die zugesehen hatte, wie die kleinen Schauspielerinnen. Wie sie großäugig und mit dieser Haut wie Milch. Wenigstens hatte sie die Tische nicht bestellt. Die Frau Wirula. Sie las die Titel der Bücher. Uninteressant. Ihre Augen. Ihr Blick glitt über die Buchrücken. Sie las. Aber nichts erreichte sie. Sie wusste. Sie konnte sich vorstellen. Wie sie dasitzen musste. Im Flugzeug. Im Hotel. Wie die Gedanken in ihrem Kopf. Wie ihr ganzer Körper. Voll mit. Die Gefühle in Wellen. Die Wut. Die Ängste. Die Versuche, einen Ausweg. Die Versuche, sich zu beruhigen. Der Zorn. Die Ausbrüche, die nach innen. Die Erschöpfung und die Müdigkeit. Gegen all das. Sie brauchte ein ganz dummes, einfaches Buch. Nur etwas ganz anderes. Und dann den Buchstaben folgen. Und dann abgelenkt. Auf Englisch auch eine andere Person. Auf Englisch. Oder auf Italienisch. Sich die Worte nicht so in sie hineinschwindelten. Sie die Worte so von innen. Und deshalb die Zusammenarbeit mit dem Royal Court so wichtig. Deshalb diese Sätze in beiden Sprachen auf der Bühne gesagt werden mussten. Mit allen Stimmen. Und damit das Elend von innen und außen. Wenigstens beschrieben. Selma nahm Valerie Vanhagen. »Rita's Recipe«. Sie hatte nicht so viel Zeit. Sie sah auf ihrem handy nach. Es war 12 Uhr 30. Sie ging an die Kassa. Suchte ihre

Geldbörse aus der Tasche. Sie legte das Buch und die Zeitung auf die Theke. Auf die durchsichtigen Behälter mit den Losen. »Cash«. »Schatztruhe«. »Ein Leben lang«. »Und einmal ›Ein Leben lang‹.« sagte sie. Das könne er aber nicht auf die Rechnung schreiben, murmelte der Mann. Selma nickte. Das mache 13 Euro 50 aus. Der Mann riss die Rechnung vom Block. Sie hielt ihm 20 Euro hin. Er gab ihr das Los und das Wechselgeld. Sie verstaute das Geld und das Los in der Börse. Dann wünsche er ihr Glück, sagte der Mann. Und dass das doch eine gute Form von Lebenslänglich wäre. Ob er wisse, ob das auch funktioniere. Ob das auch ausgezahlt werden würde, fragte Selma. Der Mann schüttelte den Kopf. Nein. Er wüsste von niemandem. Aber dieses Los. Das verkaufe sich am besten. Das wäre halt doch der Traum der Österreicher. 2500 Euro. Jeden Monat. Selma lächelte. Sie nahm ihre Zeitung und das Buch. Sie ging. Sie ging durch den duty-free-shop. An der Passkontrolle noch mehr Menschen. Der Gang zurück zu den anderen Terminals verstopft. Unpassierbar. Sie ging an den Vitrinen vorbei. L'Oréal. Lancôme. Dior. Shiseido. Clinique. Clarins. Estée Lauder. Kanebo. Nivea. Eucerin. Es war kühl. Das Licht gedämpft. Nur die Produkte beleuchtet. Sie fühlte sich unsichtbar. Im Dämmer schwimmend. Schokolade. Aber sie war zu müde. Zu unbeweglich. Sie hätte die Geldbörse nicht schon wieder aus der Tasche holen können. Sie ging. Wanderte. Kaum Menschen. Eine Frau probierte Guerlain-Lippenstifte aus. Sie stand über die Lippenstifte gebeugt. Strich sich die Farben auf den Handrücken. Studierte die Farben auf ihrer Haut. Selma ging an der Kassa vorbei. Die Angestellten standen noch immer um die Kassa ganz links. Und tratschten. Niemand sah sich nach ihr um. Videoüberwachung, dachte Selma. Da saß irgendwo jemand. Hinter einer dieser Wände mit Clinique. Oder Lauren. Die Döschen und Flaschen vor dem schneeweißen Licht in den Regalen. Und starrte auf die Bildschirme der Überwachungskameras. Sie machte sich nicht die Mühe, nach den Kameras zu suchen. Herauszufinden, von wo aus sie gesehen wurde. Gesehen worden war. Es war ihr gleichgültig. Sie hatte keine Energie für solche Überlegungen. Sie kam wieder beim Caviar House heraus. Sie folgte dem Gang rechts. Sonnenbrillen. Palmers. Wolford. Die Sektbar. Sie bog in den Gang zu den C Gates ein. Der Boden ansteigend. Sie stapfte hinauf. Der Gang lang und steil. Sie wurde überholt. Menschen hasteten an ihr vorbei. »Wenn man viel Geld verdient.« Rollkoffer rumpelten an ihr vorbei. Alle gingen schneller als sie. Sie ging die Geschäfte entlang. Die Cafés. Sie war froh, die Zeitung und das Buch schon gekauft zu haben. Auf den Bänken entlang der Fenster schliefen Menschen. Sie hielten ihre Taschen umfangen. Hatten die Taschen unter den Kopf gelegt. Sie lagen aufgereiht. Die Gesichter. Schlafentleert. Selma ging. Volksmusik. Ein Schwall ankommender Passagiere. Sie kamen den Gang bergab. Die zu den Gates gehenden Menschen mussten ausweichen. Selma wurde von einer Frau mit einem großen roten Rollkoffer angestoßen. Die Frau sah sie böse an. Vorwurfsvoll. Selma ging weiter. Duty-free-shop. Kleider. Koffer. Spielzeug. Kosmetika. Etro. Mandarina Duck. Ausverkauf. Technomusik aus dem music store. Zeitungen und Bücher. Vor den Toiletten zwei Schlangen. Nach Männern und Frauen geteilt. Der Brunnen. Der rosarote Steinbrunnen. Menschen rundherum saßen. Der Brunnen. Das Wasser aus Löchern im Stein quellend. Spots auf diese Quellen gerichtet. Sonst alles dunkel. Tageslicht weit hinten. Ein Fenster im Café. Gestrandet. Selma ging vorbei. Verloren. Die Hässlichkeit. Die banale Hässlichkeit dieses Brunnens. Dieses Terminals. Diese Lichtlosigkeit. Die blauen Metallbänke, auf denen die Erschöpften. Der Brunnen, der rosiges Gekröse wasserumspielt. Und dann nicht einmal ein Clo. Auf der Tafel über ihrem Gate war »changed« angezeigt. Und dass sie zu Gate 51 gehen musste. Sie ging da hin. Eine Menschenschlange über den ganzen Platz. Sie stellte sich an. Stand da. Rückte vor. Immer wieder gingen Menschen nach vorne. Links. Gingen einfach durch. Selma wollte sich gerade aufregen. Sie hob an. Wollte einem Mann nachgehen. Ihm sagen, er solle sich anstellen. Gefälligst. Wie alle anderen auch. Dann begriff sie, dass sie sich am Gate für Tel Aviv angestellt hatte. Und dass gleich daneben für London keine Schlange war. Dass man da gleich durchgehen konnte. Dass da die Sicherheitskontrolle nicht so viel Zeit brauchte. Dass man da nicht gefragt wurde, ob man den Koffer selber gepackt hatte. Sie ging hinter dem Mann her. Lief hinter ihm nach. Gleich eilig wie er. Im Gehen kramte sie die Boardkarte und das Ticket heraus. Die Grenzbeamtin an der Passkontrolle lächelte sie an. Sagte, dass es ja noch nicht eilig sei. Selma hielt ihr den Pass hin. Die Frau nahm ihn, zog ihn durch das Lesegerät, schaute auf den Bildschirm. Selma sah ihr zu. Die Frau dunkelhaarig. Lange Haare. Stufig geschnitten. In Wellen bis zum halben Rücken. Ganz kurze Stirnfransen. Paige in »Charmed« hatte gerade eine solche Frisur. Jedenfalls in der Staffel im ORF. Im Original. Das war sicherlich vor 2 Jahren in den USA gelaufen. Es war anzunehmen, dass der ORF sich nicht leistete, die Synchronisation selber zu machen und zu bezahlen. Die warteten sicherlich, bis RTL das gemacht hatte. Hatten wahrscheinlich einen Deal mit RTL. Diese Art von Deal. Die war ja wahrscheinlich auch die Attraktion der vielen Personalunionen zwischen diesen beiden Sendern. Intendant beim ORF und

dann Geschäftsführer bei RTL. Oder umgekehrt. Solche
Geschenke musste man mitbringen. Um etwas zu werden.
Und der ORF. Der benahm sich privater als jeder Privatsen-
der. Selma schaute auf die Fingernägel der Grenzbeamtin.
Winzige lila Herzen waren auf einen Untergrund von grell-
rosa Nagellack gemalt. Konnte die Frau das selber machen.
Oder musste man für so etwas in ein Nagelstudio. Die Frau
sah auf. Sie nickte und reichte Selma den Pass. Selma
bedankte sich.

5

Sie legte den Rucksack auf das Band für die Sicherheitskontrolle. Der Beamte drehte den Rucksack um. Warf ihn auf den Rücken. Der Mann stand zwischen Selma und dem Metallrahmen des Metalldetektors. Er roch nach Schweiß. Er trug einen blauen Pullunder über dem hellblauen Hemd der Uniform. Die feuchten Flecken unter seinen Armen fast bis zum Ellbogen. Er streckte die Hand nach Selmas Tasche aus. Selma hielt die Boardkarte und den Pass noch in der Hand. Sie ließ die Riemen der Handtasche über den Oberarm rutschen. Ließ die Tasche auf das Förderband gleiten. Der Mann zog ihr die Tasche vom Arm. Legte die Tasche auf die Seite. Selma ging um ihn herum. Machte einen Bogen. Der Geruch. Seine Ungeduld. Der Mann strahlte Ungeduld aus. Widerwillen. Er war über jedes neue Gepäckstück erbost. Die Frau hinter dem Metalldetektor deutete ihr, die Jacke auszuziehen. Selma musste die Boardkarte und den Pass von einer Hand in die andere. Sie schüttelte die Jacke von ihren Schultern. Ging zurück. Legte die Jacke auf das Band. Der Mann griff nach einer der grauen Plastikwannen. Legte die Jacke in den Behälter. Vorsichtig. Er machte das vorsichtig. Selma ging zurück. Mochte diesen Mann. Deswegen. Sagte »Danke.« Sie ging durch das Metalltor. Kein Signalton. Die Frau deutete ihr mit dem Metallsuchgerät weiterzugehen. Selma sammelte ihre Sachen auf. Sie nahm alles auf und ging in den Wartesaal. Es waren nur mehr 5 Minuten bis zur Einsteigezeit. Die meisten Passagiere schon da. Selma fand einen Sitzplatz. Links. Am Ende. Gleich beim Abgang zu den Toiletten. Sie stellte alles ab. Verstaute den Pass in der Tasche. Zog die Jacke wieder an. Sie fror. Im Warteraum die Klimaanlage auf sehr kühl gestellt. Sie setzte sich. Zog die Jacke

66

enger um sich. Eine AUA-Angestellte in ihrer tomatenroten Uniform durchquerte den Raum. Menschen standen auf. Begannen an den Ausgang zu gehen. Sie fuhren die Haltegriffe ihrer Rollkoffer aus. Sammelten Wasserflaschen auf. Falteten Zeitungen zusammen. Der Mann neben Selma ging weg. Er war groß. Kräftig. Er trug einen Burberry über dem Arm. Den Futterstoff nach außen gekehrt. Er ging ganz bis an die Tür zum Gang zum Flugzeug hinunter. Stand da. War der Erste. Selma sah ihm zu. Sie hatte die Tasche offen auf dem Schoß. Sie sollte sich auch vordrängen. Sie brauchte Platz für ihren Rucksack. In den overhead bins. Sie sollte es diesem Mann nachmachen. Sie blieb sitzen. Das Beste am Fliegen war. Man kam immer mit. Wenn man einmal da war. Dann kam man mit. Dann musste man nicht mehr kämpfen. Und das Gepäck. Irgendwie wurde das immer bewältigt. Und schlimmstenfalls musste sie eine der Stewardessen bitten. Die machten das nicht gerne. Die wollten nur Männer, die flogen. So wie der, der jetzt beim Ausgang stand. Ungeduldig. Fordernd. Die brauchten solche Männer. Mit denen konnten sie flirten. Für die zahlte es sich aus, etwas zu tun. Da konnten diese Frauen ihre mühsamen Arbeitsbedingungen über diese Belohnung ausgleichen, die sich diese Frauen dann ohnehin auch noch selber vorstellen mussten. Aber da hatten die wenigstens den Mythos, diesen Männern zu Diensten zu sein. Da konnten sie davon träumen, einer von denen würde sie mitnehmen und erhalten. Bis ans Ende ihrer Tage. Das war eine Abspeisung. Aber Frauen ließen sich abspeisen. Mit so einem Mythos. Hatten sich immer so abspeisen lassen. Selma schaute der Stewardess zu. Schaute auf ihre tomatenroten Strümpfe. Das hatte sie zumindest nicht gemacht. Für die Belohnung durch das Lächeln eines Mannes sich die Farbe der Strümpfe diktieren lassen. Aber

das war wahrscheinlich der einzige Unterschied. Die Frau
beugte sich über das Mikrophon. Der Abflug würde sich um
eine halbe Stunde verspäten. Die Maschine wäre eben erst
gelandet. Die Fluggesellschaft bedauere diese Verspätung.
Die sei auf die Überlastung des Flugraums um Heathrow zu-
rückzuführen. Dann die Ansage auf Englisch. Die Frau hatte
einen guten Akzent. Leicht amerikanisch. Hatte in Amerika
gelernt. Austauschschülerin. Wahrscheinlich. Wahrscheinlich war sie mit 17 nach Amerika geschickt worden. Damit
sie die Sprache. Bessere Chancen. Die Menschen gingen vom
Gate wieder weg. Suchten sich wieder Sitzplätze. Einige mussten stehen. Es kamen noch Passagiere durch die Sicherheitskontrolle in den Raum. Die Sitzplätze alle besetzt. Neben
Selma hatte sich ein Mann hingesetzt. Er war groß. Überrag-
te Selma. Er saß aufrecht. Sah vor sich hin. Eine Frau. Seine
Frau stand vor ihm. Sah auf ihn hinunter. Auch sie groß. Sie
hatte eine große Plastiktasche auf den Boden gestellt. Die
Tasche zwischen den beiden. Die Frau sah den Mann an. Selma machte weiter Ordnung in ihrer Tasche. Sie steckte das
umgewechselte Geld in die Geldbörse für das englische Geld.
Schob den Pass in das Seitenfach. Holte die Papiertaschentücher nach oben. Holte die Zeitung heraus. Das Buch.
Womit wollte sie beginnen. Eine halbe Stunde Wartezeit.
Und die Maschine noch nicht einmal am Gate. Da konnte es
auch noch länger dauern. Sie musste aufs Clo. Aber wenn sie
jetzt aufstand. Sie würde keinen Platz zum Sitzen mehr finden. Und ein Gepäckstück auf dem Platz liegen lassen. Diese
Frau. Die da ihren Mann anstarrte. Die würde sich da hinsetzen. Oder die Sicherheitsleute holen. Wegen des unbeauf-
sichtigten Gepäckstücks. Sie musste aufs Clo gehen, wenn
das Boarding begann. Dann war sie die Letzte. Aber im Flugzeug aufs Clo gehen. Das war. Sie machte das nicht. Auf so

68

einer kurzen Strecke. Das war schwierig genug auf den langen Flügen. Wenn der Boden der Toiletten überschwemmt war und kein Toilettenpapier mehr da. Selma entschied sich für das Buch. Sie legte die Zeitung zusammen. Sie hatte den Rucksack rechts von ihrem Sitz. Auf dem Boden. Sie stellte die Tasche auf den Rucksack. Steckte die Zeitung in die Tasche. Kramte die Brille heraus. Sie schaute vor sich hin. Sah sich um. Alle Plätze besetzt. Koffer und Taschen in den Gängen zwischen den Sitzreihen. Gruppen. Paare. Familien. Die Geschäftsleute der business class standen beim Ausgang. Dunkle Anzüge. Hellblaue und rote Krawatten. Sie warteten. In sich gekehrt. In ihr Schicksal ergeben. Nur der Mann, der neben ihr gesessen hatte. Der sprach mit der Frau vom AUA-Bodenpersonal. Die zuckte mit den Achseln. Lächelte den Mann an. Der wandte sich ab. Verärgert. Ging ans Fenster. Blieb da stehen. Die Frau ging wieder durch den Warteraum zum Schalter vorne am Gate. Eine junge Frau stürzte in den Raum. Lief in die AUA-Angestellte. Sie entschuldigte sich. Kurz. Zog ihren Koffer in den Raum. Fuhr mit den Rollen noch über die Füße der Angestellten. Ging weiter. Ging so weit an den Gateausgang wie möglich. Sie stand am Rand der Männergruppe da. Selma hatte ihr nachgesehen. Sie sah die AUA-Angestellte nicht mehr. An der Sicherheitskontrolle kamen immer noch Passagiere an. Sie kamen gelaufen. Verhetzt. Verschwitzt. Drängten sich um den Eingang zur Sicherheitskontrolle. Selma sah ihnen zu. Ein Mann musste zurück. Der Warnton des Metalldetektors. Der Mann wühlte in seinen Hosentaschen. Legte Dinge auf die Schale rechts von der Sicherheitsschleuse. Wieder erklang der quietschende Warnton. Der Mann ging rückwärts zurück. Zog etwas aus seiner Gesäßtasche. Wieder der Warnton. Der Sicherheitsbeamte nahm den Mann beiseite. Selma schaute zu. Der

Mann hatte seine Arme weit zur Seite gestreckt. Der Beamte ging in die Knie. Fuhr den Mann mit dem Stabmetalldetektor ab. Umspielte den Mann. Rasch. Routinierte Bewegungen. Umarmte den Mann beim Absuchen des Rückens. Der Beamte trat dann zurück und gab mit einer weiten Armbewegung den Weg frei. Der Mann ließ seine Arme sinken. Ging an das Band. Sammelte seine Besitztümer ein. Selma konnte durch die Glaswand zum Warteraum nur die Töne der Metalldetektoren hören. Alle anderen Geräusche gingen im Murmeln rund um sie unter. Der Mann neben ihr hatte den Kopf gegen die Wand gelehnt. Die Augen geschlossen. Die Frau stand. Selma beugte sich über ihr Buch. Wann würde dieses schlechte Gewissen aufhören. Sie musste nicht mehr Platz machen. Sie war nicht mehr das Schulkind. Sie musste nicht aufstehen. In der Straßenbahn. Für ältere Menschen. Das waren Erwachsene gewesen. Damals musste für alle Erwachsenen aufgestanden werden. Das war vorbei. Das machte niemand mehr. Und sie war selber erwachsen. Sie war jetzt eine der Personen, für die sie als Kind aufstehen hätte müssen. Sie hätte aufstehen müssen und dieser Frau den Platz anbieten. Mit einem höflichen kleinen Lächeln hätte sie ihr den Platz lassen müssen. Selma starrte auf das Buch in ihrer Hand. »Rita's Recipe«. Von Valerie Vanhagen. Es sah nach einem Kochkrimi aus. Auf einem millefleur-Grund war in Reliefdruck eine Torte abgebildet. Rosa und weiß verziert. Der Titel des Buchs war in dunklem Rosa auf die Torte geschrieben. Als wäre er die Widmung. Als Apostroph des angelsächsischen Genitivs von Rita war eine kleine Injektionsspritze in die Torte gerammt. Ein dicker Blutstropfen quoll unter der Nadel aus dem weißen Zuckerguss hervor. Selma suchte nach dem Anfang. Sie blätterte. Wenn sie dieser Frau den Sitzplatz anbot. Neben ihrem

Mann. Diese Frau würde sich nicht einmal bedanken. Sie würde sich setzen. Sie würde den Platz nehmen und nicht Danke sagen. Sie würde sie verachten. Für diese Höflichkeit. Sie drehte das Buch um. Las die Rückseite. »With Valerie Vanhagen the good old whodunit returns to crime fiction. In the quaint scenery of the english village crime runs rampant once again, complete with the parson, the major and the lady of the manor.« Sie blätterte. Suchte den Anfang. Die Autorin begann das erste Kapitel mit einem Zitat. Wahrscheinlich hatte jedes Kapitel ein solches Motto. Selma las die Verse nicht. Sie wollte nichts verstehen. Sie wollte ihre Augen die Zeilen entlangwandern lassen. Die englischen Sätze entlang. Aber sie wollte nichts erfassen. Nur lesen. »The veil protecting the pram floated in the light breeze down from the hills. The baby in the pram slept with the total abandon of the very young, its face concentrating on something inwards as if it was hard work to sleep and grow. Behind the pram the sea glittered in the September sun. From somewhere out on the open sea the cry of a seagull sounded. A shadow fell over the pram.« Selma schloss das Buch. Steckte es in die Tasche. Sie nahm den Rucksack und die Tasche. Stand auf. Stieg die Stufen zu den Toiletten hinunter. Die Tür zur Damentoilette hinter den Männern. Sie hatte Mühe, die Tür aufzuziehen. Vor dem Spiegel eine Frau. Dick. Sie befeuchtete ihre Fingerspitzen und fuhr sich die Augenbrauen entlang. Selma ging schnell an ihr vorbei. Sah die Frau sie ansehen. Im Spiegel. Selma ging in die hinterste Toilette. Sie verriegelte die Tür. Schloss sich ein. Sie hielt den Rucksack gegen die Toilettentür gepresst. Die Tasche in der Hand. Mit der freien Hand riss sie ein Stück Toilettenpapier ab. Sie legte das Papier auf die Tür. Lehnte die Stirn dagegen. Stand da. Den Kopf gegen die Tür gestützt. Den Rucksack im Bauch gegen die Tür gepresst. Die Tasche in der Hand. Die Frau hatte sich den Platz genommen. Da war sie kaum aufgestanden gewesen. Bei den ersten Bewegungen hatte die Frau sich angespannt. Für die Eroberung des Sitzplatzes. Beim ersten Verdacht, dass sie sich fertig machen könnte, den Sitzplatz aufzugeben, hatte diese Frau sich gestrafft. Angespannt. Zwischen sie und jede andere Person zu kommen, die in dem überfüllten Raum den Platz beanspruchen hätte wollen. Selma bekam kaum Luft. Sie musste vorsichtig atmen. Rechts. Da, wo die Rippen aufhörten. Wo die Weichheit des Bauchs begann. Ein Schmerz und unmöglich sich zu bewegen. Sie konnte Luft nur oberhalb in die Lungen bringen. Sie musste die Luft einsaugen. Durfte nichts bewegen, die Luft auszuhauchen. Sie stand. Stand da. Von draußen nichts zu hören. Sie hatte nicht gehört, ob die Frau gegangen war. Oder noch vor dem Spiegel stand. Die Vorstellung, diese Frau könnte an der Tür draußen lehnen. Auf der anderen Seite ihre Stirn gegen die Tür. Sie stand da. Konnte nichts tun. Musste sich jede Bewegung. Durfte sich nicht bewegen. Konnte die Luft nur in sich. Einsinken. In sich hineinfließen. Der Schmerz. Ein Riegel gegen jeden Anflug einer Bewegung. Sie war ruhig. Stand über sich gebeugt. Den Rucksack auf der Klinke aufgestützt in den Bauch gebohrt. Sie ließ die Tasche fallen. Ließ die Arme hängen. Dachte dieses federzarte Atmen. Draußen. Sie hörte die Tür schlagen. Dann wieder nichts. Stille. War die Frau jetzt erst gegangen. Sie stand. Sie fand sich dann wieder normal atmen. Der Schmerz weg. Nicht einmal mehr genau zu sagen, wo es gewesen war. Alles sich aufgelöst. Sie begann zu schwitzen. Sie richtete sich auf. Wie lange war sie so gestanden. Sie warf das Papier in die Toilette. Spülte. Hob die Tasche auf. Sie musste hinauf. Die Stille draußen ließ darauf schließen, dass alle schon weg waren.

Dass alle schon an Bord waren. Draußen. Vor den Waschbecken. Niemand war da. Sie lief. Nahm zwei Stufen bei jedem Schritt. Oben. Unverändert. Die Männer in den dunklen Anzügen am Ausgang versammelt. Die Menschen auf den Bänken. Sprachen. Lasen. Schliefen. Schauten vor sich hin. Die Frau hatte sich auf ihren Platz gesetzt. Sie saß neben ihrem Mann. Sah in die Ferne. Wie er. Selma ging an ihnen vorbei. Beim Vorbeigehen sah sie. Die beiden hielten einander an der Hand. Sie hatten die Hände ineinander verschlungen. Die Knöchel weiß. Sie hielten sich aneinander fest. Saßen starr. Selma stellte sich neben die junge Frau, die die AUA-Angestellte fast umgeworfen hatte. Im Gang zwischen den Gates gingen Menschen vorbei. Die Maschine war angekommen. Selma hoffte, dass es nun rasch gehen würde. Sie war müde. Sie war durstig. Sie blieb stehen. Immer mehr Menschen standen auf. Kamen zum Ausgang. Die Menge um den Ausgang dicht. Selma ließ sich nicht drängen. Blieb auf ihrem Platz. Sie hatte den Rucksack auf den Boden vor sich gestellt. Sie fühlte sich aggressiv werden. Fühlte das Ansteigen des Widerwillens. Wollte nicht mit jemand anderem in Berührung kommen. Ein Mann in einem Khakianzug schob sich zwischen sie und die junge Frau im schwarzroten Rock. Er stolperte über den Rucksack. Selma riss den Rucksack in die Höhe. Schaute den Mann böse an. Der sah weg. Die AUA-Angestellte bahnte sich einen Weg durch die Menge. Eine Kollegin folgte ihr. Niemand wollte Platz für die zwei Frauen machen. Sie mussten sich an jeder Person vorbeizwängen. Selma wollte zur Seite treten. Sie konnte keinen Schritt machen. Sich nicht bewegen. Sie steckte zwischen den Menschen. Wurde nach vorne geschoben. Die Frauen schafften es dann an ihr Pult. Die eine machte die Ansage. Die andere schloss die Tür zum Gang auf. Selma wurde nach vorne gestoßen. Sie ließ sich schieben. »Das wird ihn den Kopf kosten.« hörte sie. »Never in line.« »Ich habe sie nicht. Du hast sie doch immer.« »A better proposition.« »Always in trouble.« »Es ist immer das Gleiche.« »Lieber mit Lufthansa.« Der Mann im Khakianzug war schon weit vorne. »Selli.« Selma starrte vor sich hin. »Hallo. Selli.« Eine Männerstimme von hinten. Sie drehte sich um. »Selli. Was machst du da.« Ein Mann winkte ihr zu. Selma sah ihn an. Der Mann reckte sich hoch. Er fuchtelte mit der rechten Hand. Schaute über die vor ihm Stehenden zu ihr hin. Grinste. Selma kannte den Mann nicht. Wusste nicht, wer das sein sollte. Sie waren alle in diesem Raum eingepfercht gewesen. Wenn jemand Bekannter da gewesen wäre. Man hätte einander nicht übersehen können. Niemand war ihr bekannt gewesen. Sie hatte alle angesehen. War dagesessen. Hatte ihren Blick die Personen entlang. »Warte, ich komme zu dir.« rief der Mann und begann sich durch die Menge zu Selma vorzuarbeiten. Er schob sich zwischen den Wartenden durch. »Das ist meine Cousine. Da vorne.« sagte er beim Vorbeizwängen. »Meine Cousine ist da vorne.« Selma sah ihm zu. Es war Tommi. Der lästige Vetter. Tommi war immer der Vetter gewesen. Nie der Cousin. Als Cousin hätte sie ihn mögen müssen. Das Wort Cousin war für sie mit Nähe verbunden. Mit gemeinsam erlebten Kindheitsabenteuern. Vetter Tommi. Und sein Vater Gustl. Das waren. Die Stimmung überschwemmte sie. Die Art, wie man bei denen zu Hause sitzen hatte müssen. Im Speiszimmer. Und der Onkel Gustl. Sie hatte den Tommi beneidet. Ein bisschen. Es hatte immer gekaufte Kuchen gegeben. Zur Sonntagsjause. Das hatte es bei ihnen zu Hause nicht gegeben. Und sie waren immer alle. Der Vater die Mutter nie allein zum Onkel Gustl gelassen. Und es hatte keine Tante gegeben. Sie hatte diese Leute vollkommen vergessen. Und dass es einmal interessant gewesen war, wo die Mutter vom Tommi hingeraten war. Es war nicht geredet worden. Über diese Frau. Und sie hatte nicht gefragt. Die Hammerlings. Die gehörten zur Familie von der Mutter. Und es war immer. Eine Spannung. Wenn von denen die Rede war, dann hatte sich der Vater sofort aufrechter. Die Schultern zurück. Den Kopf gesenkt. Und die Mutter war eingesunken. Ein bisschen nach vorne zusammen und sie hatte den Kopf hängen lassen. Sie waren dann verschwunden. Der Onkel Gustl und der Vetter Tommi. Und keine Sonntagnachmittagbesuche. Und die langen Pausen. Über den gekauften Kuchen. Der Tommi. Der war um mindestens 5 Jahre jünger gewesen. Ein Baby. Damals. Der Mann hatte sie erreicht. Er stellte sich neben sie. Das wäre aber doch einmal eine Überraschung. Selma hier zu treffen. Und wie ihn das freue. Er hätte sich schon lange einmal gewünscht, sie zu sehen. Und ihren Vater. Und wie es ihr ginge. Was sie mache. Was sie plane. Nächstes Jahr. Denn er wäre ihr treuester Fan. Er ginge in jede Veranstaltung der Wiener Festspiele und erzähle allen, dass das seine Cousine sei, die das alles veranstalte. Der Mann war groß. Schlank. Hellbraune Haare. Eher lang. Das Gesicht schmal. Blaue Augen. Er sah gut aus. Er sah konventionell gut aus. Er trug einen grauen Leinenanzug mit einem gelb und weiß gemusterten Hemd. Die Jacke über dem Arm. Er war modisch elegant verknittert. Er sprach auf sie ein. Er sprach schnarrend nasal. Ein übertriebenes Schönbrunner Wienerisch. Ein Bobby, dachte Selma. Der Tommi ist ein Bobby geworden. Der Tommi könnte sofort in der Josefstadt auftreten. Als eine dieser Witzfiguren aus der Monarchie, die da für Oberschicht gehalten wurden. Von den gierigen alten Frauen, die in der Josefstadt das Abonnement beherrschten. Ihr ginge es gut, sagte sie. Und was er mache. Was er in London machen wolle. Ob er beruflich nach London reise. Oder zu seinem Vergnügen. »Beides.« sagte der Mann. »Natürlich beides.« Hauptsächlich habe er geschäftlich da zu tun. Aber. Er beugte sich zu Selma. Verschwörerisch raunte er ihr zu, dass seine Uniform im Koffer sei. Ihm wäre es einfach zu heiß, im dunklen Anzug zu reisen. Er verkleide sich lieber nur für seine Termine. Im Bankgeschäft. Da wäre das ja gnadenlos. Da habe sie es sicher leichter. Sie habe es mit Künstlern zu tun. Da wäre das mit der Kleidung doch sicher lockerer. Er sah sie an. Selma grinste ihn an. Das wäre dann ja eine schöne Verkehrung der Dinge. Sie stünde im schwarzen Hosenanzug da. Und er. Der Banker. Er mache es sich wieder leicht. »Ja. Wir Kapitalisten.« lachte er. Aber er müsse auch eine Woche da bleiben. Mindestens. Und am Abend wolle er dann doch wie ein Mensch aussehen. Und nicht wie ein Banker. Sie wurden weitergeschoben. Selma geriet hinter Tommi. Der Mann vor ihr bei der Sperre. Die Frau von der AUA nahm seine Boardkarte. Sah sie an. Lächelte ihn an. Sie wünschte ihm einen guten Flug. Er bedankte sich. Nahm seinen Boardkartenabschnitt. Ging in den Gang hinein. Selma hatte die Boardkarte nicht bereit. Sie hatte vergessen, die Boardkarte bereitzuhalten. Sie musste auf die Seite treten. Wurde zur Seite geschoben. Von den Passagieren hinter ihr. Sie suchte in der Tasche nach der Boardkarte. Ihr war heiß. Sie wusste, ihr Kopf war so rot wie die Uniform der AUA. Sie hatte diesen Menschen immer verachtet. Sie hatte seinen Vater und ihn immer. Das war sogar schlimm gewesen. Diese erzwungenen Besuche. Sie war vorgeführt worden. Sie war der Star gewesen. Sie hatte funktioniert. Vorzugsschülerin und Klavier und Skifahren und Tennis und Sprachkurse. Und der Tommi. Immer Probleme. Schlechte Noten und keine Disziplin. Und jetzt stand sie da.

Wühlte in der Tasche. Musste die boarding card suchen. Als flöge sie das erste Mal. Als hätte sie keine Routine. Eine Provinzlerin. Sie fand die Karte. Sie verschloss die Tasche und richtete sich auf. Sie ließ jeden Ausdruck aus ihrem Gesicht gleiten. Der steinerne Ausdruck. Die steinerne Fassade für die Öffentlichkeit. Kein Gefühl. Keine Indizien. Kein Hinweis auf sich. Sie wartete. Ließ alle anderen vorgehen. Ließ den anderen den Vortritt. Dieser Tommi. Der sollte längst im Flugzeug angekommen sein. Der sollte angeschnallt sitzen. An dem würde sie vorbeigehen. Lächelnd. Selbstironisch lächelnd. Sie reichte der Frau die Karte. Die riss den Abschnitt ab. Legte ihre Karte auf einen hohen Stoß. Sah sie nicht an. Wünschte ihr nichts. Selma nahm ihren Abschnitt. Wo saß sie denn überhaupt. 27 C. Sie machte sich auf den Weg. Sie war die Letzte. Im Gang war es heiß. Die Luft heiß und ein Geruch nach Benzin. Tommi trat neben sie. Er hatte gleich nach der Tür auf sie gewartet. Er ging neben ihr. Der Boden des Gangs. Das Metall schwang bei jedem Schritt. Ein Rückstoß. Sie verfielen in ein Schreiten. Jeder Schritt wurde vom Boden verstärkt. Der Mann begann dann zu lachen. Sie sollten vielleicht nicht im Gleichschritt gehen. Er blieb stehen. Begann dann wieder zu gehen. Er bemühte sich, seine Schritte von ihren zu unterscheiden. Die Schwingung des Bodens blieb. Sie mussten lachen. Sie würden noch vor dem Fliegen abheben, meinte er. Selma ging. Sie schaute ihn nicht an. Hob ihren Blick nicht vom schwarzen Boden. Eine breite Kunststoffplane ausgerollt. Längsrillen. Selma konnte sich vorstellen, dass man bei Nässe leicht ausrutschen könnte. Er hätte nicht warten sollen, sagte sie dann. Es wäre doch immer ein Problem mit dem Platz. Für das Gepäck. »Ach.« sagte er. Er habe doch nur das Sakko. Und das würde ohnehin aufgehängt. Selma fühlte wieder die Hitze im

Gesicht. Natürlich. Der Mann flog business class. Sie war ein Trampel. Sie war wirklich ein Trampel. Und sie wusste, mit dieser Person nur Missverständnisse. Mit dieser Person waren nur Missverständnisse möglich. Was immer sie nun sagen würde. Es würde immer ein Missgeschick sein. Zu ihren Ungunsten. Sie lächelte. Das wäre ein Privileg, das gäbe es für Leute wie sie nicht mehr, sagte sie. Sie hörte den bitteren Ton in ihrer Stimme. Ob das denn wichtig wäre. Für sie, fragte der Mann. Er fragte interessiert. Als wäre es wirklich wichtig für ihn zu wissen, was für sie wichtig war. So etwas würde doch immer erst wichtig, wenn man es nicht mehr hatte, sagte sie und hasste sich. Zur Bitterkeit in ihrer Stimme hatte sich Neid gefügt. Sie ging schneller. Sie wollte in diese Maschine. Sie wollte auf ihren Platz. Sie wollte weit weg von diesem Mann. Wollte sich verstecken. Hinter der Zeitung. Hinter den geschlossenen Lidern. Sie war müde. Sie war abgekämpft. Sie hatte Durst. Sie war den Tränen nahe. Vor dem Eingang zur Maschine stauten sich die Passagiere wieder. Sie gingen langsam auf die Schlange zu. Selma nahm eine »Financial Times« aus dem Zeitungsstoß rechts von der Tür. Die Tür zur Stiege außen am Gatefinger stand offen. Ein leichter Wind. Die heiße Luft in Bewegung. Selma presste die Lippen aufeinander. Die nächste neiderfüllte, vorwurfsvolle Bemerkung bahnte sich an. Sie lächelte ihn an. Sah schräg zu ihm hinauf. Er ließ ihr den Vortritt. Sie trat in die Maschine. Vor ihr ein Mann. Er blieb im Gang stehen. Zog sich sein Sakko aus. Das Hemd klebte an seinem Oberkörper. Die schwarzen Brusthaare zeichneten sich durch den feuchten weißen Stoff ab. Selma sah zu Boden. Sie hielt den Rucksack und die Tasche vor sich. Wartete. Tommi fragte von hinten, wo sie wohnen werde. In London. Und dass man einander ja in London beim Aussteigen sehen würde. Selma nickte. Sie drängte sich an dem Mann vorbei. Der hielt sein Sakko über ihren Kopf der Stewardess zum Aufhängen hin. »Ciao.« sagte Tommi. Er blieb bei der Reihe 5 stehen. Sie ging weiter. Alle saßen schon. Sie konnte den Gang zur Reihe 27 hinuntergehen. Sie hielt die Tasche und den Rucksack an sich gepresst. Sie stieß aber doch an. Sie entschuldigte sich. Ging weiter. Auf ihrem Platz saß eine Frau. Selma schaute auf ihren Boardkartenabschnitt. Ja. Sie hatte den Gangplatz. 27 C. Sie wollte gerade etwas sagen. Ob es ihr etwas ausmache, am Fenster zu sitzen, fragte sie der Mann auf Platz 27 B. Die Stewardess kam dazu. Diese Herrschaften wollten zusammensitzen. Und Selma bekäme doch ohnehin den Fensterplatz. Das wäre doch nett, sagte die Stewardess und lächelte Selma an. Die Frau und der Mann standen auf. Selma wollte nicht auf den Fensterplatz. Sie musste auf die Toilette. Sie wollte sich nicht an diesen beiden Menschen vorbeidrängen. Die Stewardess stand da. Das Lächeln wurde dünner. Selma konnte sehen, wie die Frau die Situation abzuschätzen begann. Sie zwängte sich zum Fensterplatz durch. Es wäre schön gewesen, auf ihrem Platz am Gang zu bestehen. Es hätte ihr gut getan. Und es wäre richtig gewesen. Aber sie war nicht sicher, ruhig und bestimmt bleiben zu können. Sie war sicher, unangemessen zu reagieren. Und dass sie hier ihren Platz nicht bekam. Das war eine Fortsetzung. Das war in der Kette der Verweisungen zu sehen. Das war in der Kette ihrer Verweisungen ein neues Glied. Sie schob den Rucksack unter den Vordersitz. Stellte die Tasche zwischen der Wand und ihrem linken Bein ab. Sie suchte nach den richtigen Gurtenden. Schnallte sich an. Der Mann neben ihr hatte seinen Arm auf der Armlehne liegen. Sie legte ihren Arm neben seinen. Sie fühlte seine Muskeln durch ihren Jackenstoff. Hart. Sie drängte ihren Arm gegen seinen.

Stieß ihn an. Eine Welle Wut. Warum breiteten diese Kerle sich so selbstverständlich aus. Der Mann rückte zur Seite. Ließ ihrem Arm die Kante der Armstütze. Sie lehnte sich zurück. Dann ließ sie ihre Arme auf die Oberschenkel gleiten. Sie hätte den ganzen Flug hindurch diese Armstütze verteidigen müssen. Hätte Arm an Arm mit diesem wildfremden Mann nach London fliegen müssen. Um ihr Recht auf die Hälfte der Armstütze zu verteidigen. Da war es ihr wichtiger, ihn nicht zu berühren. In dieser Enge. Da war ihr der Abstand wichtiger. Da war es ihr wichtiger, keine Berührung. Und den Tommi. Dem musste sie entkommen. Dem wollte sie nicht mehr unter die Augen. Sie drehte die Luftdüse weiter auf. Ließ den Luftstrahl über ihr Gesicht. Machte die Augen zu. Sie saß hinter dem Flügel. Sie konnte auf die Turbinen schauen. Sie konnte sehen, ob es einen Maschinenschaden gab. Oder ob eine Stichflamme aus dem Triebwerk schoss. Und bei einem Absturz würde sie mit dem Heckteil abbrechen. Ihre Überlebenschance war um einiges geringer als die von den Tommis. Da vorne. Sie faltete die Hände im Schoß. Machte sich in den Schultern schmal. Sie schloss die Augen. Das Dröhnen der Triebwerke. Die Ansagen. Der Pilot sagte etwas von Aufholen der Verspätung. Sie ließ die Augen geschlossen. Das Flugzeug schaukelte nach hinten. Bewegte sich. Ein Baby begann zu weinen. Vorne. Das Greinen dünn. An- und abschwellend. Sie saß da. Weinerlich und schwach. Alles war anstrengend. Vor lauter Erschöpfung hatte sie vergessen, sich auf ihre Flugangst zu konzentrieren. Aber sie hatte keine Kraft dafür. Sie atmete tief. Sog die Luft aus dem kalten, trockenen Luftstrom aus der Düse. Fühlte das Gesicht trocknen. Austrocknen. Sie machte die Augen auf. Sie fuhren vorwärts. Sie hatte nicht bemerkt, wann das Flugzeug die Richtung gewechselt hatte. Sie schloss die Augen.

Ließ sich schaukeln. Rütteln. Ließ sich einhüllen. Ließ sich vom Dröhnen umgeben. Sie fühlte sich fester werden. Innen. Diese Weichheit. Dieses Davonfließen. Alles ruhiger um die Mitte. Innen. Wieder kompakter und nicht sofort in Tränen auflösbar. Und wenn sie jetzt. Wenn das Flugzeug nicht hinauf. Wenn es abschmierte. Beim Aufsteigen. Wenn es von einer Windböe verdreht. In den Boden. Die Hitze von der Angst. Nur ein kurzes Zusammenballen. Tief innen. Dann gleich wieder aufgelöst. Eine Gleichgültigkeit. Dann stürzte sie eben ab. Dann war alles zu Ende. Dann musste sie sich nichts überlegen. Dann war ihr alles abgenommen. Dann musste sie nichts mehr entscheiden. Und dann musste sie nie wieder aufstehen. Dann musste sie sich nie mehr aus dem Bett. Arbeiten. Sich keine Aufträge mehr erteilen. Sich durchquälen. Dann war alles geregelt. Sie ließ sich in den Sitz pressen. Der Druck und der Lärm ansteigend. Und dann aufgestiegen. Die Ruhe des Gleitens. Es war nichts passiert. Hinter den geschlossenen Lidern. Im schwebenden Sitzen. Einen Augenblick tat es ihr Leid. Ein Ende. Es wäre einfach gewesen.

6

Sie wachte auf. Erschrocken. Sie hatte ein Geräusch von sich gegeben. Einen Jammerlaut. Ein Stöhnen. Sie sah sich um. Das Paar neben ihr. Sie hatten die Köpfe einander zugedreht. Besprachen etwas. Vorne. Alle Leute sahen vor sich hin. Lasen. Niemand hatte sich ihr zugewandt. Schaute sie an. Wollte herausfinden, warum sie stöhnte. Oder sah sie böse an. Vorwurfsvoll. Weil sie so. Privat. Es war ein schwarzer Schlaf gewesen und die erste Erinnerung an sich selbst dieser Ton. Aber dann wohl geträumt hatte. Obwohl. Sie schnarchte. Sie hatte zu schnarchen angefangen. Sie wachte jetzt manchmal auf und hörte sich. Schnauben. Gurgelnd ächzen. Röcheln. Und deshalb begonnen hatte, lieber allein zu schlafen. Es war widersinnig. Sie hatte das Schnarchen vom Anton diese ganzen 15 Jahre. Es hatte sie nicht einmal sehr gestört. Es war wie das Geräusch von Regen. Oder ein Auto. Draußen. Auf der Straße. Ein alter Dieselmotor und das Einparken lange dauerte. Und sie im Bett gelegen und gewartet, bis das Auto eingeparkt. Und dann wieder eingeschlafen. Sich selber. Sie war sich selber nicht selbstverständlich. Aber das war ja auch Zivilisation. Es war mit dem Anton beredet. Sie wollte sich ihm und sich nicht so. Nicht zumuten. Sie zog sich lieber zurück. Sie fand das zivilisierter. Er hatte das verstanden. Und es war. Es hatte alles interessanter gemacht. Sex. Das war wieder. Da war doch alles in Ordnung gewesen. Mehr als in Ordnung. Sie hatten doch. Es war ein neuer Beginn gewesen. Aber natürlich war das der Anfang vom Ende gewesen. Und der Anton hatte das nicht. Der hatte das nicht aushalten können. Altern. Alt werden. Älter. Zuerst einmal älter. Das war der Hauptgrund gewesen. Das musste der Hauptgrund gewesen sein. Es hatte mit ihr nichts zu tun. Wenn er ihr das immer wieder gesagt hatte. Immer wieder sagte. Dann war das die Wahrheit. Wahrscheinlich. So weit die Wahrheit ihm zugänglich war. So weit er sich selber zugänglich. Und es war ihre Herablassung gewesen. Sie hatte begonnen, sich wie eine von Frauenzeitschriften gesteuerte Tusse zu benehmen. Den Mann da, wo man ihn haben wollte. Weil sie nicht allein sein hatte wollen. Weil sie. Sie setzte sich auf. Beugte sich über die Tasche. Wühlte in der Tasche. Sie verrenkte sich, ihr handy in der Tasche zu finden. Sie wusste nicht. Konnte sich nicht erinnern. Hatte keine Erinnerung, ob sie das handy abgestellt hatte. Die Frage ihr wie ein Stich durch den Leib. Und sie hatte nicht. Das display grün aufleuchtete. Sie kauerte über der Tasche. Drehte sich nach links. Verdeckte die Sicht auf die Tasche und drückte auf den Aus-Knopf. Auf dem display stiegen die bunten Luftballons auf. Das Licht erlosch. Das handy war ausgeschaltet. Sie ließ es in die Tasche zurückgleiten und lehnte sich wieder zurück. Machte die Augen zu. Ein Glück, dass niemand diese handy-Nummer hatte. Der Vater und noch ein paar Leute. Die Sydler natürlich. Und niemand sie jetzt anrufen würde. Der Vater sicher nicht. Der wurde knurrig, wenn man zu oft telefonierte. Sie hätte das alte handy behalten sollen. Im Büro und überall. Die nahmen die neue Nummer sicher nicht zur Kenntnis. Sie war für die nicht erreichbar. Und sie konnte sich vorstellen, was die Ungarin sagte, wenn jemand in der Maxingstraße anrief. Für sie. Für sie angerufen hatte. Mittlerweile mussten es ja alle begriffen haben. Aber das war notwendig gewesen. Das war im ersten Schrecken notwendig gewesen. Für den Anton nicht erreichbar zu sein. Für niemanden erreichbar zu sein. Sie hatte sich geschadet damit. Aber diese Gespräche. Wenn er ihr mit dieser Stimme. Er hatte eine Kinderstimme

83

bekommen. Wenn er sie um ihr Verständnis. Angebettelt.
Dann hatte er eine Kinderstimme gehabt. Und dass sie den
kleinen Moritz um seine Wohnung bringe, wenn sie auf
ihren Rechten bestehen wollte. Er hatte von ihrer Beziehung
gar nicht mehr gesprochen. Er war so in seine neue Wirklichkeit verwickelt. Ihre Vergangenheit. Ihre gemeinsame
Vergangenheit. Der Kapitän machte seine Ansage. Selma
verstand seinen Namen nicht. Ein starkes Rauschen im
Lautsprecher. Der Mann sagte, wie hoch sie flogen. Wie kalt
es draußen war. Und dass sie die Verspätung nicht aufholen
würden. Und dass er sich entschuldige. Dann die Wiederholung auf Englisch. Und dass man sich an Bord wohl
fühlen solle. Die Stewardessen rollten ihre Wägelchen nach
vorne. Eine Frau sagte, dass sie Chef de Cabin sei und
empfahl den Bistro-Service und bitte, man solle das Geld
abgezählt bereithalten. Wenn man etwas zu essen haben
wollte. Selma verschränkte die Arme vor der Brust. Ihr war
das alles widerlich. Sie wollte nicht so viel angequatscht werden. Sie wollte ihre Ruhe haben. Und sie wollte keine Veränderungen. Sie konnte diese Veränderungen nicht aushalten. Die Unruhe im Bauch. Kreisend. Noch entfernt. Sie
drehte die Luftdüse stärker auf. Atmete. Sie durfte das nicht
ansteigen lassen. Diese Unruhe. Das konnte zu einem Ball
werden. Sich zusammenballen. Das konnte den ganzen
Bauch. Und loszuwerden nur. Wegschleudern. Eine Blitz-
kugel sich aus dem Bauch reißen und wegschleudern. Sie
beugte den Kopf. Ließ den Kopf nach vorne sinken. Im
Genick baumeln. Atmete. Die Versuchung aufzuspringen.
Aufzuspringen und in den Gang stürzen. Über die blöden
Leute neben ihr drüberstürzen und schreien. Schreien und
nur Laute. Keine Worte. Und dann zu einem Exit. Den einen
Griff herunterreißen und den anderen mit der rechten

84

Hand drehen. Sie war eine reformierte Linkshänderin. Sie konnte mit beiden Händen gleich stark. Sie konnte diese Tür auf. Aufreißen. Und hinaus. Schreiend und um sich schlagend hinaus. Und diese Unerträglichkeit in der Mitte sich im Drehen und Fallen auflösen müsste. Der Mann neben ihr legte seinen Arm wieder auf die Armlehne. Stieß ihr mit dem Ellbogen in die Seite. Zog den Arm wieder zurück. Wandte sich der Frau zu. Selma setzte sich auf. Schaute zum Fenster hinaus. Sie schaute über die Tragfläche in die Wolken nach vorne. Weiß leuchtende Berge unter dem Flugzeug. Sonnenlicht auf ihren Händen. Sie zog den Sonnenschutz herunter. Sie musste jetzt sehr vorsichtig sein. Mit sich. Mit ihrem Aussehen. Und Sonnenlicht. Sie brauchte keine Altersflecken auf den Händen. Sie sah nach vorne. Das Baby war still. Das Baby war nicht zu hören. Die Stewardessen beugten sich über die Passagiere. Der Mann neben ihr suchte etwas. Er streckte sich im Sessel lang aus und fuhr in seine Hosentaschen. Er holte Münzen aus der Jackentasche. Zählte die Münzen. Dann holte er die Speisekarte aus der Tasche am Vordersitz. Beugte sich wieder seiner Begleiterin zu. Ob sie etwas essen wolle. Er habe Hunger. Der Mann sprach einen Dialekt. Selma überlegte, woher der Mann kommen könnte. Steiermark. Burgenland. Er zog die Vokale so in die Länge. So lang gedehnt singend. Das Paar ging die Möglichkeiten durch. Lachsbrötchen. Schinkenbaguette. Nusskipferl. Und einen Sekt. Oder einen Prosecco. Die Frau sagte, dass sie Alkohol brauche. Dass sie schnell Alkohol brauche. Das Babygeschrei. Das könne sie nicht aushalten. Das mache sie nervös. Die Frau lachte. Der Mann wandte sich Selma zu. Ob sie etwas empfehlen könne. Ob dieses Lachssandwich etwas darstelle. Oder solle man den Nudelsalat nehmen. Sie hätten nämlich keine Zeit gehabt,

etwas zu essen. Mit der langen Fahrt zum Flughafen. Da
wäre man immer so beschäftigt und auf dem Flughafen. Da
gäbe es ja auch nichts Gescheites. Kein Restaurant, das
irgendetwas tauge. Selma stimmte ihm zu. Der Wiener Flughafen. Der sei besonders traurig. Und sie habe einmal das
Lachssandwich genommen. Das sei ganz gut gewesen. Der
Mann wandte sich wieder der Frau zu. Er berichtete ihr, was
Selma gesagt hatte. Er sagte, diese Dame habe auch gesagt,
dass der Wiener Flughafen eine Wüste sei. In Bezug auf
Essen. In London. Er drehte sich wieder zu Selma herüber.
In London. Da gäbe es wenigstens diese Bar von Caviar
House. Da könne man dann einen Seafood Teller bekommen, der keinen Wunsch offen ließe. Selma nickte. Ja. Sie
wisse genau, was er meine. Die Stewardess kam näher. Die
Frau beugte sich vor dem Mann zu Selma herüber. Sie wolle nur sagen, sagte sie, dass sie nichts gegen kleine Babys
habe. Sie habe selber zwei Kinder. Aber wenn diese Babys so
zu schreien begännen. Wenn das Flugzeug auch nur zu fahren begänne. Dann würde ihr immer angst und bang. Dieses Babygeschrei. Das wäre doch so, als wüssten diese kleinen Dinger etwas, was die Erwachsenen nicht wissen
könnten. Als wüssten die mehr als die anderen. Und dann
würde ihre Flugangst noch größer. Das könne sie sehr gut
verstehen, sagte Selma. Aber. Man merke ihr nichts an. Sie
sähe nicht aus, als hätte sie irgendein Problem. Die Frau
setzte sich wieder auf. Lehnte sich zurück. Schaute vor sich
hin. »Ja. Außen.« sagte sie. Außen. Da könne man ja nichts
sehen. Von den Leuten. Die Stewardess bediente die Reihe
vor ihnen. Was man zu trinken haben wolle. Wasser, Kaffee,
Tee. Das wäre umsonst. Für alles andere müsse bezahlt werden. Und dann auf Englisch. Das Paar neben Selma begann
wieder die Bestellung zu diskutieren. Die Frau holte noch

ihre Geldbörse aus ihrer Handtasche unter dem Vordersitz. Sie klimperten mit den Münzen. Zählten laut die Münzen. Sie hatten nicht genug Münzen und fragten sich, ob sie auch mit einem Schein bezahlen durften. Die Frau sagte, dass sie nur etwas bekommen würden, wenn sie den genauen Betrag hatten. Der Mann meinte, dass die etwas verdienen wollten. Die würden auch einen Schein wechseln. Die Stewardess fragte Selma, was sie wolle. Die Frau fragte die Stewardess, ob sie auch mit einem 20-Euro-Schein zahlen konnten. Die Stewardess wandte sich der Frau zu. Natürlich könne sie mit einem 20-Euro-Schein bezahlen. Und was sie wolle. Dann sah sie wieder Selma an. Selma bestellte Wasser und Kaffee. Der Mann bestellte das Lachssandwich und den Nudelsalat und eine kleine Flasche Schlumberger Sekt. Die Stewardess rief ihrer Kollegin hinten zu, dass sie noch ein Lachssandwich bräuchte, und reichte Selma den Kaffee. Das Sandwich wurde gebracht. Der Nudelsalat war aus. Ein zweites Lachssandwich wurde bestellt. Die Bestellung wurde nach hinten weitergegeben. Das zweite Sandwich wurde gebracht. Die Stewardess schraubte den Sekt auf. Schenkte ein. Sie rechnete laut. Währenddessen. 18 Euro. Das Paar. Sie ordneten die durchsichtigen Plastikbehälter auf ihren Tischchen an. Die Sektgläser. Das Sektfläschchen. Die Wasserfläschchen. Selma wartete auf ihr Wasser. Der Mann reichte der Stewardess das Geld. Die gab das weiter. Das Wechselgeld wurde von einer anderen Stewardess zurückgebracht. Selma hob die Hand. Sie hätte noch gerne ein Wasser, sagte sie zu der Stewardess mit dem Wechselgeld. Die sagte nichts. Sie griff auf den Wagen. Hielt Selma ein Fläschchen hin. Vöslauer Mineralwasser ohne Kohlensäure. Selma nahm es. Die Frau ging gleich wieder nach hinten. Selma starrte nach vorne. Starrte vor sich hin. Das Dröhnen. Die Kehle tat ihr weh.

87

Das laute Sprechen hatte sie angestrengt. Der Hals ausgetrocknet. Das Wasser hatte sie jetzt vorgeworfen bekommen. Sie dachte, dass das jetzt endgültig die Form einer Schweinefütterung angenommen hatte. Und dass der Vergleich mit einem Tiertransport. Und warum waren das Verluste. Warum war das ein Verlust. Es war immer bezahlte Freundlichkeit gewesen. Die Stewardessen hatten immer für ihren Lohn gelächelt. Aber die Maschinen waren nicht so voll gewesen. Nicht so voll gestopft. Und es hatte eine Vereinbarung auf Höflichkeit gegeben. Ende der 80er. Noch weit in die 90er. Da hatte man einander Platz gelassen. Da war das Gedränge um den Ausgang nicht so groß gewesen. Da hatte man sich angestellt. Da hatte man einander den Vortritt gelassen. Da war niemand dem anderen mit dem Rollkoffer über die Ferse gefahren und hatte sich nicht entschuldigt. Selma schraubte den hellblauen Plastikverschluss auf. Da hatte man auch gegen diese Art von Plastikflaschenmüll etwas sagen können. Und der Platz. Im Flugzeug. Der war objektiv kleiner. Sie konnte ihre Beine nicht mehr übereinander schlagen. Es war gar kein Platz, ein Bein am anderen vorbeizuschieben und übereinander zu legen. Das war nicht nur ihre Einbildung. Ihre Jammerei. Und es war blöd, dass ihr Alt-Werden und diese Weltverschlechterungen. Dass das parallel verlief. Und dass ihre Situation das alles noch verstärkte. Für sie. Verschärfte. Und dass es nie mehr schön für sie werden konnte. Dass sie nur zusehen konnte, wie alles weniger wurde. Sie trank Kaffee. Der Kaffee heiß. Fast zu heiß. Sie machte das Wasserfläschchen auf. Trank. Ließ das lauwarme Wasser über die Zunge rinnen. Kühlte den Gaumen. Und sie hatte nicht einmal ein Foto. Von ihm. Von ihnen. Von irgendetwas. Die Reisen. Venedig. Südamerika. Die USA. Und die kleinen Expeditionen in Österreich.

Letzthin. Entdeckungsreisen des Eigenen gewesen. Das alles in diese Fotos weggeschlossen. Anton die Fotos gemacht und geordnet. Er war bei den Fotos geblieben. Hatte sich nicht entschließen können, die Fotografie aufzugeben. Hatte die Bilder in der Hand halten wollen. Hatte keinen Ausdruck haben wollen. Keine CD oder einen Speicherplatz auf der Festplatte. Er hatte feste, glatte, glänzende Bilder haben wollen und die in ein Album stecken. Bücher. Am Ende Bücher sein hatten müssen. Diese Reisen. Und nie mehr sehen würde. Sie hatte gar nicht daran gedacht. Bisher. Es war ihr bisher noch gar nicht eingefallen. Sie hielt die Flasche in der Hand. Schraubte den Verschluss zu. Stellte die Flasche hin. Trank wieder Kaffee. Sie musste das der Bandion sagen. Das auf die Liste nehmen. Von den Dingen, die sie beanspruchte. Die Fotos. Die Erinnerungen. Aber wahrscheinlich war das alles schon. Vernichtet. Weg. Weggeräumt. Und was blieb dieser Frau auch anderes übrig. Auch wenn sie es darauf angelegt hatte. Oder gerade wenn sie es darauf angelegt hatte. Das Kind war ja jetzt da. Und der Anton. Was hatte er ihr gesagt. Wenn er der etwas gesagt hatte. Von ihr. Sie war die andere. In diesem Fall war sie die andere Frau. Und sie hatte mit dem Anton genau so begonnen. Am Anfang war sie die andere gewesen. Der Anton machte das so. Der Anton hatte das immer so gemacht. Die Lindmayer. Die Biggi hatte das lange nicht wissen dürfen. Von ihnen. Vor der hatte er lange so getan. Er hatte ja auch noch lange in der Stumpergasse. Diese Wohnung hatte er lange weiterbehalten. Damit die Biggi nichts erfahren konnte. Und was hatte er da. Mit ihr schon. Da waren sie schon lange ein Paar gewesen. Das waren alles sehr. Windige Geschichten. Das waren alles sehr windige Geschichten. Jetzt. Hintereinander gesehen. Da war das. Obwohl. Wenn sie gewollt hätte. Oder gekonnt. Und sie hatte das nicht sehen können. Damals. Weil sie das nicht sehen wollen hätte können. Sie stellte den Kaffeebecher ab. Schaute auf das Tischchen. Hielt die Flasche mit der einen Hand. Mit der anderen den Kaffeebecher umfangen. Sie beugte den Kopf. Die wolkige Leere bis in den Kopf hinauf. Im Leib. Der Bauch gespannt und dahinter leer. Erst wieder der Rücken gegen den Sitz. Gepresst. Und die Scheide unten zu spüren. Zwischen den Hüftknochen. Und überall traurig. Die Leere traurig. Sich erinnern konnte. Diese Leere. Wovon entleert. Wie sie das gefüllt hatte. Wie diese Unbedingtheit. Dieser Drang. Dieses Stürmen. Auf ihn zu. Wie die Stiegen hinauf. In der Stumpergasse. Und es nicht anders sein hatte können. Nicht anders sein hatte dürfen. Wie nur Sterben die andere Möglichkeit gewesen war. Wenn er sie nicht. Wenn sie ihn nicht. Und es nur die Körper sagen hatten können. Seine Haut ihrer Haut. Ihre Haut seiner Haut. Aneinander gepresst. Ineinander. Die Leere gefüllt davon. Und dass das nun nicht mehr. Nie mehr. Nie mehr wieder. Und alles in diesen Fotoalben eingeschlossen. Sie hätte diese Alben ja vielleicht selber. Verbrennen. In den Küchenherd. In den alten Holzküchenherd, den der Vater behalten hatte. Weil man ja nicht wissen konnte. Über den er jedes Mal mit dem Rauchfangkehrer streiten musste. Der sich lustig machte. Über den altmodischen Herd, obwohl er Geld damit verdiente, dass er den Kamin in Ordnung hielt. Dann hatte der Vater ihr die Möglichkeit erhalten. Der Vernichtung. Die Vergangenheit bannen. Im Feuer die Vergangenheit. Aufgehen lassen. Und die Hoffnung. Die winzige Hoffnung, dass das Feuer den Abgebildeten traf. Dass er es zu spüren bekam. Wie seine Vergangenheit in den Flammen aufging. Aber das war eine von den trügerischen Hoffnungen. Das

90

war esoterisch. Er hatte ein neues Leben. Ihm war das vollkommen. Das konnte ihn alles nicht treffen. Ihn trafen ihre Forderungen. Geld. Das war der Kampfplatz geworden. Ihre Auseinandersetzung betraf keine Fotos. Rechnungen und Kontoauszüge. Ihre Erinnerungen bestanden aus Rechnungen und Kontoauszügen. Wer was wann bezahlt hatte. Wer wo was unterschrieben hatte. Eine Archäologie der Zahlen und Verträge. Und das hätte sie alles einfacher haben können. Besser machen. Sie konnte das Gesicht der Rechtsanwältin sehen. Wie sie sie angesehen hatte. Resigniert verächtlich. Sie trank das Wasser aus. Lauwarm. Und sie musste in London aufs Clo. Bei der Gepäckausgabe war das da. Rechts. Wenn man von der Passkontrolle herunterkam. Sie richtete sich auf. Zog die Schultern zurück. Holte tief Luft. Das war die Rechnung. Das war alles die Rechnung. Und sie konnte jetzt nicht sagen, dass sie alles falsch gemacht hatte. Sie hatte es eben so gemacht. Alles. Während des Machens. Während sie es gemacht hatte. Da hatte alles. Das war. Elegant. Das war elegant gewesen. Das war ein elegantes Leben gewesen. So ritterlich, wie ein weibliches Leben nur gelebt werden hatte können. Und die Rechnung stellten die anderen aus. Ihre würde anders aussehen. Und würde sie sich besser fühlen, wenn sie ein bisschen mehr. Angepasst. Der Betrug war ja gewesen, dass die Welt sie bestärkt hatte. Und sie hatte sogar ihr Geld damit verdienen können. Mit diesem Besser-Wissen. Und wenn sie sich rechtzeitig zurückfallen hätte lassen. Wenn sie den Anton geheiratet hätte. Dann doch. Und wenn sie mit dem Intendanten ins Bett gegangen wäre. Selber. Und nicht immer nur zugesehen. Dann hätten diese Männer. Zumindest ein schlechtes Gewissen hätten diese Männer dann gehabt. Und sie mehr Rechte. Und das war alles, was einer an Unabhängigkeit blieb. Die Liste, was sie nicht getan hatte. Bis jetzt. Jedenfalls. Eine Liste. Sie saß da. Das Dröhnen rund um sie. Das Paar neben ihr hatte aufgegessen. Sie hatten die Behälter und Becher und Flaschen ineinander gestapelt. Sie saßen zurückgelehnt. Schliefen. Die Köpfe zusammen. Selma steckte die Wasserflasche in den Kaffeebecher. Klappte das Tischchen hoch. Klemmte den Becher in die Tasche am Vordersitz. Sie schob die Sonnenblende hinauf. Schaute hinaus. Blauer Himmel. Sonnenleuchten. Tief unten. War das das Meer. Waren sie schon so weit. Waren sie schon so lange geflogen. Sie schaute hinunter. Beugte sich vor, besser hinauszusehen. Schwarzblau. Das Meer. Sie setzte sich wieder auf. Die Menschen rundum. Schliefen. Lasen. Die gebändigte Herde. Gefüttert und getränkt. Ihr wurde schlecht von diesem Elend. Dass es wirklich so war. Dass man ihnen wirklich nur etwas zu essen geben musste. Und zu trinken. Und dann war Ruhe. Und dann konnte sie zu ihren Misserfolgen auch noch das berufliche Scheitern zählen. Alle diese Menschen. Sie schaute wieder nach dem Meer. Alle diese Menschen gingen in Museen und Theater und Konzerte. Die Kunst. Die Künste. Ergänzung war das. Komplettierung eines Lebensstils. Es war um nichts gegangen. Darin. Es ging um nichts. Und ein Glück, wenn einer es noch zum Märtyrer schaffte. Als Künstler. Mit seiner Kunst. Und die Frauen hatten es also auch darin nicht geschafft. Weil Frauen immer schon Märtyrerinnen waren. Weil in jeder Entscheidung für Frauen immer genau beschrieben war, worauf diese Frau nun verzichten musste. So gesehen waren alle Frauen Künstlerinnen. Aber damit keine. Sie sah hinunter. Die dunkle Fläche. Sie legte die Stirn gegen die beige Umrahmung des Fensters. Vom Glas Kälte gegen die Stirn. Die Wange. Links. Der Luftstrom rechts. Der Kopf umfangen

von den kühlen Strömen. Sie spürte den Mund. Die Zunge
gegen den Gaumen gedrückt. Sie schluckte. Schob den Speichel über die Zungenränder in den Rachen. Der Druck
gegen die Kehle. Dann auch der Hals wieder still. Die Brust.
Das Heben und Senken des Atmens. Leise. Kein Innen. Die
Oberschenkel. Hinten. Der Rücken. Den Sitz fühlen konnte. Das Innen ihr unerreichbar ausgebreitet. Endlos sein
hätte können. Sie wusste es nicht. Sie sah hinunter. Die
Küste kam in Sicht. Krakelige braungrüne Finger ins Meer
ragten. Das Meer in einem weißen Rand gegen die Land-
zungen endete. Eine weiße Grenze. Sie saß. Sie saß über ihrer
Leere und wünschte sich den drängenden Druck der Verzweiflung zurück. Wünschte sich die Knoten und Ballungen
um die Mitte. Die Unordnung des Wütens. Die Atemlosig-
keit der Überfälle des Begreifens. Wie das Wissen über sie
hereingebrochen. Von vorne. Eine Flut. Und dann die Erinnerung des Wissens und das Wissen-Müssen. Dass das jetzt
ihr Leben war. Und dass es nur die zwei Möglichkeiten gab.
Sich in die Flut werfen. Oder sich überfluten lassen. Und
aufgeben. Sich überwältigen lassen davon. Sie wünschte sich
irgendeine Regung. Wünschte sich einen Herzschlag. Eine
Unregelmäßigkeit. Ein Hämmern. Damit sie wissen konnte,
ob das Herz noch da war. Das Herz noch schlug. Ein Rasen.
Der Anschlag gegen sie war ja immer noch derselbe Anschlag. Derselbe Überfall. Auch wenn die Zeit verging. Das
Leben weiterging. Sie konnte nichts spüren. Die Landschaft
unten in Rechtecke geteilt. Quadrate. Häuser. Hausan-
sammlungen. Sie sich selber gleich weit vorkam. Gleich entfernt. Sie legte die Arme um sich. Verschränkte die Arme vor
der Brust. Die Brust. Den Bauch. Von außen. Wenigstens.
Nur von außen wusste, dass sie lebte. Rund um sie. Es wurde wieder unruhig. Die Person im Sitz vor ihr stand auf. Die

anderen in der Reihe mussten Platz machen. Die Person durchlassen. Selma hörte das Reiben und Wetzen. Wie aufgestanden wurde. Hinausgedrängt. Hingesetzt. Wieder aufgestanden. Wieder hingesetzt. Unten. Auf dem Boden. Orte. Nur noch Häuser. Kaum Land. Oder Felder. Oder ein Wald. Häuser und Gärten. Fabriken. Hallen. Schlote. Breite Straßen. Autos. Lastwagen. Winzige Hausreihen. Die Leere in ihr. Keine Bewegung und kein Geräusch. Sich thronen fühlte. Den Kopf. Knapp hinter den Augen. Hinter der Stirn. Da, wo sie dachte. Sie sich wusste. Über sich selbst thronend. Majestätisch über dem Nichts in sich schwebend. Oder das Nichts majestätisch. Auch das nicht wusste. Auf einmal. Und sich selbst keinen Rat wusste. Sich selbst keinen Rat geben konnte. Keinen Auftrag. Sich wieder aufzusetzen und lesen. Sich ablenken. Nach vorne gelehnt. Hinausstarrend. Sich vom Flugzeug gezogen fühlte. Weggeschleppt. Der erste Offizier kündigte die Landung in 20 Minuten an. Auf Deutsch. Und auf Englisch. Das Paar neben ihr. Sie begannen ihre Sachen zu ordnen. Sie holten ihre Pässe aus den Taschen. Schauten in die Pässe hinein. Lachten über ihre Bilder. Besprachen die Ablaufdaten und wie das mit den neuen Bildern sein würde. Wenn man nicht mehr lachen durfte. Auf den Passfotos. Wegen der isometrischen Vermessung für den Hochsicherheitspass. Sie lachten. Die Stewardessen kamen vorbei. Holten die leeren Behälter. Die Becher und Fläschchen. Selma setzte sich auf. Sie war müde. Sie hielt ihren Kaffeebecher mit dem Fläschchen in der Hand. Reichte alles der Stewardess. Sie hob ihre Tasche auf. Schaute, ob ihr Pass da war, wo er hingehörte. Sie wollte nicht suchen müssen. In einer dieser langen Schlangen stehen und fast schon dran sein und dann den Pass nicht mit einem Griff. Sie hasste Leute, die erst dann zu wühlen begannen. Frauen in ihren Handtaschen. Männer, die ihre Anzugtaschen abzuklopfen begannen, wenn sie schon vor dem Grenzbeamten standen. Der Pass war im Seitenfach. Selma steckte das Buch in die Tasche. Dann nahm sie es wieder heraus und stopfte es in die Tasche im Vordersitz zurück. Sie wollte das nicht lesen. Sie wollte gar nichts lesen. Sie konnte nur vor sich hinstarren. In sich so sitzen und vor sich hinstarren. Sie flogen über London. Straßen. Häuserblocks. Parks. Bahngleise. Containerlager. Wiesen. Gärten. Dächer. Häuserblöcke. Glasfunkelnd. Betonstumpf. Der Fluss. Wo war der Fluss. Wo waren sie überhaupt. Selma bemühte sich, etwas Bekanntes zu finden. Eine landmark. Wieder Fabriken. Hallen. Silos. Schlote. Kleine Häuser. Reihe an Reihe. Eine Autobahn. Das Dröhnen. Der drehende Laut langsamer. Das Flugzeug tiefer. Das Dröhnen tiefer. Selma lehnte sich zurück. Eine tiefe Erschöpfung. Eine tiefe Gleichgültigkeit. Und zuerst einmal ins Hotel. Nur ins Hotel kommen musste und sich dort hinlegen konnte. Sie musste nur den Gilchrist anrufen und ihre Ankunft bestätigen. Dann konnte sie schlafen. Sich hinlegen. Ausruhen. Es fiel ihr ein. Sie hatte keinen Wunsch. Keine Lust. Nicht essen. Nicht trinken. Kein Anblick. Keine Musik. Sie konnte sich nichts vorstellen. Duschen. Heiß duschen. Unter der Dusche stehen. So heiß wie möglich. Halbe Stunden stand sie so. Wiegte sich unter dem heißen Strahl. Ließ das brennend heiße Wasser über das Genick und die Schultern. Konnte nachdenken. Währenddessen. Im Hin und Her unter der prasselnden Hitze. An sich hinuntersehend. Vom Wasser umfangen. Aber keine Lust danach. Immer erst herausfinden musste, dass das angenehm. Wenn sie sich zum Duschen gezwungen hatte. Aus dem Bett gekrochen und ins Badezimmer gewankt und in die Dusche gestellt. Dann erst. Kein Antrieb.

Keine Kraft. Alles Anweisungen an sich selbst. Alles Mühe. Blieb das nun so. Würde sich das ändern. Der Mann neben ihr schlug seiner Frau auf den Schenkel. Dass sie gleich in London wären, sagte er. Und was das wieder für ein Spaß werden würde. Selma sah zum Fenster hinaus. Spaß. Ihr war elend.

7

Grau und grün. Von oben. Lagerhallen und Grasnarben und Straßen und wieder Hallen. Beigefarbene Blechdächer. Ockerfarbene Ziegelbauten. Lang gestreckte Betonflachdächer. Betonmasten. Leitungsgewirr. Manchmal ein Baum. Das Flugzeug knapp über dem Boden. Das Rütteln und Sirren des Fahrwerks. Die Bremsklappen wurden hochgestellt. Sie wurde herumgeschleudert. Nur vom Sitzgurt festgehalten wurde sie nach oben und unten geschleudert. Nach rechts und links. Vor ihr die Köpfe der anderen Passagiere. Sie sah sie herumgeworfen werden. Hinter den Kopfstützen auftauchen und verschwinden. »Cabin crew. Landing in ten minutes.« krachte es aus dem Lautsprecher. Die zwei Stewardessen kamen hinter dem Vorhang vorne hervor. Eine band den Vorhang zurück. Die andere ging nach hinten. Sie musste sich mit beiden Händen abstützen. Jemand hielt ihr einen Plastikbecher hin. Die Stewardess wollte den Becher nehmen. Beim ersten Mal wurde sie zur Seite geschleudert und griff daneben. Selma sah hinaus. Sie flogen gerade über ein Wohngebiet. Reihenhäuser aus Backstein. Lange Reihen. Ringförmig von einem Platz aus. Die Gärten nach hinten. Die Zäune. Wieder schmale Gärten und die Reihe Häuser. Autos dicht geparkt auf den Straßen. Zwischen den Hausreihen in den Gärten. Blühende Büsche. Aufgehängte Wäsche. Gemüsebeete. Wiesen. Autoteile. Gartenmöbel. Keine Bäume. Das Schütteln und Schleudern nahm zu. Sie hüpfte auf und ab. Vom Gurt im Sitz gehalten. Ein dumpfes Dröhnen kam zu dem sirrenden Geräusch dazu. Es fühlte sich an, als klatschte das Flugzeug auf etwas Hartem auf und würde wieder hochgeschleudert. Alle saßen da. Sahen nach vorne. Alle Köpfe waren gerade nach vorne gerichtet. Ein Kopfballett, dachte sie. Wie alle Köpfe gleich geschüttelt hinter den Kopfstützen auftauchten und wieder verschwanden. Einmal höher. Dann mehr von der Seite. Der sirrende Ton stieg an. Das dumpfe Dröhnen wurde leiser. Das Schütteln wurde rhythmisch. Schwächer. Es war dann nur noch in den Oberschenkeln und im Rücken und in den Wangen zu spüren. Eine sehr holprige Straße beim Radfahren. Niemand sprach. Der Mann neben ihr hielt die Hände auf den Knien. Hielt seine Knie fest umspannt. Die Finger tief in die Muskeln rund um das Knie. Die Fingerspitzen weiß von der Anspannung. Sie schaute wieder hinaus. Rollbahnen. Zäune. Sie konnte das Gras neben der Landebahn sehen. Das Flugzeug stieg ein wenig in die Höhe und setzte dann auf. Schwebend. Leicht. Kein Unterschied zwischen dem Fliegen und dem Fahren. Und alle atmeten auf. Alle Schultern sanken in Erleichterung nach unten. Das Baby begann zu weinen. Die Frau neben ihr sagte zu ihrem Mann, dass sie sich nicht hätte vorstellen können, dass sie dieses Geräusch einmal gerne hören würde. Aber sie sei jetzt sehr froh, ein schreiendes Baby zu hören. Sie könne gar nicht sagen, wie froh. Und dass sie einen Drink bräuchte. »Ich brauche einen Drink.« sagte sie. Sie sprach das R im Drink wienerisch kehlig aus. Sie saß zurückgelehnt da. Der Mann schnallte sich ab. Aus dem Lautsprecher die Ansagen. Willkommen in London und man solle angeschnallt sitzen bleiben, bis die endgültige Parkposition erreicht worden wäre. Die Frau stieß den Mann an. Er solle den Gurt wieder schließen. Er schüttelte den Kopf. Er habe genug. Und warum man sich das alles immer antue. Wenn sie einmal in der Stadt wären, dann würden sie das alles vergessen. Dann würde er das alles wieder vergessen haben, sagte die Frau. Sie räkelte sich. Es sei doch wieder alles in Ordnung. Alles sei wieder gut. Selma hob ihre Tasche auf. Stellte die Tasche auf ihre Schenkel. Sie schaute nach, ob der Pass in der Seitentasche war. Sie nahm den Pass dann heraus und steckte ihn in die Jackentasche. Das mit der Boardkarte war peinlich genug gewesen. Das Paar neben ihr. Die Frau hatte ihre Tasche vor sich und suchte nach den Pässen. Das Flugzeug rollte dahin. Auf der Rollbahn nebenan standen Flugzeuge hintereinander. Große Maschinen. Dann Hallen. Flughafengebäude. Sie fuhren. Aus dem Lautsprecher der Befehl, sich hinzusetzen. Der Befehl scharf. Die Frau stieß ihren Mann an. Da sähe er, dass die es ernst meinten. Sie solle sich nicht so anstellen, zischte der Mann. Niemand kontrolliere jetzt mehr. Sie könne ihn nicht verstehen, sagte die Frau. Was er davon habe, jetzt nicht mehr angeschnallt zu sein. Das Anschnallen. Das wäre doch zu seinem Besten. Sie sprach vor sich hin. Schaute in die Tasche. Griff in die Tasche und kramte herum. Und jetzt. Jetzt wäre doch alles überstanden. Jetzt könnte man doch wieder lustig sein. Selma sah die Finger des Mannes sich noch tiefer in das Fleisch rund um das Knie bohren. Der Mann sagte nichts. Das Flugzeug fuhr langsamer. Sie fuhren an Landungsfingern entlang. Immer langsamer. Es dauerte dann aber noch, bis das Flugzeug nach rechts einschwenkte und zum Stillstand kam. Selma beugte sich hinunter und zog ihren Rucksack unter dem Vordersitz hervor. Der Mann lehnte sich zurück. Die Frau sah nicht auf. Rundum waren die Menschen aufgesprungen und hatten die Gepäckfächer aufgemacht. Gepäckstücke wurden herausgezerrt. Selma balancierte den Rucksack und die Tasche auf ihrem Schoß. Der Mann neben ihr hatte sein handy aus der Tasche geholt. Das display leuchtete hellgrün auf. Die beiden saßen ruhig da. Selma wollte hinaus. Selma wollte schnell hinaus. Sie hielt ihre Tasche und den Rucksack bereit. Saß nach rechts gewandt. Der Mann und die Frau sprachen leise miteinander. Sie sahen auf das display. Die Frau deutete auf etwas auf dem display. Der Mann hielt das Gerät ans Ohr. Die Frau sah ihm zu. Im Gang standen die Menschen dicht gedrängt. Selma ließ sich in den Sitz zurückfallen. Das waren die Leute, die als Letzte aus dem Flugzeug kamen. Das waren die, die einen immer aufhielten, wenn man mit dem Bus transportiert wurde. Die das Flugzeug gerade noch erreichten und dann mit diesem Lächeln den Gang herunterkamen und einem Verständnis abverlangten, dass sie noch ihren Meeresfrüchteteller in Ruhe aufessen hatten müssen. So wie jetzt. Die telefonierten in aller Ruhe und würden sie als total uncool ansehen, wenn sie es eilig hatte. Die vergaßen ihre Flugangst, indem sie so herumtrödelten. Als wären sie jetzt zu Hause in dieser Maschine. Könnten gar nicht weg, so gemütlich fühlten sie sich hier. »Lassen Sie mich vorbei.« sagte Selma und lächelte. »Mein Flugzeug nach Nairobi. Wissen Sie. Ich muss zu diesem anderen Terminal.« »Ach, sie Arme.« rief die Frau aus. Sie stand sofort auf. Der Mann drängte ihr nach. Auf dem Gang schob er 2 Männer beiseite. Schob sie in ihre Sitzreihe zurück. »Diese Dame muss zu ihrem Anschlussflug.« sagte er. Beschwörend. Und die Frau wünschte ihr eine schöne Reise. Und dass es so anstrengend wäre. Das mit diesen vielen Terminals in London. Und dass die das nicht zusammenbrächten, dass man direkt dahinkommen könne. Da müsste man ja immer mit der underground und dann mit dem Bus und dann wüsste man noch nicht, ob man richtig wäre. Selma zwängte sich an den beiden vorbei in den Gang. Sie bedankte sich. Sie lächelte. Sie drängte sich weiter durch. Als wäre sie diese Person, die zum Flugzeug nach Nairobi müsste. Als müsste sie diese Rolle weiterspielen, um diese beiden freundlichen Menschen nicht zu enttäuschen. Sie drehte sich noch einmal um und nickte. Der Mann telefonierte und die Frau sah zu ihm hinauf. Die Männer in der business class brauchten lange. Einer nach dem anderen holte sein Gepäckstück aus dem Gepäckfach und ging dann den Gang hinunter zum Ausgang. Jeder einzeln. Dann ging es schnell. In der economy class. Alle hatten ihre Sachen schon in der Hand und stürzten hinaus. Selma ging eilig an der Stewardess vorbei. Sie grüßte. Der Kapitän kam hinter der Stewardess aus dem Cockpit. Selma sah ihn an. Er war älter. Groß. Braun gebrannt. Sportlich. Ein Bild von einem Mann, hätte die Mutter gesagt. Selma ging schnell hinaus. Sie wollte gar nicht wissen, wer das war. Wer für ihre Sicherheit hier einstand. Sie konnte ja ohnehin nur mitfliegen. Sie konnte nicht sagen, dass sie mit dem oder dem nicht fliegen wollte. Dass ihr einer nicht. Sie ging. Die beigen Wände des Gangs im Landefinger entlang. Trockene Hitze. Der Boden dünn und bei jedem Schritt nachgab. Der Tommi. Würde der auch hier warten. Musste sie nun auf dem Weg zur Passkontrolle mit ihm. Und dann da. Reden. Fragen, was sein Vater mache. Was er. Sie hätte sich Zeit lassen sollen. Sie hätte bei diesen Leuten sitzen bleiben sollen und warten. Bis alle draußen waren und die zwei sich auch auf den Weg machten. Aber sie sah ihn nicht. Er stand nicht am Eingang zum Gate. Hatte sie ihn schon unfreundlich genug behandelt. Hatte er ihren Grant mitbekommen und hoffentlich auf sich bezogen. Sie konnte zufrieden sein. Sie konnte allein dastehen und sich zur Passkontrolle schieben lassen. Es war ihr lieber. Es war ihr wirklich lieber, mit niemandem reden zu müssen. Sie war auch enttäuscht. Es ging so schnell, sich jemandem vom Leib zu halten. Aber im Fall vom Tommi. Es war zu sprichwörtlich die Umkehr. Dass sie sich besser gefühlt hatten. Dass ihre Familie sich besser gefühlt hatte. Oder was war das gewesen, was den Vater immer so steif und unfreundlich werden hatte lassen. Wenn vom Onkel Gustl die Rede war. Sie ging über den grau-auberginenfarbenen Spannteppich. Stieg Stufen hinunter. Sie ging den Gang die Gates entlang. Hinter der Glasscheibe zur anderen Seite des Gangs hasteten Menschen. Liefen. Senffarbenbeige der Boden. Institutional colours, hießen diese Farben hier. Sie überlegte, wie sie das übersetzten sollte. Hellbraungedämpftes Erbsengrün der weiche Bodenbelag im Saal der Passkontrolle. Die Menschenschlange bis an das Ende der Rampe herauf. Sie blieb stehen. Sie hielt den Rucksack und die Tasche vor sich. Hatte die Riemen über die Unterarme geschlungen. Rund um sie. Es wurde nur leise geredet. Eine Gruppe Schüler stürzte von der anderen Seite in den Raum. Laut erst. Dann reihten sie sich in die Wartenden ein. Gingen diese kleinen Schritte nach vorne. Schoben ihre Gepäckstücke mit den Füßen weiter. Waren nicht mehr zu unterscheiden. Alle geduldig. Alle angespannt. Alle leicht angespannt. Alle mit dem Blick nach vorne auf die Beamten und Beamtinnen. Die Beamten hinter hohen Pulten. Nur die Köpfe zu sehen. Und die Schultern. Brustbilder, dachte sie. Das Licht des Passlesegeräts von unten in die Gesichter. Sie suchte nach Tommi in der Menge vor ihr. Sie sah ihn nicht. Er war längst auf dem Weg ins Zentrum. Er hatte sicher seinen business-class-Vorsprung genutzt. Sie ließ sich treiben. Rückte vor. Stand. Rückte wieder vor. Hinter ihr sprachen Leute italienisch. Sie sprachen über den Flug. Und dass der eine Zumutung gewesen wäre. Und dass man sich beschweren müsste. Eigentlich. Aber dass das bei den Billigfliegern schon überhaupt keinen Sinn habe. 2 Wiener vor ihr. Der eine erklärte dem anderen, wo man die Karten für die underground bekommen könne. Und dass es überall Ticketautomaten gäbe. Ob er Kleingeld habe, fragte der andere. Nein, sagte der Erste. Aber es gäbe doch sicher Automaten, die Geldscheine annähmen. Von der anderen Seite kamen asiatisch aussehende Menschen die Rampe herunter. Sie reihten sich nach links ein. Für die Nicht-EU-Ausländer. Selma bog nach rechts ein. Bei den Nicht-EU-Ausländern standen die Menschen länger. Es waren nur 2 Pulte besetzt und die beiden Beamten blätterten lange in den Pässen. Menschen wurden an einen Schalter nach hinten weitergewiesen. Andere passierten und gingen zur Gepäckausgabe weiter. Selma war froh, in der EU-Passschlange zu stehen. Man kam immer schneller vorwärts. 4 Beamte schauten nur kurz in den Pass, zogen ihn durch das Passlesegerät und gaben den Pass mit einem Kopfnicken zurück. Selma sah auf die vielen Wartenden vor den Nicht-EU-Kontrollen. Immerhin würde ihr österreichischer Pass sie rasch zum Clo kommen lassen. Mit dem österreichischen Pass konnte sie mit diesem verschlossenen Gesicht auf die Kontrolle zusteuern. Ohne Sorge. Bisher. In Deutschland war es mittlerweile nicht so einfach, als Arbeitsloser zu verreisen. Da musste das Arbeitsamt verständigt werden. Weil man eine Arbeit angeboten bekommen könnte, musste man zur Verfügung stehen. Weil es eine Arbeit geben hätte können. Weil Arbeit in der Möglichkeitsform existierte. Bei ihr war das alles ja sinnlos. In ihrer Situation. Sie war von allem abgeschnitten. Weil sie in der Maxingstraße gemeldet bleiben musste und an einem Nebenmeldeort die Arbeitslosigkeit nicht angemeldet werden konnte. Die Frau Maglott. Die Frau Magister Maglott. Die würde einen Entscheid fassen müssen. Wie das gelöst werden konnte. Weil die Ungarin alle amtlichen Schriftstücke verschwinden hatte lassen. Ver-

103

schwinden ließ. Deshalb hatte sie keine Arbeitslose. Deshalb war sie da ein Fall. Ein zu lösender Fall. Sie war ausgeliefert. An alle diese Frauen. An die Ungarin. An die Arbeitsamtfrau. An die Sydler. Auf einmal war ihr Kosmos von Frauen begrenzt. Einen Augenblick das Gefühl, hinter dem Nabel in die Tiefe zu fallen. Einen Augenblick, als fiele sie weggeschleudert in die Tiefe. Dann wieder ein Schrittchen. Sie war jetzt nur eine Person, die nach England einreisen wollte. Sie sagte sich das vor. Sie war eine in dieser Menschenmenge. Sie war so wie alle anderen hier. Und ihre Probleme. Die waren in Wien. Die waren da zurückgeblieben. Und die würden da gelöst werden. Es war nicht so, dass sie untergehen würde. Irgendwie würde sich ein Überleben zusammenbasteln lassen müssen. Irgendwie würde sich eine Lösung finden müssen. Lösungen. Sie musste der Ungarin ein Verfahren wegen der Vernichtung ihrer Post anhängen. Sie musste mit mehr Nachdruck ihr Geld von Anton einfordern. Und sie musste auf sich als Fachperson bestehen. Niemand kannte sich in der internationalen Theaterszene so aus wie sie. Und niemand hatte eine so entschlossene Haltung. Wie wollten die ein Festival machen, das nichts mehr wollte. Mit Beliebigkeit war nichts mehr zu holen. Diese Zeiten waren auch schon wieder vorbei. Ohne Profilbildung war nichts wahrnehmbar. Und wie wollten die zu einem Profil kommen. Ohne sie. Sie kam an die gelbe Linie. Stand an der gelben Linie. 2 Beamte waren frei. Ein weißer Engländer und ein afrikanisch oder karibisch Aussehender. Selma zögerte. Dann ging sie zum Afro-Engländer. Sie lächelte ihn an. Der Mann nahm ihren Pass. Sie konnte nicht sehen, was er hinter dem Pult machte. Er reichte ihr den Pass. Er sah gar nicht auf. Selma nahm den Pass und ging. Sie war eine richtige Provinzlerin. Sie dachte sich immer noch etwas Persönliches in diese Handlungen. Verträumt war sie. Herzig. Der Härte eines wirklichen Schicksals war sie nicht gewachsen. Dieser Härte war sie gar nicht gewachsen. Mit ihrer Mittelstandshöflichkeit. Mit ihrer Mittelstandsfreundlichkeit. Lächerlich war sie. Und das bisschen Arbeitslosigkeit, das sie zu bieten hatte. In einem Land wie England. 2005. Total durchglobalisiert. Sie war ein alien. Ein alien vom Stern der Hinterwäldler. Sie straffte den Rücken. Sie lief die Stufen zur Gepäckausgabe hinunter. Ließ sich in jeden Schritt fallen. Lief schnell. Sie war schneller unten als die Rolltreppenfahrer. Sie ging gleich nach rechts. Zu den Toiletten. Das Gepäck aus Wien wurde für das Band 5 angekündigt. Sie ging schneller. Ging an der Wand. Hinter den Säulen. Hatte der Tommi nicht etwas von einem Koffer gesagt. Er hatte keine Tasche bei sich gehabt. Er war nur so gegangen. Den Mantel über der Schulter und die Zeitung in der Hand. Unbeschwert. Ganz unbeschwert. Sie schob den Riemen des Rucksacks über die linke Schulter. Sie musste gleich anrufen. Sie musste sich gleich bei Jonathan Gilchrist melden. Sonst dachte der noch, sie wäre gar nicht nach London gekommen und machte sich etwas anderes aus. Und sie musste locker bleiben. Sie hatte ihm gesagt, sie wäre wegen eines ganz anderen Projekts in London. Und wollte ihn dann auch treffen. Was sollte sie erzählen. Was für ein Projekt hatte sie nach London geführt. Was sollte sie behaupten. Es musste interessant sein und unüberprüfbar. Aber konkret genug. Sie bog in den Gang zu den Toiletten ein. Ging die weiß gekachelte Kurve entlang. Eine Frau stand vor den Spiegeln. Eine Afrikanerin. Sie putzte sich die Zähne. Spülte den Mund aus. Selma lächelte sie an. Die Frau lächelte im Spiegel zurück. Selma ging ganz nach hinten. Die Toilettenabteile winzig. Die Füße sichtbar. Sie hängte die Tasche und den Rucksack auf den Haken an der Tür. Riss Clopapier von der Rolle. Legte dicke Bündel Clopapier auf den Toilettensitz. Zog die Hose und den Slip hinunter. Bis zum Knie. Sie wollte nicht, dass die Hose und der Slip um ihre Füße lagen. Dass jemand die Hose und den Slip von draußen sehen konnte. Die Kleider um die Schuhe. Als säße sie in einer Lake Regenwasser. Es sah so verletzlich aus. So verwundbar. Diese unsichtbaren Gestalten. Die auf den Toiletten saßen. Die nackten Hintern. Die nackten Unter- leiber. Auf die Entblößung zu schließen, weil diese Kleider um die Füße lagen. Sie wollte nicht, dass jemand. Dass irgendjemand auf ihre Entblößung schließen konnte. Auf eine Nacktheit von ihr. Sie saß da. Hielt den Slip und die Hose um die Knie fest. Spürte den Wasserstrahl aus sich her- ausrinnen. Herausschießen. Erst. Dann das dünnere Rinn- sal. Das war dringend gewesen. Jetzt. Das war dringend not- wendig gewesen. Aufs Clo zu gehen. Und sie musste eine große Leichtigkeit vorführen. Jonathan Gilchrist musste einen Eindruck von Leichtigkeit und Selbstverständlichkeit bekommen. Er durfte keinen Augenblick das Gefühl haben, dass die Kosten ein Problem waren. Eine Frage. Dass ihm Kosten entstehen könnten. Sie war vorbeigekommen. In London. Sie war ohnehin da und sie wollte nur das Projekt mit dem Royal Court auch gleich unter Dach und Fach. Weil es ja doch sehr viel sparsamer zuging. Vor 5 Jahren noch. Da wäre sie extra deswegen nach London geflogen. Da hätte sie im K + K George gewohnt und sie hätten mindestens zwei- mal essen gehen müssen, bis sie überhaupt etwas bespro- chen hätten. Jetzt. Sie musste es chic machen. Die Sparsam- keit musste chic aussehen. Alles auf einen Streich. Sie rollte Toilettenpapier ab. Legte das Clopapier zu einem Lappen aufeinander. Sie stand auf. Wischte die Nässe zwischen den

106

Beinen ab. Tupfte sich ab. Hielt das Toilettenpapier mit der Handfläche gegen die Scheide. Sie stellte sich den Orgasmus vor. Es würde einer von diesen kurzen werden. Einer dieser vorwurfsvollen Orgasmen. Ein kurzer Strahl in die Mitte. Aber die Mitte nicht erreichte. Eine Erinnerung an Orgasmus. Eine Erzählung ihrer Impotenz. Und es nichts half, sich wütend über die Klitoris herzumachen und riesige Dinge in die Scheide zu stecken. Diese Orgasmen auch nur eine Erschöpfung. Und Kraft kosteten. Es sie jetzt Kraft kosten würde. Sie warf das Papier in die Toilette. Schob das Toilettenpapier vom Sitz nach. Ein Berg Papier. Dalag. Die Toilette automatisch spülte. Eine Lichtschranke hinten angebracht. Sie lange genug gestanden hatte. Sie fuchtelte vor der kleinen dunklen Scheibe in der Wand über der Toilette. Es passierte nichts. In der Mitte der rechteckigen kleinen Scheibe etwas Rundes. Ein eckiges Auge. Die Lichtschranke hatte ihr zugesehen. Ihrem Rücken. Jedenfalls. Sie zog den Slip hinauf. Die Hose. Sie schloss den Zippverschluss. Hakte den Haken ein und knöpfte den Knopf zu. Sie zog das T-Shirt glatt. Die Jacke. Es konnte passieren, dass die Jacke in die Hose gesteckt blieb. Und man stundenlang so herumlief. Und alle wussten, dass man auf der Toilette gewesen war und sich dort nicht richtig angezogen hatte. Sie griff nach der Tasche. Die Spülung lief. Sie sah in die Schüssel. Alles war weg. Keine Spur von ihr. Nichts zu sehen, für die Nächste hier. Sie hob den Rucksack vom Haken. Ging hinaus. Gleich gegenüber. Am letzten Waschbecken stand die Frau aus dem Flugzeug. Der sie gesagt hatte, dass sie nach Nairobi musste. Dass sie zum Flieger nach Nairobi musste. Sie stellte sich neben die Frau. Sie balancierte die Tasche und den Rucksack hinten. Auf dem Rücken. Sie ging in die Knie, um die Tasche und den Rucksack nicht nach vorne fallen zu haben. Sie drückte gegen den Seifenautomaten. Hielt die Hände vor die Lichtzelle am Wasserhahn. Sie wusch sich die Hände. Sie sah kurz auf und schaute die Frau an. Die Frau sah in den Spiegel. Sie hatte sich weit vorgebeugt. Zum Spiegel. Sie studierte eine Stelle an der Stirn. Unter ihr sprudelte das Wasser aus dem Wasserhahn. Die Frau kümmerte sich nicht darum. Selma ging mit nassen Händen weg. Sie schwenkte die Hände in der Luft. Schleuderte die Wassertropfen von sich. Die Frau hatte nicht ein Zeichen des Erkennens gemacht. Sie hatte ihre Stirn angestarrt und hatte an ihr entlanggesehen. So über sie hingesehen, wie man das so machte. Mit Fremden. Selma sah die Frau vor sich, wie sie sich geräkelt hatte. Wie sie dem Mann gesagt hatte, dass nun alles wieder gut wäre. Und wie der Mann ihr nicht sagen hatte können, dass das für ihn nicht so war. Oder hatte der Mann das selber gar nicht gewusst. Hatten die Angst nur seine Finger gewusst. Die Muskeln, die die Finger ins Fleisch krallen hatten lassen. Sie ging. Sie ging an den Menschen um das Förderband vorbei. Sie sah nicht hin. Es war ihr ganz gleichgültig, ob der Tommi sie sah. Sie ging nach links. Nach hinten. Stellte den Rucksack ab. Holte das handy aus der Tasche. Stellte es an. Gab den PIN ein. Wartete auf die Verbindung. Sie scrollte zur Nummer von Jonathan Gilchrist. Ließ sie wählen. Kein Ton. Die Leitung leer. Wie war das. Auf dem display war »Anruf erfolglos: nicht verfügbar« aufgeschienen. Musste sie da eine andere Vorwahl. Was musste sie da wählen. Wie konnte sie diesen Mann nun erreichen. Ein Telefon. Ein öffentliches Telefon. In der Ecke gab es Kreditkartentelefone. Sie nahm den Rucksack. Ging in die Ecke. Sie stand vor dem Kreditkartentelefon. Sie musste nach der Brille suchen. Die Anweisungen auf dem Kreditkartentelefon klein gedruckt. Kaum Licht in der Ecke. Sie entzifferte die Anweisungen. Suchte nach der Kreditkarte. Hielt das handy in der Hand. Die Nummer auf dem display. Neben den Kreditkartentelefonen eine Kabine. Ein weiß gestrichenes Hüttchen, in dem Beamte saßen. 3 Männer saßen in diesem Häuschen. Sie saßen um einen Tisch. Redeten. Tranken Kaffee. Es waren ältere Männer in blauen Uniformen. Die blauen Uniformkappen auf dem Tisch. Waren das Polizisten. Auf der Hütte stand nichts angeschrieben. Selma ging an die Tür. Sie klopfte an das Fenster in der Tür. Ein Mann stand auf. Er sagte noch etwas zu den anderen, nahm seine Kappe und wandte sich ihr zu. Er setzte seine Kappe auf und kam aus dem kleinen Raum. Selma entschuldigte sich. Sie wolle nicht stören, aber könne er ihr sagen, was sie vorwählen musste, wenn sie mit einem handy in Großbrittanien eine Nummer in Großbritannien erreichen wolle. Der Mann stand in der Tür. Sah sie an. Dann wandte er sich zurück. Er gab die Frage an seine Kollegen weiter. Die Männer waren sich nicht sicher, ob es eine Null oder eine Eins sein musste. Der Mann in der Tür drehte sich wieder zu ihr zurück. »Either zero or one. You dial either zero or one.« Und dass er kein handy habe, sagte er. Und dass er es deswegen nicht wüsste. Selma bedankte sich und ging zu den Kreditkartentelefonen zurück. Sie setzte sich auf die Bank daneben. Sie holte den Taschenkalender aus der Tasche. Das Schreibzeug. Sie schrieb die Nummer vom display ab. Dann gab sie die Nummer neu ein. Mit einer Null als Vorwahl. Sie bekam das Besetztzeichen. Dann mit einer Eins vor der Nummer. Sie hörte das Läuten des Telefons. Sie wartete. Jonathan Gilchrist meldete sich. Sie erkannte sein besonders britisches »hallo« sofort. Der Beamte, den sie um die Vorwahl gefragt hatte, kam auf sie zu. »One. You have to dial the one« sagte er. Selma bedankte sich. Jonathan Gilchrist frag-

109

te, wer da anrufe. Wer am Apparat sei. Selma meldete sich. Sie lächelte den Beamten vor sich an und nickte. Sie deutete auf das Telefon, um ihm zu zeigen, dass es schon funktioniert hatte. Jonathan Gilchrist verstand sie nicht. Er fragte noch einmal, wer da etwas wolle. Dann legte er auf. Selma wurde heiß. Der Beamte sah ihr zu. Selma bedankte sich noch einmal. Ja, es sei die Eins, die notwendig wäre. Und many thanks. Sie drückte die Wiederholungstaste. Das Besetztzeichen. Selma fühlte sich rot werden. Heiß. Das Gesicht eine hitzige Fläche. Die Hitze den Hals hinunter über die Schultern. Floss. Die Magengrube ein tobender kreisender Ball. Sie musste mit diesem Mann jetzt reden. Jetzt sofort. Sofort das Dinner konfirmieren. Ihn hindern, jemand anderen zu treffen. Etwas anderes zu tun. Es war für heute ausgemacht. Seit Wochen hatten sie das vereinbart. Und wenn sie ihn erst aus dem Hotel anrufen konnte. Sie konnte sich kein Taxi leisten. Ein Taxi zum Hotel. Das kostete mindestens 2000 Schillinge. Das kostete mindestens 100 Pfund. Sie musste mit der underground fahren. Das dauerte. Sie würde mindestens noch eine Stunde unterwegs sein. Eineinhalb. Bis dahin konnte dieser Mann. Er würde sie aufgeben. Denken, dass sie nun nicht nach London gekommen wäre. Er würde von sich auf sie schließen. Ihre Verabredung nicht ernst nehmen. Alles so irgendwie laufen lassen. Und sie war dann umsonst. Dann war alles aus. Dann hatte sie nur Geld ausgegeben und nichts erreicht. Ihre letzte Möglichkeit. Sie drückte die Wiederholungstaste. Der Beamte stand da. Er schaute sich im Raum um. Sah sich um. Kontrollierend. Ruhig kontrollieren. Jonathan Gilchrist meldete sich wieder. Sie sei das. Ja. Er habe gar nicht mehr mit ihr gerechnet. Und ja, ja. Sie träfen einander. Bei seinem neuen Lieblingsitaliener. Bei »Il Portico« auf Kensington High-

street. Das sei gleich bei der tubestation Kensington Highstreet. 20.00 Uhr. Ja. Der Tisch sei auf seinen Namen. Bis
dann. »ta ta.« Er legte auf. Selma drückte auf den roten
Knopf. Sie verstaute das handy in der Tasche. Sie nahm ihre
Brille ab. Sie hatte sie in die Haare zurückgeschoben und die
Brille drohte hinter dem Kopf zu Boden zu fallen. Der
Beamte sah sie an. Er nickte ihr zu und drehte sich um. Er
ging in das Häuschen zurück. Hatte er abgewartet, ob sie es
schaffen würde. Die richtige Vorwahl. Die Verbindung. Sie
hatte alles erledigt. Sie sah dem Beamten nach. Dankbar. Sie
war glücklich. Der Abend war organisiert. Der Beamte hatte
ihr geholfen. Sie hatte keine Eile. Sie war erleichtert. Sie war
erschöpft vor Erleichterung. Sie saß einen Augenblick. Sie
hätte weinen können. Ein Schluchzen. Vor Erleichterung.
Vor Dankbarkeit. Dass nun alles sich fügte. Dass nun alles
sich fügen würde. Sie saß. Ließ die Wärme der Erleichterung
sich ausbreiten. Sie lächelte. Sie stand auf. Schwang den
Rucksack auf die rechte Schulter. Die Tasche über die linke.
Sie sah in diese Hütte der Beamten. Dieses weiß gestrichene
Schrebergartenhäuschen in der riesigen Halle. Die Männer
saßen einander zugewandt. Sahen einander an. Sie machte
sich auf den Weg. Sie hätte dem Mann gerne zugewinkt. Sich
bedankt bei ihm.

8

Sie ging zum Ausgang. Die Beamten vom Zoll standen mit verschränkten Armen rechts und links der automatischen Tür. Sie sah sie nicht an. Sah ihnen nicht in die Augen. Sie wollte jetzt nicht aufgehalten werden. Sie wollte ins Hotel. Die lange Fahrt dahin hinter sich bringen. Sich auf das Bett legen und überlegen. Alles noch einmal genau überlegen. Alle Argumente noch einmal durch. Sich neuerlich in den Besitz der Argumente bringen. Warum bei Sarah Kane die Sprache das Wichtigste war. Dass die Aktion der Kommentar zur Sprache war. Der Nachvollzug der Sprache. Dass Sarah Kane darin Marlowe verwandt war. Eine Nachfahrin von Christopher Marlowe. Nur dass die Figuren von Sarah Kane die Grausamkeiten an sich selbst ausübten. Dass sie Subjekte der Moderne waren und damit mit sich selber in einen sadistischen Clinch verwickelt. Exekutoren der Macht an sich selbst. Richter und Henker in einem und gegen sich. Und dass die Aktionen. Die Figuren. Dass die die Traumbilder der Sprache waren. Dass da die Sprache abgespalten wurde von den Hauptfiguren. Dass es sich in den Stücken um eine Innenwelt handelte. Um die Innenwelt einer Person. Der Albtraum der Gesellschaft in einer Person geträumt. Und wie produktiv das sein würde, wenn die Worte in beiden Sprachen nebeneinander gesprochen werden würden. Simultane Welten der Grausamkeit und Zerstörung. Aber sprachlich. Und damit anwendbar und nicht in die Bilder der Grausamkeit und Zerstörung gebannt. Festgefahren und abrufbar. Eine Metapher der Zeit. Eine Metapher des Jetzt. Sie folgte den grünen Schildern. Nothing to declare. Sie ging unter dem grünen Schild durch. Die Tür rutschte zur Seite. Ein kleines rauschendes Geräusch. Sie ging hinaus. Der eine Zollbeamte rechts. Er war einen Schritt nach hinten getreten. Einen Augenblick hatte sie erwartet, er nähme Anlauf. Er ginge diesen einen Schritt nach hinten, um sich besser auf sie stürzen zu können. Der Mann hatte sich dann aber weggedreht und war weggegangen. Sie hatte gespürt, wie er den Blick erst im letzten Augenblick der Drehung von ihr weggewandt hatte. Sie ging. Die Tür hinter ihr zu. Vor ihr die Schalter der Mietwagenfirmen. Sie war noch nie in England mit dem Auto gefahren. Sie hatte das Linksfahren. Das war ihr immer als sehr mühsam vorgekommen. Anstrengend. Gefährlich. Sie hätte Lust gehabt. Ganz kurz die Vorstellung zu einem der Schalter zu gehen. Zu Budget. Oder zu Europcar. Ein kleines Auto und sich durchschlagen zum Hotel. Eine Dschungelexpedition. Aber allein. Im Auto allein und ungestört. Das Auto ein Haus geworden wäre. Eine Unterkunft. Ein Raum rund um sie. Sicherheit. Aber in London ganz unmöglich. Beim Hotel gab es sicher keine Parkplätze. Und wenn, dann war der Parkplatz noch einmal so teuer wie das Zimmer. Und die U-Bahn. Sie kannte sich doch aus. Und sie würde ohnehin nirgends hinfinden. Mit dem Auto. Sie kannte London ja nur von den U-Bahnstationen aus. In London fuhr sie durch Dunkelheit und kam dann an irgendeiner Stelle an die Oberfläche. Sie hatte kein zusammenhängendes Bild von dieser Stadt. Vor Jahren war sie einmal mit dem Taxi von St. Pancras zu ihrem Hotel in Earl's Court gefahren. Das hatte damals schon 1.500 Schillinge gekostet. Heute würde das das Doppelte sein. So ein Luxus. Der war endgültig vorbei. Das war wie in Tokyo. Sie konnte sich das nicht leisten. Sie hatte sich das auch zu den besten Zeiten nicht leisten können. Sie war zu arm, sich ein Taxi leisten zu können. In den wirklich großen Städten war man zu arm dazu. Jedenfalls in denen außerhalb Amerikas. Sie war ein Mitglied der Herde. Und warum fiel ihr das jetzt auf. Jetzt erst. Wenn es nun wirklich andere Sorgen gab. Sie ging durch die Halle. Wartende Menschen. Die Fahrer hielten die Namensschilder hoch und suchten nach Personen, die zu den Namen passen konnten. Firmennamen auf den Schildern. Baxter. Siemens. Dell. United Industries. Pleasure Line. Snow White Manufacturers. Lloyd. Mr. Patell. Mr. Ongowabe. Mrs. Nemeckaya. Mr. Wan Tau Li. Ein Mr. Smythe wurde erwartet. Familien. Indische Familien. Frauen. Männer. Einzeln. Selma bahnte sich einen Weg. Ging gegen die suchenden Blicke. Die erwartungsvollen Blicke. Eine Frau fragte sie, ob sie aus Manchester käme. Ob sie mit der Maschine aus Manchester angekommen wäre. Selma schüttelte den Kopf. Sie lächelte die Frau an. Sie sei aus Wien angekommen. Sorry. Die Frau sah sofort an ihr vorbei. Wieder zur Tür. Selma stieg die Rampe zum Ausgang hinauf. Dunkelsenffarbener Spannteppich. Rechts ein Imbiss. Italienischer Kaffee. Sollte sie einen Cappuccino. Und einen Bissen essen. Sie schaute auf die Bilder von Tramezzini und Ciabattasandwiches. Die Bilder über der Theke. Von hinten beleuchtete Riesenbilder. Colorierte Fotografien. Die Salatblätter aus den Sandwiches spinatgrün. Das Brot goldbraun. Das Tramezzinibrot weiß glänzend. Die Füllungen schweinchenrosa und zitronengelb. Sie ging weiter. Sie hatte keinen Hunger. Sie konnte einen Tee trinken. Und vielleicht fand sich ein echtes Sandwich dazu. Obwohl es in London schon eine Hilfe gewesen war, wie die italienische Küche Einzug gehalten hatte. Wie das italienische Essen zu bekommen war. Bis dahin. Sie lächelte. Da hatte das Frühstück den ganzen Tag reichen müssen. Diese süß schmeckenden Würstchen zu den Spiegeleiern mit dem blassen Dotter und der strohige

Toast. Aber sie hatte in London nie schön gewohnt. In einem wirklich guten Hotel. Dazu hatte es nie gereicht. Und nun ja sicher nicht mehr. Sie trat auf die Rolltreppe hinunter. Das war ja nun nicht wichtig. Das durfte nicht wichtig sein. Das war auch nicht wichtig gewesen. Aber es war eine dieser abgeschlossenen Möglichkeiten. Das würde es nun nie mehr geben. Es war nur wieder eins dieser Symbole. Eines ihrer Symbole des Unerreichbaren. Ihres Versagens. In der Kette dieser Symbole war es ein weiteres Kettenglied. Etwas, das sie hinunterzog. Beschwerte. Etwas, das sie durch das Nicht-Vorhandensein belastete. Etwas mehr, dessen Nicht-Vorhandensein die Last war. Das sie nicht erreicht hatte. Nicht einmal erreicht. Sie stand auf der Rolltreppe. Fuhr hinunter. Hinter dem Brustbein der Druck. Ein Nach-außen-Drängen. Den Brustkorb sprengen. Das Brustbein zerreißen und nach außen. Eine Explosion und dann die Brust wieder leer. Dann das Herz ruhig schlagen und nur im Atmen das Leben. Im ruhig Atmen und Schauen und Hören. Dieses ganze nach innen gerichtete Nichts weggeschleudert. Dann. Und ein Schrei nichts geholfen hätte. Aber dann die Vorstellung dieser Leere gleich wieder eine Unruhe. Was sollte sie dann tun. Wenn sie wieder normal. Und funktionierte. Die Vorstellung einer solchen leeren Leere ließ weiß glühenden, gallenbitteren Zorn aufsteigen. Während ihr ein saurer Saft in die Kehle stieg und das Blut aus dem Kopf und heiße Blässe. Während sie sich zwingen musste, ruhig von der Rolltreppe auf den Boden zu steigen und die Rampe nach unten zur U-Bahnstation weiterzugehen. Währenddessen verstand sie den Ausdruck »da geht mir die Galle hoch.« »So ist das also.« dachte sie. Jetzt wusste sie auch diese Bedeutung. Zur Vorstellung von diesem weiß glühenden, gallenbitteren Zorn fügte sich vor ihren Augen die Wirklichkeit.

Sie ging. Sie fand das interessant. Während sich alle Symptome an ihr vollendeten. Während ihr im Kopf schwindelig. Während sie nach dem Handlauf der Rampe greifen musste. Sich stützen. Ganz kurz eine Drehung. Der Anfang einer Drehung. Sie ging. Hielt sich am Geländer fest. Schritt für Schritt. Die rechte Hand das Geländer entlang. Die Säure bitter in die Kehle schneidend. Sauer ätzend hinter dem Brustbein herauf. Währenddessen wusste sie, dass das nun das war. Die weiß glühende, gallenbittere Wut. Der Dämon des Vaters. Erbte man so etwas. War das von ihm ererbt. War das die Erbschaft von ihm. Mit den Sommersprossen und der sonnenempfindlichen Haut auch die weiß glühende, gallenbittere Wut. Oder war das erlernt. War das angelernt. Aus den Anfällen der weiß glühenden, gallenbitteren Wut. Wenn der Vater aus dem Ministerium so ruhig zurückgekommen. Wenn die Ruhe so eine Starre gewesen. Ein weiß glänzender Überzug über jeder Bewegung. Bis er einen Grund gefunden. Bis sich ihm ein Grund gegeben. Und dann. Sie ging weiter. Die Erkenntnis ließ die Knie einknicken. Aber das Gehen einfacher als stehen. Im Stehen der Schwindel die Oberhand bekommen hätte können. Sie ging und die Erkenntnis oben. Hinter ihr. Oben, hinter ihrem Kopf sagte sich die Erkenntnis. Das war der Grund, warum sie keine Kinder bekommen hatte. Das war die Ursache, dass sie sich keine Kinder gewünscht hatte. Dass sie sich so schnell auf das Nicht-Kinder-Haben geeinigt hatte. Einigen hatte können. Mit dem Anton. Dass es keine Kinder geben hatte sollen. Und dann war die Abtreibung in Italien. Die war dann nur der Anfang dieser raschen Einigung gewesen. Dieser Einigung mit sich selbst. Das war dann aus der weiß glühenden, gallenbitteren Wut des Vaters gekommen. Aus den Schlägen aus dieser weiß glühenden, gallenbitteren

Wut. Im Kinderzimmer. Hinter den zugesperrten Türen.
Die Mutter von der Balkontür zur Gangtür. Und der Vater
auf sie ein. Die weiß glühende, gallenbittere Wut in präzisen
Schlägen des Gürtels. Und es ja nicht diese Schläge gewesen.
Wahrscheinlich. Es waren diese Erklärungen. Dann. 3 Tage
später. Oder eine Woche. Wenn die blauen Flecken am deut-
lichsten. Voll entwickelt auf ihrem Hinterteil und nur mit
dem Handspiegel im Vorzimmerspiegel. Oder auf den Sessel im Badezimmer gestiegen und mit dem Handspiegel den
Popo im Badezimmerspiegel angesehen. Im Spiegel über
dem Waschbecken. Nach 3 oder 4 Tagen die blauen Flecken
da an die Oberfläche gesickert waren. Und dunkelviolett mit
grünen Rändern und dann gelb. Der Vater es dann erklärt
hatte. Es war die weiß glühende, gallenbittere Wut gewesen.
Er war wieder übergangen worden. Im Ministerium. Aber er
werde denen nicht die Freude. Er werde sich nicht zwingen
lassen. Er werde keiner Partei beitreten. Er werde dann eben
immer ein Amtsrat bleiben. Er werde sich nicht in dieses
System hineinpressen lassen. Und Selma müsse das verstehen. Es tue ihm Leid. Wirklich Leid. Aufrichtig Leid. Es
werde nicht vorkommen. Es werde sicher nicht mehr vorkommen. Und es kam ja nicht so oft vor. Es war. Wie oft war
es gewesen. Sie konnte sich nicht erinnern. Die Mutter war
mit gebeugtem Kopf. Und was hätte sie tun sollen. Sie hatte
ja immer an den Türen gerüttelt. Und geschrien. »Tu es
nicht.« »Tu es nicht.« »Bei der Muttergottes. Tu es nicht.«
Die Mutter hatte gefleht. Das hatte sie auch gelernt. Das war
schon eine von den gelernten Erbschaften gewesen. Wie sie
vor dem Intendanten gestanden und um eine Erklärung
gefleht hatte. Einen Augenblick hatte sie sich vorstellen können, in die Knie sinken zu können. Zu müssen. Damit er die
Worte verstehen könnte. Damit er begreifen könnte, was sie

117

sagte. Dass sie diesen Posten nicht verlieren durfte. Dass sie doch ohnehin nur noch aus diesem Posten bestand. Dass er ihr das Letzte wegnähme, wenn diese Entlassung. Und jetzt kannte sie auch die weiß glühende, gallenbittere Wut. Und dass sie nie jemanden dieser Wut aussetzen hatte wollen. Dass es kein Kind geben sollte, an dem. Und das war richtig gewesen. Sie hatte diese Wut auch in sich. Gleichgültig wie die dahingekommen war, trug sie das in sich. Und der Vater hatte gewonnen. Wie Gewalt immer gewann. Er war übrig geblieben. Er war jetzt das Kind. Und sie seine Pflegerin. Er konnte den Schlüssel einfach vergessen. Die Pflegerinnen scharten sich um ihn. Und sie pflegte ihn besser gut. Wenn er zu früh starb. Sie konnte die Wohnung nicht erhalten. Jetzt. Ohne das Geld vom Anton. Aber eine so billige Wohnung würde sie nie finden können. Eine Hauptmeldung. Sie beugte den Kopf. Sie sog Speichel aus den Wangen. Schluckte den Speichel. Versuchte die Säure in der Kehle zurückzuschlucken. Das kratzige Gefühl hinten am Gaumen mit Speichel zu glätten. Und warum hatte sie kein Wasser gekauft. Aber wenigstens hatte sie keinen Kaffee getrunken. Der hätte ihr noch Magenschmerzen gemacht. Sie ging nach links in einen langen dunklen Gang. Die Laufbänder. Das Laufband in ihrer Richtung links. Wie im Straßenverkehr. Sie stieg auf das Band. Sie stellte die Tasche auf den schwarzen Handlauf. Ließ die Tasche auf dem Band mitlaufen. Sie suchte nach der Geldbörse mit dem englischen Geld. Sie nahm am besten eine Zweitageskarte. Wenn es das gab. Sie konnte sich nicht erinnern. Wie war das hier. Was war am billigsten. Und würde sie oft genug fahren. Würde es sich auszahlen, eine Tageskarte zu nehmen. Vom Flughafen in die Stadt musste sie ohnehin ein anderes Ticket nehmen. Heathrow lag in der äußersten Zone. Sie würde sich nur in

118

der Zone 1 bewegen. Und da konnte sie auch einmal zu Fuß herumlaufen. Das würde ihr gut tun. Und sie würde Geld sparen. Das U-Bahn-Fahren ja auch nicht billig. Aber das war es nirgends. Sie stand. Ließ sich fahren. Hielt sich fest. Hielt die Tasche umfangen und hielt sich am schwarzen Gummiband fest. Sie wurde überholt. Leute liefen an ihr vorbei. Rollten ihre Köfferchen an ihr vorbei. Sie sog weiter an ihren Wangen. Machte mahlende Bewegungen mit den Kiefern. Der Speichel füllte den Mund. Süß. Weich und samtig. Sie schob den Speichel über die Zunge nach hinten. Ließ den Speichel über die Zunge nach hinten rinnen. Ließ die Mundhöhle hinten mit Speichel voll laufen. Schluckte den Speichel. Überzog den schneidenden rohen Schmerz in der Kehle mit dem süßen seidigen Speichel. Sie schluckte die Säure hinunter. Drängte die Säure in den Magen zurück. Bis in der Kehle nur noch ein leichtes Stechen zu spüren war. Sie stieg vom Laufband herunter. Ging um die Ecke. Ging zum Nächsten. Der Gang hier. Sie war an eine Geisterbahn erinnert. Das Licht. Die Plakate an den Wänden. Die Farben der Kacheln. Düster. Aber bunt. Dunkel bunt. Sie war nie mit einer Geisterbahn gefahren. Sie war sicher nie mit einer Geisterbahn gefahren. Sie kannte Geisterbahnen nur aus Filmen. Aus Horrorfilmen. Oder aus »Columbo«. Da spielte doch ein Film auf einem Rummelplatz, und es gab eine Geisterbahn. Und irgendetwas war mit einer Fotografin. Columbo und diese Fotografin. In einer Dunkelkammer. Und sie suchten nach einem Foto. 70er Jahre. Ende der 70er Jahre. Die Frau hatte ein rotes Kleid angehabt. Sie musste vom Band steigen. Ging. Die Riemen des Rucksacks schnitten in die linke Schulter. Sie hatte die Geldbörse gefunden. Hielt sie mit der rechten. Fest. Das wäre etwas, was sie machen würde. Menschen mit der Börse in der Hand die

Börse zu entreißen und davonzulaufen. Oder die Wagentür aufzumachen und die Handtasche vom Beifahrersitz zu nehmen und davonzulaufen. Am liebsten wäre es ihr gewesen, wenn sie sich schon so durchschlagen hätte müssen, einfach den Kofferraum an Kreuzungen zu öffnen und herauszunehmen, was zu finden war. Wenn sie mit einem Koffer im Wagen hinten fuhr, musste sie immer an diese Möglichkeit denken. Sie hatte sich nicht gewundert, dass in Wien mit diesen Diebstählen begonnen worden war. An Kreuzungen die Handtaschen aus den Autos zu schnappen. Es war seltsam. Männer hatten diese nach außen gelegten Geschlechtsorgane und trugen ihre Wertsachen am Körper. Und Frauen mit ihren Handtaschen. War das dann der Penis. War das eher der Penis als die eigenen Geschlechtsorgane. War die Handtasche gar nicht das Symbol für das eigene und wieder nur dieses Nachlaufen. Dieses Hinter-dem-Penis-her. Sie schulterte ihre Tasche. Jedenfalls hatte sie es dann nicht klein bemessen. So schwer und groß, wie ihre Tasche war. Sie ging an den Ticketautomaten vorbei. Ein Mann in Uniform wandte sich ihr zu. Sie ging an ihm vorbei. Sie ging nach hinten. Rechts. Zu den Ticketschaltern. Sie wollte eine Person. Sie wollte eine Person beschäftigen. Dieser Person den Arbeitsplatz erhalten. Sie stellte sich an den linken Schalter. Die Schlangen gleich lang. Sie stellte sich hinter 2 dunkelhäutige Männer. Sie stand da. Hielt ihre Tasche an sich gedrückt. Die Börse in der Hand. Sie sagte sich die U-Bahnstation vor. Sie musste nach Russell Square. Sie überlegte. Sagte sie »I would like to have a ticket to Russell Square.« Oder sollte sie lieber sagen, »I need a ticket to Russell Square«. Sie war nicht firm. In solchen Alltagsfragen war sie nicht firm. Aber sie hatte hier nie gelebt. Länger. Auf Englisch. Da hatte sie nur in Los Angeles einmal länger. Das war lange her, und in Los Angeles löste man keine Tickets. In New York hatte es diese token gegeben. Da hatte man einfach einen 10er-Pack gekauft. Mittlerweile galten die nichts mehr, aber sie war dann auch nicht mehr dahin gekommen. Amerika. Das Festival von Louisville. Oder in Washington D.C. Das hatte dann schon die Frau Nachfolgerin gemacht. Das war dann schon nicht mehr in ihre Kompetenz gefallen. Und sie hatte gedacht, dass es geschickt gewesen wäre. Die Konkurrenz so weit weg zu verbannen. Und sie hatte eben nicht bedacht, dass jemand, der von sich annahm, in Europa überall erkannt zu werden. Dass der dann eine kleine Sexreise lieber in die USA machte und dann noch nach Mexico fuhr. Und das rohe Lebensgefühl da die beiden dann sicherlich auch noch sehr nett beflügelt hatte. In diesem touristischen Sex. In dem dann das fremde Land und die fremden Leute aufgebraucht wurden. Für die hässlichen Touristen. Sie stand hinter den beiden afrikanischen Männern. Wie ekelhaft musste es für diese dunkelhäutigen Menschen sein, alle diese fettleibigen, bleichschwabbeligen, jeder Sinnlichkeit entleerten Europäer mit ihrem Geld da auftauchen zu haben. Oder diese feingliedrigen glatthäutigen Asiatinnen. Sie stand da. Der Mann vor ihr sprach mit dem Schalterbeamten. Zu den Sprechlöchern im Glas gebeugt, sprach er mit dem Beamten und zeigte ihm ein Büchlein. Er verwies auf etwas in diesem Büchlein. Der Schalterbeamte sah den Mann an. Er sah dem Mann zu. Er schaute nicht auf das Büchlein. Er schaute den Mann an. Saß zurückgelehnt. Es sah nach längerem Warten aus. Aber links hatten sich mehr Leute angesammelt. Sie blieb stehen. In der Kehle ein Schneiden. Quer. Ein Querschnitt. Sie schluckte wieder. Schob Speichel über die schmerzende Stelle. Hinter ihr seufzte jemand. Sie drehte sich um.

121

Auch hinter ihr eine Menschenschlange. Sie wandte sich zurück. Der Mann gestikulierte. Fuchtelte mit den Händen. Hielt das Büchlein. Wies mit dem Zeigefinger auf eine Stelle. Der Schalterbeamte schüttelte den Kopf. Er sagte etwas. Der Mann stand still. Den Kopf gebeugt stand er einen Augenblick vollkommen unbeweglich. Reglos. Dann straffte er sich wieder. Nickte. Holte Geld aus der Sakkotasche. Er sagte etwas. Der Mann im Schalter verschwand nach links. Tauchte wieder auf. Der Mann vor dem Schalter zappelte ungeduldig. Er stieg von einem Bein aufs andere. Sah sich um. Schaute nach hinten. Er sah Selma an. Er zog die Augenbrauen hoch und zuckte mit den Achseln. Selma musste zurückgrinsen. Der Mann blinzelte sie an und drehte sich wieder weg. Er bekam ein Ticket. Er zählte das Wechselgeld nach. Genau. Dann wandte er sich weg. Ging weg. Selma trat an den Schalter. Sie bräuchte eine Fahrkarte nach Russell Square. Der Mann schob ihr ein Ticket unter der gläsernen Trennwand durch. 5 Pfund 50 mache das aus. Selma schob einen 10-Pfundschein zurück. Sammelte das Wechselgeld ein. Schob alles nach links und machte Platz für den Nächsten. Sie hatte vollkommen vergessen, wie die Münzen aussahen. Sie wäre nicht in der Lage gewesen, die 5 Pfund in Münzen aus der Geldbörse herauszusuchen. Sie steckte das Geld in die Börse. Stopfte die Börse in das Seitenfach der Tasche. Zog den Zippverschluss zu. Sie ging durch die Sperre. Ließ das Ticket im Automaten verschwinden. Sie schob sich seitlich durch das Drehkreuz. Die Tasche und der Rucksack auf den Schultern zu breit. Das Drehkreuz schlug gegen ihre Oberschenkel. Wieder ein blauer Fleck, dachte sie. Dass man immer so geschunden ankommen musste. Aber sie würde ein Bad nehmen. Dann würden die blauen Flecke nicht so groß. Wenn man gleich ein heißes Bad nahm, dann

konnte man die Hämatombildung einschränken. Schrecklich waren die blauen Flecke auf den Armen. Im Sommer.
Jetzt. Wenn sie die Jacke nicht ausziehen konnte, weil sie sich
irgendwo angeschlagen hatte und ein dunkelvioletter Fleck
sich auf der weißen Haut ausbreitete. Bei ihr sah das immer
besonders brutal aus. Wegen der hellen Haut. Sie fuhr mit
der Rolltreppe hinunter. Ein trockener Wind von unten
herauf. Der Wind eigentlich ein Schwall trockener, heißer
Luft. Einen Augenblick keinen Atem und das Stechen im
Hals hinten als wäre etwas stecken geblieben. Da. Sie hus-
tete. Räusperte sich. Sie hielt sich die Hand vor den Mund.
Sie hätte ein Tuch haben wollen. Ein Atemzug bis tief in die
Brust. Sie sog die Luft ein und spürte die Luft in die Lungen
fahren und hatte aber trotzdem keine Luft bekommen. Sie
rang um Atem. Dann war der Wind weg. Sie fuhr in kühle-
re, schwerere Luft. Auf dem Bahnsteig dann alles normal.
Ein Zug rechts. Die Anzeige gab an, der Zug würde in einer
Minute abfahren. Der Zug war voll. Leute standen. Es
kamen noch immer neue Passagiere. Riesige Koffer wurden
nachgezogen und in den Zug gehievt. Eine Frau stellte ihren
Koffer in die Tür und winkte jemandem weit hinten, sich zu
beeilen. Ein Mann mit 3 Kindern. Alle hatten bunte kleine
Rollkoffer. Sie kamen angehetzt. Lachend. Das kleinste Kind
weinte. Ein kleiner Bub. 6 Jahre. 7 Jahre alt. Seine älteren
Schwestern zogen ihn mit. Er rief nach seiner Mami. Die
deutete ihnen, sich zu beeilen. Selma ging zum Zug nach
links. Sie wollte sitzen. Im Zug rechts hätte sie stehen müssen. Und wenn man schon in Heathrow stand, dann stand
man bis Cockfosters. Sie war zu träge. Sie wollte jetzt nicht
eine Stunde stehen. Der Zug links sollte in 16 Minuten fahren. Sie stieg ein. Sie setzte sich gleich beim Eingang. Sie
wusste gar nicht, in welche Richtung der Zug davonfahren

würde. Sie drehte sich um. Der erste Zug setzte sich in Bewegung. Sie würde nach Norden schauen, wenn sie so sitzen blieb. Sie stellte die Tasche auf ihren Schoß. Schob den Rucksack davor. Sie konnte die Tasche und den Rucksack gerade festhalten. Sie saß da. Bis hierher hatte sie es jetzt geschafft. Sie konnte sich jetzt ausruhen. Eine Stunde hatte sie jetzt Ruhe von allem. Sie wurde transportiert. Menschen stiegen ein. Die Reihe gegenüber füllte sich. Eine junge Frau mit einem rosafarbenen Rucksack. Sie hatte ihren Discman eingeschaltet. Percussion war leise mitzuhören. Eine Gruppe Flughafenangestellter in blauen Uniformen. Sie sprachen miteinander. Unterhielten sich. Sie setzten sich in die Reihe neben sie. Auf der Anzeige waren es noch 8 Minuten bis zur Abfahrt. Kaum jemand war auf dem Bahnsteig. Auf dem anderen Gleis kam ein Zug an. Ein Menschenschwarm breitete sich aus. Die Schnellergehenden drängten sich durch die Menge und strebten auf den Rolltreppen voran. Dahinter die Kofferbeladenen. Die Gruppen. Und dann die Langsamen. Leute, die es leicht nahmen und dahinschlenderten. Sich Zeit ließen. Und die Beladenen. Eine alte Frau zog einen ungeheuer großen Koffer auf die Rolltreppe zu. Sie ging nach vorne gestemmt, den Koffer weiterzuziehen. Sie war die Letzte hinauf. Dann ein Schwarm von oben. 5 Minuten vor Abfahrt eilten immer mehr Menschen von oben herunter. Hasteten, diesen Zug noch zu erreichen. Sie stürzten in die Wagen. Warfen mit ihren Koffern herum. Ein schwarzhäutiger Mann stemmte zwei Kisten in den Wagen. Er schob sie in die Ecke ihr gegenüber. Dann lief er hinaus und holte noch 2 schwarz glänzende Koffer. Er musste jeden einzeln in die Ecke ziehen. Dann setzte er sich auf die Koffer und holte ein blau gestreiftes Taschentuch aus der Tasche seines Sakkos und wischte sich das Gesicht ab. Er nickte

Selma zu. »It's hotter here than in Kingston.« sagte er. Selma
lächelte. Er habe da eine Menge Gepäck. Ja, da wären richtige Schätze drinnen. Richtig gute Mangos. Alle Sachen, die
man in London nicht richtig bekommen könne. Die bräch-
te er mit. Für seine Familie. Er wischte sich wieder das
Gesicht ab. Selma lächelte. Ein junger Mann sprang in den
Wagen. Er hatte eine Tasche quer über die Schulter. Er
hastete an Selma vorbei. Sie musste sich ducken, die Tasche
nicht ins Gesicht geschleudert zu bekommen. Bevor sie
etwas sagen konnte, war der Mann durch die Tür am Ende
des Waggons in den nächsten Waggon davon. Der schwarz-
häutige Mann auf den Koffern schüttelte den Kopf. Sie
zuckte mit den Achseln. Aus dem Lautsprecher wurde die
Abfahrt angekündigt. Das Piepsen vor Schließen der Türen
erklang. Ein Mann drängte sich zwischen die sich schließen-
den Türflügel. Riss die Tür wieder auf. Er hielt die Türflügel auseinander. Eine Frau schob sich herein. Der Mann ließ
die Tür los. Die Türflügel gingen noch einmal ganz auf. Eine
Ansage. Selma konnte nicht verstehen, was gesagt wurde. Es
hieß wohl, dass man das nicht machen solle. Die Türen aufdrängen, nachdem dieses Piepsen erklungen war. Die Frau
setzte sich auf die Bank gegenüber. Der Mann ließ sich
neben sie fallen. Sie legte ihren Arm um ihn. Sie war kleiner
als er. Sie musste sich recken, den Arm hinter seine Schultern zu zwängen. Er legte seinen Kopf gegen ihren Hals. Er
war groß. Kräftig. Kastanienbraune Haare. Kurz geschnitten. Lockig. Seine Augen waren blau. Er sah Selma an.
Schaute vor sich hin. Dann sah er auf die Hand seiner
Begleiterin. Nahm sie und hielt sie. Die Frau. Zart. Kleiner
als er. Schmal. Sie hatte rötliche Haare. Ein breites Gesicht.
Die Frau war zwischen ihren Händen aufgespannt. Mit der
rechten Hand streichelte sie ihm seinen Hals. Spielte mit sei-

nen Haaren. Er hielt die andere Hand. Sie musste sich ganz
an ihn drängen, ihre Arme weit genug auszubreiten, die
Schulter und seine Hand zu erreichen. Aber die Frau wusste
nichts von sich. Selma schaute weg. Dann sah sie wieder hin.
Der Zug war angefahren. Hinter dem Paar waren die
dunklen Wände des Tunnels zu sehen. Der Zug beschleunigte. Der raue, staubige Hintergrund flog hinter dem Paar
vorbei. Die Frau hatte ihre Augen geschlossen. Sie flüsterte
dem Mann etwas ins Ohr. Er sah auf ihre Hand in seinen
Händen. Sagte leise etwas zurück. Sie streichelte sein Ohr.
Federleichte Striche über seine Ohrmuschel. Die Ohrmuschel entlangfahrend. Die Frau war älter als er. Um ihre
Augen die Fältchen strahlenförmig weiß gegen die hell
gebräunte Haut. Die Frau hatte die Fältchen, vor denen
Selmas Mutter sie immer gewarnt hatte. Das waren die Fältchen, die man bekam, wenn man keine Sonnenbrille auf-
setzte. Am besten waren natürlich Sonnenbrille und Sonnenhut. Eine große Sonnenbrille und ein weiter Sonnenhut.
Diese Frau trug also keine Sonnenbrille und kniff ihre
Augen in der Sonne zusammen, sodass diese strahlenför-
migen Fältchen entstehen konnten. Mit den geschlossenen
Augen. Die Frau war glücklich. Ekstatisch. Erschöpft. Sie
hielt den Mann in ihren Armen. Sie streckte sich, diesen
Mann in ihren Armen zu halten. Ihr Glück war umflort. Es
war nicht das Glück, in dem alles vergessen wurde. Vergessen werden konnte. Sie wusste, dass sie ihn gerade jetzt in
den Armen hielt. Und sie ließ sich nicht abhalten, diese
Nähe. Die anderen Menschen. Der Ort. Das hielt sie nicht
ab. Vielleicht hatte sie nur diese Fahrt. Vielleicht hatte sie
diesen Mann abgeholt. Er hatte eine Tasche vor sich auf dem
Boden abgestellt. Eine blaue Tasche. Wie für den Sport.
Oder eine kurze Reise. Sie sprach auf den Mann ein. Flüs-

terte auf ihn ein. Sie sprach zu ihm, wie eine Mutter ein Kind
zum Einschlafen überreden wollte. Sie wiegte ihn zu ihrem
Murmeln. Sie stieß mit dem Kopf im Takt zu ihrem Murmeln gegen den seinen. Das Licht auf ihrem Gesicht. Die
Linien quer auf der Stirn. Tiefe Linien quer. Ein Linie steil
von der Nasenwurzel in die Querlinien aufstieg. Während
sie sprach, zog sie die Augenbrauen zusammen. Die Haut
sich in Falten die steile Linie hinauf anordnete. Sorgenvoll.
Der Mann sagte etwas. Er setzte sich auf. Abrupt. Er warf
ihren Arm von seiner Schulter und wandte sich der Frau zu.
Sah ihr ins Gesicht. Ihr linker Arm hinter seinem Rücken
eingeklemmt. Er sagte etwas. Sie begann ihren Arm hinter
seinem Rücken hervorzuziehen. Der Zug wurde langsamer.
Auf den Leuchtanzeigen blinkte es »attention«. Aus dem
Lautsprecher die Ansage, dass alle Passagiere, die zum Terminal 4 wollten, hier aussteigen mussten und dass sie von
einem Bus von hier zum Terminal gebracht werden würden.

9

Der Bahnsteig lag dunkel. Leer. Kaum jemand wartete. Kaum jemand stieg aus. Kaum jemand stieg zu. Die Tür links von ihr glitt auf. Zischend. Niemand bewegte sich. Der Mann auf den Koffern summte vor sich hin. Schnippte im Takt zu seiner Melodie. Er sah vor sich hin und summte und schnippte. Aus den Kopfhörern der jungen Frau rechts unten. Ein Bassrhythmus und helle metallische Schläge. Das Becken von einem Schlagzeug. Der Mann gegenüber sagte zu der Frau, dass Vivien das nun einsehen werde. Er lag in ihre Umarmung genestelt und sagte, dass er glaube, dass Vivien das nun eingesehen habe. Dass er glaube, dass Vivien nun nicht anders könne, als es zu akzeptieren. Es akzeptieren zu müssen. Die Frau nickte. Sie strich ihm mit dem Zeigefinger der linken Hand über das Knie. Über das Knie und eine kurze Strecke den Schenkel hinauf. Kurze sanfte Striche. Selma setzte sich zurecht. Sie konnte dieses Streicheln spüren. Sie wusste genau, wie dieser Finger sich anfühlen musste. Durch den Stoff seiner Jeans hindurch. Der Finger. Ihr Finger würde ein wenig wärmer. Mit dem Streicheln. Und die Stelle auf seiner Haut. Unter den Jeans. Die Nerven auf das nächste Streicheln warteten. Ein Streicheln die Nerven auf das nächste vorbereitete. Das Streicheln seine Wiederholung selbst ankündigte. Selbst erzählte, dass das nun so weitergehen würde. Weitergehen konnte. Weitergehen musste. Dass die Nerven dieses Streicheln immer weiter haben konnten. Die Haut sich ausbreiten würde. Unter dem Streicheln. Jede Erfüllung eine neue Erwartung. Ein sirrendes Gefühl an dieser Stelle. Und von da weg in den ganzen Körper. Ins Geschlecht. Bei ihr in die Kehle und dann hinunter. In die Kehle und in die Brust und zwischen

die Beine. Rinnen. Die Erwartung rinnen würde. Sich den
Weg über die Kehle und die Brüste zwischen die Beine bahnen. Und sie vorrutschen hätte müssen. Wenn einer das mit
ihr. Oder sie das mit einem. Vorrutschen und warten, bis
sich alles zwischen den Beinen angesammelt und dann. Sie
wusste genau, wie diese Frau. Wie sich das für diese Frau
anfühlte. Wie sich das Begehren von der kleinen Stelle Haut
auf seinem Oberschenkel über ihren Finger in sie weiterar-
beitete. Wie sie mit Begehren voll lief und das Begehren sich
in kleinen Lauten. Der Mann beugte sich vor. Suchte etwas
in seiner Tasche. Sie hielt still. Ließ die Hand auf seinem
Knie. Er holte ein Buch aus der Tasche. Ein Tagebuch.
»Diary« stand in Kursivschrift golden aufgedruckt. Hinten
und vorne. Selma sah das Buch von hinten. Das Format
eines kleinen Schulhefts. Der Einband rosa glänzendes Plastik. Ein Album. Mit einer Schnalle konnte man das Buch
verschließen. Das Schlüsselchen hing an einem goldenen
Faden an der Schnalle. Der Mann wollte das Buch aufsperren. Er zerrte an dem Schlüssel. Konnte den Schlüssel nicht
ins Schloss. Der Faden zu kurz. Die Frau zog ihren rechten
Arm hinter seinem Rücken heraus. Sie setzte sich auf. Nahm
ihm das Buch aus der Hand. Sie drehte das Buch. Schob den
Faden ganz nah an das Schloss. Sie legte das Buch auf seine
Schenkel und zog mit der linken Hand am Faden. Mit der
rechten bugsierte sie das Schlüsselchen ins Schloss. Der Zug
bremste. Alles wackelte. Sie musste es wieder versuchen. Ihr
Kopf über dem Buch. Sie hielt den Schlüssel. Wartete. Der
Mann. Er sah ihr von oben zu. Er saß über sie über dem
Buch gebeugt. Der Zug kam zum Stillstand. Die Station
wurde ausgerufen. Die Türen rauschten auf. Der Mann sag-
te »Deirdre, would love to watch that.« Die Frau drehte den
Schlüssel in dem winzigen Schloss. Sie zog den Schlüssel

heraus, öffnete die Schnalle. Sie öffnete das Buch und reichte es ihm. Offen. Er hielt das Buch in beiden Händen. Die Frau lehnte sich in ihren Sitz zurück. Selma schaute weg. Sah zu Boden. Die Frau. Ihr Gesicht war schmerzverzerrt. Und er konnte es nicht sehen. Er schaute in das rosa Buch. Er deutete auf handgeschriebene Wörter. Auf kleine Zeichnungen. »For her daddy.« sagte er. Immer wieder. »She made this for her daddy.« Die Frau hatte wieder die Augen verschlossen. Der Kopf gegen die Scheibe hinter ihr. Die Arme hängend. Jetzt weiß sie, dass es nie funktionieren wird, dachte Selma. Sie schaute die Frau an. Das Gesicht vollkommen unbewegt und verschlossen und trotzdem war der Schmerz zu sehen. Als wäre die Luft rund um dieses Gesicht dünner. Als wäre es um ihren Kopf luftleer und alles genauer wahrnehmbar. Die großen Poren rund um die Nasenflügel. Der rosige Bogen der Wangenknochen. Der Strahlenkranz der weißen Fältchen außen um die Augenwinkel. Die Linien auf der Stirn. Das Gesicht ohne Regung. Ausgebreitet. Nur die Haut über die Knochen gebreitet. Auf die Knochen gelegt. Die Zeichen des Lebens, aber kein Leben. Der Mann schaute in das Buch. Er sprach. Deutete. Der Zug war wieder angefahren. Seine Worte nicht mehr so genau zu hören. Die Frau öffnete die Augen. Sie sah auf die Decke des Wagens. Dann auf die Plakate über den Fenstern. Sie starrte hinauf. Der Mann sprach weiter. Deutete weiter. Blätterte in dem Buch. Selma konnte eine Kinderhandschrift sehen. Blauer Kugelschreiber. Tief in die Seiten eingegrabene Buchstaben. Ungelenk. Das Kind musste klein sein. Erst zu schreiben begonnen haben. Die Zeichnungen waren winzig. Nicht größer als die Buchstaben. Der Mann sagte etwas Klagendes. Er klappte das Buch zu und starrte darauf. Er hielt das Buch in seinen Händen. Die Hände

130

groß. Das Buch einhüllend. Die Frau setzte sich auf. Sie
steckte die Hände in die Taschen ihrer hellen Leinenjacke.
Sie zog die Leinenjacke mit den Händen in der Tasche vorne zusammen. Sie hüllte sich in die Jacke ein. Verdeckte
ihren Ausschnitt. Ließ den tiefen sonnengebräunten Ausschnitt des roten Sommerkleids unter der Jacke verschwinden. Die Frau saß da. Die Hände in die Taschen gebohrt. Die
Schultern hochgezogen. Ihr Hals im Jackenkragen ver-
schwindend. Der Mann wandte sich ihr zu. Er legte das Buch
auf seine Oberschenkel. Er sah sie an. Er sah sie von der Seite
an. Er stieß sie mit dem Kopf an. Er tupfte mit seinem Kopf
gegen ihren. Seitlich. Er stieß sie an. Er spielte ein kleines
Tier, das mit einem anderen spielen wollte. Er murmelte
etwas dazu. Der Zug rasselte und schwankte. Arbeitete sich
eine Rampe hinauf ins Tageslicht. Die Frau saß einen
Moment steif. Starrte auf ihre Knie. Sie hob einen Fuß. Sah
auf ihren Schuh. Sie trug schwarze spitze Pumps. Ein Riemen mit Querschnalle am Rist. Prada. Aber nachgemacht.
Die Metallschnalle zu groß und dunkel gefärbt. Bei Prada
waren die Schnallen silberglänzend. Die Beine der Frau
leicht gebräunt. Geplatzte Äderchen über dem Knöchel. Die
Frau schaute ihren Schuh an. Ihren Fuß im Schuh. Selma
fühlte sich dieser Frau nah. Verwandt. Sie liebte diese Frau.
In diesem Augenblick liebte sie diese Frau. Liebte das Leben
dieser Frau in der Verletzlichkeit der geplatzten Äderchen
über dem Knöchel. In diesem Augenblick verstand sie diese
Frau. Und die ganze Geschichte. Selma hatte plötzlich Angst
zu reden. Zu sprechen zu beginnen. Etwas sagen. Etwas zur
Mühe des Lebens zu sagen. Sie war so offensichtlich. Die
Mühe des Lebens. Und ohne diese Mühe. Nichts. Es wäre
nicht gewesen. Ohne diese Mühe. Und diese Frau. Sie machte sich gerade ihr Schicksal. Diese Frau willigte gerade in ihr

131

Schicksal ein. Diese Frau war tief eingetaucht in ihre eigene Zeit. Und Selma. Den Wunsch, die Frau an der Hand zu nehmen und in ein anderes Leben. Führen. Oder wusste diese Frau, was weiter. Wie weiter. Hatte sie im Hinaufziehen ihrer Schultern und im Verbergen ihres Ausschnitts versucht, auf sich selbst zu schauen. Und hatte eine Entscheidung getroffen. Selma musste tief Luft holen. Sie hatte zu flach vor sich hingeatmet. 2 junge Frauen neben ihr sprachen über ihre Wohnung. Wo sie wohnen sollten, wenn der Vertrag von ihrer jetzigen ausgelaufen war. Selma hörte den jungen Frauen zu und schaute auf das Paar gegenüber. Die jungen Frauen wollten mehr in den Süden Londons. Obwohl es von da weit zur Universität sein würde. Aber es war schicker. Bessere Geschäfte. Ruhigere Umgebung. Aber wollten sie wirklich in den babybelt, fragte die eine. Die andere lachte. Das wäre doch nett, sagte sie. Sie habe nichts gegen Babys. Und die englischen Kinder. Die wären doch so cute angezogen. So klassisch. Wie in Kinderbüchern sähen die doch aus. Der Mann gegenüber. Er starrte auf das rosa Buch in seiner Hand. Ließ den Kopf hängen. Die Frau fuhr ihm durch die Haare. Sie hielt seine Hände in ihrer Linken. Sagte etwas zu ihm. Er nickte. Sie sagte wieder etwas. Er nickte und lächelte. Sie sprach. Er nickte immer wieder. Sie sprach eindringlich. Beschwörend. Langsam. Selma überlegte. Ging es um ein Kind. Es sah so aus, als ginge es um ein Kind. Das ihm entzogen worden war. Und die, die es akzeptieren musste. War das die Mutter dieses Kinds. Und was sie akzeptieren musste, war ein neuer Lebensentwurf dieses Manns. Und war der neue Lebensentwurf diese Frau. Ein Leben mit dieser Frau. Musste diese Frau nun alles bedeuten. Musste sie ihm alles ersetzen und sein. Und war es das, was sie als unmöglich schon jetzt betrauerte. Oder war es die

Erschöpfung vor dem Kampf. Wenn sie den Kopf so gegen die Fensterscheibe legte und die Augen geschlossen hielt. Der Zug fuhr. Im Freien konnte man sehen, wie schnell er dahinsauste. Rotziegelige Backsteinhausreihen. Baumgruppen. Wiesen. Grauweiße Häuserzeilen. Rußig geschwärzt. Nur kleine Höfe nach hinten. Hohe Zäune. Die Mansardenfenster staubig blind. Vernagelt. Möbel und Autoteile in den Höfen. In den schmalen Vorgärten. Ein Wald. Dichtes Grün. Gras unter den Bäumen. Wiesen. Golfspieler. Ein Herrenhaus in der Ferne. Hinter Bäumen. Eine Straße in Kurven auf das Haus zu. In Hammersmith stiegen Schüler ein. Die Schuluniform dunkelgrüne Hosen. Blaue Hemden. Dunkelblaue Blazer mit einem Wappen gold und rot auf die Brusttasche gestickt. Goldene Knöpfe. Eine Gruppe von 16-Jährigen. 17-Jährigen. Hellhäutig. Dunkelhäutig. Afrikanisch. Indisch. Ein asiatisch aussehender Jugendlicher. Er war groß und dünn. Er lehnte sich mit seinem Rucksack gegen die Rückwand. Stand gleich neben Selma. Der Jamaikaner saß neben der Tür auf der anderen Seite auf seinen Koffern. Er schlief. Er hielt sich an dem Haltegriff neben der Tür fest. Sein Kopf lag auf dem Arm, mit dem er sich fest hielt. Der Kopf hing gegen seinen Arm. Die Augen geschlossen. Sein ganzer Körper von den Bewegungen des Zugs geschaukelt. Gerüttelt. Der asiatische Jugendliche suchte etwas auf seinem iPod. Einer der anderen Schüler stieß ihn an. Fragte ihn etwas. Er zog einen kleinen Buben hinter den anderen Schülern hervor. Er hielt den Jüngeren am Kragen des Blazers fest. Hob ihn mitsamt dem Blazer ein wenig in die Höhe. Hielt ihn dem Jugendlichen mit dem iPod hin. Der Kleinere. Er trug eine Krawatte. Breite grüne und braune Streifen mit einem schmalen gelben Strich dazwischen. Der Kleinere lachte. Er strampelte in der Luft und lachte.

Der Große schob ihn vor den jungen Mann mit dem iPod.
Die Gruppe schloss sich um den Kleinen. Sie stießen den
Kleinen. Boxten ihm auf den Rucksack. Der Kleine war ein
Engländer. Ein helles Gesicht. Rosige Wangen. Strahlend
blaue Augen. Die Haare schwarz. Er war klein. Gedrungen.
Er war bei weitem der Kleinste in der Gruppe. Er musste zu
allen hinaufschauen. Der iPod-Besitzer sagte etwas zu ihm.
Der Zug zu laut. Selma konnte nichts verstehen. Sie konnte
nur den Ton hören. Rau. Herausfordernd. Abfordernd. Selma dachte, dass der Kleine nun seinen Rucksack abliefern
musste. Oder seine Schuhe. Der Kleine trug schwarze Lederschuhe mit dicken Gummisohlen. Glatte Oxfords. Das
Leder glänzend. Klassische englische Lederschuhe in Kin-
derformat. Nur die überstehenden Gummisohlen ein modi-
sches Zugeständnis. Die Gruppe drängte sich um ihn. Die
Köpfe der so viel Größeren und Stärkeren ihm nach unten
zugewandt. Die Gruppe öffnete sich. Die jungen Männer
besetzten den ganzen Raum zwischen den Türen. Sie stießen den Kleinen herum. Stießen ihn von einem zum anderen. Ein Schüler in der gleichen Uniform kam von links herauf. Er stellte sich zur Tür. Der Kleine entwand sich den
Größeren und fragte den anderen Schüler etwas. Der andere nur wenig größer als er. Er war blond. Schmal gebaut. Er
wollte nicht angesprochen werden. Er gab dem Kleinen nur
kurz Antwort. Der blonde Schüler hatte eine Wasserflasche
in einem Netz an der Seite seines Rucksacks. Der Große, der
den Kleinen zuerst herumgezerrt hatte, zog die Flasche aus
dem Rucksack. Der Blonde bemerkte das gar nicht. Er stand
da und wartete auf die nächste Station. Der Kleine nahm
dem Größeren die Flasche aus der Hand und steckte sie in
das Netz zurück. Der Blonde sah auf. Ärgerlich. Er wollte
etwas sagen. Der Kleine legte ihm die Hand auf den Arm. Er

134

sagte etwas. Der Blonde nickte und lächelte. Er schaute zum Großen auf. Spöttisch. Der dunkelhäutige Große trat einen Schritt auf ihn zu. Bedrohend. Der Blonde schüttelte den Kopf. Gelangweilt drehte er sich der Tür zu. Er stand neben dem schlafenden Jamaikaner und sah hinaus. Der Kleine sprach auf den aggressiven Großen ein. Der trommelte mit der Faust gegen die Brust des Kleinen. Der Kleine lachte. Er lachte zum Großen hinauf und fragte ihn etwas. Der Große hielt still. Überlegte. Dann gab er eine Antwort. Die beiden begannen ein Gespräch. Earl's Court. Der Blonde stieg aus. Der Große nahm ihm wieder die Wasserflasche weg. Der blonde Bub drehte sich um und kam in den Wagen zurück, nahm dem Großen die Flasche aus der Hand. Er stieg wieder aus. Er ging weg. Im Gehen warf er die fast volle Flasche in einen Abfallkorb. Nebenbei. Ohne hinzusehen. Ohne das Gehen zu unterbrechen. Der Große. Einen Augenblick wollte er dem Blonden nach. Einen Augenblick straffte er sich und wollte sich auf den anderen stürzen. Das Warnpiepsen erklang. Der Große sackte in sich zusammen. Der Augenblick versäumt. Der Sieg des schwächeren Blonden vollkommen. Der Große schaute durch die geschlossene Tür dem Blonden nach. Der ging in Richtung des Zugs. Der Zug fuhr an. Ein paar Schritte ging der Blonde hinter der Tür gleich schnell mit dem anfahrenden Zug. Der Bub ging in sich gekehrt. Nahm nichts von der Welt um sich wahr. Reagierte auf nichts. Der Große lief zur geschlossenen Tür und schlug mit der Faust auf das Glas ein. Der blonde Schüler ging weiter. Der Jamaikaner wachte auf. Er sprang vom Koffer. Sah den großen Schüler an. Er war 2 Köpfe größer und doppelt so schwer. Der kleine Bub zog den großen von der Tür weg. Sprach wieder auf ihn ein. Es waren nur noch die 2 von der Gruppe übrig. Der mit dem iPod hatte sich hingesetzt. Er saß auf der anderen Seite der Tür und hörte Musik. Der Kleine und der Große unterhielten sich. Sie führten ein Gespräch. Der Kleine gab Antworten. Erklärte etwas. Der Große bezweifelte das, was er sagte. Der Kleine schüttelte den Kopf. Sie sprachen weiter. Das Paar gegenüber. Sie saßen nebeneinander. Der Mann hatte das Buch in die Tasche zurückgesteckt. Sie saßen nebeneinander. Der Mann lehnte sich zurück. Dann setzte er sich auf. Er wandte sich ihr zu. Fragte etwas. Sagte etwas. Sie antwortete. Sie veränderte ihre Haltung nicht mehr. Sie saß da und schaute vor sich hin. Die beiden Studentinnen waren ausgestiegen. Sie waren nach vorne gegangen und Selma hatte nicht mehr hören können, was nun mit der Mitbewohnerin war, die so plötzlich abgereist war. Wegen familiärer Probleme. Und die so ein Chaos in ihrem Zimmer hinterlassen hatte. Und von der niemand wusste, ob sie zurückkommen würde. Und was man mit ihren Sachen machen sollte, wenn sie nicht wieder auftauchte. Die jungen Frauen hatten deutsch gesprochen. Erst als Selma sie draußen auf dem Bahnsteig sah, fiel ihr auf, dass sie deutsch miteinander gesprochen hatten. Erasmusstudentinnen. Aus Deutschland. Und dass sie so laut gesprochen hatten, weil sie dachten, dass niemand sie verstehen könnte. Ein Mann gegenüber sprach am handy. Er sprach vor sich hin. Das Mikrofon am Ohrstöpsel vor seinem Mund hängend. Er sah vor sich auf den Boden und redete. Wo waren sie. Selma suchte auf dem London Transport Plan über den Plakaten. Sie zählte die Stationen. Sie hatte noch 9 Stationen, bis sie in Russell Square aussteigen musste. Selma stand auf. Das Paar war ihr mit einem Mal peinlich. Sie stellte sich an die linke Seite der Tür. Auf die andere Seite des Jamaikaners. Der Mann saß auf seinen Koffern. Saß mit den Koffern schwan-

kend. Der Zug bremste. Der Mann musste sich festhalten.
Er schaute vor sich hin. Schläfrig. Selma schlang den Rucksack über ihre rechte Schulter. Sie sollte das nicht tun. Sie
hatte den Rucksack, damit die Schultern entlastet wurden.
Damit das Gewicht gleichmäßig auf beide Schultern verteilt
wurde. Der dünne Riemen schnitt tief ein. Sie stellte die
Tasche auf dem Boden ab. Behielt die Riemen der Tasche in
der Hand. Sie stand ein wenig gebückt deswegen. Sie hätte
sitzen bleiben sollen. Sie hatte noch 8 Stationen. Der Zug
längst wieder ins Dunkle gefahren. Das Geräusch schep-
pernder. Hohler. Die Wände knapp an den Fenstern. Auf
beiden Seiten. Schwarzgrau und rau. Mit Händen zu greifen. »Tube« war der richtige Ausdruck. Sie fuhren durch
Schläuche. Selma stellte sich den Querschnitt vor. Querschnitt. Da kam zuallererst der Zwergenbaum. Da fiel ihr als
Erstes der Zwergenbaum ein. In einem Kinderbuch. Das
Kinderbuch schon von der Mutter. Und die Mutter es schon
geerbt gehabt hatte. Ein großes Bild. Ein Baum durch-
schnitten. Quer durchgeschnitten und die Wohnungen der
Zwerge in diesem Baum zu sehen. Eine Wendeltreppe im
Stamm und Gänge in die dicken Zweige und Stübchen und
Küchen und Schlafzimmer. Die Zwerge hatten karierte
Überzüge über dicke Daunendecken und hoch aufgetürmte Pölster in ihren Betten. Die Stuben waren holzgetäfelte
Zirbenstuben gewesen. Die Küchen winzige Holzherde. Die
immer noch winzigeren Zwerginnen standen mit langen
blauen Schürzen in den Küchen an den Herden. Die Zwerge arbeiteten in kleinen Werkstätten an den Wurzeln. Schus-
ter. Tischler. Schneider. Sie hatte dieses Bild in Erinnerung.
Das Bild konnte die Fläche der Erinnerung ausfüllen. Dann
wieder wurde es zum Bild in dem Buch und sie konnte ihren
Finger sehen. Ihren Zeigefinger. Wie er auf die Dinge zeigte.

Ihren Kinderfinger und wie sie sagte, was sie da sah und die Mutter hinter sich. Der Mutter sagte, was sie da zu sehen bekam. Das Buch. Das Buch war in der Wohnung gewesen. Das Buch war auch in der Maxingstraße gewesen. Das Buch war nicht in den 4 Koffern gewesen. Dieses Buch. Sie hatte alles verloren. In dem Augenblick, in dem der Anton das alles zugelassen. In dem Augenblick hatte sie alles verloren. Sie stand da. Sie stellte sich den Querschnitt vor. Oben an der Oberfläche London. Und in der Erde. Schmale Röhren, in denen winzige Züge dahineilten. Zischend und dröhnend und piepsend. Die Röhren untereinander tief hinunter in die Erde. Dahin, wo es schon warm wurde. Die Piccadilly Line am tiefsten. Tief am Grund. Und sie da. In einem der Züge ganz unten. Einen Augenblick lang das Ganze ein Bild. Sie in diesem Bild und Anton und die Ungarin zwei riesengroße Leute, die über dieses Bild auf dem Blatt eines Buchs gebeugt standen. Aber ihr Elend nicht sehen konnten. Sie sah hinaus. Die beiden musste sich tiefer über das Buch beugen, ihr Elend ausnehmen zu können. Sie sah sich im Fenster gespiegelt. Vor den schwarzstaubig rauen Wänden. Die Augen zu sehen. Die Augen das Licht widerspiegelnd am besten zu sehen. Das Buch war weg. Das Buch war weg wie alles andere auch. Und wahrscheinlich musste sie sich daran gewöhnen, wie ihr die Bandion das riet. »Gewöhnen Sie sich an den Verlust und lassen Sie sich alles mit Geld abgelten. Da haben Sie in Ihrer Situation mehr davon.« Und die Dr. Bandion hatte Recht. Das Buch. Das war eine Erinnerungshilfe. Sie musste sich an das Anschauen dieses Buchs und an die Mutter neben sich dabei. Daran musste sie sich auch ohne das Buch erinnern können. Was war es nur mit diesen Dingen. Warum waren ihr die so wichtig. War das, weil sie jetzt in ihrem Kinderzimmer sitzen musste und von der Kindheit nichts mehr da war. Nichts übrig geblieben. Ein Gästezimmer. Und in der Zwischenzeit das Kranken- zimmer der Mutter gewesen. Das Sterbezimmer. Obwohl sie zum Sterben dann. Zum Sterben war sie dann doch ins AKH gekommen. Gerade noch zum Sterben dahin und das Zim- mer deshalb nicht das Totenzimmer geworden. Selma stand da. Schaute hinaus. Sah sich im Fensterglas. Dann wieder nicht. Stationen. Sie zählte die Stationen. Der Zug wurde voller. Sie wurde in die Ecke gedrängt. Wenn die Türen auf ihrer Seite aufgingen, wurde sie von den Vorbeidrängenden an die Wand gepresst. Schultern an ihr vorbei. Arme. Hüf- ten. Knie. Taschen. Plastiksäcke. Koffer. Rucksäcke. Kinder- wagen. Sie fühlte nichts. Sie hatte sich das ruhig sagen kön- nen. Dass sie alles verloren hatte. Hier machte das nichts aus. Im Fahren machte das nichts. Auf die rußigen Wände des U-Bahn-Schlauchs starrend. Gegen die Fenster gepresst. Es war nur eine Tatsache. Knightsbridge. Sie musste erst bei der 6. Station aussteigen. Aber auf welcher Seite. Sie schau- te wieder über die Tür. Man konnte sehen, dass die Statio- nen einmal rechts und dann links mit kurzen schwarzen Strichen markiert waren. Für Russell Square war der Strich für die Station auf der anderen Seite. Sie begann sich vorzu- arbeiten. Sie drängelte in Richtung der anderen Türen. Die Menschen bewegten sich nicht. Sie standen. Fest und unbe- weglich. Machten nicht Platz. Ließen die Aussteigenden sich durchpressen. Der Zug hielt. Selma war in der Mitte einge- klemmt. Die Menschen rund um sie groß. Sie konnte die Tür gar nicht sehen. Sie hörte die Türen aufgehen. Sie stieß sich zur Tür durch. Sie sagte »Excuse me.« Sie lächelte. Alle rund um sie standen nur. Niemand rückte zur Seite. Oder lächelte zurück. Und niemand sagte etwas, wenn sie anstieß. Wenn ihr Rucksack sich in den Bauch einer Person bohrte.

139

Oder in den Rücken. Selma musste sich gegen den Strom der Einsteigenden den Weg bahnen. Die Einsteigenden drängten sie ein paar Schritte zurück. In den Wagen. Nahmen sie mit. Selma wurde wütend. Sie warf sich gegen die Einsteigenden. Schubste eine junge Frau zur Seite. Bahnte sich den Weg. Beim Ertönen des Warnpiepsens war sie bei der Tür. Sie stand an der Tür. Sie stand da. Wie die anderen. Auf dem Weg. Nichts in sich, als die Absicht, zu diesem Hotel zu gelangen. Die Entfernung dahin zu überwinden. Sie atmete tief. In der Luft ein Geruch nach Kohle. In so einer Situation. An so einer Stelle der Reise. Da hätte sie im Büro angerufen. Da hätte sie gearbeitet. Eingepfercht in diese Menschenmasse hätte sie gearbeitet. Die Fäden in der Hand behalten. Oder sie hätte den Anton erreicht und ihm einen Bericht gegeben. Dass die Londoner sich nicht verändert hätten. Dass London noch härter geworden. Dass jetzt überhaupt niemand mehr auch nur einen Zentimeter zur Seite rücke und einem Platz mache. Und dass es in den U-Bahnen noch enger geworden wäre. Und dass man sich das nicht vorstellen hätte können. Aber dass sie es nun erlebt hätte. Dass sie es gerade erlebte. Und auch laut sprechen würde. In der Sicherheit der Fremdsprache. Deutsch vor sich hin. Wie die Studentinnen. Und Anton hätte das verstanden. Er hätte gewusst, was sie meinte. Sie waren gemeinsam oft hier gewesen und die Fragen des Massentransports immer besprochen. Als Symbol der Moderne. Und wo die hingeraten war. Mit der Privatisierung und Margaret Thatcher. Wie die überfüllten Massentransportmittel zu Kampfplätzen ums Überleben geworden waren. Und sie war mittendrin. Und sie hatte die blauen Flecken, es zu beweisen. Und der Anton darauf geantwortet hätte, an welchen Stellen die blauen Flecken diesmal zu finden sein würden. Und ob er sie denn nie unbefleckt zurückbekommen könne. Von ihren Reisen. Und das letzte solche Telefonat. Das war aus Zagreb gewesen. Da musste die Ungarin schon in der Wohnung gewesen sein. Mit dem kleinen Moritz. Und der bekam nun das Kinderbuch gezeigt. Vorgelesen. Von Anton. Als Vater. Der Zug fuhr in Leicester Square ein. Der Zug voll. Der Bahnsteig voll. Die Wartenden wichen für die Aussteigenden nicht aus. Die Wartenden standen unbeweglich. Die aussteigenden Menschen bahnten sich ihren Weg zwischen ihnen. Dann drängten die Menschen vom Bahnsteig in die Wagen. Selma wurde herumgestoßen. Sie musste den Rucksack vor sich halten und die Einsteigenden abwehren, ihren Platz an der Tür zu behalten. Die Türen schlossen sich gleich hinter ihr. Sie hatte Sorge, eingezwängt zu werden. Sie wurde dann gegen die geschlossenen Türen gedrängt. Stand gegen die Tür gepresst. Sie hatte die Tasche unter dem Arm eingeklemmt. Sie konnte ihre Tasche nicht sehen. Die Menschen so dicht an ihr. Alle Erzählungen von Taschendieben schwirrten ihr durch den Kopf. Unten aufgeschnitten und so entleerte Taschen. Seitlich aufgeschnitten. Sie hätte nichts machen können. Sie hätte es nicht einmal gespürt. Sie hätte es nicht feststellen können, wenn jemand sich an ihrer Tasche zu schaffen machte. Doch das Brusttäschchen, dachte sie. Musste man sich doch wieder so einen Brustbeutel anschaffen. Wie auf den Reisen in den 70ern. Sie stand da. Sie musste sich nicht festhalten. Sie steckte in der Menschentraube und wurde gehalten. Bei Holborn. Sie musste aussteigen. Platz für die Aussteigenden zu machen. Ein Mann bedankte sich. Der Mann. Mittelalter. Rucksack und Anzug, Laufschuhe. Er lächelte sie an und sagte »Thank you very much.« Sie wollte »Aber bitte gern« sagen. Oder »Das ist doch selbstverständlich.« Sie musste aber englisch reden.

141

Ihr fiel nicht ein, was sie auf Englisch sagen hätte sollen. Sie sagte dann »You're welcome.« da fuhr der Zug schon wieder. Oder »My pleasure« wäre richtig gewesen. Sie würde fernsehen. Im Hotel. Damit sie sich an das Englisch gewöhnte. Es tat ihr Leid, dass der Einzige, der freundlich zu ihr gewesen war. Dass der keine Antwort von ihr bekommen hatte.

Das Gedränge wurde noch stärker. Sie stand in die Ecke gepresst. Gleich bei der Tür. Sie hielt sich an einer der orangen Schlaufen fest. Nicht wieder hinausgedrängt zu werden. Aussteigen zu müssen. Den Aussteigenden Platz zu machen. Platz machen zu müssen. Und dann konnten die Ausgestiegenen nicht mehr zurück. Plötzlich war kein Platz für sie. Die Wand der Menschen im Wagen geschlossen. Zu dicht, wieder einsteigen zu können. Obwohl ja Personen den Zug verlassen hatten. Es war kein Platz zurückzukommen. Die Ausgesperrten. Wütende Gesichter. Drohend erhobene Fäuste. Schläge gegen die Türen. Ein Mann wollte nicht zurückbleiben. Er hielt sich am Haltegriff neben der Tür fest. Er klammerte sich fest. Die Türen schlossen sich. Zwängten ihn ein. Schoben ein zweites Mal. Dann gingen alle Türen wieder auf. Der Mann drängte sich weiter in den Wagen. Sein Gesicht verzerrt. Entschlossen. Die Türen konnten sich wieder nicht schließen. Er hing noch immer aus dem Wagen. Eine Durchsage. Das Warnpiepsen erklang wieder. Die Menschen im Wagen. Ein Murren erklang. Man könne keinen Platz mehr machen. Das müsse er doch sehen. Und dann »You better get out.« Jemand neben Selma sagte, dass das doch keinen Sinn mache. Der nächste Zug käme doch gleich. Selma starrte auf den U-Bahn-Plan über der Tür. Sie hoffte, dass die Striche das bedeuteten, was sie angenommen hatte. Dass wirklich die Richtung des Aussteigens gemeint war, mit diesen Strichen. Und dass sie die Richtungen richtig interpretiert hatte. Sie war nicht gut mit Richtungen. Sie war immer gefahren und Anton hatte in den Plan geschaut. Sie hatte den Orten gegenüber immer mehr Gefühle gehabt. Als Richtungen. Sie hatte sich noch immer zurechtgefunden. Aber nie mit der Sicherheit, einen Weg zu wissen. Auf einen Plan gesehen zu haben und dann die Richtung zu wissen. Sie hoffte, dass sie auf der richtigen Seite stand. Dass sie sich auf der richtigen Seite einklemmen hatte lassen. Sie sah sich bis ans Ende dieser Linie eingeklemmt und verschleppt. Dass sie irgendwo weit draußen aus diesem Zug überhaupt erst aussteigen können würde. Die Vorstellung verschreckend. Eine sich drehende Zusammenballung um den Nabel. Kreisend. Weich kreisend. Der Mann hatte den Zug verlassen. Er hatte sich auf den Bahnsteig zurückfallen lassen und die Türen hatten sich zwischen ihn und die Menschen im Wagen geschoben. Hatten sich vor der zusammengepferchten Menschentraube für ihn geschlossen. Der Zug fuhr. Sie dachte an den Mann aus Jamaica auf der anderen Seite des Wagens. Was machte der mit seinen zwei großen Kisten und den zwei großen Koffern. Wie schaffte der das auf den Bahnsteig hinaus. Der hatte mehrere Male ein- und aussteigen müssen, um alles in den Wagen zu schaffen. In Heathrow. In Holborn. Die Türen gingen auf ihrer Seite auf. Sie ließ sich mit hinausschwemmen. Hinausschieben. Sie konnte auch hier aussteigen. Wenn sie sich richtig erinnerte. Das Hotel lag zwischen Russell Square und Holborn. Sie ging. Folgte den Pfeilen in Richtung Ausgang. In Richtung Southampton Row. Die gekachelten Wände entlang. Grün und grau. Sie fuhr mit der Rolltreppe. Plakate für Musicals. »Mamma mia«. »Chicago«. »Sweeny Todd«. Das ist schon richtig, dachte sie. Nostalgie, Verbrechen und Menschenfressen. Und was für eine herzige Provinzlerin sie war. Sie war beleidigt, weil ihr niemand Platz gemacht hatte. Sie war in London. Die Hauptstadt der Härte. Besser, sie lernte es gleich. Es gab keinen Platz hier. Für niemanden. Die, die da mit ihr gestanden waren. Die hatten auch keinen. Die hatten auch keinen Platz. Und Hoffnung auch nicht. In Europa. Da träumten sie noch davon. In Wien. Da wollten sie daran noch glauben. Sie stand im Wind von unten. Auf der anderen Seite liefen Menschen die Rolltreppe hinunter. Stürmten hinunter, einen Zug zu erreichen. Polterten an den Stehenden vorbei. Überholten. Auf ihrer Seite standen die Menschen dicht gedrängt. Eine junge Frau mit Rucksack stieg an ihr vorbei hinauf. Sie stieg stetig. Kletterte mit der Rolltreppe mit. Sie war lange vor Selma oben angekommen. Selma sah ihrem Aufstieg zu. Es war heiß. In der U-Bahn waren die Fensterklappen offen gewesen. Ein kühlender Durchzug. Hier auch der Aufwind heiß. Oben. Die Halle vor dem Eingang zur Central Line voll. Sie musste ausweichen. Sich zum Ausgang durchschlängeln. Es war rush hour. Alle gingen schnell. Alle gingen zielgerichtet. Sie passte sich an. Sie ging durch den Gang zum Ausgang. Durch die Halle. Stimmengewirr und Schritte. Sie schob das Ticket in den Automaten an der Sperre. Zwängte sich durch. Sie hatte Angst, die Puffer klemmten sie ein. Sie ging rasch. Mit großen Schritten. Das Schnell-Gehen. Sie fühlte sich besser. Beim Ausgang. Essensgeruch. Nach heißem Fett und Krapfen. Donuts. Der Ausgang auf Southampton Row und kurz die Frage, in welche Richtung. Das Hotel in Richtung Russell Square. Sie hatte keine Ahnung, aus welcher Richtung sie da unten gekommen war. Sie hatte vergessen, wie oft sie um eine Ecke gegangen war und in welche Richtung. Auf dem Plan hatte es günstiger ausgesehen, in Holborn auszusteigen. Im Hotelprospekt war Russell Square angegeben gewesen. Waverly House Hotel. 3 Sterne. »Komfortables Mittelklassehotel mit Restaurant, Brasserie und Bar im historischen Bezirk Bloomsbury gelegen. 180 ansprechende Zimmer mit Sat-TV, Tele-

fon, Föhn, Kaffee-/Teebereiter.« Sie ging nach rechts. Sie
vermutete, dass es nach rechts ging. Und sie musste ja nur
nach den Hausnummern schauen. Wenn die abfielen, dann
musste sie umdrehen. Ein Auto fuhr an ihr um die Kurve.
Haarscharf an ihr vorbei. Sie musste stehen bleiben. Eine
breite Straße quer. Die Fußgängerampel auf Rot. Die Autos
fuhren sehr schnell an ihr vorbei. Kamen aus der anderen
Richtung. Sie war erschrocken. Ärgerte sich über sich. Sie
hatte ja doch in die andere Richtung geschaut. Obwohl sie
sich darauf vorbereitet hatte, hätte sie jetzt einen Unfall
haben können. Sie stand und wartete. Die Luft heiß und
schwer. Sie fühlte den Schweiß auf der Haut. Die Stirn
feucht. Abgase. Die Luft schwer zu atmen. Der Geruch.
Hupen. Dröhnen. Schreien. Im Himmel ein Flugzeug. Hinter dem Flugzeug ein fedrig breiter Kondensstreifen. Ein
Doppeldeckerbus von links. Eine hohe rote Wand knapp an
ihr vorbei. Sie trat einen Schritt zurück. Stieß gegen einen
Kinderwagen. Die Frau zischte sie an. Ob sie nicht Acht
geben könne. Selma wollte sich entschuldigen. Die Asiatin
rauschte mit dem Kinderwagen an ihr vorbei. Das Kind.
Blond gelockt. Es saß im Kinderwagen. Schaute Selma
an. Ernst. Die Frau lief mit dem Kinderwagen über die
Straße. Selma folgte. Sie hob den Rucksack auf die Schulter.
Klemmte die Tasche unter den Arm. Sie ging über die
Straße. High Holborn stand auf einem Straßenschild. Dann
war sie richtig. Dann war die Richtung richtig. Sie ging. Ja.
Das war London. Diese Fassaden. Links ein lang gestreckter
Bau. Neoklassizistisch. Die Säulen über 3 Stockwerke. Dicke
dorische Säulen. Eine Institution. Das Gebäude hatte etwas
Institutionelles. Streng nach außen abgeschlossen und
innen würden nur ganz besondere Regeln anerkannt. Und
keine der Verspieltheiten des Ringstraßenstils. Unbeugsam

und mächtig. Unbeugsam, weil so mächtig. Sie ging. Es war wahrscheinlich dann doch notwendig, es selber zu organisieren. Es selber zu erledigen. Sich nicht verlassen. Die Mutter hatte immer gebeten, sie zu Hause zu lassen. Und auch wenn alle Argumente richtig waren. Auch wenn der Vater Recht gehabt hatte, dass es richtiger so wäre. Und die Sydler ganz richtig gesagt hatte, dass man es eben nicht wüsste. Dass man es sich eben nicht vorstellen könne, wenn es dann so weit wäre. Und dass das schon ein Grund sein könne, die Verantwortung zu übernehmen, dass dann alles anders verliefe, als die Person es sich gewünscht. Und die Möglichkeiten. Im AKH. So ein großes Krankenhaus. Das war ja auch eine Sterbemaschine. Und Routine konnte hilfreich sein. Und von allem das Beste. Die Mutter war abtransportiert worden. Ihr Wunsch war ihr nicht erfüllt worden. Und das nicht einmal aus Vermeidung. Um es sich leichter zu machen. Der Wunsch der Mutter war nicht erfüllt worden, um es der Mutter zu erleichtern. Um es für sie besser zu machen. Der Vater ein Pädagoge des Sterbens geworden. Und sie nicht geholt. Nicht rechtzeitig. Sie nicht belästigen hatte wollen. Sie nicht abgelenkt werden sollte. Und damals begonnen hatte, sich auf die Sydler zu berufen. Die Frau Dr. Sydler hat auch gemeint. Die Frau Dr. Sydler hat auch gesagt. Die Frau Dr. Sydler als Ärztin. Als Expertin. Und die Mutter hinter diesem Satz verschwunden. Und wenn nun alles schief ging. Wenn ihr Sarah-Kane-Projekt nicht. Dann sollte sie sich darum. Dann sollte sie ein Projekt daraus machen, wie sie. Wie sie ihr Verschwinden. Inszenieren. Selber die Regie übernehmen. So viel sollte sie aus ihrer Theaterarbeit gelernt haben. Rechts eine Schauspielschule. In Schaukästen Fotos von Aufführungen. Die Termine für die nächsten Aufnahmeprüfungen. Für das Herbstsemester.

147

Junge Menschen kamen aus dem Haus. Gingen hinein. Sie ging. Sie ging langsamer. Bei dieser Hitze. Sie würde den Hosenanzug durchschwitzen und dann nichts anzuziehen. Und ausgerechnet eine Schauspielschule. Sie hatte gar nicht gewusst, dass die Slade School hier war. War das ein Zeichen. Ein gutes Zeichen. Sollte das bedeuten, dass das Theater ihr. War es eine günstige Fügung. Eine glückliche Fügung, dass sie hier ausgestiegen war. Und warum hatte sie nicht einen Koffer genommen. Und genügend Kleider. Aber sie spielte ja selber eine Rolle. Sie spielte die Rolle der Person, die ganz rasch für einen dringenden Termin mit jemandem nach London fliegt. Und die dann zufällig den Abend frei hat, sich mit Gilchrist zu treffen. Die den Abend in London verbringen muss, weil kein Flug zurück zu bekommen gewesen war. Weil einfach alles ausgebucht war und die Zeit in London dann wenigstens genutzt wurde. Wenn sie mit Gilchrist essen ging. Und weil dieses Sarah-Kane-Projekt jetzt endlich einmal unter Dach und Fach gebracht werden sollte. Und diese Person. Die flog am nächsten Tag wieder ab. Die musste nicht wegen des billigen Flugs einen Tag länger in London bleiben. Diese Person hatte ein Budget. Ein Reisebudget. Die muss sparen. Aber die muss nicht so sparen wie eine, die wirklich kein Geld hat. Und in ihrem Eifer hatte sie die Garderobe dieser schicken Person eingepackt. Unterwäsche. Pyjama. Tag- und Nachtcreme. Die schicke Person, die nun eine erfolgreiche Karriere als Projektbetreuerin gestartet hatte. Diese Person schminkte sich nicht. Die schaute von der Natur begünstigt von alleine strahlend aus. Die verwendete vielleicht Puder und Lippenstift. Selma ging. So harmonisierten sich alle Rollen am besten. Sie hatte kein Geld mehr für die Sisley-Produkte. Da kostete eine Tube Tagescreme schon 53 Euro. Und das make up an die 100. Und zu

148

bekommen war es nur in Berlin und manchmal auf Flughäfen. Oder Fresh. Da kosteten alle Produkte über 100 Euro. Da war es schon besser, die projektierte Figur der erfolgreichen Projekteurin projizierte das frische Image der schon Beschenkten. Der schon von der Natur ausgezeichneten Person. Und sie sah ja nicht schlecht aus. So. Sie hatte abgenommen. Sie hatte dieses straffe Gesicht der wirklich Verzweifelten. Die Haare konnte sie selber. Die grauen Haare ließen sich leicht selber überfärben. Mit dunklen Farben konnte man sehr gut selber färben. Mit blond war es schwierig. Zu Hause. Mit ihren da war Clairol absolut ausreichend. Und Parfüm hatte sie. Die Parfüms. Die waren in die Koffer gepackt gewesen. Die hatte die Ungarin übergeben. Teure Parfüms. Die waren in ihrem Wertsystem erkennbar. Wahrscheinlich. Von denen wusste sie, was die gekostet hatten. Ein Kinderbuch von der Großmutter. Das war wahrscheinlich Plunder. Das wurde ausgemistet. So wurde Geschichtslosigkeit produziert. So machte man das, wenn man Geschichte los werden wollte. Das war ein Grundgebot. Das war ein Frauenzeitschriftsgrundgebot. Das Territorium einnehmen. Keine Erinnerungen an die Vorgängerinnen. Das wurde in Fernsehserien eingehämmert. In der ganzen Welt wurde das mit Hilfe von »Reich und schön« als Grundregel eingehämmert. Und sie fühlte sich ja auch so. Sie hatte ja dieses Gefühl, dass sie zugesehen hatte, wie Taylor in 3 Folgen quälend starb und wie sie begraben wurde. Und dann schaute sie 2 Monate später die Serie im Fernseher an. In der Frühmorgensversion. Um 3 Uhr am Morgen. Weil sie nicht schlafen konnte. Und da war Taylor wieder da. Das Puppengesicht noch porzellaniger. Das Gesicht ein Oval, das über dem Körper schwebt. Das nicht zum Körper gehört. Und so war es ja auch. Für Anton war das genauso.

149

Nur in ihrem Fall handelte es sich nicht um die Pause wegen einer Gagenverhandlung oder einer Schönheitsoperation. In ihrem Fall handelte es sich um diese erschreckenden Rollentausche in Fernsehserien. Wenn die bekannte Figur plötzlich von jemandem anderen gespielt wird. Wie sie das mit Thorne gemacht hatten. Und wie diese Figur nie mehr vollständig werden hatte können. Aber weil die Regie bei Anton lag. Deshalb war sie die falsche Besetzung. War sie zur falschen Besetzung gemacht worden. In dieser Farce. Ihre Geschichte. Die war ja ernsthaft gar nicht zu erzählen. Ihre Geschichte. Da musste man so einen ironisch überlegenen Ton anschlagen. Diesen Ton, der in der Überlegenheit die Resignation erzählte. Der in der Überlegenheit die Zuhörer entlastete und einen zum Helden werden ließ. Das mochten die Leute. Wenn man im Heldentum der Ironie die Heldin verbarg. Wenn man es ihnen ersparte, sie bewundern zu müssen. Dass sie ihr Frauenschicksal mit dieser heldischen Ironie zu tragen wusste. Aber das wusste sie alles erst jetzt. Zu spät. Sie hatte schon alle verschreckt. Mit der Rohheit ihres Schmerzes. Sie hatte selbst den Schmerz als etwas Glühendes in Erinnerung. Als etwas rund um sie Glühendes. Das sich auf die anderen warf. Das die anderen bedrohte. Mit Verbrennungen. Das die anderen in den Tumult eines solchen Feuers hineinzog. Das die Ruhe kostete. Und von dem alle sagten, sie solle sich einmal beruhigen. Zur Ruhe kommen. Sich über sich selbst klar werden. Klarheit finden. Und sie war allen auf die Nerven gegangen. Ging den anderen auf die Nerven. Ganz wörtlich. Die anderen gingen weg, damit sie nicht auf deren Schmerznerven spazieren ging. Damit sie nicht in ein Nachempfinden ihres Schmerzes gezogen wurde. Damit sie ihren Schmerz nicht vergesellschaftete. In der relativen Sicherheit Unsicherheit unerträglich. Sie ertrug ihre Unsicherheit ja auch nur, weil sie alles erfasst hatte. Rechts ein Park hinter schwarzen Gitterstäben. Dann das Gewirr von Einkaufsfassaden. Cafés. Kleidermarkengeschäfte. Discountläden. McDonald's. Segafredo Espresso. Pizza Hut. Ein Rahmenmacher. Möbelstoffe. Souvenirs. Sie ging. Sie sah nach den Hausnummern. Das Hotel musste hier irgendwo sein. Links über der Straße Gärten zu sehen. Hinter den Hausreihen beim Blick in die Quergassen. Das sah alles richtig aus. Bloomsbury Gardens lagen hinter Southampton Row. Und es war vollkommen richtig, das billigere Hotel hier auszusuchen. Die Frau im Reisebüro. Die nette Frau da. Sie hatte ihr dieses Hotel angeraten. Die war über ihre Sparwünsche nicht erstaunt gewesen. Aber sie war ihr überhaupt dankbar. Tenmer hieß diese Frau. Frau Tenmer. Und sie hatte einen leichten Akzent. Einen winzigen Akzent. Ein charmantes palatales L und ein Zungen-R. Früher hätte sie gewusst, woher diese Frau kam. Sie hätte behauptet, dass diese Frau Tenmer, die bei Atlantis Reisen arbeitete. Dass die aus Bulgarien kam. Oder aus Rumänien. Oder aus Kroatien. Jetzt. Sie hätte diese Frau gerne gefragt. Aber das hatte sich nicht ergeben. Und damit war wieder einmal bewiesen, dass Krisen einen zu einem netteren Menschen machten. Zu einem besseren. Jedenfalls war sie vorsichtiger geworden. In ihren Annahmen. Weil sie selber so schmerzerfüllt war, kannte sie die Schmerzen der anderen so gut. Als könnten die Schmerzen miteinander. Einander informieren. In eine andere Verbindung treten. Und würde sie dieses so viel tiefere Verständnis behalten. Würde sie das behalten wollen. Oder würde sie einfach so wie die Männer in der Krise. Ihre Liebesgeschichten hatten immer mit Männern in der Krise begonnen. Wenn die so weich und verständnisvoll waren. Wenn die alles verstanden, weil sie selbst

Verständnis brauchten. Wenn die ihren Geist für ihr Selbst-
verständnis anwandten und einen Augenblick schön geworden. Sie hatte immer gerade verletzte Männer zu lieben
begonnen und ihnen aus dieser Verletztheit geholfen. Eine
Liebespflegerin. Aber die Männer waren in ihre Unverletz-
lichkeit zurückgekehrt und hatten die Schönheit ihrer Ver-
sehrtheit aufgegeben. Und letzten Endes hatte sie ihre Verletzlichkeit. Die Angst vor Verletzung. Das Wissen um die
Versehrung. Das hatte sie. Optimiert. Das hatte sie optimiert. Darin war es richtig, in Bloomsbury zu sitzen. In
Bloomsbury zu schlafen versuchen. Aber sie hatte keine
Sehnsucht nach einem Abend im Bloomsbury Circle. Virginia Woolf hatte ja auch in die Cotswolds reisen müssen,
wenn es schlimm mit ihr geworden war. Alle diese netten
gebildeten und empfindlichen Menschen. Sie waren immer
nur mit ihrer eigenen Empfindlichkeit beschäftigt. Mit ihrer
ironischen Transzendenz. Die waren immer auf dem Weg zu
einer Selbstrettung. Und eine Frau in der Krise. Man hatte
ihr zu Beherrschung geraten. »So beherrschen Sie sich
doch.« hatte es geheißen. »Du kannst doch nicht die Beherrschung verlieren.« Sie ging. Sie musste Acht geben. Die Ent-
gegenkommenden eilig und blicklos. Sie musste ausweichen. Sie wurde überholt. Menschen hastig an ihr vorbei. Sie
anstießen. Mit Einkaufstaschen an ihr vorbeistrichen. Das
war lange her. Virginia Woolf. Eine Erinnerung in mezzo-
tinto. Etwas von ferne her. Vage. Und einmal wünschenswert
gewesen. Sie war über »Jacob's Room« gesessen. Lange. Wort
für Wort. Und das eine Bild. Der Blick über die Stufen von
St. Paul's. Sie war nie zu St. Paul's gegangen. Sie hatte auf all
den vielen Reisen hierher. Sie hatte St. Paul's vermieden. Sie
hatte Virginia Woolf das Bild bewahren wollen. Hatte die
Wirklichkeit nicht gegen diese Schilderung eintauschen

152

wollen. Hatte nicht die Wirklichkeit an dieser Schilderung messen wollen. Sie hatte sich Virginia Woolf darin anvertraut. Hatte darauf vertraut, dass Virginia Woolf die Wirklichkeit beschrieben hatte. Ihre Wirklichkeit. Sie hatte ihre nicht dagegensetzen wollen. Sie ging ja auch nicht in Literaturverfilmungen. Sie hatte schon lange nicht mehr zusehen können, wie ihre leichten und durchscheinenden. Ihre durchsichtigen Bilder von einem Roman. Wie die in dickfarbige Plumpheiten gerammt wurden. Und wie die Filmbilder ihre Vorstellungen übermalten. Pastos und bunt glänzend. Und das Schlimmste war das dann im Theater. Es war schon passend, dass eine ihrer letzten Aufgaben diese Dramatisierung in Zagreb gewesen war. Diese »Anna Karenina«. Da hatte sie sich auch noch diesen Roman wegnehmen lassen. Zu allem, was sie sich wegnehmen hatte lassen, kam ja dann noch dieser Roman dazu. Und »Anna Karenina«. Sie ging an Restaurants vorbei. Ein Papiergeschäft. Auf der anderen Seite ein »Viennese Café«. Alle Menschen trugen Einkaufstaschen. Plastiksäcke. Trugen schwere Taschen. Quer über die Schultern. Rucksäcke. Einen Augenblick das Weinen. Das Weinen als Überfall. Wie diese Madonna in Neapel. Die zu bestimmten Zeiten in Tränen ausbrach. Immerhin war es bei ihr kein Blut, das aus den Augen rann. Aber ab einem bestimmten Punkt von Müdigkeit oder Verdrossenheit. Wenn das kreisende Denken über ihre Lage vom Kopf in die Brust gefallen war. Aber dort eine Lähmung. Eine in sich kreisende Lähmung erreicht hatten. Dann begannen die Tränen zu rinnen. Ohne Schluchzen. Das war eine Erleichterung. Das Schluchzen anstrengend. Das Schluchzen so anstrengend, dass nichts mehr möglich war. Und Muskelschmerzen. Eine Müdigkeit nach dem Schluchzen, als hätte sie einen sehr hohen Berg erstiegen.

153

Aber nur das Steigen und die Aussicht nicht. Das Schluchzen eine belohnungslose Anstrengung. Das stille Weinen. Mit ein Grund, das Schminken aufzugeben. Und ihre Wimpern feucht dunkler aussahen. Überhaupt. In ihrem Alter es schwer war, ein make up zu finden. Meistens waren die foundations nicht fein genug, die größeren Poren auszukleiden. Die billigeren Produkte sich in den Poren absetzten und kleine helle Punkte machten. Die Poren so erst richtig betonten. Da war kein make up gleich besser. Sie fand sich vor dem Hotel. Eine schmale Fassade. Glasüberdachter Aufgang. Stufen zur Eingangstür. Selma war erleichtert. Sie war den ganzen Weg nicht sicher gewesen, die richtige Richtung gewählt zu haben. Sie brauchte Wasser. Sie musste trinken. Im Hotel gab es sicher keine Minibar. Höchstens sehr teures Mineralwasser an der Rezeption. Oder im Café. Sie konnte sich Tee kochen. Im Teebereiter des Prospekts. Aber für Tee war es zu heiß. Sie drehte um. Sie ging zurück. Sah sich um, wo sie Wasser kaufen könnte. Restaurants. Bars. Bistros. Das Papiergeschäft. Kleider. Taschen. Koffer. Glas. Stoffe. Keine Lebensmittel. Sie sah kein Lebensmittelgeschäft. Eine Weinhandlung. Sie ging. Auf der anderen Straßenseite das Gleiche. Ein Fahrradshop. Boutiquen. T-Shirts. Baseballmützen. Auf ihrer Seite. Zeitungen vor einem Geschäft. In hohen Ständern ausgestellt. Tony Blair machte irgendetwas. Bush machte etwas. Im Irak passierte etwas. Eine blonde Frau hatte es in »Big brother« vor der Kamera getrieben. Ein kleines Bild von der riesigbusigen Frau. Ein großes von einem deckenüberdeckten Haufen auf einem Bett. Das Bild war grobkörnig und unscharf. Ein Bild aus einem Video. Sie ging in das Geschäft. Der Raum groß. Weit nach hinten. Auf der linken Seite Papierwaren. Grußkarten. Selma ging nach hinten. Für alle Gelegenheiten gab es Antworten. Birthdays.

Graduation. Weddings. The New Job. Success. Births. New
Home. Significant Other. First Communion. Death. Anni-
versary. Valentine's Day. Christmas. Easter. Holidays. Jederzeit jede Gelegenheit. Mit Zitaten. Mit Zeichnungen. Mit
Reproduktionen. Nur mit Schrift. In allen Formaten und
Farben. Das ganze Leben. Im Nebengang Souvenirs. Sie fand
eine Krawatte aus schwarzblauer Seide, auf der winzig das
underground-Logo aufgedruckt war. Sie schaute auf den
Preis. 2 Pfund 50. Wenn ihr genug Geld übrig blieb, dann
sollte sie diese Krawatte kaufen. Die würde dem Vater Spaß
machen. Hinter den T-Shirts mit aufgedruckten beefeatern
und Big Ben fand sie ein Kühlregal. In der untersten Reihe
stand das Wasser. Sie nahm 2 Flaschen. Dann hatte sie 3 Li-
ter. Das war genug für ihren ganzen Aufenthalt. Sie zahlte
5 Pfund. Der Araber an der Kasse steckte die Flaschen in
einen braunen Papiersack. Sie trug das Wasser. Hielt die
Flaschen an sich gepresst fest. Der Rucksack rutschte wieder
von der Schulter. Sie war zu müde. Es war zu heiß. Sie
schleppte alles zum Hotel. Stieg die Stufen hinauf. Stieß die
Tür auf. Sie ging zur Rezeption. Ein Mann sah von seinem
Bildschirm auf. Sie habe eine Reservierung. Sie sagte ihren
Namen. Sie suchte nach dem Voucher. Der sollte im Seitenfach der Handtasche sein. Sie fand den Schein nicht gleich.
Sie musste innehalten und auf den Boden schauen. Der
Schein war, wo er sein sollte. Sie reichte ihn dem Mann. Sie
holte ihre Kreditkarte aus dem Etui. Hielt die Kreditkarte
hin. Der Mann nahm ihr alles ab. Er sah sie nicht mehr an.
Er schaute nur auf seinen Bildschirm. Er steckte den Voucher in eine Mappe, gab ihr die Kreditkarte zurück. Das hier
sei ihre Zimmerkarte. Das ihre Zimmernummer. Er schrieb
die Nummer auf die Hülle der Schlüsselkarte. Frühstück
gäbe es von 8 bis 10 und es koste 17 Pfund. Er wünsche einen

guten Aufenthalt. Da drüben sei der Lift. Selma nahm alles. Schleppte alles zum Lift. Sie holte den Lift. Mit einem Mal der Durst ungeheuerlich. Sie überlegte, in den 3. Stock zu steigen. Die Stiegen rund um den Lift. Die Glassäule des Lifts in der Mitte der Stiegen. Ein dicker, roter Teppich mit gelbem Muster über die Stiegen. Der Lift kam lange nicht. Sie machte gerade den ersten Schritt auf die Stiegen zu, da sah sie die Kabine von oben heruntergleiten. Ein Mann stieg aus. Er hielt ihr die Tür auf. Sie lächelte. Sie wusste wieder nicht, was sie sagen sollte. An der Rezeption hatte sie kein Wort sagen müssen. Der Mann hatte gar nicht erwartet, dass sie sich äußerte. Der Mund trocken. Das Sprechen schwierig erschien. Eine trockene Stummheit. Sie lächelte besonders freundlich. Der Mann sah ihr nach. Der Lift begann aufzusteigen. Sie konnte durch das Glas auf den Mann hinunterschauen. Er sah ihr nach. Grinste. Freundlich. Sie lächelte noch einmal. Ihre Stummheit auszugleichen. Der Boden des ersten Stockwerks verdeckte den Blick auf den Mann und den Blick des Manns auf sie. Sie lehnte sich gegen die Glaswand. Ließ sich hinauftragen. Im 3. Stock. Sie musste nach links. Nummer 317 war links. Die zweite Tür nach links. Sie stellte das Wasser ab. Steckte die Karte in den Schlitz. Das winzige grüne Licht blinkte auf. Sie riss die Tür auf. Wenn sie jetzt noch einmal hinunter hätte müssen. Und alles mitschleppen. Weil man nichts irgendwo stehen lassen konnte. Und eine neue Schlüsselkarte, weil der Computer die erste nicht ordentlich ausgestellt hatte. Sie wäre. Das hätte sie nicht ausgehalten. Sie lehnte sich gegen die Tür. Hielt die Tür mit dem Rücken offen. Sie schob das Wasser mit dem Fuß ins Zimmer. Sie ließ die Tür hinter sich ins Schloss fallen. »180 ansprechende Zimmer« hatte es im Prospekt geheißen. Und die Frau Tenmer. Die hatte eifrig genickt. Das wäre ein Hotel, das man empfehlen könne. Da gingen viele gerne hin. Da gingen viele gerne immer wieder hin. Das Zimmer ging türbreit zu einem Fenster. Nach rechts war ein Badezimmer abgetrennt. In der Nische zwischen der Badezimmerwand und dem Fenster war gerade Platz für ein schmales Bett. Sie ließ alles fallen. Setzte sich auf das Bett. An der Wand ein schmaler Tisch. Ein Sessel. Ein Fernsehapparat. Über dem Tisch ein Spiegel. Wenn man sich auf den Sessel setzte, konnte man nicht zum Bett. Der Sessel musste unter die schmale Tischplatte geschoben bleiben. Sonst konnte man vom Bett nicht zur Badezimmertür. Vor dem Fenster ein dünner Nylonvorhang. Der Boden und die Seitenteile und die Wände ein bräunliches Beige. Durch das Fenster ein Blick auf eine Hausmauer. Sie schraubte eine Wasserflasche auf. Der Verschluss fest. Sie musste ihr T-Shirt zu Hilfe nehmen. Sie musste den Stoff über den Verschluss legen, damit sie mit aller Kraft drehen konnte. Damit sie nicht abrutschte. Dann trank sie aus der Flasche. Das Wasser eiskalt. Die Kälte tief bis in den Bauch rann. Es war kühl im Zimmer. Sie ließ sich auf das Bett fallen. Wenigstens hatte sie noch eine Klimaanlage.

11

Sie saß auf dem Bett. Die Schultern über den Knien. Das
Genick. Sie ließ den Kopf fallen. Das Genick so nach hinten zu strecken. Den Kopf gegen die vorfallenden Schultern hochzustemmen. Das war die schlechteste Bewegung.
Die machte das Genick am meisten kaputt. Den Rücken
straffen. Nicht auf Betten zusammensinken. Liegen. Sitzen. Gehen. Nur nicht kauern. Und nicht die Schultern
hängen lassen. Die Frau Veronika. Das konnte die so auf-
sagen. Rundherum das Summen der Praxis. Ein murmeln-
des Schleifen und Gehen. Alle immer in Bewegung. Die
20 Minuten Behandlungsdauer für die Kassenpatienten.
Die waren immer gerade für irgendjemanden zu Ende.
Aufstehen vom Massagebett. Anziehen. Umziehen. Ausziehen. Der Nächste bitte. Krankengymnastik. Heilmassage.
Wärmetherapie. Thalassotherapie. Fangopackungen. Die
waren immer in Bewegung. Die Ärztin immer auf dem
Sonnenbett. Neben der Krankengymnastik. Und alles
durchzuhören. Die Wände pappendeckeldünn. »Es braucht
ja niemand das Sonnenbett. Oder?« »Meine Tochter
kommt nächste Woche nach Wien und da muss ich toll
aussehen.« »Herr Franz. Können Sie mir noch einmal
nachstellen.« Und die Frau Veronika sagte ihre Formel auf.
Liegen. Sitzen. Gehen. Nur nicht kauern. Nicht die Schultern hängen lassen. Nicht den Kopf auf die Hände stützen.
Und bitte. Nicht im Bett lesen. Das ist das Allerschlechtes-
te für ihr Genick. Und dann war es gleich vorbei. Zwei
Übungen. Und während die Frau Veronika sie mit der
Iliosakraltherapie in die Zange nahm. Ihren Kopf in ihre
Hände einzwängte und darauf wartete, dass sie zu weinen
begann. Die Frau Veronika hinter ihr. Lauernd. Auf einen

Ausbruch wartend. Leise atmend, ihr gerade genug Raum
ließ, in einen Ausbruch zu geraten. In der Nebenkabine die
Dr. Wendelin. In die UV-Strahlen eingeklemmt. Von oben
und unten zwischen diesen strahlenden Röhren. Seufzend.
Diese Frau seufzte vor sich hin. Schnüffelte ein bisschen,
während sie sich rösten ließ. Das Raunen und Gehen hinter den Wänden auf dem Gang und wieder hinter dünnen
Wänden. Die Masseure, die sich die Patientinnen aufteil-
ten. Nach Trinkgeld. Und sie lag da und sollte Heilung finden. Von den Genickschmerzen. Und die Wendelin. Hatte
die keine Angst vor einem Melanom. So oft sie da gewesen
war. In der Praxis. Die Wendelin hatte sich immer beim
Herrn Franz auf das UV-Bett gelegt. War in der Nebenkabine gelegen.Und was war ihr da anderes übrig geblieben, als an die Mutter zu denken. Und an das Melanom.
Und kein Wunder, dass dann die Tränen rannen. Und die
Frau Veronika sich denken musste, dass diese Tränen die
Heilung. Dabei weinte sie um diese Frau. Sie hatte um die
Wendelin geweint. Um diese grässliche Person, die sich da
walrossseufzend im UV-Licht wälzte und sich einen Krebs
holte und ihr nicht geholfen hatte. Ihr Genick nicht besser. Und die Umgebung so anstrengend. Diese Praxis für
physikalische Medizin ein solches Fegefeuer auf dem Weg
zu einer Gesundheit. Aber diese Praxis musste einem einfallen. Das Beige dieses Zimmers genauso wie die Wände
dort. Dieses Zimmer beige-senffarben. Dieses Zimmer
senffarben. Und das Beige nur die Erinnerung an Hell-
senffarbenes minderte. Das Neonsenffarbene von Erbro-
chenem oder Durchfall. Sie schloss die Augen. Sie legte den
Kopf auf die verschränkten Arme auf den Knien. Jetzt war
sie einmal da. Und sie würde gleich aufstehen. Und nur
Stehen. Sitzen. Liegen. Und keine schädliche Zwischenhal-

159

tung einnehmen. Und sie musste den Hosenanzug aufhängen. Und dann musste sie mit dem Hosenanzug in der
Dusche duschen und ihn durch den Dampf wieder in
Form bringen. Selma stand auf. Sie sah die Fernbedienung
auf dem Nachtkästchen liegen. Sie schaltete den Fernsehapparat ein. Ein Hotelkanal. Das Restaurant wurde vorgeführt. Sie schaltete weiter. Eine Heimwerkersendung.
Frische junge Menschen rissen in einer Küche Kacheln
von der Wand. Im nächsten Kanal ging ein Mann in einem
Garten und erklärte die Pflanzen und warum sie da miteinander gepflanzt waren. Dann saß Prinz Charles auf
einem Baumstamm und erzählte etwas. Sie schaltete weiter. Eine talk show. Das war gut. Das würde das Beste für
ihr Englisch sein. Sie begann sich einzurichten. Das Necessaire ins Badezimmer. Die Unterwäsche in den Kasten.
Den Pyjama auf den Sessel. Die talk show über den schönsten Tag im Leben einer Frau. Sie untersuchte das Bett. Das
Leintuch dünn. In der Mitte der Stoff nur noch ein dün-
nes Gitterwerk der Fäden. Die Plastikmatte darunter dun-
kelgrün. Durchschimmernd. Ja. Das waren die Betten in
London. Warum hatte sie nicht daran gedacht. Sie hätte
den Seidenschlafsack einpacken sollen. Der war für solche
Gelegenheiten. Den hatte sie sogar für London gekauft.
Irgendwann. Weil man in London nur in den wirklich
luxuriösen Hotels mit einem guten Bettzeug rechnen
konnte, hatte sie diesen Schlafsack gekauft. Damit sie nicht
in Berührung kommen musste. Mit den fleckenübersäten
Matratzen. So eine Gummimatte. Die war wahrscheinlich
ein Fortschritt. Aber das würde heiß werden. Auf Plastik
liegen. Ein Schwitzbad. Und der Seidenschlafsack war in
der Maxingstraße. Und die eine Nacht würde sie das aushalten. Für morgen musste sie ohnehin schauen. Vielleicht

160

gleich das Hotel gegenüber. Vielleicht hatten die ein Zimmer frei. Und wenn das alles so elend war, dann sollte sie sich wenigstens ein ordentliches Zimmer leisten. Im K+K George. In dem sie früher immer gewohnt hatte. Da war das alles in Ordnung gewesen. Da hatte die Frau Fröbel nur angerufen und da war es klar, dass alles gestimmt hatte. Eine Durchsicht auf einen Gummimatratzenschoner. Da hätte sie die Frau Fröbel angerufen, und die Frau Fröbel hätte das von Wien aus für sie geklärt. Da hätte sie weggehen können und ihre Sachen erledigen und sie wäre zurückgekommen, und alles wäre in Ordnung gebracht worden, und sie hätte ein Fläschchen Champagner da stehen gehabt. Vom Manager. Zur Entschuldigung. Aber die Frau Fröbel rief jetzt für die Frau Nachfolgerin an. Selma zog die Jacke aus. Roch an der Jacke. Unter den Armen. Sie konnte nichts riechen. Die Jacke verknittert. Feucht verstrudelt. Aber geruchlos. Sie hängte die Jacke über einen Kleiderbügel. Natürlich waren das Bügel, die in diese Metallschlaufen eingehängt werden mussten. Im Kasten. Selma versuchte den Bügel in der Dusche festzumachen. Sie musste die Jacke auf den Halter vom Duschkopf stecken. Sie nahm die Jacke wieder heraus. Wie machten das diese Russinnen, von denen die Verkäuferin bei Peek & Cloppenburg gesprochen hatte. Diese geschickten Russinnen. Die ihre Kleider so in Ordnung hielten. Die Verkäuferin hatte das bewundernd gesagt. Aber wahrscheinlich kauften die einfach viel. Bei der Verkäuferin. Und deshalb waren sie dann diese geschickten Russinnen. Und wahrscheinlich stiegen die in Hotels ab, in denen es ordentliche Kleiderbügel gab. Kleiderbügel, die man am Rand der Duschkabine aufhängen konnte. Ihre Jacke. Die hätte jetzt mitgeduscht werden müssen. Die hätte nass werden müssen. Da

161

wäre nichts mit glättendem Dampf gewesen. Selma zog die Hose aus. Kühl. Die Luft. Auf dem Bildschirm. Eine Hochzeit. Eine Frau im Rollstuhl im weißen Kleid mit weißer Schleppe. Eine Sprecherin. Sie trug ein hellgrünes Kostüm. Sie standen vor einer Kirche. Eine verwitterte kleine graue Kirche. Das Tor offen. Weiße Blumen. Die Sprecherin sagte, dass es nun bald so weit sein würde. Sie stand neben der Frau im Rollstuhl. Neben der Braut. Brautjungfern standen aufgereiht vor dem Rollstuhl. Man sah den Rollstuhl von hinten. Der Brautschleier hing nach hinten und wurde von einem kleinen Mädchen und einem kleinen Buben hochgehalten. Die Kinder weiß gekleidet. Kleidchen und Anzug. Blaue Schärpen. Die Kinder unruhig. Die Sprecherin sagte, dass es nun bald so weit sein würde. Der große Augenblick sei nun bald gekommen. Sei nahe. Aber davor wolle man noch einmal erinnern, was für ein Weg hinter dieser Braut läge. Was für ein langer Weg. Was für ein langer und schmerzvoller Weg. In einer Zuspielung wurden Fotos gezeigt. Ein Sprecher. Das wären die Bilder der Braut vor einem Jahr. Und das das Bild vor dem schrecklichen Augenblick. Das letzte Bild vor dem Moment, in dem sich das Leben dieser Frau und aller ihrer Angehörigen von Grund auf verändern würde. Die letzten Bilder vor dem Ereignis. Selma sah eine Frau im Brautkleid. Im weißen Brautkleid. Tief ausgeschnitten. Ein enges Miederoberteil. Der Busen hoch hinaufgewölbt. Schulterfrei. Der Rock weißer Tüll. Weit ausschwingend. Ein langer Rock in vielen Lagen Tüll. Der Schleier von einem Blütenkranz nach hinten fallend. Weißer weicher Tüll. Bodenlang. Die Frau hatte dunkle Haare. Sie war kräftig. Sie lachte. Sie nahm das gelassen ernst. Das war auch ein Spaß. Sie hielt einen Brautstrauß aus weißen Rosen und Lilien. Ein hängendes

Bukett. Weiße Handschuhe die Oberarme hinauf. Genau
vor einem Jahr, sagte der Sprecher. Genau zur gleichen
Zeit. Jetzt, wenn die Braut mit dem Rollstuhl anfahre. Genau zu diesem Zeitpunkt wäre es geschehen. Damals. Da
sollte es eine Bikerhochzeit sein. Eine Bikertraumhochzeit.
Und die Braut wäre auf das Motorrad ihres Bräutigams
gestiegen, um zur Kirche zu fahren. Ein Motorrad war zu
sehen. Dann die Braut im Brautkleid hinter einem Mann
in einem schwarz glänzenden Motorradanzug. Das Foto
blieb stehen. Nach nur wenigen Metern Fahrt habe der
Brautschleier sich in die Speichen der Räder verwickelt,
erklärte die Sprecherstimme. Bei diesem Unfall habe die
Braut Pamela beide Beine verloren. Das rechte Bein unter-
halb vom Knie. Das linke Bein oberhalb vom Knie. Vor
dieser tapferen Frau liege auch jetzt noch ein langer Weg
der Rehabilitation. Aber nichts konnte diese Liebe zerstören. Nicht einmal ein solch schrecklicher Unfall hatte es
geschafft, dieses Paar auseinander zu bringen. Es wurden
Bilder gezeigt, von Pamela im Krankenbett. Auf der Inten-
sivstation. Dann mit Infusionsständer neben dem Bett auf
der Station. Dann ohne Infusionsständer. Die leere Decke
vor der Frau. Da wo die Beine sein sollten, die Decke flach.
Dann im Rollstuhl. Dann bei der Physiotherapie. Die
Beinstümpfe in abgenähten Trainingshosen. Die Person.
Das Gesicht immer weit weg. Weit hinten in den Bildern.
Die Aufmerksamkeit auf die Beine. Auf die fehlenden Beine. Dann redete die Frau selber. Sie sagte, dass nichts sie
habe abbringen können. Dass sie keinen Moment gezwei-
felt habe. Dass sie es nun wieder versuchen werde. Dass sie
ihren Michael nun heiraten werde. Michael kam ins Bild.
Er war in Bikerkluft. Schwarzlederne Hosen. Bomberjacke.
Hoch hinauf geschnürte Stiefel. Er werde seine Pamela

nun heiraten. So werde der schrecklichste Tag in seinem
Leben nun doch zum schönsten werden. Die Zuspielung
war zu Ende. Die Szene vor der Kirche kam ins Bild. Die
Sprecherin beugte sich zu der Frau im Rollstuhl. Die
Kamera fuhr um die Frau und zoomte von vorne auf sie
zu. Selma schaltete ab. Ihr war kalt. Sie war stehen geblieben, sich das anzusehen. Sie zog den Pyjama an. Sie zog die
Decke vom Bett. Sie drehte die Acryldecke nach unten.
Legte das Laken über die Decke. Sie stopfte die beiden
Pölster gegen die Wand hinter dem Kopfteil und legte sich
hin. Von draußen fiel die Sonne von der Mauer gegenüber
ins Zimmer. Goldleuchtend. Die Fassade gegenüber ein
dunkles Gelb. Es war still. Das leise Summen der Klima-
anlage. Rauschen in den Rohren im Badezimmer. Entfernt.
Die Stadt draußen mehr zu fühlen als zu hören. Ein weit
entferntes Vibrieren. Sie wachte in die Stimme auf. In die
Erinnerung an die Stimme. Sie saß. Die Pölster im Rücken.
Der Kopf gegen die Wand. Das Genick geknickt. Das Kinn
in die Brust gepresst. Sie konnte sich nicht bewegen. Die
Stimme von hinter ihr in ihr. Die Stimme über dem Kopf.
Schräg hinter dem Kopf. Der Kopf. Der Schädel außen.
Gegen die Wand zu spüren. Sie kein Maß hatte für die Ent-
fernung innen. Wo die Stimme sich dachte. Es war ihre
Stimme. Es war die Stimme, die sie hörte, wenn sie sprach.
Aber sie dachte das nicht. Sie dachte diesen Satz nicht. Die
Stimme, die sie hörte, wenn sie sprach, sagte diesen Satz.
Sagte sich diesen Satz. Ohne ihr Zutun. Unabhängig. Sie
dachte nach, wo sie dachte, dieser Satz dächte sich. Sie ver-
suchte, von der gegen die Mauer gepressten Hinterwand
ihres Kopfs den Ort zu finden, an dem sich der Satz dachte
und wo sie dachte, ihn zu hören. Sie sah vor sich. Sah ihre
Brust entlang bis zum Fenster. Das Gold aus dem Licht

verschwunden war. Die Sonne nicht mehr auf die Fassade
gegenüber. Das Zimmer einen Ton dunkler. Die Dämmerung noch lange nicht, aber auch keine Sonne mehr herein. Sie wusste nichts. Sie lag da. Saß. Sie spürte sich da, wo
sie auflag. Berührte. Sie lag regungslos. Die Hinterseite der
Schenkel. Der Rücken. Das Genick. Der Hinterkopf. Sonst
war nichts da. Nichts zu fühlen. Kein Herzschlag. Kein
Rauschen im Ohr. Kein Hauch des Atems. Leer. Leer und
weit. Die Leere hielt still. Farblos weit und die Grenzen
unbekannt. Kein Gefühl, wie viel Leere sich ausbreitete.
Wie weit. Aber auch eine Enge hätte sein können und
nichts zwischen den Häuten. Nichts zwischen dem Rücken
und dem Bauch unter dem pfirsichfarbenen Pyjamastoff.
Sie sah vor sich hin. Starrte. Das Sehen. Der untere Teil des
Gevierts des Fensters. Wolkig verschwimmend. Das Licht
weiß trüb. Schwimmend. Hell undeutlich. Der pfirsichfarbene Stoff unverändert. Die Maserung des Stoffs. Die
Oberfläche. Dahinter alles hell gedämpft. Nicht genau aus-
zunehmen. Das Licht eine Flüssigkeit über alles hin. Eine
Bodenlosigkeit wuchs an. In ihr. Eine Bodenlosigkeit nach
unten. Sie spürte nur den Kopf und das überdehnte
Genick und sonst nach unten bodenlos. Sie fühlte kein
Ende von sich. Sie reichte bis tief in den Boden. Bis weit in
die Erde. Bis weit unter die Erde. Und dunkel. Sie lag da.
Sie durfte die Augen nicht schließen. Sie musste das Licht
anstarren. Ins Licht starren. Das Licht so in den Kopf. Vom
Hals an nach unten. Eine Unermesslichkeit. Dunkel und
unbewegt. Nichts zu hören. Sie war in eine Geräusch-
losigkeit eingeschlossen. Nichts und niemand zu hören.
Sie schloss die Augen. Wegen der Stille. Weil sie die Ge-
räuschlosigkeit nicht mehr ertragen konnte, musste sie die
Augen schließen und die Dunkelheit überall. Noch eine

165

Helligkeit um die Kehle, aber in der Atemnot erstickte. Sie
konnte keinen Atemzug tun. Die Schmerzen um die Rippen
eine steinharte Umklammerung. Spitz brennende Stiche
das leiseste Heben der Rippen. Sie hörte sich um Atem ringen. Ein schnappendes Jammern nach Luft. Ein Winseln.
Sie sah sich selber. Sie sah sich liegen. Den Kopf gegen die
Wand nach vorne gepresst. Der Kehlkopf unter dem Kinn
begraben. Die Brust. Die Rippen. Der Leib gefangen. Wenn
sie sich nicht bewegte. Wenn sie sich nicht in Bewegung
brachte. Sie stellte sich die Bewegung vor. Sie wusste, wie
ein Fisch vom Trockenen sich ins Wasser schnellte. So
musste sie sich ins Atmen. Ins Luft-Holen. Ins Luft-Be-
kommen. Sie riss die Augen auf. Langsam. Es war unmöglich das Schnellen der Vorstellung nachzuahmen. Nur die
Richtung. Sie zog die Beine an. Stellte die Beine auf. Hob
das Gesäß und drehte sich zur Seite. Zog sich im Bett nach
unten. Zog den Kopf hinter dem Brustkorb von der Wand
weg. Sie kam seitlich zu liegen. Eine unendliche Mühe sich
dahinzuwälzen. Die Schmerzen der Bewegung zu überste-
hen und dabei flach keuchen. Sie lag. Der Fisch ist immer
noch im Trockenen, dachte sie sich daliegen sehend. Sie
musste lachen. Der Schmerz. War er im Bauch oder außen.
War diese Pressung der Rippen. Wo war die. War das doch
innen. Und ein Organ. Ein Schaden innen. Die Galle. Die
Leber. Das Herz. Ein Lungeninfarkt. Darüber war so viel
geschrieben worden. In der letzten Zeit. Und sie hatte es
überblättert. Sie wusste nicht, wie die Symptome waren.
Sie wusste nicht, was los war. Sie wusste nicht, was mit ihr
geschah. Was ihr Körper mit ihr machte. Ihr Leben. Sie lag
auf der Seite. Sie durfte sich nicht bewegen. Sie konnte sich
nicht bewegen. Jede Bewegung. Die Schmerzen das Bewusstsein raubten. Sie winselte Luft in sich. Die Verzweif-

lung eine weitere Enge. Im Hals. Sie musste daran denken, dass die Leute, die an Fremdkörpern in ihrer Luftröhre. Dass diese Leute an sich selbst erstickten. Eigentlich. An der Schwellung der eigenen Schleimhäute. Und dass Panikreaktionen diese Schwellungen noch verstärkten. Und konnte ein solcher Vorgang. Konnte der durch Angst ausgelöst werden. Konnte sie mit diesem Gewürge nach Luft ihre Schleimhäute so in Panik versetzen, dass sie dann endgültig keine Luft mehr bekommen können würde. Konnte sie nach innen wachsen und sich selber in den Weg kommen. Konnte sie so anschwellen, dass die Schwellung den Platz einnahm. Sie sich selbst verdrängte. Ihr Körper ihr zu Hilfe eilend sie in Hilfe erstickte. Ihr ihre Verzweiflung austreiben wollte und einfach nicht genug Platz war. Es sich zwischen ihrem Körper und ihrer Verzweiflung austrug. Und es ja richtig war. So. Die Verzweiflung hatte alles ausgefüllt. Die Welt hatte sich in sie gedrängt. War in sie eingedrungen. Hatte sie besetzt. Ein Druck von oben. Eine Beschwerung den ganzen Körper entlang. Sie fühlte sich in das Bett gedrückt. Die Oberseite des Körpers von einer ungeheuren Last beladen ihr Körper in die Bodenlosigkeit nach unten. Sanft und stetig. Zuerst in die Tiefe und dann dieser Druck in sie eindringen. Irgendwann in sie eindringen musste und dann alles vorbei. Die Stille in sich. Die Stille noch fest. Noch ein Festkörper. Gerade noch ein Festkörper. Unter dem Druck sich in ein Gas verwandeln. Ein dickflüssiges Gas. Und austreten. Durch sie hindurch nach außen und sich mit dem Druck verbinden. Mischen. Vermischen. Sie dann auch vom Körper verlassen. Und wie lange konnte sie sich halten. Wie lange würde sie sich an dieser Stelle halten können. Hinter der Kehle. Schräg über der Kehle. Weit vor dem Hinterkopf. Sie sah sich gefunden werden. Schräg daliegend. Die Augen geschlossen. Den Kopf gegen die Wand gepresst nach vorne abgeknickt. Das sah nach Schlafen aus. Nach einem kurzen Schläfchen. Eingenickt. Die Frau hatte sich auf das Bett gelegt und war eingeschlafen. Aber sie würde noch lange nicht gefunden werden. Der Vater erwartete keinen Anruf von ihr. Das hatte sie der Mutter abgewöhnt. Diese Erwartung. Und der Vater hatte sie nie gehabt. Spätestens in 2 Tagen. Sie würde ihm erst in 2 Tagen einfallen. Sonst wusste niemand etwas von dieser Reise. Denen im Büro hatte sie nichts gesagt. Extra nicht. Ein solches Projekt. Sie hatte genügend solcher Projekte selbst verhindert. Sie wusste selber, wie das ging. Nur dreimal abgesicherte Vereinbarungen hatten da überhaupt einen Sinn. Oder man nahm es den Leuten aus der Hand. Machte weiter, wo die hingekommen waren. Jonathan Gilchrist. Er würde einmal auf ihr handy anrufen. Wenn er die Nummer gespeichert hatte. Er würde ihre alte Nummer versuchen. Die Nummer von dem handy, das in der Donau lag. Das sie bei Greifenstein in der Donau versenkt hatte. Um sich von ihrem alten Leben zu trennen. Läutete so ein handy im Wasser. Könnte ein Donauweibchen abheben und dem Gilchrist etwas vorsingen. Sie hätte so etwas machen sollen. Sie hätte ihre Nummern mit Botschaften voll stopfen sollen. Mit Botschaften über ihre Zustände. Wie sich die erste Lähmung in Ironie verwandelt hatte. Da hatte sie noch geglaubt, alles wäre so, wie sie sich das vorstellte. Sie hatte geglaubt, sie müsste nur einfach neu anfangen. Sie hatte nicht mit der Welt gerechnet. Dass die einen wirklich los werden wollte. Dass Verschwendung selbstverständlich war. Dass es nicht darum ging, was sie leisten konnte, sondern was man sie leisten lassen wollte. Dass es darum ging,

etwas Neues zu wollen. Etwas Neues haben zu wollen, das
von jemandem Neuen kam. Und dass alle das richtig fanden. Dass niemand sagen würde, diese Person. Die ist doch
voll leistungsfähig und erfolgreich. Die kann man doch
nicht einfach aufs Abstellgleis. Das wäre doch eine Verschwendung. Da hatte sie noch gedacht, dass es um den
Kostenfaktor ginge. Aber was interessierte das Festival die
AMS-Kosten. Die Laune eines Machos in der Kunst, und
die Gesellschaft musste dafür aufkommen. Das war nicht
kostenorientiert. Nichts war wirklich kostenorientiert. Das
waren immer nur so Argumente gewesen. Für die Presse-
konferenzen. Man hatte es natürlich gewusst. Es gab keine
Verbündete. Seit dem Staatssekretär in Salzburg. Wie der
gefragt hatte, ob er die überflüssigen Angestellten der Salzburger Festspiele über den Untersberg hinunterstoßen
sollte. Wie da sich niemand. Jedenfalls nicht in den Medi-
en. Da hätte sie das begreifen können. Dass man in aller
Wirklichkeit den Untersberg hinuntergestoßen werden
konnte. Und dass das niemanden interessierte. Sie würde
gefunden werden. Morgen. Wenn die Zimmer. Zu Mittag.
Wenn die Putzbrigade Schluss machen wollte. Wenn die
Putzbrigade Schluss machen musste, weil sie auf Stunden-
basis bezahlt, keine Kosten mehr verursachen durfte.
Wenn die Gäste aus dem Haus sein mussten, damit die
Putzbrigade nicht eine Minute überziehen musste und die
Kosten nicht überschritten werden würden. Sie würde
abtransportiert werden. Rasch. Wegen der Kosten. Wegen
der Kosten rundherum. Die Putzbrigade. Die Anrufe. Bei
der Botschaft. »An Austrian subject. Would you please take
over.« Sie würde bald wieder in Wien sein. Wegen der
Kosten. Sicher machte jede Stunde im Leichenkühlschrank
Kosten. Der Vater. Würde der das übernehmen. Musste der

das übernehmen. Für den ging sich auch gerade alles nur
so irgendwie aus. Der bekam die Rechnung für Nichtan-
passung. Der bekam die Rechnung für Parteiunabhängig-
keit in einem Ministerium, das nur über Proporz besetzt
worden war. Da blieb man dann ein kleiner Amtsrat.
Wenn man sich nicht anschloss. Und sie hatte sich angeschlossen. Sie bekam die Rechnung für ihren Anschluss.
Der von den anderen aufgesagt worden war. Sie bekam die
Rechnung für ihre törichte Vorstellung vom Leben. Von
den Männern. Und weil sie sich zu fein gewesen war, sich
auf so ein Frauenleben einzulassen. Und sie würde jetzt
sterben und es fiel ihr nichts Gutes ein. Keine Erinnerung
an etwas Gelungenes. Und es gab ja auch nichts. Sie hatte
alles falsch gemacht. Sie war selber schuld. Sie konnte niemandem anderen die Schuld zuschieben. Sie hatte edel
sein wollen. Das war es wohl. Sie hatte ein Bild von sich
entworfen als einer edlen Person. Eine diffus edle Person.
Die es besser wusste und die nur sinnlose Sachen gemacht
hatte. Die sich neben einen Intendanten gesetzt hatte und
ihm zugehört. Wenn er seine primitiven Ideen vorgetragen
hatte. Dass die Kultur ein Träumen sei. Ein gesellschaft-
liches Traumerlebnis. Und dass man deshalb »Onkel Wan-
ja« spielen musste. Als Traum. Damit das Publikum den
Traum mitträumen konnte. Und sie war nicht aufgestanden und war gegangen. Sie war sitzen geblieben und hatte
eine mehr geraucht. Und vielleicht war das alles nur ein
Ergebnis des Entzugs. Vielleicht war ihr Körper im Begehren nach dem Nikotin erstarrt. Wollte nicht mehr weiter,
weil sie von einem Augenblick auf den anderen nicht mehr
geraucht hatte. Zu ihrer eigenen Verwunderung. Und sie
hatte gedacht, das wäre wenigstens ein Hauch von Gegenwehr. Eine Zerstörung weniger. Eine Zerstörung nicht

170

mehr. Aber wahrscheinlich war es dann doch nur der Vater
gewesen. Weil der es in der Wohnung nicht haben konnte.
Und sie nicht auf den Balkon geschickt werden hatte wollen. Der Vater es auch gerochen hätte, wenn sie nur in
ihrem Zimmer. Und ja doch richtig war. Es war doch richtig, nicht mehr zu rauchen. Den Stress wenigstens so zu
vermindern. Die Angegriffenheit wenigstens auf außen
beschränken. Und so leicht gewesen war. Dasitzen und der
Bandion beim Rauchen zuschauen. Der Hass gekreist. Der
Hass auf diese Person in ihrer Wohnung. Auf den Anton.
Auf den Intendanten. Auf das Büro. Auf die Post. Eine in
sich reibende Anspannung war das gewesen. Eine reibend
kreisende Anspannung, die überall da gewesen war, wo
vorher die Lockerung. Da, wo es nachgelassen hatte, wenn
sie den ersten Zug gemacht hatte. Und warum lief der Film
nicht ab. Der Film vom Leben. Sollte jetzt nicht der Film
vom Leben ablaufen. Wenigstens biografische Notizen.
Aber es war auch kein Platz. Das Denken auf einen Punkt
beschränkt und sich nach hinten bewegte. Schnell und
gerade bewegte das Denken sich nach hinten. Hinter der
Kehle gegen den Hinterkopf. In das Dunkel dort. Und keine Angst. Sie wunderte sich. Sie hatte sich immer gedacht,
dass in solchen Augenblicken namenlose Angst. Es war nur
Enttäuschung. Ein bisschen Traurigkeit. Sie hatte verloren.
Sie war überwältigt. Und es war würdelos. Ihre Haltung
war würdelos. Sie würde keine schöne Leiche sein. Eine
alte Frau. Der Kopf. Vom Tod überrascht würde sie nicht
schön daliegen. Das Gesicht nach oben. Das Gesicht von
der Nase wegfallend glatt. Eine schöne Frau. Eine schöne
Frau gewesen. Und wenigstens für den Finder eine Erinnerung. Für die Finderin. Eigentlich wollte sie von einer
Frau gefunden werden. Es war ja nicht sicher, aber ein

wenig mehr Behutsamkeit. Das hätte sie gehofft. Dass eine Frau ein bisschen behutsamer. Aber warum sollte die. Und warum dachte sie so sinnlose Gedanken. Warum dachte sie überhaupt.

12

Es wurde besser. Sie hatte vor sich hingesehen. Sie hatte die
Augen offen gehabt und nicht mehr nur ans Atmen-Können
gedacht. Sie lag da. Sie hätte eine Decke über sich gebreitet
haben wollen. Sie schloss die Augen. Wieder. Müde. Der
Kopf müde. Der Hals. Das Genick. Schlaff. Sie versuchte sich
umzudrehen. Sich auf die andere Seite zu legen. Und sie
musste Acht geben. Wenn sie mit der Wange länger auf einer
Falte im Polster zu liegen kam. Die Falte grub sich tief in ihre
Haut ein und war da lange zu sehen. Und Hilfe. Brauchte sie
Hilfe. Sie lag. Still. Schwer hingeworfen. Sie hätte Hilfe gebraucht. Wahrscheinlich. Wahrscheinlich hätte reden schon
geholfen. Sagen, was sie fühlte. Was sie empfand. Es irgend-
jemandem sagen. Sich beschweren. Aber sie hätte nicht einmal jemanden anrufen können. Nicht mehr. Und dafür hatte sie immer schon nur die Theres gehabt. Solche Krisen.
Die hatte sie mit der Theres besprochen. Die Theres. Sie sah
die Fassade der Privatklinik vor sich. Sie fuhr dort vorbei.
Wenn sie in die Gegend kam, fuhr sie dort vorbei. Dort
mehr das Grab als am Weidlinger Friedhof. Für sie. Sie sah
sie da sitzen. In diesem Haus. In der Klinik. Auf dem Bett.
Sie sah sie da sitzen und wie sie sagte, dass sie jetzt endlich
Zeit hätte. Dass sie sich jetzt endlich die Zeit nehmen würde. Für sich. Und sie wäre doch nie nach Zagreb gefahren,
wenn sie gewusst hätte, wie schlecht es der Theres. Wie
schlecht es um die Theres. Aber da hatte jedes Gefühl ver-
sagt. Nichts hatte ihr angekündigt, dass das Ende. Dann.
Jetzt war das klar. Im Nachhinein setzte sich alles zu einem
klaren Bild zusammen. Die Blutbefunde. Die Bluttrans-
fusionen. Der Darmstillstand. Die Leberwerte. Das viele
Schlafen. Die Sauerstoffflasche. Die Theres. Die war fröhlich

173

gewesen. Die hatte gescherzt. Über die Abführmittel und die
Einläufe. Und sie hatte ihr geglaubt. Sie hatte ja alles geglaubt. Blicklos. Offenkundig war sie blicklos durch die Welt
getanzt. Und alle hatten ihr etwas vorgemacht. Die Theres.
Der Anton. Im Büro. Alle hatten ihr überall etwas vorma-
chen können. Alle hatten ihr etwas vorspielen können. Und
was sagte das über sie. Und was war so interessant daran, sie
in diesen Lügen einzulullen. Was war so interessant daran,
ihr dann aber in einem brutalen Riss die Welt zu enthüllen.
Die nächste Wirklichkeit. Und dann immer weiter. Und in
eine unendliche Unwichtigkeit. Fallen lassen. Die hatten sie
alle fallen gelassen. Sie versinken lassen. Und jetzt ja in
einem Hotelbett in London verstarb. Verstorben. Aber nicht
in der Lage war, sich Hilfe zu organisieren. Sich ein Überleben zu verschaffen. Sich retten zu lassen. Sich zu retten. Sie
konnte sich nicht helfen lassen. Sie ließ sich nicht helfen.
Und sie ließ die Hilfe an der Mühe scheitern, es sagen zu
müssen. Auf Englisch. Die Hilfe auf Englisch erbitten zu
müssen. »I think I have a heart attack.« Oder. »Sorry. I am
dying and I would need help. Urgently perhaps.« Sie lag da.
Sah auf das weiße Laken. Ein weicher Stoff. Porös. Locker
gewebt und die Fäden vom Waschen und Trocknen zer-
schlagen. Das Weiß brüchig. Durchsichtig. Die Gummimatte darunter durchschimmerte. Die Wand. Ein glatter
Anstrich. Sie musste aufstehen. Sie musste aus diesem Bett
kommen. Wenn sie jetzt begann, sich vorzustellen, wer alles
hier gelegen. Sie lag. Sie spürte sich liegen. Aufliegen. Die
Beine seitlich aufeinander. Die Knie aneinander reibend.
Das obere Knie auf das untere drückte. Fast ein Schmerz.
Der rechte Arm ausgestreckt. Der Kopf auf dem Oberarm.
Sie setzte sich auf. Sie stützte sich auf dem rechten Arm auf.
Zog sich hoch. Es tat nichts mehr weh. Sie holte Luft. Vor-

sichtig. Die Rippenbögen ließen sich weit öffnen. Die Lungen voll anfüllen. Die Luft war schlecht. Sie wollte das Fenster offen. Geöffnet. Aber die heiße Luft draußen. Klimaanlagenluft aber immer dieses Abgestandene an sich hatte. Schon geatmet war. Die Luft aus der Klimaanlage. Sie saß. Seitlich auf den rechten Arm abgestützt. Die Luft aus der Klimaanlage. War das nicht ein Kreislauf. Wurde diese Luft nicht wieder abgesogen. In den Raum geblasen und wieder abgesogen. Und dazwischen durch Lungen. In Lungen eingeatmet und wieder ausgestoßen. Sie schob sich an den Bettrand. Ließ die Beine über den Bettrand gleiten. Drehte sich und kam auf dem Bettrand zu sitzen. Sie stellte die Beine fest auf. Der Spannteppich borstig gegen die Fußsohlen. Sie war sich schwer. Das Aufrichten. Das Durchstrecken des Rückens gegen ein Gewicht von hinten oben. Die Schultern. Sie setzte sich gerade auf. Dachte an das Genick. An die Schultern. An die Trapezmuskeln im Rücken. Sie dachte Entspannung. Sie schickte Entspannung in die Muskeln. Ließ das Wort Entspannung in die Schultern steigen. Die Muskeln seitlich am Hals hinauf. Die Elektroden beim Messen. Die biometrischen Daten hatten immer angezeigt, dass sie sich entspannen konnte. Dass sie sich vollkommen entspannen konnte. Dass sie ein Entspannungstalent war. Und dann ja wohl entspannt war. Wenn sie sich das Genick und die Schultern und den Rücken so dachte, wie bei den biometrischen Messungen, die Entspannung angezeigt hatten, dann war sie entspannt. Dann musste sie entspannt sein. Auch wenn sie sich nicht so gefühlt hatte. Wenn sie sich nicht so fühlte. Entspannung. Das Gerät hatte angezeigt. Vielleicht musste sie es den Geräten glauben. Vielleicht wusste sie so wenig über sich, dass die Geräte es besser wussten. Sie saß. Sie ließ die Augen offen. Hielt die Augen offen.

175

Starrte auf den dunklen Bildschirm. Die Braut war mittlerweile zur Ehefrau gemacht worden. In dieser winzigen grauen Kirche. Und alle mussten nun an die Hochzeitsnacht denken. Wie das mit den Stümpfen aussah. Beim Vögeln. Der Mann in der Bikerkluft zwischen die Stümpfe gepresst. Wenn er ihr ins Gesicht sah. In ihre Augen. Oder seine Augen geschlossen. Ihre Männer hatten die Augen meistens geschlossen gehalten. Dabei. So einer, der sich das alles ansah. Währenddessen. Ihr war da keiner untergekommen. Aber es musste sie geben. Solche, die schauten. Die hatscherte Antschi. Die war schließlich eine reiche Frau geworden. Mit ihrer Beinprothese. Jedenfalls hatte der Toni immer auf das Eckzimmer im Hotel Westbahn hinaufgedeutet. Wenn sie beim Westbahnhof um die Ecke gefahren waren. In die Westbahnstraße. Dann hatte er von der hatscherten Antschi gesprochen. Und dass es ein Publikum für alles gäbe. Und dass sie das mit ihrer Hochkulturscheiße immer übersähe. Dass es perverse Bedürfnisse gäbe. Und dass sie ja doch ein süßes kleines Spießerherzchen in ihrer Brust schlagen habe. Das hatte er dann nicht mehr gesagt. Das war nur am Anfang gewesen. Und sie hatte die perversen Bedürfnisse studiert. Hatte sich denen gewidmet. Sie hatte ihrem süßen kleinen Spießerherzen die Spießigkeit ausgetrieben. Hatte dem Anton bewiesen, dass sie die Perversion in die Hochkultur einschmelzen hatte können. Sie hatte Bataille alles erfüllt. Und zur Belohnung erfüllte der Anton sich dann alle spießigen Familienwünsche. Und die hatscherte Antschi längst tot. Erwürgt. Das Eckzimmer im Hotel Westbahn renoviert. Der Doppelspiegel an der Rezeption abgehängt. Der Westbahnhof am Ende. Der Westbahnhof würde in ein shopping center verwandelt werden. Sie konnte dorthin gehen. Sie konnte dann dorthin gehen. Die shop-

ping centers ihre Museen werden würden. Für Arbeitslose
war jeder Supermarkt ein Museum. Eine Ausstellung des
unerreichbar Vergangenen. Und sie hatte mitgeholfen. Sie
hatte der Gewalt eine Bresche geschlagen. Sie hatte die
Perversionen sanktioniert. Das Sarah-Kane-Projekt ein
rührender Versuch, die Sache herumzureißen. Sie hatte
einen mainstream gefördert, der sie nun abstoßen musste.
Sie war eine Mittäterin gewesen. Sie hatte Genuss daran
gehabt, das Publikum mit sich selbst zu konfrontieren.
Denen nur sie selber vorzuführen. Denen ihre eigenen Tiefen auf die Bühne zu werfen. Den ganzen Schmutz zu
heben. Sie mit sich selber zu bestrafen. Sie hatte daran mit-
getan, dass die nun die geworden waren, die sie immer gewesen waren. Und sie war zufrieden gewesen. Wenn jemand
sich aufgeregt hatte. Am Anfang. Am Ende der 80er. Wenn
es noch ein Aufbegehren der Spießer gegeben hatte. Jetzt
saßen die Spießer brav im Publikum und akzeptierten alles.
Sie bekamen ja auch alles. Die Spießer hatten begriffen, dass
die Kultur um ihre Affektbefriedigung bemüht war. Weil sie
es dem Anton Recht machen hatte wollen. Weil sie die Affek-
te vom Anton erobern hatte wollen. Am Anfang. Jedenfalls.
Es bekam jeder seinen sadistischen Porno geliefert. Die
Spießer hatten es längst begriffen. Wenn sie stillhielten und
brav sitzen blieben, dann wurde ihnen der Spiegel vorgehal-
ten. Der Doppelspiegel. Vorne Kultur und hinten Porno.
Snuff und Slash. Dann mussten sie nur die Beine so auseinander. In den Theatersitzen. Damit die Erektionen wirklich
lustvoll. Und dann doch ein Fick. Nach dem Theater. Die
Gefickten bekamen vorgeführt, wie sie gefickt wurden und
konnten dann selber ficken. Und wenn sie nun reformiert
war. Weil sie eine Krise hatte. Und eigentlich hatte sie mehrere Krisen. Eigentlich hatte sie alle Krisen. Alle Krisen auf

177

einmal. Sie war in einem Krisengemenge eingemauert. Und weil sie diese Krisen hatte, deswegen verstand sie es jetzt. Aber es war zu spät. Sie würde das Rad nicht zurückdrehen können. Sie würde niemanden finden, der sich mit den Gründen auseinander setzen wollte. Und wie die in die Sprache kamen. Und wo sie dann steckten. Die wollten das alles sehen. Die wollten das alles nur sehen. Gezeigt bekommen wollten die es. Vorgeführt. Aber in aller Deutlichkeit. In der Unmissverständlichkeit von Pornografie. Von pornografischem Realismus. Immer intensiver würde das werden müssen. Die Fusion von Nachtclub und Theater längst endgültig. Sie stand auf. Stand. Vorsichtig. Horchte. Ob ein Schmerz. Ein Widerstand. Sie war schwach. Nicht müde, schwach. Langsam. Sie konnte die Bewegungen beginnen, aber kaum beenden. Die Hand griff und verfehlte. Die Kraft schon für den Anfang aufgebraucht. Sie sollte keine Illusion haben. Sie sollte sich keine Illusionen machen. Es war alles aus. Für sie war alles aus. Was sie jetzt machte. Was sie machen wollte. Das war ein reines Rückzugsgefecht. Es würde nichts gelingen. Es konnte nichts mehr gelingen. Sie hatte es zu gut gemacht. Sie hatte alles zu gut gemacht. Sie konnte es nicht mehr gut machen. Und nichts würde gut werden. Sie holte frische Unterwäsche aus der Lade. Ging ins Badezimmer. Schritt für Schritt. Sie hängte die Jacke an die Schnalle der Badezimmertür. In dem winzigen Badezimmer würde genügend Dampf entstehen. Wenn das etwas half, dann würde es so gehen müssen. Wahrscheinlich reisten die geschickten Russinnen mit den entsprechenden Kleiderbügeln. Aber die hatten das gerade erst gelernt. Die hatten das neu gelernt. Da war das interessant. Das mit der Mode. Und mit dem Aussehen. Teuer Aussehen. Keine Komsomolzin mehr. Eine teure Frau. Eine Frau mit einem teuren Körper. Eine Frau, die ihren Preis mit ihrem Körper angab. Angeben musste. Die keinen anderen Stolz hatten, als besser als ihre Mütter in den Hotelhallen des Ostblocks ihre Körper feilzubieten. Und das war die Konkurrenz. Alle diese Ostfrauen. Die das ernst nahmen. Mit dem Frau-Sein. Die sich bei H&M vordrängten und dann triumphierend auf einen heruntersahen. Die nicht einmal im Traum daran dachten, sich dafür zu interessieren, wie es so zuging. Dass es eine Qualität sein konnte, sich einzureihen. Sich in so eine Schlange einzureihen und dranzukommen, wann es einem zustand. Denen ging es nur um siegen. Um an der Spitze sein. Um Triumph. Aber was sollte man schon erwarten, von Leuten, die an Frauenzeitschriften und MTV sozialisiert waren. Bei denen Prostitution eine Währung gewesen war. Eine Möglichkeit, ein besseres Leben zu führen. »In Budapest. Für eine Strumpfhose. Da machen die da alles.« Sie drehte die Dusche auf. Das Wasser kalt. Sie drehte die Armatur nach links. Heißer. Sie brauchte heißes Wasser. Sie hielt die Hand unter das Wasser. Drehte die Armatur immer weiter. Bis sie anstieß. Das Wasser laut prasselnd auf den Boden der Duschkabine. Sie zog sich aus. Zog das Pyjamaoberteil über den Kopf hinauf. Sie kreuzte die Arme und zog das Oberteil in die Höhe. Anstrengend. Sie stand vor dem Spiegel. Sie zog sich vor dem Spiegel aus. Das Pyjamaoberteil eng. Über den Rücken heraufgezerrt werden musste. Sie hatte das Vorderteil um den Kopf, während sie den Stoff noch den Rücken hinaufzog. Alle Luft war schon in Lungen von anderen gewesen. Jedes Teilchen Luft war in der Lunge von irgendeiner Person. Durchgestreift. War in die Luftröhre gesogen worden. War in die kleinen fadenfeinen Äderchen gepresst worden. Hatte sich die Gefäßränder entlang mit dem Blut vermischt. Mit dem Blut vermählt. Die Luft,

179

die sie gerade atmete. Die war in vielen Lungen gewesen. In allen Lungen. Die Vorstellung. Leberfarbenes ledriges Lungengewebe. Feuchtglitschig fest. Sie zog den Pyjama über den Kopf hinauf. Warf das Kleidungsstück durch die Tür auf den Sessel hinaus. Zog die Hose hinunter. Stieg aus der Hose. Warf sie dem Oberteil nach. Vorsichtig. Die Kleidung sollte nicht an dem Boden ankommen. Sie stieg in die Duschkabine. Stellte sich unter die Dusche. Ließ die Schiebetüren der Duschkabine offen. Das Wasser nicht heiß. Nicht heiß genug. Aber es war gleichgültig. Sie hätte die Tür zumachen müssen. Wenn sie genügend Dampf in diesem Raum zusammenbekommen wollte, dann hätte sie die Tür schließen müssen. Und wieder aus der Dusche. Und diesen Raum abschließen. Alles zu eng. Sie stand unter dem Wasser. Ließ das Wasser über die Schultern rinnen. Atmete tief. Die feuchte Luft. Sie stieg aus der Duschkabine. Sie hielt sich fest. Sie hielt sich an den Seitenwänden der Duschkabine fest. Musste sich festhalten. Sie war taumelig. Haltlos. Innen haltlos. Innen zu wenig Kraft, sie aufrecht zu halten. Und sie wollte nicht ausrutschen. Keine Verletzungen. Jetzt nur keine Verletzungen. Um Himmels willen keine dieser Verletzungen, die die Krisen vollendeten und einen endgültig. Und allen zu sehen. Verbände. Armschlingen. Gipsbeine. Und man endgültig ausgesetzt vor aller Augen hinkend. Hängend. Beschädigt. Und jeder Blick die Beschädigung nachzeichnen konnte. Mitleidig. »Was ist denn Ihnen passiert.« Und sich alle anhörten. Wie man beim Duschen ausgerutscht. Und dass das jedem drohte. Ausrutschen und in die Glaswand. Sie hatte von einem Toten gehört. Ein Mann, der in die Tür der Duschkabine gestürzt sich die Halsschlagader zerschnitten und verblutet war. Und sie wollte nicht so eine Geschichte. Sie wollte den anderen nicht mit

180

so einer Geschichte in Erinnerung bleiben. Sie wollte keine exotische Erinnerung. Die Dramaturgin, die sich in London in der Duschkabine erschlagen hatte. Die wie ein Schwein in einer Duschkabine in London verblutet war. Sie sah das vor sich. Der Hals seitlich klaffend. Das Blut weit hinaufgespritzt. Direkt vom Herzen kommend. Hellrot. Der Strahl weit hinauf. Sich nicht verströmt. Sich verspritzt. Versprüht. Sich am Ende. Das Blut ein großer Erguss. Sie trocknete sich ab. Langsam. Genau. Sie schaute sich im Spiegel zu. Sie hatte abgenommen. Immerhin hatte sich dieser Krisenstau auf die Figur gut ausgewirkt. Der Busen war weniger fest. Aber es war ja nicht wahrscheinlich, dass der Gilchrist sich plötzlich doch für eine Frau entscheiden würde. Und das Wieder-vollkommen-dünn-Sein. Wieder eine Taille. Nicht dieses Verschwimmen der Figur in einem Überzug von zu guter Ernährung. Sie war eckig. Wieder. Beweglich. Nicht so gedämpft. Durch das gute Leben gedämpft. Durch das gute Leben in so eine Besserwisserei gedämpft. Man setzte sich in ein teures Lokal und aß Asian Fusion. Und mit dem richtigen Wein zum hervorragenden Essen wusste man so viel. Da wusste man dann gleich auch alles. In diesen Viergruppen. Am besten in Venedig. In einem der ganz kleinen Restaurants. Auf der Giudecca. In einem dieser Geheimtipps. Da konnte man sitzen. Zu viert. Fegato alla veneziana und ein Brunello. Und ganze Kulturkonzepte sprudelten sich selber hervor. Mit dem hervorragenden Essen kam dieses Wissen. Was gut war. Für die. Was die sehen sollten. Da saßen dann die Kuratoren und die Dramaturgen. Da saßen ab jetzt ihre Nachfolgerinnen mit den Leuten von der Biennale. Die würden mit ihr nicht mehr reden. Keine Synergie. Das war nur eine Freundschaft der Spesenkonten. Da verständigten sich nur die Spesenkonten miteinander. Ein bisschen Jugend und die Spesenkonten. »Da habe ich eine wirklich interessante junge Frau aus Serbien. Die macht ganz tolle Sachen. Die sollte es einmal mit dem Theater probieren.« Und schon war die interessante junge Frau aus Serbien engagiert. Mit einem Schluck Brunello. Da ließ sich die Kultur. Sie zog sich an. Sie war nicht ein bisschen braun. Sie war in diesem Sommer nicht ein einziges Mal in die Sonne gekommen. Schatten. Immer nur Schatten. Sie stand. Schwarzer Slip und schwarzer BH. Es hätte auch ein Bikini sein können. Sie wünschte sich auf ihren Liegestuhl. Auf den Balkon. In die Baumkrone um den Balkon. Sie zog das schwarze Top über den Kopf. Auf dem Balkon war sie immer angezogen. Auf dem Balkon musste sie immer angezogen sein. Die Fenster vom Zimmer vom Vater. Das Schlafzimmer der Eltern ein Fenster und die Tür auf den Balkon. Ganz hinten. In der Ecke. Und sie den Liegestuhl immer vor ihrem Zimmer. Vor der Tür mit dem Glasfenster. Der Vater sie gar nicht hätte sehen können. Aber es ihr noch nie eingefallen war, vor ihrem Vater im Badeanzug. Im Bikini schon gar nicht. Schon der Morgenmantel Unbehagen. Es sie unbehaglich machte, ihm im Morgenmantel auf dem Gang. Und sie ja nur ein Hotelzimmer brauchte. Sie brauchte keine Wohnung. Sie musste sich nur ein Studioapartment suchen. Wenn der Anton das Geld herausgerückt hatte, dann musste sie sofort so ein kleines Apartment. Keine Wohnung. So wie hier. Ein bisschen größer. Aber nur einen größeren Kasten. Sie brauchte sonst nichts. Sie wollte keine Bücher. Sie wollte keine Bilder. Sie brauchte keine Küche. Tee. Das reichte. So wie hier. Der kleine Mister Coffee, mit dem man auch Tee kochen konnte. Sie wollte in ihrem Leben ohnehin nie wieder etwas essen. Warum hatte sie mit dem Gilchrist ein Abendessen verabredet. Sie musste etwas bestellen.

182

Irgendetwas. Und sie brachte doch ohnehin nichts hinunter. Sie cremte ihr Gesicht ein. Nivea. Q 10. Etwas gegen das Altern der Haut. Weil so eine Haut nicht begriff, dass man in eine tiefe Jugend zurückgefallen war. Dass man in eine neue Pubertät geworfen worden war. Dass alles wieder so chaotisch wie damals. Nur dass es keine Liebesgeschichten waren. Dass nicht der Sexualtrieb gefragt war. Sondern dass der Erhaltungstrieb in Gang gesetzt werden musste. Der Erhaltungstrieb, der bei fegato alla veneziana und beim Brunello. Der von der fegato alla veneziana und dem Brunello stumpf gemacht worden war. Und damit war sie also doch wieder beim Vater zurück. Dass sie nichts beurteilen könnte, weil sie keine schlechten Zeiten gekannt habe. Dass sie nichts wüsste, weil sie nie gehungert habe. Und dass sie nie Angst haben hätte müssen. Dass ihre Generation. Und er hatte Recht. Er hatte Recht gehabt. Sie hatte nicht einmal eine Perspektive von dem gehabt, was sie jetzt. Und sie hätte gerne etwas Frisches angezogen. Einen frisch gebügelten Hosenanzug. Aus der Reinigung. Einen Augenblick lang perfekt dastehen in den gebügelten Hosen und der glatten Jacke. Sie bürstete ihre Haare. Strich die Haare mit der Bürste vom Gesicht zurück. Das Licht über ihr Gesicht hin. Das Gesicht im hellen Licht faltenlos starr. Verwundet. Sie konnte sehen, dass sie verwundet aussah. Verwundet. Gekränkt fragend. Die Starre. Die Glätte. Die Haut dünn gespannt. Ihr Unglück jederzeit aus ihr herausquellen. Herauszuquellen drohte. Die Beherrschung verlieren und das Unglück nicht in sich behalten und in einem Strahl aus ihr herausquellen. Das Unglück in einem großen Strom grau schaumiger Masse und sie sich so auflösen. Aus ihrem Mund herausquellen und in einer großen Stülpung sich in Unglück aufgelöst durch den Ausguss weggeronnen von niemandem mehr gefunden werden konnte. Tränen in den Augenwinkeln standen. Im vor dem Spiegel zurückgelegten Gesicht. Der Vorgang. Die Vorstellung des Vorgangs eines solchen langen Erbrechens von sich selbst. Die Tränen über das Verschwinden aufstiegen. Über das Verrinnen durch das kleine Gitter in den Kacheln am Boden. Unter der Waschmuschel. In den Abfluss davon. Und niemand mehr etwas von ihr gehört. Und niemand je mehr etwas von ihr gehört. Und warum brach sie nicht dorthin auf. Warum konnte sie nur weiterfunktionieren. Warum gelang ihr nicht einmal jetzt ein Ausbruch. Warum unternahm sie nichts, davonzukommen. Irgendwie. Warum ging sie nicht hin und ließ ihre Wut alles machen. Warum blieb sie in sich gefesselt. Warum ging sie nicht hin und erschoss diese Frau und das Kind und den Anton. Oder nur den Anton. Oder mit dem Auto. Oder mit einem Messer. Sich verkleiden. Sich irgendwie anziehen und sagen, dass sie von der Fürsorge käme. Dass sie die Bezirksfürsorgerin sei und nachschauen komme, ob mit dem Kind alles in Ordnung sei. Oder als Beamtin der Fremdenpolizei. Sie komme nachschauen, ob es sich um eine eheliche Gemeinschaft handle. Zwischen dem Anton und der Ungarin. Sie müsse überprüfen, ob dieser österreichische Betriebswirtschaftler und diese ungarische Hure. Ob die wirklich in aufrechter ehelicher Gemeinschaft lebten. Oder ob es sich nicht doch um eine Scheinehe handle. Eine Scheinehe zur Erschleichung der österreichischen Staatsbürgerschaft. Die Ungarin würde sie in die Wohnung lassen. Die Ungarin würde sie nicht einmal erkennen. Die kannte sie ja nicht. Und Bilder. Der Anton hatte sicherlich alle Bilder von ihr. Was hatte er mit den Bildern von ihr gemacht. In den Abfall. In den Küchenabfall. Tief hinuntergeschoben. Unter Erdäpfelschalen und Broccolireste. Alte Nudeln und

184

Zigarettenasche. Der Anton hatte wieder zu rauchen begonnen. Mit der Ungarin und dem Stress aus der ganzen Angelegenheit hatte er wieder zu rauchen begonnen. Das hatte er jedenfalls gestanden. Das machte er. Er trug ihr sein Leid vor. In diesen langen Gesprächen. Am handy. So lange sie das alte handy behalten hatte. Er hatte das auf die mailbox gesagt. Alles sei so verwirrend. Er habe sogar zu rauchen angefangen. Wieder zu rauchen angefangen. Der gemeinsame Entzug. Sie waren extra zum Dungl gefahren und hatten begonnen. Mit dem Nicht-Rauchen. Sie hatten das alles gemeinsam gemacht. Das Reden darüber. Wie schön eine Zigarette jetzt wäre. Wie dringend. Wie unersetzlich. Wie unausweichlich. Wie lebensnotwendig. Dass sie morden könnten. Für eine Zigarette. Sie hatten die Aschenbecher gemeinsam. Gemeinsam versenkt. Sie waren in die Au gefahren und hatten die Aschenbecher versenkt. Der Anton den roten aus Muranoglas und sie die Augartenschale. Hinausgeworfen. Beide hatten nicht weit geworfen. Sie hatten die Aschenbecher nur so von sich und waren dann Hand in Hand. Verbündete. Verbündete zu ihrem Besten. Sie waren eine Lebensgemeinschaft gewesen. Und sie hatten es geschafft. Sie hatten bei Mitrio auf der Giudecca sitzen können und hatten nicht geraucht. Sie hatten den Geruch eingesogen. Gierig. Der Wunsch war aufgestiegen. Immer war der Wunsch nach einer Zigarette aufgestiegen. Bei ihr war er nie verschwunden. Dieser Wunsch. Aber sie hatten einander angesehen. Sie hatten einander zugelächelt. Sie hatten über die anderen gelächelt. Über die, die immer noch rauchen mussten. Der Sieg über das Rauchen. Sie waren so nebeneinander gewesen. In diesem Sieg. Sie hatten so viel gewusst. Über einander. Und er hatte das alles aufgegeben. Alles und auch das. Sie beugte sich über die Waschmuschel. Sie musste diese Gedanken aufgeben. Sie musste sich zwingen, nicht mehr an ihn zu denken. Nicht an ihn. Nicht an ihre Geschichte. Sie musste ein neues Leben beginnen. Ihre Vergangenheit war gestrichen. Lange bevor ihr etwas klar werden hatte können, hatte dieser Mann ihre Vergangenheit gelöscht. Er hatte sie an sich genommen und im Küchenabfall versteckt. Ihre Bilder waren mit einem der orangen Müllabfuhrwagen in die Müllverbrennung Spittelau gefahren worden. Der Rauch von ihren verbrannten Bildern war durch den Rauchfang dieses unsäglichen Hundertwasserverbrechens hinaufgestiegen. Und das war es, was ihr widerfuhr. Dass ihre Erinnerung. Dass die Erinnerung an sie. Dass die in dieser Scheußlichkeit von Gebäude endete. Das war sein Tun. Das geschah mit ihr. Aber es betraf sie nicht. Und wenn noch einmal jemand zu ihr sagte, dass schließlich Zwei dazu gehörten. Wenn eine Liebesgeschichte zu Ende ging. Dann musste sie die nur wieder an die Invasion von Polen erinnern. Und ob die Juden auch schuld waren an ihrer Vernichtung. Sie musste sich dieser Scheißpsychologisierung entziehen. Endgültig entziehen. Es war Krieg. Der Anton hatte ihr den Krieg erklärt. Die Welt hatte ihr den Krieg erklärt. Sie durfte sich nicht mit der Suche nach Erklärungen aufhalten. Die Zeit für kostbare Nachforschung nach komplizierten Motivationen. Das war beendet. Was immer passierte. Sie durfte den Fehler nicht noch einmal machen. Sie durfte sich nie wieder auf der Seite der Mächtigen fühlen. Auf der Seite der Wissenden. Sie hatte sich zu sicher gefühlt. Sie war nichts anderes gewesen als eine Übersetzerin. Eine kleine Übersetzerin, die nur Fetzen vom Text zur Übersetzung bekommen hatte. Die sich nicht darum gekümmert hatte, was das Fehlende bedeutete. Was die Textfetzen bedeuteten, wenn man sie zusammenfügte.

Sie war der Oberfläche aufgesessen. Und unter der Oberfläche. Da wurde geschlachtet. Da fragte niemand nach den Motiven. Da ging es um Leben oder Tod. Und sonst war nichts gültig. Und niemand. Sie zog die Hosen an. Der Stoff kühl auf den Oberschenkeln. Die Oberschenkel knochig. Die Oberschenkel griffen sich knochig an. Die Beine besonders dünn geworden und sie hätte sie eigentlich herzeigen sollen. Sie hätte einen kurzen Rock anziehen sollen und ihre so schlanken Beine genießen. Aber dann hätte sie in der Sonne liegen müssen. Sie schlüpfte in die Schuhe. Beugte sich hinunter. Sie musste sich auf den Sessel setzen. Das Hinunterbeugen. Sie hätte ins Taumeln kommen können. Sie hatte die Zähne nicht geputzt. Aber sie hatte auch nichts gegessen. Sie saß da. Es war ja auch ganz gleichgültig. Sie musste zu dieser Verabredung. Zum neuesten Lieblingsitaliener von Gilchrist, der immer schon der neueste Lieblingsitaliener war. Sie hatte ihn immer nur da getroffen. Zum dinner. Und sie musste weitermachen. Sie putzte die Zähne nicht. Sie zog die Jacke an. Nahm die Tasche. Sie steckte die Schlüsselkarte in das Seitenfach zum Pass. Sie konnte das alles vom Sessel aus machen. Das Zimmer so klein, nichts außer Reichweite gelangen konnte. Sie ging hinaus.

13

Die Tür fiel hinter ihr zu. Glitt zu. Ein kurzes helles Geräusch. Sie ging zum Lift. Drückte auf den Knopf. Wartete. Die Glaskabine kam von oben angeschwebt. Leer. Sie sah den Türen zu, wie sie zur Seite rutschten. Erst die innere. Dann die äußere. Sie stieg ein. Drückte 1. Der Lift sank. Blieb gleich wieder stehen. Der Mann vom Hinauffahren stieg ein. Er nickte. Sah durch die Glaswand hinaus. Auf die Halle hinunter. Er hatte die gleiche Krawatte um. Den gleichen Anzug an. Selma sah an ihm vorbei durch das Glas. Sah die Stiegen vorbeiziehen. Eine Frau die Stiegen hinauf. Sie trug Papiere. Sah beim Gehen in die Papiere. Die Rezeption von oben. Dann auf gleicher Höhe. Langsam. Der Lift langsam, aber unmerklich. Die Bewegung nur zu sehen. Nicht zu spüren. Der Mann ließ ihr den Vortritt. Sie ging an ihm vorbei. Murmelte »thank you.« Sie lächelte. Sie ging schnell davon. Schnell durch die Halle. Schnell durch die Schwingtür die Stufen hinunter auf die Straße. In die Hitze. In den Lärm. Zwischen die Menschen auf dem Gehsteig. Zwischen die hastenden und eilenden Menschen. Ein Geschiebe in alle Richtungen. Sie zögerte, in welche Richtung sie gehen sollte. Sie wurde angestoßen. Zur Seite geschoben. Sie bog nach links. Sie ging den Weg zurück zur U-Bahnstation Holborn. Es war gleichgültig, welche Station sie nahm. Sie musste einmal umsteigen. Sie konnte das auch in Notting Hill Gate machen. Sie konnte auch da in die Circle Line umsteigen. Und den Weg hier. Den war sie schon gegangen. Den konnte sie entlanggehen. Da musste sie sich nicht umsehen. Und sie musste nicht mehr so laufen. Sie musste nicht mehr davonlaufen. Im Hotel hatte sie davonlaufen müssen. Sie war so dankbar gewesen. Sie war so froh gewesen, diesen Mann. Im

188

Lift. Den wieder zu sehen. Und unverändert. Sie war dankbar gewesen dafür, dass er nur eingestiegen war. Sie hätte den widerlichen Mann an der Rezeption angelächelt. Dankbar. Nur dass die da waren. Sie war dankbar gewesen, dass die existierten. »Jacob's Room« fiel ihr ein. Eine Erinnerung an Einsamkeit. An eine Schilderung von Einsamkeit. Jacob in seinem Zimmer. Sie konnte sich an nichts erinnern. Nicht genau. Nur an diesen Mann. Liegend. Irgendwie. Die Wände um ihn. Der Abstand zu den Wänden unüberwindbar die Einsamkeit. Eine zwingende grimmige unüberwindbare Einsamkeit diesen Mann umgeben. Zwischen ihm und den Wänden diese Einsamkeit. Die Einsamkeit ein Stoff. Ein Element. Das Zimmer füllend. Ein glasklares unsichtbares, aber greifbares Element. Und sie sich auf der Straße erdrückt fühlte. Unter die Einsamkeit dieser Erinnerung an den Mann in dem Roman gezwängt. In die Einsamkeit. Und die Dankbarkeit. Ihre erleichterte Dankbarkeit die Normalität betroffen hatte. Sie war diesen beiden Männern in der Halle vom Hotel dankbar gewesen, dass sie so normal dagestanden. Der im Lift höflich. Der hinter der Rezeption widerlich. Sie ging. Die Bar. Das Geschäft für japanisches Papier. Der Kiosk mit der Kartenabteilung. Nun hatte sie wieder nicht genug getrunken. Und sie würde sich hungrig zum Essen setzen. Der Magen hohl krachend. Beim Lesen der Speisekarte würde der Magen diese krachenden Geräusche. Gilchrist konnte dann seine Augenbrauen hochziehen und eine Bemerkung machen. Sie ging schnell. Das Zimmer. Das Bett. Die Stille in dem Zimmer. Das lag weit hinter ihr. Lag in sich verkapselt weit zurück und Erinnerung an Schrecken, aber nicht genau. Sie ging mit jedem Schritt von dieser Stille weg. Sie musste wieder lächeln. Fröhlich. Das Weggehen machte sie fröhlich. Ein Kichern stieg in der

Kehle auf und alles war einfach. Zwischen all den Menschen. Inmitten der hupenden Autos. Eine Gruppe orientalisch aussehender Männer lief einem Bus nach. Schrien dem Bus Verwünschungen nach. 2 Frauen mit Kinderwägen. Sie gingen schnell. Sprachen aufeinander ein. Die Kinder schlafend in die Wagen zurückgeworfen dalagen. Ein Mann in einem dunklen Anzug und einem Strohhut. In Wien hätte man so einen Hut einen Girardi genannt. Männer in dunklen Anzügen. Frauen in dunklen Kostümen. Immer nackte Beine. Wenigstens die Beine in der Hitze frei. Alle eilig. Alle durch die Menge hasteten. Alle angestrengt aussahen. Vernudelt. Die dünnen Stoffe in der Hitze vom Schwitzen krumpelig. Große Taschen mit breiten Bändern quer über die Schultern. Die Taschen wie sehr große Schaffnertaschen auf den Hüften balanciert wurden. Bei jedem Schritt die Taschen gegen die Hüften schlugen. Sie hielt ihre Tasche unter den Arm geklemmt. Sie musste jetzt eine Fahrkarte am Automaten lösen. Wahrscheinlich. Sie ging. Sie machte große Schritte, um ihre Muskeln in den Oberschenkeln zu spüren. Und wie die Hüftknochen sich im Gelenk mitdrehten. Sie hätte laufen mögen. Wie als Kind eine Straße hinunter und in die Arme der wartenden Person. Sie schritt weit aus. Wich aus. Umging Menschen. Sah Menschen auf sich zukommen und wich aus. Sie ließ Platz. Die anderen ließen Platz. Alle gingen ihres Wegs und alle hatten Platz. Die vielen und sie. Alle fanden ihren Platz auf dem Gehsteig. Ein Gewebe. Sie stellte sich den Gehsteig von oben vor. Wie alle in Kurven umeinander dahin. Waren das die Bilder, die die Überwachungskameras. Dieses Weben und Wallen. Wie alle aneinander vorbeikamen. Wenn das so war, dann wollte sie das sehen. Dann wollte sie dasitzen und diese Videos ansehen. Zusehen. Aber nicht anders als in einen Fluss starren.

Da konnte sie auch an einem Fluss sitzen und in das Wasser starren. Nicht am Meer. Das Meer eine Eigenkraft. Das Meer vom Mond abgelenkt. Eine andere Kraft. Das Meer keine solche Trance auslösen. Ein Fluss und nur die Schwerkraft und dem tiefsten Punkt zu. Sie durfte nicht in solchen Bildern denken. Sie musste besser aufpassen, wohin ihre Gedanken. Und wie. Denn natürlich war der Anton die Person gewesen, sie aufzufangen. Der große, athletische Anton, der sie auffing. Auffangen sollte. Auffangen hätte sollen. Sie, die zierliche Person. Aber das war jetzt gleichgültig. Jetzt war sie in London und sie musste hier nicht an ihn denken. Jedenfalls nicht so wie in Wien. Ihn am gleichen Ort zu wissen und überhaupt nicht. Und sie sollte sich lieber an Keith erinnern. Den Londoner Liebhaber von vor. Wie lange war das her. 25 Jahre. Das war 25 Jahre her. Ziemlich genau 25 Jahre. Und gab es diesen Mann überhaupt noch. Lief der irgendwo in London herum. Ein Paar kam ihr entgegen. Ging auf sie zu. Sie musste ausweichen. Nach links. Die junge Frau. Dunkle Augen. Jeans und ein bauchfreies Jäckchen. Ein Kopftuch über die Haare. Sie ging ein wenig vor dem jungen Mann. Der lief halb hinter ihr her. Sie sprachen. Lächelten. Lachten. Sie wandte sich ihm zurück zu. Sah ihm in die Augen. Sah ihn unter halb geschlossenen Lidern an. Einen Augenblick unverwandt. Dann schloss sie die Lider. Sie schloss die Lider über ihrem Bekenntnis und ging eilig weiter. Der junge Mann hatte inne gehalten. In den Blick versenkt, hatte er inne gehalten. Er musste der jungen Frau nacheilen. Sie ihm davongegangen. Selma schaute weg. Sie sah zu Boden. Ging selber schneller. Verliebt. Sie wollte auch verliebt sein. Warum konnte sie nicht verliebt sein. Jetzt. Und alles einfach vergessen. Hinter sich lassen. In das Verliebtsein geworfen, alles andere keine Rolle spielte. Gespielt hätte. Sie ging. Menschen auf sie zu. Dicht gedrängt. Kaum Platz auf dem Gehsteig. Sie bahnte sich ihren Weg. Wich aus. Schlüpfte in Zwischenräume. Die Hitze. Das Geräusch der vielen Gehenden. Die Autos. Die Abgase. Die Busse knapp an ihr vorbei und sie erschreckten. Für sie auf der falschen Straßenseite fuhren. War sie an der U-Bahnstation vorbeigegangen. Sie wandte sich um. Sah den Weg zurück. Ein Mann lief ihr in den Rücken. »Bloody cow.« sagte er. Er wollte an ihr vorbei. Sie wollte ausweichen. Sie stießen wieder zusammen. Der Mann war dunkelhäutig. Groß. Schlank. Er schob sie zur Seite. Er nahm sie um die Taille und schob sie zur Seite. Selma drehte sich aus seinem Griff weg. Der Mann hastete weiter. Sie stand am Gitter eines Gartenzauns. Sie hielt die Tasche an sich gepresst. Sie hätte dem Mann etwas nachrufen wollen, aber es waren schon wieder ganz andere Menschen rund um sie. Sie ging weiter. Der hatte sie aus dem Weg geschoben. Wie eine Sache. Ihr wurde heiß. Sie wurde rot im Gesicht. Die Hitze breitete sich über die Schultern nach vorne aus. Sie ging wieder schnell. Es war heiß. Aber sah man ihr an, dass sie keine Londonerin war. War das so klar. Oder machte dieser Mann das mit jeder Person. Mit jeder, die ihm im Weg war. Sie sah die Zeichen für die U-Bahn und die Straßenschilder. Holborn. Sie richtete sich auf. Ging gerader. Wich knapper aus. Ging mit nach hinten gezogenen Schultern. Sie war keine Provinzlerin. Sie kannte sich in der Welt aus. In dieser Stadt. Sie wusste, wie man sich hier verhielt. Sie musste nur das Träumen aufgeben. Sie musste auf der Fußgängerinsel in der Mitte von Southampton Row warten. Die Ampel sprang auf Grün. Die Fußgänger strömten aufeinander zu. Kurz dachte sie, sie würde in die andere Richtung mitgerissen werden. Es berührte sie aber niemand. Sie bahnte sich dann ihren Weg.

192

Eilte auf den Eingang zur U-Bahn zu. Ging in den gekachelten Gang. Ihre Schritte mit denen der anderen hallend. Nur noch diese Schritte zu hören. Und das Reden. Alle redeten an ihren handys und gingen. In der Halle. Es gab einen Schalter für die Tickets. Menschen standen an. Sie wühlte in ihrer Tasche. Fand die Geldbörse. Löste ein Ticket am Automaten. Sie drückte nicht gleich alle Knöpfe richtig. Eine Frau drückte dann für sie. Selma wollte sich bedanken. Die Frau war aber schon mit ihrem Ticket beschäftigt. Es war nicht um Freundlichkeit gegangen. Die Frau hatte nur schnell zu ihrem Ticket kommen wollen. Selma ging zum Eingang. Steckte das Ticket in den Schlitz der Sperre. Vorsichtig. Nicht ganz sicher. Sie war nicht sicher, ob das Ticket auch angenommen wurde. Ein junger Mann sprang vor ihr über die Sperre. Er sprang vom Pfosten mit dem Ticketlesegerät und zwängte sich zwischen sie und die Sperre. Er drängte sie zurück und nahm ihr Ticket aus dem Schlitz auf der anderen Seite. Sie stand vor dem gesperrten Durchgang draußen, und der Rastafari lief drinnen davon. Mit ihrem Ticket in der Hand. Sie konnte nicht weiter. Hinter ihr sammelte sich eine Menschenschlange an. Sie musste sich nach hinten durchdrängen. Der Beamte an der Sperre rechts. Sie hatte ihn angesehen. Er hatte mit der Achsel gezuckt. Sie drängte sich nach hinten zurück. Ging an den Automaten. Wahrscheinlich musste sie froh sein, dass der Rastafari nicht ihre Tasche mitgerissen hatte. Sie suchte wieder nach dem Geld. Diesmal konnte sie gleich die richtigen Knöpfe drücken. Sie ging zur Sperre zurück. Ließ die Karte durch den Automaten gleiten. Sie ließ keinen Abstand zwischen sich und den Puffern. Sie ging durch. Nahm das Ticket an sich. Ließ sich auf der Rolltreppe hinuntertragen. Der Rastafari wartete auf den gleichen Zug wie sie. Central Line

193

in Richtung Ealing. Sie stand am Bahnsteig. Der schwarz-
häutige Rastafari stand vor ihr. Sie lehnte sich gegen die
Wand. Sie wollte mit diesem Mann reden. Sie wollte ihm
sagen, dass sie sich das nicht gefallen lassen wollte. Dass sie
die Polizei holen lassen würde. Dass man das mit ihr nicht
machen könne. Ihr war wieder heiß. Sie sagte sich alles auf
Englisch vor. Aber sie wusste, dass sie diesen Mann nicht
anreden würde. Sie traute sich nicht. Sie fürchtete sich, dass
dieser Mann ihr nur sagen würde, dass das sein Recht wäre.
Dass es sein Recht wäre, sich diese Fahrt von ihr zu nehmen.
Oder er drehte das Ganze um und sie war die Schuldige. Sie
stand an die Kachelwand gelehnt. Hielt ihre Tasche mit beiden Händen an sich gepresst. Ihre Hilflosigkeit. Was sollte
sie tun. Sie konnte das doch nicht mit sich geschehen lassen.
Der Zug fuhr ein. Sie drehte sich weg und ging um die Ecke.
Sie ging auf den Bahnsteig in die andere Richtung. Sie stand
da. Wartete mit den anderen. Dann ging sie wieder zurück.
Wartete auf den nächsten Zug. Wenigstens musste sie diesen
Mann dann nicht mehr sehen. Und er hatte sie nicht be-
rührt. Sie musste das schätzen. Er hätte sie zurückstoßen
können. Sie zu Boden werfen. Auf sie draufspringen und
dann weiter. Dann hätte sie noch die blauen Flecken, den
Anschlag zu beschreiben. Auf der Anzeigetafel über dem
Bahnsteig wurde der nächste Zug nach Ealing angekündigt.
In zwei Minuten. Sie stand. Sie konnte das auch ironisch
nehmen. Ein Wegzoll. Eine Steuer. Eine Umverteilung. So
viel linke Ideologie sollte sie noch parat haben. So viel sollte
noch aus den Hausbesetzerzeiten vorhanden sein. Wenigstens. Wenn sie das so dachte, dann war sie sogar beteiligt.
Hier. An allem. Dann sollte sie ab jetzt jedes Mal zögern. An
der Sperre. Das Ticket hineinstecken und sich umsehen, wer
es brauchen konnte. Wer sich über den Automaten schwin-

194

gen konnte und das Ticket benutzen. Der Zug fuhr ein. Trocken heiße Luft voran. Der Zug schob einen Polster trocken heißer Luft vor sich. Die Luft in der Brust. Sie stieg ein. Die trockene Hitze in der Brust. Unter dem Brustbein. Als zerfiele alles. Zerstiebe in ausgetrocknete Fetzchen. Im Waggon heiß. Platz zum Sitzen. So war das doch zum Besten gewesen. Den anderen Zug abfahren zu lassen. Der erste Zug war überfüllt gewesen. Die Menschen dicht gestanden. Sie saß am Ende der Sitzbank. Gegenüber ein Mann. Jung. Er trug Arbeitskleidung. Ein weißer Overall. Kein Hemd. Der nackte Oberkörper unter dem Latz. Farbspritzer auf dem Stoff und der Haut. Kleine weiße Spritzer über die ganze Person hin. Im Gesicht und in den Haaren. Er lag nach hinten gelehnt. Die Augen geschlossen. Er schlief. Seine Tasche zwischen die Beine geklammert, schlief er. Er war so abwesend in diesem Schlaf. Sie dachte, man könnte ihm alles wegnehmen. Er würde nichts merken. Neben ihm eine indische Familie. Oder pakistanisch. Vater. Mutter. Tochter. Die Mutter dick. Die Tochter dick. Der Vater dünn. Im dunklen Anzug. Die Frauen in Saris. Hellorange und lila. Die Haut zwischen dem Oberteil und den Rockbahnen. Dunkelfeucht. Der Stoff dunkel vom Schweiß. Die Frauen redeten. Einander zugebeugt. Der Vater sah vor sich hin. 2 junge Frauen weiter unten. Schuluniformen. Karierte Röcke und graue Blusen. Riesige Taschen mit Büchern und Heften. Sie redeten beide an ihren handys. Tottenham Court Road. Der junge Mann ihr gegenüber. Er sprang auf. Riss seine Tasche hoch und stürzte aus dem Wagen. Leute stiegen ein. War die rush hour schon vorbei. Auf dem Bahnsteig nur noch einzelne Wartende. Nicht diese drängende Masse. Sie saß da. Sie nahm so etwas hin. Die Röte stieg wieder ins Gesicht. Ins Genick. Scham. Sie war auf diese Schnelligkeit nicht einge-

195

stellt. Sie musste sich das zugeben. Sie musste sich erst wieder darauf einstellen. Auf diese Blitzgeschwindigkeit. Auf die blitzschnellen Bewegungen von Dieben. Sie war sich ja nur zu gut. Würde sie sich zu vornehm bleiben. Würde sie sich zu vornehm bleiben müssen. Weil sie es nicht mehr lernen würde. Weil sie es nicht mehr lernen konnte. Weil sie zu alt war. Sie würde es nicht mehr lernen. Sie würde es nicht mehr lernen können, sich über so einen Pfosten zu schwingen und davonzulaufen. Sie war zu alt. Sie war zu verletzt. Und es war ganz klar. Sie war als Opfer zu erkennen. Für so einen Dieb. Für so einen Kleinverbrecher. Da hatte der Anton und der Intendant und das Arbeitsamt und die Ungarin und die Theres. Die hatten ihr etwas auf die Stirn gemalt und der Dieb konnte das lesen. Und ganz am Anfang der Vater. Und er hatte Recht. Sie gehörte zu einer Verlierernation. Sie gehörte zu einem Land, das jahrhundertelang immer verloren hatte. Wahrscheinlich hatte er ihr das eingepeitscht. Sie war ein Verliererkind. Am Ende war dann ja auch da alles weg gewesen. Sie saß da und war eine Verliererin. Jedem hier im Wagen unterlegen. Den Indern da. Diesen Schulkindern. Dem Schwarzen ihr gegenüber. Der da in seinem italienischen Anzug saß. Der da thronte. Der da seine »Times« las. Der so perfekt manikürte Finger hatte. Und eine Clubkrawatte. Dieses Moosgrün mit gelbgoldenen kleinen Wappentieren darauf. So etwas war eine Clubkrawatte. Das wenigstens hatte ihr Keith beigebracht. Den hatte sie damals verachtet. Weil er so angepasst gewesen war. Weil er nur an seine Karriere gedacht hatte. Weil er nur damit beschäftigt gewesen war, wer bei einem Cocktail wichtig. Der dann auf diese wichtigen Personen zugesteuert war und sich eingeschleimt hatte. Der von ihr immer wissen hatte wollen, was ihre Familie bedeutete. Was ihre Familie für eine Bedeutung hatte. Der eine Erzherzogin haben hätte wollen. Damit er bei den wichtigen Personen auch noch eine Frau mit Abstammung vorweisen hätte können. Der hatte sich wahrscheinlich mit ihr als Österreicherin nur abgegeben, weil er auf eine Prinzessin gehofft hatte. Weil alle Österreicherinnen nach den Sissi-Filmen. Und es war ja wahr. Alle Österreicherinnen waren nach den Sissi-Filmen Prinzessinnen geworden. Mussten nach den Sissi-Filmen Prinzessinnen sein. Und wie die Kaiserin in der Wirklichkeit, mussten dann auch alle vom Mann enttäuscht sein. Unfähige Liebhaber. Alles zertrampelnde Hornochsen. Immerhin hatte sie sich diesem Mann nicht erklärt. Warum hätte sie die Familien herauszerren sollen. Für einen, der ohnehin nur eine Stellung konnte und der mit ihr das erste Mal in ein Konzert gekommen war. Was konnte der von den geheimnisvoll verschlungenen Pfaden einer Wiener Familiengeschichte wissen. Von den tiefen Schnitten in den Glaubensfragen. Von den Rissen durch die Erbschaften. Von den Beraubungen. Von den Schlachthöfen. Damals hatte sie sich überlegen gefühlt. Sie hatte ihn nicht mehr angerufen, weil er ihr primitiv vorgekommen war. Primitiv mit seiner einzigen Stellung und seinen Schmalspurplänen und seiner Unwissenheit. Heute war er CEO. Wahrscheinlich. Obenauf. Und sie. Sie war sich besser vorgekommen. Weil sie sich einen kritischen Apparat erobern hatte wollen. Einen kritischen Apparat für sich entwickelt hatte. Heute. Jetzt. Sie saß kostbar und verletzt in der underground und musste sich einem Schwarzen unterlegen fühlen. Weil er zu den Siegern gehörte. Mit cool wool und Clubkrawatte und einer kleinen Asiatin, die ihm die Hände manikürte. Zu der er in der Mittagspause ging. Der er gegenübersaß. Die eine Hand im Handbecken mit dem lauwarmen Seifenwasser. Die andere auf dem Pölsterchen und der Kopf der Asiatin darübergebeugt. Und die Füße. Ließ er die Füße auch gleich machen. Und reichte die rosig beigehelle Haut bei den Füßen genauso über die Seite herauf wie bei den Händen. Sickerten die beiden Hautfarben am Außenrand der Füße auch so ineinander wie am äußeren Handballen. Reichten so ineinander. Der Mann blätterte um. Sie hatte gar nicht gleich gesehen, dass er die »Times« las. Die »Times« das Format der »Kronenzeitung«. Aber beim Umblättern. Es war plausibel. Sie hatte es nie richtig gelernt, diese übergroßen Zeitungen so zu falten, dass man sie bequem in der Hand halten hatte können. Sie war eine Kaffeehauszeitungsleserin gewesen. Auf die Zeitungshalter aufgespannte Zeitungen. Sogar im Büro hatten sie solche Zeitungshalter gehabt. Damit niemand die Zeitungen zerfledderte. Oder das Feuilleton stahl. Die Zeitungen waren mit Heftklammern zusammengeheftet und in die Zeitungshalter eingespannt worden. Gekreuzigt und geschlagen. Der Mann gegenüber blätterte wieder um. Schnell. Mehrere Seiten. Der Zug raste durch das Dunkel. Der Mann gähnte. Er starrte in die Zeitung und schloss den Mund gleich wieder über seinem Gähnen. Drückte den Luftstrom des Gähnens durch die Nase hinaus. Das Gähnen nur eine kleine Grimasse. Gleich wieder in den Griff bekommen. Er riss nicht den Mund auf. Sperrte die Kiefer auf und ließ sich in den Rachen sehen. Ließ sich genüsslich Zeit. Ließ das Gesicht, den Mund, den Rachen sich dehnen. Und einen winzigen Laut. So ein Ächzen. So ein Gähnstöhnen. Das einen zum Kind machte. Wieder. Zum unbeherrschten Kind. Das machte dieser Mann nicht. Dieser Mann war beherrscht. Dieser Mann war die Vollkommenheit der Zivilisation. Assimiliert, dachte sie. Vollkommen assimiliert. Und das war ja immer das Problem mit dem Assimilieren.

198

Dass man die Assimilierten für die Assimilation nicht mochte. Weil sie ein Eigenes verraten hatten. Weil sie nicht mehr authentisch waren. Sie saß da. Sah den Mann gegenüber an. Seine Haut samtig dunkelbraun. Die Haare kurz, seine Kopfhaut zu sehen. Das samtige Dunkelbraun überall. Der Kopf ein perfektes Rund und das Gesicht breitstirnig und breit in den Backenknochen nach unten in einem Oval abschloss. Die Augen. Sie konnte die Augen nicht sehen. Seine Augen auf die Zeitung. Er las die Zeitung als wäre er alleine. Als säße er irgendwo alleine. Ein schöner Mann. Die langen Beine nebeneinander. Zum Übereinanderschlagen kein Platz. Sie konnte sich vorstellen, wie er in einem Clubsessel. In einem elegant schäbigen Chippendale-Sessel dasaß. Die Beine übereinander geschlagen die Zeitung lesend. Die italienischen Mokassins. Er trug schwarzledern glänzende Mokassins und keine Socken. Die Fußgelenke. Fesseln. Sie fragte sich, ob man die Fußgelenke bei einem Mann auch Fesseln nennen konnte. Oder war das ein Ausdruck, der nur für die Füße von Frauen und Pferden angewendet werden durfte. Der Zug blieb stehen. Fuhr weiter. Der Mann saß ihr gegenüber. Sie starrte vor sich hin auf seine Füße. Sie sah sich zu. Sie hatte Mitleid gehabt. Erst. Das überlegene Mitleid der Überholten. Der von den Assimilierten Überholten. Das Mitleid, dass jemand es sich holen hatte müssen. Dass jemand ihre Kultur benötigt hatte, um aufsteigen zu können. Dann hatte sie seinen Körper in den Blick genommen. Sie beurteilte ihn. Ein bisschen begehrlich, aber imgrund. Ein Sklavenhändler würde es nicht anders machen. Und dann war sie bei der Verachtung angekommen. Sie konnte den Weg sehen. Sie wiederholte sich den Weg. Sie saß da und beurteilte und bemitleidete und verachtete diesen Mann. Sie wünschte sich, er hebe den Blick und sie könnte

199

ihm das mit ihrem Blick erzählen. Aber er hob den Blick nicht, und sie begann ihn zu hassen. Sie hatte ihm eine Chance gegeben. Schließlich. Wenn er sie angesehen hätte, dann hätte sie die Verachtung ohnehin gleich verborgen. Sie war eine Antirassistin. Sie hatte immer alles getan, genau diese Blicke zu verhindern. Sie hätte auch in diesem Augenblick funktioniert und ihn ohne Meinung angesehen. Sie hätte sich bewähren können. Aber er hatte ihr diese Möglichkeit nicht gewährt. Sie beobachtete sich. Sie hörte sich selber zu. Sie war nicht erstaunt. Über sich. Die Kette der Argumente. Die Argumente und die Gefühle. Es war angenehm. Tief irgendwo innen. Es war angenehm. Solange sie sich zusehen konnte dabei, dachte sie. Entlastend. Es war nicht richtig. Es war nichts richtig daran, so zu fühlen. Und es waren die Gefühle zuerst und dann die Argumente. Der Hass quoll hervor. Von irgendwo tief innen quoll der Hass hervor. Die Argumente sprangen den Gefühlen zur Seite. Gaben den Gefühlen Begleitschutz. Sie saß in der Londoner underground und ließ sich eine Rassistin sein. Sie genoss das. Die Gefühle hatten sich vollkommen von ihr abgespalten. Füllten den Unterleib aus. Den Unterleib und den Bauch. Fest. Eine feste Grundlage. Und sie war geschützt. Sie saß da und es betraf sie nichts mehr. Es war ganz gleichgültig, wie sie angesehen wurde. Wer ihr das Ticket stahl. Wer sie aus dem Weg schob. Wer sie blöde Kuh nannte. Sie war mit dieser wohligen Sicherheit ausgefüllt. Oxford Circus. Bond Street. Marble Arch. Lancaster Gate. Queensway. So ist das also, dachte sie. Sie sah an sich hinunter und spürte dieses Gefühl. Die Sicherheit, die das gab. Die Standfestigkeit. Es war ihr nicht einmal mehr zu laut. Oder zu heiß. Sie stand auf. Der Mann saß. Fuhr weiter. Der stieg wahrscheinlich erst in Holland Park aus. Da, wo die Reichen wohnten. Da, wo das Geld alles bestimmte. Endgültig alles bestimmte. Da, wo das Geld Geschlecht und Rasse außer Kraft setzte. Mit viel Geld. Da konnte dieser Mann seine Hautfarbe überspielen. Sie stieg aus. Sie sah noch einmal auf den Mann zurück. Er sah nicht auf. Im Stehen konnte sie sehen, dass er die Börsenkurse studierte. Und dann waren ihre Gefühle doch richtig. Ein globalisierender Kapitalist. Und die Afrikaner in Nigeria, denen wieder ein Delta versaut wurde. Denen war es wahrscheinlich ziemlich gleichgültig, welche Hautfarbe die Aktionäre der Ölmultis hatten. Von der Seite stimmte dann alles wieder. Sie ging auf dem Bahnsteig. Folgte den Pfeilen zur Circle Line. Sie ging. Lange Gänge. Immer nur in einer Richtung zu begehen. Rolltreppen. Sie musste 5 Minuten auf den Zug nach Kensington High Street warten. Hier war ihr alles bekannter. Vom K+K George war sie immer in dieser Ecke unterwegs gewesen. Es schien ihr alles geläufig. Sie stand auf dem Bahnsteig. Sie verlor die Kontrolle. Verlor sie die Kontrolle. Sie fühlte sich. Sie war nicht. Sie fühlte sich gar nicht. Es war. Normal. Fühlte sie sich normal. Musste sie zu all dem Elend nun auch noch Abschied davon nehmen und normal werden. Der Zug kam. Sie stieg ein. Sie setzte sich nicht. Sie stand da und starrte durch das Fenster. Sie lehnte sich an den Haltegriff neben der Tür. Ließ sich vom Zug schütteln. Herumstoßen. Sie stand breitbeinig. Glich die Zugbewegungen aus. Die schwarzgraustaubigen Wände sausten draußen vorbei. Und plötzlich wusste sie, warum die Blumenstöcke alle auf dem Gang stehen hatten müssen. Warum die Mutter das Fenster auf dem Gang mit Blumen verstellt hatte. Warum die vielen Blumenständer und Blumentischchen notwendig gewesen waren. In allen Höhen und Größen. In der Wohnung hatte keine Pflanze gedeihen können. In der Wohnung war es zu dunkel gewesen. Selbst an den Fenstern zum Hof. Das Licht hatte für keine Pflanze gereicht. Der Schatten der Bäume zu dicht. Und warum fiel ihr das ein. Warum fiel ihr das jetzt ein. Sie stieg aus. Ging zum Ausgang. Ihr Ticket blieb im Automaten. Am Ende der Fahrt behielt der Automat das Ticket. Man konnte es nicht von der Steuer abschreiben. Die Transportkosten in London. Das hatte immer Probleme gegeben. Mit der Abrechnung. Auf Kensington High Street musste man nach links. Dann waren es nur wenige Schritte. Im Lokal. Zuerst war sie nicht ganz sicher, ob das das richtige Lokal war. Dann sah sie Jonathan Gilchrist. Er saß ganz hinten. Es war nur sein Kopf zu sehen. Eine hüfthohe Wand seinen Tisch vom nächsten trennte. Sie ging auf ihn zu. Warum war das so ein wichtiges Gefühl. Sie war sicher getragen von dem Wissen, warum die Mutter die Blumen alle außerhalb der Wohnung. Es war wichtig zu wissen, aber sie wusste nicht, was es bedeutete.

14

Im Gehen. Durch das Lokal. Es war gleich zu sehen, dass nichts zu machen war. Sie sah an der Haltung von Jonathan Gilchrists Kopf und wie er die Schultern verdrehte, dass er ihr alles absagen würde. Sie konnte auch gleich umdrehen. Es war gar nicht notwendig, an den Tisch zu gehen. Sie sollte umdrehen und sich das Geld für dieses teure Essen sparen. Die Höflichkeiten aufgeben. In ihrer Lage. In ihrer Stimmung. Sie sollte es sich nicht antun. Womöglich wurde sie auch noch homophob. Womöglich machte sie eine Bemerkung. Kam in einen dieser Augenblicke. Behielt ihre Gefühle nicht bei sich. War nicht gezwungen ihre Gefühle bei sich zu behalten. Wie in der U-Bahn. Und sagte Gilchrist etwas. Sagte etwas über Gilchrist. Obwohl es ja oft so war, dass Leute die Vorurteile über sich besser verstanden als Verständnis. Sie durfte sich nicht gehen lassen. Sie musste irgendeine Haltung. Gilchrist hatte sie gesehen. Er hob die Hand. Winkte ihr, an den Tisch zu kommen. Wenn sie weiterleben wollte, dann musste sie ihre Haltung. Aber sie würde es ihm nicht leicht machen. Er sollte ihr das alles schön sagen. Ins Gesicht. Es sollte ihr die Gründe ganz genau auseinander setzen. Gilchrist war aufgestanden. Er hielt seine Serviette in der Hand. Stand an den Tisch gestützt. Küsste sie auf die Wange. Selma wollte die andere Wange küssen. Er hatte sich schon wieder hingesetzt. »Ah. You British. You kiss only once.« sagte sie. Das wäre doch das Problem, kicherte er. »This is exactly the problem with us. And I as an already capernoited daedalian misopedist and frightingly sardanapalian sloyd and as the utter veriloquent have to insist on this kissing happening only once.« Er deutete der dunkelhaarigen jungen Frau hinter der Theke. Gleich hinter ihrem Tisch. Ob sie sich

203

an Teresa erinnern könne, fragte er. Teresa habe mit ihrem Bruder das Lokal nun endgültig übernommen und im August würde geheiratet. Diese jungen Leute nähmen ihre Arbeit so ernst, dass sogar die Hochzeit in den Urlaub verschoben würde. Und sie wolle doch sicher ein Glas Prosecco. Selma nickte. Sie lächelte die junge Frau an. Was für eine Hochzeit denn geplant sei, fragte sie. Die junge Frau strahlte. Natürlich werde das eine riesige Hochzeit, sagte Gilchrist. Er werde schließlich auch da sein. Das allein mache es ja zu einem Ereignis, sagte die junge Frau. Sie nickte Selma zu. »White dress and orangeblossoms. 4 bridesmaids. Ballroom-dancing. A disco. A reception for 200 and a dinner for 50. A 4 tiered cake and so on. And so on.« Die junge Frau war atemlos von der Aufzählung. Selma lächelte. Eine Theres tot und eine Teresa heiratet, dachte sie. In den Himmel aufgefahren und wieder herabgestiegen. Da wünsche sie dann alles Glück, sagte sie. Die junge Frau legte ihnen die Speisekarten vor. Das werde sie haben, lächelte sie. »Felicita. We'll manage that.« Sie ging. Ein Kellner brachte ein Glas Prosecco. Gilchrist bestellte gleich noch ein Glas für sich. Er hob sein fast leeres Glas. »Welcome to London. City of the greedy and loud and quiddling.« »I drink to that.« Selma hob ihr Glas. Sie nahm einen Schluck. Sie verstand kein Wort. Gilchrist trank sein Glas aus. Er stellte es ab. Er habe gleich zu gestehen, sagte er. Er sei hier nur aus Freundschaft. Er wolle das gleich zu Beginn klarstellen. Das Royal Court habe sich J. M. Barrie zugewandt. Er selber habe darauf keinen Einfluss. Er selber überlege, sich zu verändern. Er habe ein Angebot, nach Birmingham zu gehen. Dort etwas aufzubauen. Er überlege sich das. Und es täte ihm Leid. Aber sie solle keine falschen Hoffnungen entwickeln. Und natürlich täte es ihm Leid, dass sie ihren Job nicht mehr. Aber so etwas sei ja nun nicht das Ende der Welt. Sie wäre ja eine Person mit großen Ressourcen. Sie würde eine solche Herausforderung meistern. Und außerdem ginge es ja allen so. Niemand sei heute mehr sicher. Das hätte man lange nicht glauben wollen. Aber jetzt habe man die Beispiele. Jetzt bekäme das alles eine Realität. In England. Im thatcherisierten England wäre diese Realität natürlich längst bekannt. Er selber habe nie etwas anderes erlebt als diese totale Abhängigkeit von den Geldgebern. Aber für sie. Mit dieser europäischen Großzügigkeit für die Kultur. Für sie müsse das eine schwierige Erfahrung sein. Gilchrist sah in das leere Glas vor sich. Der Kellner tauschte das Glas gegen ein volles. Er sah in den Prosecco. Beobachtete die Bläschen. Wie sie in der goldfarbenen Flüssigkeit aufperlten und an der Oberfläche erst noch tanzten und dann zerstoben. Selma saß zurückgelehnt. Sie saß gegen die Wand. Gilchrist links von ihr. Rechts das Mäuerchen. Gilchrist sprach zum Glas. An das Glas gewandt. Ein Mann kam an den Tisch hinter dem Mäuerchen. Die junge Frau eilte herbei. Sie verschob den Tisch. Machte Platz, damit sich die blonde Begleiterin des Mannes hinter den Tisch setzen konnte. Der Tisch wurde zurückgeschoben. Der Mann setzte sich rechts von der jungen Frau. Selma konnte die Köpfe und die Schultern der beiden sehen. Hinter dem Mäuerchen. Der Mann dunkle Haare. Er hatte veilchenblaue Augen. Selma hatte dem Tischgeschiebe zugeschaut, und der Mann hatte sie gemustert. Kurz. Er war braun gebrannt. Kräftig. Nicht sehr groß. Bullig. Er war schwarz angezogen. Schwarzes Leinensakko. Schwarzes Hemd. Hellblau und hellgrün gestreifte Krawatte. Er ließ die Gedecke zurechtlegen. Die Sitzordnung an dem Tisch war anders gedacht gewesen. Er hätte mit dem Rücken zu Gilchrist sitzen sollen. Die junge Wirtin ließ alles erledigen. Sie legte die Speisekarten auf den Tisch. Der dunkelhaarige Mann ließ keine

205

Vertraulichkeiten aufkommen. Er wolle die Speisekarte studieren. Die specials interessierten ihn nicht. Man ließ ihn allein. Die blonde Frau neben ihm. Sie schaute niemanden an. Sie sagte nichts. Selma zwang sich, nicht hinzusehen. Diese Frau kam ihr bekannt vor. Sie erinnerte sie an jemanden. Gilchrist redete. Selma nippte am Prosecco. Es sei sehr nett von ihm, so ehrlich zu sein, sagte sie. Sie schätze das sehr. »I really appreciate that.« Ein Kellner kam an den Tisch. Ob sie bestellen wollten. Und es gäbe Spaghetti alle vongole und ein Basilikumrisotto. Außerhalb der Karte. Und natürlich alle Fische frisch. Was Gilchrist ihr empfehlen könne. Das Risotto und dann eine Brasse und hier müsse man die Gemüsebeilagen essen. Der Spinat würde hier besonders sorgfältig gemacht. Und wenn er sich richtig erinnere, dann wäre sie doch eine Weißweinperson. Dann sollten sie den Gavi di Gavi trinken. Den ließe man sich hier von einem ganz kleinen Weingut liefern. Da passte doch der Fisch gut dazu. Selma ließ ihn bestellen. Das alles ginge auf getrennte Rechnung, sagte sie zum Kellner. »Ah. But we go dutch.« sagte Gilchrist. Selma zuckte mit den Achseln. Es war wirklich alles vorbei. Wenn es noch eine Chance gegeben hätte, dann hätte Gilchrist gesagt, dass man das doch erst am Ende sagen könne, wer die Rechnung übernehmen musste. Das war sein Spiel gewesen. Früher. Jetzt ging es um ein Wetttrinken. Wer am meisten trinken würde und dann doch nur die Hälfte zahlen musste. Saufkumpane. Das war, was übrig blieb. Von den Kontakten. Selma fühlte ihren Mund schmal werden. Sie durfte nichts sagen. Sie musste still sein. Sie durfte alles sein und sagen, nur Bitterkeit. Das nicht. Sie durfte keine von diesen bitteren Bemerkungen machen. Sie durfte es nicht laut sagen. Dann war alles aus. Dann musste sie hier weg. Und dann bekam sie nichts zu essen. Und war allein. Sie musste

206

sich mit Brosamen begnügen. Sie musste die Demütigungen. Sie musste das sportlich nehmen. Haltung, sagte sie sich. Haltung und bitte keinen Kitsch. Keine von diesen Bemerkungen, dass es nun dahin gekommen wäre. Dass man sich das nicht vorstellen hätte können. Und warum man sich nicht mehr verdienen hatte können. Und was für ein Verlust es war, die Spesen nicht mehr wert zu sein. Nichts zugeben und den Abend so nehmen. Sie musste essen. Schließlich. Und es war eins, sich den Ressentiments hinzugeben. Für sich in Ressentiments zu baden. Sie auszusprechen. Das war. Sie würde diese Erinnerung nicht. Sie durfte sich nicht leisten, sich eine solche Erinnerung an sich selbst. So formlos. Auseinander geronnen. Sie konnte sich selbst zerfließen sehen. Wie die Konturen sich verloren. Die Eckigkeit aus dem Spiegel. Von vorhin. Die Kanten. Alle verschwunden. Ein blob. Und weiblich. Dass sie eine Frau war, das wusste sie nur über ihre Probleme. Das teilte sich über das Verlassen-Sein mit. Und in ihrer Arbeitswelt. In den Unmöglichkeiten und Behinderungen. So einen Blick. Diesen Blick, der ihr bestätigt hatte, eine Frau zu sein. Ein begehrenswertes Wesen. Diesen Blick hatte sie. Den hatte sie seit Jahren nicht mehr auf sich. Sie war. Nicht einmal mehr Objekt. Die Bitterkeit trieb ihr ein Lächeln ins Gesicht. Sie fühlte die Bitterkeit aufsteigen und sich in ein Lächeln auf ihrem Gesicht ausbreiten. Sie versuchte, wirklich zu lächeln. Die Bitternis in ein Strahlen zu verwandeln. »I want to make it short and bitter.« sagte der Mann hinter dem Mäuerchen. Er saß aufrecht. Schaute in die Speisekarte. Die Frau hatte den Kopf gebeugt. Die aschblonden Haare fielen nach vorne. Die Haare waren geglättet. Die Enden stumpf gestuft in duftig glänzenden Kaskaden. Die Speisekarte lag ungeöffnet vor ihr. Mit der linken Hand drehte sie die Gabel. Legte die Gabel mit den Zinken in das Tischtuch schneidend. Dann drehte sie die Gabel wieder auf den Rücken. Die langen Finger in steter Bewegung. »I've always known you to be a trooper.« sagte Gilchrist. Selma musste lachen. Seine Erleichterung war zu komisch. Das Lachen gab ihr eine Leichtigkeit. Sie fragte ihn, was in seinem Haus so liefe. Er begann zu erzählen. Selma hörte am Nachbartisch zu. Der Mann sprach. Er sprach ein anderes Englisch als Gilchrist. Härter. Kürzer. Er sprach, als zähle er eine Liste auf. Wie irgendeine unbedeutende Liste herunterbetend, sagte er, dass die Frau die Wohnung räumen müsse. Am nächsten Tag um vier Uhr wolle er keine Spur mehr von ihr in der Wohnung finden. Bis dahin würde die Kreditkarte laufen. Bis dahin könne sie die Kreditkarte bis zum Maximum benutzen. Ab 4 Uhr am Nachmittag würde die Kreditkarte gesperrt werden. Sie solle sie in der Wohnung liegen lassen. Die Karte müsse in der Wohnung zurückgelassen werden. Mitnehmen könne sie ihre persönlichen Sachen. Sie solle es sich nicht einfallen lassen, irgendeinen Wertgegenstand aus der Wohnung mitzunehmen. Außerdem müsse sie das Motorola-handy V3i neben die Kreditkarte legen und alle Telefonnummern darauf vergessen. Und das sei ihre letzte Chance, im Guten aus der Sache herauszukommen. Er müsse das betonen. Sie sei sich ja offenkundig nicht im Klaren über ihre Situation. Und was sie essen wolle. Was sie bestellen sollten. Die blonde Frau hob den Kopf. Sie stand auf. Zuckte mit den Achseln und ging. Sie zwängte sich um den Tisch und ging an Selmas Tisch vorbei nach hinten. Zu den Toiletten. Selma nahm ihre Handtasche und stand auf. Gilchrist unterbrach. Er hatte über das Publikum geredet. Im Royal Court. Und dass das überaltet wäre. Mittlerweile. Dass man sich um jüngere Besucher bemühen müsste. Und dass keiner wüsste, wie man das anstellen sollte. Die jungen Autoren schrieben alle so konventionell, dass sie, die Alten, nicht wüssten, was man damit anfangen sollte. »Oscar Wilde.« sagte Selma. Drei Saisonen Oscar Wilde und dann wieder von vorne beginnen und er solle sie entschuldigen. Sie ging hinaus. An der Theke vorbei in einen schmalen Gang. Die Tür zur Damentoilette ganz hinten. Auf der Tür das kleine Mädchen angebracht, das auf dem Topf saß. In Messing. Dann war auf der Tür zur Herrentoilette der pissende kleine Bub. In Messing. Der Anblick des auf dem Topf zusammengesunkenen Mädchens. Der Messingabguss undeutlich und verzogen. Es machte sie müde. Die Schultern sackten ihr nach vorne. Sie stieß die Tür auf. Innen. Pflaumenblaue Kacheln bis zur Decke und eine Jugendstilgirlande in Augenhöhe rund um den Raum. Zwei Türen zu Toiletten. An der Wand links zwei Waschbecken. Rosarot. Zur Jugendstilgirlande passend. Rosarote Frotteehandtücher lagen gestapelt. In den Korb neben den Waschbecken waren die gebrauchten Tücher geworfen. Ein rosaroter Haufen. Sie hörte die blonde Frau in der rechten Toilette. Stoff rieb auf Stoff. Ein schleifendes Geräusch. Die Toilettenspülung. Geklapper. Ein Wetzen. Das schleifende Geräusch. Die Toilettenspülung. Stoff auf Stoff. Die Toilettenspülung. Dann der Riegel an der Toilettentür innen. Die blonde Frau kam heraus. Selma stand vor dem Spiegel und frisierte sich. Sie hatte Zeit gehabt, den Kamm ganz unten aus der Tasche herauszukramen. Zwischen den Papieren herauszufischen. Sie hatte überlegt, die Papiere gleich hier wegzuwerfen. Auf den Haufen der rosaroten Handtücher. Aber das war trotzig. Sinnlos. Und gerade jetzt. Es war ihr gleichgültig. Als hätte sie es ohnehin gewusst und sich nur selbst nicht erzählt. Jedenfalls nicht deutlich genug. Die blonde Frau sah Selma an. Was sie wolle, fragte sie. Auf Deutsch. Auf Wienerisch. Ob sie etwas von ihr wolle. Sie hätte sich doch

gleich gedacht, dass das Komplikationen bedeutete. Wie sie
sie da sitzen gesehen habe. »Aber Susanna.« sagte Selma. Und
dass sie sich sehr verändert habe. Die Frau sah Selma an. Das
sei ja typisch, sagte sie. Die Wiener. Immer glaubten sie, dass
sie wüssten, wie die Welt so funktioniere. Und immer bereit,
sich einzumischen. Und ob es dem Herrn Intendanten auch
wirklich gut ginge. Ob sie noch so nett sorge für ihn. Sie sagte
das ruhig und sarkastisch und wandte sich dem Spiegel zu.
Das wäre doch alles nicht so wichtig. Ob sie in Schwierig-
keiten wäre, fragte Selma. Sie habe nicht umhinkönnen. Sie
sagte »umhin« und die blonde Frau begann zu lachen. Ob sie
nicht merke, wie lächerlich sie sei. Und was sie da tue, mit
dieser Schwuchtel. Mit der sie da sitze. Aber es wäre ihr
persönliches Pech, dass ausgerechnet an diesem Abend eine
von diesen Tussen aus Wien am Nebentisch zu sitzen kam.
»Susanna.« sagte Selma. »Was ich da höre. Das klingt richtig
unangenehm.« »Weil Sie nicht umhinkonnten.« Die Frau
lachte. Sie legte den Kopf zurück und kicherte. Ihr Hals lang
und glatt und der Kehlkopf ein winziges Zucken. Die Adern
unter der hellen Haut bläulich rechts und links der Kehle. Die
Haut weißcremig glatt. Sie war nicht geschminkt. Die Wangen ein rosiger Hauch. Die Wimpern und die Augenbrauen
dunkelaschblond gefärbt. »Sie sind um mindestens 10 Kilo
dünner.« sagte Selma. »Und um mindestens 30 Jahre jünger.«
gab die Frau zur Antwort. Sie sprach weiter sarkastisch unbeteiligt. Schaute sich im Spiegel an. Musterte sich. Dann
holte sie einen Flakon aus ihrer Tasche. Drehte sich vom
Spiegel weg. Sprayte den Duft in die Luft und ging dann
durch die Duftwolke. »Ich bin mit Leuten wie Ihnen fertig.«
sagte sie zu Selma. Über die Schulter. »Das ist doch jetzt alles
gleichgültig.« »Arbeiten Sie in London?« »Sieht das so aus.«
fragte die Frau. Sie schaute verträumt vor sich hin. Dann

210

lächelte sie. Überlegen. Mehr wissend als Selma. Sie habe ihren Platz in der ersten Reihe gesichert. Sie habe es hier nicht mehr nötig, durch die Betten von irgendwelchen verschnarchten Oldies zu turnen und dann nichts dafür zu bekommen. Das sei vorbei für sie. Und solche wie sie. Wie sie, die Dr. Brechtholds. Solche bräuchte sie schon gar nicht mehr. Das, was sie da gehört habe. Selma sprach eindringlich. Versuchte, die Entfernung zwischen ihnen beiden zu überwinden. Durchzukommen. Sie legte eine Hand auf den Arm der jüngeren Frau. Die schüttelte die Hand ab. Was sie da gehört habe, das hätte aber nicht nach Erfolg geklungen. Und sie wolle doch nur helfen. Die blonde Frau sah Selma ins Gesicht. Sie lachte auf. Bitter. Hatte sie das nicht schon einmal gehört von ihr, fragte sie Selma. Selma wurde unsicher. Was meinte sie. »You're just another meddling bitch and jealous because you are not beautiful anymore. Like my mother.« sagte die andere Frau und zog sich vor dem Spiegel die Haare in die Stirn. Sie habe ihre eigenen Pläne. Sie wüsste schon, was sie täte, sagte sie und ging. Die Tür schloss sich langsam hinter der Frau. Es roch nach Zitronen und Sandelholz. Leicht. Frisch. Jung. Unkompliziert raffiniert. Teuer. Selma ging auf die Toilette. Sie sperrte sich ein. Was hatte sie gemeint. Susanna Ammannshausen. So hieß diese Person. Sie hatten sich alle über die vielen As gewundert. Dass am Ende von Susanne noch ein A gekommen war. Und kein E. Und was sich die Eltern gedacht hatten. Zu den zusammenstoßenden As zwischen Susanna und Ammannshausen. Und die vielen Doppelbuchstaben. Und der Intendant hatte sich interessiert. Für sie. Für eine seiner Schnitzler-Inszenierungen. Für ein Fräulein Helene oder eine Christine oder eine Gabriele. Da war sie die perfekte Besetzung gewesen. Mit ihrer durchsichtigen Schönheit. Die jetzt noch. Sie war atemberaubend schön.

Wie sie vor dem Spiegel gelacht. Der Hals. Die Unschuld.
Aber ganz knapp auch nicht mehr. Und sie hatte sicher
gekokst. Auf dem Clo. Das Geklapper hatte sich zu deutlich
nach dem Puderdosenspiegel und einem Silberröhrchen
angehört. Sie war einmal bei einem Essen mitgewesen. Beim
»Schnattl«. Oder so etwas. Oder war das beim »Eckl« gewesen. Oder in der Zeit, wie man ins »Do&Co« gegangen war.
Noch in der Mahlerstraße. Und was hatte sie falsch gemacht.
Schauspieler. Bei Schauspielern. Bei Schauspielerinnen. Da
war nie etwas richtig zu machen. Und dazu war sie ja auch
nicht da. Dazu war sie nicht da gewesen. Sie zog sich an. Sie
stand an der Tür. Hielt die Klinke und den Riegel in der
Hand. Was lief da. Und warum war sie der Frau nachgegangen. Aber sie wollte wissen, was da los war. Daran hatte auch
die Ablehnung nichts geändert. Daran hatten auch die
Beschimpfungen nichts geändert. Und wie ruhig sie geblieben war. Sie war erstaunt. Sie hatte wirklich nur reden wollen.
Es war ihr ganz gleichgültig gewesen, wie diese junge Person
sich ihr gegenüber benahm. Der Mann da. Der war gefährlich. Mit dem war nicht gut Kirschen essen. Sie entriegelte die
Tür. Wusch sich die Hände. Sie frisierte sich noch einmal.
Lippenstift. Gilchrist saß vor seinem Risotto. Er aß. Er habe
begonnen. Er könne das dem Risotto nicht antun. Zu warten.
Es stehen zu lassen und damit verderben. Sie entschuldige
sich, sagte Selma. Was denn los wäre. Gilchrist beugte sich
über seinen Teller ihr zu. Da nebenan. Da wäre sehr dicke
Luft. Susanna Ammannshausen saß an ihrem Platz. Einen
Teller mit Salat vor sich. Sie drehte ein Stück Brot mit der linken Hand. Stocherte mit der Gabel in den Blättern. Der Mann
aß Penne. Auf der Speisekarte waren penne all'arrabbiata
angeboten. Er aß. Genussvoll. Er sprach nichts. Die Frau
sprach nichts. Er hatte ein Glas Rotwein vor sich. Die Frau

eine große Flasche San Pellegrino. Sie nippte immer wieder an ihrem Glas. Selma dachte sich, sie sollte gehen. Susanna sollte gehen. Der Mann nahm nicht einmal Notiz von ihr. Die junge Frau saß neben dem Mann wie ein ganz kleines Kind, mit dem zur Strafe nicht geredet wurde. Selma beugte sich zu Gilchrist. Was er von dem Mann halte. Ob er diesen Mann einschätzen könnte. Nein, das wolle er gar nicht, sagte Gilchrist. Ihm genüge die Schwulenmafia und die Theatermafia. Er müsse sich nicht auch noch mit anderen Sorten von Mafiosi abgeben. »Hoodlums«, sagte er. Und was sie das interessiere. Warum sie das interessiere. Er tippe auf real estate. Der Mann sähe aus wie ein besonders tougher real estate agent. Einer, der die Großmütter in ihren Betten verbrennen ließ, um eine neue Canary Wharf zu bauen. Und Millionär zu werden. Natürlich. Gilchrist stopfte das Risotto in sich. Selma aß ein paar Gabeln voll. Es war ihr zu flüssig. Sie mochte die suppigen Risotti nicht. Sie mochte die sämigen. Die, in denen sich die Stärke, die Butter und der Käse zu einer dicklichen Soße verbanden. Eine Soße, die man mit der Gabel essen konnte. Dieses musste man mit dem Weißbrot auftunken und die Reiskörner waren fast ungekocht. Gilchrist hatte zugenommen. Sein Sakko verbarg eine speckige Mitte. Er trug Hosenträger. Da sah man den Umfang weniger genau. Die Gürtel schnitten in die Bäuche immer so ein, dass man es nicht übersehen konnte, wie dick. Die junge Wirtin kam vorbei. Ob alles in Ordnung sei. Gilchrist nickte glücklich. Das Risotto sei wieder »ottimo«. Selma nickte lächelnd. Sie trank von ihrem warmen Prosecco. Am Royal Court habe man sich überlegt, J. M. Barrie zu spielen. Ob ihr das etwas sage. Selma dachte nach. Schüttelte den Kopf. Nein, das sage ihr nichts. Ein Dramatiker mit diesem Namen. Gilchrist lachte. »Peter Pan.« rief er. Das wäre der Mann, der Peter Pan geschrieben habe. Der wäre der meistverdienende Dramatiker in Großbritannien gewesen und kein Mensch könne sich mehr an den erinnern. An die Stücke von dem. Aber jetzt würden sie die aus der Mottenkiste herauszerren und wieder auf die Bühne bringen. Umnachtet wären die alle. Umnachtet. In Wien sei das alles ganz anders, sagte sie. In Wien wäre jetzt die Zeit, Schnitzler zu spielen. Jetzt erst erfüllten sich alle Bedeutungen der Schnitzler-Stücke vollends. Finally. Aber niemand könne diese Stücke inszenieren oder verstehen. Die Konventionen seien alle verloren gegangen und aufgelöst. Die Konventionen, die die Interaktion der Figuren herstellten. Die gäbe es nicht mehr. Die wären niemandem mehr bekannt. Und hätten wir uns das vorgestellt, fragte sie. Dass wir uns den Bildungsbürger zurückwünschen. Damit wir wenigstens eine Ebene der Verständigung retten hätten können. Gilchrist schenkte sich vom Wein ein. Sie trinke ja nicht viel, sagte er. Und ja. Sie habe Recht. Aber hier. Hier in England. Hier hätte es ja nie diese Öffentlichkeit gegeben. Wie in Europa. Hier hätte man sich ja immer mit den Symbolen des Hegemonialen begnügt. Begnügen müssen. Und die ließen sich fugenlos als Grundlage der Globalisierung einsetzen. Das Empire entstünde jeden Tag wieder. »Makes the British happy and keeps them out of culture.« Er trank. Ob sie denn ihr Risotto nicht möge. Ob das Risotto ihr nicht schmecke. Sie äße nicht so viel. Zurzeit. Hätten sie Fehler gemacht, fragte Gilchrist. Hätten sie die Zeiten falsch interpretiert. Hätten sie sich so vertan in der Einschätzung. »Did we misjudge?« Selma schob den Teller zur Seite. Am Nebentisch wurde abserviert. Der Salat wurde weggetragen. Der Mann trank sein Glas aus. Er bekam nachgeschenkt. Selma schüttelte den Kopf. Sie wären doch nicht Propheten. Im Gegenteil. Und Leute wie sie. Die wären

214

doch abhängig davon, was an Kunst produziert wurde. Und wenn die es nicht mehr konnten. Aber Gilchrist solle ihr zugeben, dass das Sarah-Kane-Projekt richtig wäre. Dass es richtig wäre, diese Verletzungen in die Sprache zurückzuholen und in ihrer Versprachlichung als Menschenwerk sichtbar zu machen. Und die Verwandtschaft mit Christopher Marlowe herauszuarbeiten. Zu betonen, dass die Welt immer nach Marlowe funktioniert hatte. Und Shakespeare ein sprachliches Feigenblatt für die Weltbeherrschung gewesen war. Die Realität der Macht war immer Marlowe gewesen. Shakespeare der Mythos. Und von Sarah Kane war diese Macht in die einzelne Person verlegt, und die Exekution dieser Macht an den niedriger Gestellten und für die Niedrigsten an sich selbst. Der freiwillige Vollzug der Gewalt an sich. An der eigenen Psyche. Als einzige Freiheit. Der Fisch wurde serviert. Gilchrist schenkte das letzte Glas aus der Flasche ein. Das wäre ein interessanter Standpunkt. Aber weil er interessant sei, interessiere er niemanden. Die Leute könnten mit Mühe gerade noch Bestätigung ertragen. Aber auch das werde zunehmend schwieriger. Was für großartige Zeiten des Royal Court das gewesen waren. Ganz großartig. Sie könne sich an einen bestimmten Schauspieler erinnern. Ein kleiner Mann. Eine Art Mick Jagger der Bühne. Er hätte Augen auf die Liddeckel gemalt gehabt und er wäre derart sexy gewesen, dass man befürchten musste, er würde ins Publikum gerissen werden. In einem dionysischen Taumel. Sie habe so etwas nie wieder erlebt. »But then you might have still been very inexperienced.« sagte Gilchrist. Er wüsste genau, wen sie meinte. Der Name fiele ihm gerade nicht ein. Namen. Das würde immer schwieriger. Und ja, ja. Das war ein Tierchen gewesen. A sexy animal. Aber er hätte bei Schauspielern immer nach dem alten Grundsatz gehandelt.

215

»An actor, a spaniel, and a walnut tree,
The more you beat them, the better they be.«
Gilchrist lachte. Er sang den Sinnspruch vor sich hin.
Ursprünglich habe das natürlich »woman« geheißen. Er sang
wieder.

»A woman, a spaniel, and a walnut tree,
The more you beat them, the better they be.«
Die Teller wurden abserviert. Gilchrist bestellte eine zweite
Flasche. Selma solle doch trinken. Sie wolle doch nur, dass er
ein schlechtes Gewissen bekäme. Dass er schuldbeladen nach
Hause torkle. »Trapsing home guilt-ridden.« sagte er. Selma
saß still. Ihr war wehmütig. Die Erinnerung an die Theater-
besuche. Damals. Und dann womöglich mit der Sydler in den
gleichen Aufführungen gesessen. In ihren Pilgerfahrten ins
Theater nach London. Große Welt. Damals hatte sie nach der
großen Welt gestrebt. Sie presste die Lippen aufeinander. Die
Melancholie nicht auszudrücken. Wieder nur in Bitterkeit
enden konnte. Und wenn das Leben schon kitschig, dann
wollte sie wenigstens nicht kitschig darüber reden. Das musste man dem endlosen Strom der ungefragt eingereichten
Manuskripte überlassen. Da fanden sich diese Sätze. Dass
man es erwartet haben musste. Dass man es aber nicht erwarten hatte können. Dass genau gegen diese Erwartung der
Kampf geführt worden war und dass der verloren war. Von
Pontius zu Pilatus. Aber sich die Hände selber waschen
musste und mit rosaroten Handtüchlein abtrocknen. Wo der
Fisch bliebe, sagte Gilchrist. Sie müsse doch hungrig sein. Sie
habe doch nichts gegessen. Am Nebentisch schnitt der Mann
in ein Steak. Die Frau schaute auf seinen Teller. Unvermittelt
begann sie laut zu sprechen. In fast akzentlosem britischen
Englisch begann sie zu erzählen. Was das für ein Glück sei.
Was für ein glücklicher Zufall. Es habe sich hier eine alte

Bekanntschaft gefunden. Eine sehr wichtige Person. Die Person, die die ganzen Wiener Festspiele bestimmte. Und die säße hier. Nebenan. Und jetzt würden sie gemeinsam weggehen und ihre Karriere besprechen. Er benötige sie ja ohnehin nicht mehr. Deshalb ginge sie jetzt mit dieser Person weg und begänne Pläne zu machen. Für ihre Zukunft. Als Schauspielerin. Sie müsste zur Bühne zurück. Zu ihrer heimatlichen Bühne. Da gehöre sie hin. Die blonde Frau war aufgestanden. Sie sprach ohne Aufwand. Sie sprach so vor sich hin. Plapperte. Sie nahm ihr weißes Vuitton-Täschchen vom Boden auf. Stand kurz am Mäuerchen. Sie sah Selma an. Sprach weiter. Man solle ja seine wahre Berufung nicht verleugnen. Und wenn das Schicksal einem einen so deutlichen Hinweis gäbe. Die Frau ergriff Selmas Hand. Hob ihre Hand. Zog Selma hoch. Die Frau Dr. Brechthold wäre ja nicht immer nett zu ihr gewesen. Aber das sei sicher längst vorbei. Sie nahm Selmas Hand fest in ihre und führte sie aus der Nische hinter dem Mäuerchen. Selma konnte gerade noch ihre Tasche von der Sessellehne mitnehmen. Die Frau sprach weiter. Sie lächelte Selma an. Hängte sich bei Selma an und schob Selma durch das Lokal. Zur Tür. Ab jetzt würde Kunst gemacht. Ab jetzt würde nur noch Kunst gemacht. Der Mann hatte das Besteck abgelegt. Er saß zurückgelehnt. Sah der Frau zu. Sah den beiden Frauen zu. Selma sah ihn noch die Arme verschränken. Dann waren sie an ihm vorbei. Die Frau ging schneller. Sie sprach nicht mehr. Sie zog Selma durch die Tür nach. Auf der Straße gingen sie nach rechts. Selma wollte etwas sagen. Die blonde Frau begann zu laufen. Sie hielt Selma an der Hand und lief. Sie riss Selma mit. Sie liefen die Straße hinunter. Sie flüchteten. Mit Riesenschritten liefen sie. Davon.

15

Die Riesenauslagen eines Schuhgeschäfts. Parfümerie.
Jeans. Sie liefen durch die Menge. Sie liefen zickzack. Stürmten die Straße hinunter. An der ersten Ecke riss die Frau Selma nach rechts. Sie rannten noch ein paar Schritte. Konnten nicht einfach stehen bleiben. Sie mussten auslaufen, so
schnell waren sie die Straße hinunter und um die Ecke. Sie
lachten. Selma musste lachen, weil die blonde Frau lachte.
Sie kamen zum Stehen. Standen keuchend. Sahen einander
an. Sie mussten wieder lachen. Die Frau zog Selma weiter.
Das Licht. Die Sonne hoch oben auf Fenstern aufglänzte.
Es musste 8 Uhr sein. Halb 9. Die Sonne weg. Die Helligkeit noch. Aber schon wieder kürzer. Es war der 6. Juli. Die
Tage wurden schon wieder kürzer. Aber sie war weit im
Westen. Gegen Wien war sie weit im Westen und der Tag viel
länger. Sie gingen an hohen schmiedeeisernen Zäunen entlang. Weiß gestrichen. Dann schwarz. Die Troddeln an den
schmiedeeisernen Kokarden golden. Sie kamen auf einen
lang gezogenen Platz. Riesige Platanen in der Mitte. Eine
lange Reihe weit ausladender hoher Bäume. Die Straße rund
um die hellen Stämme. Zwischen den Bäumen weiße Sitz-
bänke. Die Gehsteige mit großen Platten belegt. Die Schritte
hohl klappernd. Die blonde Frau trug Sandaletten mit
hohen Absätzen. Jeder Schritt ein klimperndes Geräusch.
Hinter den Zäunen Backsteinbauten. 7 oder 8 Stockwerke
hoch. Erker und Fenster weiß abgesetzt. Stiegen zu den Eingängen. Tore in den Zäunen zu den Souterrainwohnungen.
Die Türen in allen Farben lackiert mit messingglänzenden
Türschnallen und messingglänzenden Klingelknöpfen. Die
Klingeln in Glasscheiben eingelassen und die Namen rund
um die Klingelknöpfe. Selma lief neben der Frau. Versuchte

218

Schritt zu halten. Susanna Ammannshausen war um einen Kopf größer. Sie hatte viel längere Beine und stürmte dahin. Lachend segelte sie auf das Haus in der rechten Ecke des Vierecks zu. Selma musste mitlachen. War fröhlich. Wie witzig. Gilchrist musste die Rechnung jetzt selber zahlen. Die ganze Rechnung. Und ob er ihren Fisch auch essen würde. Sie war leicht. Das Laufen hatte sie in eine Leichtigkeit versetzt. Sie hätte Lust gehabt, weiterzulaufen. Weiter die Straße hinunterzustürmen. Und alle zur Seite gesprungen. Ihre Hand. Die Hand der anderen Frau hielt ihre Linke fest umfangen. Sie gingen. Susanna ein wenig vor ihr. Sie führend. Die Frau lächelte. Wandte sich ihr zu. Sie müssten nur in die Wohnung. Dann wären sie sicher. Fürs Erste wären sie dann sicher. Selma nickte. Sie wusste nicht, warum sie sicher sein sollten. Warum Sicherheit notwendig war. Überhaupt. Aber sie ließ sich mitziehen. Folgte. Sie war neugierig. Erwartungsvoll. Es war klar, dass etwas zu erwarten war. Sicherheit. Das Laufen. Eine Geschichte. Sie war nicht neugierig. Sie war erwartungsvoll. Ein Glucksen der Erwartung in der Kehle. Ein Abenteuer. Ein Abenteuer hatte begonnen. Sie sah die Frau an. Die machte ein entschlossenes Gesicht. Sie ließ ihre Hand los. Begann in ihrem Täschchen zu kramen. Lief die Stufen zu einer rot lackierten Eingangstür hinauf. Stand einen Augenblick und suchte in ihrer Tasche. Sie fand den Schlüssel. Hielt ihn in der Hand. Sah sich um. Sie ließ den Blick über den ganzen Platz streifen. Dann sperrte sie auf. Sie stieß die schwere Tür nur so weit auf, dass sie durchschlüpfen konnten. Dann stemmte sie sich gleich gegen die Tür, die Tür ins Schloss zu drücken. »Ich habe ihm seinen Schlüssel abgenommen.« zischte sie. »Er hat es noch nicht bemerkt. Jetzt schnell.« Sie lief den schmalen Gang hinunter. Weiße und schwarze Marmorplatten. In Nischen die Büsten römischer Dichter und Politiker. Cicero gleich rechts der Erste. Dann Marc Aurel und Horaz. Selma sah sich um. Cäsar. Cäsar durfte doch in so einer Galerie nicht fehlen. Die Frau stieg schon die Stiegen hinauf. Selma lief ihr nach. Was machte sie hier. In fremden Häusern herumlaufen. Dann folgte sie der Frau hinauf. Die eilte an der Wohnungstür im 1. Stock vorbei. Eine glatte metallen glänzende Doppeltür. Nirostaglänzender Stahl. Kein Schloss. Kein Türgriff. Das Wählpad der Sicherheitsanlage links an der Wand. Selma lief der Frau nach. Wohin war sie geraten. Was passierte hinter diesen Stahlplatten. Die Frau wartete vor der Tür im nächsten Stock. Weiß lackierte Türflügel. Die Frau steckte den Schlüssel ins Schloss. Das orange Licht der Alarmanlage begann zu blinken. Von drinnen war ein schnarrender Ton zu hören. Selma wurde wieder durch die Tür gezogen. In die Wohnung gerissen. Die Frau steckte den Schlüssel in ein Schloss auf einer Metallplatte. Ein kleiner Fernsehschirm zeigte den Eingang auf die Straße. Ein Mann in Jeans und weißem T-Shirt ging an den Stufen vor dem Haus vorbei. Seine Beine waren groß zu sehen. Der Oberkörper verlor sich im Bild nach oben. Das tutende Schnarren erstarb. Die Frau ging vom Vorraum in ein Zimmer voraus. Selma ging ihr nach. Die Frau ließ sich auf ein Sofa fallen. Vier solche Sofas im Raum. 70er-Jahre-Stoffmuster. Die Sofas breit und eine kleine Lehne. Hinten. Die Frau ließ ihre Sandalen fallen. Schob sich die Sandalen von den Füßen und zog die Beine an. Sie hielt ihre Beine umfangen. Sie trug einen lachsfarbenen Tanga unter dem hellblau-gelben Sommerkleid. Warum sie nun davongelaufen seien, fragte Selma. Sie setzte sich auf ein Sofa vor der Fensterwand. Die Tür zur Terrasse vor dem Fenster stand angelehnt. Warme Luft strich herein. Die Frau stand auf und schob die Tür zu. Von draußen sofort nichts mehr zu hören. Kein Ton. Langsam setzte sich ein Surren in Gang. Es brauche nicht lange, bis die Klimaanlage den Raum gekühlt habe, sagte Susanna und ging an ihren Platz zurück. Selma schaute sich um. Über der jungen Frau 3 Andy Warhols. Marilyn Monroe. Catherine Deneuve und Andy selbst. Sein Bild in der Mitte. Die Bilder groß. Originaldrucke. Wahrscheinlich. In der Ecke Module gestapelt. Die Module weiß. Die Seitenwände gewellt. Zwei Bücher im linken mittleren. Sonst die Stellflächen leer. Eine Stehlampe. Schwarzer metallisch glänzender Schaft. Schwarzer Lampenschirm. Schwarzer Samt. Am unteren Rand ein Band mit Bommeln angenäht. Schwarze kleine Bommel. Pompons. Ein weißer ovaler Couchtisch auf einem weißgrauen Afghanteppich. Der Boden grauglänzend. Silbern. Spiegelnd. Auf den Sofas Pölster. Die Farben der Pölster schlugen sich mit den Farben der Sofas. Die Pölster waren auf die Warhols abgestimmt. Ob sie das hier eingerichtet habe, fragte Selma. Auf dem Couchtisch Glasschalen in den Farben der Sofas. Sie spinne wohl, antwortete die Frau. Sie saß. Umfing ihre angezogenen Beine. Sie schaukelte vor und zurück. Leicht. Sah vor sich hin. Sie sei doch keine Innendekorateurin. So etwas. Das machten Leute, denen man einen Auftrag gäbe, das zu tun. Aber es sähe doch sehr beeindruckend aus, sagte Selma. Ja, antwortete die Frau. Wenn man sich von solchen Sachen beeindrucken lasse. Und es sei doch wirklich scheißgleichgültig, wie es aussähe. Irgendwie sähe es doch immer aus. Da müsse man sich nicht darum kümmern. Oder sei sie eine von denen. Eine von diesen Martha-Stewart-Hausmütterchen. Die das interessiere. Selma setzte sich gerade auf. Auf dem niedrigen Sofa gab es keine Möglichkeit sich anzulehnen. Was dagegen einzuwenden wäre, sich für die Einrich-

221

tung einer Wohnung zu interessieren. Und ganz offensichtlich wäre das hier doch eine Ansammlung von Designerstücken. Selma wurde wütend. Sie müsste doch fragen, was der Sinn dieser Entführung gewesen wäre. Die Frau schaukelte sich auf dem Sofa. Sie hätte ja nicht mitkommen müssen, sagte sie. »Frau Dr. Brechthold. Sie hätten ja nicht mitkommen müssen.« »Und jetzt sagen Sie mir auch noch, dass mich niemand gezwungen habe. Ja?« Selma begann zu lachen. Die Argumente kamen immer mit. Es war zu komisch. Sie hatte gedacht. Sie hatte erwartet. Etwas ganz anderes. Etwas vollkommen anderes. Und dann kam der alte Satz. Sie stand auf. »O. k.«, sagte sie. Dann ginge sie gleich am besten. Das ginge jetzt nicht gleich, sagte die Frau. Sie stand auf. Sie könne sie jetzt nicht allein lassen. Und Selma würde das nicht verstehen. Selma könnte die Situation nicht verstehen. Sie solle nur da sitzen bleiben. Es würde auch nicht lang dauern. Es ginge nur darum, darauf zu warten, dass jemand käme. Und Susanna wolle nicht allein sein. Bis dahin. Und Selma könne ihre Schuld an Susanna so abtragen. Das wäre das Wenigste, was Selma machen könne, dafür, was sie Susanna angetan habe. Beziehungsweise nicht angetan. Nämlich Hilfe. Die hätte Selma ihr nicht gegeben. Selma wäre Susanna nicht zu Hilfe gekommen. Und dabei wäre es so einfach gewesen. Für Selma. Selma saß da. Sie wusste nicht, wovon diese Frau sprach. Sie konnte sich an keine Situation erinnern, in der sie miteinander zu tun gehabt hätten. Sie konnte sich an Gespräche über diese Frau erinnern. Über ihr Aussehen. Über ihr Können. Über das Interesse vom Intendanten an ihr. Über ihre Zuverlässigkeit. Die war schon damals fraglich gewesen. Und wenn Selma diese Frau genau. Wenn sie genau hinsah. Was war da los. Nichts passte zusammen. Die Wohnung. Wie diese Frau

222

dasaß. Auf diesen kleinen Raum beschränkt. Die Frau saß auf einem winzigen Fleckchen. Zusammengekauert. Sie schaukelte sich da. Wiegte sich. Aber sie stand nicht mehr auf. Bewegte sich nicht in der Wohnung. Wartete sie. Sie schien zu warten. Eine Nervosität. Das Wiegen kein rhythmisches Vor und Zurück. Kein Einlullen. Das Schaukeln war eher ein In-Bewegung-Bleiben. Unruhe. Selma traute sich selber plötzlich nicht aufzustehen. 2 Türen von dem Raum weg. Hinter dem hellgrasgrünen Sofa mit zitronengelbem 70er-Jahre-Muster reichte der Raum weit nach hinten. Ohne Einrichtung. Die weißen Wände und der silbernglänzende Boden. Eine Tür nach rechts und der Ausgang zum Vorraum. Selma musste aufs Clo. Sie wusste, dass sie nicht musste und dass es nur eine Entschuldigung sein sollte. Um aus diesem Raum hinauszukommen. Dass sie einen wirklichen Drang entwickeln musste, damit sie sich ihre Flucht entschuldigen konnte. Sie stand auf. Sie solle sitzen bleiben, sagte die Frau. Scharf. Kurz. Was denn los sei, fragte Selma. Und sie wolle jetzt gehen. Das sei alles zu seltsam. Sie könne gar nicht hinaus, sagte die andere. Wieder ruhig. Unbeteiligt. Man könne aus dieser Wohnung nur mit dem Schlüssel. Sie müsste mit Selma mitgehen. Ihr aufsperren und von draußen die Alarmanlage ausschalten. Aber sie müssten sicher nicht lange warten. Ein Telefon klingelte in einem anderen Zimmer. Die Frau reagierte nicht. Sie setzte sich weiter nach hinten. Die Beine lang vor sich ausgestreckt. Sie lehnte sich gegen die Wand hinter ihrem Sofa. Selma sah zum Fenster hinaus. Sie ging an die Tür. Die Terrasse eingerahmt von Bäumen in großen Terracotta-Urnen. Selma wollte fragen, warum es keine Blumen gab. Warum nichts blühte. Auf der Terrasse. Aber wahrscheinlich kümmerte sich niemand darum. Schläuche führten von Urne zu Urne.

Die Bäume waren an eine Bewässerungsanlage angeschlossen. Die Bewässerungsanlage war programmiert und alles lief von allein. Mit Blumen. Mit blühenden Blumen war das nicht so einfach. Da musste man dosieren. Da musste man Entscheidungen treffen. Greifen, ob die Erde noch feucht war. Oder zu feucht. Oder zu trocken. Das konnte eine Bewässerungsanlage auch. Wahrscheinlich. Man konnte sicherlich Sensoren einbauen. Das konnte man sicherlich regeln. Aber das würde mehr kosten. Da musste man sich interessieren dafür. Selma ging ganz an die Scheibe. Hinter den Bäumchen Bäume. Innen. Da, wo die Gärten der Häuser zusammenstießen hohe Bäume. Die anderen Häuser hinter den hochaufgeschossenen Büschen und den Baumkronen. Die Wohnung. Das Zimmer hier versteckt. Im Sommer jedenfalls. Die Frau warf sich auf das Sofa. Lag hingestreckt auf dem Bauch. Sie hob den Kopf. Ob Selma in London etwas mache. Was Selma in London mache. Würden die Festspiele etwas in London planen. Mit London. Und vielleicht gäbe es ja doch eine Möglichkeit, sie hineinzubringen. Sie wäre ja doch Schauspielerin. Einmal. Und das. Das Schauspielen. Das wäre wie Schwimmen. Das verlerne man doch nicht. Das verlerne man nie. Und wüsste Selma keine Möglichkeit, sie zur Bühne zurück. Das müsse man genau besprechen, sagte Selma. Sie selbst. Sie habe da keinen großen Einfluss. Den habe sie übrigens nie gehabt. Es scheine da ein Missverständnis zu geben. Selma sprach. Sie sprach mit ihrem Spiegelbild in der Glastür auf die Terrasse. Oder war das doch mehr ein Balkon. Konnte man das Terrasse nennen. Die Säulchen am Rand. Waren Terrassen mit Säulchen zu begrenzen. Selma fragte sich, warum sie nicht sagte, dass sie nichts mehr mit den Festspielen zu tun hatte. Warum gab sie das nicht zu. Ihr Spiegelbild vage. Nur an den

Stellen, an denen die Bäume draußen dunkel genug, zeichneten sich Fetzen ihres Bilds ab. Von irgendwo Licht im Raum. Selma drehte sich um. Schaute sich um. Die Frau setzte sich auf. Abrupt schnellte sie vom Liegen hoch. Sie zog ihre Handtasche zu sich. Stellte sie an den Rand des Couchtischs. Sie starrte die Tasche an. Schwieg. Selma fand nichts, was gesagt werden hätte können. Die Frau saß nach vorne gesunken. Die Trägerchen ihres Kleides über die Schultern hinuntergerutscht. Das Kleid vom Busen gehalten. Der Busen. Groß. Fest. Unbewegt. Operiert. Wahrscheinlich. Oder. Wie alt war diese Frau. Wie alt konnte sie sein. Obwohl. So fest war kein normaler Busen. So prall in die Höhe. Aber vielleicht auch doch. Selma hatte das Interesse verloren. Sie war nicht mehr sicher, ob sie diese Frau kannte. Ob sie die überhaupt kannte. Sie sah die Frau genau an. Sie konnte sich nicht mehr erinnern. Die Frau hatte sie erkannt. »Wie heißen Sie denn nun genau.« fragte Selma. Sie hatte sich wieder hingesetzt. Sprach auf gleicher Höhe mit der Frau. Sah sie von der Seite an. »Ach ja.« murmelte die Frau. »Jetzt erkennt sie mich nicht mehr. Jetzt ist sie unsicher geworden. Jetzt hat sie sich getäuscht. Jetzt hat sie dich verwechselt. Jetzt wird sie gleich noch mehr Angst bekommen. Ja. Das hier ist ein gefährlicher Ort. Da ist es gut, wenn sie Angst hat. Sie hätte natürlich schon vorher Angst haben sollen und nicht mitgehen. Das wäre viel besser für sie gewesen, wenn sie nicht mitgekommen wäre. Was hat sie sich nur versprochen davon mitzukommen. Vielleicht hat sie doch Interesse an dir, mein Schatz. Vielleicht interessiert sie sich jetzt für dich. Vielleicht interessiert sie sich für deine Geheimnisse. Für die vielen kleinen Geheimnisse. Oder die großen. Was wird sie jetzt tun. Wird sie die Situation ausnutzen. Wird sie dir etwas versprechen und dann nichts halten. Das kann sie gut. Das kann sie sehr gut. Das kennen wir von der Frau Dr. Brechthold. Die Frau Dr. Brechthold ist eine Garantie für gebrochene Versprechen.« Die Frau hatte vor sich hingesprochen. Hatte auf den Tisch hin gesprochen. Hatte in ihr weißes Vuitton-Täschchen mit dem Vuitton-Logo in allen Sommerfarben gesprochen. Dann hatte sie sich zurückgelehnt. Mit den Händen abgestützt hatte sie den Kopf nach hinten gelegt. Ihre Kehle in einem hellen Bogen nach hinten gebeugt. Die Kehle preisgegeben. Sie schob sich auf der Couch nach vorne. Öffnete die Knie. Langsam. Bis die Beine weit auseinander. Das Kleid weit über den Busen heruntergerutscht. Die Träger über die Arme. Der weite Rock fiel zwischen die weit auseinander gespreizten Beine.

»I can fill my space
fill my time
but nothing can fill this void in my heart«
deklamierte sie. Sie saß still. Sie saßen beide still. Selma gelähmt. Sie bewegte sich nicht. Zwang sich nicht zu bewegen. Sie hatte Angst, wenn sie sich bewegte. Die andere Person. Etwas Schreckliches. Sie starrte die Frau an. Sie wollte gerade fragen, woher sie dieses Zitat kannte. Da setzte die junge Frau sich auf. Raffte ihr Kleid und saß im Schneidersitz auf dem Sofa. Das wäre eine Stelle aus einem Stück, das Selma nicht kenne. Nicht kennen könne. Aber das sei ja auch typisch. Die wirklich guten Stücke. Die wirklich neuen. Die kennten solche Typen wie sie nicht. Die wollten solche Typen wie sie nicht kennen. Weil es darum ging, die Personen, die solche Stücke schrieben, zu unterdrücken. Weil solche Typen, wie Selma eine war. Weil die solche Personen fürchten müssten, die solche Stücke schrieben. Die Frau zischte die Sätze. Böse. Anklagend. Vorwurfsvoll. Sie rutschte nach vorne und griff nach einer der bunten Glas-

226

schalen. Nahm sie in die Hand. Sie warf die Glasschale ohne ihre Vorwürfe zu unterbrechen über Selma durch die Fensterscheibe. Ein dumpfer Ton. Knacken. Die Schale fiel zu Boden. Auf dem Fensterglas liefen lange Risse. Selma konnte zusehen, wie die Risse sich ihren Weg bahnten. Wie die Enden der Risse bis an den Rand liefen. Wie die Risse immer langsamer bis an den Rand liefen und dann alles stillstand. Selma hatte sich geduckt. Saß geduckt verdreht auf die Fensterscheibe schauend. Sie stand auf. Sie musste sich abstützen. »Das ist nicht lustig.« sagte sie. »Das ist nicht mehr lustig.« Die Frau sprach weiter.

»Everything passes
Everything perishes
Everything palls
my thought walks away with a killing smile.«

Selma ging zur Tür. Die Tasche vom Boden aufnehmend machte sie sich auf den Weg. Sie fände es immer richtig, Sarah Kane zu zitieren. Aber die Aktionen. Die actions. Die wären ihr auf der Bühne lieber. Selma presste ihre Handtasche gegen die Brust. Sie ging mit dem Oberkörper der Frau zugewandt seitlich. Die Tasche wie ein Schild. Ihre Tasche ein riesiges schwarzes Ungeheuer gegen das Vuitton-Täschchen auf dem Tisch. Alt. Sie kam sich so alt und ungeschlacht vor, wie ihre Tasche neben dem appetitlichen Vuitton-Sommertraum. Aber alt und hässlich. Sie wollte weg. In der Vuitton-Tasche läutete ein Telefon. Ein altmodischer Telefonklingelton. Ein Klingelton wie die ersten Telefone. Hell. Schrill. Ein Signal. In der Lange Gasse hatten sie lange Zeit nur ein Vierteltelefon haben können. Ein Anschluss hatte mit drei anderen Parteien geteilt werden müssen. An einer kleinen Scheibe vorne am schwarzen Gehäuse des Apparats hatte man sehen können, ob die Leitung frei war.

Wenn die Fächerfensterchen weiß gefüllt waren. Dann telefonierte jemand anderer. Dann hatte man warten müssen. Die Mutter dann davor gestanden. Das Telefon damals an der Wand befestigt gewesen. Die Mutter davor gestanden und gewartet, bis das Telefon so geläutet hatte. Bis dieser schrille Ton ihr ein Gespräch versprach. Oder die Fächerfenster schwarz geworden. Mit einem Knacken wieder schwarz geworden und die Mutter so schnell wie möglich den Hörer gehoben und auf den weißen Knopf gedrückt. Sich die Leitung erobert. Und dann lange geredet. Bis jemand an der Tür geklopft und gebeten hatte, die Leitung doch frei zu machen. Andere Menschen wollten auch telefonieren. Und der Vater am Abend einen Vortrag gehalten. Über die Tugend des knappen Telefonierens. Und dass dieses Getratsche. Dass die Technik nicht für dieses Weibergetratsche da sei. Da sein könne. Die Frau fuhr nach dem ersten Läuten in die Handtasche. Riss das handy heraus, sah das display an und drückte auf die Annahmetaste. Sie mache auf, sagte sie in den Apparat. Sie sprach wieder englisch. Ob sie eine englische Sprechausbildung habe, fragte Selma. Dieses Englisch so perfekt. Die Frau reagierte nicht. Sie verstaute das handy wieder in der Tasche. Sie müsse jemandem aufmachen. Jemanden hereinlassen. Dann könnte Selma gehen. Bis dahin sollte sie einfach hier bleiben. Sie sollte sich wieder setzen. Sie wäre gleich wieder zurück. Der Weg zur Eingangstür sei ja nicht weit. Die Frau sprach englisch mit Selma. Selma wollte nicht warten. Sie wollte mit hinaus. Sie ging der Frau nach. Die drehte sich um und sah sie an. Selma blieb stehen. Der Blick. Selma wartete, bis die Frau aus der Wohnung war. Die Wohnungstür wurde von draußen geschlossen. Sie hörte aber keinen Schlüssel. Sie hörte keinen Schlüssel, der umgedreht wurde. Sie hastete zur Tür.

Bemühte sich kein Geräusch zu machen. Sie musste nur hier hinaus. Das war alles. Verrückt. Aber wirklich passieren. Was konnte ihr geschehen. Noch eine Glasschale. Aber 2. 2 Personen. Sie wusste ja nicht, wer da kommen sollte. Wo war sie hingeraten. Sie war in eine de-Sade-Geschichte geraten. Eine de-Sade-Gastgeberin, die Sarah Kane zitierte. Gut zitierte. So wurden diese Texte inszeniert. Genau so saßen die Schauspielerinnen auf den Bühnen und sagten diese Texte. Die Texte ein Geständnis und die Körper ebenso. Sie hörte nichts von draußen. Sie stand da. Die Stille in der Wohnung. Die Stille auf dem Gang. Als gäbe es außer ihr keinen Menschen auf der Welt. London weit weg. Nichts zu hören. Nicht einmal das entfernte Murmeln des Stadtverkehrs. Das Dröhnen der Stadt ein Grundton. Wenigstens. Selma drückte die Klinke nieder. Die Tür ging nach innen auf. Selma trat zur Seite. Sie schaute auf den Gang hinaus. Der Gang leer. Niemand auf den Stiegen. Hinauf. Es ging noch mehrere Stockwerke hinauf. Niemand. Sie ging aus der Wohnung. Auf Zehenspitzen. Zog die Tür fast zu. Ließ die Tür angelehnt. Sie lief die Stufen hinauf. Hetzte zwei Stockwerke hinauf. Sie blieb auf dem Stiegenabsatz stehen. Schaute hinunter. Hier Geräusche von draußen. Eine Stimme. Ein Hundebellen. Ein Auto. Dann wieder nichts. Lange. Dann ein Mann. Er ging mit lauten Schritten über die Marmorplatten des Eingangs. Seine Absätze mit Eisen verstärkt. Maßschuhe, dachte Selma. Sie stand weit weg vom weiß gestrichenen Holzgeländer. Beugte sich weit nach vorne. Stand dann wieder an die Wand gepresst. Wenn der Mann nun hier heraufkam. Wenn dieser Mann hierher wollte. Keine Tür auf diesem Stiegenabsatz. Die Wände glatt und weiß. Hier war kein Eingang. Hierher konnte niemand wollen. Ihr Herz. Der Mann eilte die Stiege hinauf. Bei jedem Schritt schliff er über den Stein. Stetig. Schnell. Dann klapperte er über den Stiegenabsatz zur nächsten Stiege. Selma traute sich nicht, hinunterzuschauen. Sie zählte die Stiegenabsätze. Dann war Stille. Die Tür wurde zugestoßen. Selma lief hinunter. Sie sprang hinunter. Nahm 2 Stufen auf einmal. Flog über die Stiegen. Die 4 Stockwerke hinunter. An der Tür im zweiten vorbei. Schnell. Sie wollte nur schnell sein. Der Lärm war ihr gleichgültig. Aber ihre Schuhe nur dumpf das Aufspringen. Ein dumpfes Poltern. Sie stürmte hinunter. Stürzte in die schmale Eingangshalle. Die Tür zu. Sie lief auf die Tür zu. Rüttelte an ihr. Die Tür ging auf. Sie fiel fast um. Sie hatte gedacht, diese Tür versperrt. Sie lief die Stufen zum Eingang hinunter. Sprang über diese Stufen. Sie erwartete ein Getöse. Der Alarm. Der Alarm sollte doch losgehen. Sie lief nach rechts. Sie wusste nicht warum. Sie lief einfach auf den Platz. Die Häuserreihe hinunter. Davon. Sie wollte nur in eine Richtung, die niemand erwartete, und sie hatte von sich gedacht, dass sie nach links laufen würde. So schnell wie möglich auf Kensington High Street zurück. Der Platz lang. Schattig. Das Licht nur noch hoch oben. Am Grund des Platzes dämmrig. Der Platz sich weit nach hinten zog. Aber geschlossen war. Kein Gässchen. Keine mews, die aus dem Platz hinausgeführt hätte. Selma hörte zu laufen auf. Sie ging. Sie zwang sich zu gehen. Zu gehen, als wäre sie auf dem Weg. Auf dem Weg irgendwohin. Hier. Sie folgte dem Gehsteig die Häuser entlang. Außen. Sie stand in der linken oberen Ecke. Ein gotisches Gebäude ragte auf den Platz. Die Apsis einer Kirche. Die gotischen Säulchen. Die grotesken Wasserspeier. Die Kirche nicht sehr groß. Wahrscheinlich nicht alt. In der Dämmerung. Sie ging die Mauer entlang. Laub hatte sich an den Strebepfeilern gesammelt. Die Blätter raschelten unter ihren Schuhen. Ihr Gang hier lautlos.

230

Sie drängte sich hinter einen der Strebepfeiler. Schaute um die Ecke. Versuchte zu sehen, was sich bei der roten Eingangstür tat. Sie keuchte. Sie lehnte sich an. Sie stand gelähmt. Sie konnte sich nicht bewegen. Sie konnte sich selbst nicht dazu bewegen, weiterzugehen. Dem Gehsteig zu folgen und durch die schmale Seitengasse wieder in den Trubel zurückzukehren. Unter Menschen zu kommen. Und sicher da. Die junge Frau. Sie war sicher, dass diese junge Frau gar nicht Susanna Ammannshausen gewesen war. Eine Ähnlichkeit. Eine entfernte Ähnlichkeit. Und diese Person sicher aus Wien gewesen. Aber jemand anderer. Sie musste eine andere sein. Diese Susanna. Die war ehrgeizig gewesen. Die war wahrscheinlich irgendwo an einem kleinen deutschen Theater in Vertrag. Und spielte alle jugendlichen Liebhaberinnen-Rollen auf und ab. Ein Auto bog auf den Platz ein. Ein Taxi. Der große schwarze Wagen fuhr langsam auf den Platz herein. Folgte der Straße. Majestätisch langsam. Der Wagen hielt vor einem Haus in der rechten Ecke oben. Selma überlegte. Stand still. Eine Person war aus dem Auto geklettert. Eine ältere Dame. Sie stand am Fenster des Fahrers. Zahlte. Selma ging los. Die ältere Frau wandte sich ab. Selma blieb stehen. Sie stand am Straßenrand. Das Taxi kam auf sie zu. Die Scheinwerfer waren schon an. Die Lichter steuerten auf sie zu. Selma hob die Hand. Winkte dem Fahrer. Der Wagen fuhr weiter. Wurde nicht langsamer. Selma trat auf die Straße. Der Wagen wich aus. Fuhr an ihr vorbei und hielt so, dass sie nur noch die Tür öffnen musste und einsteigen. Selma brauchte einen Augenblick, die Situation zu begreifen. Sie hatte gedacht, das Taxi führe davon und sie müsse auf die Dunkelheit warten, von diesem Platz wegzukommen. Sie riss die Tür auf und kletterte in den Wagen. Sie müsse zum Waverly House Hotel auf South-

231

ampton Row, sagte sie. Der Wagen blieb stehen. Sie wiederholte die Adresse. Sie hörte die Türverschlüsse zuklicken.
Dann fuhr der Wagen. Sie sah vor sich hin. Sie schaute nicht
nach links. Sie wollte diese rote Eingangstür nicht mehr
anschauen müssen.

16

Sie saß im Taxi. Sie konnte den Fahrer kaum sehen. Die Trennscheibe nach vorne mit Hinweisen beklebt. Sie sollte nicht rauchen. Eine Preisliste. Der Nachtzuschlag. Ein Zuschlag für Fahrten an den Rand von London. Ein Zuschlag für Fahrten außerhalb Londons. Die Kosten für die Fahrt nach Heathrow. Nach Gatwick. Sie schaute durch die Seitenfenster hinaus. Der Wagen bog nach links. Sie hätte gedacht, dass sie nach rechts fahren müssten. Aber das war nur ein Gefühl. Sie war froh, in diesem Taxi zu sitzen. Sie beugte sich nach links. Im »Il Portico«. Sie versuchte zu sehen, ob Gilchrist noch da saß. Sie konnte aber nicht weit in das Lokal hineinsehen. Auf der Straße gerade noch heller als in dem Lokal. Die Silhouetten schattig. Nichts genau auszunehmen. Sie dachte, sie hätte den Mann sitzen gesehen. Den Mann vom Nachbartisch. Von hinten. Immer noch essend. Aber sie konnte nicht sicher sein. Der Mann, der in die Wohnung gestürmt war. Der war jünger gewesen als er. Größer. Schlanker. Der hatte hellere Haare gehabt. Er war ähnlich angezogen gewesen wie der im Lokal. Ein Anzug. Dunkel. Der Wagen fuhr. Rechts konnte sie den Himmel sehen. Dunkelblau. Dunkeltintenblau und die Häuser scharfe Umrisse dagegen ragten. Auf den Gehsteigen noch mehr Menschen. Alle trugen Einkäufe. In Plastiksäcken. In braunen Papiersäcken. In Schachteln. In Rucksäcken. In den rot und blau karierten Plastiktaschen, die man auf den Flughäfen sah. Riesengroße rot und blau karierte Plastiktaschen, die voll gestopft und mit Bindfaden verschnürt auf den Gepäckbändern zu platzen drohten. Selma hatte nicht gewusst, dass es diese Taschen auch kleiner gab. Das Taxi fuhr. Sie freute sich über jeden Meter, den es sie von dem Platz wegtrug. Und von dem Lokal. Und was Gilchrist sich dachte. Sie lehnte sich zurück. Ließ die Welt an sich vorbeiziehen. Vorbeigezogen werden. Sie konnte wieder ruhig atmen. Ins Hotel zurück, dachte sie. Ins Hotel und fernsehen. Einen Spaziergang vielleicht noch. Zum British Museum hinauf. Das hatte auf der Karte nahe ausgesehen. Nur Schritte vom Hotel entfernt. Jedenfalls war das so im Prospekt beschrieben gewesen. »Waverly House Hotel. Lage: Im historischen Bezirk Bloomsbury. Das Britische Museum, Covent Garden, Soho und die Oxford Street sind zu Fuß zu erreichen. Direkt vor dem Hotel befindet sich eine Busstation.« Sie hörte die Frau im Reisebüro diesen Text vorlesen. Sie saß und sah hinaus. Sie fuhren eine breite Straße. Vier Spuren. Manchmal fünf oder sechs. Das Taxi fuhr schnell. Sie beugte sich vor. »I need to go to the Waverly House Hotel on Southampton Row.« Sie sprach gegen die Wand. Sie hoffte, sie war durch die Löcher in der Scheibe unten zu hören. Der Fahrer bewegte sich nicht. Er saß starr zurückgelehnt. Er hielt das Lenkrad mit durchgestreckten Armen. Irgendwer hatte ihr einmal erklärt, dass Rennfahrer ihre winzigen Lenkräder so hielten. Weil man so das Fahrzeug besser im Griff hatte. Selma beugte sich noch weiter vor. Der Mann hatte Brillen. Eine Schirmkappe. Er sah nach vorne. Nahm sie nicht zur Kenntnis. Selma ließ sich zurückfallen. Wie lange waren sie jetzt schon gefahren. Sie sah nichts, was ihr bekannt war. Mussten sie nicht an all diesen Sehenswürdigkeiten vorbeikommen. Piccadilly Circus. Oder Oxford Circus. Oder durch den Park. Sie fuhren hier eine Art Stadtautobahn. Die Richtung. Sie hatte keine Ahnung mehr, in welche Richtung sie fuhren. Sie hatte den Eindruck, dass sie

immer geradeaus Kensington Highstreet gefolgt waren.
Aber in Richtung des Flusses. Fuhr der da hinunter und
dann über Westminster wieder zurück in Richtung King's
Cross. Da führte eine Stadtautobahn weg. Die kannte man
aus den Filmen. Da begannen die Bezirke, in die man besser nicht ging. Jedenfalls nicht in der Nacht. Und nicht
allein. Sie hatte nicht auf die Uhr gesehen. Sie rutschte auf
ihrem Sitz wieder vor. »I'm sorry. But are you sure, you
understood the address.« Sie schrie durch die Löcher. Ihr
handy läutete. Sie erschrak. Sie fiel fast von der Bank. Sie
warf sich zurück und suchte nach dem Gerät. Das Klingeln
wurde lauter. Sie musste den Zippverschluss der Tasche
aufmachen und im Dunkeln nach dem Gerät tasten. Auf
dem display war eine Nummer. Sie kannte sie nicht. Es war
eine österreichische Nummer. Es war also nicht Gilchrist.
Der hätte ihre Nummer von ihrem Anruf gehabt. Aber
warum hätte er sie anrufen sollen. Sie würden einander nie
wieder sehen. Sie nahm das Gespräch an. War etwas mit
dem Vater, dachte sie. Oder. Ganz kurz wie immer beim
Telefonieren. Beim Abheben. Diese Hoffnung. Immer
blitzte einen Augenblick die Hoffnung auf, dass dieser
Anruf. Dieser Anruf würde gegen alle Erwartung und
Möglichkeit ein neues Glück begründen. Ein ganz neues
und unerwartetes Glück. Alle Hoffnung ballte sich in dieses Aufblitzen und blieb ja immer in der Erwartung
beschlossen. Erlösung, dachte sie. Erlöse uns aus unserem
Elend. Am Telefon war Tommi. Sie sei nach dem Flug verschwunden. Er habe sie nicht mehr finden können. Er hätte ihren Vater anrufen müssen, um diese Telefonnummer
herauszufinden und ob es ihr gut ginge. Er müsse noch zu
einem Dinner, aber danach hätte er Zeit. Wollten sie einander nicht auf einen Drink treffen. Wo wäre sie denn

gerade. Das Taxi bog um eine Ecke. Bog wieder um eine
Ecke. Es fuhr jedes Mal in eine schmalere Straße. Sie hörte Tommi zu. Draußen. Das Taxi rumpelte über Kopf-
steinpflaster. Wurde langsamer. Sie antwortete, dass sie das
nicht so genau wüsste. Sie legte sich nach links. Sie verrenkte den Kopf, eine Straßentafel lesen zu können. Eine
Hausnummer. Die Häuser hier niedrig. 2 Stockwerke und
ausgebaute Dachgeschosse. Fachwerkhäuser. Bei manchen
Häusern die Ziegel durch Glas ersetzt und in die Räume
zu sehen. Menschen beim Essen. Fernsehen. Trinkend. Vor
den Häusern Tische aufgestellt. Fenster und Türen offen
standen. Blumen. Blühende Geranien in Blumenkisten. In
Töpfen die Hausmauern entlang. Sie wüsste nicht, wo sie
wäre, sagte sie. Im Augenblick rumple sie in einem Taxi
durch eine mittelalterliche Straße. Für sie sähe das nicht so
aus, als käme sie dahin, wohin sie wolle. Das Taxi blieb stehen. Die Straße zu Ende. Eine Feuerwehrausfahrt vorne.
Sie konnte rot gestrichene Tore sehen. Und »Fire brigade«
in weißen Buchstaben quer auf die Tore geschrieben. Sie
wäre also beschäftigt, sagte Tommi. Dann wäre es vielleicht
am besten, man telefoniere später noch einmal. Selma lag
quer über den Sitz nach rechts. Auch da war keine Straßentafel. Aber die Gebäude rechts und links so knapp.
Man konnte gar nicht aussteigen. Das Taxi steckte in der
Straße. Was das bedeute, fragte sie durch die Scheibe. Der
Fahrer saß da. Er schaute nach vorne. Reagierte nicht. Selma rutschte nach links. Wollte die Tür aufmachen. Die
Tür war verschlossen. Sie zerrte an dem Griff. Der Türgriff
bewegte sich, die Autotür sprang aber nicht auf. Sie wandte sich an Tommi. Sie wäre da in einer seltsamen Situation, sagte sie. Der Taxifahrer habe sie in diesem Taxi eingeschlossen. Sie könne die Tür nicht öffnen und der Mann

spräche nicht mit ihr. Ach, antwortete ihr Cousin. Das
wäre sicher ein Missverständnis. Wahrscheinlich habe er
die Adresse nicht richtig verstanden. Sie solle einfach zahlen und gehen. Es mache keinen Sinn, sich mit einem Londoner Taxifahrer in einen Streit zu begeben. Sie müsse
jetzt Schluss machen, sagte Selma. Sie müsse sich mit ihrer
Situation beschäftigen. Sie legte auf. Sie drückte auf den
Aus-Knopf. Warum half er ihr nicht. Ihr war nicht zum
Lachen zumute. Dieser Mann hatte gelacht. Er hatte ihre
Probleme. Er hatte sie nicht ernst genommen. Warum
wollte er sie überhaupt wieder sehen. Was sollte das bringen. Er hatte nicht einmal wissen wollen, wo sie steckte. Sie
wolle jetzt hinaus, sagte sie. Laut. Sie sprach vor sich hin.
»What do I have to pay.« Der Mann vorne saß ruhig da. In
der engen Gasse war es fast dunkel. Die roten Tore vor
ihnen im Licht der Scheinwerfer. Sie warfen einen roten
Schein auf den Fahrer zurück. Die Armaturenbeleuchtung
war blau. Selma wurde wütend. Das war alles lächerlich.
Sie überlegte, wie sie auf sich aufmerksam machen konnte. Jetzt wäre es besser gewesen, solche Sandalen anzuha-
ben wie die blonde Frau. Da hätte sie mit den Absätzen
gegen die Scheibe hämmern können. Mit den weichen
Prada-Schuhen. Mit denen war kein Lärm zu machen.
»This is ridiculous.« sagte sie und begann an der Türschnalle zu reißen. Der Fahrer riss die Scheibe zwischen
Fahrer und Fahrgastraum auf. Sie habe nicht »please«
gesagt. Er zischte sie an. Sie habe nicht bitte gesagt und er
habe genug. Nach einem langen Tag von Menschen, die
nicht bitte gesagt hätten, da hätte er auch genug. Nicht bitte und nicht danke. Sie solle zahlen. 19 Pfund, und dann
wolle er nichts mehr von ihr sehen. Das ist wie in Prag,
dachte Selma. In Prag. Mitte der 90er Jahre. Da war man

so behandelt worden. Da hatten sie einen irgendwohin gefahren und einem alles Geld abgeknöpft. Und in Lissabon. Sie sah das Paar vor sich. Die waren im Bus. Die waren mit dem Bus zum Flughafen gefahren und im Bus hatte ihnen der Fahrer und zwei Komplizen das Geld abgenommen. Das Bargeld und die Kreditkarten. Sollte sie sich wehren. Sollte sie Hilfe holen. Die Polizei. Mit dem handy. Aber so viel verlangte der Mann nicht. Er konnte sagen, er habe ihr schlechtes Englisch nicht verstanden. Das wäre die Adresse, die er verstanden hatte. Sie verrenkte den Kopf, vielleicht doch einen Namen zu lesen. Dann holte sie das Geld aus der Tasche. Sie suchte das Geld heraus. Sie schob es durch den Schlitz unter der Trennscheibe. Sie ignorierte die ausgestreckte Hand des Mannes. Der musste sich umdrehen, das Geld durch den Schlitz zu sich durchzuziehen. Der Mann war dünn. Sein Gesicht Haut und Knochen. Unter der Kappe keine Haare zu sehen. Der Kopf eine glatte Kugel unter der Kappe. Die Brillenränder blinkten bei seinen Bewegungen. Der Mann erinnerte sie an Trotzki. Die Backenknochen und die Anspannung. Die letzten Bilder von Trotzki. Der Mann zählte die Scheine. Er saß wieder nach vorne gewandt. Im roten Schein. Dann hörte sie das Klicken der Türschlösser. Sie zog am Griff. Die Tür schwang auf. Schlug gegen etwas. Sie rutschte so schnell wie möglich vom Sitz und kletterte aus dem Wagen. Sie schlug die Tür hinter sich zu. Die Autotür war gegen einen steinernen Trog gestoßen. Margeriten blühten in dem Trog. Das Taxi fuhr an. In der engen Straße musste der Fahrer nach hinten fahren. Selma taumelte von dem Wagen weg. Sie drückte sich an die nächste Hausmauer. Der Mann fuhr zu schnell. Es war zu dunkel und die Blumen und Gartentische und Sessel am Rand der Straße. Sie

238

konnten für ihn nicht zu sehen sein. Sie erwartete jeden
Augenblick eine Kollision. Der Fahrer manövrierte das
Taxi zurück und fuhr dann gegen eine Einbahn nach links
davon. Selma stand. Dann setzte sie sich an den Rand des
Blumentrogs. Sie hockte auf dem Steinrand. Vorsichtig.
Die Blumen nicht zu zerdrücken. Aber sie musste sitzen.
Sie musste nachdenken. Fassung. Aber sie hatte die Fassung nicht verloren. Sie schaute sich um. Die Straßenbeleuchtung ging an. Laternen. Umgebaute Gaslaternen beleuchteten die Pflastersteine. Das Licht fiel auf die Fassade
an der Ecke. »Adam & Eve Mews« stand auf dem Straßenschild. »Down and out.« murmelte sie. »Down and out
and under.« Sie stellte die Tasche ab. Lehnte die Tasche
gegen ihre Beine. Der Mann hatte Recht gehabt. Sie hatte
nicht bitte gesagt. Das Danke hatte er verdorben. Aber das
Bitte. Die Regeln fielen ihr ein. Die ersten Regeln im Eng-
lischunterricht. Die Lehrerin. Sie sah sie vor sich. Eine große, schwere Person mit dunklen Haaren. Die war damals
jünger gewesen, als sie heute war. Die Haare waren ohne
einen silbernen Faden gewesen. Ungewaschen. Diese Frau
hatte ihre Haare nicht oft gewaschen. Aber das war damals
nicht. Ganz am Anfang. Man durfte nie ein »No« oder ein
»Yes« ohne ein »Sir« oder »Madam« sagen. Und kein
»please« oder »thank you«. Und warum hatte sie sich nicht
an diese einfache Regel gehalten. Hatte sie das »please«
nicht gesagt, um nicht ein »Sir« anhängen zu müssen. Weil
ihr das seltsam vorgekommen wäre. Weil ihr das wie ein
Hohn geklungen hätte. »Sir cabdriver.« Der Mann hätte
eine Konzession machen können. Sie war eine Touristin.
»Not well versed in the ways of the British.« Und sie verstand seine Stimmung. Seine Stimmung konnte sie verstehen. Und in Lissabon. Am Flughafen. Der Toni und sie

hatten gelacht hinter dem Rücken der Ausgeraubten. Weil die sich immer Brote am Frühstücksbuffet gemacht und Obst für den Tag gehortet und währenddessen versucht hatten, mit ihnen ins Gespräch zu kommen. Und gemeinsam etwas machen. Sie hatten wenig Sympathie aufgebracht. Für die Not dieser Leute. Wie sie ihnen am Gate die Geschichte erzählt hatten. Dann. Da hatte man dem Paar das angesehen. Dass sie die Ausgeraubten waren. Dass sie die Opfer waren. An der Kopfhaltung. Am Rücken. An der Stimme. Es war zu sehen gewesen. Sie setzte sich auf. Richtete sich auf. Die Margeriten ein kleines weiß leuchtendes Feld. Sie streifte mit der Hand über die Blumen hin. Die Blütenblätter fedrig weich. Die Blütenmitte festfedrig. Sie stand auf. Weit unten saß ein Paar vor dem Haus. Sie saßen auf einer Bank. Hielten Gläser in der Hand. Selma ging über die Straße auf die Ecke zur Einbahn zu. Gläser klirrten. Das Paar prostete einander zu. »Cheers.« Selma sagte »Ja. Cheers« vor sich hin. »Thank you very much.« sagte der Mann. Selma hatte gedacht, sie hätte nur zu sich gesprochen. Leise gemurmelt. »A very nice evening to you. Sir.« rief sie dem Paar zu. »And the very same to you. Madam.« wurde ihr nachgerufen. Sie ging eine lang gezogene Gartenmauer entlang. In gleichen Abständen waren quadratische Säulen in die Mauer eingebaut. Statuen standen auf den Säulen. Die Mauer war abgeschlagen. Die Statuen zerfleddert. Arme und Beine fehlten. An einer der Kopf. Auf dem Grundstück hinter der Mauer eine Kirche. Von Büschen umgeben. An der Kirche beleuchtete Plakate. Hier entstünde das neue Zentrum der Methodist Church von Southwest London. Jeden Sonntag gäbe es auch während der Renovierungsarbeiten zwei Sonntagsmessen mit Musik. Selma ging. Es war dunkel in dieser

240

Gasse. Und hätte sie nicht in die andere Richtung gehen sollen. In die andere Richtung davon. Wer sagte, dass dieser Taxifahrer nicht wartete auf sie. Da vorne. Dass der auf sie wartete. Angst befiel sie. Die Angst fiel vom Scheitel weg über den Kopf. Zwängte den Hals ein und rann über den Rücken bis in die Kniekehlen. Und dann kam sie in den Rosenduft. Über die Mauer fielen helle Rosen. Im tiefen Dämmer. Sie konnte die Farbe nicht genau ausnehmen. Der Rosenstrauch stieg aus dem Gebüsch rund um die Kirche hoch über die Mauer. Die Zweige fielen bis zum Gehsteig. Fielen ihr in den Weg. Sie musste ausweichen. Auf die Straße hinuntersteigen. Die Rosen eine Masse heller Flecken auf dem Dunkel der Blätter und Zweige. Und der Geruch. Sie blieb stehen. Fast dunkel hier und schattig. Verstecke für alle Schandtäter. Die Angst. Sie atmete den Duft. Den Rosenduft. Der Rosenduft ein solches Wohlgefühl. Die Abendluft ein wenig kühler. Der Rosenduft hing an dieser Stelle. Unbewegt. Still. Sie stand unter den Rosen. Cremefarbene Rosen. Sie dachte, die Rosen waren cremefarben. Rosig abgesetzt cremefarben. Der Geruch ließ sie diese Farben denken. Sie atmete tief. Was für eine Erlösung es war, einen so wunderbaren Duft zu atmen. Sie ging weiter. Drehte wieder um. Stellte sich in den Duftschatten und sog den Geruch ein. Und einen Augenblick lang war es vollkommen gleichgültig, was sie alles nicht wusste. In den Häusern auf der anderen Straßenseite. Die Häuser hier alle klein. 2 Stockwerke und schmal. Die Fenster beleuchtet. Stimmen aus einem Garten hinter den Häusern. Lachen. Selma atmete Rosenduft. Sie lächelte. Jetzt hatte sie doch noch einen Schatz gefunden. Sie ging weiter. Überlegte, noch einmal zurückzugehen. Aber sie hatte Hunger. Plötzlich hatte sie Hunger. Sie musste sich etwas zu essen suchen. Sie hätte jetzt das Risotto gegessen. Auch wenn die Reiskörner sehr al dente gewesen waren. Aber sie schlenderte. Der Rosengeruch. Die Erinnerung an den Rosengeruch ließ keine Hast zu. Ließ kein schnelles Dahin aufkommen. Sie ging. Wanderte. In der nächsten Straße die Häuser etwas größer. Drei Stockwerke. Aber immer Gärten. Weiße Gartenzäune. Abendrot. Abendrot im Westen. Sie überlegte, ob sie sich daran orientieren konnte. Sie musste eine U-Bahnstation finden. Dann wusste sie, wo sie war und konnte zurück. Zum Hotel. Sie wanderte. Kaum Autos an ihr vorbei. Kaum jemand ging. Alle schienen in ihren Wohnungen und Gärten und Terrassen zu sein. Die Lichter in den breiten Fenstern. Sie konnte in die Wohnungen sehen. Konnte sehen, welcher Stil. Dicke Sofas mit Chintzüberzügen. Geblümt oder Paisleymuster. Weiße Sofas. Ledersofas in Schwarz oder Braun. Chippendale-Sofas. Sie ging eine lange Straße hinunter. An den Fenstern entlang. Wenig Bücher. Es waren wenig Bücherwände zu sehen. Es fiel ihr auf, weil eines dieser Zimmer mit Büchern voll gestopft war. Vom Boden bis zur Decke Bücher. Und in hohen Stößen auf dem Boden. Ein einziger Lesesessel neben einer Stehlampe. So hatte sie sich das vorgestellt. Ein solches Zimmer. Das hatte sie gehabt. Sie ging. Sie versuchte an die Maxingstraße zu denken. Und an ihr Arbeitszimmer da. Mit ihren Büchern. Aber sie war hungrig. Sie war müde. Die Maxingstraße erstand nicht vor ihren Augen. Nicht vollständig. Und das war ja jetzt auch alles gleichgültig. Sie würde morgen überlegen, was sie tun sollte. Was die Situation bedeutete. Jetzt wollte sie etwas essen. Und einen kalten Weißwein dazu. Das Gläserklirren in den mews hatte ihr Lust gemacht. Der Geschmack eines hellen Weißweins.

242

Sie ging. Allen Street. Scarsdale Villas. Abingdon Road. Stratford Road. Sie wandte sich auf Earl's Court Road nach links. Hier wieder Verkehr. Lärm. Gedränge. Autos. Sie überquerte Cromwell Road und folgte einem Schild nach Child's Place. Kleine Geschäfte. Pubs. Eine Pizza Hut. Menschen standen auf dem Gehsteig. Hielten Biergläser in der Hand. Weingläser. Es wurde gelacht. Sollte sie sich etwas holen und auf das Mäuerchen zu einem Nachbarhaus setzen. An der Luft bleiben. Ein leichter Wind. Sie konnte sich etwas zum Essen hier holen. Oder in die Pizza Hut setzen. Warum nicht eine Pizza. Das Licht im Lokal. Gelb gedämpft. Das Lokal fast leer. Sie konnte sich in die Ecke setzen und in Ruhe. Sie ging weiter. Sie konnte sich auch etwas mitnehmen. Sie konnte zum Hotel und in der Bistrobar gleich neben dem Hotel. Oder im Hotel. Das hatte ja auch ein Restaurant. Sie ging. Das hatte Zeit. Es war noch nicht 10 Uhr. Vor 1 Uhr schlief sie jetzt nie ein. Das Gehen würde ihr gut tun. Sie würde besser schlafen. Sie hatte zu wenig Bewegung. Aber sie dachte das nur so leichthin. Es war alles gleichgültig. Sie ging in einer Sommernacht in London dahin. Sie war allein. Und wenn sie wirklich wollte, dann konnte sie den Tommi später noch treffen. Oder nicht. Eine solche Wahl. Das war mehr als an all den Abenden der letzten zwei Monate. Oder drei. Eigentlich. Das alles war schon wieder drei Monate her. Und stimmte dieses Hauspsychologiegesetz. War es ihr eigenes Desinteresse an sich, das das Desinteresse aller anderen nach sich zog. Hatte sie ein Signal gegeben. Hatte sie sich selber aufgegeben. Hatte sie zum Rückzug aufgefordert und war die Letzte, die davon erfuhr. Oder war es die normale Verschwendung einer Gesellschaft an ihren Mitgliedern. War es das normale Versinken in Alter und im falschen Geschlecht. Musste sie lernen, das hinzunehmen. Und wie wurde man da nicht zu der Bettelfigur an der Ecke. Wie begriff man das, ohne dieses öffentliche Schauspiel. Dass man nichts mehr bekam. Aber auch das war gleichgültig. Das würde sich alles herausstellen. Ganz offenkundig würde sie viel Zeit bekommen, das herauszufinden. Wie das war. Wie das gemeint war. Wie sich das für sie auswirkte. Sie sollte vergessen werden. Das war alles. Sie würde jeden Tag leichter werden. Das würde sich von alleine tun. Früher hätte sie noch Tbc bekommen müssen. Für so ein Verschwinden. Heute genügte eine Kette von Verwaltungsakten. Das war nicht so luxuriös. Aber luxuriös war ja nichts. Sie ging in eine dunkle Gasse. Ein Pfad. Ein Durchgang zwischen zwei Hausmauern. Eine grün gestrichene Metalltür stand offen. Ein Pflasterstein war gegen die Tür geschoben. Sie offen zu halten. Über dem Türrahmen war ein kleines Schild genagelt. »studio.films. snacks.« stand geschrieben. Selma stieg über die hohe Schwelle und stieg die Stiegen in den Keller hinunter. Sie schlenderte die Stiegen hinunter. Von unten kam Musik. Laut. Lärmig und rhythmisch. Sie kam in einen niedrigen lang gestreckten Raum. Die Musik dröhnend. Hier. Die Wände bemalt. Beklebt. Filmplakate. Aktzeichnungen. An manchen Stellen alles noch einmal übermalt. Große Gesichter, aus denen die Plakate darunter heraussahen. Teile der Gesichter. Tische. Klappsessel. Eine Bar in der rechten Ecke. Der Boden. Staubig. Papierfetzen. Farbspritzer. Eine kleine Bühne links. An der Längswand. Grob zusammengefügte Bretter. Es war niemand da. Sie sah niemanden. Die Musik tobte rund um sie. Sie ging an die Bar. Etwas trinken. Sie wollte etwas trinken. Vielleicht nahm man sich hier alles selber. Und legte das Geld irgendwohin.

244

Sie sah sich um. An der Wand gleich neben dem Eingang hingen Zeichenblätter. Sie ging näher. Es waren Aktzeichnungen. Viele verschiedene Zeichnungen von einem Modell. Der Mann war dick. Seine Brust. Sein Bauch. Die fettgefüllte Haut hing in Kaskaden. Stand in Kaskaden von seinem Rumpf weg. Seine Beine. Die Waden und die Füße. Zart. Die Beine und Füße eines Engels. Die Waden und die Füße wie die vom Canova-Engel in der Augustinerkirche. Wenn sie da vorbeikam. Da ging sie immer hinein und schaute sich die schönsten Männerbeine an. Besuchte den auf den Stufen des Grabmals hingestreckten schönen Androgynen. Und immer dachte sie, dass solche Beine. Wenn man solche Beine hatte. Dann waren alle Probleme gelöst. Der Mann auf den Zeichnungen. Sein Kopf zu den Füßen passte. Sein Kopf. Die Haare eine Welle vom Gesicht weg. Auf manchen Zeichnungen im Profil. Im Halbprofil. En face. Ein Christuskopf. Die Nase gerade. Die Augen groß und rund und die Brauen das Rund der Augen nachzeichnend. Der Mund voll. Kein Bart. Der Mann hatte keinen Bart. Aber er sah aus wie Christus ohne Bart auf den kitschigen Bildern für die Frommen. Ein arischer Christus. Und in diesem Fall. Sie ging näher. Sah genau hin. In diesem Fall ein Christus, der seine eigenen Genitalien nicht sehen konnte. Von oben jedenfalls nicht. Wahrscheinlich. Sie erinnerte sich an eines von diesen Büchern. Die Geständnisse einer Hure. Oder hatte eine Soziologin als Prostituierte gearbeitet und dann ein Buch über ihre Erfahrungen geschrieben. Oder war es die Hure gewesen, die im Theater am Petersplatz aufgetreten war. Das Schlimmste wäre für einen Mann, konnte sie sich erinnern. Es hatte da irgendwo geheißen, dass es das Schlimmste für einen Mann wäre, wenn er seine Genitalien nicht mehr sehen könnte. Von oben. Wenn er an sich hinuntersähe und nur mehr seinen Bauch sehen könne. Wenn er an sich hinuntersähe und nur mehr den vom Fett nach außen getriebenen Nabel sehen könnte. Sie stand vor den Zeichnungen. Das hatten nun Frauen über Männer gesagt. Sie hatte mit keinem Mann darüber gesprochen. Das waren Frauen gewesen, die Auskunft über die Bedürfnisse und Leiden der Männer gegeben hatten. Und Geld verdient hatten. Damit. Mit dem Anhören. Und mit dem Weitererzählen. Sie hatte jetzt niemanden mehr. Keinen Mann. Jedenfalls. Mit dem sie darüber reden hätte können. Wie kam es zu so einem Mythos. War das wirklich so. Konnte es sein, dass jemand nur an einem solchen Aspekt litt. Wenn sie so dick gewesen wäre. Sie hätte sich über alles gekränkt. Sie konnte sich nicht vorstellen, einen bestimmten Aspekt einer solchen Figur noch schlimmer finden zu können. Oder einen anderen weniger schlimm. Sie stand da. »Count your blessings.« dachte sie. Aber vielleicht war das einfacher. Dick sein. Eine Hoffnung, die noch überwunden werden musste. Du wirst dünn und dann beginnt das Glück. Das war nur so wie mit den Beinen. Dieser Mann hatte ganz wunderbare Beine. Selbst auf den nicht so guten Zeichnungen waren die Beine. Die Waden. Die langen schmalen Füße herausgearbeitet. Aber was wusste sie über Glück. Was wusste sie überhaupt. Sie sah die Zeichnungen der Reihe nach an. Bleistift. Silberstift. Kohle. Das Modell stehend. Den rechten Arm gehoben. Die Hand im Nacken. Der Kopf nach links gewandt. Der schöne Kopf. Sie trat zurück. Sie konnte jetzt sehen, dass die Sessel um die Bühne standen und dass die Bühne mit einem Scheinwerfer beleuchtet war. Das bedeutete »studio«. Offenkundig. Sie ging durch den Raum an die Bar. Sie stellte sich auf die

Zehenspitzen und schaute über die Theke. Es war niemand da. Sie schaute sich um. Ein Eisbehälter. Zitronen. Ein Brett mit einer zerschnittenen Zitrone. Ein Tupperware-Behälter mit Minzeblättern. Ein Mixer. Sie überlegte. Die Tür hinter der Bar ging auf. Ein Mann kam die Stufen von der Tür zur Bar herauf. Der Mann von den Aktzeichnungen stapfte die Stufen herauf.

17

»But you are early.« sagte der Mann. Selma starrte ihn an.
Sie wandte sich in Richtung der Aktzeichnungen. Hielt
sofort wieder inne. Der Mann nickte. Ja. Das sei er. Und deshalb freue er sich, dass sie gekommen wäre. Er habe es nämlich satt, immer einzuspringen. »I am perfectly fed up with
filling in.« sagte er und grinste. Und natürlich könnte er mit
seiner Fülle besser ausfüllen, aber er sei sehr froh, dass sie
wieder ein schlankes Modell hätten. Das täte allen gut. Fül-
lige Menschen. »Persons of substance«, sagte er. Die wären
ja einfach zu zeichnen. Die Schlanken. An denen müsste
man sein Können nachweisen. Selma hörte ihm zu. Sie wollte ihn unterbrechen. Aber ihr Englisch war verschwunden.
Sie verstand ihn als spräche er deutsch, aber sie konnte ihm
nicht antworten. Sie sah ihn an. Was sie trinken wolle. »Wasser.« sagte sie. Er schraubte eine Flasche Sodawasser auf.
Schenkte ein. Sie wäre nur wirklich zu früh. Aber der Film
habe gerade begonnen. Oder der beginne gerade eben. Sie
sollte sich den anschauen. Dafür wäre gerade Zeit. Das
Modellstehen. Da würde nicht vor Mitternacht begonnen.
So um Mitternacht. Da wären dann alle da. Ob man ihr das
nicht gesagt habe. Er reichte ihr einen Plastikbecher mit
Wasser. Der Film. The movie. Das wäre da. Er wies nach hinten. Nach unten. Da wo er hergekommen war. Und dass sie
10 Pfund bekäme. Wäre das o. k. Sie nahm das Wasser. Sie
ging um die Theke. Stieg hinter dem Mann die Stufen hinunter. Er hielt ihr die dicke Studiotür auf. Sie schlüpfte in
den Raum. Er blieb draußen. Die Tür schloss sich. Bevor sie
ganz zufiel, hielt der Mann die Tür fest. Er steckte den Kopf
in den Raum. Wie ihr Name sei. Er habe sie nicht gefragt.
»Sorry.« »My name is Thelma.« sagte sie. Die Tür schloss

248

sich wieder. Die Türklinke wurde von außen niederge-
drückt. Die Tür schalldicht abgeschlossen. Die Leinwand
rechts. Sessel. Ungeordnet. In der Ecke saß ein Paar. Vorne
eine Gruppe. 5 oder 6 Personen. Alle sahen nach vorne. Selma ging nach hinten. Auf Zehenspitzen. Sie setzte sich an die
Wand. Sie zog einen Sessel noch weiter nach hinten. Sie setzte sich. Lehnte sich gegen die Wand. Dann stand sie noch
einmal auf und holte einen zweiten Sessel. Sie stellte ihn
quer. Für ihre Beine. Sie legte die Beine auf die Sitzfläche.
Dann stützte sie die Füße auf den Querstreben auf. Die
anderen Personen sprachen leise. Es lief ein Vorspann.
Namen und Daten. Das Knistern einer uralten Filmvor-
führung. Ein Stummfilm. Selma lehnte sich zurück. Sollte
sie sich das antun. Stummfilm. Das war ihr langweilig. Sie
hatte sich immer gelangweilt in Stummfilmen. Und in den
»Dr. Caligari«. In den war sie in Zagreb nur gegangen, um
sich zu trösten. Weil das da gerade passte. Für diese gelähm-
te lähmende Nachkriegssituation. Da. Aus der die Kroaten
mit dem Nachahmen der großen Welt herauskommen wollten. Wie in der Operette. »Wiener Blut«. »Der Zigeuner-
baron«. Da mussten ja die Männer vom Balkan auch erst
lernen, wie man sich in Wien verhalten musste. Damit man
akzeptiert wurde. Und weil es dieses Wien nicht gab und nie
gegeben hatte. Deshalb inszenierte man dann »Wiener Blut«
für die Gesellschaftsberichterstattung von RTL und ging in
Abendkleidern über rote Teppiche zur Premiere von »Salo-
me« in der Zagreber Oper. Das reichte zum Aufsteigen. Glitzernde Abendkleider und Frack. Was halt an Operetten-
kostümen so verlangt wurde. Die bettelnden alten Frauen
hinter die Kameras geschoben. Aus dem Blickfeld genommen. Und die Verweigerung der Auslieferung des Generals
war im roten Teppich und dem Frack inbegriffen. Und im

Aufsteigerwillen. Sie konnte ja eine Arbeit schreiben. Über den Frack. Über den Frack als Mittel der Renationalisierung. In Hollywood trugen sie wenigstens nur Smoking. Sie trank. Das Wasser stark salzig. Einen salzigen Geschmack im Mund. Der Gaumen salzig überzogen. Auf der Leinwand. Frauengesichter. Stummfilmschminke und Stummfilmgehabe. »Once upon a time it was decided that all women were to be called Vera and all women were told to talk about themselves as Vera. The Good King wanted all women freed of their I so they could expand and grow.« Gotische Schrift in schwarzem Ornamentrahmen. Der gute König war zu sehen. Er trug einen einfachen Goldreif um die Stirn. Der gute König wurde vom fettsüchtigen Jesus von den Aktzeichnungen dargestellt. Von dem Mann hinter der Bar. Es war nur sein Kopf zu sehen. Der schöne Kopf. Wie er nachdachte. Und wie er dann das Edikt erließ. Zur Erlösung der Frauen von ihrem Ich. »The Good King wanted the Veras to be happy.« Ein lang gezogener Saal. Frauen lagen auf Pritschen vor einer Glaswand. Der Blick auf hohe Berge. Gletscher. Wald. Die Frauen lagen auf den Pritschen. Ihre gespreizten Beine zur Kamera. Die Kamera fuhr die liegenden Frauen entlang. Immer die gespreizten Beine. Die Vagina im Vordergrund. Dahinter die Frau hinter ihrem Busen und hinter den Frauen die Fenster mit der Aussicht. Gemächlich. Die Kamera ließ sich Zeit. Eine Frau nach der anderen. Eine Aussicht nach der anderen. Die Frauen onanierten. Die Hände lagen über die Scham nach vorne. Jede Frau werkte mit einem anderen Finger an ihrer Klitoris. Zeigefinger. Mittelfinger. Zeigefinger und Mittelfinger und Ringfinger. Manche griffen von unten. Unter dem Oberschenkel durch. »If the Veras were happy, the Good King was happy, too.« Eine Vagina in Großaufnahme. Im ungenauen verschwom-

250

menen Schwarzweißbild glimmte ein kupferfarbenes Dreieck in der Vagina auf. Kupfergoldfarben im Schwarzweißbild. Der Zeigefinger der Frau rieb an der geschwollenen
Klitoris. Im Ton war plötzlich das Orgasmuskeuchen zu
hören. Ein quietschiges Orgasmuskeuchen. Erst eines. Dann
ein Chor. Der Gute König kam wieder ins Bild. Er hielt seinen Penis in der Hand. Auf dem erigierten Penis waren viele
der kupferfarbenen Dreiecke. Das Bild war wieder Stummfilm. Die winzigen metallenen Dreiecke glitzerten in Farbe
auf. Von den Dreiecken standen kleine Drähte weg. »Only if
all Veras were satisfied the Good King was satisfied, too.«
Der Gute König fiel in ein Himmelbett zurück. Einen Hermelinmantel über sich gebreitet. Der Gute König stöhnte
zufrieden. Er lag mit übertrieben verdrehten Augen in den
Pölstern. Sein Penis lugte zwischen den Hermelinbahnen
hervor. Die kleinen Drähte vibrierten auf dem abgeschwol-
lenen Penis. Das Gesicht des Guten Königs. Der Ausdruck
wechselte von Entzücken zu Unruhe. »The Good King wanted the Veras to be happy every moment of their lives and he
called the wise men to find a way to procure that.« Männer
traten an das Himmelbett. Sie setzten sich an den Bettrand.
Sie sahen aus wie die Heiligen Drei Könige bei der Sternsin-
geraktion. Sie trugen Turbane und Burnusse. Manche waren
dunkel geschminkt. Sie saßen am Bettrand und nickten.
Plötzlich waren die kleinen Dreiecke überall. Sie waren in
allen Farben auf den Vorhängen zum Bett. Auf den Stoffen
der Burnusse. Auf der Tapete. Der Film blieb ein Stummfilm. Alles andere war schwarz und weiß und lief mit
ruckenden Bewegungen ab. Alle waren stark geschminkt.
Die Augen dick schwarz umrandet. Die Mimik übertrieben.
Die kleinen Dreiecke tauchten langsam auf. Bis alle Stoffe
von diesem Muster durchwirkt waren. Das Schwarzweiß-

Bild war mit den Dreiecken in allen Farben durchwirkt. Als wäre der Film selbst der Stoff, der mit dem Muster durchzogen war. »The Good King insisted that all Veras always stayed together. So that they could share their happiness.« Die Sequenz mit den onanierenden Frauen wurde wiederholt. Beschleunigt. Die Kamera sauste an den hochgereckten Beinen entlang. Streifte die majestätische Bergwelt hinter den großen Glasfenstern. Der Orgasmus des Guten Königs war in Zeitlupe. Er lag in den Kissen. Ein schönes Opfer der Leidenschaft. Ausgelaugt. Spent. Hingegeben. Demütig in die Lust gebunden. Die Kamera blieb stehen. Ein Standbild. Ein Halbprofil. Die dichten Wimpern ein dunkler Kranz auf den glatten Wangen. Die Qualität des Films änderte sich. Das Bild wurde scharf. Farben stiegen auf. Blass erst. Dann dunkler. Genauer. Einen Augenblick wurden die kleinen Furchen auf der Stirn enthüllt. Die winzigen geplatzten Äderchen am Nasenflügel. Dann wurde ein Weichzeichner über das Bild gezogen. Ein Rosafilter. Goldenes Licht. Das Gesicht des Guten Königs lag verklärt da. Gekicher und Geraschel stieg auf. Die Kamera zoomte vom Bett weg. Der Gute König lag da inmitten seiner Berater. Die Berater knieten am Bettrand und hielten ihre Häupter verhüllt. Die Kamera ging auf die Suche nach den Geräuschen. Sie streifte im Raum umher. Suchte die Wände ab. Kletterte auf die Decke. Suchte in den Ornamenten der Bettpfosten. Fuhr dann unter das Bett. Im Dämmer unter dem Bett. Erst war nur eine Unruhe zu merken. Zu ahnen. Dann zoomte die Kamera näher. In einer graupelzigen Ebene liefen zwei kleine Mädchen umher. Unter dem Bett. Sie lachten und kicherten und wirbelten den Staub auf. Sie warfen sich in den Staub als wäre er Schnee. Sie wälzten sich und bewarfen einander. Sie stießen einander in Staubdünen und lachten.

Sie hüpften um die Wette. »Vera loves that.« riefen sie und
warfen einander wieder in eine Staubdüne. Eine Stimme rief
»Vera«. Immer wieder. Die kleinen Mädchen tanzten nach
hinten davon. Kamen wieder nach vorne. Sie standen im
Staub unter dem Bett. Sie wurden groß. Sie wuchsen. Oder
ihre Kleider wuchsen. Wurden erwachsen. Aus den Kinder-
kleidern wurden verführerische Sommerkleider. Aus den
kleinen Ballerinaschuhen wurden hochhackige Slingpumps.
Mit dem Wachsen der Kleider verwandelte der Film sich
wieder in den Stummfilm. Die Bilder begannen zu flimmern. Im Ton Knistern und Krachen eines alten Lautspre-
chers. Die Gesichter der Mädchen wurden zu den stark ge-
schminkten Stummfilmfrauengesichtern. Und dann wuchsen
die Dreiecke auf den Kleiderstoffen. Die Dreiecke traten iri-
sierend hervor. Eine alte schwere Frau kam von hinten. Sie
war winzig. Zuerst. Sehr weit entfernt. Sie ging langsam und
es dauerte lange bis sie nach vorne gekommen war. Es war
sie gewesen, die »Vera« gerufen hatte. Sie nahm die beiden
jungen Frauen an der Hand. Dann schwenkte die Kamera
im Schlafzimmer des Guten Königs auf ein Bild an der
Wand. Eine Landschaft. Eine Bergszene. Die Landschaft glitt
nach hinten. Glitt in den Hintergrund davon. Die Glasfenster schoben sich davor. Der Raum, in dem die Frauen. Die
beiden jungen Frauen wurden von der alten Frau an die
Pritschen geführt. Sie standen da. Die alte Frau ließ sie
allein. Sie ging in einen langen Gang nach links davon.
Langsam. Der Film hüpfend und flimmernd. Bis sie im
Flimmern nicht mehr wahrzunehmen war. Die jungen
Frauen standen vor den Pritschen. Ihre Kleider schmolzen
weg. Die Dreiecke begannen zu glimmern. Während die
Stoffe sich auflösten, sammelten sich die Dreiecke zu einem
einzigen Dreieck für jede Frau. Das Dreieck jeder der jun-

gen Frauen hing vor den nun nackten Leibern. Der Film hatte sich wieder in einen Farbfilm verwandelt. In einen Tonfilm. Das Dreieck schwamm auf und ab. Hing über den Köpfen. »Vera does not want to.« sagte die dunkelhäutige junge Frau. Ihr Körper. Sehnig und schlank. Die Schamhaare ein winziges Viereck. Kaum über die Scham herauf reichend. »Vera does not know.« sagte die Blonde. Ihr Körper dünn. Die Brüste schwer und die Hüften rund. Die Beine dünn aus den Hüften. Beide schauten an sich hinunter. Sie schauten ihre Füße an. Sie hatten rote Pumps an. Rote Pumps mit sehr hohen Absätzen. Sie versuchten beide mit diesen Schuhen zu gehen. Das ging nicht. Sie taumelten herum. Lachten. Dann begannen sie, »Vera« zu rufen. Zu schreien. Dann griffen sie nach den Dreiecken über ihren Köpfen und begannen an ihnen zu nagen. Versuchten sie zu essen. »Vera.« Sie riefen im Chor. »Vera. Hunger.« Dann war wieder der Stummfilm da. »The wise men gave the Good King good advice.« Man sah wieder die Männer aus dem Morgenland rund um das Himmelbett des Guten Königs. Der Gute König saß im Bett und aß. Er hatte Unmengen von Speisen rund um sich stehen. Die weisen Männer zeigten ihm immer wieder neue Speisen und forderten ihn auf, davon zu kosten. Der Gute König zeigte seinen dicken Bauch. Die weisen Männer nickten nur und zeigten weiter auf die Speisen. Schoben ihm die Speisen zu. Der Gute König lächelte glücklich. »The Good King wanted the Veras to cherish their luck. He wanted to teach them how lucky they were.« Das Bild des Guten Königs an einer Weintraube kostend verschwand. Seine perlenweißen Zähne bissen eine Traubenperle ab. Der Film bekam wieder Ton und Farbe. Eine Operation wurde gezeigt. Man konnte nur eine Schleimhaut sehen. Rote pralle gesunde Schleimhaut. Ein

Gerät begann zu surren. Es wurde angesetzt. An die Schleimhaut angesetzt. Ein Loch entstand. Blut und Haut und Knochenteilchen wurden herausgefetzt und verschwanden in einem Strom von Kühlwasser in einem Absaugrohr. Die Höhle klaffte. Rot schwarz. Der Rand zerrissen. Nässend. Ein hoher singender Ton. Dann kam ein Schwenkarm ins Bild. Ein Stab wurde ausgefahren. Wurde in das Loch gelenkt. Hitze. Man sah den Rand sich versengen. Etwas Helles verschwand im Loch. Zischte in das Loch. Dann hing ein Beutel aus dem Loch. Elfenbeinweiß. Lose. Der Schwenkarm wurde weggedreht. Man konnte ganz kurz ein kupfergoldfarbenes Dreieck am Gelenk des Schwenkarms angebracht sehen. Dann zoomte die Kamera weg. Man konnte sehen, dass es sich um einen Mund handelte. Ein Mund. Lippenstiftgeschminkt. In dem lauter solche elfenbeinweiße Beutelchen hingen. Dann schloss sich der Mund der dunkelhäutigen jungen Frau über den Beutelchen. Dann wieder Stummfilm. »The Good King thought that Vera should be made to make herself happy and so make the Good King happy, too.« Ein Zeichentrickfilm. Anhand der kupfergoldfarbenen Dreiecke wurde gezeigt, wie der neue Zusammenhang der Chips aussah. Wenn die Frauen einen starken Orgasmus hatten. Die Frauen waren auf der Pritsche gezeichnet. Über ihren Köpfen waren die Glücksausrufe in Sprechblasen. »Fucking bloody good.« war da geschrieben. »Blast it.« Die Klitoris-Chips signalisierten den Chips im Penis des Guten Königs die Stärke des Orgasmus. Diese Chips wiederum bewirkten eine Verfestigung der Zähne der Frauen. Wenn ihr Orgasmus stark genug war, dann hatte der Gute König einen guten Orgasmus und die Frauen bekamen starke schöne Zähne. Mit denen sahen sie richtig aus und schön. Und sie konnten ihre Nahrung zerkleinern.

Wenn das alles nicht funktionierte, dann hingen in den Mündern der Frauen die Zahnersätze schlaff herunter. Eine Stimme erklärte das Ganze. Es war eine kultivierte britische Stimme. Die Stimme erinnerte Selma an den Erzähler in der »Rocky Horror Picture Show«. Der, der dann die Anleitungen für den Tanz gab. »So put your hands on your hips« und alle tanzten. Nach den Anleitungen. Die jungen Frauen waren wieder zu sehen. Nackt. Vor den Pritschen mit der Aussicht auf die Leni-Riefenstahl-Bergwelt. Sie hielten ihre Dreiecke in der Hand. Die Blonde lächelte. Sie hatte ihre Zähne. Die dunkelhäutige Frau. Sie sah zu Boden. Machte den Mund nicht auf. Hinter dem Fenster spielte sich ein spektakulärer Sonnenuntergang ab. Während die Sonne langsam unterging und den Himmel in allen Schattierungen von Rosa und Orangerot färbte, begann die dunkle Frau zu schrumpfen. Sie wurde kleiner und schlaffer. Die blonde Frau starrte in Stummfilmerschrecken auf diesen Vorgang. Die Sonne war vom Himmel unter Gleißen verschwunden und die dunkle Frau lag auf dem Boden. Eine schlaffe Puppe. Das Dreieck daneben. Unverändert. Das Dreieck jetzt halb so groß wie die Puppe. Die blonde Frau nahm die Puppe und das Dreieck und ihr Dreieck. Sie sah sich um. Überlegte. Die alte Frau war zu hören. Sie war noch weit weg. Die blonde Frau geriet in Panik. Sie rannte auf und ab. Suchte einen Ausweg. Es schien aber einen Ausgang nur in die Richtung zu geben, aus der die alte schwere Frau herankam. Der Blick der Frau fiel auf die Fenster. Ein Zögern. Ein Händeringen. Ein Verzweiflungsblick. Dann stieg die blonde Frau auf die Pritschen und öffnete ein Fenster. Ein Windstoß begrüßte sie, und sie schwankte auf dem Fensterbrett. Sie hielt die dunkle Puppenperson an sich gepresst und hielt sich am Fensterrahmen fest. Die alte Frau kam näher.

Schnitt. Man sah einen der Berater des Königs sich über das Bild an der Wand beugen. Das Bild genau betrachten. Die blonde Frau stand im Fenster. Sie war nun von außen zu sehen. Sie stand hoch über der Kamera und starrte in den Abgrund vor sich. Schnitt. Der Berater holte eine Lupe aus seinem Burnus. Umständlich suchte er in seinen Taschen. Sein Schnurrbart zitterte ungeduldig. Dann hielt er die Lupe vor das Bild. Schnitt. Die blonde Frau war bereit zu springen. Sie ließ den Fensterrahmen los. Sie stand da. Verzweifelt. Sie trat an den Rand des Fensters. Die zwei Dreiecke in ihrer Hand. Sie hielt die Dreiecke. Dann verschob sie die Dreiecke gegeneinander, bis sie einen Stern bildeten. Sie sah den Stern an. Erstaunt. Die alte Frau hatte das Fenster erreicht. Man konnte ihre Hand nach dem Fuß der blonden Frau greifen sehen. Einen Augenblick hielt die verwitterte Hand der alten Frau den Fuß der blonden Frau. Dann stieg die aus dem Schuh. Sie ließ den Schuh zurück und sprang. Sie verschwand aus dem Bild. Stürzte in die Tiefe davon. Schnitt. Der Berater des Königs schaut durch die Lupe auf das Bild. Im Schlafzimmer des Guten Königs. Der Blick fokussiert sich. Eine steile Felswand. Plötzlich taucht ein winziger roter Fleck auf. Ein Farbklecks. Als hätte der Maler oder die Malerin gerade einen Farbtupfen auf das Bild gemacht. Der Berater fährt zurück. Der Farbklecks spritzt auf die Lupe. Der Berater grunzt. Man hört seine Gewänder rascheln und sein Schnaufen. Schnitt. Die blonde Frau verliert den zweiten roten Schuh. Sie fliegt. Sie hält sich an dem Stern fest und fliegt. Sie fliegt in einen Sternenhimmel hinauf. Sie landet auf einem Strand. Palmen. Weißer Sand. Eine Bar. Hinter der Bar steht der Gute König. Er mixt einen Mojito. Man sieht die Minzblätter zermalt werden. Die blonde Frau kommt an die Bar. Ob er Milch habe, fragt sie ihn. Der Gute König wird zum Kuhhirten. Alle sind auf einer Almwiese und sehen von der Wiese auf die Baracke hinüber, aus deren Fenster die blonde Frau gesprungen war. Die dunkle Frau sitzt neben der hellhäutigen. Der Kuhhirte zieht ein handy heraus und drückt auf die Alarmtaste. Ein Lastenlift fährt vom Tal ab. Die alte Frau sitzt darin. Der Lift steigt langsam den Berg hinauf. Er kommt immer näher. Die beiden nackten Frauen können nicht weglaufen. Sie können ohne Schuhe nicht gehen. Der Lift kommt immer näher. Die Frauen reißen Moos aus und bedecken ihre Brüste mit dem Moos. Sie legen sich Blumen in die Schamhaare. Der Gute König nimmt ein Video davon mit seinem handy auf. Die alte Frau im Lastenlift schaut das Video auf ihrem handy mit an. Die alte Frau kommt näher. Die jungen Frauen haben Angst. Suchen nach einem Ausweg. Stummfilmaugenrollen. Dramatische Gesten. Dann legen die beiden Frauen ihre Dreiecke übereinander. Sie halten sich an den Dreiecken fest. Blitz und Donner. Eine Lawine rollt über den Guten König als Kuhhirten mit handyvideo und reißt den Lastenlift in die Tiefe. Die beiden jungen Frauen sitzen am Fenster eines Coffeeshops. Sie sitzen an einer Theke das Fenster entlang. Sie sind von draußen zu sehen. »Italian Coffee« ist in roten Plastikbuchstaben auf die Scheibe außen geklebt. Die Frauen sind nur ungenau wahrnehmbar. Sie stecken die Köpfe zusammen. Lachen. Sie trinken Kaffee aus roten Tassen. Die Kamera rückt näher. Man sieht eine große Schere blitzen. Die dunkle Frau nimmt der hellen Frau die Schere aus der Hand. Sie zerschneidet einen Film weiter. Sie schneidet ihn genau nach den einzelnen Bildern auseinander. Schiebt die Bilder der anderen Frau zu. Die schneidet die Bilder diagonal durch. Mit einer Nagelschere. Beim Schneiden hört man die realen Laute eines solchen Schnitts. Durch

Stein. Durch Holz. Durch Fleisch. Durch Beton. Das Schneiden macht auch Mühe. Die Nagelschere muss immer wieder angesetzt werden. Dann legen die Frauen die Bilder um. Sie legen die mit der Nagelschere geschnittenen Dreiecke irgendwie zusammen. Ihre Köpfe sind über die Tischplatte gebeugt. Die Kamera schaut mit ihnen auf den Tisch und auf die Straße hinaus. Draußen steht der Gute König in Alltagskleidung und sieht sehnsüchtig herein. Die Frauen ordnen die Bilder. Dann ist man im neu zusammengesetzten Film. Die eine Hälfte ist als Negativ zu sehen. Die andere Hälfte normal. Die zerschnittenen Figuren bewegen sich. Der Finger des Beraters beim Lupenschauen und die Beine der fliegenden blonden Frau. Der Film beschleunigt sich. Das Zappeln wird immer schneller. Die Frauen lachen. »Vera loves Vera.« sagen sie im Chor und lachen wieder. Dann am Tisch im Coffeeshop. Die dunkle Frau. Sie sitzt alleine. Der Gute König schaut von draußen herein. Ihre Blicke treffen sich. Der Gute König schaut schmachtend. Rund um sein Gesicht sind die Buchstaben a l i a n zu sehen. Das zweite a dreht sich und wird ein e. »Alien« steht dann da. Von hinten. Die dunkle Frau schaut. Dann ist der Gute König draußen verschwunden und ET sitzt am Tisch der dunklen Frau. Sie hört ET zu. ET möchte ein Geschlecht haben. ET möchte aus der kindlichen Geschlechtslosigkeit ausbrechen. ET legt ein Blatt aus einem alten anatomischen Atlas auf den Tisch. Über die Filmschnipsel. Auf dem Blatt sind Hermaphroditen abgebildet. Was sollte ET sich aussuchen. Die Frau sieht ET fragend an. Das stünde zur Auswahl, fragt sie. ET nickt und schaut an sich hinunter. In den Faltenwürfen seiner Haut sind alle Geschlechtsorgane verborgen. Zirkusmusik. Die blonde Frau ist als Clown geschminkt. Sie ist nackt. Sie geht rund um die Manege. Sie

259

läuft auf der Abtrennung zur Manege wie auf einem runway. Sie geht. Ein perfektes Model. Sie stellt einen Fuß quer vor den anderen und zieht den hinteren im Halbkreis wieder nach vorne. Sie dürfe hier ankündigen. Ruft sie. Zirkustrommeln. Sie habe die Ehre hier als Zirkusdirektorin die Ankündigungen machen zu dürfen. Sie spricht bestes Oxford-Englisch. Die Kinder schauen zu ihr hinauf. Der Filmstil wird wieder Stummfilm. Aber es wird gesprochen. Die Kinder schauen zur Zirkusdirektorin auf. Kinderaugen glänzen. Kinderhände patschen. Begeisterung. Zirkusfieber. Die Zirkusdirektorin kündigt ET an. ET begrüßt alle Kinder. Er fragt sie, ob sie ihm helfen wollten. Die Kinder schreien »Yeah!« ET fragt sie noch einmal. Die Kinder toben. Dann sollten sie einmal ruhig sein, sagt ET. ET habe eine Entscheidung zu treffen. Und er wolle von ihnen beraten werden. Die Kinder sollten ihm helfen, diese Entscheidung zu treffen. ET müsse ein Geschlecht wählen. Ob die Kinder wüssten, was das ist. Die Kinder lachen. Sie rufen alle möglichen Ausdrücke. Selma verstand nichts mehr. Aber es war klar, dass die Kinder alles über Sexualität wussten. Am Ende wurde aus dem Geschrei ein Chor von »Plug it in.« Der Gute König trat in die Manege. Er trug den Hermelinmantel und den Goldreif um die Stirn. Die blonde Frau lief weiter auf dem Manegenrand auf und ab. Wer er sei, fragte der Gute König. »The Prince of Wales«, schrien die Kinder. ET wedelte mit den Armen. Nein, rief der Gnom. Nein. Es gäbe eine Möglichkeit, das mit der Sexualität. Das man das selber machen könne. Und ET wollte beginnen, diese Möglichkeiten an sich vorzuführen. ET hob seine Hautfalten, um die Geschlechtsorgane zu erklären. Die Kinder schrien weiter »Plug it in.« und hielten ihre handys in die Höhe. Die dunkelhäutige Frau kam in die Manege. Sie hielt Seile in ihren

Händen. Zog die Seile nach. Die Kinder skandierten »plug it in.« und reckten ihre Ärmchen dazu. Dann drückten sie auf einen Knopf an ihren Geräten. Und alle Kinder hatten einen Orgasmus. Es schüttelte sie. Sie schrien hysterisch. Sie seufzten. Kreischten. Weinten. Kicherten. Es warf sie herum. Sie fielen zu Boden. Kleine Kinder. 5. 6. 8 Jahre alt. Dann begannen sie sich aufzurappeln. Sie sahen sich um. Konnten sich an nichts erinnern. Die dunkle Frau ging neben der blonden. Aber jetzt bekämen sie etwas zu sehen, riefen sie. Das könne man tun, wenn man es selber machen könne. Die Frauen legten ihre Dreiecke zu einem Stern zusammen. Sie stiegen auf. Die Seile in der Hand der dunkelhäutigen Frau spannten sich. Sie zog das Zirkuszelt nach. ET und der Gute König klammerten sich an den Haltseilen des Zirkuszelts fest. Sie stiegen in den Himmel hinauf. Die Kinder unten zupften einander die Strohhalme vom Zirkusboden von der Kleidung. Sie gingen davon. Unzufrieden. Dass das nichts gewesen wäre, murrten sie. Dass sie das immer haben könnten. Da bräuchten sie nicht den weiten Weg machen. Ein Mädchen saß allein. Blieb allein sitzen. Sie saß unberührt. Sprach nicht mit den anderen. Von der könnten sich die Eltern nicht alle Chips leisten, flüsterte eine Kinderstimme. Die Kinder drängten davon. Das Mädchen sah dem davon-schwebenden Zirkuszelt nach. Nacht. Im Coffeshop. Drau-ßen die Lichter der Stadt. Die Bremslichter spiegelten sich als lange rote Spuren auf der Fensterscheibe. Die beiden Frauen, der Gute König und ET saßen aufgereiht am Tisch am Fenster. Wenigstens habe ET diesmal die Kassa nicht ver-gessen, sagte die dunkelhäutige Frau. Das immerhin würde immer besser, warf der Gute König ein. ET schaut verträumt hinaus. Das eine Kind. Das eine Kind. Das hätte vielleicht. Wenn sie einen Augenblick länger Zeit gehabt hätten. Die

261

dunkelhäutige Frau legte ihr Dreieck auf den Tisch. Warum ihr Dreieck es nicht schaffen könne. Sie fände das widerlich. »Disgusting.« sagte sie. Der Gute König schaute in seine Tasse. Das funktioniere nach dem Race Discrimination Act aus dem Jahr 2003. Da sei nicht viel zu machen. Die 4 Personen tranken Kaffee. Sie schauten durch die Scheibe auf die Straße hinaus. Die Kamera glitt langsam zurück. Bis die 4 Personen weit weg an dieser Theke sitzend zu sehen waren. Sie sprachen miteinander. Leise. Freunde. Kollegen. Kolleginnen. Die Müdigkeit nach dem Auftritt. Eine Frau vorne lachte. Der Abspann lief über die Gruppe am Fenster zur Nacht hinaus. Der Film war zu Ende.

Das Licht ging an. Neonröhren an der Decke. Die anderen Zuschauer redeten. Die Frau vorne lachte wieder. Selma fand sich auf dem Sessel kauern. Die Füße auf dem anderen Sessel aufgestellt. Sie war nach vorne geworfen gesessen. Das Genick hochgereckt. Nichts zu versäumen. Sie setzte sich auf. Streckte die Beine aus. Dehnte die Schultern. Sie hielt den Becher Wasser in der Hand, wie sie ihn mitgenommen hatte. Sie trank. Trank den Becher in einem Zug aus. Sie schüttelte den Kopf. Was hatte sie da gesehen. Sie musste lächeln. In jedem Fall war es sehr viel Arbeit gewesen, diesen Film zu machen. Digitalisierung war auf Digitalisierung zu stapeln gewesen. Allein um die Dreiecke auf den Stoffen auftauchen zu lassen. Und sehr britisch. Sie hatte jeden Augenblick darauf gewartet, dass John Cleese auftauchte. Mit einem Zitat aus der Szene in »Meaning of Life« mit dem alles erbrechenden Gast. Die Kinder fielen ihr ein. Die orgasmierenden Kinder. Die Erinnerung daran ein unangenehmes Gefühl. Ein ungenaues Unbehagen. Was war das mit den Briten und der Sexualität der Kinder. Die Gruppe vorne. Alle standen auf und wanderten hinaus. Selma schloss sich an. Sie schulterte ihre Tasche. Die Papiere. Ihre Unterlagen. Die konnte sie doch wirklich los werden. Eigentlich brauchte sie den Kram nicht mehr. Das brauchte sie nicht mehr herumtragen. Und nach diesem Film. Die Wiener Festspiele sahen recht spießig aus. Nach so einem. Sie suchte nach einer Bezeichnung. Was war das nun gewesen. Ein Film. Eine Erzählung. Eine Unterrichtsstunde. Ein Pamphlet. Eine Predigt. Ein Werk. Eine Revue. Ein Roman. Nach der Vorführung eines solchen. Werks. Da war das alles da. Da war das alles da in Wien. Da war das staubig. Aber nicht

so lustig staubig wie für die beiden kleinen Mädchen. Sie
mochte es auch, dass es keinen Schluss gegeben hatte. Die
Szene im nächtlichen Coffeeshop. Die hätte noch Stunden
weitergehen können. Das Gespräch nach der Arbeit. Die
Vergewisserung der Minikomplizenschaften. Die wenigen
Möglichkeiten, sich eine Sicherheit zu verschaffen. Das bon-
ding mit den Kollegen und Kolleginnen. Das Besprechen,
was die anderen nun sagten. Wie das angekommen. Angenommen. Aufgenommen. Und so etwas. So etwas hatte sie
nun gefunden. Und niemanden interessierte das jetzt. Dass
sie das gefunden hatte. Auf das hatte man nun verzichtet.
Mit ihrem Abgang. Dafür wurde sie nicht mehr gebraucht.
Dafür war sie immer gut gewesen. So etwas zu finden. Das
war ihre Spezialität gewesen. Scouting. Das hatte sie beherrscht. Das war ihre Meisterschaft gewesen. Aber nun. Sie
war keine Instanz mehr. Früher. Vor zwei Monaten noch. Da
wäre sie nach vorne gegangen. Da hätte sie die jungen Frau-
en gefragt, ob sie die Regisseurin kannten. Oder ob es eine
von ihnen wäre. Ob es die gewesen war, die gelacht hatte. Es
hatte so geklungen. Das war so ein Lachen über etwas Gelungenes gewesen. Und dann wären sie essen gegangen und
hätten darüber geredet, ob die junge Frau etwas im Mozart-
Jahr machen hätte wollen. Ein Projekt. Noch schnell ein
interessantes Projekt. Weil es keine interessanten Projekte
gegeben hatte. Die Ratlosigkeit gegenüber Mozart. Grenzenlos. Es ja nur gelungen war, ihm die Augen zu verdrehen.
Seinem Bild mit Fotoshop die Augen zu verdrehen. Mehr
war niemandem eingefallen. Ob sie Interesse an einem Projekt in Wien hätte, hätte sie gefragt. Ein kleines. Das Budget
ja vertan. Aber ein Miniprojekt. Das hätte man schon. Und
das war vorbei. Für sie. Und die Wiener Festspiele auch. Das
war jetzt nur für sie gewesen. Hier das. Sie hatte das nur für

264

sich gesehen. Sie hatte keinen Augenblick an die Verwertung
gedacht. An die Verwertungsmöglichkeiten. An eine Weiter-
verwertung. An die Wiederverwertung der Regisseurin.
Dass das eine Frau gemacht hatte, das war ziemlich eindeu-
tig. Obwohl. Der fettsüchtige Jesus wäre auch in Frage
gekommen. Und sie würde es niemandem erzählen. Ihre
Begeisterung nicht mitteilen. Ihre Begeisterung ungeteilt bei
ihr. Das Paar blieb in der Ecke sitzen. Selma ging hinter der
Gruppe hinaus. Die Stufen hinauf. Alle versammelten sich
an der Bar und bestellten drinks beim »Prince of Wales«.
Alle lachten immer wieder über diese Szene. Der fettsüchti-
ge Jesus holte Bier aus der Kühllade unter der Bar. Verteilte.
Kassierte. Selma ging in den Raum. Wanderte die Plakate
entlang. Aus allen Abschnitten der Filmgeschichte hingen
Plakate. In der Mehrzahl aber aus den Frühzeiten. Santa
Claus beim Einsteigen in einen Rauchfang für »The Night
Before Christmas.« 1906. Schauspielerporträts. Ein roman-
tisch verhangener Crane Wilbur. Eine zartschöne Florence
La Badie. Die Profile der beiden einander zugewandt. Der
Mann sah von unten unter den Brauen hervor. Dräuend
herausfordernd. Eine dunkle Locke in die Stirn. Die Frau die
Augen gesenkt. Eine Ähnlichkeit mit dem Jugendporträt
von Virginia Woolf hatte. Die Augen ebenso groß und klar
und die Nase im Profil gegen die schwere Last der Haare im
Genick aufgetürmt. Selma stand vor den Bildern. Es war
wohl die Fotografie. Das Licht, das diese kostbaren Gesichter herstellte. Precious, fiel ihr ein. Sie stand vor dem Bild
und wünschte sich, so auszusehen. Sie wandte sich um. Ging
an die Bar zurück. Ob sie auch ein Bier haben könnte, fragte sie. Und was bedeute der Hinweis »snacks«. Der Mann
griff unter die Bar und holte eine Packung Kartoffelchips
hervor. Sie könne Chips mit bacon oder mit vinegar haben.

265

Sie nahm vinegar. Sie wollte ihre Geldbörse aus der Tasche holen. Der Mann wehrte ab. Er lächelte. Ein Bier und Chips. Das gehe in das Honorar. Selma wollte ihm erklären, dass da ein Missverständnis vorliege. Dass sie dieses Missverständnis aufklären müsse. Das Paar kam die Stufen vom Kinosaal herauf und verlangte Mojitos. Der fettsüchtige Jesus begann, die Zutaten zusammenzusuchen. Das Paar stellte sich an die Bar. Selma nahm ihr Bier und die Chipspackung. Sie setzte sich auf einen Barhocker. An ein kleines Tischchen. Zur Wand mit der Bühne zu. Sie lehnte die Tasche gegen den Barhocker. Riss die Chipspackung auf. Begann, Chips zu essen. Das Essigaroma. Das schmeckte gut. Das hatte diesen süßsalzig gemütlichen Geschmack. Der Geschmack, der fastfood so wichtig machte. Zur Beruhigung. Die Chips knisterten im Mund. Sie trank Bier über die scharfen Chipssplitter im Mund. Würde das nun Ernst werden. Das mit dem Modell-Stehen. Sie schaute sich um. Das bestellte Modell würde schon noch auftauchen. Dann würde sich das Missverständnis von alleine auflösen. Oder sie ging ganz einfach. Sie trank in Ruhe ihr Bier und ging. Sie konnte das Geld auf dem Tisch liegen lassen. Sie schaute sich nach einer Preisliste um. Konnte keine finden. Sie trank aus der Flasche. Das war ja doch schrecklich gewesen. Gerade eben. Das mit den Kindern. Das war grauslich. Und ein Märchen. Und so dilettantisch. Und sie war schon unkritisch geworden. Kaum musste sie nicht mehr mit dem prüfenden Blick hinschauen. Schon ließ sie sich einfangen. Sie hatte immer nur die Besten und Interessantesten gefördert. Und immer nur so lange die auch wirklich die Besten und Interessantesten geblieben waren. Sie hatte den Cirque du Soleil 1986 in Avignon entdeckt und eingeladen. Lange bevor die total kommerzialisiert wurden. Und La Fura dels Baus. Noch früher. Und wie denen dann die Ideen ausgegangen waren. Sie hatte die dann nicht mehr vorgeschlagen. Und den Stein. Den hätte sie auch nur 10 Jahre früher genommen. Von der Schaubühne weg. Damals noch. Wie er noch etwas gewollt hatte. In den 90ern hätte sie ihn nicht mehr. Und so viel Geld in die Rekonstruktion seiner reaktionären Männlichkeit. Mit diesen Faust-Spektakeln. Das war wirklich nur mehr für Provinzpolitiker richtig gewesen. Und sie musste sich nicht gleich von so einem Pippikram. Und die jungen Frauen. Die hatten es leicht. Die konnten es leicht nehmen. Sie trank. Kaute. Schluckte. Die Mischung aus Chipsfett und Essig und Bier darüber. Sie war draußen. Sie musste sich zugeben, dass sie draußen war. Sie hatte den Krieg verloren und war draußen. Und sie durfte nicht einmal mehr die Schlacht anschauen. Bei der Schlacht zusehen. Sie war wirklich draußen. Sie bekam nichts mehr mit. Und deshalb konnte sie nichts mehr beurteilen. Alle ihre Maßstäbe. Sie waren auf diese öffentlichen Schlachten ausgerichtet. Sie hatte sich jede private Meinung abgewöhnt. Abtrainiert. Sie war ein öffentliches Organ geworden und deshalb wusste sie jetzt nichts. Und sie wusste nicht nichts, weil sie etwas vergessen hatte. Sie wusste nichts, weil sie alles, was sie wissen hätte können, nicht anwenden konnte. Nicht mehr wissen durfte. Nicht einmal nicht mehr. Eigentlich. Ihre Stimme erstickt. »Nicht einmal nicht mehr« zu hören. Nicht einmal. Und sie hatte sich glücklich gefunden, kein entfremdetes Leben führen zu müssen. Sie hatte gedacht, dass sie privilegiert gewesen war, weil sie ihre Neigungen zu ihrem Beruf gemacht hatte. Dabei hatte sie ihre Neigungen dieser Institution dienstbar gemacht. Einer Institution, die den Krieg nur auf die kulturelle Ebene transportieren sollte. Den Krieg gegen die Subjekte. Und das würde im Herbst ja dann im

Burgtheater endgültig sichtbar. Wenn der Nitsch seine Schweine da ausnehmen würde. Dann war der Kreis geschlossen. Blut auf der Theaterbühne. Echtes Blut. Schlachtblut. Schlachttag. Und sie war dafür gewesen. Weil man nichts unterdrücken sollte. Weil mit dem Nichts-Unterdrücken die Macht so schön fest wurde. So selbstgerecht. Weil die Macht dann Freiheit rufen konnte. Und sie hatte keine Zweifel gehabt. Erst jetzt. Als Vernichtete. Als Vernichtete und ohne Kompass. Erst jetzt waren ihr die Zweifel klar. Draußen und zu spät. Sie sagte sich das vor. Im Kopf. Ließ das zu einem Chor werden. Draußen und zu spät. Unverortet und aus der Zeit gekippt. Sie hätte es auch so sagen können. Aber das sah gleich zu schön aus. Das sagte sich gleich so als Formel. Als bedeute ein solcher Satz etwas. Als gäbe es noch etwas zu beschreiben. Mit so einem Satz. Mit einem »Unverortet und aus der Zeit gekippt.« Da blieb die Bedeutung als Grabstein hängen. Wurde ein Grabstein. Behauptete einen Grabstein. Obwohl in Wirklichkeit. In Wirklichkeit blieb nichts übrig. Nicht einmal ein schöner Satz. Die Wahrheit war, draußen und zu spät. Und selber schuld. Sie hätte sich ja einordnen können. Oder ganz herausfallen lassen. Oder kleiner. Und Intendantin beim Donau-Festival. Und so nett vor sich hin. Eine der unendlichen Dienstleisterinnen. Eine aus dem Schwarm all dieser netten und attraktiven Frauen, die es recht machten. Nicht richtig. Recht. Und die damit ihre Blumarine-Röcke und Jil-Sander-Hosenanzüge bezahlen konnten, damit sie den sie einsetzenden Männern gefielen und die ins Bett gingen mit ihnen, damit sie wussten, wohin sie gehörten. Diese Kette der Abhängigkeit ließ sich ja nicht einmal in eine Erpressung umdrehen. Weil alle immer alles freiwillig machten, waren die Skandale in Freiheit zerstäubt. Und deshalb war dieses Filmchen ein

Scheiß. Was sollte mit so einem Dingelchen gemacht sein. Und wahrscheinlich. Sie trank das Bier aus. Sie war noch weiter draußen und am Ende, als sie es sich je vorstellen hatte können. Sie konnte nicht einmal das. So ein Filmchen. Sie war zu alt. Sie hatte keinen Anfang mehr zu erwarten. Vertan und draußen. Draußen und vertan. Es war nicht einmal zu spät. Die Zeit war vorbei. Es gab keine Zeit mehr für sie. Sie saß da. Dachte vor sich hin. Skandierte sich »Vertan und draußen. Draußen und vertan.« Das Bier. Eine kleine Unsicherheit im Kopf. Aber die Gefühle erreichten ihren Körper nicht. Sie konnte sich vollkommen frei bewegen. Unbeschwert und ohne Enge. Die Überlegungen drehten sich im Kopf. Als sähe sie sie als Film. Sie dachte weiter, wie sie während des Film gedachte hatte. Und dann war das doch gelungen. Das Filmchen. Und hatte die Regie die Stummfilmtechnik eingesetzt, damit die Figuren so oft ganz gezeigt werden konnten. Die ganze Figur. Von oben kamen drei Männer die Stufen herunter. Sie waren groß und kräftig. Fitnesscenterschwule, dachte Selma. Sie kamen die Stufen heruntergesprungen. Begrüßten den fettsüchtigen Jesus. Die Männer sprachen ihn mit »your holiness« an. Selma sah den Mann genauer an. Er konnte ein Priester sein. Er hatte diese Handbewegungen. Diese Haltung. Fromm. Das war eine Frommheit. Als gehorchte er Prinzipien außerhalb von sich. Und das legte um jede Bewegung diese Weichheit. Als würde jeder Muskel seine Befehle von anderswo bekommen. Als würden die Muskeln für ihn bewegt werden. Es war nur nicht so einfach für ihn. Sonst wäre er nicht so fett. Sonst hätte er ein außergewöhnlich attraktiver Mann sein können. Aber schlank. Wie sollte einer als Jesusdouble herumlaufen. War er in das Fett ausgewichen. Hatte er seine Demut so erwiesen. Indem er sich aus der Ähnlichkeit mit seinem Sohn Gottes ins Fett davongestohlen hatte. Fettzelle um Fettzelle. Jede Fettzelle eine Geste der Demut. Selma trank das Bier aus und stellte die Flasche auf das Tischchen. Sie wollte eine Zigarette. Sie brauchte eine Zigarette. Niemand rauchte hier. Sie sah niemanden rauchen. Sie überlegte, wie sie fragen sollte. Wie sie nach einer Zigarette fragte. Ihr Englisch ihr wieder weit weg. Das Gefühl in ihrem ganzen Körper. Dieses Wünschen, den Geruch und die Hitze in sich zu ziehen. Und sich ausbreiten lassen. Im ersten Ausatmen schon die Gewissheit. Das Nikotin überall hingekommen. Angekommen. Und der Friede davon. Den Frieden über sich ausgebreitet. In sich ausgespannt. Und wenn sie jetzt nicht eine Zigarette fand. Sie sah sich aus Unruhe zerplatzen. Sie sah sich in viele kleine Teile auseinander brechen und auf den Boden fallen und in kleine schwarze Käfer verwandelt davonkriechen. Sie stand auf. Ließ die Tasche stehen. Ging an die Bar. Hielt ihre Flasche hin. Sie lehnte sich an die Bar. Stützte sich an der Nirostawanne auf. Fühlte das kalte Metall gegen die Ellbogen. Ob sie noch ein Bier wolle, »Thelma«, fragte der Mann. Wie er denn heiße, fragte Selma. »How do I call you.« Oh. Er entschuldige sich. Der Mann beugte sich über die Bar ihr zu. Das wäre sehr unhöflich gewesen. Sich nicht vorzustellen. Sie müsse das verzeihen. Der Mann sah ihr von unten ins Gesicht. Er sah sie ernst an. Meinte die Entschuldigung ernst. Selma wurde unbehaglich. Sie wollte sagen, dass das alles nicht so wichtig wäre und dass sie eigentlich eine Zigarette bräuchte. Sie sah dem Mann ins Gesicht. Sah ernst zurück. Sie bemühte sich, die Unruhe. Das Verlangen tief in sich zurückzuhalten. Nicht preiszugeben. Nicht diesem ernsten Blick auszusetzen. Er heiße Sebastian. Er senkte die Wimpern. Einen Augenblick hielt er den Kopf wie in der Filmszene. Vor ihr.

270

So knapp vor ihr. Er war noch schöner. Der Schatten der Wimpern dunkler. Die Wangen bleich und eine kleine hektische Röte. Oben. Auf den Wangenknochen. Der Mund im Dreieck nach unten scharf gezeichnet. Das ganze Gesicht in eine Müdigkeit gespannt. Leiderfüllt. »Sebastian.« Selma musste den Namen laut nachsagen, um die deutsche Bedeutung herauszufinden. »Ach.« sagte sie. Aber das wäre ein sehr schöner Name. Und bedeutsam. »A telling name.« Der Mann sah auf die Nirostaoberfläche. Fuhr mit dem Zeigefinger einen Kratzer entlang. Dann richtete er sich auf. Hievte sich auf. Hob seinen schweren Leib und stand hinter der Theke. Selma sah ihn an. Er lächelte. Dann fuhr er mit dem Finger in sein Collar unter dem Rollkragen. Ja. Dieser Name habe ihn wohl in seine Berufung getrieben. »Pushed me into my vocation.« Selma konnte alle Sebastiane von den Säulen und Bildstöcken steigen sehen und diesen Mann umzingeln. Bis er ins Priesterseminar. »Catholic.« fragte sie. Der Mann nickte. »A papist. Yes.« Und ob sie noch ein Bier wolle. Aber es würde bald losgehen. Selma stellte die Flasche ab. Nein. Nein. Sie wolle nur die Flasche abstellen. Und ob er das hier. Ob das seine Initiative wäre. Nein, antwortete der Mann. Von oben kamen Menschen. Selma hörte sie die Stufen herunterkommen. Reden. Eine junge Frau kam an die Bar. Ob alles in Ordnung sei. Sebastian wandte sich ihr zu. Selma ging zu ihrem Tischchen zurück. Es war Zeit für den Rückzug. Der Wunsch nach einer Zigarette war nicht mehr so dringend. Sie konnte jemanden auf der Straße ansprechen. Eine von diesen Personen vor einem Pub. Raucher halfen einander. Und wenn sie zugab. Wenn sie erzählte, dass sie seit fast einem Jahr nicht mehr geraucht habe. Dass sie seit fast einem Jahr keine Zigarette angerührt hätte. Dass sie es aber nun. Dass es nun unerträglich sei. Unerträglich geworden sei. Dass sie es nicht mehr ertragen könne. Dass sie eine Zigarette bräuchte. Jeder ordentliche Raucher beeilte sich, einem Rückfälligen beim Rückfall behilflich zu sein. Sie konnte sich an das Gefühl gut erinnern. Wie dieses Bedürfnis einen in ein Wissen voneinander versetzte. Wie man voneinander alles wusste. Bis die Zigaretten angezündet waren. Bis die Zigaretten wieder brannten. In dem winzigen Zeitraum. Bis die Flamme die Zigarette in Brand und der erste noch kühle Hauch von Tabakduft eingesogen. Da gab es ein Verständnis. Voneinander. Selma stand hinter ihrem Tisch. Sah sich um. 2 Frauen kamen von oben. Zwei große Gruppen hatten sich gebildet. Es wurde begrüßt. Geredet. Gelacht. Alle hatten Bierflaschen in der Hand. Tranken aus den Flaschen. Sebastian ging auf die beiden Frauen zu. Umarmte sie. Küsste sie auf die Wangen. Die Frauen und Sebastian mischten sich unter die Gruppe gleich bei der Stiege. Alle hatten große Taschen bei sich. Selma begann die Personen zu zählen. Sie war bei 9, da kam Sebastian zu ihr. Er kam geschäftig auf sie zu. Selma dachte, er hätte das Missverständnis herausgefunden. Sie sah ihm lächelnd entgegen. Wollte ihm sagen, dass es ihre Schuld wäre. Sie hätte das Missverständnis gleich aufklären sollen. Sie müssten noch warten, sagte Sebastian. Miss Greenwood käme immer erst knapp vor Beginn. Miss Greenwood wäre die Lehrerin. Sie hätte ihr Leben lang Aktzeichnen unterrichtet. An der Slade School. Aber er sollte ihr vielleicht alles erklären. Also. Sie wären eine private Initiative. Ein Club. Und der Aktzeichenkurs. Der hätte sich erst kürzlich ergeben. Als man das Aktzeichnen an der Slade aufgegeben hätte. Bis 99 wäre es für alle Akademiemitglieder notwendig gewesen, einen Aktzeichenkurs zu absolvieren. Das habe man zugunsten der neuen Medien aufgegeben. Aber eigentlich wäre es nur eine Geldfrage gewesen. Die Akademie brauchte mehr Studenten. Aus Geldgründen hätten sehr viel mehr Studenten aufgenommen werden müssen. Man hatte die Qualität der Studenten nicht mehr auf dem Niveau halten können, das bis dahin verlangt worden wäre. Also aus Sparsamkeit hatte man das Niveau senken müssen. Die neuen Studenten. Die hätten sich dem Diktat der alten Techniken nicht mehr unterworfen. Das Aktzeichnen wäre abgeschafft worden. Miss Greenwood entlassen. Nach einem Leben für die Kunst. Alle Studenten der Slade hätten ihr Urteil. »Had to pass her judgement.« Der Kurs hier. Hier würde der Kurs nun weitergeführt. Auf private Initiative. Und Miss Greenwood arbeite hier weiter. Unter sehr viel schlechteren Bedingungen. Selma nickte. Das wäre so wie überall. Das kenne sie von zu Hause. Sie sah den Mann an. Und bei ihr. Da wo sie herkomme. Sie komme aus einer katholischen Welt. Da könnte sie sich nicht vorstellen, dass ein Priester einen Aktzeichenkurs organisiere. Ach, antwortete der Mann. Hier. Hier in Großbritannien. Da wäre der Katholizismus doch in der Renaissance stecken geblieben. Hier wäre man obskurant, aber dann auch wieder sehr weltlich. Man wüsste hier eben die Gewalt der Bedrohung kreativ zu nutzen. Eigentlich, sagte Selma. Eigentlich hieße das doch, dass sie hier die Akademie weiterführten. Ja, das tue man hier. Mittlerweile. Im postmodernen Zusammenhang. Ja. Da wäre es doch das Subversivste, sich die symbolische Ordnung zu erhalten. Oder? Der Mann sah sie fragend an. Er legte den Kopf zur Seite. Gleich unter seinem Kinn begann das Fett. Schon am Hals war die Haut dick unterfüttert. Prall gedehnt. Selma musste sich seinen Körper vorstellen. Wie die weiße Haut von ihm sich über die Fettpölster spannte. Wie die Pölster sich übereinander stapelten. Der

273

Leib des »Good King« war ja nicht zu sehen gewesen. Sie hatte seinen Schwanz gesehen. Der Leib war unter dem Hermelinmantel verborgen geblieben. Es machte kindlich. Das Fett. Während sie den Mann ansah und sich ihn nackt vorstellte, dachte sie, dass das Fett ihn zu einem Kind machte. Zu einem verführten Kind. Und man würde Lust haben, ihm das Essen zu verbieten. Man würde mit ihm schlafen in dem Bewusstsein, dass er währenddessen nichts essen konnte. Dass man ihn ablenken musste. Vom Essen fern halten. Und sie war wieder erfüllt von der Begierde auf eine Zigarette. Das Bedürfnis nach dem erlösenden Ausatmen füllte sie vollkommen aus. »O yes.« sagte sie. Die symbolische Ordnung. Bei ihr bedeute die symbolische Ordnung, dass sie einem katholischen Priester gleich zu beichten hatte. Dass dieses Ding. Sie deutete auf das Collar. Dass das automatisch ein Geständnis bedeute. Und hier, sagte der Mann. In this country. Dass man verbrannt werden müsse. Also umgekehrt als bei ihr. Und wäre das nicht interessant. Er erwarte, dass der Katholik Tony Blair am Ende doch auf einem Scheiterhaufen landen werde. Zumindest auf einem Scheiterhaufen der yellow press. Sie werde das noch sehen. Selma wurde blass. Sie spürte das Blut aus ihrem Kopf. Wie das Blut das Gesicht verließ. Wie ihre Schultern nach unten sackten. Ihr wurde schlecht. Elend. Sie musste hier weg. Sie musste dieses blöde Gespräch beenden. Abbrechen. Dieses Schäkern mit einem Pfarrer. Sie durfte hier nicht einen Augenblick bleiben. Sie war nicht rasiert. Sie war unter den Achseln nicht rasiert. Ihr Bild. Ihr eigenes Bild. Vor dem Spiegel. Wie sie sich selbst inspiziert hatte. Und die Haarbüschel im Spiegel. Die Schamesröte stieg auf. Die Wärme den Hals herauf und über den Kopf oben zusammenschlug. Eine Welle Hitze über ihr zusammenschlug und sich im

Gesicht ausbreitete. Auf der Kopfhaut und im Gesicht brannte. Sie sah den Mann sie ansehen. Der Mann sah sie prüfend an. Erstaunt. Prüfend. Was machte sie nur für eine Figur. Sie dachte das englisch. »What kind of figure did she strike.« Sie war in der Hitze erstarrt. Der Mann legte den Kopf zur Seite. Er sagte nichts. Sah sie an. Er lächelte. Er war. Sie sah ihn an und wurde wütend. Der Mann war amüsiert. Sie müsse gehen, sagte sie. Sie müsse hier fort und er solle ihr sagen, was sie zu bezahlen habe. Von oben kam eine Stimme. Eine tiefe Stimme rief von oben. »Why are you standing around. Why aren't you on your posts.« Eine alte Frau begann die Stufen herunterzusteigen. Sie hatte sich nach vorne gebeugt und durch das Stiegengeländer den Raum gemustert. Alle lachten. Ein paar applaudierten. Dann begannen alle herumzuschwärmen. Türen am Ende des Raums wurden geöffnet und Staffeleien und Sessel herausgeholt. Der Mann hatte zu der Frau hinaufgesehen und gelacht. Selma hatte ihre Tasche aufgehoben und begonnen, nach ihrer Geldbörse zu suchen. Der Mann hielt ihren Arm fest. »Why this panic. Why suddenly this panic.« Er nahm ihre andere Hand. Er hielt sie an beiden Händen fest. Er stellte ihre Tasche wieder auf den Boden. Er hielt ihre Hände mit einer Hand fest. Währenddessen. Ließ sie nicht aus seinem Griff. Dann nahm er ihre Hände in seine. Hielt jede Hand fest in einer seiner Hände. Hielt ihre Hände umfangen. Warm. Fest. Sie solle ihr Geständnis machen. Dazu sei er doch da. Er stand ihr gegenüber. Er war größer als sie. Er sah auf sie hinunter. Er stand zwischen ihr und dem Raum. Und den anderen. Er hielt sich zwischen sie und die anderen. Er hielt sie fest. Der Griff war warm, aber er hinderte sie auch, sich zu bewegen. Sie wandte ihren Blick ab. Schaute auf die Tischplatte. Starrte auf die Chipspackung. Er solle

275

sie gehen lassen. Es wäre natürlich lächerlich. Alles wäre lächerlich. Sebastian drückte ihre Hände. Was es wäre. Er könne sie jetzt ohnehin nicht einfach gehen lassen. Selma richtete sich auf. Sie wäre nicht rasiert, sagte sie. Sie könne nicht Modell stehen. Sie wäre nicht rasiert. Und eigentlich. Sie schaute wieder auf die Chipspackung. Eigentlich bräuchte sie eine Zigarette. Sie hob den Kopf und schaute dem Mann wieder in die Augen. Ernst. Die Hitze floss aus dem Gesicht. Sie hatte es gesagt. Sie ließ sich erschlaffen. Sie fühlte ihre Hände in seinen Händen weich werden. Locker. Sie seufzte. Der Atem ließ ihren Brustkorb hoch aufsteigen. Ließ die Jacke rechts und links von der Brust gleiten. Mit dem Seufzen sanken ihre Schultern nach vorne. Der Mann umspannte ihre Hände. Drückte sie. Er ließ die linke Hand los. Drehte sich um. Wandte sich dem Raum zu. An der Längswand. Die kleine Bühne war in die Mitte gerollt. Die alte Frau ließ die Bühne gerade verschieben. Genau unter die drei Scheinwerfer an der Decke. Die alte Frau stand an der Wand und bestimmte von da die Position der Bühne. Alle anderen hatten sich Staffeleien aufgestellt. Sessel bereitgerückt. Zeichenblöcke wurden ausgepackt. Zeichenblätter an den Staffeleien fixiert. Alle redeten miteinander. Besprachen Positionen. Skizzen. Werkzeug. »Attention please.« rief der Mann in den Raum. »Please.« Langsam wurde es stiller. Die Aufmerksamkeit auf ihn gerichtet. Er wartete, bis alle still waren. Alle Gesichter ihnen beiden zugewandt. Dann hielt er ihre Hand hoch. Er stelle Thelma vor. Das heutige Modell. Und er habe eine wunderbare Nachricht. »She has all her tufts.« Er sagte das triumphierend. »Wow.« rief jemand. »Bloody good for her.« Und dann applaudierten alle. Alle lächelten Selma zu. Die alte Frau stand an die Wand gelehnt. Sie betrachtete Selma. Und jetzt solle sie sich fertig machen, sagte Sebastian. Er zog sie mit sich. Er führte sie in einen Waschraum. Gleich hinter der Bar. Eine schmale Tür. Wie die Wand gestrichen. Nicht gleich sichtbar. Ein Schminkspiegel wie in einer Theatergarderobe. Durch eine Tür nach links eine Toilette. Sie solle sich nur Zeit lassen. Miss Greenwood. Miss Greenwood sei natürlich sehr altmodisch. Sie bestünde auf dem Miss. Und auch sonst bestünde sie nur auf Regeln. Und am Anfang hielte sie immer eine kleine theoretische Einführung. Heute ginge es um die Nerven. Um die Nervenstränge unter der Haut. »The nerves. Purely anatomically.« sagte er. Grinsend. Während er die Tür schloss. Er zog die Tür noch einmal auf. »Over there.« Er deutete mit dem Kopf in Richtung Spiegel. »Somewhere over there you should find a robe.« Dann zog er die Tür ganz zu. Von draußen war nichts zu hören. Selma war allein.

19

Selma stand da. Sie wartete, bis die Tür geschlossen war. Vollkommen geschlossen. Sie stand still. Horchte. Nur das Summen der Leuchtröhren. Ein feines hohes Summen. Über dem Kopf. Ein Zelt. Beim Zuhören hatte sie den Eindruck, der Ton würde höher. Der Ton würde immer höher. Sie riss sich aus dem Stehen und Zuhören. Die Luft im Raum. Warm und dumpf. Sie konnte keine Lüftung sehen. Beim Herunterkommen in das Lokal. Zuerst war es kühler gewesen. Kühler als draußen. Kühler, aber feuchter. Es war feucht. Hier unten. Sie ging zum Spiegel. Ein Schminktisch. Schminktische sie immer an die Mutter erinnerten. Die Mutter einen Jugendstilschminktisch gehabt. Einer der Reste. Eines der Überbleibsel. Die Mutter der Mutter. Die dann alles zurückgelassen hatte und mit dem Mann weg. Das Kind zurückgelassen. Bei ihrer Mutter. Und der Schwester. Die war als Erste davor gesessen. Die hatte vor dem von Putti umpurzelten und mit Blütengirlanden umspielten Spiegel die Entscheidung getroffen. Das Kind gegen den Mann. Und dann auch nicht glücklich geworden und vom Krieg wieder nach Wien zurückgeschwemmt. Vor solchen Spiegeln. Selma setzte sich an den Schminktisch. Schleiflack. Einmal weiß gewesen. Abgeschlagen. An den Kanten abgeschlagen. Um die Griffe abgewetzt. Sie kannte sich nicht. Sie sah im Spiegel eine hohläugige Person, die etwas tun würde, das sie sich nicht vorstellen konnte. Nicht vorstellen hätte können. Und war das der Unterschied. Wenn die Marianne in den »Geschichten aus dem Wienerwald« nackt in den lebenden Bildern im Nachtclub auftrat. Dann machte sie das aus materieller Not. Wenn sie jetzt da hinausging. Dann war das aus seelischer. Aus spiritueller Not.

278

Sie würde ja nicht verhungern. Sie musste ihren Lebensstil aufgeben. Sie musste nur alles aufgeben, was sie. Sie würde nicht verhungern. Nur vor die Hunde gehen. Unverhungert vor die Hunde gehen. Selma stand auf. Gehen. Davongehen. Das war das Einzige. Aber sie wusste im Aufstehen, dass die Anstrengung davonzugehen. Dass die zu groß war. Zu groß für den Wunsch, es zu machen. Es doch zu machen. Sie hatte das nicht abgewehrt, wie es abzuwehren gewesen wäre. Sie hätte das gleich abwehren können. Gleich am Anfang. Und sie hatte Orakel gespielt. Sie hatte die Entscheidung abgegeben. Sie hatte die Entscheidung sich selber entscheiden lassen. Wenn das echte Modell gekommen wäre. Die bestellte Person. Sie machte das immer. Sie machte das immer so. Sie sollte sich nicht wundern. Über ihr Schicksal. Sie hatte das doch so gemacht. Bei wichtigen Entscheidungen. Die Straße hinuntergehen und sich sagen. Wenn ein Möbeltransporter jetzt entgegenkam, dann würde sie sich so und so entscheiden. So wie die Pferdetransporte auf der Autobahn. Weil sie drei Pferdetransporte überholt hatte. Auf dem Weg von Wien nach Venedig. Deshalb hatte sie sich mit dem Anton. Sie stand da. Das harte Licht von oben. Sie konnte im Schminkspiegel nur ihren Bauch und die Hüften sehen. Sie zog die Jacke aus. Das war richtig. Das hier war ihr Richtplatz. Sie hatte es falsch gemacht. Sie hatte alles falsch gemacht. An den Pranger gestellt zu werden. Das war das richtige Urteil. Sie hatte leichtfertig gelebt. Eilfertig leichtfertig. Sie hatte gedacht, sie mache alles richtig. Aber sie hatte sich nur den Strömungen der Zeit hingegeben. Sie hatte im Mitschwimmen mitgedacht. Ein eilfertiger Fluss von Gedanken war das gewesen. Und in den großen Entscheidungen. Da war sie ins Abergläubische zurückgefallen. Sie konnte sich gut erinnern. Sie hatte den Anton haben wollen. Eine glühende Begierde war das gewesen. Brennend vor Haben-Müssen. Und sie hatte ihn sich ausgebreitet und sich mit ihm umhüllt. Weil drei Pferdetransporte zwischen Villach und Udine unterwegs gewesen waren. Daraus hatte sie sich die Berechtigung. Gebastelt. Zurechtgebastelt. Rasch und hochherzig. Das war die einzige Entschuldigung. Die Hochherzigkeit. Sie war blind gewesen. Sie hatte sich blind machen lassen. Aber sie war dann blind gewesen. Es hatte ihr genügt, nach dem Mann zu greifen, wie Männer immer nach Frauen gegriffen. Und er kein Recht hatte, sich zu rächen. Aber sie ihm nicht gerecht geworden. Sie an ihn nicht für ihn gedacht. Sie an ihn immer für sich. Und wenigstens die Façon richtig. Diese Oberflächlichkeit wenigstens nicht Ehe genannt werden musste. Sie knöpfte die Hose auf. Es war ja nicht viel auszuziehen. Im Sommer. Sie zählte mit. 1 die Jacke. 2 die Hose. Sie musste die Schuhbänder aufknüpfen. 4. Das schwarze Top. BH und Slip. 7. Der Morgenmantel hing an der Wand. Ein großer Nagel war in die ockerfarbene Wand geschlagen. Selma griff vorsichtig nach dem Morgenmantel. Sich an dem Nagel nicht zu stechen. Sie sah den Mantel an. Roch. Der Mantel roch staubig. Abgestanden. Aber nicht nach Schweiß. Nicht nach einer Person. Ungelüftet. Sie fuhr in den Ärmel. Die weiche Seide. Ein helles Paisley-Muster auf naturweißer Seide. Ausgewaschen und verblasst. Weich. Sie zog den Stoff über die Schultern. Sie hob den Mantel. Drehte sich zur Seite. Sie betrachtete ihr Hinterteil. Seitlich. Da sackte es. Sie beugte sich vor. Stand gerade. Der Bauch o. k. Die Hüftknochen standen weiter vor als der Bauch. Wie ging das nun weiter. Wurde sie geholt. Oder erwartete man, dass sie hinauskam. Sie lief schnell in den Nebenraum. Versperrte die Tür. Sie hatte dringend auf die Toilette gehen müssen. Das Bier. Sie saß auf der Toilette. Sie konnte hier eingesperrt bleiben. Sie konnte eine Szene machen. Sie stand auf. Trocknete sich mit Toilettepapier ab. Sollte sie jetzt duschen. Konnte man so. So ungewaschen. Sie ging in den Garderobenraum. Sie musste lächeln. Vielleicht war das ja der Fortschritt. Dass sie sich überlegte, eine Szene zu machen. Während doch sie die war, der man eine Szene machte. Sie war doch die gewesen, der die Szenen gemacht worden waren. Vielleicht musste sie das nur umdrehen. Aber während des Gedankens schon stieg das Verfolgungsgefühl auf. Das war die Erwartung. Dass man zusammenbrach und ein Bündel wurde. Hilflos. Das Kind. Und als Bündel in die Mindestversorgung des Staates genommen, nichts mehr sagen konnte. Nichts mehr sagen durfte. Jemand klopfte an die Tür. Selma sagte »Herein.« Und dann »Come in.« Und wenn jetzt dieser Schwindel aufgeflogen und das echte Modell gekommen war. »Peinlich. Peinlich. Alles peinlich.« dachte sie. Eine junge Frau steckte den Kopf durch den Türspalt herein. »Are you ready.« Sie grinste. Selma erkannte sie. Es war die dunkelhäutige Frau aus dem Film. Sie lächelte sie an. Sie wollte ihr sagen, wie gut sie ihr gefallen hatte. Aber sie wusste nicht, wie sie ohne Schuhe über den schwarzschmutzigen Boden draußen. Selma blieb in der Tür stehen. Sie ging zurück. Zog ihre Schuhe an und ging dann hinter der Frau her. Sie mussten um die Bar herumgehen. Die Bar von hinten. Nirostaladen und Bierkisten. Zitronenschalen. Bierverschlüsse. Ein Bierfass. Schläuche. Zapfhähne. Die Schläuche lagen am Boden. Das Bierfass stand an der Seite. Die Lichter um die Bar ausgemacht. Am anderen Ende des Raums. Die Bühne beleuchtet und die Umgebung. Taghell. Selma trat an die Bühne.

Sie musste blinzeln. Das Licht so hell. »Peinlich.« dachte sie. »Höllisch peinlich.« Sie hörte die Stimme der alten Frau. »Just step on. My dear.« sagte die. Und dass sie den Morgenmantel liegen lassen sollte. Jemand nahm ihr den Mantel aus der Hand. Sie war überrascht, dass sie den Mantel ausgezogen hatte. Sie setzte sich auf die Bühne und zog die Schuhe aus. Ließ die Schuhe stehen. Stieg auf den Holzpodest. Das Holz glatt. Sie trat vorsichtig auf. Sie solle einfach stehen. Einmal. »Just stand there. Would you?« Sie ließ die Arme sinken. Ließ sich in die Hüften zusammensinken. Das war nicht so schwierig. Das war wie in der Physiotherapie. Sie schaute sich um. Vorsichtig. Niemand begegnete ihrem Blick. Alle sahen ihren Körper an. Sie schaute über diese Blicke hinweg auf die Schauenden zurück. Konnte ihnen zusehen. Sie fand sich straffen. Den Kopf heben. Es war kühl. Sie hätte lachen können. Kichern. Die sahen sie ja gar nicht. Der eine breitschultrige Mann. Er hielt seinen Stift in ihre Richtung. Nahm Maß. Er kniff ein Auge zusammen. Selma begann zu lachen. Das Lachen stieg aus dem Bauch auf. Sie konnte das Lachen abfangen, bevor es das Gesicht erreicht hatte. Aber der Bauch vibrierte. Die Schultern. Die Kehle. Sie konnte das Zucken nicht verbergen. Die alte Frau kam nach vorne. Sie solle den Arm heben. Das rechte Bein vorschieben. Den Arm heben und ihren Kopf gegen ihren Oberarm legen. Als müsse sie den Kopf verbergen. Und sie solle nach unten schauen. Den Blick senken. »Keep your eyes down.« Und dann solle sie sich drehen. Die alte Frau stieg auf die Bühne. Sie nahm Selma bei den Hüften und drehte sie. Sie stand mit dem Kopf zur Wand. Die Blicke im Rücken. »This is it. My dear.« sagte die alte Frau. Hinter ihr. Sie hörte sie wieder hinuntersteigen. Ob alle sich an die Nervenbahnen im Rücken erinnern könnten. Die alte Frau stieg wieder auf die Bühne. Selma fühlte ihre Hand im Rücken. Ein Finger bohrte sich in die Wirbelsäule. Wanderte die Wirbelsäule hinunter. Erklärte die Nervenbahnen. Der Vorteil eines dünnen Modells wäre, dass die Zusammenhänge der Nerven gut beschreibbar wären. »Are there any questions left?« Die Frau stand neben Selma. Sie roch wie der Morgenmantel. Unausgelüftet. Sie atmete schwer. Die Frau musste Atem holen, wenn sie sich bewegen wollte. Sie war lange nicht so dick wie dieser Priester. Aber sie schien schwerer zu sein. Selma hasste sie. Zuerst war es nur Widerwille gewesen. Gegen dieses An-den-Hüften-herumgeschoben-Werden. Gegen den Finger im Rücken. Dann stieg die alte Frau von der Bühne. Ächzend. Selma blieb stehen. Ihre Haltung von der Frau eingerichtet. Sie konnte die Hand um den Oberarm weiterspüren. Wie die Frau den Arm höher über den Kopf und dann den Arm geschwenkt hatte. Auf und ab. Und die Nervenbahn nachgefahren. Und welche Muskelgruppen das betraf. Und dass man das unter der älteren Haut dieser Person gut sehen könnte. Weil die Haut kaum noch ein Unterhautfett besäße, würden die Strukturen darunter sichtbarer. Skin. Older tissue. Tired looking. Sagging. Der Ton. Es klang. Die Frau hatte einen vorwurfsvollen Ton. Das waren die Leute, die dann immer sagten, dass sie ja nur sachlich seien. Sachlich geblieben wären. Wie der Orthopäde. Dem den Schwindelanfall zu erklären. Und er ihr geantwortet hatte, sie glaube also, dass sie Drehschwindel habe. In demselben vorwurfsvollen Ton. Wie diese Alte da. Und sie ihn doch gehabt hatte. Den Schwindelanfall. Und nichts glauben musste. Er zuerst ihre Erfahrung in Frage gestellt und dann sie ersucht hatte, sachlich zu bleiben. »Frau Dr. Brechthold. Bleiben wir bitte sachlich.« Weil sie gesagt hatte, dass sie sich von ihrem Arzt nicht in Frage gestellt sehen wollte. Hinter ihr hörte sie die Bewegungen der Zeichnenden. Geräusche. Miss Greenwood ging herum. Sagte etwas. Sie bemühte sich, ihre Haltung nicht zu verändern. Jemand fragte, warum es keine Musik gäbe. Heute. Miss Greenwood sagte, dass das gut sei. Musik beeinflusse ohnehin zu sehr. Alle hörten ohnehin viel zu viel Musik. Jeder Zeichenstrich würde von der Musik gefärbt werden. Sie sollten sich alle lieber konzentrieren und ihren eigenen Geräuschen zuhören. Sie sollten lieber sich selber belauschen. »Listen in on yourselves.« Was für einen Rhythmus ihre Zeichengeräusche ergäben. Die Geräusche des Zeichnens müssten die gezeichnete Figur ebenso wiedergeben. Sie jedenfalls. Sie könne hören, ob eine Zeichnung auf einem guten Weg wäre. Und letzten Endes ginge es sogar um die Schönheit der Bewegung des Zeichners. Eine gekonnte Bewegung führe zu einem gekonnten Strich. Das wäre ihre Ästhetik. Können in Schönheit ergäbe Schönheit. Deshalb wäre es wichtig, an der Staffelei gerade zu stehen. Frei zu stehen. Atmen zu können. »With an uncluttered mind.« Ein schöner Geist lasse sich nicht beschweren. Lasse sich nicht ablenken. Sie könne die Probleme der Zeichnenden immer schon von der Ferne sehen. Sie bräuchte keine Psychoanalyse. Schon wie jemand über seinem Zeichenblatt kauere. Die Musik wäre doch für das Modell wichtig. Sie hörte Sebastian. »The model.« fragte Miss Greenwood. »She seems content to me.« Selma stand. Sie hörte zu. Sie stellte sich vor, eine erstarrte Nymphe zu sein. Von Hera zu Stein gemacht, weil Zeus sie begehrt hatte. Sie stellte sich vor, so schön zu sein, dass niemand in der Lage war, sie abzubilden. Und Miss Greenwood müsste immer böser werden. Und immer strenger. Und am Ende musste sie ihr Abbitte leisten. Und zugeben, dass sie unerreichbar war. Dann wurde ihr kalt. Zu kalt, diese Phantasien weiterzuspinnen. Die Haut. Sie bekam Gänsehaut. Sie musste aufs Clo. Einen Augenblick die Vorstellung, es nicht halten zu können. Sie schob das weg. Sie dachte, das autogene Training müsste da hilfreich sein. Sie versuchte, die ersten Übungen zu machen. Aber sie konnte sich mit sich selber nicht auf die Grundformel einigen. Wenn sie sagte, dass sie vollkommen ruhig und entspannt war, dann stimmte das. Aber Ruhe. Das bedeutete Spannung. Und so, wie sie dastand. Da war sie gespannt in die Ruhe. Und was passierte, wenn sie ihre Formel verwendete. »Vollkommen locker und entspannt.« Sie würde nicht stehen bleiben können, wie sie sollte. Wenn das alles funktionierte, dann würde sie in sich zusammensinken. Locker. Entspannt. Ungespannt. Sie holte tief Luft. Sie merkte sofort, wie sie sich dabei bewegte. Sie korrigierte die Armhaltung sofort. Miss Greenwood rief ihr von hinten zu, der Arm wäre höher gewesen. Sie stand. Sie hatte den Eindruck zu schwanken. Aber nur innen. Sie konnte sehen, dass sie ruhig dastand. Sie war enttäuscht. Sie hatte sich das. Schlimmer hatte sie sich das vorgestellt. Großartiger. Großartig schrecklich. Ein Erlebnis. Ein schreckliches Erlebnis. Sie hatte sich vorgestellt, sie würde das machen. Und es würde etwas passieren dabei. Mit ihr. Sie hatte sich eine Befreiung erhofft. Ihre Rechnung war gewesen, dass sie sich etwas traute, was sie sich bisher nicht getraut hatte. Nicht einmal vorstellen hätte können. Und dass sie dann einen Schritt weitergekommen war. Weiter weg. Wenigstens. Irgendwohin weiter weg. Aber sie hatte. Wenn sie es sich so überlegte. Sie hatte alles ihrer Großmutter nachgemacht. Oder hatte sie es der Großmutter nachmachen müssen. War das einer dieser Aufträge gewesen. Einer dieser

285

Aufträge, von denen man erst wissen konnte, dass es sich um Aufträge handelte, wenn sie sich in die Wirklichkeit gedrängt hatten. Weil sie erst ein Auftrag wurden, wenn man sie ausführte. Erst die Ausführung die Aufträge machte. Wie das Leben. Das ja auch erst da war, wenn es gelebt worden war. Immer erst nachzuerzählen. Ihr Arm wurde dumpf. Sie bewegte die Schultern. Jemand zischte von hinten. Sie stand still. Sie sah sich selber zu. Sie stellte sich vor, aus ihrem Körper zu steigen. Sie ließ sich aus ihrem Gesicht vorbeugen und schauen, ob auch niemand sie beobachte. Dabei. Dann ließ sie einen durchsichtigen Schatten von sich aus sich heraussteigen und sich so aufstellen, dass sie die Zeichner sehen konnte. Sie wusste gar nicht, wie viele da standen. Es waren viele gewesen, wie sie aus der Garderobe herausgekommen war. Es waren noch Personen dazugekommen. 20 Leute. Mehr. Es gelang nicht. Sie kam in der Vorstellung immer nur so weit, dass sie sich aus ihrem Gesicht vorbeugte und sich rechts und links umsah. Ein Wecker ratschte. »5 minutes break.« schrie Miss Greenwood über das sofort einsetzende Gerede hinweg. Selma ließ den Arm sinken und schüttelte die Beine aus. Sebastian stand am Rand der Bühne und hielt ihr den Morgenmantel hin. Sie nahm ihn. Zog ihn an und wickelte sich ein. Es wäre kühl, sagte sie. »That's our climate for you. We do not even manage to have a real heat wave. At least a heat wave long enough to reach us down here.« Ob sie etwas zu trinken wolle. Selma sah Miss Greenwood hinten stehen. Umringt von den drei starken Männern. Der eine erzählte etwas. Miss Greenwood lächelte. Nickte. Dann schaute sie auf ihre Uhr. Selma streckte die Arme aus und dehnte ihre Schultern. Wie lange das ginge, fragte sie. Eineinhalb Stunden. Eine halbe hätte sie schon, sagte Sebastian. Er hockte

286

neben ihr auf der Bühne. Die junge Frau, die sie geholt hatte, brachte ihr einen Becher Wasser. Selma bedankte sich. Sie trank. Brach das Trinken ab. Gleich wieder. Sie wollte nicht wirklich auf die Toilette gehen müssen. Oder zwischendurch. Es war hier sicher allen gleichgültig, ob sie feuchte Schamlippen hatte oder nicht. Miss Greenwood rief alle an die Staffeleien zurück. Selma stieg wieder auf die Bühne. Sie wollte sich wieder so hinstellen, wie sie vor der Pause gestanden war. Sie sollte aber sitzen. Ein Hocker wurde gebracht. Der Morgenmantel über den Hocker gebreitet. Sie musste sich setzen. Die Beine spreizen und sich nach hinten auf den Händen abstützen. Und geradeaus schauen. Nicht den Kopf nach hinten. Sie solle über die Köpfe hinwegschauen. »Somewhere up there. Up the wall.« sagte Miss Greenwood. »Over the rainbow.« murmelte jemand. Selma bemühte sich. Sie schaute auf die Filmplakate an der Wand. Fixierte das Geländer oben. Am Stiegenabgang. Aber irgendeine Bewegung. Eine Haltung. Ein Blick. Ihr Blick wurde eingefangen. Schweifte davon. Traf auf einen Blick auf sich. Die Augen. Ihr fiel ein, dass es nur um die Augen ging. Dass alles, was Augen hatte. Dass das erst getötet werden musste, um gegessen werden zu können. Dass sie in ein Salatblatt nicht beißen hätte können, wenn sich das Leben des Salatblattes in Augen ausgedrückt hätte. Dabei konnten Salatblätter auch sehen. Sie konnten das Licht wahrnehmen. Offenkundig. Und man aß ja auch das Licht. In den Pflanzen. Nicht die Energie. Wie in den Tieren. Und deshalb das Fett. Ein Brechreiz stieg auf. Das Genick war hart geworden. Zwei harte Stränge. Rechts und links. In den Kopf hinauf. Migräne konnte so beginnen. Sie konnte Miss Greenwood wahrnehmen. Sie hörte sie herumgehen. Sah sie am Rand ihres Gesichtsfelds. Eine dunkle Bewegung.

Ihre Bemerkungen. Alle standen da. Vertieft in die Blicke nach vorne und auf ihr Zeichenblatt. Niemand sprach. Niemand lächelte. Gerunzelte Stirnen. Verkniffene Münder. Zusammengezogene Augenbrauen. Selma sah sich alle an. Genau. Sie saß nach hinten gelehnt. Hielt das Gesicht in die Höhe und ließ ihren Blick über alle Zeichnenden hingleiten. Sah sich alle am unteren Rand ihres Blicks genau an. Sie bekommen dich nicht, sagte sie sich vor. Niemand konnte eine Linie von ihr auf das Papier bannen und ihr so wegnehmen. Sie musste sie nur ansehen. In die Augen schauen. Aber niemand sah sie an. Sie sah von einer Person zur anderen. Die junge Frau aus dem Film. Ein dünner Mann in ihrem Alter mit einem Spitzbärtchen. Ein junger Mann. Die Haare zu einem kleinen Strahlenkranz gegelt. Eine Frau in einem beigen Hosenanzug. Die starken Männer nebeneinander. Der eine schaute auf das Blatt des anderen. Sie sahen einander ähnlich. Waren sie Brüder. Oder hatten sie so lange zusammengelebt, eine Ähnlichkeit. Eine ältere Frau in einem himmelblauen Pullover und dunkelblauem Rock. Dick. Nicht so dick wie die Greenwood. Ein sehr junger Mann. Jeans und T-Shirt. Irgendetwas aufgedruckt. Eine sehr junge Frau neben ihm. Lange helle Haare. Sie waren beide groß. Sehr schlank. Sehr ernst. Sie waren die ernstesten. Selma saß. Vom Genick. Die Muskeln hatten zu zittern begonnen. Ganz wenig. Sie spürte es nur ganz oben. Da, wo die Schädeldecke begann. Der Hinterschädel sich rundete. Aber es war klar. Das ging weiter. Das würde weitergehen. Das Zittern würde sich ausbreiten. Der Hals. Die Hände. Über die Schultern in die Hände. Sie atmete ruhig. Vielleicht hatte sie zu flach geatmet. Ein Stich. Ein Stich von der Stirn in den Bauch. Eine gerade Linie. Die Erkenntnis. Eine Erkenntnis. Sie machte dasselbe wie

288

ihre Mutter. Wie ihre Großmutter. Ihre Mutter hatte einen Mann heiraten müssen, dessen Familienname der Vorname des Vaters gewesen war. Des Vaters, der sie verlassen hatte und ihr die Mutter entzogen. Und sie bot sich dar. Als Modell. Für diesen Großvater. Sie ließ sich von 20 Personen nackt abzeichnen. Es mussten viele sein. Den toten Großvater zu ersetzen. Der Künstler werden hatte müssen. Der aus Wien weggehen hatte müssen. Den der Erste Weltkrieg. Ein nie überwundenes Trauma. Der in London. Geendet. Aber viel länger gelebt als die Großmutter. Was wollte sie wirklich hier. Selma sah sich in einem Strudel. Sie fühlte sich in dem Wirbel eines Strudels nach unten gezogen. Und dahingeschleift. Alles umsonst. Darin ihrem Großvater gleich. Nichts erreicht. Als Künstler. So dagestanden hatte. Und an der Slade gewesen war. An die Slade gegangen war. Die Großmutter in Paris zurück. Aber sie wusste nichts. Sie hatte nichts wissen wollen. Sie hatte nie etwas wissen wollen. Nichts über diesen Mann. Nichts über seine Arbeit. Nichts darüber, wer jüdisch und wer nicht. Und jetzt saß sie da und wollte gefunden werden. Von ihm. Das musste ihr Beweggrund gewesen sein. Sich an den Vater der Mutter zu wenden. Gegen den eigenen Vater. Gegen den Rückfall auf den eigenen Vater, der die Mutter ja auch. Zum Urverlasser zurück. Sie saß da. Aus dem jagenden Dahin. Aus dem kreiselnden Dahingezogensein. Ein Frieden. Eine Friedlichkeit breitete sich aus. Tränen rannen ihr über die Wangen. Der Frieden. Die Friedlichkeit. Ein Druck innen. In der Brust aufstieg und gegen die Kehle drängend sich in Tränen. Sie hatte kein Kind. Sie hatte keine Kinder. Dieses Gewirr. Es endete in ihr. Sie hatte es nicht weitergesponnen. Der Schmerz davon außen. Der Schmerz von außen um die Brust. Das war traurig.

289

Aber die Geschichte. Ihre Großmutter. Die Tagebücher ein
Dokument der Törichtheit. Die Mutter. Die hastigen Bewegungen vor dem Spiegel. Die Haarsträhne von der Wange.
Die Getriebenheit. Jede Affäre diese Getriebenheit. Und
dann gerne gestorben. Die Mutter war gerne gestorben. Sie
war froh gewesen. Erleichtert, das Leben abgeben zu können. Und dieses Elend mit ihr zu Ende. Ihre Aufgabe war
es. War es geworden, dieses Elend zu beschließen. Beschließerin. Sie war die Beschließerin all dieses Elends. Schwebend. Sie fühlte nichts von sich. Sie schwamm. Schwebte.
Abgeschlossen. In sich eingehüllt. Die Kühle auf der Haut
sie tragend. Sie dachte an die Rosen. Sie wünschte sich den
Rosenduft. Wünschte sich in den Rosenduft. Sie sah sich
unter dem Rosenbusch stehen. Das Gesicht hinaufgewandt.
Das Gesicht dem Duft zugewandt. Sie spürte die Füße. Wie
sie stand. Wie sie sich auf die Zehenspitzen reckte. Sich in
den Duft. Sich weiter in den Duft hinein. Zu recken. Der
Wecker ratschte. Sofort das Reden und Lachen. Miss
Greeenwood. »5 minutes break.« Selma setzte sich langsam
auf. Zog den Morgenmantel um sich. Sie sah sich um. Hob
den Becher mit dem Wasser auf. Trank. Sie fuhr sich über
die Wangen. Hatte sie wirklich geweint. Die Wangen feucht.
Aber nicht nass. Was bedeutete das alles. Sie saß da. Starrte
vor sich hin. Sie sollte aufstehen. Die Gliedmaßen lockern.
Die Gliedmaßen. War das ein Wort. Sie wusste nicht, ob
das ein Wort war. Oder ob sie diesen Ausdruck gerade eben
erfunden. Sich ausgedacht. Es musste spät sein. Sie schaute an ihren Beinen hinunter. Im harten Licht konnte sie die
winzigen Stoppel sehen. Die Beine nicht ideal glatt. Aber
nur aus der Nähe. Hatte sie die Beine rasiert. Heute morgen. Wann war das gewesen. Heute morgen. »Are you all-
right?« Miss Greenwood beugte sich ihr zu. »Ja.« sagte Sel-

290

ma. »Danke, ja.« Sie entschuldigte sich gleich. Sie sei den ersten Tag in London. Ihr Englisch noch nicht automatisiert. »Really?« sagte Miss Greenwood. Ob sie aus Deutschland käme. Nein, antwortete Selma. Sie käme aus Österreich. Aus Wien. »Austria. Vienna.« »Really!«, sagte Miss Greenwood wieder und wandte sich ab. Selma ärgerte sich. Warum hatte sie etwas gesagt. Über sich. Mit dieser Person. Die sie wie ein Stück Fleisch behandelte. Die das Kunstgetue als Entschuldigung benutzte, Leute schlecht behandeln zu können. Es war klar zu erkennen. Diese Frau sprach über jedes Modell in dem Ton. Der war erst die Zeichnung wichtig. Die konnte erst mit der Zeichnung etwas anfangen. Mit den Leuten selber. Nichts. Die Pause war zu Ende. Das ganz junge Paar kam von oben gelaufen. Sie waren rauchen gewesen. Sie traten die Zigaretten oben auf dem Stiegenabsatz aus. Selma konnte ihre Füße sehen. Wie sie die Zigaretten in den Boden drehten. Traten. Selma solle sich hinkauern. Miss Greenwood stand am Bühnenrand. Selma zog den Mantel aus. Sie ließ den Mantel über die Schultern nach unten rutschen. Hielt den Mantel mit den Händen auf. Sie könne den Mantel auf den Boden legen und sich dann darauf kauern. »Hunker down« hieß das. Selma breitete den Morgenmantel aus. Sie kniete hin. Sie solle sich über ihre Knie kauern. »Crouch down over your knees. As if you were hiding put the head under your arms.« Selma kniete auf dem Boden. Sie konnte ihren Busen auf den Knien fühlen. Weichkühle Pölster gegen die Kniescheiben. Der Kopf auf dem Morgenmantel. Der Geruch. Der Stoff. Das Holz darunter. Widerwille sammelte sich an. Sie wollte so nicht daliegen. Zusammengekauert dahocken. Sie solle die Hände über den Kopf zurück kreuzen. »Cross your hands above your head. Like this.« Miss Greenwood ergriff ihre Hände und legte sie übereinander. Selma ließ sich fallen. Sie ließ sich unter dem Griff zur Seite gleiten. Als leite der Griff diese Bewegung ein. Sie kam auf der Seite zu liegen. Eingerollt. Miss Greenwood schnaufte. Sie hob an, etwas zu sagen. Dann ließ sie die Hände los. Selma ließ sich locker werden. Sie lag mit dem Rücken zu den Zeichnenden. Sie schob ihre Füße vor ihre Scham. Sie lag versteckt. Hielt sich versteckt.

20

Im Liegen war es leichter. Selma stellte sich selbst vor. Wie
sie dalag. Sie versuchte, sich einen Film von sich selbst zu
machen. Sich selbst zu sehen. Einen Schatten. Wieder einen
Schatten. Einen hellen Schatten aus sich aufsteigen zu lassen
und sich hinstellen. Den Zeichnenden beim Zeichnen zusehen. Sie stellte sich vor, wie die alle dastanden. Hinter ihrem
Rücken. Wie sie auf die Zeichenblätter starrten. Die Zeichenblätter fixierten. Die Stirnen runzelten. Wie sich in den
Gesichtern das Können abzeichnete. In den Minen spiegelte. Wie sie aufsahen und Maß an ihrem Rücken nahmen. Sie
lag da. Sie ließ den Schatten von Staffelei zu Staffelei gehen.
Sie ließ sich den Zeichnenden beim Zeichnen zusehen. Das
konnte sie. Aber sie kam nicht weiter. Sie konnte sich keine
Zeichnung von sich vorstellen. Sie versuchte, sich an die
Zeichnungen an der Wand zu erinnern. Wie der fettsüchtige
Jesus gezeichnet worden war. Aber die Erinnerung reichte
nicht, einen Schluss auf eine Abbildung von sich zu machen.
Die schöne Vorstellung. Wie ihr Schatten herumstreifte. Wie
sie sich zwischen die Zeichnenden stellen konnte. Wie niemand sie sehen konnte. Sie nicht wahrnehmen. Und dann
gelang es nicht weiter. Es ärgerte sie. Sie lag da. Sie strengte
sich an. Sie dachte mit allen Kräften. Schickte alle ihre Kräfte
an diese Vorstellung. Sie lag zusammengekrümmt. Die Knie
rieben aneinander. Es fiel ihr ein, dass nun alle die Abschür-
fung auf ihrer Achillessehne sehen konnten. Alle konnten
die Schürfungen sehen. Die blutige Spur des harten Män-
nerschuhs. Beim Denken daran begann die Wunde zu
jucken. Das Jucken sammelte sich zu einer Unruhe. Stieg als
Unruhe in den Bauch hinauf. Sie verlor die Verbindung zu
ihrer Vorstellung. Sie verlor sich selbst als Gespenstchen.

Verlor sich aus den Augen. Sie verlor den Blick als Gespenstchen auf sich selber. Das Liegen. Das Daliegen übertönte
alles. Sie konnte sich nichts anderes mehr denken. Sie fühlte sich auf sich selber. Auf sich selber liegen. Auf sich selber
getürmt. Die linke Schulter auf dem Holzboden. Die rechte
Schulter. Das Schlüsselbein in die linke Schulter von oben.
Die Hüfte. Das Krümmen wurde echt. Schmerzvoll. Wurde
die Wahrheit ihres Körpers. Sie krümmte sich über ihre
Lage. Musste sich wegen ihrer Lage krümmen. Die Unruhe.
Das Unbehagen. Die Wahrheit. Sie lag am Boden. Sie lag
nackt am Boden. Sie war ein Ding. Ein atmendes Ding.
Sie war endgültig zum Gegenstand geworden. Und sie war
kein Objekt der Begierde geworden. Der Leidenschaft von
jemandem. Die Sucht. Sie war ein wissenschaftliches
Objekt. Sie hatte es nur zu einem wissenschaftlichen Objekt
gebracht. Die Leichen fielen ihr ein. Die Leichen im Lyso-
formteich des anatomischen Instituts. Sie sah sich eine von
den Gestalten da schwimmen und ein Saaldiener mit einem
Haken sie auswählen. Sie mit dem Haken unter dem Arm
fassen und heranziehen. Herausziehen. Lysoformtropfend
auf eine Blechwanne und auf der Wanne in den Hörsaal
geschoben. Auf dem Rücken liegend. Das wenigstens. Oder
war das ohne Form. Wurden die Leichen formlos präsentiert. Irgendwie hingeworfen auf die Blechwanne. »Wollen
Sie es aufgelegt?« Die Frage im Delikatessengeschäft. Ob sie
ihren Beinschinken schindelförmig aufgelegt haben wollte.
Oder übereinander gestapelt. Sie war nur einmal in einer
solchen Vorlesung gewesen. Im gerichtsmedizinischen
Institut. Da hatte der Saaldiener die Leiche von einer Frau
hereingerollt. Die Frau. Die Leiche war nach Wochen in der
Wohnung aufgefunden worden. Im Hörsaal. Sie war weit
oben gesessen. Sie war mit den Jusstudenten mitgegangen.

294

Die hatten in diese Vorlesung gehen müssen. Die hatten sich einmal in ihrem Studium solchen Schrecken aussetzen müssen. Die waren dieses eine Mal mit der Realität konfrontiert worden. Auf der Blechwanne. Im Hörsaal. Da war ein Haufen gelegen. Beigegrau. Der Haufen war beigegrau und fedrig gewesen. Der Haufen hatte fedrig gewirkt. Als könne er zerstieben. Als könne jeder Lufthauch diesen Haufen in Faserteile zerlegt herumschwirren lassen. Und dann eingeatmet. Den Jusstudenten war sofort schlecht geworden. Sie hatte den einen hinausführen müssen. Und gehen können. So. Sie hatte nicht zugeben müssen, dass sie. Dass ihr übel geworden. Aber sie war nicht nach New York gefahren. Nach 9/11. Ein halbes Jahr nicht. Und dann. Gleich bei der Ankunft der Artikel in der »New York Times«. Auf einer dieser Seiten ganz hinten. Da, wo die features zu finden waren. Der Artikel ganz genau beschrieben hatte, wie die Leichen sich da in Luft aufgelöst. Dass die DNS im Staub. Dass die DNS im ganz normalen Stadtstaub gefunden worden war. Gefunden wurde. Dass man die DNS der Vermissten von Haaren aus der Haarbürste oder vom Speichel aus Zahnbürsten abnahm und dann im Stadtstaub auf die Suche ging. Und dass natürlich alle die Leichen eingeatmet hatten. Jeder hatte da Leichen ein. Während der ersten Monate mehr. Selma lag da. Die Rechnung war ihr nicht so klar gewesen. Die Rechnung wurde ihr erst jetzt begreifbar. Die Leichen. Der Leichenstaub hatte sich gesetzt. Der Leichenstaub hatte sich in den Lungen gesetzt. Abgesetzt. Die Leichen waren in den Lungen der Atmenden aufbewahrt. Von allen anderen Stellen war der Staub verschwunden. Verblasen. Vom Wind. Verwaschen. Vom Regen. Verbrannt. Von der Sonne. Von allen anderen Stellen war der Staub in die Elemente zurückgekehrt. Nur in den Lungen. Über die Lun-

295

gen. Da war der Leichenstaub in die Personen. In die Personen aufgenommen. Die Personen dann eine Art Grabstein. Die Lebenden die Denkmäler der Toten. Noch einmal mehr. Die Lebenden das Testament der Gestorbenen. Einmal echter. Noch eine Stufe echter. Aber nichts half. Es änderte sich alles. Imgrund wurde alles wirklicher. Wahrer. Eine Person, die den Staub von Leichen wirklich in sich aufgenommen hatte. Wie viel wirklicher war diese Person Mitglied der Gemeinschaft. Wie viel wahrer war sie das, was sich das Christentum immer gewünscht hatte. Der Mensch als Altar des Leibes. Und es änderte überhaupt nichts. Im Gegenteil. Sie war abgereist. So schnell wie möglich. Diese bittere Realität des Leibes. Diese bittere Wahrheit der Natur. Und keine Hilfe. Und hier. Jetzt. Sie musste aufstehen und weggehen. Sie musste sich wehren. Sie lag da. Die Blicke im Rücken. Sie konnte sie fühlen. Die Haut gespannt und das Auftreffen der Blicke. Prickelnde Schauer. Als würden Stacheln auf sie abgeschossen. Sie musste aufstehen. Sie musste sich aufrichten. Sie lag. Die Hände den Kopf umfingen. Der Kopf zu wachsen schien. Der Kopf größer geworden. Die Hände nicht mehr groß genug, den Kopf zu umfangen. Dann wusste sie nicht, wie sie sich aufrichten hätte können. Wohin sie sich rollen sollte. Wälzen. Damit die Arme sich aufstützen und den Oberkörper aufrichten. Die angezogenen Beine. Wenn sie die Beine ausstreckte. Was konnten die dann sehen. Dann war alles zu sehen. Sie wollte unter keinen Umständen einem von denen ihre Fut zur Ansicht. Sie musste den Oberkörper zuerst. Sich aufsetzen. Dasitzen. Wie die Meerjungfrau in Kopenhagen. Die Beine seitlich und von da aufstehen. Sich aufrichten. Sie musste den Morgenmantel. Sie konnte den Morgenmantel mit hinaufziehen. Den Morgenmantel um sich schlagen. Und wenn sie

296

dick gewesen wäre. Wenn sie dick wäre. Fett. Wie viel verborgener. Wie viel versteckter. Wie geschützt. Der Busen eine Fettkaskade mehr und die Scham. Hinter Schürzen aus Fett. Sie hasste die Zeichnenden. Sie versuchte, die Zeichnenden zu verachten. Nicht so zu hassen. Nur zu verachten. Den Hass auf Verachtung zu reduzieren. Sie versucht, sich zu sagen, dass das alles nicht wichtig wäre. Dass sie diese Leute in ihrem Leben nie wieder sehen würde. Dass sie endlich großstädtisch denken sollte. Dass sie die Vorstellung aufgeben sollte, verantwortlich zu sein. Dass es diese Leute interessierte, wenn sie sich so verhielt. Als könnte man einander wieder treffen. Als ergäbe sich aus einem Wiedersehen eine Geschichte. Niemand hier kannte ihren Namen. Niemand hier wusste irgendetwas über sie. Niemand würde auch nur eine Sekunde einen Gedanken an sie verschwenden. Im Gegenteil. Wenn sie jetzt einfach aufstand und davonging. Dann würde sie das Modell sein, das davongegangen war. Eine Verrückte. Aber in Erinnerung. Deswegen. Nur deswegen in Erinnerung. Das Modell, das brav alles gemacht hatte. Das war nur eines von denen. Von all denen, die funktionierten. Aber es gelang nicht. Es war alles wichtig. Es war für sie wichtig, dass sie hier lag. Nackt und ausgesetzt. Dass sie dafür bezahlt bekam. Und ein Bier und eine Packung Chips. Der Essiggeschmack. Das war typisch englisch. Das war typisch für den schlechten Geschmack dieser Leute. Chips und dann mit Essiggeschmack. Vor denen musste sie herumliegen. Wie sollten die einen Körper ordentlich zeichnen, wenn sie doch so etwas aßen. So ein fettes Zeug und dann Essig darüber. Kein Wunder, dass sie dann fett wurden. Fettsüchtig. Sebastian und diese Frau. Diese Hexe von Miss Greenwood. Miss. Ja. Das konnte man sich vorstellen. Selma lag da und hasste. Der Hass. Sie lag.

297

Sie konnte sich nicht bewegen. Sie war in der gekrümmten Haltung mit den Händen den Kopf schützend eingefangen. Erstarrt. Und sie hatte das deutliche Gefühl im Hass zu rollen. Sich im Hass zu wälzen. Sich wie ein Tier im Hass herumzuwerfen. Von hinten hörte sie das Kratzen und Wischen und Atmen und Räuspern. »This line here is much more tired. Look. Here.« Miss Greenwood. Die Geräusche machten ihr kalt. Sie lag. Den Kopf mit den Händen umklammernd eine tiefe Kälte im Rücken. Sie wünschte sich, das Schauspiel des Wälzens. In das Schauspiel des Wälzens ausbrechen zu können. Der Wunsch ließ sie noch starrer werden. Noch erstarrter. Dann riss sie die Hände vom Kopf. Löste die Hände vom Kopf. Legte die Hände auf den Boden. Ließ die Hände liegen. Ließ den Händen Zeit. Ließ den Händen einen Augenblick Zeit, sich aus der Krümmung zu entspannen. Das Handgelenk flach liegend. Dann fasst sie ein Herz und straffte die Muskeln im Rücken. Sie hob den Oberkörper vom Boden. Stützte sich auf die Hände auf. Richtete sich auf. Saß auf ihren Unterschenkeln. Sie richtete den Kopf auf. Der Wecker ratschte. Miss Greenwood klatschte in die Hände. Sie sollten keine Pause mehr machen. Sie sollten lieber gleich die Ergebnisse beurteilen. »Judge the results.« Selma stützte sich auf. Stand auf. Sie war zu alt für solche Dinge. Ihre Gelenke. Wenn sie so lange ruhig hielt. Ruhig halten musste. Es dauerte, bis sie sich wieder bewegen konnte. Sie schlüpfte in den Mantel. Stieg von der Bühne. Vorsichtig. Sie konnte ihre Beine nicht so schnell. Sie stieg in die Schuhe. Sie zog die Schuhe nicht richtig an. Sie blieb mit den Fersen draußen und stakste weg. Sie watschelte. Zog die Schuhe bei jedem Schritt über den Boden nach. Niemand konnte so sehen, dass sie steif war. Wie steif sie war. Dass ihre Beine so steif waren, dass sie

kaum gehen konnte. Und dass ihre Hüften unbeweglich. Sie
stolperte um die Bar. Schlurfte zur Tür. Sie zog die Tür auf.
Sie schleuderte die Schuhe vor sich in den Raum. Stürzte in
den Raum. Zuerst musste sie auf die Toilette. Sie konnte
kaum die Tür verriegeln. Hinter sich. Aber sie fühlte sich
gerettet. Sie war vor etwas Großem und Dunklem gerettet.
Sie war müde. Als wäre sie weit gelaufen. Und lange. Sie
überlegte, ob sie duschen sollte. Die Dusche gleich neben
der Toilette. Sie musste nicht einmal aufstehen, den Wasserhahn aufzudrehen. Die Dusche nur eine Ecke des Wasch-
raums. Das Wasser lief in einer Senke in der Ecke ab. Sie saß
auf der Toilette und hielt die Beine unter den Strahl der
Dusche. Das Wasser kalt. Sie wartete. Das Wasser wurde
nicht wärmer. Sie stand auf. Es gab kein Handtuch. Sie
trocknete auch die Beine mit Toilettenpapier ab. So gut es
ging. Dann nahm sie den Morgenmantel und rieb ihre Beine trocken. Sie ging in die Garderobe und zog sich an.
Schnell. Sie hatte ihre Kleider sorgfältig hingelegt. Die Hose
über den Sitz des Sessels. Die Jacke über die Rückenlehne.
Das Top über die Jacke. Die Unterwäsche aufgelegt. Wie
zum Hineinspringen. Slip und BH. Es war gut, die Stoffe auf
der Haut. Sie strich über die Stoffe. Ließ sich die Stoffe auf
der Haut und auf den Händen spüren. Die Hose. Die Jacke.
Die Schuhe. Wohlig. Es war wohlig, sich wieder angezogen
zu wissen. Sie setzte sich auf den Sessel. Sah den Schminktisch an. Von der Seite. Sie wollte kein Spiegelbild. Sie wollte in dem wohligen Gefühl in sich bleiben und kein Spiegelbild von außen einen Kommentar dazu. Sie hatte ihre
Tasche hier stehen lassen. Hätte sie es bemerkt, wenn sich
jemand in diesen Raum gestohlen hätte. Die Tür zur Garderobe. Licht war nur rund um die Bühne und die Staffelei-
en gewesen. Sie schaute nicht in die Tasche. Sie blieb sitzen.

An der Wand. Außer Reichweite des Spiegels. Was war das nun. Was war das nun gewesen. Sie sah sich um. Alles abgebraucht. Verbraucht. Spuren. Sie hatte nichts hinzugefügt. Sie konnte sich vorstellen, warum man in Zellen etwas an die Wand schrieb. Warum es eine Spur geben musste. Von einem. Es ging ihr gut. Es fiel ihr ein, dass sie aus dieser Lähmung heraus war. Dass die Schwerkraft fehlte. Sich verloren hatte. Weil etwas geschah. Sie dachte, dass der Verlust der Schwerkraft damit zu tun hatte, dass etwas geschah. So waren Abenteuer wohl auch eine Beschäftigungstherapie. Mittlerweile. In ihrem Fall. Jedenfalls. Sie dachte darüber nach. Sie saß. Lehnte den Kopf gegen die Wand. Hielt die Jacke vorne. Hielt die Vorderteile der Jacke übereinander. Sie saß in ihre Jacke gewickelt. Die Scham stieg auf, und sie durfte ihre Haltung nicht verändern. Die wohlige Wärme des Angezogenseins wurde zum Zwang, sich noch mehr zu verhüllen. Sie wusste nicht. Konnte sich nicht sagen, welche Haltung schlimmer gewesen war. Schwieriger. Ob es leichter gewesen war, die Menschen zu sehen. Oder nur zu wissen. Ihnen zusehen beim Zusehen. Oder das Zusehen nur wissen. Sie starrte vor sich hin. Sie konnte jetzt nicht hinausgehen. Es wäre sportlich gewesen. Ein objektives Urteil über die Zeichenqualität einer Skizze des eigenen Körpers. Aber auch kalt. Es wäre die Überwindung gewesen. Sie hätte sich damit endgültig zur Verfügung gehabt. Sie hätte damit sogar einen Beweis gehabt, dass sie mit sich. Aber dann hätte sie sich dort eingeordnet, wohin sie kommen sollte. Und wo die alle schon waren. Sich selbst zur Verfügung. Um sich durchschlagen zu können. Ritter. Die waren alle Ritter. Mittelalterliche Ritter. Die übten ihre Techniken. Die lernten, alle Waffen zu beherrschen. Und dann gingen sie an die Wegkreuzung und fochten ihre Duelle. Mit wem immer. Wer daherkam, mit dem wurde. Und mit allen Mitteln. Und wenn es sein musste, dann auch mit Freundlichkeit. Und sie würde auch dahinkommen. Sie würde in die Kurse vom Arbeitsmarktservice gehen und grinsen. Oder sie würde ihre Projekte vortragen. Irgendwelchen Lokalpolitikern würde sie wunderbare Projekte vortragen. Und nichts mehr erwarten als ihr Ankommen. Das Leben war wieder auf Essen und Schlafen beschränkt. Und die Leute da draußen. Helden. Das waren Helden. Eine Rührung stieg ihr auf und sie musste denken, dass sie nun die Täter schön gedacht hatte. Dass sie die Täter zu lieben begann. Aber die Scham war weg. Damit. Es war wieder angenehm. Sie wollte das nicht ändern. Sie wollte sich nichts mehr denken. Zu all dem. Und zu ihren Reaktionen. Sie sollte schlafen gehen. Und der Tommi. Der hatte nun nicht mehr angerufen. Und so war das. Mit diesem Teil der Familie. Die Ungeduld des Vaters fiel ihr ein. Wie er zum Aufbruch drängte. Jedes Mal. Er war im Vorzimmer gestanden und hatte gesagt, man müsse sich beeilen. Sie würden wieder zu spät zu den Hammerlings kommen. Und dort dann. Man müsse nach Hause. Und sie das Unbehagen des Vaters geteilt. Als könnte die Pünktlichkeit das Aussehen der Mutter ausgleichen. Sie hatte sich immer geniert. Für die Mutter. In ihren durchsichtigen Blusen. Ihren engen Kleidern. Die hohen Absätze. Die dunkelroten Lippen. Sie hatte sich für sie geniert, weil sie gedacht hatte, die Mutter wüsste nichts davon. Dass sie so herausfordernd. Aber sie hatte alles gewusst. Natürlich hatte sie alles gewusst. Der Blick. Der unterwürfige Blick zum Vater. Hinauf. Sie den Kopf so vorgebeugt und von unten mit verdrehtem Kopf hinaufgeschaut. Schuldbewusst. Scheu und schuldbewusst. Sie musste den Vater fragen. Oder ging sie da besser zur Sydler. Konnte man den eigenen

Vater fragen, ob die eigene Mutter nymphoman gewesen war. Oder noch nicht ganz. Oder nur einfach eine sinnliche Person. Konnte der Vater das wissen. Oder hatte er sich seine Erinnerungen zurechtgeschustert und konnte ihr ohnehin nichts erzählen. Nichts mehr. Weil er es sowieso nie gewusst hatte. Jemand klopfte. Schlug mit der Faust gegen die Metalltür. Selma stand auf. Sie hob die Tasche auf. Dann beugte sie sich noch einmal vor und winkte. Sie winkte dem Schminktisch. Vielleicht hatten sich ja Modelle für ihren Großvater vor diesem Spiegel ausgezogen. Und als Theaterperson. Schminktische. Sie ging zur Tür. Sie lief Miss Greenwood in die Arme. »Ah. Here you are.« sagte die und hielt Selma die Tür auf. Selma bedankte sich. Sie lächelte Miss Greenwood an. Sie gingen nebeneinander um die Bar. Ob sie sie noch auf einen Drink einladen dürfte, fragte Miss Greenwood. Selma nickte. Sie war erstaunt. Ja, sagte Miss Greenwood. Thelma habe sich einen Drink verdient. »You truly earned your drink.« Die Zeichnungen von ihr. Die seien nämlich gut ausgefallen. Besser jedenfalls, als sie es sich vorgestellt hatte. Was sie trinken wolle. Ob Selma auch einen G&T nähme. Selma nickte wieder. Sie wusste zuerst nicht, was ein G&T sein sollte. Dann erinnerte sie sich, dass das ein Gin Tonic war. Und ihr Englisch. Sie baute im Kopf Sätze zusammen. Aber sie brauchte zu lang und die Sätze waren zu kompliziert. Miss Greenwood stand an die Bar gelehnt. Stützte sich mit beiden Armen auf der Bar auf. Sie war alt. Sie sah sehr alt aus. Das Gesicht tief durchfurcht. Weit über 70, dachte Selma. Die Frau sah auf die Theke vor sich. Sie war größer als Selma. Sie war ein wenig größer als Sebastian, der hinter der Bar nach den Flaschen suchte. Das müsste aber ihre Einladung sein, sagte Selma. Die alte Frau wandte sich ihr zu. »Why would that be.« fragte sie. Sebastian schob ihnen hohe Gläser zu. Er schnitt eine Limone in Scheiben und warf eine Scheibe in jedes Glas. Miss Greenwood griff nach dem Glas. Sie hielt es. Selma dachte, dass sie das Glas sehr fest hielt. Besitzergreifend. Sie stand da. Miss Greenwood sprach mit Sebastian über die Hitzewelle. Und wie das in ihren Wohnungen war. Mit der Hitze. Selma sah Miss Greenwood vor sich. Wie sie sich auf diesen G&T hin. Miss Greenwood trank winzige Schlucke von der hell perlenden Flüssigkeit in ihrem Glas. Es war zu sehen. Sie trank vorsichtig. Keinen Schluck nebenbei. Jeder Schluck die Hauptsache. Das Gespräch in dem knurrigen Ton. Sie erzählte von dem Fenster in ihrem Wohnzimmer, das nicht aufzumachen sei. Das »stuck« wäre. Ihr Ton war derselbe, wie sie Selma aufgetragen hatte, den Arm wieder höher zu heben. »Gruff« fiel Selma ein. Knurrig. Aber »gruff« gefiel Selma besser. Es passte besser. Der Ton machte die Selbständigkeit dieser Person aus. Wenn der erste Drink nun Selmas Einladung gewesen wäre, dann müsste sie jetzt ihre Pflicht erfüllen. Sebastian zog das leere Glas der alten Frau zu sich und schenkte neu ein. Selma hatte einen Schluck genommen. Der Geschmack des bitteren Tonics mit dem Gin am Grund viel zu verführerisch. Sie hätte das Glas in sich schütten mögen. Genussvoll. Neben der alten Frau stand und kaum nippte. Sich entfernt fühlte. Einen großen Abstand zwischen sich und der Welt. Sie hoffte, im Alter von Miss Greenwood. Sie wollte so scharf und genau sein. So unbestechlich wie diese Frau. Aber vielleicht ließ sich ein anderes Glück basteln, als sich einen G&T vergönnen zu dürfen. Aber vielleicht war das Glück. Was verstand sie schon davon. Auf der anderen Seite des Raums wurde aufgeräumt. Die Staffeleien wurden zusammengelegt und in einen Raum unter dem Stiegenabgang verstaut. Alle gingen und räumten. Die neuen Zeichnungen hingen an der Stirnwand. Selma konnte die Rückenansichten sehen. Ob professionelle Modelle sich die Zeichnungen von sich ansähen, fragte sie Miss Greenwood. »Depends.« sagte die. Sie schob das Glas auf der Nirostaoberfläche hin und her. Selma schaute nach hinten. Sie dachte, die alte Frau wollte nicht reden. Sebastian hatte Bierflaschen aus dem Eiskasten unter der Theke geholt und aufgemacht. Die drei starken Männer kamen an die Bar. Sie schoben Sebastian Geldscheine zu. Sebastian schob je eine Flasche Bier zurück. Die Männer griffen nach dem Bier. Woher Selma käme. Ob sie aus London stamme. Selma sagte, dass sie aus Wien käme. Aus Österreich. Oh, sie solle sich keine Sorgen machen, sie wüssten wo Wien läge. Sie würden Österreich nicht mit Australien verwechseln. Schon allein, weil der Opernball in Sidney sicherlich nicht so grandios sei wie in Wien. Die Männer lachten sie an. Selma prostete ihnen zu. Das sei doch sehr erfreulich, sagte sie. Sie habe lange in Wien im Theater gearbeitet, aber sie hätten es nicht geschafft, den Opernball in seiner Bedeutung einzuholen. Das sei also ein Geständnis ihrer Niederlage. Sie hob ihr Glas. Die Männer hoben ihre Bierflaschen. Was sie in London mache. Sie arbeite hier als Modell. Das wäre doch ersichtlich. »Isn't that self-evident?« Sie lachten alle. Tranken. Die anderen kamen an die Bar. Das sehr junge Paar rief vom Stiegenabsatz herunter sein »Goodbye.« Der älteste der drei starken Männer wollte Miss Greenwood auf einen Gin Tonic einladen. Miss Greenwood gestatte das. Sebastian füllte ihr Glas nach. Alle hatten sich um die Bar geschart. Sebastian nahm Geldscheine in Empfang und teilte Bier aus. Selma fragte sich, ob das sehr junge Paar nun bezahlt hatte. Offenkundig bezahlte man bei Sebastian und hatte dann noch ein Bier gut. Alle waren fröhlich. Selma stand da. Sie wurde gefragt, woher sie käme. Was sie in London mache. Niemand fragte mehr. Es wurde über das Wetter gesprochen. Wie toll es wäre, dass die Sonne drei Tage in Folge zu sehen sei. Und dass das weitergehen sollte. Dass die Wettervorhersage gut aussähe. Eine Hitzewelle in London. Das wäre doch fabelhaft. Ein Mann stellte sich vor. Er hieße Tom, und wenn sie aus Wien wäre. Einer seiner Freunde habe gerade eine Frau aus Wien geheiratet. Er wäre zur Hochzeit da gewesen. Wien sei eine sehr schöne Stadt. Er müsse unbedingt wieder da hin. Wie es dieser Frau aus Wien in London ginge, fragte Selma. Der Mann sah sie an. Das könne er nicht beurteilen, sagte er. Wie das für sie sei. Alle hatten bezahlt und ihr Bier bekommen. Sebastian holte ein Bier für sich aus dem Eiskasten. Er lehnte sich an der Bar an und trank in einem langen Zug. Die drei starken Männer feuerten ihn an dabei. Die anderen fielen ein. Alle prosteten einander zu. Das wäre wieder eine besonders erfolgreiche drawing class gewesen. Wie das weiterginge. Ob es eine Sommerpause gäbe. »I am here.« sagte Miss Greenwood. Sie drehte sich von der Bar weg. Sah die Umstehenden an. Wer etwas erreichen wolle, der dürfe keine Pausen machen. Niemand dürfe Pausen machen. Fertigkeiten wie Zeichnen. Wenn man das wirklich können wollte, dann gab es nur ein ununterbrochenes Ausüben. Machen. Dann gäbe es nur ein Leben in diesem Tun. Alles andere wäre Dilettantismus. Und die Mühe nicht wert. Miss Greenwood hatte kleine runde rote Flecken auf den Wangen. Während ihrer Predigt. Sie sah jeden Einzelnen an. Nicht alle konnten ihrem Blick standhalten. Eine blonde junge Frau musste lachen. Begann zu lachen. Unter diesem Blick. Miss Greenwood trank ihr Glas aus. Sie habe es satt. »I am fed up with you ninnies. I am through with this.« Sie knallte das Glas auf die Bar. Sie ging. Es wurde ihr sofort Platz gemacht. Sie stapfte auf die Stiege zu. Sie hielt einen Augenblick inne, bevor sie begann, die Stiegen hinaufzusteigen. Es war still. Sie hievte sich am Geländer die Stiegen hinauf. Langsam. Sie schaute gerade vor sich hin. Sah nicht zurück. Grüßte nicht. Sie stampfte davon. Man hörte sie oben. Sie sagte etwas zu sich. Dann war sie nicht mehr zu hören. An der Bar begannen alle zu reden. Sebastian beugte sich zu Selma herüber. Das wäre jede Woche so. Miss Greenwood würde es nie verkraften, dass sie von der Slade School entlassen worden wäre. Dass ihr Fach überflüssig geworden wäre. Und dass Miss Greenwood wirklich glaube, dass die Kunst damit am Ende sei. Dass sich Miss Greenwood eine Kunst ohne handwerkliche Fähigkeiten nicht vorstellen könne. Dann wäre es ja richtig gewesen, Miss Greenwood in dem Film sich immer annähern zu lassen, sagte Selma. So vor sich hin. »Obviously we have a film buff on our hands.« rief Sebastian. Das wäre gut, sagte die junge Frau aus dem Film. Sie war an die Bar gekommen. Selma lächelte sie an. Sie würde gerne mehr über diesen Film erfahren. Bierflaschen wurden auf die Bar gestellt. Leute gingen. Lachend. Bis nächste Woche. Sie würden einander dann nächste Woche sehen. Wenn sie wirklich über den Film reden wolle, sagte die junge Frau. Dann sollte Selma doch einfach mitkommen. Sie gingen alle jetzt noch in den Mini Club. Ob sie den kenne. Selma fragte Sebastian, was sie zu bezahlen habe. »Two G&Ts. That is 8 Pounds. Did Miss Greenwood pay you?« Selma schüttelte den Kopf. Sie suchte nach dem Geld. Hätte sie denn von Miss Greenwood das Geld bekommen sollen. Sebastian verzog das Gesicht. Miss Greenwood bezahle das Modell aus ihrem Honorar. Der Raum und die Staffeleien und sonst alles. Das wäre seine Sache. Er seufzte. Selma legte das Geld auf die Bar. Sie lächelte ihn an. »Keep up the good work.« sagte sie und ging der jungen Frau nach. Die wartete an der Stiege. Es wäre nicht weit, sagte sie und ging voran.

Sebastian kam ihr nachgelaufen. Sie waren schon fast oben. Sie hatten schon fast den Stiegenabsatz zum Ausgang erreicht. Der Mann rief »Stop. Stop. Wait. Please wait.« Selma blieb stehen. Sie konnte durch das Geländer gerade noch hinuntersehen. In den Raum. Sie sah von oben auf die Wand mit den Filmplakaten und der Tür, hinter der die Staffeleien aufbewahrt wurden. Sebastian kam die Stiegen herauf. Die junge Frau ging weiter. Sie blieb dann oben stehen. Stand im Türrahmen. Drehte sich um und sah Selma fragend an. Sebastian beeilte sich. Er hievte sich am Handlauf hinauf. Zog sich hoch. Er warf sein Gewicht den Beinen nach. In seinem Gesicht wieder die roten Flecken. Er atmete schwer. Er deutete ihr, zu warten. Selma ging ihm entgegen. Er lächelte sie an. Er hob die Schultern. Zog die Schultern hoch. Bei ihr angekommen. Er ließ die Schultern fallen. Er atmete aus. Er entließ die Luft in einem langen Seufzer. Sein Mund. Die Lippen. Leicht geöffnet. Das schmerzliche Lächeln noch in den Mundwinkeln. Er sah zu ihr hinauf. Sie schaute ihm in die Augen. Er schlug die Augen nieder. Seine Hand suchte ihre. Er griff nach ihrer Rechten. Legte etwas in die Hand. Schloss ihre Finger um die Geldscheine. Er behielt ihre Hand in der seinen. Er wolle, dass sie das bekäme. Er müsse sich entschuldigen, dass er nicht gleich reagiert habe. Aber sie wären hier solche Gewohnheitstiere. »We are so damnably set in our ways.« Alle wüssten nämlich, dass man das Honorar gleich zu Beginn verlangen musste. Oder spätestens in einer der Pausen. Selma musste lächeln. Das wäre wie bei den Opernsängern. Die großen Geldsäcke in der Pause. Oder es gab keinen zweiten Akt. Das wäre sehr nett von ihm. Sie versuchte die Hand zu öffnen. Sie wollte nachsehen,

was er ihr in die Hand gelegt hatte. Er behielt ihre Hand in
seinen Händen. Das wäre nur das, was ihr zugestanden
habe. Und vielen Dank. Und sie solle wiederkommen. Seine
Hände drückten ihre Hand. Schlossen sich fester um ihre
Faust mit dem Geld. Warm. Trocken. Weich. Sie sah sein
Gesicht von oben. Die klare Stirn. Die gerade kleine Nase.
Der genau gezeichnete Mund. Er sah auf die Hände. Dann
zu ihr hinauf. Seine Augen waren grünbraun. Oder nur
braun. Das Licht von unten. Es reichte nicht aus, die Augen-
farbe genau. Sie wollte sich vorbeugen. Ihn auf die Wange
küssen. Es schien der logische Abschluss zu sein. Er zog ihre
Hand zu seinem Mund. Küsste sie auf den Knöchel des Mit-
telfingers. Er sah die Hand an, bevor er sie küsste. Suchte
sich die Stelle aus, auf die er den Kuss. Selma hielt inne. Sie
blieb über ihn gebeugt stehen. Er sah sie an. Während des
Kusses. Sie zog ihre Hand aus seiner. Ging hinauf. Er ließ die
Hand nicht gleich los. Er hielt sie bis ihr Arm lang ausgestreckt. Bis ihre Arme lang ausgestreckt zwischen ihnen
ausgespannt waren. Dann drückte er ihr die Hand noch einmal. »Take care.« sagte er. Und sie solle wiederkommen. Sie
wüsste ja, wo er zu finden sei. Dann wandte er sich ab und
stieg hinunter. Selma ging hinauf. Ihm zugewandt erklomm
sie die Stufen zum Ausgang. Die junge Frau stand draußen.
Vor der Tür. Selma beeilte sich, ihr nachzukommen. Sie sah
zurück. Hinunter. Sebastian war nicht mehr zu sehen. »Und
gib uns unsere Erlösung. In Ewigkeit. Amen.« ging es Selma
durch den Kopf. Die junge Frau betrachtete sie. Dann drehte sie sich weg und ging. Ob sie wirklich Thelma heiße, fragte sie Selma im Gehen. Oder ob das der Name sei, unter dem
sie Modell stehe. Nein. Das wäre schon ihr richtiger Name.
Obwohl sie eigentlich Selma hieße. Auf Deutsch würde dieser Name so ausgesprochen. Ach. Sie käme aus Deutschland.

309

Nein. Aus Österreich. Aber da spräche man auch deutsch. Sie gingen nebeneinander. Sie hieße Sheila, sagte die junge Frau. Selma steckte ihre Hand in die Jackentasche. Verstaute den Geldschein. Es schien doch ein einziger Geldschein zu sein. Er war winzig zusammengefaltet und rollte sich in der Tasche auf. Was die junge Frau mache, fragte Selma. Sie wäre Designerin, antwortete die. Wie das so ginge, wollte Selma wissen. Und ob es da nicht schon sehr spät wäre. Wenn sie am Morgen zur Arbeit musste, wollte sie da wirklich noch in einen Club gehen. Die junge Frau lachte. Das Leben fände doch erst um diese Zeit statt. Und natürlich. Wenn sie zu einem Job gehen müsste, dann würde sie es sich überlegen. Vielleicht. Vielleicht müsste man das dann. Aber sie arbeite frei. Für eine Agentur. Das schon. Aber frei. Von zu Hause. Das wäre gut für sie. Da hätte sie Zeit für solche Dinge wie diese drawing class. Oder schauspielern. Wie in dem Film. Aber das wären alles nur so Projekte. Dinge, mit denen sie ihr Geld verdiente. Denn eigentlich. Eigentlich wolle sie Künstlerin sein. Kunst machen. »I want to make art.« sagte sie und seufzte. Selma hörte zu. Sie fragte. Ließ die junge Frau reden. Sie bemühte sich, nicht zu interessiert zu klingen. Zu überschwänglich. Sie bemühte sich, das Singen aus ihrer Stimme zu halten. Normal zu klingen. Die Gewissheit voneinander. Sie fühlte sich erhoben. Ihre Haut sich anders um sie spannte. Die Haut. Eine enge Grenze. Hell. Hell und leuchtend. Irgendwie. Um den Busen herum. Um die Taille. Der Rumpf. Leuchtend umfangen und lachen hätte können. Darüber. Glucksend lachen. Laut lachen. Glücklich lachen hätte können. Der Mann hatte sie gesehen. Er hatte sie gezeichnet. Er hatte sie nackt gesehen. Es war das alles. Das alles, was so schwierig war. Dieses erste Ausziehen. Dieses Tasten. Dieses Abschätzen. Es wurde ja doch immer zu

einem Abschätzen. Es war immer zu einem Abschätzen
geworden. Die erste Nacktheit. Und sie hatte ihn nackt gesehen. Seine Nacktheit aufgezeichnet. Und er sie. Und sie hätten es. Da. Auf der Stiege. Und sie wollte nichts überlegen.
Sie hatte es. Sie hätte es. Es wäre selbstverständlich gewesen.
Sie war nicht tot. Es war nicht tot in ihr. Sie war nicht gestorben. Innen. Sie war nicht abgetötet. Nicht ganz. Jedenfalls.
Sie gingen dahin. Selma folgte der jungen Frau. Sie ging hinter ihr quer über Straßen. Ging neben ihr Straßen hinunter.
Belebte Straßen und helle Beleuchtung. Autos und Fußgänger. Stille Straßen und das Licht der Straßenlampen im
Blattwerk der Bäume verfangen. Ob es noch weit wäre, fragte sie. Die junge Frau schüttelte den Kopf. Nein. Nein. Das
wäre hier alles gleich um die Ecke. Selma wusste nicht mehr,
wo sie war. Sie hatte gleich am Anfang die Richtung verloren. Sie schaute sich nach Straßentafeln um. Die Straße eng.
Kaum Licht in den Häusern. Neben einer Toreinfahrt Tafeln
von Firmen. Weit hinten. Hinter geparkten Lastwagen eine
Lagerhalle. Hohe Zäune. Ein schmaler Weg vom Gehsteig
weg. Den hohen Zaun entlang. Links eine Feuermauer. Eine
Peitschenleuchte hoch über dem Durchgang. Das grelle
Licht nicht bis zum Boden reichte. Aber die Farben veränderte. Lila leuchtend. Graffiti. Mit neuen Graffiti übermalt.
Am Boden Dosen. Bierflaschen. McDonald's-Behälter. Alles
lila leuchtend. Sie wateten durch den Müll. Selma versuchte, die McDonald's-Behälter zu vermeiden. Aber sie lagen so
dicht. Der Pappendeckel krachte bei jedem Schritt. Becher
brachen knallend. Dosen zerbrachen. Flaschen kollerten
davon. Selma ging langsamer. Zögerte. Waren das Einweg-
spritzen, was da am Boden glitzerte. Sheila drehte sich um.
Das wäre schon richtig. Hier. Sie seien gleich da. Wirklich.
Und zu zweit könnte ihnen hier nichts passieren. Thelma

311

solle sich keine Sorgen machen. Selma drückte ihre Tasche unter den Arm. Hielt die Tasche an sich gepresst. Sie wolle nicht altmodisch erscheinen, aber dieser Weg. Der wirke nicht sehr sicher auf sie. Sheila lachte. Sie ging voran. Sie kamen an eine Ecke. Ein dunkler Platz. Der Zaun lief weiter. Nach links ein Parkplatz. Die Markierungen bleiche Linien. Dunkle Flecken. Öl. In der Ecke zwei Autos. Sonst leer. Ein Haus. Ihnen gegenüber ein Haus. Das Haus ragte in den fahlen Nachthimmel. Es war still hier. Sheila ging über den Platz. Sie ging auf das dunkle Haus zu. Selma war unsicher geworden. Sie wusste nicht mehr, was sie erwarten sollte. Vom Mini-Club. Sheila ging schnell. Steuerte auf das Haus zu. Selma stand am Rand des Platzes. Es war spät. Sie war müde. Der Tag war lang gewesen. Und sie sollte sich Gedanken machen, wie sie ins Hotel zurückfand. Der Platz unbeleuchtet. Sheila nicht mehr zu sehen. Sheila ein Umriss geworden. In den tiefen Schatten unter dem Haus getaucht. Selma sah sich um. Eine Straße führte nach links davon. Weit unten das gelbe Licht von Sicherheitsscheinwerfern. Hundebellen. Kurz. Und der Weg zurück. Zwischen dem Zaun und der Feuermauer. Sie stieg vom Gehsteig. Stieg auf den Platz. Sie ging. Ging schneller. Lief. Sie begann zu laufen. Sie erreichte Sheila gerade, als sie die Haustür aufstemmte. Eine Holztür mit einer riesigen Messingschnalle. Die Türschnalle übergroß. Art déco. Die Schnalle. Ein Bündel Korn mit einer dicken Kordel zusammengebunden. Eckig. Das Haus aus der Zeit. 1929. Oder 1927. Große Fenster. 3 oder 4 Stockwerke hoch diese breiten großen Fenster. Selma kannte solche Fenster aus Berlin. Oder New York. Loftfenster. Die Fenster waren mit einem Material ausgefüllt. Es sah aus wie dunkles Holz in den Fensterrahmen. Kein Glas spiegelte die Lichtreste von der Peitschenleuchte

312

weit hinten. Das Haus vollkommen lichtlos. Als hätte das Haus alles Licht in sich aufgesogen. Sheila stemmte die Tür auf. Roter Dämmer. Innen. Sheila hielt Selma die Tür offen. Klammerte sich an die riesige Türklinke. Sie zog Selma durch die Tür und ließ die Tür sich schließen. Hinter ihnen. Die Türklinke schnappte zu. Musik tobte um sie. Laute, alles übertönende Musik. Der Bassrhythmus. Sheila bewegte sich sofort nach dem Bassrhythmus. Tänzelte im beat der Bassakkorde. Sie standen in einer Eingangshalle. Eine breite Stiege führte zu einem Stiegenabsatz und teilte sich dort in 2 schmalere Stiegen. Über dem Stiegenaufgang ein großer Luster. Auf Metallringen waren Kugeln angebracht. Die Ringe stapelten sich zu einem Kegel. Die Glaskugeln rot. Rot glühend. Das Licht fahlrosig. Auf der Stirnwand. Über dem Stiegenabsatz. Ein riesengroßes Ölgemälde. Ein Porträt. Im Stil von Singer Sargent. Ein Frauenporträt. Frauenporträts. In der Halle auf dem Bild »The Daughters Edward D. Boit«. Es standen alle Mädchen des Singer-Sargent-Bilds vorne aufgereiht. Sie standen alle im Licht. Vorne. Bei ihrer kleinen Schwester. Sie hielten einander an der Hand. Auch das große Mädchen. Das in seinem weißen Kleid mit den schwarzen Strümpfen und Schuhen im Schatten der riesigen Vase gestanden hatte. Im ursprünglichen Bild. Sie stand vorne. Im Licht. Sie hielt ihre kleinste Schwester an der Hand. Sie sah aus dem Bild heraus. Neben der blonden Kleinsten stand Minnie Mouse. Sie war so groß wie das älteste Mädchen. Minnie Mouse lächelte. Verschmitzt. Die beiden anderen Mädchen neben ihr. Alle hielten einander an den Händen. Selma hatte den Namen nicht richtig verstanden. Das war der Minnie-Club. Und nicht der Mini-Club. Neben dem Stiegenaufgang stand ein Tisch. Eine Frau. Sheila ging hin. »White Rabbit and a guest.« sagte sie. Sie musste es laut sagen. Wiederholen. Die Frau tippte etwas in ihren laptop ein. Sie sah Selma fragend an. Selma griff in ihre Jackentasche und hielt den Geldschein hin. Die Frau nahm ihn. Verstaute ihn in einer kleinen Metallschatulle. Sheila war schon vorausgegangen. Die Stiegen hinauf. Selma verharrte. Bekam sie ein Ticket. Einen Stempel auf den Handrücken. Die Frau hinter dem Tisch sah nicht mehr auf. Schaute wieder in ihren laptop. Selma ging zu den Stiegen. Blieb stehen. Sie schaute das Bild an. Schaute in den Luster hinauf. Sie legte den Kopf ins Genick. Die roten Lichtkugeln ineinander gestapelt. Den großen Kreis des untersten Rings ausfüllten. Selma begann hinaufzusteigen. Was für eine location, dachte sie. Es gab nichts als die Stiegen. Die weiße Marmorbalustrade. Im Schwung des Stiegenlaufs. Die Wände hell. Kein Ornament. Nur das großformatige Bild. In sich beleuchtet. Aus der Nähe war zu sehen, dass die Hände der Mädchen fest ineinander verflochten waren. Minnie war gentrified. Sie trug ein schwarzes Reitkleid. Einen Reitzylinder mit schwarzem Schleier. Zu ihren Füßen lag eine Reitgerte auf dem Steinboden der Säulenhalle. Die großen Mädchen schauten ernst. Sahen sie an. Sahen ernst und fragend aus dem Bild. Minnie und das blonde kleine Mädchen lachten. Selma bog nach links. Die Musik wurde noch lauter. Der Bass. Selma spürte, wie ihr Herzschlag einen anderen Rhythmus als der Bass. Oben. Ein Vorplatz. Eine Doppeltür. Eine breite Doppeltür. Niemand da. Die Musik. Selma drehte sich um. Das Bild hinter dem Luster. Hinter den ersten beiden Stockwerken des Lichtkugelkegels. Plötzlich war Selma das alles zu. Das war zu seltsam. Das Licht. Die Musik. Dieses Bild. Sie fühlte sich allein. Allein gelassen. Fremd. Sie war fremd. Fremd und allein. Sie gehörte nicht hierher. Sie kannte hier nichts. Sie kannte hier niemanden.

314

Niemand kannte sie. Ein Widerwille stieg ihr auf. Das war doch alles blöd. Das war doch alles seltsam. Und sie hatte keine Berechtigung. Wenn sie ein Ticket bekommen hätte. Einen solchen Stempel. Dann hätte sie etwas vorweisen können. Sie hatte nichts. Und ihre dumme Tasche. Diese unmodische Tasche. Niemand in der ganzen Welt ging noch mit so einer Tasche herum. Businesswoman, dachte sie. Powerwoman be blasted. An ihrer Tasche konnte man ihr Alter ablesen. Und ihre Probleme. Jeder, der ihre Tasche sah. Der sie sah, wie sie ihre Tasche umklammert hielt. Unter die Achsel geklemmt. Man konnte ihre ganze Geschichte ablesen, wenn man sie mit dieser Tasche sah. Sie stand da. Der Bass war leiser geworden. Das Stampfen vorsichtiger. Sie schob die Tasche auf den Rücken. Sie zog die Riemen nach vorne und schob die Tasche mehr nach hinten. Sie hatte Angst. Sie hatte vollständige Angst vor dieser Tür. Vor dem Eintreten. Durch diese Tür. Das. So etwas. Das hatte es nie gegeben. Sie war überall hineingegangen. Sie hatte sich alle Türen aufgemacht. Sie durfte das nicht zulassen. Und wann hatte sie sich ernster genommen. Wichtiger. Als sie gedacht hatte, dass sie überall hingehen konnte. Weil sie so wichtig war. Oder jetzt. Wo sie dachte, dass sie so unwichtig war. Und sie sich selber so wichtig nehmen musste. In diesem Gedanken. Sie ging zur Tür. Die Musik zu Ende. Sie hörte Applaus. Gejohle. Pfiffe. Und dann wieder Rhythmus. Jagend. Noch gejagter. Wütend nervös. Sie stieß die Tür auf. Die Stimme hatte sie nicht gehört. Draußen. Die Stimme. Eine Frau. Ein Mädchen. Lieblich. Eine zarte Stimme. Vorsichtig. Sehnsüchtig. Weit über dem Bass. Weit über der Bassgitarre.

»I want a walker
I want a stalker.
I want a rapist.
I want a murderer.
I want a man.
Just a man. Any man. Any any man. Any any
any any man.«

Dann die Bassgitarre in einer langen Improvisation. Jau-
lend. Und dann Lachen. Perlendes Lachen. Selma musste
lächeln. Sie sah sich um. Kaum Licht in dem Raum. Rund
um sie Frauen. Die Frauen standen nach rechts zur Bühne
hin. Dicht. Die Arme hochgereckt und im Rhythmus hoch-
springend. Nach links. Hohe Tischchen. Schwarze Tischchen. Frauen standen an die Tische gelehnt. Im Gespräch
miteinander. Die Wand gegenüber eine lange Bartheke.
Kaum Licht im Raum. Dunkler Nebel. Selma sah alles dun-
kelschattig. Vor ihr eine Frau mit Getränken auf einem
Tablett. Sie trug einen schwarzen Catsuit. Glänzendes Material. Leder. Latex. Dann wieder das Lachen. Dann lachten
alle. Die Gitarristin hielt ein Mikrophon über das Publikum
und die Frauen lachten. So lachten wie die Sängerin. Das
Lachen Text und Melodie. Selma ging in den Raum. Die
Frauen waren nach vorne gerichtet. Nach rechts. Auf die
kleine Bühne hin. Dann. Es war nur das Schlagzeug zu
hören. Zischende leise Schläge. Die helle Stimme. »To
refresh ourselves after the ›Desperate little girl blues‹.« Alle
lachten wieder. Das Schlagzeug wurde intensiver. Die große
Trommel drängte das Zischen des Besens, auf dem Becken
schneller zu werden. Dann der Einsatz der Gitarre. Selma
stellte sich auf die Zehenspitzen, die Bühne sehen zu können. Eine kleine Person mit Gitarre. Ein Persönchen. Sie

stand gebannt in das Furioso, das sie ihrer Gitarre abrang.
Dann sprang sie mit den Akkorden. Sprang in die Akkorde.
Stürmte den Bühnenrand entlang. Lief an das Standmikro-
phon vorne. Schrie den Refrain. Kehlig. Wütend. Ankla-
gend. Die Person trug einen schwarzen Anzug. Weißes
Hemd. Schwarze Krawatte. Ihre dunklen Haare standen
vom Kopf ab. Bildeten einen Strahlenkranz um ihr Gesicht.
Dann wieder Rhythmus. Dann Orgel. Eine Melodie. Die
Stimme sang. Die Stimme in einem Sprechgesang.

»Lie low little girl. Don't shut the door.
Let the wolves in. One by one.
Give them cider and cake.
But. Little girl. Don't forget.
Spike the cider with
Henbane and toad stool
Only dead wolves are dead.
And nothing to dread.«

Und dann nur die Orgel und die Stimme.

»So you don't get. So you don't get. So you don't get.
Crow's feet and wrinkles. Crow's feet and wrinkles.
Before you turn 29.
And your life will be over.«

Dann die Wiederholung von »dead wolves are dead.« an.
Die Stimme kaum zu hören. Das Schlagzeug. Die Gitarren.
Noch zwei Gitarristinnen auf der Bühne. Langbeinige Blon-
dinen in Jeans und rot karierten Flanellhemden. Sie standen
am hinteren Rand. Die Mick Jagger ähnliche Person. Sie
spielte ein lang gezogenes Solo nach dem anderen. Dann
wieder alle. Laut. Dringlich. Selma fand sich im Rhythmus
mitwippend. Sie sprang nicht. Wie die anderen. Das wäre

317

mit der Tasche auch gar nicht gegangen. Selma blieb am Rand. An der Wand rechts. Rund um sie die Frauen. Alle konnten die Texte. Sangen im Chor mit. Die Musik hielt alle umfangen. Der Song war vorbei. Die Bassgitarre spielte eine Überleitung. Leise. Lyrisch. Die Akkorde sanft ineinander gleitend. Dann die Stimme.

»Little girl beware.
The things you hate today.
Might be the ones you do tomorrow.«

Die Stimme sagte das. In den Gitarren klang ein bisschen Country mit. Ein kleiner Twang am Ende jeder Phrase. Dann im Chor. Noch lauter. Selma schien die Musik mit jeder Sekunde noch lauter zu werden. Sie kam neben einen Lautsprecher zu stehen. Ihr Herz. Es rumpelte und dann. Der Herzschlag passte sich dem Bassrhythmus an. Begann im Rhythmus mitzuschlagen.

»Cooking. Fucking. Mending. Sucking. Shopping.
Selling. Kiss and telling.«

Die Liste ging weiter. War endlos. Selma verstand nichts mehr. Sie war nach vorne gedrängt worden. Sie war dicht umstellt. Dann die Stimme ganz hoch und alleine.

»You cost me my dignity.
You cost me my serenity.
You cost me my propriety.
You cost me my sobriety.
My sensitivity. My serendipity.
You cost me my life.«

Bei life setzte die band wieder ein. Die schwarze Gestalt warf sich über ihre Gitarre. Dann hüpfte sie nach hinten. Zur

318

Sängerin. Die Sängerin stand auf einem kleinen Podest. Hinten rechts. Sie hatte ein Standmikrophon vor sich. Sie stand ganz still. Ruhig. Sang in das Mikrophon. Sie war groß. Graublonde lange Haare. Sie trug ein Chanel-Kostüm. Der Stoff war weiß und schwarz durchwebt. Die Ränder waren schwarz und silbern abgesetzt. Weiße Knöpfe mit Goldrand. An den Taschen und an den Jackenärmel die Borte und die Goldknöpfe. Die Frau trug eine hellrote Seidenbluse unter der Jacke mit einem Maschenkragen. Die Masche hing vorne über die Jacke. Wie ein Jabot. Schwarze Slingpumps. Sehr hohe Absätze. Die Gitarristin sprang zu ihr auf den Podest und sang den Refrain mit. Sie wiederholten den Refrain. Dann sprang sie wieder herunter. Lief an den Bühnenrand. Und wieder die gejagte, jagende Musik. Der drängende Rhythmus. Der Zwang, sich bewegen zu müssen. Selma begann, den Kopf mit der Musik. Sie fand sich im Takt nicken. Heftig mit dem Kopf zu nicken. Der Refrain war zum Kreischen geworden. Alle schrien mit. Alle reckten die Arme. Schlugen mit den Fäusten in die Luft. Dann ein Spinett. Eine Barockphrase. Die Stimme. Vorschlagend. Bittend. Freundlich drängend.

»Little girl. Promote yourself.
Rip out your ribs.
Bust up your tits.

Cut in. Cut out. Cut up.
Promote yourself. Little girl. Promote yourself.«

Alle sangen mit. »Cut in. Cut out. Cut up.« Die Sängerin lachte wieder. Die Sängerin war keine junge Frau. Sie stand hinten. Sie sah von hinten ihrer Band zu. Dem Publikum. Sie stand in ihren high heels ganz ruhig da. Sie bewegte sich nicht. Nur ihre Stimme. Sie schickte ihre Stimme über die Bühne in das Publikum. Eine süße Stimme war das. Nicht jung. Es war eine wissende Süße. Tröstend. Eine wiedergefundene Süße. War das mütterlich. Selma stand in der Stimme. Sie hatte ein großes Verlangen, sich dieser Stimme mitzuteilen. Mit dieser Stimme mitzugehen und ihr alles zu erzählen. Die Frau, deren Stimme. Diese Frau sah nicht mütterlich aus. Nicht ein bisschen. Sie sah kühl aus. Wirkte kühl und unbeteiligt. Abweisend. Eigentlich. Und nur die Stimme eine Verführung. Die Stimme mehr von der Frau, als sich zeigte. Als die Frau sehen ließ. Selma hätte alles gestanden. Dieser Frau hätte sie alles gestanden. Selma nahm die Tasche ab. Stellte sie zwischen ihre Füße. Klemmte die Tasche zwischen ihre Schuhe. Sie pfiff. Sie pfiff mit den Fingern. Sie hatte das lange nicht gemacht. Aber es ging. Sie konnte es noch. Und mit jedem Pfiff wurde sie besser. Dann kam wieder eine leisere Stelle. Die Sängerin sagte wieder den Satz, dass die Dinge, die heute gehasst würden, die sein könnten, die morgen notwendig würden. Die morgen gemacht würden. Die das kleine Mädchen, das dann nicht mehr das kleine Mädchen sein würde. Die das kleine Mädchen machen würde. Machen müsste. Machen wollte. Machen gemacht werden würde. Machen gemacht werden wollte. Alle schrien die Liste dieser Dinge mit. Selma pfiff im Rhythmus. Mit dem linken Arm schlug sie den Rhythmus in die Luft. Die Sängerin nahm das Mikrophon. Sie trug das Standmikrophon in der rechten Hand. In der Linken hatte sie eine brennende Zigarette. Sie ging nach vorne. Sie ging ohne jede Bühnenhaltung. Sie ging einfach. Stellte das Mikrophon vorne rechts auf. Stellte sich dahinter. Ihre Bewegungen waren linkisch selbstverständlich. Ohne jede Konzession an die Zuschauerinnen. Ohne Pose. Die Frau

320

beugte sich über das Mikrophon. Sah zu Boden. Wartete.
Tippte den Takt mit der Schuhspitze.

»Fuck your father.
Rape your mother.
Rip open their guts.
Mix entrails and hearts.
Do unspeakable acts.
But take. But take. But take.
Please. Little girl. Please little girl.
Whatever you get on the road to menopause.«

Die Stimme hatte alle Süße aufgegeben. Die Sängerin sang
tief aus der Brust. Stieß die Sätze aus. Hart. Sie stand über
das Mikrophon gebeugt und stieß die Sätze von oben in das
Mikrophon. Warf die Befehle aus ihrer Brust in die Laut-
sprecher. Bei »Fuck your father.« begann das Gejohle. Der
Tumult war so laut wie die band. Der Rhythmus fuhr
zuckend zwischen die Sätze. Stimme und Schlagzeug. Stim-
me und Bassgitarre. Das Publikum. Selma sprang mit hoch.
Sie hatte ihre Linke zur Faust geballt und schlug mit der
Faust in die Luft. Sie pfiff im Rhythmus. Sie wurde von den
Frauen rund um sie angefeuert. »Fuck your father.« Sie pfiff.
Dreimal lang. Einmal kurz. Die anderen Frauen klatschten.
Die Sängerin stieß die Worte von sich weg. In Befehlsform.
Aber mit der tiefen Stimme der Rhapsodin. Nicht im Falsett
des Kasernenhofs. Selma sprang. Reckte die Faust. Pfiff. Sie
keuchte. Sie war vollkommen in die Musik aufgelöst. In ihre
Reaktion auf die Musik. Diese Stimme. Und diese Stimme.
Diese Stimme wollte sie selbst sein. Die Reichweite dieser
Stimme. Die Selbstgewissheit dieser Gestalt. Die Akkorde
sammelten sich. Fielen ineinander. Ein crescendo. Ein win-
ziges Gitarrensolo. Eine Arabeske. »Thank you.« Die Sänge-

321

rin stand einen Augenblick über das Mikrophon gebeugt. Sah auf. Sie nahm das Mikrophon wieder auf. Sie trug es zurück. Nach hinten. Als räumte sie auf. Machte Ordnung. Dann ging sie nach rechts. Sie sah sich nicht um. Verbeugte sich nicht. Sie verlässt uns, dachte Selma. Sie pfiff mit den anderen. Schrie nach einer Zugabe. Die anderen band-Mitglieder verbeugten sich. Immer wieder. Dann ging das Licht auf der Bühne aus. Das Publikum. Die Frauen zerstreuten sich. Verteilten sich im Raum. Selma suchte nach ihrer Tasche. Sie war auf der Tasche herumgesprungen. Die Tasche war flach getreten. Schmutzig. Selma überlegte, ob etwas zertreten sein könnte. Die Füllfeder. Das Parfüm. Sie hob die Tasche auf. Hielt sie vor sich hin. Schaute, ob es irgendwo heraustropfte. Eine Frau sah ihr zu. Sie hatte lange rotorange Haare. Sie war nicht ganz jung. Sie sahen beide die Tasche an. Selma zuckte mit den Achseln. Die Frau nickte. »Unsalvagable.« stellte sie fest und nickte wieder. Selma wollte sie fragen, wie die band hieße. Sie wollte sagen, dass sie nur zufällig in dieses Konzert gekommen wäre und nichts über die band wüsste. Dann sah sie einen Tisch links. Gleich neben der Bar. CDs lagen aufgestapelt. Selma klopfte ihre Tasche ab und ging hinüber. »Dickopraphia.« Und »The Little Girl's Guide.« stand auf den CDs. Der Name der band war »The Singing Tampons«.

322

22

»Are you a fan?« Die rothaarige Frau war nachgekommen. Selma konnte sie hinter sich stehen fühlen. Rechts hinter sich. Sie fragte über Selmas Schulter hinweg. Sah über ihre Schulter auf den Berg von CDs und T-Shirts auf dem Tisch. Es war heiß. Selma war verschwitzt. Sie war noch immer außer Atem. Sie ging näher an den Tisch. Duckte sich von der Frau weg. Sie lehnte die Tasche an das Tischbein vor ihr. Die Tasche blieb nicht mehr stehen. War nicht mehr aufzustellen. Die Tasche war formlos geworden. Die Tasche war zu einem Beutel zerstampft. Das Herumspringen hatte das Leder weich gestampft. »I would think so.« sagte Selma und zog die Jacke aus. Sie schlang die Jacke um die Hüften. Band die Jacke mit den Ärmeln um die Taille. Sicher, sagte sie. »Sure.« Wäre sie ein Fan dieser Gruppe. Sie doch auch, fragte sie die Frau neben sich. Sie wäre jedenfalls so gefangen genommen gewesen. Sie hätte total vergessen, diese Jacke auszuziehen. Sich dieser Jacke zu entledigen. »Get rid of this jacket.« Selma schüttelte den Kopf über sich. Die Frau nickte wieder. Sie wüsste, was Selma meine. Aber sie wäre nicht mehr jung genug, so wild enthusiastisch zu reagieren. Und sie warte gerne ab. Sie warte gerne auf den zweiten Auftritt. Die meisten bands wären doch wirklich nur das erste Mal gut. Und sie hieße Claudia. Und ob sie nicht zusammen etwas trinken wollten. Selma sah sich um. Sie musste wegschauen. Der vorwurfsvolle Ton dieser Frau. Sie wollte nicht über das Konzert reden. Nicht in so. So herablassend. Sie wollte es gut finden. Einfach gut. Selma schaute sich um. Vor der Bühne standen kleine Gruppen. Die meisten Frauen waren an die Bar gegangen. Hatten sich nach links hinten zurückge-

zogen. In großen Gruppen. Zu zweit. Einzeln. Selma sah
Sofas hinten. Clubsessel. Auf der anderen Seite. Es wurde
geredet. Gelacht. Gläser klirrten. Der Lärm stieg an. Ebbte
ab. Wurde von einem hellen Lachen getragen wieder lauter. Selma sah sich um. War Sheila noch da. Sie hätte sich
gerne bedankt bei ihr. Verabschiedet. Und sie war Publikum. Sie war ins Publikum zurückgesunken. Als professionelle Person hätte sie so ein Gespräch geführt. Dass
man abwarten musste, was jemand beim zweiten Mal
bringen würde. Aber sie war kein Einkäufer mehr. Das war
nicht mehr ihre Rolle. Sie kaufte nichts mehr ein. Verkauf-
te nichts mehr weiter. Sie konnte eintauchen. Sie musste
eintauchen. Und die Verlustrechnung. Die Verluste immer
noch größer. Diese Frau hatte sie daran erinnert. Und diese Frau. Der Ärger stieg über die Kehle hinauf. Diese Frau
war ein Bündel von Problemen. Die sie sich anhören würde müssen. Sie sah die Frau an. Ein Berg von Problemen,
dachte sie und genoss ihre Überlegenheit. Die Überlegenheit ihrer Gestalt. Ihrer Schlankheit. Dann lächelte sie die
Frau an. Vielen Dank, sagte sie. Aber sie müsse ins Hotel
zurück. Und ob ihr Claudia sagen könne, wie man von
hier wegkäme. Sie müsse nach Russell Square. Nach
Bloomsbury. Die Frau strich sich die langen Haare aus
dem Gesicht. Legte die Haarbündel über die Schultern
nach hinten. Sie fing die Haare zusammen und türmte sie
auf dem Kopf auf. Sie drehte die Haare hinauf. Ließ sie los.
Einen Augenblick. Die orangerot glänzenden Haare form-
ten einen perfekten french twist. Krönten das klare Gesicht
mit den großen runden Augen. Dann lösten sich die Strähnen und rutschten in weichen Wellen über die Schultern
auf den Rücken zurück. Für die Nachtbusse müsse man
nur einfach nach rechts hinuntergehen. Die Haltestelle.

Man könne die Haltestelle nicht übersehen. Die Haltestelle sei nicht übersehbar. Die Frau sprach schon im Weggehen. Mit den Haaren über die Schultern hängend. Sie sah wieder mausig aus. Massig mausig. Die hochgetürmten Haare hatten sie vollkommen verwandelt. Selma hob ihre Tasche auf. Sie stand da. Umarmte ihre Tasche. Hielt die Tasche vor dem Bauch umfangen. Sie war müde. Es musste spät sein. Sie hatte ihre Uhr sicher niedergetrampelt. In der Tasche. Mit der Tasche. Sie hätte etwas trinken mögen. Aber nicht mit dieser Frau. Die sehr ökonomisch gleich weitergegangen war, weil sie nicht gleich. Aber sie musste zurück. Sie konnte nicht. Nicht so lange. Nicht mehr so lange. Die Zeit, in der die Nächte durchgemacht worden waren und am nächsten Tag ins Büro. Das konnte sie nicht mehr. Das hatte sie auch nicht mehr müssen. Sie war ja versorgt gewesen. Dann. Sie hatte nicht mehr suchen müssen. Sie hatte dann die Suche nach Sexualpartnern. Die hatte sich dann ja erledigt gehabt. Dieses Durch-brodelnde-Lokale-Ziehen und Sich-Umschauen. Und dann brodelte ohnehin nur der Alkohol. Hatte nur der Alkohol die Nächte vorangetrieben. Nächte durch. Jemanden aufreißen. Sich einen mitnehmen in der Hoffnung, dass er sich am Morgen als nicht so schreckliche Wahl herausstellte. Sie hatte das verlernt. Und sie war nicht mehr jung. Sie dachte, dass sie das jetzt denken konnte. Ohne Bedauern. Einfach so. Zur Kenntnis genommen. Und dann bedauerte sie diese Härte. Diese sehnsuchtraubende Härte. Dass sie sich selbst in diese Kategorien stieß. Dass sie keinen Versuch mehr unternahm, sich etwas anderes abzuverlangen. Dass sie nicht einmal mehr dachte, dass das alles für sie nicht zutraf. Dass sie nicht alt werden würde. Dass sie mehr wollte. Etwas anderes. Sie war sich selbst nichts Besonderes mehr. Das war das Ergebnis bisher. Ihres bisherigen Lebens. Und sie musste ihre Fähigkeiten. Sie musste alles, was sie konnte. Das musste sie auf ihr Leben anwenden. Nicht mehr in einem Beruf. Auf die Welt. Es ging um sie. Nur noch um sie. Und gegen die Welt. Und nicht mehr jung. Ein Zustand und kein Entkommen. Der Strom des Lebens, dachte sie. Sie lächelte die Frauen hinter dem Verkaufstisch an. Sie ging. Sie kaufte keine CD. Sie wusste nicht, wie viel die Fahrt zum Hotel kosten würde. Und mit einer europäischen Bankomatkarte. Man bekam nicht an allen Automaten Geld. In England. Sie wollte nicht von einem Bankomaten zum nächsten laufen müssen. Um diese Zeit. Oder sie würde wieder in einem Taxi gefangen genommen. Diesmal, weil sie nicht genug cash hatte. Sie ging zur Tür. Sie sah sich nach Sheila um. Konnte sie nicht finden. Sie sah die rothaarige Frau an der Bar. Sie sprach mit einer kleinen dunkelhaarigen Frau. Ist das ihr Typ, fragte sie sich. Warum lehnte sie diese Frau so ab. Nur weil sie offenkundig nicht so begeistert von den »Singing Tampons« gewesen war. Nicht so begeistert wie sie. Oder weil sie so dick war. Aber sie wäre zu müde gewesen. Sie sagte sich das vor. Sie wusste, dass sie sich das einredete. Sie war müde. Aber sie wollte sich nicht einlassen. Sie wollte nicht eingehen. Nicht auf diese Frau. Nicht auf Sheila. Nicht auf Gilchrist. Auf niemanden. Sie hatte keine Kraft. Sie hatte keinen Fassungsraum. Und sie bemühte sich nicht. Sie war nicht freundlich. Sie war nicht sozial. Sie war asozial. Sie wollte keine fremden Probleme hören. Sie wollte keine Probleme von anderen besprechen. Sie wollte nicht gesagt bekommen, dass andere auch Probleme hätten. Dass es noch andere Probleme gäbe. Auf der Welt. Dass es noch viel schlimmere Schicksale gäbe. Sie

326

wollte, es gäbe nur sie. Nur ihre Probleme. Sie war total auf sich bezogen. Ihre Krise war die Krise. Und sonst keine. Keine andere. Ihre Tiefschläge waren interessant. Und sonst keine. Und niemandem auf der Welt. Keiner sonst war je solches Unrecht widerfahren. Sie war antisozial. Sie stand an der Tür und sah in den Raum. Sie fand es wunderbar. Die vielen Frauen. Nur Frauen. Wie sie im Halbdunkel standen. Gingen. Redeten. Tranken. Jede schön. Jede eine Schönheit. Ein Zustand von Schönheit und nur Frauen zugänglich. Sie lehnte sich mit dem Rücken gegen die Schwingtür. Der lang gestreckte Raum. Das dämmrige Licht. Eine Möglichkeit wäre gewesen, sich hinten auf ein Sofa legen. Sich hinlegen und schlafen. Und alle diese Frauen um sich. Reden. Und lachen. Und murmeln. Sie schob die Tür auf. Ging die Tür nach hinten schiebend hinaus. Sie hätte mit keiner dieser Frauen reden können. Ein Gespräch führen. Sich mitteilen. Aber sie war geschlechtslos. Sie stand in der Tür. Ihre Tragödie hatte sie ihr Geschlecht gekostet. Sie gehörte nirgends hin. Auch hierhin nicht. Sie lebte. Sie war am Leben. Aber nur am Leben. Sie ging hinaus. Sie sah sich selber. Ein Einsiedlerkrebs nach einer Schale suchend. Sie sah die Filmbilder. Naturfilmbilder. »Universum« oder »Discovery Channel«. Ein hellorange durchsichtiges Wesen. Auf dem Sand des Meeresgrunds huschend. Sich eine Hülle überziehend und schon wieder verborgen. Verfällst du jetzt in schlechte Metaphern, dachte sie. Und was für eine Beleidigung. Was für eine grenzenlose Beleidigung. Das war also der Ausschluss, an dem sie so zerschellt. Ein Grimm erfasste sie. Ein Ingrimm. Drinnen begann Musik. Alanis Morissette. Sie ließ die Tür zuschwingen. Hinter sich. Sie ließ die Musik hinter der Tür. Ließ die Musik im Raum zurück.

327

Draußen war die Musik fast nicht zu hören. Sie ging die Stiege hinunter. Sie ging bis zum Stiegenabsatz. Sie setzte sich auf die Stufen. Vor dem Stiegenabsatz. Zu Füßen der Paraphrase auf »The Daughters of Edward D. Boit«. Im Schein des roten Kugellampenturms. Sie räumte ihre Tasche aus. Legte ihre Besitztümer auf den Stufen auf. Was zerbrechen konnte, war gebrochen. Zertreten. Zertrampelt. Die Lippenstifthülle. Die Puderdose. Der Spiegel in Scherben. Die kleine Tube Handcreme war aufgegangen. Das Kosmetikbeutelchen verschmiert. Der Verschluss der Augentropfen mit der Handcreme verkleistert. Im Schreibzeug die Tinte. Sie zog den Zippverschluss gleich wieder zu. Die Papiere. Die Unterlagen. Die Plastikmappe geknickt. Quer über die Seiten der Knick. Das Plastik weißbrüchig. Das Papier scharfkantig. Der Knick eingetrampelt. Der Pass der Länge nach. Sie öffnete den halbierten Pass. Der neue Falz quer über das eingeschweißte Bild. Bei einem dieser neuen Hochsicherheitspässe. Das Dokument wäre ruiniert gewesen. Die Zeile unten. Mit der Passnummer. Mit der der Pass in die Überprüfungscomputer eingelesen wurde. Die schien ganz geblieben zu sein. Der Pass sah aus wie ein kleiner Leporello. Sie legte ihn auf die Stufen. Die Geldbörse. Die Karten. Sie nahm die Karten aus den Fächern. Kreditkarten. Bankomatkarten. Autopapiere. Es schien alles in Ordnung zu sein. Die Geldbörse war flacher. Und das Logo der Taschenfirma als Zierschnalle war abgegangen. Selma sah zu dem Bild an der Wand hinauf. Aus der Nähe. Aus der Richtung, aus der sie es jetzt sah. Sie fand das Bild nicht mehr so delikat gemalt. Beim Hinaufgehen war es dem Original verwandter erschienen. Von schräg unten. Der Pinselstrich war ziemlich grob. Und von schräg unten hatten die 2 lachenden Figu-

328

ren. Minnie im Reitkleid und das blonde kleine Mädchen. So, wie sie sie jetzt sehen konnte. Da hatten die beiden einen hohnerfüllten Zug um den Mund. Ein triumphierend grausames Lächeln. Aber wenn sie eines von den 4 Mädchen sein hätte müssen. Dann hätte sie sich ausgesucht, das Mädchen im roten Kleid zu sein. Das kleine Mädchen, das schon immer aus dem Bild herausgesehen. Und alles begriffen hatte. Dieses Bild. Das war in New York gewesen. Im Metropolitan. Es war in der Mitte eines Raums präsentiert worden. Man war auf das Bild zugegangen. Wo hing das Bild sonst. Das war eine Singer-Sargent-Ausstellung gewesen. Und damals hatte sie der Vergewaltiger interessiert. Dieser Gynäkologe, den Sargent gemalt hatte. Im roten. Er trug etwas Rotes. Ein Morgenmantel. Kardinalrot. Sie hatte kardinalrot in Erinnerung. Und das Bild hing im Boston Museum of Fine Arts. Aber in Boston war sie noch nie gewesen. Und da saß sie nun. »Da sitze ich nun.« Sie sagte es laut. Sie schaute auf ihre Habseligkeiten. Die Tasche ein unförmiges Lederding. Sie hatte keine glatte Linie mehr. Aber trocken. Innen. Es war nichts in die Tasche ausgeronnen. Alles Flüssige und Schmierige war in den kleinen Täschchen geblieben. In den Beutelchen. Der Schmutz eingefangen. Die Täschchen nützlich. Die Täschchen hatten ihre Aufgabe erfüllt. Die Beutelchen waren zu Unrecht belächelt worden. Der Toni. Von Anfang an. Schon das erste Mal, als er sie etwas in ihrer Tasche suchen gesehen. Und sie ein Täschchen nach dem anderen herausgeholt und hingelegt. Bis sie das richtige gefunden. Und das war der Anfang gewesen. Er hatte sich neben sie gesetzt. Beim Suchen. Das war noch bei der Biggi gewesen. Und der Toni der Hausherr. Jedenfalls der Mann der Hausfrau. Und die hatte einen Auftrag für eine

Ausstattung von einer Produktion haben wollen. Von ihr. Deswegen war sie eingeladen gewesen. Und die Beutelchen in ihrer Tasche. Sie war damals so total fertig gewesen. So total am Ende. Solche Dinge wie diese Täschchen. Solche Besonderheiten. Die hatte sie damals gebraucht, damit sie wissen konnte, dass sie existierte. Dass sie überhaupt existierte. Nach dem Robert. Und sie war dabei geblieben. Sie hatte sich nicht geändert. Aber die Täschchen mittlerweile von ihm. Er Lieferant dieser Täschchen geworden. Das Dior-Täschchen in New York gekauft. Das Schreibzeug von Horn in Wien. Die Hülle für das handy. Die hatte sie selber. Im Museumsshop von der Glassammlung in Düsseldorf. Das Schlüsseltäschchen hatte auch sie. Auf dem Flughafen in Zagreb. Aber das Etui für Visitenkarten und den Notizblock. Das hatte er. Bei Pineider. Seit 1774. In Rom. Die Mappe für die Papiere in Venedig. Sie fischte das handy aus der Hülle. Es sah ganz aus. In einem Almodóvar-Film hätte sie ihn anrufen können. Um diese Zeit. Bei ihm wäre es jetzt noch eine Stunde später. Und er würde reden. Er müsste reden. Er müsste das alles besprechen. Sie würden aneinander vorbeireden. Aber reden. Beide verzweifelt. Aber darin noch eine Übereinstimmung. Dieses Überhaupt-nichts-Sagen. Sie beugte sich über den Krampf um den Nabel. Sie wünschte sich einen Regisseur. Einen Filmregisseur, der ein solches Gespräch herstellte. Sie wünschte sich einen Schiedsrichter, der ihn zu einer Erklärung anhielt. Sie konnte sich nicht erinnern, ob sie das handy abgeschaltet hatte. Nach dem Anruf vom Tommi. Oder nicht. Sie schob es in die braunseidene Hülle und steckte es in das Handyfach. Die Uhr. Auf der Uhr war es 3 Uhr und 12 Minuten. Das konnte stimmen. Sie hielt die Uhr ans Ohr. Ein leises Klicken.

Hatte die Uhr es überstanden. Sie nahm die Papiere. Das Dior-Täschchen. Das Schreibzeug. Legte das alles aufeinander. Sie begann die anderen Dinge in die Tasche zurückzuräumen. Das pfirsichfarbene Lederetui für die Visitenkarten war platt. Geplättet. Die Façon verloren, dachte sie. Wie ich. Und so schlechte Metaphern. Aber. Ab 3 Uhr in der Früh. Sie dachte, sie sollte sich ab 3 Uhr am Morgen derart schlechte Metaphern erlauben. Alkohol nach 6 Uhr am Abend. Schlechte Metaphern ab 3 Uhr am Morgen. Ihre gebeutelten Beutelchen. Ihre zertretenen Sinnbilder der Weiblichkeit. Sie musste sich also von ihrem Gesicht und ihrer Schrift und ihrem Geschriebenen verabschieden. Trennen. Sie musste ihr Äußeres und ihre Äußerungen wegwerfen. Und über ihr. Über ihr grinste eine überlebensgroße Maus. Sie schaute hinauf. Sie stützte die Arme auf den Knien auf. Verbarg das Gesicht in den Händen. »Da sitzt du nun.« sagte sie in die Handflächen. Hinter ihr. Von oben. Musik. Laut. Die Geräusche der Bar. Die Menschen. Das Lachen und Reden. Die Geräusche verschwanden. Die Tür fiel wieder zu. Getrappel. Selma drehte sich um. Sah hinauf. Eine Gruppe junger Frauen kam die Stufen herunter. Sehr junge Frauen. Alle in Hosen. Glitzernd bestickte Jeans. Eng um die Hüften. Um die Oberschenkel. Die Gürtel weit unter den Hüftknochen. Unter der Bikinilinie. Die Tops bis knapp unter die Busen. Hauteng. Spaghettiträger. Alle hatten lange Haare. Glatt gezogene Haare in stumpf abgeschnittenen Stufen. Die jungen Frauen stelzten auf hohen Absätzen die Stiege herunter. Ob sie Hilfe bräuchte, fragten sie. Selma verneinte. Die jungen Frauen waren stehen geblieben. Standen um sie. Beugten sich über sie. Ihre Gesichter besorgt. Diese kleine Ausstellung hier, sagte Selma. »This

331

tiny exhibition.« She was cleaning house. And that was necessary after going overboard at the concert just now. Das verstünden sie sehr gut, nickten die jungen Frauen. Und wäre das nicht die beste old girls band, die man sich vorstellen könnte. »These old pets«, nannten sie die Musikerinnen. Und ob Selma nicht mitkommen wolle. Sie kicherten. Sie gingen noch partycrashen. Nach Kensington. Oder Mayfair. Sie gingen noch auf die Suche nach den jungen Prinzen. Sie kicherten. Rüde. Bedeutungsvoll rüde. Selma wünschte ihnen Glück. Sie sollten die Prinzen nur tüchtig an die Wand werfen. Wenn sie auf Prinzen stoßen sollten. Die Mädchen versprachen das. Sie würden ihren Spaß haben. In jedem Fall würden sie ihren Spaß haben. Und gute Nacht. Sie gingen davon. Lachend und redend. Sie hielten ihre handys in der Hand. Schwenkten die handys. Hielten die handys einander vor. Verglichen etwas auf den displays. Sie machten Fotos. Von hinten die langen Haare weit den Rücken herunter. Alle Mädchen waren gleich dünn. Hatten flache Bäuche. Große Busen. Die Hautfarben. Hellhonig bis dunkler Waldhonig. »Take care.« rief Selma ihnen nach. Zu ihrer Zeit. Wenn man so dünn gewesen war. Dann hatte man keinen Busen gehabt. Selma schaute zu Minnie Mouse hinauf. Ja, gab sie zu. Es war widersinnig. Wenn man als Mädchen. Also frau. Wenn frau als Mädchen dünn gewesen war. Mager. Frau war damals mager gewesen. Twiggy-ähnlich. Wie kam es zu dieser strammen Dünnheit. Zu dieser uneckigen Dünnheit. Aber wahrscheinlich war gar kein Unterschied und es war nur ihre Erinnerung. Und dann. Sie packte ihre Sachen zusammen. Es schloss sich ein Kreis. Sie stopfte das Dior-Täschchen und das Schreibzeug in die Mappe mit den Unterlagen. Steckte alles andere in die Tasche zurück.

Es schloss sich noch ein ganz anderer Kreis. Minnie
Mouse. In »The Hitchhiker's Guide to the Galaxy« gab es
ja die Theorie, dass die Mäuse die Menschen beobachteten. Bei den Experimenten. Und nicht umgekehrt. Und
dass die Welt von den Mäusen erfunden war. Selma stand
auf. Sie nahm ihre Sachen. Ging. Sie nickte Minnie oben
zu. Sie konnte nicht winken. Sie hatte keine Hand frei.
Aber wenn schon Mäuse die Welt beherrschten, dann war
ihr Minnie Mouse recht. Lieber als Micki Mouse. Jedenfalls. Der doch immer nur mit Pluto herumzog. Unten. In
der Halle. Die Frau am Tisch schrieb auf ihrem laptop. Die
Frau saß vorgebeugt. Auf den Bildschirm starrend. Die
Hände über der Tastatur. Die braucht eine externe Tastatur, dachte Selma. Sie wird sich ihr Genick total ruinieren.
Die Frau sah nicht auf. Selma ging durch die Halle. Der
Boden weißrosig im Licht der roten Lichtkugeln des
Lusters. Es gab keinen Papierkorb. Für ihren Abfall. Sie
drückte die riesige Klinke nieder. »Fasces«, dachte sie. Diese Kornbündel, die die Klinke bildeten. Das waren doch
fasces. Solch bändergeschmückte Korngarben. Es fehlten
die Beile. Von oben wieder Musik und die Bargeräusche.
Die Tür oben aufgegangen. Sie ging hinaus. Stemmte die
Tür von außen zu. Sie ging vom Haus weg. Kein Lichtschein. Kein Geräusch. Das Haus lag dunkel und lautlos
hinter ihr. Die Musik und das rote Licht innen in dieser
dunklen Hülle wissend. Die vielen Menschen. Die vielen
Frauen. Trinkend. Lachend. Tanzend. Schmusend. Redend.
Sie ging. Schnell. Wollte von niemandem eingeholt werden. Sie wandte sich nach rechts. Ein Gehsteig. Erst das
dunkle Haus entlang. Dann eine Feuermauer. Licht nur
von der Peitschenleuchte über dem schmalen Durchgang
links. Drüben. Und die Sicherheitsscheinwerfer in der

333

Straße vom Parkplatz weg. Selma ging. Lauschte. Von sich hörte sie das Reiben der Hose. Die um die Hüfte gebundene Jacke raschelte. Sonst war nichts zu hören. Ihre Schuhe lautlos. Am Ende des Parkplatzes. Selma kam an eine Ecke. Eine Lagerhalle. Nach rechts eine dunkle Straße. Erst wieder weit vorne Licht. Ein Widerschein. Sie überlegte, den Weg zurückzugehen, den sie gekommen waren. Den Pfad zwischen der Feuermauer und dem Zaun. Vor der Lagerhalle raschelte etwas. Huschte. Eine Katze. Mäuse. Ratten. Selma wandte sich nach rechts. Sie konnte nicht über den Platz nach links gehen. Nicht, wenn sie nicht sicher sein konnte. Keine Ratten. Sie schritt aus. Schnell. Die Straße holprig. Schlaglöcher. Nichts zu sehen. Sie ging so weit wie möglich am Rand. Sie hoffte, dass die Löcher auf die Fahrspuren beschränkt waren. Dass am Rand der Asphalt glatt. Glatter. Sie spürte Grasbüschel. Kiesel. Rechts eine Wellblechwand. Links eine Mauer. Hoch. Weit über ihren Kopf hinauf. Die Wolken den Lichtschein der Stadt reflektierten. Die Umrisse der Gebäude zu erkennen. Der Lichtschein nicht auf den Grund der Straße. Sie wollte schnell gehen. Sie wollte schnell hier durch. Sie wollte aus dieser engen Gasse hinaus. Was hatte diese Frau gemeint. Mit nach rechts gehen. Konnte sie diesen Weg gemeint haben. Sie hörte Stimmen. Links. Hinter der Mauer. Eine Tür. Eine Autotür. Ein Auto starten. Sie kam an eine Querstraße. Hier Straßenbeleuchtung. Eine Böschung auf der anderen Seite. Büsche dicht hinauf. Eine Bahnlinie. Sie wandte sich nach links. Weit vor ihr bog ein Auto in die Straße. Fuhr davon. Die Straße hinauf. Sie war froh. Hätte nicht in den Scheinwerfern gesehen werden wollen. Sie ging. Und dann war sie wieder auf einer großen Straße. Breit. Licht. Geschäfte. Autos. Ein

Motorrad. Laut davonstürmend. Links eine Ansammlung von Menschen. Die Haltestelle vom Nachtbus. Sie beeilte sich. Sie lief. Nicht, dass ihr ein Bus vor der Nase davon. Sie hatte das heute mehrmals gesehen. Wie der Bus vom Gehsteig weg. Ablegte. Wie ein Schiff. Und die Menschen einfach stehen blieben. Zurückblieben. Zurückgelassen wurden. An der Haltestelle. Sie war die einzige Europäerin. Die einzige Weiße. Viele Frauen warteten. Orientalisch aussehend. Asiatisch. Selma schaute sich nach einem Papierkorb um. Für ihre kaputten Sachen. Sie sah keinen. Gab es keine. Wegen der Bomben. Wegen der Bombenge-fahr. Seit der IRA. Oder galt das nur für die U-Bahnstatio-nen. Dann sah sie eine Tonne am Straßenrand. Sie ging an den Wartenden vorbei. Alle sahen ihr zu. Sie steckte die Mappe in die Tonne. Schob sie tief hinein. Sie stand dann da. Wartete. Ein Bus kam. Auf der anderen Straßenseite. Einen Augenblick der Schreck, sie stünde auf der falschen Seite. Sie holte die Geldbörse heraus. Dann kam der Bus auf ihrer Seite. »Trafalgar Square.« Sie stieg ein. Sie hielt alle auf, weil sie die 1,20 nicht genau hatte. Weil sie Wech-selgeld bekommen musste. Sie ging nach hinten. Es schien ihr sicherer. Sie saß am Fenster. An der nächsten Haltestel-le. Die Frau an der Haltestelle beugte sich nicht tief genug vor. Sie sprühte ihr Erbrochenes außen über die Fenster-scheibe. Neben Selma. Hellgelbe Bröckelchen rutschten langsam die Fensterscheibe hinunter. Selma sah zu. Sie schaute von der Fensterscheibe weg. Aber sie konnte nicht mehr reagieren. Sie fuhr dahin. Sie schaute nach vorne. Links von ihr. Auf Trafalgar Square war die Scheibe nur noch von Schlieren überzogen. Undurchsichtig. Selma stieg aus. Suchte nach einem Bus in ihrer Richtung. Das überhelle Licht. Die vielen Menschen. Sie stieg in ein Taxi.

Sagte die Hoteladresse. Der Fahrer fuhr los. Sie hörte das Klicken des Türschlosses. Der Fahrer fuhr schnell. Lange Straßenzüge. Kreuzungen. Von allen Seiten Autos. Alle fuhren so schnell wie sie. Sausten dahin. Selma schnallte sich an. Sie saß da. Sie erkannte nichts. Sie erkannte nicht, wo sie fuhren. Aber es war ihr auch gleichgültig. »Strand« konnte sie lesen. Und dann waren sie schon auf Southampton Row. Der Wagen hielt vor dem Hotel. 15 Pfund. Der Fahrer öffnete die Türschlösser. Sie stieg aus. Sie schaute in den Himmel. Ein Flugzeug zog unter den Wolken dahin. Sie stieg die Stufen zum Hoteleingang hinauf. Läutete. Ein alter Mann machte auf. Er ging hinter die Rezeption. Welche Zimmernummer sie habe. »317.« sagte Selma. Und ihr Name sei Selma Brechthold. Ja, das stimme alles, sagte der alte Mann. Er schaute sie über seiner Lesebrille an. Er habe eine Nachricht für sie. Ein Herr. Er schaute wieder auf den Bildschirm. Ein Thomas Hammer hätte angerufen. Und er würde um 9.00 Uhr zum Frühstück kommen. Weil er sie heute nicht mehr erreichen habe können. Und gute Nacht. Selma ging zum Lift. Fuhr hinauf. Sie wollte nur ins Bett. Im Zimmer stellte sie den Wecker vom handy auf 7 Uhr 30. Sie wollte weg sein, wenn dieser Kerl hier auftauchte. Vielleicht würde sie ihm absagen. Wenn das handy funktionierte, dann würde sie ihm absagen. Sie zog sich aus. Ging auf die Toilette. Sie stand vor dem Spiegel. Sie konnte sich die Zähne nicht putzen. Es ging nicht. Aber sie hatte ja kaum etwas gegessen. Morgen früh. Sie würde das am Morgen nachholen. Sie machte das Fenster auf. Schob die Vorhänge vor das offene Fenster. Die Luft von draußen heiß und feucht. Sie legte die Decke über das Bett. Zog den Deckenüberzug darüber. Sie wollte so weit wie möglich von der Matratze entfernt sein. Vom Bett aus drehte sie den Fernsehapparat auf. Die Braut ohne Beine saß im Rollstuhl vor der kleinen grauen Kirche. Selma schaltete aus.

23

Sie wachte vor dem Weckerläuten auf. Es war hell im Zimmer. Heiß. Laut. Die Decke lag über ihrem Mund. Ohne Überzug. Die pelzige Kunstfaser nass. Ihr Speichel. Sie lag da. Die Haut feucht. Schwitzig. Der Mund ausgetrocknet. Die Zunge pelzig angeschwollen. Müde. Alles müde an ihr. Sie war in eine Müdigkeit aufgewacht. Der Schlaf alles überdeckt. Aber nur kurz. Zu kurz. Die Gliedmaßen schwer. Alles an ihr war schwer. Alles an ihr wusste sofort, wie es um sie stand. Sie war gleich in das Ende aufgetaucht. Die London-Reise gescheitert. Die letzte Chance vertan. Und sie hätte es wissen können. Wissen müssen. Sie hätte gleich in Wien bleiben können. Und versinken. Es war ein Versinken. Ein Versinken in ein Leben, das nichts bedeutete. Ein Leben, das nichts sagte. Nichts aussagte. Ein nichts sagendes Leben. Alle vier Jahre eine Stimme in irgendeiner Wahl. Und sonst. Die kleine Wohnung. Draußen. Irgendwo draußen. Billig und praktisch. Sie würde sich das so sagen. Billig und praktisch. Kein Auto. Nach diesem Auto keines mehr. Mit der Straßenbahn. Bahn. Bus. Landschaften nur mehr dort, wohin es eine Verbindung gab. Reisen. Reisen wohl nicht mehr. Kaum. Die billigen Flüge die Städte nicht billiger machten. Bücher in den Bibliotheken. Zeitung im Kaffeehaus. Beim kleinen Schwarzen. Ein Absteigerleben. Die Geschichte ihrer Familie. Billig essen. Das war das Einfachste. Keine Kultur mehr. Das war zu ertragen. Es laut haben zu müssen. Und eng. Keinen Platz mehr. Keinen Raum. Keinen Abstand. Sie für diese Bedürfnisse Strafe zu erwarten hatte. Diese Bedürfnisse niemand verstehen würde. Gerüche. Töne. Berührungen. Man durfte ihr nahe kommen. Weil sie es sich nicht mehr leisten konnte. Jeden Morgen wie jetzt. Jeder Morgen wie dieser. Der Straßenlärm tobend. Die Hitze den Mund austrocknend. Das Zimmer eng. Die Decke so tief über ihr. Sie drückte auf die Weckertaste. Der einzige Vorteil hier war, dass sie hinausmusste. In einer eigenen Wohnung. Sie wäre nicht aufgestanden. Sie wäre liegen geblieben. Die Kopfschmerzen. Ein schmaler Rand am Grund der Stirn. Gleich hinter den Augen. Die Kopfschmerzen hätten zu pulsieren begonnen. Zu schlagen. Hämmern. Und dann wieder schlafen. Dann hätte sie wieder schlafen können. In eine Bewusstlosigkeit verfallen. Und erst am Nachmittag aufwachen. Erst vom Durst aus dem Bett getrieben, sich im Badezimmerspiegel nicht erkennen konnte. Verquollen und doch hager. Und der Vater auf den Balkon herauskommen musste und sich besorgt äußern. Vorsichtig besorgt. Dass er sich ja nicht einmischen wolle. Aber dass sie. Ein regelmäßiges Leben. Am Morgen aufstehen. Und ob sie nicht mit ihm spazieren gehen wolle. Damit sie müde würde. Und schlafen könne. Und auch die Frau Doktor Sydler meinte. Und sie sich wegdrehte. Wegdrehen musste. Warum gab er nicht zu, dass er sie mit dem Vornamen ansprach. Warum sprach er vor ihr immer von der Frau Doktor Sydler. Und warum sagte er nicht. Warum sagte er nie, dass er sich Sorgen um sie machte. Sie lag. Der feuchtklebrige Kunststoffflausch der Decke gegen den Hals. Es ekelte sie an. Das war alles ekelhaft. Sie hatte längst abgeschlossen gehabt. Sie hatte sich längst nicht mehr so für sich selber interessieren müssen. Sie war erwachsen gewesen. Die Eltern ein abgeschlossenes Kapitel. Ihre Person. Sie hatte ein postmodernes Leben gelebt. Sie hatte ihre Bürgerlichkeit in die brauchbaren Fragmente zerlegt und in ein fließendes Leben gefügt gehabt. Sie hatte in einem Geflecht von horizontalen Beziehungen gelebt. Da, wo sie es sich einrichten hatte können.

339

Da hatte sie ihre Vorstellungen durchgesetzt. Man hatte nicht geheiratet. Weil das Zusammensein eine immer neue Entscheidung bleiben hatte sollen. Man hatte keine Kinder gehabt. Weil die Gestaltung der Welt nicht nur über diese Elternmythologie funktionieren sollte. Über diesen Besitz an kleinen Menschen. Diese Auftragserteilungen. Diese ewigen Auftragserteilungen. Sie sollten unterbrochen bleiben. Sie hatten sich nicht einen Sinn ihres eigenen Lebens über die Herstellung dieser fremden kleinen Leben beschaffen wollen. Sie hatte Freundschaften gehabt. Gleichwertigkeit. Das war alles hergestellt. Das war alles Arbeit gewesen. Jeder Bereich jederzeit zu bedenken. Und die Idee war doch gewesen, dass es nur genug solcher Leben geben musste. Dass die kritische Masse solche Leben lebte. Und dann breitete sich diese Lebensform von selber aus. Ein Gewebe. Über die Gesellschaft hin. Und mit ihrer Arbeit. Sie hatte gedacht, sie lieferte die Denkanstöße. Die Hinweise. Die Kritik. Sie vermittelte den Rahmen dieser Freiheiten. Dehnte die Freiheit aus. Die Freiheit in Überschreitungen beschrieben. Ein elegantes Leben hatte das sein sollen. Bedeutsam und darin elegant. Die Form-Inhalt-Problematik als Lebenslösung unaufgelöst jeden Augenblick bewusst. Und jetzt lag sie da und musste sich nach der Liebe ihres Vaters sehnen. Obwohl sie wusste, dass sie die nicht bekommen würde. Bekommen konnte. Bekommen wollte. Sie ging ohne Zähneputzen ins Bett. Wie eine bockige Sechsjährige. Sie hatte nur Depression und Selbstzerstörung zur Hand. Pubertät. Sie war in eine Pubertät zurück. Zurückgefallen. Zurückgestoßen. Sie drehte sich zur Seite. Und sag jetzt nicht, sagte sie sich. Sag jetzt nicht, dass das eine Chance wäre. Dass auch das Schlechteste, was einem im Leben widerfuhr. Dass das einen Sinn hatte. Die Wut über dieses Argument ließ sie sich auf-

340

richten. Sich aufsetzen. Sie saß am Bettrand. Den ersten Teil
der täglichen Selbstbeschuldigungen hatte sie hinter sich.
Sie saß vorgebeugt. Sie dachte, ob sie schneller geworden
war. Ob das Entlangrasen. Diese wütende Selbsterfor-
schung. Dieses Register der Lebensgestaltung. Dass das
doch sehr auf der Vorlage des Beichtzettels beruhte. Dass sie
sich das Format ihrer Selbstverstoßungen überlegen musste.
Sie war Atheistin. Sie hatte sich von der Religion getrennt.
Sie sollte auf ihr Leben anders blicken können als in der
Form dieser Sündensammlung. Die 10 Gebote und die Ver-
stöße dagegen. Und in der Tradition der ersten Beichte, in
der alle gegen alles verstoßen hatten, weil niemand etwas
Genaueres über die Sünden gehört hatte. Und deshalb zur
Sicherheit alles gebeichtet. Alles gestanden. Sie saß da. Rich-
tete sich auf. Die Sünden waren nie beschrieben worden.
Mord. Ja. Diebstahl. Aber die Unkeuschheit. Und das war ja
auch klar. Die Beschreibung wäre schon die Sünde gewesen.
Das musste in diesem Nebel bleiben. Das musste in diesem
Nebel gehalten werden. Sie stand auf. Die Erkenntnis des
Tages hatte sie auch schon, dachte sie. Oh, es war wunder-
bar, wie viel sie begriff. Sie ging ins Badezimmer. Und es war
gleich wunderbar, wie sinnlos das war. Wie sie ihre Ohn-
macht mit diesen wunderbaren Erkenntnissen ausschlug.
Ausschlagen konnte. Und sich dabei ruinierte. Nichts trank.
Oder nur Alkohol. Nichts aß. Außer Chips mit Essigaroma.
Und dann ihre Tasche ruinierte. Obwohl sie sich so bald kei-
ne neue leisten würde können. Sie setzte sich auf die Toilet-
te. Ihr Urin roch scharf. Der Geruch füllte das Badezimmer.
Trinken. Sie musste mehr trinken. Und woher hatte der
Tommi die Hoteladresse. Er musste noch einmal bei ihrem
Vater angerufen haben. Oder er hatte sich gleich beim ersten
Mal diese Adresse geben lassen. Und ihr Vater. Er gab gleich

alle Daten weiter. Es war doch er gewesen, der die Hammerlings nicht gewollt hatte. Er hatte sich doch so komisch aufgeführt. Immer. Sie stand vor dem Spiegel. Sah sich an. Die Augen übergroß. Hohle Augenhöhlen. »Total dehydriert.« sagte sie zu ihrem Spiegelbild. »Total dehydriert.« Sie war zufrieden. Natürlich sollte sie mehr trinken. Aber es sah gut aus. Sie hatte schon lange nicht mehr so große Augen gehabt. Sie neigte nicht zu Schlupflidern. Die Mutter hatte sogar mit Kortison klare Augen behalten. Aber die Augenhöhlen waren so entwässert, dass die Haut die Lider gerade noch überspannte. Sie drückte Zahnpasta auf die Zahnbürste. Sie begann mit der Zunge. Sie bürstete die Zunge. So weit es ging. Ohne zu Erbrechen. Sie spülte die Zahnbürste ab. Nahm neue Zahnpasta und begann mit den Zähnen. Es war dumm, ohne Zähneputzen ins Bett. Es war widerlich. Aber es erfüllte sie mit einer tiefen Befriedigung. Sie erinnerte sich an den Blick in den Spiegel. Vor dem Schlafengehen. Es war wie den Tag im Mund behalten. Nichts vom Tag hergeben. Nichts vom Tag wegputzen. Aber es war ungesund. Und am Morgen widerlich. Aber vielleicht ging es darum. Sie machte das ja erst seit der Krise. Seit sie wieder in der Lange Gasse. Vorher. Da war das passiert, weil sie nicht ins Badezimmer wollte. Weil sie nicht aus der Stimmung heraus hatte wollen. Aus dem Sich-Verstricken mit dem Anton. Da wäre Zähneputzen. Das wäre eine Unterbrechung gewesen. Eine Untreue. Der Erotik gegenüber. Da waren beide so eingeschlafen. In alle Gerüche von allen Säften gehüllt. Sie begann gleich bei der Erinnerung an den Badezimmerspiegel in der Maxingstraße zu weinen. Die Tränen rannen in den Zahnpastaschaum um die Lippen. Sie ließ sich weinen. Spuckte aus. Hielt die Zahnbürste unter den Wasserstrahl. Sie hatte das Wasser laufen lassen.

342

Während des Zähneputzens. So war sie, dachte sie. Sie brachte es eben nicht weiter als zu so kindischen Gegenreaktionen. Die Zähne verfaulen lassen und die Umwelt ein bisschen schädigen. Das eine schadete ihr selber und das andere fiel niemandem auf. Tolle politische Maßnahmen waren das. Sie wusch ihr Gesicht. Sie drehte das warme Wasser ab und hielt ihr Gesicht in das kalte Wasser. Sie hatte sich selber satt. Sie hatte diese Grenze satt. Diese Grenze in ihr. Diese Barriere, die sie hinderte, einfach ihren Weg zu gehen. Ein Unglück. Na gut. Das passierte. Da fiel man hin. Da stand man wieder auf. Da ging man weiter. Warum blieb sie liegen. Es waren die anderen. Es waren andere, die ihr das alles angetan hatten. Sie war Gewalttätern und Verwaltungstätern ausgesetzt. Aber sie suchte die Schuld nur bei sich. Bezog alles auf sich. Sie hatte die Gewalten so gut internalisiert. Sie war innen ein einziges Schlachtfeld und es war Zeit, das alles nach außen zu kippen. Sie trocknete das Gesicht ab. Damit war Teil 2 der Morgenkämpfe abgeschlossen. Sie dachte, dass es kein Wunder war, dass sie lieber in diese Ohnmachten flüchtete. In diese Schlafohnmachten. Bis 2 am Nachmittag. Und diesen Selbstzerfleischungen entfloh. Sie drehte die Dusche auf. Ihr Leib. Ihre Haut klebrig. Sie roch wie feucht gewesene Wolle. Dumpf und abgestanden. Scharf nur unter den Achseln. Das war der beste Augenblick. Der beste Augenblick am ganzen Tag. Das heiße Wasser. Die Seife. Das Entledigen von diesen Gerüchen. Sie duschte am Abend nicht, damit sie am Morgen genug Geruch angesammelt hatte. Damit sich genug Geruch angesammelt hatte. Sie stellte sich unter den Wasserstrahl. Drehte das heiße Wasser stärker auf. Ließ das heiße Wasser über ihren Rücken rinnen. Hielt ihre Schultern unter den Strahl. Sie stand da. Lange. Ließ Wasser. Ließ

den Urin die Schenkel hinunterrinnen. Stand mit gebeugtem Kopf unter dem prasselnden Wasser und ließ ihr Wasser mitfließen. Ihr Urin heißer als das Wasser aus dem
Duschkopf. Ja, so bist du, sagte sie zu sich. Ein kleiner Bade-
zimmerwiderständler. Ein Badezimmerrevolutionär. Dafür
reicht es gerade. In die Duschwanne pinkeln. Oder war sie
dann eine Badezimmerterroristin. Sie nahm sich vor, diese
Frage beim ersten Kaffee zu lösen. Sie duschte noch lange.
Hielt die Füße extra lange unter das Wasser. Sie trocknete
sich ab. Ging ins Zimmer. Sie trank aus der Wasserflasche.
Sie zog frische Unterwäsche an. Ein neues Top. Den Hosenanzug. Lippenstift gab es keinen mehr. Die Haare bürsten.
Sie warf ihre Toilettenartikel in das Necessaire. Legte die
Unterwäsche und den Pyjama zusammen. Stopfte alles in
den Rucksack. Sie überlegte, ob sie alles im Rucksack ver-
stauen sollte und die Tasche gleich stehen lassen. Die Tasche
war teuer gewesen. Die Tasche war nicht kaputt. Sie hatte.
Sie hielt die Tasche hoch. Die Tasche hatte an Charakter
gewonnen. Und sie ließ sich einrollen. Die Tasche war weich
gesprungen und ließ sich oben einrollen. Es ließ sich alles in
den Rucksack stopfen. Das war praktisch. Praktischer als
mit Tasche und Rucksack den ganzen Tag herumziehen.
Und sie würde nicht in diesem Hotel fragen, ob sie ein Zimmer hätten. Ob doch ein Zimmer frei wäre. Sie würde sich
treiben lassen. Vielleicht doch ins K+K George. Oder auf
den Flughafen und dort übernachten. Aber jetzt einmal Kaffee. Sie steckte die Wasserflasche in die Außentasche des
Rucksacks. Sie hatte das handy liegen lassen. Sie nahm die
Tasche aus dem Rucksack. Sie brauchte ja ihre Kreditkarte
noch. Sie steckte das handy ein. Zog die Bänder vom
Rucksack zusammen. Machte eine Masche. Schulterte den
Rucksack. Nahm die Tasche. Sie schaute noch einmal ins

344

Badezimmer. Hinter die Badezimmertür. Sie hatte ihr schönstes Nachthemd hinter einer Badezimmertür vergessen. In einem Hilton in Tokyo. Einen Augenblick. Der dunkle Bildschirm. Sie hatte Lust den Fernsehapparat einzuschalten. Nachrichten. Noch schnell Nachrichten. Sich hinsetzen. Sie musste ohnehin den ganzen Tag herumgehen. Wenn sie nicht vor dem Tommi flüchten hätte müssen, dann hätte sie sich einen Kaffee geholt und sich vor den Fernsehapparat gesetzt. Aber dann hätte sie. Sie war sicher, dass sie dann sofort wieder eine Wiederholung von der Sendung mit der Braut ohne Beine zu sehen bekommen hätte. Sie legte die Fernbedienung auf den Apparat. Sie stieß die Tür auf. Bugsierte den Rucksack durch die Tür und ging. Der Lift fuhr gerade hinauf. Sie nahm die Stiegen. Ging die Stiegen hinunter. Die Halle belebt. Gäste gingen durch die Halle. Koffer und Taschen standen gestapelt neben der altrosafarbenen Sitzgarnitur neben der Tür. Selma wollte Kaffee. Es war gerade 8 Uhr vorbei. Sie konnte sich in Ruhe hinsetzen. Sie stieg hinunter. Nach dem letzten Stockwerk. Die letzten 3 Stiegenabsätze breitete sich der Geruch von gebratenem Speck aus. Sie stieg in den Geruch. Tauchte in den Geruch ein. Sie konnte von oben in den Frühstücksraum sehen. Helle Tische mit weißen Platzsets. Der Speckgeruch füllte die Lobby. Sie ging an die Rezeption. Fischte die Kreditkarte heraus. Hielt den Zimmerschlüssel bereit. Sie wolle zahlen. Ja. Eine Nacht. Der schlecht gelaunte Mann vom Vortag wieder da. Ob alles in Ordnung gewesen wäre, fragte der Mann. Er sah dem Kreditkartenlesegerät beim Ausdrucken der Rechnung zu. Selma antwortete nicht. Sie unterschrieb. Während der Unterschrift fiel ihr ein, dass die Karte beschädigt sein hätte können. Dass es eine Szene geben hätte können. Dass sie hier als Kreditkartenbetrüge-

rin dastehen könnte. Sie wartete, bis der Mann die Hotel-
rechnung und den Kreditkartenbeleg zusammengeklam-
mert hatte. Dann ging sie. Das war geklärt. Draußen holte
sie tief Luft. Der Speckgeruch war süß gewesen. Süßes
Schwein. Sie ging nach rechts. Sie war einmal im Germanis-
tik-Institut der University of London gewesen. Auf Russell
Square. Da war ein Park gewesen. Sie hatte da gelesen. Sie
konnte sich da hinsetzen und Wasser trinken. Und auf dem
Weg einen Kaffee mitnehmen. Die Luft im Freien. Es war
frisch. Ein kühler Ton. Sie atmete tief. Ging schnell. Es wäre
dumm gewesen, dem Tommi in die Arme zu laufen. Die
Geschäfte. Die meisten waren noch geschlossen. Vor manchen Häusern war der Gehsteig mit Wasser abgespritzt
worden. Kühle Feuchtigkeit stieg auf. Frische. Sie ging über
die Straße. Schaute in das Viennese Café. Bog links ein.
Bloomsbury Place. Bedford Street nach rechts. Hohe glänzend schwarz lackierte Gitterzäune. Schneeweiße Häuser
dahinter. Die Eingänge von dorischen Säulen flankiert.
Goldpolierte Beschläge an den Türen. An den Gittern. Weiß.
Schwarz. Gold. Die Gitter eine Abgrenzung. Die Gitter eine
Beschreibung des Abstands zu denen, die drinnen waren.
Limousinen vor den Türen. Die Motoren laufen. Die Kli-
maanlagen in Arbeit. Ein Paar kam aus einer Tür in der Mitte. Selma ging auf sie zu. Der Mann im dunklen Anzug. Die
Frau im weißen Kostüm mit schwarz gepunktetem großem
Hut. Der Chauffeur und der Mann warteten, bis sie sich mit
dem ausladenden Hut in den Wagen manövriert hatte.
Dann ging der Mann rasch auf die andere Seite. Ließ sich
vom uniformierten Chauffeur die Tür aufhalten. Verschwand im Wagen. Der Chauffeur stieg ein. Selma ging an
der langen schwarzen Limousine vorbei. Durch die getön-
ten Fensterscheiben sah sie den Umriss der Frau. Das weiße

346

Kostüm. Die Frau saß nach vorne gewandt da. Ihr Gesicht unter dem Hut. Selma dachte an die Stelle bei Dickens. Da, wo der kleine Bub als Rauchfangkehrer im Zimmer des reichen kleinen Mädchens landet. Sie fühlte sich entfernt. Meilenweit entfernt von diesen Personen. Als wären die eine andere Spezies. Es kränkte sie nicht. Sie hätte nicht mit diesem Hut in dieser Limousine sitzen wollen. Höchstens zu Besuch hätte sie in einer solchen Welt sein wollen. Aber dann wäre die Frage gewesen, wie man reden hätte sollen. Sie konnte sich keine Kommunikation vorstellen. Keine. Sie ging weiter. Hier war der gesamte Gehsteig nass. Sauber. Die Morgenfrische verstärkt. Das Gehen. Der kurze Schlaf. Die kühle Luft. Sie ging rasch. Es gab keine Reaktion. Offenkundig gab es keine Reaktion. Die Frage war eher, wann ihr Superego sich von ihrem Unterbewusstsein verabschieden würde. Unberechenbar, wie diese Reaktionen waren. Sie hatte gedacht, die Welt würde untergehen. Wenn dieses Projekt nicht zustande kam, dann würde die Welt vor ihren Augen wegkippen. Zurückgelassen. Grenzenlos allein. Unverstanden. Niemandem mehr verständlich. Ihre Not niemandem mehr mitzuteilen und alle ja auch längst gelangweilt. Und dann. Die Verbindungen innen. Die Verbindungen in ihr reißen würden. Aber es war nichts gerissen. Das Problem war eher andersherum. Sie musste sich über sich wundern. Wieder einmal. Sie war erleichtert. Wenn sie genau in sich sah und sich zuhörte. Sie war erleichtert. Und sie konnte das nur hinnehmen. Sie konnte sich nur hinnehmen. Im Augenblick war sie erleichtert. Über ihre Erleichterung. Aber was bedeutete das. Sie konnte diesen Teil abschließen. Diesen Teil ihres Lebens. Selma Brechthold. Kulturmanagerin. Spenderin von Aufruhr und Kitzel. Befriederin postbürgerlichen Unruhepotenzials. Sprengmeisterin der männlich atavistischen Gottsuche. Die gab es nicht mehr. Arme Sarah Kane. Sie hatte ihr keine Anwältin sein können. Keine Verteidigerin. Selma sah zu Boden. Der Gehsteig rot. Ziegelrot. Dunkelrot vom Wasser. Eine kleine Person war die gewesen. Sarah Kane. Und Gilchrist hatte sie wie ein Baby behandelt. Er hatte verhandelt über sie und wie sie dann aufgetaucht war. Im Café Sacher. Da hatte er sie auf die Kärntnerstraße geschickt. »To look around.« Wie man ein Kind zum Spielen wegschickte. Und sie hatte mitgemacht. Sie hatte mit Gilchrist verhandelt. Sie hatten abgewogen. Eingeschätzt. Sie waren Kleinhändler gewesen. Und es war richtig und es war nicht richtig gewesen. Aber dass sie beide verschwanden. Das war richtig. Weil sowieso nichts richtig war. Und sie hätte damals. Sie hätte nicht zusehen dürfen, wie jemand so behandelt wurde. Und sie hätte diesen Mann nicht sagen lassen dürfen, dass diese Frau das so bräuchte. Diese Frau war ein Jahr später tot gewesen. Und wenn sie so. So weiter. Sie ging. Es war niemand auf der Straße. Sie ging auf das Ende der Straße zu. Die Häuser vorne ein Tor bildeten. Eine Durchfahrt. Bedford Place abschlossen. Auch nur ein Gefängnis, dachte sie. Eine »Desperate Housewives«-Szenerie. Statt der Gartenarbeit in den Vorgärten als dramaturgisches Mittel, die Figuren aufeinander treffen zu lassen, musste man hier ein Oscar Wilde'sches timing anwenden. Die Abfahrt nach Ascot. Die Abfahrt zur Gardenparty in Buckingham Palace. Die Abfahrt des einen Paares zur Erhebung in den Adelsstand und die Beobachtung durch die Erzfeindin. Die müsste dann in einem dieser Fenster oben. Im Erker stehen. Und man könnte Stella McCartney oder Paul Smith als Ausstatter nehmen. Alles könnte sich an der »My-Fair-Lady«-Verfilmung aus den 60ern orientieren. Und viele Identitäten wären gerettet. Könnten sich retten.

Sie ging. Sie wünschte sich eine Einfachheit. Aber sie wusste, dass sie sich das als Film wünschte. Und dass das Problem war. Sie hatte für sich keine Vorstellung als Volumen in der Welt. Sie konnte sich alles nur zweidimensional und in Perspektive gefaltet vorstellen. Deshalb musste sie auch nichts essen. Ein Bild brauchte keine Nahrung. Sie ging zwischen den enger stehenden Häusern am Ende der Häuserzeilen durch. Ging auf das Grün des Parks zu. Eilte auf das Grün des Parks zu. Sie lief vor einem einbiegenden Auto über die Straße. Geriet vor ein anderes. Sie hatte die Linksfahrregelung vergessen. Der Fahrer hupte sie an. Sie wollte sich ihm zudrehen. Ihn beschimpfen. Sie war wütend. Es ging ihr alles auf die Nerven. Hier. Der Luxus dieser Häuser eben. Die Uniform des Chauffeurs. Die Goldtressen auf seiner Chauffeursmütze. Der lächerliche Hut der Frau. Diese links fahrenden Autos. Konnten die nicht einfach wie alle. In der gesamten zivilisierten Welt. Sie stürmte in den Park. Die Wiese in der Mitte. Bäume weitausladend über der Wiese. Schatten. Hohe Büsche den Park nach außen abschirmten. Blühende Büsche. Blühende Blumen. Am Rand. In der Wiese. Das Gras smaragdgrün. Auf der anderen Seite. Sessel und Tische. Eine Cafeteria. Selma atmete auf. Ein bisschen Natur und es ging ihr besser. Mit ihren Empfindlichkeiten. Mit ihren so gesteigerten Empfindsamkeiten. Sie kam mit Natur besser aus. Sie ging den äußeren Weg. Bänke unter Büschen. Versteckt. Ein Mann in einem dunkelblauen Overall sammelte Bierdosen aus einer solchen Buschnische. Sie stieg auf das Gras. Lehnte sich gegen die Platane. Stützte sich mit der Platane. Die Freude. Die Beruhigung. Alles stürzte in die Wut von vorhin und stieg als Angst wieder auf. Die Angst, die sie so irgendwie immer schon hatte. Wenn wieder ein Stück Feld oder ein Wäldchen gegen den Flughafen in Wien verbaut worden war. Wenn zuerst die hohen Strohhaufen aufgerichtet worden waren und Plakate darauf befestigt. Fluglinien. Baufirmen. Banken. Versicherungen. Die Strohaufbauten Containern wichen. Container hochaufgetürmt und Straßen rund um sie. Dann Baracken. Blechbaracken. Und dann Betonbauten. Silos. Lagerhallen. Jede Fahrt zum Flughafen das Weiterfressen. Das Wegfressen von Landschaft. Natur. Wenigstens die Jahreszeiten abzulesen. Und alle Vögel da leben hatten können. Wie schnell man sich an den Verlust der Amseln gewöhnt hatte. Niemandem mehr auffiel, dass in Wien keine Amseln mehr sangen. Sie niemanden mehr finden konnte, der das beklagte. Mit ihr. Eine dumpfe Lawine. Sie fühlte eine dumpfe Lawine über sich hinweg. Von irgendwo hinter ihr. Lautlos. Staubig ihr den Atem nehmend über sie hinweg. Und dann nichts mehr übrig geblieben. Wohin sie gehen konnte. Wohin sie. Ihr Herz tragen konnte. Es besser gewesen wäre, als Kind von reichen Eltern. Und einen Park, in den niemand hineingehen und dann auch keine Bierflaschen zurücklassen konnte. Einen Augenblick verstand sie die kleine Person mit den abrasierten Haaren. Sie verstand die Enge rund um Sarah Kane. Die mit biertrinkenden Männern und limousinenlenkenden Chauffeuren mit goldbetressten Kappen umstellte Enge. Das Seil. Der Strick um den Hals. Nur Vollzug dieser Enge. Aber was sollte sie tun. Sie stand gegen den Stamm gelehnt. Roch die Rinde. Der Rucksack. Der Riemen schnitt in die linke Schulter ein. Sie stieß sich von dem Baum ab. Schritt durch das Gras. Eine Gruppe von rechts. Die Menschen schwärmten auf die Cafeteria zu. Standen um die Tische. Verteilten sich auf die Tische. Ließen sich an den Tischen nieder. Selma ging schneller. Sie brauchte einen Sessel. Sie konnte sich einen Sessel wegrücken. An den Rand der

Wiese. Ganz nach links. Einen Kaffee. Mehr brauchte sie nicht. Und dann fuhr sie zum Flughafen. Vielleicht konnte sie umbuchen. Irgendwie. Wenn man da war, ging das ja manchmal ganz leicht. Sie musste zurück. Das war zu anstrengend hier. Sie war nach den ersten drei Schritten außer Atem. Ihre Schlafentzugstherapie tat ihrer Seele gut. Sie hatte noch keine richtige Krise gehabt. Aber ihr Zustand. Ihr Herz schlug. Die Lungen als wäre sie den ganzen Weg gelaufen. Die Beine. Eine Linie die Oberschenkel innen. Als hätte sie da einen neuen Muskel. Als wäre da ein Muskel, der noch nie bewegt worden war. Ein ganz neuer Muskel, der das Bewegen lernen musste. Erst. Sie hatte den Eindruck von sich, über das Gras zu staksen. Steif zu staksen. Ohne Grazie. Ungelenk. Ein Krüppel. Eine Krüppelin. Hinter den Büschen die Cafeteria. Es war Selbstbedienung. Eine kleine Schlange hatte sich vor dem Fenster gebildet. Man gab seine Bestellung auf. Bekam den Kaffee und ging auf den Platz zurück. Die Speisen wurden an den Tisch gebracht. Eine dickliche Frau in einem rosa Kleid mit gestreifter Schürze trug Teller mit Omelettes vorbei. Schinken mit Ei. Speck mit Ei. Selma stellte sich an. Ganz hinten war ein Tisch frei. Allein. Im Schatten. Die anderen Tische waren alle in die Sonne gerückt. Selma hörte den Bestellungen vor sich zu. Omelettes aus Eiweiß. Speck mit Ei und Pilzen. Schinken und Ei und Tomaten und Pilze. Weißbrottoast. Roggenbrottoast. Butter. Ja. Natürlich Butter. Selma nahm ein Croissant und einen großen Kaffee. »Regular. No milk. No sugar.« Sie bekam den Becher. Das Croissant. Sie nahm Servietten aus dem Serviettenspender. Der Tisch außen war noch frei. Sie ging hin. Stellte alle ihre Sachen ab. Sie zog sich einen Sessel weg. Unter einen Busch. Tief in den Schatten. Es war aber schon jemand da. Eine ältere Frau. Sie hatte dasselbe getan.

Sie hatte sich einen Sessel unter den weiß blühenden Busch gestellt. Selma blieb stehen. Die Frau lächelte sie an. Ob sie auch Schatten bräuchte, fragte sie. Selma stellte ihren Sessel ab. Sie wolle nicht stören, sagte sie. »Am I disturbing you.« Aber die Frau lächelte sie weiter an. Nein, sie störe nicht. Selma ging ihren Kaffee und das Croissant holen. Im Gehen schalt sie sich für ihre Mittelstandshöflichkeit. Dass sie nicht in der Lage war, ihre Bedürfnisse durchzusetzen. Dass sie nicht sagen konnte, dass sie allein sein wollte. Allein sein musste. Sie kehrte zurück und setzte sich hin.

24

Der Kaffee war zu heiß. Selma wollte einen Schluck trinken. Aber der aufsteigende Dampf ließ sie den Becher abstellen. Sie beugte sich neben den Sessel. Stellte den Becher vorsichtig zwischen zwei Grasbüschel. Die Sessel am Rand der Wiese. Der Weg hinter den Büschen. Die Sonne von schräg hinten. Einzelne Strahlen silberschimmernd auf den dunkelgrünen Blättern und den weißen Blüten. Selma dachte, dass der Busch wie eine Art Jasmin aussah. Aber fester. Die Blätter dicker. Die Blüten fleischiger. Der Geruch verwandt. Sie biss in das Croissant. »This is the best time of the day.« sagte die Frau. Selma sah sie an. Sie war sehr alt. Es war nicht gleich zu sehen. Die Frau war schlank. Sie trug dunkelblaue Hosen. Eine weiße Bluse mit langen Ärmeln. Wie eine Jacke. Ihre Haare waren grauweiß und so geschnitten, dass es aussah, als hätte sie die Haare hoch gesteckt. Das Gesicht schmal. Die Nase groß. Scharf. Eine Adlernase. Die Haut durchfurcht. Hell. Aber die Furchen und Falten erst aus der Nähe zu sehen. Die Linien unzerstört. Die Umrisse des Gesichts. Der Mund. Die Augen. Die Brauen. Die Falten hatten nichts verzogen. Die Frau saß aufrecht. Die Beine übereinander geschlagen. Sie hielt einen Thermosbecher in der Hand. Sah auf die Wiese hinaus. Selma nickte. Sie konnte nicht sprechen. Das Croissant. Sie versuchte wieder den Kaffee. Der Kaffee war immer noch zu heiß. Selma zog die Mineralwasserflasche aus dem Seitenfach des Rucksacks und goss Wasser zum Kaffee. Die Frau sah ihr zu. Dann nickte sie. Ihr ginge es so mit dem Tee, sagte sie. Das wäre nur natürlich. Sie sei ja Engländerin. Aber sie wüsste genau, wie sich das anfühlte. »The need for your poison.« Selma trank vom Kaffee. Die

353

Kohlensäure des Mineralwassers machte einen bitteren Geschmack. Einen noch bittereren. Selma seufzte. Die alte Frau sah auf die Wiese. Sie nippte an ihrem Becher. »I could not believe my husband would have a row with anybody.« sagte sie. »I don't want to make him sound like a saint. That would be awful. But he has a very special nature. You know. Unfortunately he is not at all well now. It's very sad. Though he is much better than he was. He was in the hospital for 12 weeks now. An absolute nightmare. You can imagine. Oh. And he resolutely refused to eat. All that time he wouldn't eat a thing. You know, he was just a skeleton and they were not hopeful at all. They did not encourage me to get him home. But I was determined to get him home. I thought that once I got him into familiar surroundings. But it did work. It was a risk and it worked. It took quite some time. He came home in January and now he is rational and he is mobile, but he can't deal with anyone but me. Not at all I'm sorry to say.« »How old is he.« fragte Selma. »Well. He is into his 97th year. That in itself does not account for it. But it contributes and it was something that was coming on for a long time. Gradually he was getting less and less able to cope. I think he had so many problems in his life so that he suddenly could not take any more. He conducted a great deal during the war and afterwards of course and toured all over the world and was very successful all the way. But then he had to retreat from music. So that was that. And with being an exile. Some things are hard to understand. You know.« »Why was that.« fragte Selma. »Why was what?« Die Frau trank aus ihrem Becher. Sie hielt die Arme vor der Brust verschränkt. Hielt den Becher auf den linken Arm aufgestützt. »He was a Jew of course.« Selma schüttelte den Kopf. »I meant why

he had to retreat from music.« »Same answer.« sagte die
Frau. Sie schaute hinaus. Selma nickte. Sie wusste nicht,
was sie sagen sollte. Wenn jetzt die Frage kam, woher sie
stamme. Und sollte sie sagen, wie Leid ihr das tue. Sie solle nicht so seufzen, sagte die alte Frau. »No need to sigh like
this. Whatever this all means. This is the best part of the
day.« Selma murmelte ihre Zustimmung. Sie trank den bitteren Kaffee. Kaute am ledrigen Croissant. Sie schaute in
die gleiche Richtung wie die alte Frau. Die weite Wiese. Die
hohen Bäume. Die Büsche rundum. Hinter den Büschen
die hohen Lanzen des schmiedeeisernen Zauns. Rund um
den Platz die Häuserzeilen. Hellgrau mit hohen Fenstern.
Stufen zu den Eingängen hinauf. Die Fenster in der Sonne
glänzend. Das Grün funkelnd. Ein leichter Hauch trug den
Duft der Blüten zu ihnen. Selma holte tief Luft. Es war vielleicht doch nicht Jasmin. Der Duft nicht ganz so süß. Sie
sah die alte Frau an. Die wandte sich ihr zu. Sie lächelte sie
wieder an. Die alte Frau lehnte sich wieder zurück. Schaute
vor sich hin. Selma musste daran denken, dass so ein Park.
Dass so ein Stück Natur. Dass das das letzte Stück Natur
sein konnte, das jemand zu sehen bekam. Die Tante Hertha.
Wie sie gesagt hatte, dass das ihre letzte Fahrt durch einen
Wald sein würde. Bei der Fahrt über den Schottenhof. Zum
Hitzinger Friedhof. Und wie ungeheuerlich es war, dass
alles in der einen Sprache gesagt werden musste. Dass es
keine andere Sprache gab. Für solche Sätze. Für den Satz
»Das wird meine letzte Fahrt durch einen Wald sein.« »Das
ist meine letzte Fahrt durch einen Wald.« »Das war meine
letzte Fahrt durch einen Wald.« Und dann wenigstens ein
schöner Wald gewesen war. Der Wienerwald da. Die Bu-
chenstämme silbern vor dem lichten Gras und dem Goldbraun der Blätter. Am schönsten natürlich im Winter.

Schwarz und weiß. Die Baumstämme im Schnee. Ihr handy läutete. Sie erschrak. Sie riss den Rucksack auf. Holte die Tasche heraus. Rollte die Tasche auf. Das Läuten ging weiter. Sie wollte das nur abstellen. Sie stand auf und ging davon. Sie ließ den Kaffee stehen. Ihr Wasser. Sie wollte nur weg. Die alte Dame nicht stören. Dieses Klingeln. Sie genierte sich für dieses insistente Schellen. Es war frivol. Es war peinlich. Sie ging auf den Weg hinaus. Hinter die Sträucher. Das handy war in der Hülle. Die Töne des handys wurden immer lauter. Sie schälte das Gerät aus der Hülle in der Tasche. Sie drückte auf Annahme. »Was?« fauchte sie in das Gerät. Sie hatte angenommen, ihr Vater. Der ihr von einem Telefonat berichtete. Von dem er glaubte, dass es wichtig war. Für sie. Oder dass er ihr sagen wollte, dass der Tommi. Dass der sie erreichen hatte wollen. Und dass er die Nummern weitergegeben hatte. Und ob das o.k. wäre. Am anderen Ende eine Männerstimme. »Ich kann dich sehen.« Selma stand still. Sie ließ den Rucksack und die Tasche zu Boden gleiten. Sie schaute um sich. Was das solle. Es war ihr Vetter Tommi. Was er wolle. Und es wäre doch ein bisschen teuer so. Sich über Satelliten unterhalten. Und wo er stecke. Sie könne ihn nicht sehen. »Ich sehe dich ganz genau.« sagte der Mann. »Du hast deinen dunkelblauen Hosenanzug an und schaust schon wieder sehr businesslike aus.« Sie sah ihn. Er kam über die Wiese. Es war unvermeidlich. Sie konnte nur noch flüchten. Richtig flüchten. So, dass er es begreifen musste. Und sie hatte sich ja nur verstecken wollen. Sie legte auf. Sammelte ihre Sachen auf. Sie ging um das Gebüsch. Die alte Frau stand gerade auf. Sie lächelte freundlich. Selma stand da. Sie hätte gerne etwas gesagt zu dieser Frau. Etwas, was ihr Verständnis ausgedrückt hätte. Sie hätte gerne den gemein-

samen Blick auf diese Wiese und die Platanen darauf
beschrieben. Und dass sie das in Erinnerung behalten würde. Sie hätte gerne geschrien, dass sie nicht schuld war.
Dass sie nichts dafür konnte. Dass sie unter den Schrecklichkeiten auch litt. Gelitten hatte. Dass es in ihrer Familie
genauso Spuren gab. Fürchterliche Spuren. Dass das alles
nicht so sein sollte. Dass nichts so sein sollte. Dass alles
unerträglich war. Nicht zu ertragen. »Then the best for
your husband.« sagte sie. Sie sah der alten Frau in die
Augen. »And I apologize for the intrusion.« »You were nice
company.« sagte die Frau und ging. Sie ging davon. Sie
trug den Thermosbecher vor sich. Am Henkel. Sie ging aufrecht. Sie ging um den Busch davon. Tommi stand daneben. Ob er etwas unterbrochen habe, fragte er. Selma setzte sich hin. Sie nahm den Kaffee vom Boden. Sie konnte
nichts sagen. Sie musste den Kaffee austrinken, bis sie ihre
Fassung wieder gefunden hatte. Der Mann hatte sich in den
Sessel der Frau gesetzt. Er stand wieder auf. Er wolle auch
einen Kaffee. Er ging davon. Selma starrte auf die Wiese vor
sich. »Schwarz.« sagte sie vor sich hin. »Schwarz.« »Was
meinst du.« fragte Tommi. Er kam mit zwei Bechern Kaffee um den Busch. »Mein Hosenanzug ist schwarz.« sagte
Selma. Er habe ihr auch einen Kaffee mitgebracht. In seiner Jackentasche stecke der Zucker. Wenn sie Milch haben
wolle, dann ginge er die besorgen. Er stand mit den
Bechern in den Händen. Selma nahm einen entgegen. Sie
wies auf den Sessel, auf dem die alte Frau gesessen war. Das
wäre doch ein ganz wunderbarer Platz. Oder? Und wie es
ihn hierher verschlagen habe. Ob sie die Nachricht nicht
bekommen habe, fragte er. Er hätte frühstücken wollen.
Selma schaute auf die Wiese hinaus. Sie nippte am Kaffee.
Sie wäre gestern so spät zurückgekommen. Man habe ihr

da einen Zettel in die Hand gedrückt, aber sie könne sich nicht so genau erinnern. Und am Morgen hätte sie aus dem Zimmer müssen. Die Klimaanlage. Sie müsse da immer schnell hinaus. Er habe aber doch nicht mehr angerufen. Bei ihr. Oder? Er hätte versucht, sie zu erreichen. Ihr handy hätte nicht. Ach ja, meinte Selma. Sie wäre in einem Club in einem Keller gewesen. Vielleicht hätte es da keinen Empfang. London wäre schon eine tolle Stadt. Tommi lehnte sich zurück. Er streckte die Beine aus. Verschränkte die Arme. Stützte den Kaffeebecher auf dem linken Arm auf. Er saß, wie die alte Dame da gesessen war. In der selben Haltung. Selma schaute an ihm vorbei auf die Wiese. Es würde wieder ein heißer Tag werden. Sie sah ihn an. Es gäbe auch Frühstück hier. Er könne sich hier ein Frühstück besorgen. Sie könne das Croissant nicht empfehlen, aber das englische Frühstück. Das habe alles gut ausgesehen. Wenn man Speck mochte. Nein. Um Frühstück wäre es nicht gegangen. Er hatte sich nur gedacht. Und er hatte sich nicht aufdrängen wollen. Selma kaute am Wulst des Plastikbechers. Genau das hast du getan, dachte sie und biss in den Wulst. Das hast du aber getan. Mehr an Aufdrängen gibt es nicht. Aber es sei schon erstaunlich, dass er sie hier. Sie sah ihn an. Er schaute sie nicht an. Er schaute vor sich hin. Er habe schon lange mit ihr sprechen wollen, sagte er. Er habe diese Gelegenheit. Er habe diese Gelegenheit nicht vorbeigehen lassen wollen. Sie wüsste ja, dass sein Vater gestorben war. Selma saß ruhig. Sie hatte das nicht gewusst. Sie konnte sich nicht erinnern, dass sie davon gehört hatte. Sie wollte sich aber nichts anmerken lassen. Es nicht zu wissen. Nichts vom Tod vom Onkel Gustl zu wissen. Das machte das alles so wichtig. Und beleidigend. Ob sie etwas von diesen Redereien gehört hätte. Er hätte dann seinen

Vater nicht mehr fragen können. Nicht mehr richtig fragen. Das war dann am Ende nicht mehr möglich gewesen. Sie wüsste ja, wie das dann sei. Selma setzte sich auf. Sie saß gerade. Aufrecht. Sie hielt den Becher mit beiden Händen. Worauf das hinaussollte, fragte sie. Worauf Tommi hinauswolle. Der Mann schaute vor sich hin. An ihm nage das, sagte er. Er müsse gestehen, an ihm nage das. Er hätte sich das nie gedacht. Er hätte nie erwartet, dass solche Dinge wirklich wichtig werden konnten. Wichtig seien. Aber er müsse zugeben. Ob sie überhaupt Zeit hätte. Er wandte sich ihr zu. Drehte sich in seinem Sessel und sah sie an. »Kurz.« sagte Selma. Sie habe um 9 Uhr 30 einen Termin. Sie müsse also bald weiter. Ja. Er wolle es kurz machen. Er sah auf den Boden zwischen ihnen. Selma konnte auf seinen Kopf sehen. Von oben. Die Kopfhaut hell. Die Haare frisch gewaschen. Dicht. Kräftig. Ihre gewaschen gehört hätten. Ihre verklebt. Ein bisschen. Sein Vater habe ihm einmal. Ein einziges Mal. Sein Vater habe dann nie wieder darüber gesprochen. Er wäre nie wieder zu bewegen gewesen, dieses Thema. Aber dieses eine Mal. Und er wüsste nicht, ob der Mann da nicht betrunken gewesen wäre. Aber habe ihre Mutter etwas gesagt. Habe ihre Mutter je etwas angedeutet. Sein Vater habe behauptet, sie beide wären Geschwister. Halbgeschwister. Natürlich. Selma saß still. Sie hörte zu. Sie hörte zu. Das Wort Geschwister. Das Wort Halbgeschwister. Es lief Bilder entlang. Die Mutter im Spiegel. Der Vater hinter ihr. Das Spiegelbild des Vaters dem Spiegelbild der Mutter sagte. Er ginge da nicht hin. Er verbiete das. Und sie. Eine kleine Selma. Der Körper einer kleinen Selma sich zwischen den Frisiertisch und die Mutter drängend. Unter den Frisiertisch gekrochen und an den Knien der Mutter vorbei auch in den Spiegel geschaut. Und den Spiegelbildern des Vaters und der Mutter gesagt hatte, dass sie zum Onkel Gustl gehen wolle. Weil es da Krapfen gäbe. Weil die immer gekauften Kuchen bekämen. Zur Jause. Und der Vater. »Es sind nicht einmal direkte Verwandte.« Aber sie dann nie allein hingehen hatte lassen. Und sie auf die Knie der Mutter gestützt zum Vater hinaufgeschaut und ihn angebettelt. Und die Mutter, »du kannst dem Kind doch nicht alles abschlagen.« »Oder hast du Probleme, weil wir.« »Sei nicht komisch. Wir sind auch so schon Verwandte.« »Oder dein Vater. Es hat immer geheißen, dass er.« Selma lachte. Sie lachte und schüttelte den Kopf. Was er sich da ausgedacht habe. Ihr Vater hatte immer schon behauptet, dieser Teil der Familie neige zur Dramatisierung. Nein. Ihr Vater hätte keine Probleme damit. Er hatte schließlich ihre Mutter geheiratet. Er hatte die Verwandtschaft nicht gemocht. Er hätte das Gefühlsbetonte da nicht vertragen. Oder vielleicht hätte er die Mutter nur ganz einfach für sich. Nur für sich haben wollen. Das könnte sie sich eher vorstellen. Und dass das mit den Problemen ihrer Mutter zu tun haben könne. Er wüsste doch von den Problemen ihrer Mutter. Dass die. Und da entstünden viele Gerüchte. So ein Problem. So eine Störung. Die wäre für alle doch der Freibrief, die Person. Die problematische Person in ihre Phantasien einzubauen. Das würde Tommis Vater gemacht haben. Er hatte seine Wünsche auf Selmas Mutter projiziert und dann die Wirklichkeit nicht mehr von seinen Wünschen unterscheiden können. Und im Übrigen. Sie hätte gerne Geschwister gehabt. Sie sagte das auf den gesenkten Kopf des Mannes hin. Und es stimmte nicht. Sie hatte sich nie vorgestellt, nicht mit diesen beiden Menschen allein zu sein. Sie zog sich wieder aus einer Situation. Mit so einer großzügigen Lüge. Um sich die

Konfrontation zu ersparen. Sie war nicht die Schwester dieses Mannes. Und sie wollte sie nicht sein. Sie hatte seine Verfolgung ganz richtig eingeschätzt. Unangenehm. Eine Szene vor der Wiese von Russell Square. Die University of London rechts. Das British Museum. Die Wege des Bloomsbury-Zirkels. Bloomsbury Gardens weit unten. Sie konnte sich Tommi vorstellen. In weißen Flanellhosen. Ein ausgebeultes naturweißes Leinensakko. Ein Strohhut mit schwarzem Band. Weiße Sportschuhe. Ledersportschuhe. Das dünne weiß gefärbte Leder brüchig. Auf einem Gartensessel. Weiß lackiertes Holz. Alle Arten von Weiß und der Mann genau so sitzen würde. Der Dame seitlich zugewandt. Den Kopf gebeugt. Den Hut in der einen Hand. Der Arm auf dem Knie aufgestützt. Der Hut baumelnd. Oder gedreht. Die Nervosität in das Drehen des Huts in der Hand. Immer und immer gedreht. Ein Hutkreisel. Und diese langen Pausen. Alle Antworten genau gesetzt. Und dachte sie jetzt nicht eher an Henry James. Eine Mischung aus »Brideshead Revisited« und Henry James. Eine unversehrte Englischheit. Und jeder Satz peinlich ehrlich vorausgedacht, nur die Verletzungen genauer. Selma setzte sich auf. Sie setzte sich zurecht. Sie sollte das ernst nehmen. Sie sollte nicht die Gefühle ihres Vaters fortführen. Jedenfalls sollte sie die Möglichkeit in Betracht ziehen. Dass sie nicht alles wusste. Dass sie nicht alles hätte wissen sollen. Dass ihr Vater Unrecht haben konnte. Das wäre alles sehr schwierig, sagte sie. Und sie könne im Augenblick nichts mit dieser Frage anfangen. Sie sei überzeugt, dass Tommis Vater nicht Recht habe. Es könnte sein, dass ihre Mutter und er. Das wäre nicht auszuschließen. Nach allem, was sie jetzt so wüsste. Was sie begreifen hatte müssen. Über ihre Mutter. Aber sie wäre das Kind ihrer Eltern. Davon wäre sie überzeugt. Darin wäre sie sicher. Und diese Überzeugung habe nichts mit ihm zu tun. Und nichts mit seiner Familie. Die ja auch die ihre wäre. Der Mann sah zu Boden. Er hatte die Beine fest auf dem Boden aufgestellt und stützte sich mit den Ellbogen auf den Knien auf. Er hob den Kopf. Er stemmte den Kopf in den Nacken. Sah Selma ins Gesicht. »Und ein Gentest.« fragte er. Selma lehnte sich zurück. Sie fühlte sich steif werden. Sie stand auf. Stellte ihren Rucksack auf den Sessel. Sie begann ihre Dinge zu ordnen. Sie fischte die Geldbörse wieder aus dem Rucksack. Sie holte Pfund-Münzen heraus. Steckte sie in die Jackentasche. Für das U-Bahnticket. Sie schaltete das handy ab. Richtig. Sie drückte den kleinen Riegel oben. Der Strom hatte lange gehalten. Das display leuchtete auf. Wurde dann ganz dunkel. Das handy verabschiedete sich mit einem Abschlusston. Sie sah auf. Dann kramte sie die Dinge in die Tasche. Rollte die Tasche oben ein. Verstaute sie im Rucksack. Nein, sagte sie. Sie schüttelte den Kopf. Sie dachte, sie müsste es nicht so hart ausdrücken. Nicht so endgültig. Aber der Kopf schüttelte sich von alleine und ihre Stimme klang metallen. »Nein.« Nein. Das käme nicht in Frage für sie. Wirklich nicht. Er müsse das verstehen. Sie habe so viele Krisen zu bewältigen. Sie habe so keinen Boden unter den Füßen. Sie könne sich nicht auf so ein Abenteuer einlassen. Warum er das überhaupt wissen wolle. Wozu er das brauche. Überhaupt. Das Ansehen von Onkel Gustl in Ehren. Das Gedenken an ihn. Aber was wäre das für ihn. Der Mann setzte sich auf. Lehnte sich im Sessel zurück. Er streckte die Beine aus. Legte den Kopf zurück. Sah in die Wipfel der Platanen hinauf. In den blauen Himmel. Das Blau zackig ausgerissen. Hinter den Zweigen und Blättern der Bäume. Selma stellte den Rucksack auf den Boden.

Setzte sich wieder. Sie sah mit ihm hinauf. Wie spät es sei.
Ob er die Zeit hätte. Tommi hielt sich die Uhr vor die
Augen. Er hob das Handgelenk und schaute zurückgelehnt.
»8 Uhr 41.« sagte er. Sie saßen stumm. Der Mann schaute
in die Baumkronen. Selma über die Wiese. Der Verkehr
mittlerweile laut. Ein ununterbrochenes An- und Abschwellen. Die Gruppe versammelte sich vor dem Eingang
zur Cafeteria. Selma konnte sie aus dem Augenwinkel
sehen. Hinter den Büschen. Alle hatten Aktenmappen. Die
ersten gingen nach vorne. Sie gingen den linken Hauptweg.
In Richtung Universität. Paare hatten sich geformt. Miteinander sprechende Paare. Diskutierende Paare. Alle tief in
die Gespräche versunken. Alle mit gebeugten Köpfen. Im
Zuhören und Reden gefangen. Er bräuchte doch nur ein
Haar von ihr. Oder eine Speichelprobe. Und wenn es ihr
gleichgültig wäre. Ihm eben nicht. Offenkundig könne sie
das nicht verstehen. Und natürlich wüsste sie nichts von
seinem Leben mit seinem Vater. Und natürlich könnte sie
nicht wissen, wie viele offene Rechnungen es da gegeben
habe. Wie. Wie. Nun. Sie sei ja eine tolerante Person. Eine
gebildete Person. Aber sein Vater wäre das nicht gewesen.
Er hätte ihm bis zum Schluss Vorwürfe gemacht. Hätte ihm
seine Frauengeschichten dauernd. Und da sei es wichtig.
Die Wahrheit. Was daran gestimmt. Aber er sähe ein. Er
müsse einsehen. Wahrscheinlich war das so nicht. Wahrscheinlich war das zu kurz gedacht. Und er hatte nur die
Gelegenheit. Weil er sie am Flughafen gesehen hatte. Weil
sie so sicher gewirkt. Weil sie eine so ernste Person sei. Eine
zuverlässige, sichere Person. Ernst zu nehmen und ein Vor-
bild. Da wäre er auf die Idee gekommen. Und dass sie
damit der Generation ihrer Eltern. Dass sie der damit auf
die Schliche kommen hätten können. Eine kleine Demas-

kierung. Selma stand auf. Sie hob den Rucksack auf die
Schulter. Sie verstünde ihn. Jedenfalls dächte sie, sie verstünde ihn. Aber sie lehne diese Techniken ab. Sie lehne es
prinzipiell ab, die Welt so auszuspionieren. Ob sie da nicht
mittelalterlich dächte, fragte Tommi. Er sah zu ihr hinauf.
»Ja. Ich möchte mich weiterhin über sprachliche Mittel orientieren. Und nicht über Formeln und Daten.« Der Mann
sah sie an. »Nein.« sagte sie. Sie sah ihn ruhig an. Nein. Sie
lehne eine solche Maßnahme hier und jetzt und ein für alle
Mal ab. Sie könne ihre Geschichte nicht einfach umschrei-
ben. Und sie könne ihren Vater nicht so aufgeben. Sie wüsste auch nicht, was das bedeutete. Es hätte etwas mit Treue
zu tun. Sie sah sich um. Auf der Wiese. Unter der nächsten
Platane. Drei Männer und drei Frauen setzten sich auf das
Gras. Sie bildeten einen Kreis. Sie breiteten Bücher aus.
Diskutierten. Laut. Sie sprachen spanisch. Sie sahen in die
Bücher. Dann auf. Sagten etwas. Sahen wieder in die Bücher auf der Wiese. Sie wolle nicht durch Laborberichte
definiert werden. Das wenigstens könne sie abwehren. Und
dann fügte sie hinzu, dass es ihr nicht gut gehe. Dass das
alles nichts mit ihm zu tun habe. Nichts mit ihm als Person. Und sie müsse jetzt. Er habe ja ihre Nummer. Sie sollten in Wien reden. Der Mann stand auf. Er stellte seinen
leeren Becher auf den Sessel. Selma sammelte die Becher
auf. Stülpte seinen in ihren. Warum hatte sie wieder versucht, nett zu sein. Warum hatte sie sich angestrengt, es
ihm leicht zu machen. Sie hatte sich verhalten, als ginge es
um eine Trennung. Weil sie selbst ein Opfer war. Ein Tren-
nungsopfer. Sie konnte nicht annehmen. Sie durfte nicht
annehmen. Dass er. Dass er auch eines war. Es reichte
nicht, alle zu Opfern zu denken, damit es keine mehr gab.
Sie schwang den Rucksack über die Schulter. Er solle es gut

machen, wünschte sie ihm. Sie müsse zur underground, sagte sie. Er stand einen Augenblick. Sie habe ja Recht. Er wippte auf den Zehen. Er melde sich dann in Wien. Immerhin hätten sie eine gemeinsame Basis. Jetzt. Er hob die Hand. Grüßend. Drehte sich um und ging über die Wiese weg. Selma ging zur Cafeteria. Warf die Becher weg. Die Mülltonne gleich neben dem Eingang. Sie ging den Weg zurück. Vorbei an dem Gesträuch, hinter dem sie gesessen war. Sie ging zum Ausgang nach hinten. Sie sah die U-Bahn-Zeichen durch das Parktor. Sie schlenderte. War sie jetzt unfreundlich gewesen. Verletzend. Rigid. Aber das war ein Überfall gewesen. Das war doch ein Überfall gewesen. Auch wenn er sich das schon lange überlegt hatte. Wie konnte er ein Recht auf sie. Ein Recht ableiten. Aus dem Gebrabbel eines alten Mannes. Eines notorischen Weiberhelden. Und es war die alte Geschichte. Er sah sich als Opfer und leitete eine Berechtigung davon ab, als Täter auftreten zu können. Hätte er das nicht alles bei sich behalten müssen. Hätte er das alles nicht mit sich selbst ausmachen müssen. Eine Therapie. Eine Analyse. War das nicht die klassische Anlage für eine Analyse. Musste man da als ernst zu nehmende Person nicht eine Analyse machen und mit sich selber klar werden. Er hatte sich gerade. Er hatte sich über sie geworfen. Und das war auch ihr Gefühl. Überfallen und bedroht. Und es gab keine andere Reaktion, als sich abgrenzen. Gegen solche Überfälle. Und die Selbstverständlichkeit, mit der er. Sie drehte sich um. Sie erwartete, dass er den Platz absuchte. Nach einem Haar von ihr. Nach einem Taschentuch. Er hätte den Kaffeebecher. Sie ging an die Wegbiegung zurück. Schaute nach dem Abfalleimer. Aber der Mann war weg. Er hatte keinen Versuch gemacht. Sie kehrte wieder um. Musste sie jetzt Angst vor dem Raub

365

ihrer Haarbürste haben. Musste sie jetzt jedes Papiertaschentuch bei sich behalten und in die schwarzen Mülltonnen. Die, die in die Müllverbrennung kamen. Musste sie ihre Zahnbürste bewachen. Sie lachte. Sie musste lachen. Sie ging auf das Parktor zu. Draußen. Auf der Straße zwischen der U-Bahnstation und dem Park dichter Verkehr. Autos in beiden Richtungen in ununterbrochenen Kolonnen. Sie würde zum Flughafen fahren. Sie musste hier nur in die Piccadilly Line steigen und nach Heathrow. Oder sollte sie die anderen Flughäfen abklappern. Die anderen Fluglinien. Die Billigfluglinien. Sollte sie eine Flughafentournee machen. So absurd wie das alles war. Sie sollte diesen Aufenthalt beenden. Sie sollte zurückfliegen und nachdenken. Sie sollte auf den Balkon in der Lange Gasse zurückkehren und nachdenken. Lange nachdenken. Sich alles überlegen. Alles neu ausdenken. Immerhin. Sie blieb am Straßenrand stehen. Wartete auf Grün für die Fußgänger. Immerhin konnte sie das Wort »neu« denken. Das war mehr als vorher. Das war mehr, als sie vor der Abreise denken hatte können. Sie war weitergekommen. Die Reise war nicht ganz sinnlos gewesen. Die Ampel sprang um. Ein Auto wollte noch über den Zebrastreifen. Blieb auf dem Zebrastreifen stehen. Die Fußgänger mussten rund um das Auto gehen. Durch die Gase aus dem Auspuff. Selma hielt den Atem an. Wollte erst wieder auf der anderen Seite Luft holen. Ein Mann von der anderen Seite. Er trat gegen das Auto. Er ging auf das Auto zu. Als wäre es nicht da und trat gegen die Tür des Autos. Da, wo er gehen können hätte sollen. Alle eilten weiter. Der Mann trat ein zweites Mal gegen die Autotür. Der Fahrer. Selma konnte nicht sehen, ob es ein Mann oder eine Frau war. Es wurde Gas gegeben und das Auto zwängte sich in die Gegenfahrbahn und sauste zwischen den beiden Kolonnen davon. Der Brite. Der, der getreten hatte. Er schrie Beschimpfungen hinter dem Auto her. Stand auf dem Zebrastreifen. Schrie, dass er Rechte hätte. Das er »bloody rights« hätte. Dann ging er weiter. Er verschwand in den Park. Niemand hatte Notiz von ihm genommen. Die Autos schoben sich wieder eines hinter dem anderen über die Kreuzung.

25

Sie erkannte den Eingang zur underground wieder. Man ging in ein Haus. Ein Gebäude. Unten. Man ging in eine Halle und dann gleich hinunter. In die Schächte. Es roch nach indischem Essen und Knoblauch. Sie war hier ein- und ausgestiegen. Das war bei diesem Seminar gewesen. Am anderen Ende von Russell Square. Da war sie noch als Expertin aufgetreten. Da hatte sie als Expertin gegolten. Für deutschsprachiges Theater. Das war sie nicht mehr. Natürlich. Arbeitslose waren keine Experten. Nur für Arbeitslosigkeit. Man war immer nur Experte für einen Zustand. Für den Zustand, in dem man. Der Zustand, der einem gegeben war. Schicksal. Alles verbarg sich wieder hinter einem Schicksal. Es war natürlich eine reine Beschäftigungstherapie. Zur Trennung der Welten. Damit nicht die eine mit der anderen. Eine unsaubere Mischung. Eine Arbeitslose unter Beschäftigten. Das würde nicht mehr vorkommen. Sie würde nie wieder ein solches Semi- nar. Sie würde da nie wieder eingeladen werden. In ihrer jetzigen Situation. Und wenn sich etwas änderte. Wenn sich etwas ändern sollte. Wenn sie wieder irgendwo arbeitete. Dann würde sie ihren neuen Job vertreten. Vertreten und verteidigen. Dann würde sie gleich nicht mehr wissen, was sie jetzt wusste. Dann würde sie gleich nicht mehr wissen können, was sie jetzt wissen konnte. Auf den Zeitungen im Regal Bilder von Tony Blair. Hinter dem Pult im House of Commons. Der Krieg im Irak sei richtig, sagte die Schlag- zeile des Guardian. Eine dunkelhaarige Frau. Warum sie gerne bei »Big Brother« ausgezogen sei. Für Revolutionäre sei da kein Platz. Die dunkelhaarige Frau mit großem Busen. Sie war auf allen anderen Zeitungen. Vorne. Groß.

Und das mit dem Tommi. Der. Der war auch nur mit dem österreichischen Lieblingsspiel beschäftigt. Wie bleibe ich am besten ein Opfer. Wie bleibe ich für immer ein Opfer. Das hatte sie unterschätzt. In ihrer Arbeit. Den Wettbewerb der Opfer. Den Wettbewerb der zynischen Opfer. Den hatte sie nicht wichtig genug eingeschätzt. Imgrund lieferten die Opfer einander ein unendliches Wettrennen. Der Verlust des Kaisers. Der Verlust des großen Vaters. Und alle Zurückgelassen. Der Konkurrenzkampf der zu kurz gekommenen Geschwister von vorne. Immer von vorne. Keiner ohne den anderen möglich. Immer alle Alleingelassene und Konkurrenten ihrer eigenen Angst. Und drängten sich in der Verdrängung. Es war ein Trieb. Und dieses eine Mal. Da hatte sie nicht. Es war ja vielleicht falsch gewesen, den Vater. Sie hatte sich vor ihn gestellt. Aber sie hatte ihn nicht preisgegeben. Sie suchte auf dem Automaten nach dem Knopf für eine Tageskarte. Wenigstens hatte sie die verlangte Verschmelzung abgewehrt. Was für eine Idee. Dem Tommi gegen seinen Vater. Die Bestätigung. Wovon eigentlich. Dass er ein Arschloch war. Und sie musste auch. Sie war auch ein Opfer. Aber mehr nebenbei. Der Vater hatte nicht sie gemeint. Er hatte mehr ihre Mutter. Die Mutter sollte bestraft werden. Aber sie hatte sich in die Ecken ducken müssen. Und unter das Sofa flüchten. Sie durfte das nicht vergessen. Aber den schmalen Mann. Heute. Das war doch alles sinnlos. Der Tommi musste seine eigenen Dämonen bannen. Er konnte sich nicht fremde ausborgen und sich damit ausreden. Sie holte ihr Ticket aus dem Fach links unten. Sie hatte Lust auszuwandern. Sie ging zur Sperre. Steckte die Karte in den Schlitz vorne. Hielt die Hand gleich über den Schlitz, an dem die Karte wieder auftauchte. Sie drängte sich gleich an die Puffer. Ihr würde niemand mehr das Ticket entwenden. Das hatte sie gelernt. Sie passierte die Sperre. Ging zur Rolltreppe. Welche Richtung sollte sie nehmen. Sie wollte hier nichts mehr. Sie wollte kein Museum. Keine Galerie. Keine Sammlung. Kein Denkmal. Kein Schloss. Kein Gefängnis. Keinen Kerker. Keine Folterwerkzeuge. Keine Jahrtausendriesenräder. Keine Brücken. Ein Kaufhaus hätte sie ausgehalten. Debenham's. Oder doch das gute alte Harrod's. Langsam durchgehen. Den Rucksack im Cloakroom einsperren und unbeschwert. Alles anschauen. Alles angreifen. Etwas trinken. Durchschlendern. Den anderen bei der Wahl zuschauen. Das war doch ohnehin alles an Demokratie. Die Kleidung. Und alles regelte sich von selbst. Es musste keine Kleiderordnung mehr erlassen werden. Das Geld regelte sich das. Oder doch die Wallace Collection. Und nachschauen, ob die da alles staubig gelassen hatten. Oder nicht doch ein Kurator alles umgestellt und abgestaubt. Für die Touristen alles neu. Die Erinnerungen neu arrangiert zu neuen Erinnerungen gemacht wurden. Da konnte sie nicht hin. Das würde sie nicht. Nicht gut aushalten. Aus diesem Gewerbe war sie draußen. Sie konnte nach Paddington fahren. Den Heathrow Express nehmen. Mit der Piccadilly Line konnte sie jetzt nicht. Das war zu anstrengend. Die lange Fahrt. Die vielen Menschen. Das Paar von der Fahrt in die Stadt fiel ihr ein. Was da. Wie die. Wie das weitergegangen war. Sie konnte nicht wieder so da sitzen und jemanden anschauen müssen. Sie konnte überhaupt niemanden aushalten. Sie musste aufs Land. Sie musste in die Natur. Stadt. Das war zu anstrengend. Empfindlich wie sie gerade war. Oder sie stumpfte ab. Und das war es ja, was von ihr gewollt wurde. Und jetzt ging es zuerst einmal darum, das nicht zu erfüllen. Wenn sie ihre Empfindlichkeiten

aufgab. Dann konnte sie sich vielleicht behaupten. Aber
überleben. Überleben nicht. Und sie konnte es nicht. London. Sie konnte es hier nicht. Sie konnte nicht mithalten.
Sie konnte sich ja am Flughafen hinsetzen und nachdenken. Nachdenken beginnen. Sie stand auf der Rolltreppe.
Von unten der heiße Wind. Ein Zug weggefahren. Oder
angekommen. Hier war es heiß. Hier unten. Keine Mor-
genkühle. Schwere, heiße Luft. Von den Zügen aufgerührt.
Sie ging auf den Bahnsteig nach King's Cross. Sie konnte
von Paddington auch nach Oxford fahren. Sie konnte nach
Oxford fahren und zu Blackwell's gehen. Sie konnte den
Tag in der besten Buchhandlung der Welt verbringen. Sie
konnte einen Trauertag feiern. Ein Requiem für Bildungs-
bürgertum und Mittelschicht. Den Abschied von der Auf-
klärung. Warum sollte sie nicht in Oxford über sich nachdenken. Über ihre Möglichkeiten and the lack thereof.
Oder doch einfach in die Piccadilly Line. Kein Umsteigen.
Nur ein ewiges Dahin. Von Station zu Station. Und in
Heathrow angekommen. Man war auf dieses Dahin so
konditioniert, dass man kaum aus dem Zug kriechen
konnte. Nein. Paddington. Der Bahnsteig war überfüllt.
Selma stand hinten. Sie hatte es nicht eilig. Der nächste Zug
war in einer Minute angekündigt. Der übernächste in 6.
Das konnte sie abwarten. Sie machte Platz. Eine Frau mit
einem Köfferchen drängte sich an ihr vorbei. Energiegela-
den und rücksichtslos. Sie stieß die Menschen zurück. Stieß
die Menschen an. Schob zur Seite. Sie war kleiner als Selma. Sie schaffte es, sich in den nächsten Zug zu drängen.
Sie zwängte sich in die Menschenwand an der Tür. Ihr Koffer blieb in der Tür. Die Türen öffneten sich ein zweites
Mal. Dann fand sich auch für den Koffer ein Platz. Die
Türen schlossen sich. Der Zug fuhr ab. Der Bahnsteig war

fast gleich voll wie vorher. Selma hoffte, dass der nächste
Zug leerer war. Dass sie mit dem nächsten Zug mitkam. Sie
hatte Zeit. Aber war ihre Bereitschaft, andere vorzulassen.
War diese Bereitschaft schon eine Unterwerfung. Hieß das,
dass sie dachte, die anderen wären wichtiger als sie. Die
anderen. Die, die Arbeit hatten. Hatte sie die Unterschei-
dung in die Gruppe der Arbeitslosen schon vollzogen. An
sich selbst vollzogen. Hatte sie den Raum, den sie beanspruchen durfte, schon selber eingeengt. Hatte sie das
Geschäft der Selbstlähmung erledigt. Brav an sich erledigt.
Sie ging nach vorne. Stellte sich an den Rand des Bahnsteigs. Ein Mann telefonierte neben ihr. Er erklärte jemandem, in welcher U-Bahnstation er gerade wäre. Und wie
lange es dauern würde, bis er in Old Street sein könne. Es
war privat. Selma dachte, dass er sich ankündigte. Bei
jemandem. Ein Vormittag im Bett. Sie sah den Mann an.
Er war unauffällig. Aber angenehm. Schlank. Mittelgroß.
Dunkle Haare. Kurz geschnitten. Black Jeans. Ein dunkel-
blaues Leinensakko. Ein beige und hellblau kariertes Hemd.
Eine Aktentasche unter dem Arm. Der Mann grinste. Amüsiert. Hörte amüsiert der anderen Person zu. Sein Alter. Selma überlegte. Sie schätzte Leute immer zu jung ein. Der
Mann sah aus wie knapp an die 30. Also ging er wahrscheinlich auf die 40 zu. Warum blieben einem die Liebhaber nicht. Einfach so. Sie hätte Keith anrufen können. Aber
dann. Keith war kein so guter Liebhaber gewesen. Und sich
herumärgern. Über die Phantasielosigkeit. Bücher. Sie würde sich für Bücher entscheiden. Die Idee mit Oxford. Ein
elegischer Tag in Oxford. Und Keith war vollkommen verschwunden. Sie wusste gar nicht, ob er überhaupt noch in
London lebte. Und was geworden war. Mit der Frau aus seiner Jugend, die er dann wiedergetroffen hatte. Und den

Telefonhörer abgelegt hatte. Damals musste man sich anders deklarieren. Technisch. Da hatte es kein Stummschalten gegeben. Oder mailboxes, auf denen alle Fäden zusammenlaufen konnten. Da hatte ein Telefon geklingelt. Da war das Abstellen gar nicht erlaubt gewesen. Da hatte der Vater dem Techniker von der Post hundert Schillinge zustecken müssen, damit man bei der Nachtschaltung herausziehen konnte und nicht die Tagschaltung automatisch läutete. Der Vater hatte das nie verändern lassen. Der Vater hatte diese Fehlschaltung gehütet. Damals war das verboten gewesen. Das Postgesetz hatte vorgeschrieben, dass auf einer Schaltung das Telefon klingelte. Dass eine Klingel zu hören war. Dass man erreichbar war. Der Vater schon immer nicht erreichbar sein hatte wollen. Sie drehte sich um. Schaute herum. Sie hatte plötzlich das Gefühl gehabt, jemand habe sie angesehen. Sie hatte dieses Gefühl gehabt, fixiert worden zu sein. Sollte der Tommi. Sie stellte sich vor, wie er sich anschlich und ihr ein Haar ausriss. Und wie sie ihm nachlief. Und was rief man, wenn man den Dieb eines Haupthaares verfolgte. Und was stellte sich der Tommi vor, wenn sich die Wahrheit herausstellte. Dass sein Vater gelogen hatte. Dass er ihre Mutter verleumdet hatte. Arschloch, dachte sie. Dann sah sie sich um. Sprach sie laut mit sich. Sie hatte jetzt manchmal den Verdacht, sie sprach laut. Vor sich hin. Sagte die Dinge aus ihrem Kopf. Niemand beachtete sie. Wieder drängten alle nach vorne. Der Zug fuhr ein. Das Gedränge. Der nächste Zug sollte gleich da sein. Noch einmal 3 Minuten. Der Zug vor ihr war voll gestopft. Der Bahnsteig war leerer. Sie wollte auf den nächsten Zug warten. Es schien bequemer. Sie fuhr nur eine Station. Der Zug war abgefahren. Sie hatte ihr handy abgestellt. Sie überlegte. Das Gerät war so tief im Rucksack. In der Handtasche.

Das Klingeln würde gar nicht zu hören sein. Sie wollte mit niemandem reden. Und schon gar nicht mit dem Vater. Warum hatte er ihre Nummer weitergegeben. Das Hotel. Sie hatte ausdrücklich gesagt, dass nicht. Und Gilchrist. Das Beste an der ganzen Geschichte war, dass er die Rechnung bezahlen hatte müssen. Dieses Mal. Dieses Mal war ihm die Rechnung geblieben. Sie ging nach hinten. Es kamen Passagiere von oben. Aber nicht mehr in Schüben. Einzeln. Am hinteren Ende der Bahnsteigs fast leer. Sie dachte, dass der Mann nun auf dem Weg nach Old Street war. Sie hatte Hunger. Sie hatte Lust auf eine Topfengolatsche. Sie sollte sich einen Tea Shop suchen und ein Danish und einen guten Tee. Noch einen solchen Kaffee. Und ihr Magen bekam Löcher. Es war doch nicht so schrecklich. Hier. Eigentlich. Und sie sollte Sebastian. Konnte sie Sebastian. Konnte sie dorthin. Aber erst, wenn sie etwas gemacht hatte. Wenn sie sagen konnte, was sie getan hatte. Dass sie bei Blackwell 10 Bücher gekauft hatte. Dahin konnte sie nur, wenn sie selber etwas. Zu berichten. Aber dann. Da gehörte sie hin. Irgendwie. Irgendwie hatte sie das Gefühl, dahin gehen zu können. Da auftauchen zu können. Es war besser geworden. Mit ihr. Insgesamt. Sie hatte das Gefühl, dass es besser geworden war. Für sie. Sie war so durchgerüttelt. Dieses Gefühl, in den Boden gezogen zu werden. Diese Anstrengung bei jedem Schritt. Als müssten die Füße aus einer klebrigen Masse gezogen werden. Und die Schultern gegen eine Last von oben. Sie war eher manisch. Um den solar plexus. Eine Spannung. Aber kein Rasen. Und sie hätte hampeln können. Arme und Beine im Springen. Es war nicht dieser Panzer rund um sie. Und alles besser als diese Verlangsamung, und alles eine Mühe. Sie hielt den Riemen des Rucksacks mit beiden

374

Händen. Es strömten wieder Menschen auf den Bahnsteig. Kamen von oben. Sie ging noch weiter nach hinten. Drei junge Männer schlossen auf. Gingen hinter ihr. Sie redeten laut. Selma hörte nicht zu. Sie konnte den Slang ohnehin nicht verstehen. Es schien cockney zu sein. Stark diphtongiert und in einem Singsang. Die jungen Männer hatten Bierdosen in der Hand. Große Bierdosen. Selma ging ein Stück zurück. Die Männer schlugen einander mit den Fäusten gegen die Oberarme. Kleine, scharfe Schläge. Herausfordernd. Selma stieß gegen den großen Dicken. Große Aknepusteln im bleichen Gesicht. Ob sie nicht aufpassen könne. Der Mann ging ihr nach. Der Mann hatte sich ihr in den Weg gestellt. Sie schaute zu Boden. Kein Blickkontakt, dachte sie. Sie ging in Richtung Ausgang. »Watch your bloody fucking step.« Er schrie ihr das in den Rücken. Der kleine Dunkelhaarige zischte »Fucking bloody old bitch.« Der rothaarige Große lachte. Er rief, sie sollten sich nicht aufregen. Selma hatte »Sorry.« gesagt. Sie war ausgewichen. Die Männer waren ihr in den Weg getreten. Sie waren betrunken. Sie schrien hinter Selma her. Es war mehr zu ihrer Unterhaltung. Sie blieben am Ende des Bahnsteigs stehen. Selma verschwand durch einen der Durchlässe. Sie ging auf die andere Seite. Sie ging auf die Seite nach Holborn. Sie ging noch ein Stück vor. Diese Kerle richtig loszuwerden. Der Zug auf der King's-Cross-Seite fuhr ein. Selma konnte ihn hören. Das Piepsen. Tuten. Die Ansagen. Das Zischen. Sie stand auf der anderen Seite. Sie tat, als gehörte sie dahin. Sie sah vor sich hin. Ihr Gesicht ohne Ausdruck. Sie hoffte, dass ihr Gesicht eine Maske war. Eine Maske bildete. Sie war starr. Innen. Versteinert. Das Entsetzen. Die Bestürzung. Die drei Männer. Sie war denen nicht als Person untergekommen. Für die war sie da irgendjemand gewesen. Ein Objekt. Aber das war es nicht. Es war das »old«. Es war das »old bitch«. Die Verachtung der Männer hatte sich darauf gestützt. Alter. Nicht jung. Alt-Sein. Das war die Eigenschaft, die diesen Männern zu Diensten gewesen war. Die diese Männer sich dienstbar machten. Und es war wirkungsvoll. Sie stand da und spürte die Worte. Hatte das Gefühl, unter den Worten gebeugt zu werden. Von den Worten mit scharfen kleinen Schlägen in die Knie gezwungen zu werden. Und dann war die Müdigkeit zurück. Es war nichts mit Oxford. Und es war ihr auch alles gleichgültig. Das beschwerende Elend fiel über sie hin. Kam mit der Demütigung mit. Sie stand da. Sie wusste, sie durfte das nicht ernst nehmen. Das konnte überall passieren. Aber sie wollte weg. Das konnte sie nicht. Wer kann das aushalten, dachte sie. Sie schaute nach vorne. Auf die Gleise. Schaute die riesigen Werbeplakate an der Rückwand an. Sie wehrte den Impuls ab, sich umzusehen. Zu schauen, wer diese Szene mitbekommen hatte. Ob jemand diese Szene mitbekommen hatte. Das auch noch, dachte sie. Das kommt zu allem anderen noch dazu. Sie trug sich selber vor, dass das nichts mit ihr zu tun hatte. Sie gab sich den Auftrag, sich zu fassen. Sie konnte sich nicht dazu bewegen, auf den anderen Bahnsteig zurückzugehen und ihre Pläne fortzusetzen. Eine absurde Angst hielt sie ab. Sie hatte plötzlich die Vorstellung, diese Männer warteten in King's Cross auf sie. Sie führe eine diese endlosen Rolltreppen hinauf. An den Plakaten von »Mamma Mia« und »The Phantom of the Opera« entlang. Und die drei Männer stünden oben und schrien ihr »Fucking old bitch« entgegen. Die zwei würden das schreien und der Dritte lachte vor sich hin. Die Männer waren alle untrainiert gewesen. Fett. Sie hatten verweiblicht ausgesehen. In ihrem Fett. Aufgedunsen. Sie waren sicherlich den ganzen Tag damit beschäftigt, Bier in sich hineinzuschütten. Und sie nahmen sicherlich keine großen Anstrengungen in Kauf. Grausamkeiten. Das musste so kommen wie vorhin. Es ergab sich zufällig. Aber wenn der Bahnsteig nicht so belebt gewesen wäre. Selma schüttelte den Kopf. Warum hatte sie solche Phantasien. Aber nur die Vorstellung, von diesen Männern in die Ecke gedrängt zu werden. Ihren Atem ins Gesicht zu bekommen. Sie hatten Freude gehabt. An ihrer Bedrohung. Das war routiniert gewesen. Selbstverständlich vergnügt. Aber was war das an ihr, dass sie das so gut wusste. Es war richtig gewesen, wegzugehen. Nichts zu tun. Das »Sorry.« zu murmeln und davon. Sie war sicher, dass das Anstoßen. Dass das die Absicht von denen gewesen war. Aber entsetzt war sie über sich. Über das Ausmaß ihrer Verstörung. War sie so ein gutes Opfer. Hatte sie das Opfersein so gut gelernt. Musste man ihr nur ein solches Etikett geben und sie reagierte sofort. War sie so einfach zu demütigen. Es war hart, sich so bezeichnet zu hören. Aber das durfte sie doch nicht so aus der Bahn. Und sie durfte nicht ihre ganzen Pläne. Sie durfte sie nicht von solchen Leuten zerstören. Von solchen Diskriminierungen. Oder war das ganz einfach der Weg, wie man sich aus der Musik zurückziehen musste. War sie jetzt einmal verstört und versuchte sich noch zu wehren. Aber wenn man dann zu müde wurde. Beim hundertsten Mal. Wenn sie es dann regelmäßig hören musste. Sie war ja jetzt schon gewichen. Sie war ja jetzt schon auf den anderen Bahnsteig ausgewichen. Sie hatte gleich ihre Pläne aufgegeben. Sie konnte sich sagen, was für Hooligans das waren. Was für heruntergekommene Exemplare. Es blieb, dass sie vertrieben worden war. Sich vertreiben hatte lassen. Man konnte sie verletzen und diese Männer hatten

377

das sofort gesehen und ihre Chance wahrgenommen. Das war ganz einfach. Und sie konnte sich vorsagen, was sie wollte. Sie war dem nicht gewachsen. Jetzt jedenfalls nicht. Sie hatte keinerlei Souveränität. Fassung, meine Liebe, sagte sie sich. Die Szene war schon verblasst. Ihre Reaktion war noch da. Dieser Schauer im Rücken. Sie ging nach hinten. Die Wand im Rücken zu haben. Niemand an ihr vorbei. Dann sah sie wieder starr vor sich hin. Unbewegt. Hoffte, nichts preiszugeben. Von den Tumulten in sich. Der Schottenhof fiel ihr ein. Sie sah ihn vor sich. Das war lange zurück. Das Café Haag hatte diesen Sommergarten im Hof. Die Fassaden grau staubig. Das war alles renoviert mittlerweile. Es war ein windiger Tag gewesen. Der Staubmantel im Wind geschlagen. Auf wen hatte sie gewartet. Sie hatte auf jemanden gewartet. Das Kaffeehaus war geschlossen gewesen. Ruhetag. Sie war dagestanden. Wie jetzt. Und dann hatte sie den Schlag gespürt. Verspürt. Sie bekam einen Schlag auf den Kopf. Hörte ein Lachen. Ein Koch vom Schottenkeller. Er hatte diese Pepitahosen angehabt. Und eine doppelreihig geknöpfte Kochjacke. Er lief davon. Lief zu einem anderen Koch. Die beiden standen unten. Vor dem Eingang zum Schottenkeller. Und sie hatte sich nicht getraut, hinzugehen und den Mann zur Rede zu stellen. Damals war sie jung gewesen. Und so etwas war nie wieder vorgekommen. Sie hatte so etwas nie wieder vorkommen lassen. Und hier. Da war es ja auch eine Frage der Sprache. Sie wusste nicht. Hatte keine Ahnung, wie sich Deeskalation britisch anhörte. In Wien hätte sie den richtigen Ton gewusst. Ironisch ernst nehmend. Die Sache nicht wichtig nehmend. Aber sich selbst einen Platz verschaffend. Da hätte sie »Hej.« sagen können. »Habt ihr nichts Besseres zu tun.« Oder »Muss das sein. Sauft doch euer

378

Bier, ohne andere zu belästigen.« Und dann hätte sie sich umgedreht und wäre weiter. Weggegangen. Nach vorne. Sie hätte sich der Umstehenden vergewissern können. Sie war hier ohne Appellmöglichkeiten. Aber so war Fremde. So war es in der Fremde. So war es auf allen Reisen. Solche Ereignisse. Solche Zustände. Die wurden von der touristischen Erinnerung ausgeblendet. Oder in Abenteuer verwandelt. In überwundene Abenteuer. Reiseerinnerungen. Dann. Und dann wurden solche Hooligans auch noch mythische Gestalten und die Demütigung ein Abenteuer. Sie streckte sich. Sie schwang den Rucksack auf die andere Schulter. Sie ging wieder zurück. Sie ging genau an die Stelle zurück, an der sie diese Männer getroffen hatte. Der Bahnsteig fast leer. Es war nach 9 Uhr. Alle in ihren Büros. An ihren Arbeitsstätten. Der nächste Zug kam in 2 Minuten. Sie verhielt sich lächerlich. Das war verständlich. Aber sie musste sich in Bewegung bringen. Zu Bewegung zwingen. Sie musste versuchen, in der Bewegung das Wissen ihres Körpers zu überlisten. Dieses Wissen von Schwere und Sehnsucht. Sie musste sich anpassen. Darin musste sie sich anpassen. Die Möglichkeit einer Trennung. Sie konnte so stehen bleiben. Ihr Körper eingemauert und die Zukunft immer enger. Das war der Punkt. Sie schaute auf die Gleise. Auf den stromführenden Metallstrang. Wenn der Körper sich nicht mehr aus der Ummauerung bewegen ließ. Da blieb. Unbeweglich. Dann konnte der Geist nur noch zum Ende raten. Dann musste man sich dahin werfen. Vor den nächsten Zug. Ihre Verzweiflung war tief genug. Sie dachte, sie hätte Gründe für eine solche Lösung. Sie hätte sich lieber aufgehängt. Die Vorstellung dieses einen Augenblicks. Dieses Boden-unter-den-Füßen-Verlieren. Sie schaute ihre Schuhe an. Schaute zu Boden. Das Elend der Welt von diesen 3 Männern repräsentiert. Random violence. Und sie durfte nie vergessen, sie war in einem Krieg führenden Land. Aber die Zeit dafür. Die war überwunden. Darüber war sie hinweg. Dass es das Einfachste wäre, sich selbst wegzuräumen. Sich selbst aus dem Weg schaffen. Weil der Geist es nicht ertragen konnte, wie schwer dieser Körper war. Welche Ansprüche der hatte. Wie unbeweglich. Wie schmerzvoll. Wie die Schmerzen über die Erinnerung an sich selbst schlugen. Wie man sich selbst ertränkte. Wie verführerisch die Vorstellung war. Wie sie einen jeden Augenblick im Griff hatte. Wie sie einen lenkte und leitete. Jeden Augenblick die Vorstellung zu baumeln. Ins Ende geworfen und keine Mühe mehr. Die Erlösung. Die viel versprochene Erlösung. Die dann nur mehr ein Nichts sein sollte. Wie niedergetreten, sie mit dem Nichts schon zufrieden gewesen wäre. Und einen Himmel. Dass es besser werden könnte. Sie hatte sich nur mehr ein Ende in Gleichgültigkeit vorstellen können. In farblose Auflösung. Sie hatte jeden Kampf aufgegeben. Aufgegeben gehabt. Und vielleicht war die Lähmung eine Stilllegung gewesen. Ein Ausruhen. In dieser Schwere sich selbst fangen und ausruhen. Nicht mit ihr. Sie ging nach vorne. Der Zug sollte in einer Minute kommen. Sie fragte sich, wer außer ihr noch am Bahnsteigrand stand und es sich überlegte. Aber sie war nicht gewalttätig. Das war der Schlüssel. Sie konnte diese Männer nicht verstehen. Sie hatte Gewalt nie verstanden. Sie hatte sie nie begreifen können. Sie war fasziniert gewesen. Von Gewalt. Deswegen. Hatte sich dauernd damit beschäftigt. Aber sie war nicht weitergekommen. Sie würde es einem Zugführer der Londoner U-Bahn eben nicht antun. Sie hatte keinen Zug Grausamkeit an sich, der ihr das ermöglichte. Sie war ein gentleman. Sie war ritterlich.

380

Sie verstand Bosheit schon nicht. Und sie war kein guter Mensch. Es waren Fehlstellen. Fehler. In ihren Prägungen fehlte etwas, das ihr das Verständnis für die tiefsten Beweggründe der Welt eröffnete. Aber es hatte sie auch in sich selbst gesichert. Sie hatte sich nicht gegen sich selbst wehren müssen. Sie war wahrscheinlich eine Spießerin. Eine Kleinbürgerin. Sie hatte den Abstieg der Familien und die Wunden des Holocaust. Sie hatte das alles zu einem Unwissen über die Möglichkeit von Gewalt gewandelt. Das war ihre Kulturleistung. Das war dekadent. Zurzeit war das dekadent. Sie hatte gedacht, man machte seine Jobs. Sein Leben. Und das reichte. Kämpfen. Das war nicht vorgekommen. Sie war friedlich. Sie war genuin friedlich. Sie hatte sich selbst kastriert. Sie hatte gar keine Sprache dafür. Das war das Ergebnis ihres Lebens. Sie hatte nicht einmal Kinder. Aus diesem Grund. Weil sie nicht kämpfen hatte können. Und sie würde sich nicht ändern. Sie konnte das nicht. Sie musste als Relikt leben. Und so. Sie hatte das Leben des Vaters nachgestellt. Der schon immer ein Relikt. Ein Parteiloser im Finanzministerium und nie aufgestiegen. Immer ein kleiner Beamter. Mit gutem Namen. Und gutem Benehmen. Aber immer unwichtig. Und jetzt war sie auch da. Nur mittlerweile gab es keine Plätze für solche Anachronismen. Globalisierung und Postfordismus hatten sie in ein nationales Schicksal zurückgeschoben. Sie stand nun als letzter Spross einer guten österreichischen Familie in London und mit ihr war dann alles zu Ende. Einen Augenblick begriff sie das alles vollkommen. Einen Augenblick war sie von einem Wissen über sich und alles in der Welt erfüllt. Erhoben davon. Der Zug fuhr ein. Sie wartete, bis sie einsteigen konnte. Ließ die Menschen an sich vorbei. Machte Platz. Die Zivilisation hat mich wieder, dachte sie. Und sie würde zum Flughafen fahren. Über Paddington. Irgendwie würde sie wegkommen. Für sie war die Reise zu Ende. Sie stieg ein.

26

Die Türen schlossen sich. Der Alarmton. Selma verzog das
Gesicht. Das Geräusch. Sie blieb gleich bei der Tür stehen.
Eine Station. Sie hockte sich auf die gepolsterte Stange.
Gleich neben der Tür. Lehnte den Rucksack neben sich.
Balancierte den Rucksack. Hielt ihren Arm über ihn. Der
Zug beschleunigte. Sie stellte die Füße fest auf den Boden.
Die Beschleunigung auszugleichen. Festen Stand zu ha-
ben. Sie fuhr ab. Sie war fertig hier. Sie musste nach
Hause. Angeschlagen. Sie war angeschlagen. Sie musste
zurück und. Was. Was sollte sie werden. Ganz. Heil.
Gesund. Normal. Sie verschränkte die Arme. Sie behielt
den Riemen des Rucksacks über dem rechten Arm und
verschränkte die Arme ineinander. Der Rucksack begann
von dem Sitzbalken abzurutschen. Sie beugte sich nach
rechts. Das Gewicht aufzufangen. Die alte Frage. Die Frage, die man Kindern stellte. »Was willst du denn werden.
Wenn du groß bist. Wenn du einmal groß bist.« Diese
Frage. Die konnte sie jetzt. Die musste sie mit einem
Eigenschaftswort beantworten. Sie konnte nur mehr eine
Eigenschaft werden. Sie konnte nur mehr ein Wie werden.
Nicht mehr ein Jemand. Kein Schuster oder Schneider.
Feuerwehrmann oder Lokomotivführer. Sie konnte nur
mehr ganz werden. Ganz. Heil. Gesund. Tüchtig. Viel-
leicht noch tüchtig. Dann hatte sie die ganze Nazipalette
von Eigenschaften. Und da lag die Beraubung begraben.
Da war es versteckt. Diese Geschlechtslosigkeit. Sie konn-
te nur mehr eine Frau werden. Wie. Das war weiblich.
Was. Das waren die Männer. Sie wurde also darauf redu-
ziert, wovon sie sich weggearbeitet hatte. Oder vielleicht.
Der Gedanke. Der Zug rüttelte schneller. Der Gedanke

schlug gegen ihre Stirn. Kam aus dem Rütteln und schlug von vorne gegen ihre Stirn. Hatte der Anton sie verlassen. Verlassen können. Weil ihre Mutter aus einer. Weil aus der Familie der Mutter. Weggehen hatten müssen. So viele. Der Vater der Mutter. Wegbleiben hatte müssen. Sie hatte sich nie dafür interessiert. Sie hatte eine jüdische Linie. Auch eine. Das war eine Selbstverständlichkeit für sie. Aber hatte das. »Because he was a Jew. Of course.« Kam doch alles dahin. Sie schaute vor sich hin. Sah nach vorne. Sie war im letzten Wagen. Das starke Schlenkern. Nach vorne die beleuchteten Wagen. Die Köpfe der Sitzenden. Die Gestalten der Stehenden. Jedenfalls kam ihre Paranoia auf diese Idee. Auf so eine Idee. Es traf sie aber nicht. Nicht sehr. Es wäre interessant gewesen, es zu wissen. Zu wissen, ob sie Recht hatte. Aber das war es ja immer. Das wäre es ja immer gewesen. Es wäre immer interessant, die Wahrheit zu wissen. Zumindest die gerade gültige. Die gerade gültige Wahrheit. Sie musste hier abhauen. Das war das Wichtigste. Jetzt einmal. Hier weg. Sie wurde nach vorne gerissen und mit einem scharfen Schlag zurückgeschleudert. Ein Schlag gegen den ganzen Körper. Den Kopf. Dicker Rauch rollte durch den Wagen nach hinten. Kam auf sie zu. Dann ging das Licht aus. Der Zug stand. Ein Knall. Ein dumpfer Knall. Selma erinnerte sich. Sie hatte etwas gehört. Etwas Lautes. Der Rauch fiel über sie her. Sie schmeckte die schwarze Luft. Ersticken. Sie würde also ersticken. »My God. O my God.« Jemand wiederholte die Worte neben ihr. Am Boden. Eine Frau schrie. Sie war vorne. Weiter vorne. In einem anderen Wagen. Sie schrie. Hoch. Schrill. Holte kurz Luft. Schrie wieder. Schrie weiter. Es war ein Signalton. Es klang genauso. Wenn eine Alarmanlage im Haus losging. Aus Versehen.

Schreien. Luftholen. Schreien. Der Ton abnehmend. Zum Luftholen-Müssen. Dann wieder von neuem. »Bloody hell.« wurde neben ihr ausgestoßen. Selma. Sie atmete die rußige heiße Luft. Die Angst, die 3 Männer könnten im Wagen sein. Die 3 Männer, die sich über sie lustig gemacht hatten. Die sie »bloody bitch« genannt hatten. Dass die hier. Eine Hitze füllte sie aus. Drängte gegen den Hals. Die Haut. Die Kopfhaut. Wurde heißer. Stärker. Ich explodiere, dachte sie. Es ist also nicht ersticken. Die Frage ruhig und einfach. Still. In der Mitte der nach außen strebenden Hitze. Die Frau schrie. Sie fühlte Hände. Andere Körper. Die Frau schrie. Selma griff nach ihrem Mund. Der Ton des Schreiens drang so tief in sie. Sie war nicht sicher, ob sie nicht selber schrie. Ob es nicht sie war, die diese Töne. Diese Töne aus ihr. Hinter ihr. Ein Stöhnen. Ein dunkler Ton von tief in einem Körper. Aber dann keine Kraft, den Ton weiter. Der Ton sich verhauchte. Selma kauerte sich noch mehr zusammen. Das Stöhnen. Selma spürte nichts. Sie hielt mit ihren Händen den Kopf umfangen. Es fiel ihr ein, dass sie die Hände genauso hielt, wie beim Aktzeichnen. Dass sie genauso dalag. Nur diesmal nicht dem Griff einer Miss Greenwood entwunden. Hingeschleudert, dachte sie. Hingeschleudert. Das Wort wiederholte sich. Sie hörte Sprechen. Bewegung. »Yeah. You there.« »I don't feel my leg. I can't feel my leg.« »Why can't she bloody stop that.« fragte jemand. Die Frau schrie. Selma kroch auf. Der Rucksack zwischen ihrer Schulter und dem Wagenrand. Sie stützte sich auf ihn auf. Man musste dieser Frau. Helfen. Helfen. Helfen. Helfen. Das Wort vervielfältigte sich in ihrem Kopf. Es klang aus allen Richtungen des Kopfs. Helfen. Helfen. Helfen. Sie wunderte sich. Es hieß doch Hilfe. Nicht helfen. Sie konnte es nicht ändern. Helfen. Helfen. Helfen. Sie kam mit dem Rücken zur Wand. Ihr Kopf. Helfen. Helfen. Helfen. Die Frau schrie. Die Luft war heiß. Das Atmen. »Can I help you.« fragte sie in Richtung des Stöhnens. Aber es war still da. Jemand griff nach ihren Beinen. Tastete über ihre Beine. Sie zog die Beine an. Sie zog die Beine an und kauerte sich die Wagenwand entlang. Über sich. Sie tastete nach dem Sitzbalken. Fand ihn nicht. Dieser Sitzbalken. Der musste doch gerade über ihr sein. Jemand kroch gegen sie. Wo war der Sitzbalken. Sie streckte die Beine wieder aus. Sie wollte knien. Sich aufrichten. Die Füße stießen gegen einen Körper. Der Körper reagierte nicht. Erste Hilfe. Was musste man da tun. Sie bekam keine Luft mehr. Der Rauch. Die Lunge hatte sich mit dem fettigen Rauch ausgefüllt. Kein Platz mehr für Luft. Wenn sie rauchte. Wenn sie noch eine Raucherin gewesen wäre. Sie hätte Zündhölzer. Sie war eine Zündholzraucherin gewesen. Sie hatte Feuerzeuge nie gemocht. Sie hätte Zündhölzer gehabt. Die Dunkelheit. Hatte niemand. »Does anyone have a light?« Das war sie, die das gefragt hatte. »By chance.« Sie fügte das hinzu. Sie hörte sich selber. Die brave Mädchenstimme. Eine Englischunterrichtsstimme. Ein Schluchzen. »Dear. Dear.« antwortete jemand. Alle redeten leise. Alle flüsterten. Selma fragte noch einmal. Niemand gab eine Antwort. War sie nicht zu hören. Konnte man sie nicht hören. Die Frau schrie. Das Dunkel blieb. Selma machte die Augen zu. Sich vollends an das Dunkel zu gewöhnen und dann wenigstens Umrisse. Sie zählte bis 7. Sie riss die Augen auf. Das Dunkel unverändert. Sie griff neben sich. Jemand lag da. Ein Mann. Anzugstoff. Sie konnte sich nicht erinnern. Sie hatte sich nicht umgesehen. Wer sonst noch in diesem Wagen. Sie

hatte nur weitergewollt. Sie hatte transportiert werden
wollen. Hilfe. Wann würde Hilfe kommen. Sie stieß die
Person an. Das Schreien. Sie hatte die Hitze vergessen. Das
Atmen. Ein Zittern. Ganz außen ein Zittern. Innen die
Hitze. Oben. In der Brust die fettige Feuchte in der Lunge. Platz für kleine Atemzüge. Japsend. Helfen. Helfen.
Helfen. Lachen. Kichern über dieses Continuo. Quer in
der Brust. Da wo die Stimme wohnte. »Das ist es also.«
Der Satz stehend. Da. Ununterbrochen. Keine Wiederho-
lung wie das Helfen. Ein einziger Ton. »Das ist es.« Ihr
wurde schlecht. Ein Brechreiz. Sie hörte andere. Reden.
Rascheln. Fluchen. Die Frau schrie. Sie fragte wieder nach
dem Licht. Wieder gab es keine Antwort. Ihre Stimme
kleiner. Bald nur noch flüstern. Jemand richtete sich auf.
Sie konnte das Geraschel der Kleidung hören. Ganz nah.
Hinter ihr. Glasscherben. Jemand zertrat Glasscherben.
Man sollte ein Fenster einschlagen, verlangte eine Frauen-
stimme. Es wurde geredet. Selma konnte nicht alles verstehen. Dieses Englisch. Deshalb hatte sie keine Antwort
bekommen. Sie sprach ein anderes Englisch. Keiner hier
konnte sie verstehen. Man hatte ihr das falsche Englisch
beigebracht. Sie beugte sich über ihre angezogenen Beine. Wo war der Rucksack. Sie zog die Jacke hinauf. Sie zog
die Jacke über den Kopf. Hielt die Jacke vorne zusammen.
Der Rauch war dicker geworden. Sie würde ersticken. Sie
würde von dieser öligen rauchigen Schwärze ausgefüllt
werden. Aufgefüllt. Bis oben ihr Kopf übrig blieb. Sie hielt
die Jacke über sich. Sie war froh, nicht zu liegen. Dass der
Kopf wirklich oben. Dass die schweren Lungen sie nicht
überwältigten. Im Kopf war nichts mehr. Der Kopf weit.
Ungenau, aber weit. Im Kopf eine weite Ruhe. Der Satz
verhallt. »Das ist es.« Das war in Erinnerung. Ein Nach-

hall. Kein Platz mehr. Sie konnte die Luft nur mehr aufziehen. Sie atmete nichts aus. Die fette Fäule blieb in ihr. Die Frau schrie. Die Hitze. Arme und Beine von der Hitze. Wie aufgeblasen. Arme und Beine baumelten an ihr. Sie hielt die Jacke über sich gebreitet. Gleichzeitig baumelten ihre Gliedmaßen von ihr weg. Trudelten rund um sie. Enge im Hals. Zunehmend. Ziehend. Mühselig. Kein Schlucken. Kaum ein Schlucken. Aber Schlucken notwendig. Gegen die zunehmende Helligkeit im Kopf anschlucken. Luft in sich. Auf allen Wegen. Das Trudeln. Zunehmend. Neben dem Kauern. Neben dem an diese Wand gedrängten Kauern das Fluten deutlicher. Sie musste hin und her denken. Zwischen dem Atemringen und einem Schwimmen. Die Angst dazwischenfuhr. Die Hitze sich dazwischenwarf. Das Pendeln unterbrach. Die Angst brachte sie aus dem Pendeln. Einem Hin und Her. Die Angst dann alles umfing. Umklammerte. Alles unmöglich. Atmen. Denken. Sie musste erbrechen. Sie stemmte sich auf. Schnellte auf. Riss sich an Metallverstrebungen hinauf. Stand an die Wand geworfen da. Das Gesicht gegen ein Fenster. Die Scheibe klar und kühl gegen die Wange und die Nase. Sie krallte ihre Fingernägel um die Fensterrahmen. Sie hatte keine Luft zum Schreien. Es entrang sich nichts. Sie konnte sich keinen Schrei abringen. Heulen. Sie spürte die Nässe auf den Wangen. Und einen Luftzug. Sie stand da. Gegen diese Wand gepresst. Von irgendwo auf der Seite. Durch eine Ritze. Ein Hauch. Winzig. Sie stand still. Die Frau schrie. Sie horchte auf die Luft. Sie spürte den dünnen Luftzug gegen die feuchte Nase. Sie hielt den Kopf von der Scheibe weg. Etwas zu hören. Zu hören, wie die Luft in den Wagen strich. Sie hielt die Luft an, dieses Geräusch zu hören. Glas splitter-

388

te. Ein Seufzen. Alle seufzten auf. Selma konnte hören, dass viele da waren. Der Seufzer ein Chor gewesen. Selma ließ sich hinuntergleiten. Sie setzte sich wieder auf den Boden. Ihre Achillessehne brannte. Sie saß da. Sie hielt die Jacke um sich. Fest. Es war heiß. Ihr Gesicht. Sie verbot sich, sich ins Gesicht zu greifen. Es brannte. Es gab brennende Stellen. Sie hatte nicht geweint. Die Nässe. Aber es schmerzte nicht richtig. Ein Knistern. Ein sehr lautes Knistern. Ein Lautsprecher. Dann nichts. Was war da vorne. »Why can't this be stopped.« »Dear. Dear.« »Them bloody fucking terrorists.« »I can't stand this.« Die Stimme ansteigend. Selma hörte zu. Würde das mit dem Schreien. Alle. Wie die Engel im Feuerofen. Sie dachte an den Medienprofessor in Berlin. Der für die Schreie unter der Dusche in Auschwitz die Schreie einer Gebärenden genommen hatte. Für eine Doku. Hier wären. Woher hatte jemand die Schreie einer Gebärenden. Und welche Gebärende schrie. Die atmeten doch. Die mussten atmen. Schreien. Sie würden früher. Den Sauerstoff aufbrauchen. Oder war das nur in Fernsehserien so. Es kam ihr heißer vor. Die Temperatur angestiegen. Was kam jetzt. Was musste sie. Was wartete. Der Park. Ein paar Schritte. Glatte Platanenstämme. Schilf fiel ihr ein. Auf der anderen Seite. Hinter dem Mann auf dem Boden. Bewegungen. Ächzen. »Is there a doctor?« Ein Flämmchen. Ein Feuerzeug. Die Flammen blau. Winzig. Weit weg. Selma beugte sich wieder über ihre Knie. Zog die Jacke über den Kopf. Der Vater. Der Letzte von Zinningen. Ob es ein Begräbnis geben würde. Wenn es brannte. Es wurde heißer. Stetig heißer. Sich nicht die Kleider vom Leib reißen. Nur wegen des Schutzes. Sie wollte angezogen verbrennen. Sie hatte nur Naturfasern an. Kein Sich-Hineinbrennen von Kunst-stoff. Einen Augenblick alles zusammengeballt und nach außen. Umsichschlagen. Toben. Schreien. Nur die Angst noch größer, was danach kommen würde. Nach dem Schreien. Nach dem Toben. Nach dem Um-sich-Schlagen. Die Angst, dann alle Mittel verbraucht und das Elend. Noch grenzenloser. Die Frau schrie. Sie wollte, dieses Geräusch hörte auf. Das Schreien. Es ließ einem keinen Platz. Es ließ keinen Platz für sie. Das Schreien löschte sie aus. Sie war schwach von diesem Schreien. Man musste die Gase einatmen. Wenn man verbrannt wurde, musste man die Gase einatmen. Sie wusste das aus einem Buch über Bloody Mary. Der Halbschwester von Queen Elizabeth I. Bloody Mary hatte viele Gegner verbrennen lassen. Sie war wieder katholisch gewesen und hatte die Antipapisten verfolgt. Und bei den Verbrennungen. Die Zuseher hatten den Verbrennenden zugerufen, einzuatmen. Tief einzuatmen. Die aufsteigenden Gase tief in sich. Dann war man schon tot. Oder wenigstens bewusstlos. Wenn das Feuer kam. Der Mann neben ihr. Er lag still. Wenn sie tot war. Der Tommi konnte sich alles nehmen. Ihr Einspruch. Mit ihr. Er konnte bei der Trauerfeier. Er konnte sich eine Erinnerung ausbitten. Die Sydler würde mit ihm ins Zimmer. Ein Buch. Eines von den Büchern, die sie gerne. Es sind nicht viele Bücher von ihr hier. Sie wissen ja. Aber die. Hier. Bitte. Und er nahm die Haarbürste. Die silberne Haarbürste. Der Spiegel dazu. Der war im Schlafzimmer. Auf dem Frisiertisch. Und dann alles wusste. Dann konnte er alles wissen. Viele Leute froh sein würden. Traurig. Aber froh. Sie war weg. Der Zivilprozess gegen den Anton. Die Klägerin. In London verunglückt. In der underground. Tragisch. Nicht mehr. Nicht einmal einen Rest von schlechtem Gewissen. Erleichtert. Viele würden erleichtert sein. Jedenfalls fehlen. Ein Gerumpel. Menschen bewegten sich. Jemand schrie auf. Selma duckte sich. Stützte sich auf. Die Hand des Mannes. Ihre Hand geriet über die des Mannes. Ihre Hand über seiner. Sie ließ die Hand liegen. Seine Hand. Warm. Knochig. Die Haut. Klebrig. Arme Schweine, dachte sie. Wir sind arme Schweine. Und ich denke auf Englisch und niemand versteht mich. Aber es war auch nebensächlich. Alles war langsam. Mühselig. Eine Mühsal. Gleichgültiger als sie es sich vorstellen hatte können. Jemand schlug gegen die Tür. Riss an der Tür herum. Fluchte. »Bloody fucking bloody damn shit.« War das wirklich sie. Die Mutter hätte sich Gedichte vorsagen können. Die Mutter alle Balladen. Alle diese Balladen. Sie konnte nichts auswendig. Nicht einmal. Nicht einmal ein Gebet. Sie suchte nach dem Anfang vom »Vater unser.« Nach »der du bist« war schon alles aus. Und »Gegrüßet seist du Maria.« Ihr fiel »Guten Tag« ein. Als Antwort. Als Maria. »Gegrüßet seist du Maria.« »Guten Tag.« Die Frau schrie. Der Ton ließ die Ballung um den solar plexus. Der Ton hielt die Ballung umfangen. Umhüllte sie. Ließ kein ruhiges Ausatmen zu. Die Schreie stahlen sich in ihr Atmen. Sie fand sich dem Schreien folgend atmen. Um Atem ringen. Ein Schluchzen in ihrer Kehle steckend und nur wenig Luft. Der Mann war tot. Da war sie sicher. Die Hand. Antwortlos. »Das war es.« Der Satz jetzt hinter ihr. Hängend. Hinter ihrem gebeugten Kopf. Jemand sagte etwas. Die Frau schrie. Sie bekam keine Luft. Schnappte nur noch. Zwischen der vom Schreien dieser Frau zusammengeballten Mitte und der verschnürten Kehle. Die Lungen brannten. Und die Theres. Eingeschlafen. Sagten die. Einfach eingeschlafen. Nach einer ruhigen Nacht und nachdem sie mit der Krankenschwester gesprochen hatte.

Eingeschlafen. Aber war man im Schlaf nicht auch allein. Wie nett ein Himmel wäre. Tratschen. Sich ausweinen. Die Theres. Das war der größte Verlust. Der Toni. Die Wohnung. Ihre Möbel. Die Sorgfalt für die Einrichtung. Ihre Sachen. Ihre Arbeit. Die vielen Welten. In denen sie. Reden. Richtig reden. Das war nur mit der Theres. Die Theres war die einzige Person gewesen, die alles wusste. Von der Schule an. Seit der Schule. Einfach eingeschlafen. Und sie erstickte. Sie erstickte in aller Form. Sie hätte nicht zu rauchen aufhören müssen. Die Ungarin den Anton. Wahrscheinlich hatte man ihm nur eine Zigarette anzünden müssen und er gehörte einem. Die Frau schrie. Eine Frau in der Nähe setzte ein. Sie wurde angezischt. Angefaucht. »Not helpful.« hörte Selma. Sie stimmte zu. Und waren das ihre letzten Gedanken. Der Mann neben ihr gestorben. Sie presste sich an die Wand. So weit weg von ihm wie möglich. Das Zittern. Ein Gefühl, aus dem Bauch lösten sich Teile. Flogen weg. Lösten sich heraus und flogen davon. Segelten. Die Löcher noch größere Spannung erforderten. Ihr Hals wurde hart. Sie konnte den Kopf nicht mehr bewegen. Sie war in ihre eigenen Muskeln eingesperrt. Eingeklemmt. Das Atmen. Nach Luft schnappen. Und sie hatte gedacht, in Krisen. In Krisen sie eine Heldin. Immer alles richtig machen würde. Ruhig und gelassen. Und dann verschwinden. Den Dank abwehren und verschwinden. Alle von ihr reden. Sie aber nicht zu finden. Was für Filme das gewesen. Kaiserfilme. Die Hoffnung, der Kaiser trat zur Tür herein und bedankte sich. Die Hoffnung jeder österreichischen Person. Ein Romy-Schneider-Film. Wie sie ganz jung. So ein Lachen. Würde Sebastian erfahren, dass sie. Sie kauerte an die Wand gepresst. Und einen Augenblick. Sie verdiente das.

Sie kroch auf. Die Frau schrie. Sie kniete. Der tote Mann. Sie streifte ihn. Mit den Händen. Mit den Knien. Die Frau schrie. Das war es eben. Das war es, wo sie hingekommen. Und sie verdiente es. Der letzte Moment. Sie wusste, dass jeder. Dass alle dieses Gefühl hatten. Haben mussten. Der letzte Moment. Eine Flachheit in der Kehle. Dass man jetzt allein mit sich. Dass jeder das so. Fühlte. Und dass niemand es sagen konnte. Keiner. Dass es gerade zu spät war. Wenn man es wusste, war es immer gerade zu spät. Einen kleinen Augenblick zu spät im letzten Moment. Und es gab keine Worte. Dafür. Es war das Stöhnen gewesen. Und so war das. Die Frau schrie. Es wurde gegen die Tür getreten. Sie kniete. Aufrecht. Es ging mit dem Atmen. Es wurde nicht schlechter. Sie lehnte kniend. Es war heiß. Heißer. Aber die Luft. Sie schien. In Bewegung. Dünner. Die Frau schrie. Sie hörte sich schluchzen. Sie schluchzte. Sie hörte sich selber von weit oben. Sie ärgerte sich. Der Ärger zu Wut. Was machte sie da. Es war eines, sich vor Kunststudenten hinzukauern. Als Mutprobe. Gegen sich. Aber hier. Bei einer Katastrophe. War sie so. War es so schlimm mit ihr. Hatte man sie so. Niedergeprügelt. Bestand sie nur noch aus Scham. War das alles, was übrig geblieben war. War sie so angepasst. An ihr Unglück. Genierte sie sich nur noch. Nahm alles in Kauf. Ihren eigenen. Das eigene Ende. Der Kopf. Ein Schmerz. Ein böser Schmerz. Ein Schmerz, der sich in den Vordergrund. Unübersehbar. Sie musste still halten. Der Zorn über sich in Angst zurück. Sie fragte wieder. »Would anyone have a light.« Die Frau schrie. Wenn sie wenigstens wüsste, was geschehen war. Sie dachte, wenn sie das wüsste. Jemand kroch vorbei. Sie hörte das Schleifen und Tappen. Die Frau schrie. Hände griffen nach ihr. Sie schlug

393

die Hände weg. »O. k. o. k.« Selma begann zu tasten. Griff
rund um sich. Nach oben war das Fenster. Sie hörte reden.
Es wurde über die schreiende Frau gesprochen. Dass man
verzichten könnte. Auf diesen sound. Dass man sie abstellen sollte. »Switch off.« wurde gesagt. Jemand lachte dazu.
Selma ließ sich zurücksinken. Der Kopf. Wo war der
Rucksack. Sie lehnte gegen die Wand. Saß gegen die Wand
gelehnt. Ihre Beine. Ausgestreckt. Über die Beine des
Mannes gelegt. Es war ihr gleichgültig. Die Beine des toten
Mannes fühlten sich. Normal. Beine. Es war doppelt Stoff
zwischen ihm und ihr. Seine Hose. Ihre Hose. Gut, dass sie
den Hosenanzug. Die Frau im Auto. Die trug ihren Hut.
Die ging. Oder stand. Oder saß. Mit dem weißen Hut mit
schwarzen Tupfen. Das war gerade gewesen. War das eine
Stunde her. Oder weniger. Die Kühle da. Der nass ge-
spritzte Gehsteig. Wer war der Mann gewesen. Ein Diri-
gent. Ein jüdischer Dirigent. Im Zweiten Weltkrieg. Sie
kannte nur Nazi-Dirigenten. Aus der Zeit. Wo war der
Rucksack. Das Wasser. Sie hatte doch Wasser. Oder hatte
sie das. Hatte sie das stehen gelassen. Neben dem Sessel.
Wegen dem Tommi. Hatte sie. Damit sie schnell wegkam.
Und weil sie aufräumen hatte müssen. Der Kerl ja seinen
Becher. Einfach stehen lassen. Sie konnte sich nicht erinnern. Sie stellte sich den Park vor. Sie dachte sich zurück.
Die alte Dame ging weg. Der Tommi kam daher. Setzte
sich. Nein. Er hatte sich Kaffee geholt. Sie hatte alles neben
den Sessel gestellt. Oder hatte sie das Wasser. Nein. Sie
hatte die Flasche aus dem Rucksack gezogen. Sie hatte sich
den ersten Kaffee. Den großen Becher. Den hatte sie mit
diesem Wasser verdünnt. Damit sie sich nicht noch einmal den Mund verbrannte. Und dann hatte das Telefon
geklingelt. Wer hatte da. Ja. Natürlich. Der Tommi. Wie

hatte der sie. Er musste ihr nachgegangen sein. Er musste sie beim Verlassen des Hotels. Wie sonst. So einen Zufall gab es nicht. Er hatte ihr nachgestellt. Wo war der Rucksack. Sie konnte. Der Vater. Sie konnte ihn anrufen. Sie setzte sich auf. Griff um sich. Was sagte sie ihm. Was sollte sie ihm sagen. Dass das ihre Sterbestunde war. Ich liebe dich, Vater. Und er würde sagen, dass er sie liebe. Und dass sie das nie vergessen solle. Und das Nie würde nur noch ein paar Minuten dauern. Bis das Feuer sie erreicht hatte. Und sie die Gase eingeatmet. Sich mit Gasen voll geatmet. »It figures.« sagte sie zu sich. Wo war der Rucksack. Das Wasser. Wenn die Theres. Die hätte sie anrufen können. Die wäre die Einzige gewesen, mit der sie. Ein letztes Gespräch. Die Theres. Am Ende war das dann ihre Einzige. Ihre einzige »meaningful relationship« gewesen. Die einzige geblieben. Sie konnte sich nicht bewegen. Die Frau schrie nicht mehr. Es war still. Es war finster und still. Sie hörte niemanden mehr. Waren die alle weg. Sie bekam Luft. Die Dunkelheit und die Stille. Eingemauert. Sie wollte das Gesicht in die Hände legen. Und klagen. Sie wollte klagen. Aber sie konnte sich nicht vorbeugen. Die Dunkelheit. Wenn sie sich bewegte. Sie sah sich an sich selber vorbeigleiten. Vorbeigleiten und auseinander. Im Kopf. Wenn sie die Augen schloss. Sie musste sich anstrengen. Aber dann Bilder. Mit Licht. Der Blick auf die Wiese. Die Straße. Oben. Ihr Herz. Jagend. Beim Gedanken, die Straße oben. Der Pulsschlag rasend. Ihre Ohren füllend. Dann wieder. Die Schwäche und das Zittern. Und wie lange war das. Wie lange war das alles. Wie lange war sie hier. Die Dunkelheit. Sie konnte nichts denken. Ohne Licht. Die Dunkelheit presste alles aus dem Kopf. Sie sagte ihren Namen. Sie sagte sich, dass sie Selma hieß. Dass sie das nie vergessen sollte. Eine Ungeduld. Das Herzrasen hatte den ganzen Körper erfasst. Hatte den ganzen Körper gepackt. Schweiß. Starb sie an einer Panikattacke. Konnte man an einer Panikattacke sterben. Sie hatte von einem Fall gelesen. In einem Lift. In einem stecken gebliebenen Lift. Bei den Zahnoperationen. Da waren ihr die Sinne geschwunden. Vor Angst. Wenn ihr die Augen verdeckt worden waren. Wenn ihr der Blick zugedeckt worden war. Und bei Computertomographien. Die eine. Wegen dem Drehschwindel. Sie hatte den Panikknopf drücken müssen. Jetzt dagegen. Die Sinne fielen über sie her. Rasten über sie hin. Rasten durch sie hindurch. Der Kopf. Sie fand sich liegend. Doch die Sinne geschwunden, dachte sie. Jemand fasste sie an. Dass der Mann da tot sei, sagte sie. Sie sagte es in Richtung der Person. Sie sagte es noch einmal. Lauter. Niemand antwortete. Sie kroch auf. Es war langweilig. Es passierte nichts. Es ging nicht weiter. Mit dem Sterben. Sie wollte nichts beschleunigen. Aber dieses Limbo. Der Kopf. Die Frau schrie nicht mehr. Elend. Sie ließ sich zu Boden gleiten. Aufrecht nicht so gut. Und warum sagte niemand etwas. War sie allein übrig geblieben. Sie musste ein Lebenszeichen. Wenn es Licht gegeben hätte. Sie hätte dem Vater. Einen Brief. Schriftlich wäre das gegangen. Das war traurig. Das war sehr traurig. Dass mit dem Reden. Dass das nicht gegangen wäre. Sie hätte als letzte Erinnerung die Telefonstimme ihres Vaters. Der ihr riet, nicht zu lange zu machen. Weil es so viel kostete. Und wie hätte sie ihm sagen können. Schriftlich. Das wäre möglich gewesen. Aber in dieser Finsternis. Es war sinnlos in diesem Dunkel. Das hatte sie am Skikurs gemacht. Einmal. Wer das Gestöhne der Musikprofessorin am genauesten mitgeschrieben hatte. Das Gestöhne mit dem

Aushilfsskilehrer. Am nächsten Tag war nur Gekritzel auf den Zetteln gewesen. Nichts zu lesen gewesen. Und das Gestöhne. Die Frau hatte immer »Ach.« geschrien. Das hatten sie sich merken können.

27

Sie saß wieder. Lehnte sich nach rechts. Mit der Schulter. Die
Beine angezogen. Wie die kleine Seejungfrau. Ihre Füße
gegen die Beine des Mannes. Gegen die Oberschenkel. Sie
dachte, das wären die Oberschenkel. Sie versuchte nicht, es
genau herauszufinden. Sie sagte sich, dass sie beim nächsten
Atemzug. Dass sie nach dem nächsten Atemzug den Pyjama
aus dem Rucksack holen würde. Heraussuchen. Und dann
wartete sie wieder auf den nächsten Atemzug. Ließ sich auf
den nächsten Atemzug warten. Sie konnte sich zu keiner
Bewegung zwingen. Sich aufraffen. Sie war nie gut gewesen.
Sie war nie eine Weste holen gegangen, wenn sie gefroren
hatte. Sie hatte es lieber kalt gehabt, als sich aus einer Situation loszureißen. Aus einer Haltung herauszureißen. Und
Westen. Schals. Kaffees. Tees. Gläser Wasser. Zeitungen. Das
war gebracht worden. Die Mutter im Liegestuhl. Auf dem
Balkon. Und der Vater holen gegangen. Selbstverständlich.
Das war selbstverständlich gewesen. Höflich. Im Sommer.
In Goisern. Auf der Wiese vor dem Haus. In der Küche die
Mutter dann wieder allein. Allein alles. Aber sonst. Der Vater
hatte es nicht einmal auf sie abgewälzt. Er hatte sie nie
geschickt. An seiner Stelle. Aber er hatte es auch nie auf sie
ausgedehnt. War das seine Art der Inzestschranke gewesen.
War seine Art, ihr nicht beizustehen aus dieser Ritterlichkeit
begründet. Sie hätte es abgelehnt. Jedenfalls. Bei jedem
Mann. Sie wollte sich ihre Westen selber holen gehen und
nicht wie die Mutter. »Karl?« sagen. Mit so einem singend
fragenden Ton. Lang gezogen. Und er sofort aufgesprungen.
Sie hätte das einem Mann nie erlaubt. Sie hätte keinen Mann
so haben wollen. Und jetzt hatte sie auch gar keinen. Darüber sollte sie nachdenken. Darüber hätte sie nachdenken

398

sollen. Sie verschob das Rucksack-Aufmachen auf den nächsten Atemzug. Nach dem nächsten Atemzug. Zuerst Luft holen. Was bedeutete es, dass die Zeit verging. Dass die Zeit verging und nichts geschah. Sie holte Luft. Sie spürte die anderen Menschen. Hatte sie gehört. Sie hätte gerne beigetragen. Teilgenommen. Es hatte Bewegung gegeben. Sie konnte nicht. Ihr Beitrag war, nicht zu schreien. Nicht so zu schreien. Nicht das Schreien dieser Frau zu ersetzen. Sie griff nach ihrem Mund. Legte die Hand dann gegen die Kehle. Sie wollte sicher sein, dass sie nicht schrie. Seit nichts zu hören war, war sie nicht sicher. Seit sie nichts hörte. Nichts mehr hören konnte. Den Pyjama hätte sie vors Gesicht. Warum war sie keine patente Person. Eine von diesen lebenstüchtigen patenten Personen. Wie die Susi Aigersreiter. »Die Susi. Die macht jeden Raum sofort wohnlich.« Aber hier ging es nicht darum, eine Vase richtig zu platzieren. Was man von einer Bühnenbildnerin schon erwarten konnte. Obwohl ihre Trägheit. Ihre Trägheit ließ nicht auf den Ernst der Lage schließen. Wollte sie zugrunde gehen. Nahm sie diese Gelegenheit wahr. Nahmen Menschen solche Gelegenheiten wahr. Oder wurde in solchen Situationen. Wurde da der Überlebenstrieb. Kam der dann ins Spiel. Und hatte sie keinen. Sie griff wieder nach der Kehle. Die Kehle warm gegen die Hand. Sie dachte, die Hand fühlte sich klein an. So gegen den Hals. Auf der Hand des toten Mannes. Ihre eigene Hand war ihr riesengroß vorgekommen. Atmen, sagte sie sich. Den Atem gegen den Bauch stemmen. Das Getobe da hinunterhalten. Im Bauch halten. Vom Magen hinunter. Eine stumpf wirbelnde Dunkelheit. Überlebenstrieb, dachte sie. War ihr der ausgetrieben worden. Konnte man das. Und war das dann kulturell bedingt. Oder persönlich. War das ihre persönliche Geschichte. Und gab es die. Überhaupt.

Schien es nicht immer deutlicher zu sein. Gegen allen Willen. Sie war ins nationale Schicksal versunken. War da festgebunden. Sie hätte gerne ein Begehren in sich gefühlt. Wünschte sich eine Begierde. Eine Lebensbegierde. War sie zu höflich zum Weiterleben. War sie nur einfach zu höflich, das Toben in ihr ausbrechen zu lassen. In einen schonungslosen Überlebenskampf auszubrechen und ihr Ende in die Waagschale. Ihren Untergang. Sie hielt die Hand an die Kehle. Drückte Luft zwischen die Rippen. Das Herz. Synkopen. Die Luft konnte nicht ausgehen. Sie dachte, die Luft konnte nicht ausgehen. Das war nicht vorstellbar. Das weitläufige Netz der Tunnelröhren. Die shelter sketches. Im Krieg. Das war ein Zufluchtsort gewesen. Die shelter sketches von Moore. Das war in der alten Tate gewesen. Das Buch war auch. Dort. Zurückgeblieben. Wenn sie ein Kulturprogramm. Ein schönes touristisches Kulturprogramm. Wenn sie sich für diesen Tag etwas Ordentliches vorgenommen hätte. Wenn sie mit dem Tommi gefrühstückt hätte. Sie konnte im Bett liegen. Sie hatte nichts zu tun. Was machte sie im Morgenverkehr. Wenn alle zur Arbeit. Oder anderen Vergnügungen. War der Mann nach Old Street gekommen. Auf der anderen Seite. Sie kam nirgendwohin zu spät. Die Arbeitslosen erledigten ja doch sehr schön den Schicksalsteil der Gesellschaft und die anderen arbeiteten. In Ruhe. Was würde sie lieber machen. War sie überhaupt noch einsetzbar. Musste man sie nicht fern halten. In Zukunft. Sie würde nicht alles vergessen können. Nicht alle Erfahrungen konnten in die Anpassung verdrängt werden. Dazu war sie sich selber gegenüber wieder zu höflich. So sehr konnte sie sich selber nicht negieren. Und dann wieder konnte sie nicht mehr richtig funktionieren. Und niemand würde von ihr eine Arbeitslosenkulturinitiative haben wollen. Missionari-

sche Kulturarbeit. 70er Jahre. Altmodisch. Das wollten vor
allem die Sozialdemokraten nicht. Die waren mit Selbstbe-
wusstsein beschäftigt. Die genierten sich genauso für ihre
Vorfahren. Wenn das vorbei war. Sie atmete. Wenn sie hier
herauskam. Sie saß. Sie stützte sich mit der Hand auf. Sie
griff in das Gesicht des Mannes. Sie zuckte zurück. Rutschte weg. Sie kroch weiter. Schob sich weiter. Sie traf wieder
auf etwas Weiches. Sie griff danach. Nach langem Zögern.
Vorsichtig. Sie hielt die Hand in der Dunkelheit vor sich.
Traf auf nichts. Griff tiefer. Eine Schnalle. Leder. Sie tastete
genauer. Mit beiden Händen. Der Rucksack. Sie hatte gar
nicht begriffen. Sie hatte gar nicht gewusst. Sie hatte den
Rucksack gar nicht bei sich gehabt. Hatte sie sich nicht aufgestützt. Auf ihn. War er nicht unter ihr begraben gewesen.
Sie suchte nach dem Verschluss. Oben. Hatte jemand. In der
Dunkelheit. Oder war es nicht dunkel. Sie saß still. Starr. Sah
nichts. Konnte nichts sehen. War es gar nicht dunkel. War
sie. Erblindet. War etwas mit ihrem Kopf. Die Dunkelheit
und die Stille. Und alle rund um sie. War da niemand mehr.
Sie allein. Längst. Allein mit dem toten Mann. Sie hielt den
Rucksack. Kniete vor dem Rucksack. Oder wo war sie. Sie
musste das herausfinden. Wo war sie hingeraten. Sie würde
das nicht ertragen. Blind sein. Nein. Helen Keller in Ehren.
Nicht sie. Sie nicht. Und wer war das gewesen. Welcher Politiker war das gewesen. Der immer von »seinen Blinden«
gesprochen hatte. Ein ÖVPler war das gewesen. Musste das
gewesen sein. Ein alter ÖVPler und typisch für diese Fa-
schos. »Meine Blinden«, und dann die Blindinnen ab ins
Arbeitszimmer für eine kleine Fummelei. Blinde. Blindinnen waren sicherlich besonders einfühlsam. Mit dem Tast-
sinn, den sie entwickeln mussten. Das hatte den sicher. Und
warum gab sie das Atmen nicht auf. Sie atmete. »Weil du

eine vernünftige Person bist.« sagte sie sich. »Ach.« antwortete sie sich. »Seit wann sind wir denn per du. Sie wissen, ich kann diese ›Du‹-Kultur nicht. Nichts als demütigende Überschreitungen, die als Verständnis getarnt werden.« »Diese elitären Haltungen haben uns auch sehr viel Schaden zugefügt. Meine Liebe. Und viele Sympathien gekostet.« »Ich weiß schon, dass ich gemeint war in allen gegen mich gerichteten Aktionen.« Schnappte sie zurück. »Na, dann können wir die morbiden Gedanken ja aufgeben.« »Blöde Kuh.« sagte sie. Sie sprach es mit englischem Akzent aus. Wie der Botschaftsrat der britischen Botschaft vor dem efeuüberwachsenen Haus in der Hartäckerstraße. Das Haus hell erleuchtet gewesen. Licht in jedem Zimmer. Die »blöde Kuh« zu Hause. Und keine Liebesnacht. Jedenfalls nicht mit ihr. Würde er ihren Namen. Auf den Listen. Die nach solchen Ereignissen. Traurige Berühmtheit. »Blöde Kuh. Blöde Kuh. Blöde Kuh.« Sie sagte das laut. Formte die Worte. Ahmte den englischen Akzent genau nach. Das Wort traurig. Traurige Berühmtheit. Ein neues Weh. In Wellen durch Bauch und Brust. Die Arme und Beine wieder so leicht. Und weinen. Aber weinen und wie aufhören. Wie aus einem solchen Weinen aufwachen. Anfangen. Wie wieder anfangen. Sie hatte Angst vor Veränderungen. Sie hatte solche Angst vor Veränderungen, dass sie jetzt schon vor der Veränderung dieser Situation. Dass diese Situation. Anders. Dass sie wirklich blind. Und dann den Kampf aufnehmen. Einen richtigen Kampf. Ein helles Stechen im Kopf. Eine Linie von hinten nach vorne. Eine fingerbreite Linie. Pulsierend. Wo war sie hingekommen. Was war aus ihr geworden. Sie konnte die einfachsten Lebensanforderungen nicht bewältigen. Erfüllen. Einfach überleben. Die Lichter weit weg. Kleine Punkte. Tanzend. Die Tunnelwände grauschattig im Wider-

schein. Sie starrte hinaus. Sie sah gerade hinaus. Kniete vor
dem Fenster gerade so. Sie schaute gerade auf die Lichter
hinaus. Sie sprang auf. Schlug gegen das Fenster. »Lights.«
schrie sie. »Lights. They are coming.« Eine Welle. Von hinten. Sie wurde gegen die Hinterwand gedrängt. Sie hielt den
Rucksack vor sich. Hatte den Rucksack zwischen sich und
das Rückfenster gestemmt. Die Menge. Es wurde gegen die
Fenster gehämmert. Gegen die Wand. Gerufen. Selma hörte Schluchzen. Die Frau schrie nicht mehr. Die Arme. Mitleid überschwemmte Selma. Sie war schwach von diesem
Mitleid. Die Menschen pressten sie gegen die Wand. Sie
musste sich nicht aufrecht halten. Eine Kolonne von Menschen kam gegangen. Lichter auf den Helmen. Scheinwerfer
in der Hand. Selma rutschte wieder zu Boden. Alle zur Tür.
An der Seite. Selma tastete nach dem Rucksack. Sie saß halb
auf dem Toten. Sie zog sich hoch. Stimmen. Von draußen.
Anweisungen. Beruhigend. Alles wird gut, dachte Selma. Sie
war schwach. Weinerlich. Licht streifte über sie hin. Sie sah
den Rücken des toten Mannes. War er tot. Sie wollte etwas
sagen. Sie wollte der Stimme hinter dem Licht sagen, dass
dieser Mann. Sie wurde angewiesen zu gehen. Wenn sie in
der Lage war zu gehen, dann sollte sie sich anschließen. Wer
gehen konnte, sollte gehen. Selma ging. Sie schob sich zur
Tür. Der Mann. Sie wurde geschoben. Die Stufen. Dann ein
tiefer Sprung. Jemand hob sie. Hielt sie. Immer Stimmen.
Anweisungen. »Keep left.« »Keep going.« »Mind your step.«
»Perfect.« »Do not touch.« »Under any circumstances do
not touch the line.« »Not sure.« »Switched off.« »Power
line.« »What is your name.« »Thelma.« »Now you keep
going this way.« Selma hielt den Rucksack vor sich. Das
Gehen. Scheinwerfer vorne. Von hinten. Die Person vor ihr
warf einen Schatten. Sie stolperte. Gestampfter Boden.

403

Staubig weich unter den Füßen. Keep going. Susan Sontag
hatte das beschrieben. Das war eine Szene aus einem Susan-
Sontag-Roman. Aber das Paar. Die hatten Sex gehabt. Vorher. Random sex. Ach diese Phantasien, dachte Selma. Sie
stolperte im Schatten der Person vor sich dahin. Das Licht
oben blendend. Die Füße in Dunkelheit. Der Zug blieb in
einem Tunnel stehen. In dem Roman. Nach dem Sex. Vielleicht war das als Folge des Sex gedacht. Wie praktisch
Romane waren. Eines nach dem anderen. Wie es den Autoren gefiel. Der Held musste bei diesem Tunnelstopp in eine
Halle nationaler Heldenverehrung. Sie hatte das damals
seltsam gefunden. Heute. Das war vor den großen Kriegen
der 90er Jahre gewesen. Und dass der unerlaubte Sex und
das Kriegführen. Dass das Nationale in den USA. Sie musste das Buch wiederlesen. Und sie musste aufs Clo. Sie hatte
schon längst müssen. Der Gedanke daran hatte nicht aufsteigen dürfen. Kurz dachte sie, sie müsse stehen bleiben. Sie
müsste zurückbleiben. In der Dunkelheit. Und es erledigen.
Aber sie konnte nicht aus der Kolonne. Aus der Einserreihe.
Kindergarten. Reigen. Wie lange waren sie gefahren. Sie
konnte sich nicht erinnern. Das Bedürfnis ebbte ab. Sie
musste weiter. Sie zogen dahin. Eine Karawane. Der Tunnel
schmal. Gerade die Zugbreite. Sie gingen tief am Grund.
Die Wände zottelig. Staubzottelig. »Explosion« hörte sie.
»Nothing definite.« Alles ruhig. Die Stimmen. Die Bewe-
gungen. Schnell. Gezielt. Aber ohne Aufregung. Selma fühl-
te sich übernommen. Sie wurde davongeführt. Sie war froh.
Sie war dankbar. Sie hätte gerne etwas zu dem Mann gesagt.
Aber das war nicht der Zeitpunkt. Man wollte sie aus dem
Weg haben. So schnell wie möglich. Damit man zu den
anderen. Das war alles richtig. Sie musste Platz machen. Ihre
Aufgabe war es, zu verschwinden. Sie war keine casualty. Sie

war davongekommen. Sie musste weg. Sie setzte ihre Schritte. Sie hielt den Rucksack vorne. Sie traute sich nicht, stehen zu bleiben und den Rucksack über die Schulter zu schwingen. Es konnte nicht so lange sein. Sie waren nicht so weit gefahren. Die Bewegung. Das Dahintrotten. Weggeführt. Sie ließ sich gehen. Folgen. Das Licht vor ihr die Höhle aus. Über die Wände. Kurven. Gehen. Nicht berühren. Nichts berühren. Nur nichts berühren. Diese Schienen unter Strom. Deswegen die Selbstmorde so effizient. In der underground. Vor aller Augen. Alle auf dem Bahnsteig zusehen mussten. Vor aller Augen verschmoren. Zischend. In Zuckungen. Und dann noch der Zug einen mitriss. Mitschleifte. Den schon getöteten Körper noch einmal. Und der Fahrer traumatisiert. Das war auch eine Hinterlassenschaft. Was war mit dem Fahrer ihres Zugs. »Nine thirty five.« sagte jemand hinten. Hinter ihr. Selma sagte sich »gehen«. Gehen. Gehen. Vorsichtig gehen. Sie musste sich diese Ziffer merken. Aufschreiben. Und dann ausrechnen. Wie lange sie da. Wie lange das gewesen sein konnte. Vor ihr ging eine Frau. Sie war schwarz im Gesicht. Die Haare geschwärzt. Wahrscheinlich überall so. Vom Rauch. Die Frau schaute nur auf den Boden. Setzte jeden Schritt genau. War vollkommen in sich gekehrt. Selma presste die Lippen zusammen. Sie wollte reden. Sie hätte mit dieser Frau reden wollen. Sie liebte diese Frau. Sie liebte alle, die da gingen. Sie hatte für alle dieses Gefühl. Warme weinerliche unendlich große Liebe. »Haltung!« befahl sie sich. Sie kicherte dabei. Sie konnte das Kichern nicht unterdrücken. Nicht vollständig. Das Kichern verwandelte sich in Schluckauf. Sie ging. Trottete hinter der Frau her. Vor der Frau ein Mann in Uniform. »Police« stand auf der Weste. Police. Die Buchstaben leuchtend. Weiß. Gelbe Streifen darunter. Davor gingen andere. Eine Elefanten-

405

kette. Und dann die Station. Um die Ecke. Eine Kurve. Der Bahnsteig hell. Breit. Sie stiegen Stufen auf der Seite hinauf. Ein Treppchen zum Bahnsteig hinauf. Auf dem Bahnsteig Personen in blauen Uniformen. In orangeroten Hosen und weißen T-Shirts. Ein anderes Blau. Ernste Gesichter. Selma stieg hinauf. Die Sperre zum Bahnsteigrand schlug ihr gegen die Beine. Sie schrie auf. Sie verstummte gleich wieder. Aber die Freude war ihr verdorben. Sie spürte einen Unmut aufsteigen. Hochsteigen. Sie war unglücklich. Sie wollte alle diese Menschen anlächeln. Umarmen. Sich freuen. Sich bedanken. Ihre Liebe ausdrücken. Ihre Dankbarkeit. Ihre Freude. Alles, was sie konnte, war die Frau vor ihr nicht anzufahren. Anzukeifen. Warum sie die Sperre nicht halten hatte können. Offen halten. Sie hielt das giftgrüne Gestänge besonders lange für den Mann hinter ihr. Dann schien das Licht von seinem Helm in ihre Augen. Sie hielt schützend die Hand vors Gesicht. Jemand kam auf sie zu. Ein jüngerer Mann. Sah sie prüfend an. »I am alright.« sagte sie. »A little bit shocked. Perhaps.« Sie hoffte, er hörte die Tränen nicht. Ihre Stimme wackelig. Grantig. Die schlechte Laune füllte sie vollkommen aus. Sie hätte alle anfahren können. Anbeißen. Ausschimpfen. Oder weinen. Der Kopf. Die linke Seite. Sie erklärte dem Mann, dass sie vor allem eine Toilette bräuchte. Upstairs, sagte er. Toiletten befänden sich oben. Er sah sie skeptisch an. Sie solle oben warten. Der Transport zum Royal London Hospital würde gerade organisiert. Sie solle sich oben bei den Sanitätern melden. Dann ging er an ihr vorbei. Ging auf jemanden zu. Auf jemanden hinter ihr. Seine aufmerksame Miene. Er hatte alarmiert an ihr vorbeigesehen. Interessiert. Selma ging auf den Ausgang zu. Zu den Rolltreppen. Uniformierte. Die meisten standen. Die Arme hinter dem Rücken verschränkt. Breitbeinig.

Ernst. Abwartend. Eine abwartende Stimmung. Leise. Selma ging an den Helfern vorbei. Ihre Misslaune. Sie mochte alle diese Leute nicht. Die ihr keine Aufmerksamkeit schenkten. Sie wusste. Sie spürte. Sie konnte sich ausdenken. Es war deutlich wahrzunehmen. Diese Menschen erwarteten Schrecklichkeiten. Diese Menschen bereiteten sich auf diese Schrecklichkeiten vor. Die äußersten Schrecklichkeiten. »They brace themselves.« sagte Selma sich vor. Und dann hätte sie darüber weinen können. Sie sagte sich, dass es diesmal ein Glück war, dass es keinen Platz für sie gab. Dass es keinen Platz für sie geben musste. Sie brauchte nur ein bisschen Ruhe. Sie brauchte nur Zeit. Sie nichts verloren. Leib und Leben. Sie hatte alles gerettet. Leib und Leben. Sie sagte sich das vor. Leib und Leben. Leib und Leben. Leib und Leben. Leib und Leben. Bis die Worte ihre Bedeutung verloren hatten. Sie fuhr hinauf. Die Poster von »Mamma Mia« und »Phantom of the Opera« waren da. Sie war allein. In den weiten Räumen. Keine Passagiere. Die Sanitäter oben dann. Die Polizisten und Polizistinnen. Sie wurde weitergeschoben. Sie solle dahin gehen. Ein Paravant war aufgestellt. Die Busse kämen gleich. Sie sei eine der Ersten. Alles laufe erst an. Ruhig. Beruhigend. Sie ging hinaus. Vor dem Gebäude. Ein Doppeldeckerbus bahnte sich einen Weg durch die Menge. Jemand sagte ihr, dass der Bus sie dann ins Royal London bringen werde. Immer wieder die prüfenden Blicke. Draußen dann. Den Himmel sehend. Selma kehrte allem den Rücken. Strahlend blau. Ein frischer Wind. Warm. Aber eine Brise. Sie ging davon. Eine Polizistin wollte sie aufhalten. Selma lächelte sie an. Ihr ginge es gut. She would not want to clog up the system. Es wäre genug zu tun. Sie sagte es, um die Frau zu beruhigen. Ihrer Pflicht zu entheben. Die Frau sah sie an. Sie waren gleich groß. Sie standen einander gegenüber. Sahen einander in die Augen. Die Polizistin hatte braune Augen. »That bad.« sagte die Frau und hob das gelbe Absperrband für Selma. Selma dachte an das Schreien der Frau. Sie nickte. Duckte sich. Schlüpfte unter dem Band durch. Sie ging davon. Sie brauchte eine Toilette. Mehr brauchte sie nicht. Und dafür musste man nicht in ein Spital transportiert werden. Schon beim Wegdrehen. Plötzlich. Sie hatte nichts mehr mit alledem zu tun haben wollen. Nicht mit den Leuten da. Nicht mit den Helfern. Sie ging. Sie schlängelte sich zwischen den Einsatzfahrzeugen durch. Ging die Hausmauer entlang. Schlüpfte in die Menge. Tauchte in der Menge unter. Eine dunkelhäutige Frau drang auf einen Polizisten ein. Er solle sie in die underground lassen. Sie müsse fahren. Weiterkommen. Warum er sie nicht durchlasse. Das wäre harassment. Die Frau wurde immer aufgeregter. Schrie auf den Polizisten ein. Gestikulierte auf ihn ein. Der Polizist stand breitbeinig da. Er nahm nicht einmal die Hände vom Rücken. Er sah an der Frau vorbei und wiederholte immer wieder. »Keep moving.« Selma schlängelte sich nach hinten durch. Alle schauten nach vorne. Beobachteten die Einsatzfahrzeuge. Die Hilfskräfte. Manche in weißen Overalls wie Raumfahrer. Sie schnallten Sauerstoffflaschen um. Fixierten die Visiere. Das Innere der Einsatzfahrzeuge. Kleine Werkstätten. Die Umstehenden. Furchtsame Mienen. Hochgereckte Köpfe. Der Himmel blau. Die Luft warm. Ein Wind. Eine Brise. Die Hitze frisch durchweht. Ein älterer Mann. Jeans und kariertes Hemd. Er fragte Selma, ob sie ihm 4 Pfund geben könne. Er müsse seine Frau im Krankenhaus besuchen. Und jetzt. Er müsse ein Taxi nehmen. Wenn die U-Bahn nicht fuhr. Aber wenn er diese 4 Pfund bekäme. Er könnte dann die Frau noch sehen. Vor ihrer Operation. »Mi

uaif« und »Oiparäschien« sagte er. Selma musste lachen.
Der Mann rauchte nervös. Seine Finger dunkelgelb vom
Nikotin. Er roch nach Alkohol. Selma schüttelte den Kopf.
Sie habe kein Geld, sagte sie. Im Weitergehen. Sie konnte
nicht stehen bleiben. Sie musste nun wirklich dringend auf
die Toilette. Und sie wollte die Geldbörse nicht vor diesem
Mann aufmachen. Und der Mann. Er würde jemanden
anderen finden, der diese Geschichte gut erfunden fand.
Eine würde er finden müssen. Eine andere. Bei Bettlern war
ihr Alter und ihr Geschlecht sehr gefragt. Mittelalterliche
Frauen galten als die einfältigsten. Sie hatte das im »Spiegel«
gelesen. Ein Bettler hatte aus der Schule geplaudert. Und es
war ja so. Bis dahin. Für sie nur bis dahin. Denn der aus der
Schule plaudernde Bettler hatte auch ganz selbstverständlich seine Verachtung für diese Klasse-Frauen erzählt. Selma
wollte für das Verachtet-Werden nicht auch noch ausgebeu-
tet werden. Sie sah hinauf. Der Anblick des Himmels. Alles
war wieder gut. Sie erinnerte sich. Als junges Mädchen. Sie
hatte Platzangst in der Nacht gehabt. Sie hatte das niemandem erzählt. Sie hätte das nie zugegeben. Sie war gegen die
Angst und die Beklemmung, wie die Nacht sie so eingemauert hatte. Sie war gegen die Angst und die Beklemmung
anschluchzend und um Atem ringend in ihrem Zimmer auf
und ab gegangen. Licht hatte nichts geholfen. Sie hatte sich
manchmal auf den Balkon geschlichen. Und dort geschla-
fen. Nicht oft gewesen. Das war nicht oft gewesen. Oder war
das lange gegangen. Sie konnte es nicht sagen. Sie ging
schnell. Sie bog um Ecken. Hielt Ausschau. Es gab Restaurants. Bars. Cafés. Die Sessel und Tischchen für draußen vor
den Türen aufeinander gestapelt und mit dicken Drahtsei-
len aneinander gebunden. Alle Lokale noch geschlossen. Die
Straßen leer. Sie ging einen breiten Gehsteig entlang. In grü-

nen Holztrögen war Efeuspalier an dunkelgrünen Gittern hochgezogen. Schanigärten waren abgegrenzt. In einem saßen Leute. Bestellten. Ein Kellner mit langer weißer Schürze nahm die Bestellung entgegen. Selma ging an ihm vorbei in das Lokal. Rechts eine lange Theke. Eine Glaswand dahinter. Flaschen. Gläser hingen über der Theke. Die Theke eine Glaswand. Dunkelgrünes Glas. Die Arbeitsfläche weißer Marmor. Im Lokal ganz hinten. Große Fenster auf einen Garten hinaus. Bambusstauden hinter den Scheiben. Die Tische dort besetzt. Eine Frau links deckte Tische. Selma ging die Bar entlang. Der Pfeil zum WC wies nach hinten. Um die Theke. Eine schmale Stiege hinunter. Es war alles weiß gestrichen. Indirektes Licht. Aber es ging hinunter. Bei jeder Stufe. Die Beine wurden unsicher. Die Knie. Nicht so fest. Aber sie musste. Sie dachte, sie könnte sich solche Mätzchen dann leisten. Dann. Danach. Wenn sie auf der Toilette gewesen war. Dann musste sie ihr ganzes Leben nur mehr auf Toiletten an der Erdoberfläche gehen. Jetzt. Sie öffnete die Tür zur Damentoilette. Eine Mädchensilhouette aus silbernem Metall. Ein Mädchen in einem Kleid. Vom Kopf kleine Zöpfe mit winzigen Maschen an den Enden abstehend. Die Männer waren durch eine Gestalt in Hosen beschrieben. Die Gestalt stemmte die Arme in die Seiten. Selma zog die Tür zur Damentoilette hinter sich zu. Beide Kabinen waren frei. Sie nahm die linke. Ruhig. Sie ließ den Rucksack neben den Waschtisch fallen. Sie machte den Hosenknopf schon auf. Verschloss mit der linken Hand die Tür. Zog mit der rechten den Zippverschluss auf. Sie schaffte es. Sie saß auf der Toilette. Stützte die Arme auf den Knien auf. Sie hatte sich einfach auf die Toilette setzen müssen. Kein Toilettenpapier auf den Sitz legen. Zum Schutz vor Schmutz. Sie entleerte sich. Es entleerte sich. Sie dachte, ihr

410

Inneres hatte sich verflüssigt und verließ sie. Urin und wässriger Durchfall. Scharf riechend. Sie drückte noch im Sitzen auf die Spülung. Den Geruch nicht zu stark werden zu lassen. Sie hörte dem Wasser der Spülung zu. O. k., dachte sie. O. k. Die Frage war, wie sie aufstand. Sie saß da. Schweißüberströmt. Sie gab sich Anweisungen. »Aufstehen.« »Komm. Aufstehen.« Sie war geduldig. Wiederholte die Anweisungen. Sie wurde strenger. Sprach sich selber schärfer an. Das Zittern in den Oberschenkeln wurde dann schwächer. Sie wartete. Sie musste warten. Dann langsam. Sie schaffte das Aufstehen, weil sie sich den Himmel versprach. Sie sagte sich, dass sie sich jetzt anziehen musste. Die Hände waschen. Und dann hinauf und hinaus und dann den Himmel. Und die weite Luft draußen. Die Möglichkeit, sich im Kreis zu drehen und überall Luft. Und mit dem Wind frisch. Es war ein Glück, dass diese frische Brise aufgekommen war. Sie konnte sich im Wind drehen und noch mehr Luft. Der Kopf. Sie konnte nicht schnell aufstehen. Keine raschen Bewegungen. Sie machte weiter. Bedächtig. Wie ein Kind, das noch nicht richtig gelernt hat, sich selbst anzuziehen. Angezogen. Sie machte die Hose sorgfältig zu. Verschloss den Stoff um ihren Leib. Legte die Stoffe genau um ihre Haut. Strich das Top glatt. Sie fühlte sich trocken und sauber. Das Gefühl machte sie vorbeugen und weinen wollen. Sie hielt sich an der Tür aufrecht. Das Gefühl zog sie nach vorne in ein Hinfallen. Ein Fallen-Lassen. Und weinen. Still vor sich hinweinen. Und wieder hatte sie keine Vorstellung, wie sie aus diesem Weinen aufstehen sollte. Wie sie dann weitermachen sollte. Sie hatte kein Zimmer: Sie hatte kein Bett, in dem sie vom Weinen wegschlafen hätte können. In dem ein Schlaf eine Pause. Eine Unterbrechung. Sie musste da hinaus. Sie musste da hinauf. Vor dem Spiegel.

Sie sah stumpf aus. Ihr Gesicht war rußig. Sie wusch das Gesicht. Mit Seife aus dem Seifenspender und kaltem Wasser. Es gab kein Warmwasser. Das Gesicht glänzend hell. Die Haut spannte. Sonst war alles stumpf. Die Haare. Die Jacke. Die Hände. Sie war stumpf geschwärzt. Alles Licht an ihr. Jede Reflexion eines Lichts von diesem schwarzen Staub unterdrückt. Es gab Handcreme. Eine Flasche Handcreme. Sie drückte sich Creme auf die Hände. Schmierte sich die Creme ins Gesicht. Die trockene Haut. Um die Nase hatte es nach dem Abtupfen des Wassers gleich gespannt. Sie nahm den Rucksack. Der Rucksack schmutzig. Sie ging hinaus. Eine Tür ging auf. Rechts. Sie sah in einen dämmrigen Raum. Männer um einen Tisch. Ein Kellerraum. Ein Fernsehapparat lief. Ein Mann kam in die Tür. Er sah sie. Im Raum wurde etwas gerufen. Der Mann schloss die Tür. Selma stieg die Stufen hinauf. Oben. Die Menschen an ihren Tischen. Große Teller. Frühstück. Englisches Frühstück. Leises Reden. Klaviermusik. Selma ging die Bar entlang. Sie sah die Flaschen am Ende der Bar an. Sie legte den linken Arm auf die weiße Marmorfläche. Sie ging weiter. Sie schob alle Flaschen vor sich her. Sie hob den Arm ein wenig. Damit die Flaschen nicht einfach nur umfielen. Sie schob die Flaschen über den Rand am Ende. Es war nicht so laut, wie sie gedacht hatte. Und es brachen nicht alle Flaschen. Aber es war doch ein Geräusch und Zersplittern. Selma ging hinaus. Sie ging die Straße weiter.

28

Sie ging. Bei jedem Schritt erwartete sie angefallen zu werden. Angefallen. Verfolgt. Sie horchte nach hinten. Kam jemand nachgelaufen. Schrie. Tobte. Stürmte heran. Dräuend. Drohend. Ihr Rücken war gespannt. Die Attacke abwartend. Erwartend. Sie ging. Bog um Ecken. Überquerte Straßen. Sie ging immer gleich schnell. Angespannt. Sie wollte nicht als Flüchtende erkennbar sein. Sie ging. Es geschah nichts. Niemand trampelte hinter ihr drein. Schlug ihr eine schwere Hand auf die Schulter und wirbelte sie herum. Sie wurde nicht gefragt, was sie da gemacht hatte und warum. Oder sie wurde gleich niedergeschlagen. Die Männer in dem Keller. Dunkle Gestalten. Misstrauisch. Sie hätte sagen wollen, wenn sie jemand angehalten hätte. Sie hätte gesagt, dass sie auf der Suche nach Victor wäre. Die Männer hatten russisch ausgesehen. Polnisch. Der Zuruf, den sie gehört. Bis die Tür gleich wieder zugeworfen worden war. »I am looking for Victor.« Sie hatte sich vorgestellt, das energisch zu sagen. Forceful. Ihr Rücken. Sie schwenkte die Arme, die Muskeln zu lockern. Sie zog den Riemen des Rucksacks auch über den linken Arm. Sie trug den Rucksack hinten hängend. Richtig. Sie kam sich kindisch vor. Ein kleines Mädchen auf Wanderschaft. Aber sie konnte schneller gehen. So. Der Mann hinter ihr. Der Mann hinter dem Polizisten hinter ihr im Tunnel. Das eine Auge. Er hatte sich an den Schultern des Polizisten festgehalten. Das Auge. Es war das linke von ihr aus gewesen. Sein rechtes. Es war herausgehangen. So viel sie gesehen hatte, war das rechte Auge dieses Mannes. Schneller gehen, halb gegen das Zusammenkrümmen. Wenn der Anblick dieses Mannes. Das Bild streifte von

413

links nach rechts durch ihre Vorstellung. Das Bild verlangte zusammenkrümmen und sich auf dem Boden zusammenzukauern. Eine Eiseskälte um die Kehle. Schnell gehen. Stetig gehen war ein Gegenmittel. Das Gewicht des Rucksacks im Rücken. Es zog in die andere Richtung. Gegen die Krümmung um den solar plexus. Sie ging. Trug die Schwere in sich. Sie wusste, dass dieses Bild sie nie wieder verlassen würde. Sie wusste das, weil das Bild des kleinen Mädchens. Die schwere metallene Tür. Die kleinen Finger in die Spalte zwischen dem Türrahmen und dem Türblatt gefahren. Hinten. Bei den Scharnieren. Die kleine Hand hineingegriffen. In den Spalt. Sie hatte aufgeschrien. Die Tür zugefallen. Zugemacht. Die kleine Hand. Das Kind keinen Laut von sich. Dann die Mutter. Und die Leute aus der Bank. Alles sicher gut geworden. Alles sicher nicht so schlimm gewesen, wie sie es sich ausgemalt. Die kleine Hand nur gebrochen. Nicht zerquetscht. Nicht zermalmt zwischen den Metallplatten. »Ich will das los sein.« Sie hatte es laut gerufen. Die Leute um sie. Einen Augenblick ihres Ausrufs gewahr. Dann gingen sie schneller. Weiter. An ihr vorbei. Aber das war auch, weil sie komisch aussah. Für die. Ihr Gesicht. Die rechte Wange. Aufgeschürft. Und es war vielleicht nicht klug gewesen, die Handcreme über die wehen Stellen. Es brannte. Aber die Ferse brannte auch wieder. Ohne Creme. Das war so. Mit Wunden. Das kam so in Wellen. Und gegen diese Wellen. Da war Gehen gut. Sie ging eine breite Straße. Kleine Häuser. Niedrig. Hofeinfahrten. Werkstätten. Verlassene kleine Geschäfte. Verlassene Werkstätten. Staubig. Kein Grün. Zurückgelassen. Aufgegeben. Wenig Verkehr. War das in Richtung von Sebastians Studio. Sie wollte zu Sebastian. Sie dachte, dass Sebastian das alles erzählt bekommen sollte. Dass Sebastian die Person war, der man das alles erzählen konnte. Eine Person, die sie noch dazu in der Nacht zuvor nackt gezeichnet hatte. Diese Person sollte sie mit ihrer Erzählung belästigen können. Belasten dürfen. Eine Auslage. Eine lang gezogene Glasscheibe. Sechs Meter lang. Fünf Meter. Länger. Innen hinter der Scheibe matt-rot. Skulpturen im Fenster. Am anderen Ende in der Aus-lage. Ein Kleid. Metallen. Die Frauenkonturen nachmodel-liert. Metallen glänzend. Eine Rüstung. Daneben drei kleine Skulpturen. Unterleiber. Von der Taille an wulstige Unterleiber. Klein. Nicht einmal halb so hoch wie die große Metallskulptur. Die Unterleiber Stein. Oder Kunst-stoff. Weiß. Bronzefarben. Schwarz. Bei jeder Plastik die Beinstellung anders. Stellungsversuche. Selma blieb ste-hen. Schaute durch die Auslage. Der Raum dahinter tief. Breit. Wände. Boden. Decke. Alles mattrot. Das Licht indi-rekt. Das Licht quoll über die Wände. In der Mitte. Hin-ten. Ein Bett. Sie schaute. War das Bett auch eine Skulptur. Oder war das ein Bett und das Ganze ein Bettengeschäft. Sie trat näher an die Scheibe. Eine Frau kam von hinten nach vorne. Kam auf sie zu. Schaute sie an. Musterte sie. Der Boden des Raums in der Höhe der Auslage unten. Die Frau stand über ihr. Die Frau hatte sie angesehen und dann gleich ihren Blick über sie gerichtet. Über sie auf die Straße. Selma hätte ihr erklären wollen, dass sie nur jetzt so. Gerade. So heruntergekommen aussah. Dass sie nor-malerweise eine von denen wäre, die das verstehen konn-ten. Dass sie die gleiche Sprache sprach. Dass sie die Span-nung zwischen diesen Torsi und dem Verkaufsobjekt entziffern konnte. Design. Das Schlafzimmer als Tempel. Die Wohnung ein Schrein. Eine Bühne. Ein Rahmen. Sie hätte schreien können. Sie gehörte dazu. Das war ihre

Welt. Kultur. Gestaltung. Äußerung und Ironie darin.
Zuerst begann sie die Frau zu hassen. Das dunkelblaue
Schnittkleid. Die hoch gesteckten blonden Haare. Die zart
braun gebrannten Beine. Die dunklen Pumps. Makellos.
Makellose Unauffälligkeit. Die Frau trat einen Schritt an
die Auslage. Kam noch näher. Schaute noch vorwurfsvol-
ler über sie hinweg. Selma ging an die Auslage. Sie hielt
eine Hand auf das Glas. Neben das Gesicht. Besser sehen
zu können. So nahe am Glas. Die Musik. Kraftwerk. Und
der Raum eine Kathedrale für das ausgestellte Bett. Die
gesamte Umgebung eine Versprechung für den Gebrauch
des Betts. In einem Nebenraum dann die Prospekte für die
anderen Betten. Oder oben eine Halle und dort alles ausgestellt. Nicht präsentiert. Wie hier. Die Frau bewegte sich
nach links. Sie verschließt jetzt die Tür, dachte Selma. In
einer solchen Gegend. Ein solches Geschäft. Man musste
klingeln. Sicherlich. Man wurde eingelassen. Ein Auto hielt
hinter ihr. Reifenquietschen. Die Autotür wurde zuge-
schlagen. Schritte. Feste forsche Schritte. Die Frau winkte
jemandem hinter ihr zu. Eifrig. Sie lief nach links. Eilte.
Selma schaute durch die Fensterscheibe. Die Frau kehrte
in ihr Blickfeld zurück. Sie hatte sich bei einem großen
dunkelhaarigen Mann eingehängt. Der Mann im Khakianzug mit modisch offenem Hemd. Der Mann und die Frau
sahen in ihre Richtung. Die Frau deutete auf sie. Der
Mann wandte sich beruhigend an die Frau. Selma sah die
Frau an. Sah ihr ins Gesicht. Die Frau sollte ihr dankbar
sein, überlegte sie. Durch sie bekam die einen Grund, sich
bei diesem Mann wichtig zu machen. Die bedrängte
Schönheit spielen zu können. Und das war sie. Sie war
genauso gewesen. Damals. Jede Gelegenheit ergreifen, sich
der eigenen Wirkung zu versichern. Wozu sonst der Auf-

wand. Sie war genauso gewesen. Sie hatte immer nur die
Anstrengung vor dem Spiegel am Morgen bestätigt. Nie
etwas geschaffen. Immer nur rückwirkend auf sich bezogen. Jeden Schritt mit dem davor erklärt. Keine Zukunft.
Sie hatte keine Zukunft gefasst. Sie hatte sich keine
Zukunft gelassen. Und sie war nie dazu aufgefordert worden. Im Gegenteil. Sie war die Generation des Hier und
Jetzt. Das immer schon ein Vorgestern gewesen war. Das
immer schon ein maschinenbestücktes Mittelalter gewesen war. Sie war ein Opfer des Kalten Kriegs und des Endes
davon. Sie war missbraucht worden für die kulturelle
Gestaltung einer Lüge. Hatte sich missbrauchen lassen.
Hatte sich missbrauchen lassen müssen, wie hätte sie sonst
leben sollen. Sie nickte der Frau hinter der Glasscheibe zu.
Sie konnte ihr keinen Vorwurf machen. Sie sah schrecklich
aus. Zerkratztes Gesicht. Schmutzige Kleidung. Ein zer-
beulter, speckig getretener Rucksack. Die Schuhe. Die
Füße. Die Haare verrußt. Unfrisiert. Wie sollte sie dieser
Frau erklären, dass sie den Rucksack nicht aufmachen
konnte. Dass sie unfähig war, an ihre eigenen Sachen zu
kommen. Dass das unmöglich war. Dass sie ihre Sachen
nur herumtrug. Und dass das alles war. Die Frau drinnen
schnellte zurück. Auf ihr Nicken. Einen Augenblick hatte
Selma Lust anzuläuten. In dieses Geschäft gehen und dem
Mann, der dann auftauchen würde. Dem Mann sagen,
dass sie ihre Tochter sprechen wolle. Dass diese Frau da
ihre Tochter sei. Dass sie endlich ihre Tochter gefunden
habe. Die lang gesuchte Tochter. Die verlorene Tochter.
Ganz kurz hatte sie Lust, ein Regency-Stück zu spielen.
Tom Jones. Auf dieser postminimalistischen Bühne in der
Auslage. Sie würde ganz zurückhaltend sein. Vorsichtig. Sie
würde sich der jungen Frau nicht an den Hals werfen.

Keine Monteverdi-Oper oder eine Jerry-Springer-Szene. Nur da stehen und die Mutter sein und die junge Frau zwingen, sie anzusehen. Selma wandte sich ab. Sie konnte noch sehen, wie das Paar in Richtung Tür zurück. Selma überquerte die Straße. Sie ging aus dem Schatten in die Sonne. Im Weggehen. Einen Augenblick war sie zur Mutter dieser Frau geworden. Sie ging. Sie hätte die Hände gerne in Hosentaschen und Jackentaschen. Davonschlendern. Womöglich pfeifen. Aber die Hände. Die Handballen wund und die Fingernägel blutig umgebrochen. Beim Festklammern an den Fensterrahmen passiert. Sie hatte diese Frau geschont. Weil ihr Kind. Das abgetriebene Kind in Mailand. Weil das im Alter dieser Frau sein würde. Die Szene nicht zu spielen. Der jungen Frau den Augenblick der Verwirrung nicht abzutrotzen. Das war ein Geschenk an dieses Kind. Zum Ausgleich. Weil sie nie getrauert hatte. Um es. Weil es fremd geblieben. Keine Tragödie. Nur eine Entfernung. Weil dieses Kind nie die versprochene Schuld geworden. Vielleicht war sie das kalte Monster, für das der Robert sie dann gehalten. Sie ging in der Sonne. Sie sah zurück. Das Geschäft stach aus der Umgebung heraus. Links und rechts der langen Glasauslage die grauen Mauern graffitiübersät. Die Auslage ein Fenster in eine andere Welt. Wie hip, dachte sie. Wie clever. Wie zynisch. Sie brauchte Wasser. Musste etwas trinken. Ihr Wasser. Die Flasche war nicht da. Es war wohl herausgerutscht. Einen Moment lang konnte sie sich an nichts erinnern. Sie ließ den Rucksack von den Schultern gleiten. Schwang ihn nach vorne. Es war ihrer. Es war ihr Rucksack. Beim Angreifen. Ihre Hände wurden schmutzig. Sie nahm den Rucksack wieder auf die Schultern. Der Kopf. Sie brauchte Wasser. In den kleinen Geschäften dieser Straße. An der

Ecke. Gemüsekisten aufgestellt. Einzeln. Ärmlich. Tomaten. Salat. Zwiebeln. Über der Tür stand »Patel & Sons Ltd.« Sie ging vorbei. Sie brauchte Wasser. Und dann musste sie sitzen. Sie ging. Nach links eine Seitengasse. Auf der parallel verlaufenden Straße. Sie konnte Autos hören. Geschäfte waren zu sehen. Hohe Bauten. Fußgänger drängten sich auf dem Gehsteig. Alles bunt. Sie verließ die lange graue Straße. Sie hatte kaum Leute getroffen. Ein Mann war vor einem Haus gestanden. Vor einer leeren kleinen Auslage im Erdgeschoss. Der Eingang zum Geschäft innen mit Zeitungen verklebt. Im Raum. Regale und ein Verkaufspult. Leer. Weißer Schleiflack abgenutzt. Die Auslage schmutzig. Vom Regenwasser die Hauswand und der untere Teil der Auslage angespritzt. Angetrocknet. Im Sonnenlicht das Glas dunkel und die Sandspritzer glitzernd trocken. Selma hatte den Mann angelächelt. Der Mann hatte sich abgewandt. Selma ging die Nebenstraße hinunter. An ihrem Lächeln hatte es nicht liegen können. Sie hatte frisch gebleichte Zähne. Sie hatte den Termin zum Zahnbleichen noch vom Büro aus vereinbart. Gleich nach der Entlassung. Nach dem Entlassungsgespräch. Es war ihr noch während dieses Gesprächs eingefallen. Sie war guter Dinge gewesen. Hatte kämpfen wollen. Sie war bereit gewesen, den Kampf aufzunehmen. Und gebleichte Zähne. Das machte um fünf Jahre jünger. Mindestens um fünf Jahre. Für Vorstellungsgespräche. Für Verhandlungen. Jung und dynamisch hatte sie wirken wollen. Und es war nett gewesen. Die weißen blitzenden Zähnchen im verhärmten Gesicht. Besser als die gelblichen und verhärmt. Aber in Wirklichkeit hatte sie es gemacht, weil die Ungarin. Weil es wie im Film gewesen war. Man schaute nur noch auf dieses Weißgeblitze. Sie hatte die ganze Zeit auf den Mund

dieser Frau gestarrt. Hatte nirgends anders hinsehen können. Die ultraweißen Zähne dieser Frau hatten sie abgelenkt. Sie hatte sich wegen dieser Zähne unterlegen
gefühlt. Und sie hatte dann auf der Polizei gefürchtet, dass
der Polizist, der dann mit ihr zur Wohnung gegangen war.
Um zu vermitteln. Dass der der Ungarin verfallen würde.
Deswegen. Man schaute nur noch auf das Weiß. Das hatte
sie auch haben wollen. In der Seitengasse nur Garagentore. Der Gehsteig. Die Straße. Gestampfter Boden. Vom
Asphalt nur Reste. Inseln von Asphalt. Bei Regen. Man
würde hier durch ein Schlammmeer gehen. Ein hellbrau-
nes Schlammmeer würde das sein. Und am besten Gum-
mistiefel. Sie schaute zum Himmel. Einzelne Wolken segelten über den Himmel. Oben schien ein heftiger Sturm zu
blasen. Herunten. In dieser Gegend. Kein Wind. Diesen
Stadtteil erreichte der Wind nicht. Der sandige Staub wurde nur von Autos aufgewirbelt. Aber nicht hoch. Hier alles
mutlos. Auch der Staub. Oder einfach desinteressiert. Mit
anderen Dingen beschäftigt. Sie dachte, wenn man hier
lebte. Hier leben musste. Man hatte dann anderes zu tun.
Auf der belebten Straße. Asiatische Geschäfte. Die Auf-
schriften in Kangi. Autos stauten sich vor Fußgängerüber-
gängen. Es wurde gehupt. Die Gehsteige. Selma musste
wieder Acht geben. Beim Gehen. Nicht einfach nur so vor
sich hintraben. Aber sie wurde umgangen. In dem schnellen Dahin. Alle um sie eilten. Hasteten dahin. Rund um sie
war trotzdem immer Platz. Rund um sie wurde Platz gemacht. Sie stellte sich die Straße von oben vor. Dann
zoomte sie sich das Satellitenüberwachungsbild näher. Sie
war eine bewegliche Stromschnelle in diesem Strom der
Gehenden. Strömungstechnisch war das sicherlich interessant. Eine Strömung ohne Strömung. Hinter ihr schlugen

420

die Wellen ja nicht zusammen. Überlappten sich und schlugen an den Wänden hoch. Die Frau vor ihr. Die, die ihr die Absperrung gegen die Beine knallen hatte lassen. Ihr Gesicht. Sie war blutüberströmt gewesen. Wahrscheinlich hatte sie gar nicht sehen können, dass sie diese Sperre halten hätte sollen. Bis die nächste Person das Halten übernehmen konnte. Eine Wunde am Kopf. Oder auf der Stirn. Selma ging einem Pfeil »Sainsbury's« nach. Ein breiter Durchgang. Rechts eine Bank. Bankomaten in der Fassade. Selma konnte keinen Eingang zur Bank sehen. Der Name war auf der Fassade über den Automaten angebracht. Zwischen den Bankomaten saßen Bettler. Die Männer saßen auf dem Boden. Gegen die Wand gelehnt. Sie schauten von unten beim Geldabheben zu. Sie saßen an der Glasfassade zum Supermarkt aufgereiht. Zwei hatten Hunde. Jeder der Männer hatte einen Hut vor sich liegen. Eine Kappe. Einer eine Hundeschüssel. Die Männer waren Europäer. Weiße. Caucasian. Sie waren nicht alt. Keiner war wirklich alt. Die asiatischen Supermarktbesucher liefen an der Reihe der bettelnden Europäer entlang. Sie mussten diesen Spalier entlang zum Eingang des Supermarkts. In keinem der Hüte lag eine Münze. Selma schaute genau. Die Männer hockten da und redeten miteinander. Sie saßen vorgebeugt oder zurückgelehnt. Sie sprachen vor sich hin. Nickten. Sagten wieder etwas. Es sah aus, als kommentierten sie die Vorübergehenden. Selma wanderte vorbei. Sie sah die Männer genau an. Schlecht ernährt. Aber nicht unterernährt. Alkohol. Die Gesichter rot geädert. Zerfurcht. Abweisend. Verschlossen. Rasiert. Keiner hatte einen von diesen gesichtsüberwuchernden Bärten. Sie konnten sich rasieren. Offenkundig. Hatten eine Bleibe. Sie schienen sicher da zu sein. Sie machten nicht den Eindruck, sich vor einer Polizeikontrolle zu fürchten. Oder davor, von den Supermarktangestellten vertrieben zu werden. Die Männer saßen im Schatten. Sie saßen da. Warteten auf nichts. Neben dem letzten Mann in der Reihe. Neben dem am Ende lag eine Zeitung. Selma sah hin. Der Mann las den »Guardian«. Hatte den »Guardian« neben sich liegen. Sie lächelte den Mann an. Der Mann nickte. Er trug ein schwarzes T-Shirt. Saß die Beine aufgestellt und die Arme auf die Knie gelegt. Entspannt. Er wirkte ruhig. Gelassen. Selma dachte, dass er gelassen wirkte. Sie ging in den Supermarkt. Links ein Zeitungsstand. Die Kassen rechts. Der Eingang ganz unten. Selma sah nach oben. Die Sicherheitskameras waren von da aus nicht zu sehen. Man kam durch die Gemüseabteilung in den Supermarkt. Erst noch Früchte. Geschnittene Ananas im Kühlregal. Geschnittene Melonen. Erdbeeren. In großen Bechern. In kleinen. Selma sah das Obst an. Sie hätte Lust darauf gehabt. Sie hätte Lust darauf gehabt, so ein Obst gegessen gehabt zu haben. Aber sie wusste nicht, wie sie es essen sollte. Die Vorstellung, es im Mund zu haben. Es in den Mund zu nehmen. Unerträglich. Und hatte das etwas damit zu tun, dass sie dem Anton. Dass der Anton und sie. Dass sie nur mehr. Fast nur noch so. Miteinander. Einen Augenblick die Erinnerung im Mund. Der bittertrockene Geschmack. Sie ging das Gemüse entlang. Feucht glänzend. Spargel. Fisolen. Kohlrabi. Karotten. Endivien. Rote Rüben. Salate. Alle Sorten Blattsalat. Sie hatte das gern gehabt. Gern gemacht. Sie hatte gedacht, dass es so raffinierter war. Genauer. Genussvoller. Gelernter. Gekonnter. Genießender. Kontrollierter. Ja. Aber das war Genuss. Unkontrolliert. Das war Lust. Und die verging. Und wenn man Glück hatte und sich bemühte und sich interessierte, dann konnte man das in

Genuss wenden. Sie hatte gedacht, dass diese entferntere. Dass das. Aber natürlich nicht. Sie war von sich ausgegangen. Sie war davon ausgegangen, dass ihm Raffinement genauso wichtig war. Wie ihr. Sie ging an den Käseregalen vorbei. Milchprodukte. Fisch. Fleisch. Schinken. Nudeln. Reis. Ein ganzer Gang Frühstücksflocken. Cornflakes. Müsli. Reisflocken. Wasser war ganz am Ende. Wasser war in jedem Supermarkt ganz am Ende. Sie fand die Zeile mit den Mineralwassern gegenüber vom Weinregal. Die Kameras waren auf das Weinregal gerichtet. Sie konnte drei Überwachungskameras sehen. Für das Wasser gab es nur eine in der Ecke. Sie ging unter die Kamera. Stellte sich in den toten Winkel. Die Kamera vom anderen Ende. Da würde sicherlich noch eine angebracht sein. Dafür war sie sehr weit weg. Sie nahm eine große Flasche. Poland Spring. Sie steckte eine kleine Plastikflasche mit der anderen Hand in die Jackentasche. Das Fläschchen war nicht unterzubringen. Sie ließ den Rucksack über die linke Schulter gleiten. Machte den rechten Arm frei. Sie trug die große Flasche ein Stück weg. Sah sie an. Drehte um. Trug sie zurück. Stellte sie ins Regal. Dann ging sie weiter. Nach vorne. Nahm eine Flasche Perrier. Eine große und schnell eine kleine. Sie schob die große unter den linken Arm und zur gleichen Zeit eine kleine in die Tasche zur anderen. Die Flaschen schlugen gegeneinander. Sie fühlte es. Es gab kein Geräusch. Plastik gegen Glas. Das war nur so ein Reiben. Sie ging zur Kasse. Ließ den Rucksack vorgleiten. Hielt die kleinen Flaschen mit dem Rucksack an sich gepresst. Sie hielt die Flasche Perrier vor sich. Schaute die Flasche an. Drehte sie. Sie ging auf die letzte Kasse vor dem Ausgang zu. Die Kasse war für mehr als 10 Produkte vorgesehen. Eine Afrikanerin saß da. Ihre Haare waren in kleinen

Zöpfchen zu einer Krone aufgesteckt. Die Frau war dick. Immens dick. Sie sah Selma unfreundlich an. Deutete Selma, eine andere Kasse zu nehmen. Hinter Selma kam eine jüngere Frau. Ihr Einkaufswagen voll gestopft. Sicherlich mehr als 10 Produkte. Selma ging weiter auf die Kasse für Großeinkäufe zu. Die Kassierin winkte sie weg. Sie winkte mit dem Handrücken. »Verschwinde.« hieß das. Ihre langen neonpinkfarbenen Fingernägel blinkten. Selma schaute verwirrt. Sie sah von ihrer Flasche zur Kassierin. Hob die Flasche fragend. Die Frau winkte sie weiter weg. Ärgerlich. Selma schaute fragend. Dann böse. Dann arrogant. Sie stellte die große Flasche Perrier vor der Kasse auf ein Regal mit Kaugummis. Sie wandte sich um und lächelte die Frau hinter sich an. Die Asiatin starrte auf ihre Jackentasche. Sah verwirrt auf. Der Einkaufswagen rollte nach rechts. Die Frau musste den Einkaufswagen in den schmalen Gang zur Kasse manövrieren. Selma ging an der Kassierin vorbei. Sie hielt ihr die leeren Hände hin. »Thank you for nothing.« sagte sie. Sehr freundlich. Übertrieben freundlich. Die Kassierin schaute weg. Hielt die Hand für die Waren der Frau hinter Selma bereit. Selma wiederholte »Thank you for nothing.« Ihre Stimme immer noch rau. Sie sagte das vor sich hin. Sie hatte das einmal in New York gehört. Eine erboste Schwarze hatte das einem Taxi nachgerufen. Das Taxi hatte nicht gehalten. Für die Afroamerikanerin. Es hatte geregnet und das Taxi hatte die Frau beim Vorbeifahren noch angespritzt. Die Kassierin hatte sie nicht eines Blicks gewürdigt. Selma ging hinaus. Sie ging an der Reihe der Männer an der Wand vorbei. An der Ecke. Sie hörte jemanden rufen. Fluchen. Dann wieder die Geräusche wie vorher. Die Autos. Schritte. Getrappel. Wortfetzen. Bevor sie ganz um die Ecke. Sie drehte sich

424

um. Ein Mann am Boden. Er setzte sich gerade auf. Er
schien den Mann mit der Zeitung zu beschuldigen. Er fuhr
mit dem Zeigefinger auf den Mann hin. Redete auf den
Mann hin. Der Mann mit der Zeitung. Er saß mit den
angezogenen Beinen. Zuckte mit den Achseln. Er sah in
Richtung Selmas. Sah Selma. Er hob die Hand. Selma
winkte zurück. Sie ging davon. Schnell. Sie war fröhlich.
Kindisch fröhlich. Der Gruß des Mannes mit der Zeitung
machte sie fröhlich glücklich. Der Mann hatte dem Sicher-
heitsbeamten das Bein gestellt. Es hatte so ausgesehen. Der
Mann mit der Zeitung hatte ihr geholfen. Sie eilte davon.
Auf der belebten Straße. Sie ging außen. Sie ging an den
Hauswänden. Hielt sich auf der Seite des Fußgänger-
stroms. Man lernt schnell, dachte sie. Sie hatte so weniger
das Gefühl, gemieden zu werden. Sie bog dann ab. Sie ging
durch einen Durchlass. Kam auf eine Straße mit Wohn-
häusern. Auf jeder Seite der gebogenen Straße je eine lange Hausreihe. Stufen zu den Eingangstüren. Stiegen zu den
Kellergeschossen. Die Häuser verlassen. Die Fenster eingeschlagen. Über die Türen Bretter. Die Haustüren waren auf
der einen Seite rot angestrichen gewesen. Auf der anderen
blau. Dunkelrot und dunkelblau. Die Eingänge eng aneinander. Jeder Hausteil schmal. Immer nur ein kleines Zimmer über dem anderen. 3 Stockwerke. Jedes Haus hatte 3
Zimmer. Und eine Küche nach hinten hinaus. Keith hatte
so gewohnt. Größer alles. Aber vielleicht auch nicht. Sie
setzte sich auf die Stufen zu einem Haus mit roter Tür. Die
Tür verschlossen. Nicht vernagelt. Der Lack staubig und
matt, aber nicht vernagelt. Sie setzte sich. Sie schob den
Rucksack zwischen die Hausmauer und das Geländer zur
Kellerstiege nach rechts. My illgotten gains, dachte sie und
machte das Perrier auf. Das Wasser nicht kalt. Die Koh-

425

lensäure bitter perlend. Ihre Kehle verbrennend. Sie hätte ausspucken sollen. Den Mund erst spülen. Den Rauch und den Staub. Sie schluckte. Wie immer, dachte sie. Das war lustig. Irgendwie war sie ja fucked up. Die Parallele nicht zu übersehen. Nicht ganz falsch. Jedenfalls. Und vielleicht saß sie in der Straße, in der Keith gewohnt hatte. In der er dann den Telefonhörer neben das Telefon legen hatte müssen. Damit er nicht vor der gerade wiedergefundenen Jugendliebe mit ihr reden hatte müssen. Keith war ein Opfer der sexuellen Revolution gewesen. Er war damals über 40 und war sicher gewesen, alles versäumt zu haben. Die Telefonblockade hatte er die ganze Nacht aufrecht-erhalten müssen. Es war eine öde Geschichte gewesen. Das interessanteste daran die Gelegenheit, nach London zu kommen. Und den Wiener Freundinnen sagen zu können, dass sie von Mailand am Wochenende nach London flie-gen musste. Zu einem Liebhaber. Das war damals wichtig gewesen. Beute machen. Sie trank. Kleine Schlucke. Dann ging es. Aber sie sollte nicht zu viel trinken. Sonst musste sie gleich wieder ein Clo suchen. Sie sah sich um. Sie hatte den Rucksack nicht abgenommen. Der Rucksack ein Pols-ter. Den Rücken stützend. Sie stellte die Flasche ab. Sollte sie die Flasche stehen lassen. Sie sollte sie mitnehmen. Sie war ganz allein. Hier. Kein Auto. Keine Personen. Der Lärm der Stadt hinter den Häusern. Rund um sie war es still. Man konnte in solche Häuser kriechen. Man konnte sich in solchen Häusern verkriechen. Wenn man in Häu-ser gehen konnte. Wenn man durch eine Tür in einen Raum gehen konnte. Wenn man sich in einem geschlosse-nen Raum aufhalten konnte. Sie machte die Augen zu. Schon die Vorstellung davon löste Schwindel aus. Der Schwindel eine kurze Spirale in ihr. Der Schwindel warf sie innen in einer Spirale herum. Scharf und kurz und dann lange verebbend. Sie behielt die Augen zu. Es war schwierig, Luft zu holen im drehenden Nebel. Sie konnte nicht auch noch die Welt drehen haben. Ein Brechreiz. Tief in der Kehle. Sitzen, sagte sie sich. Erhol dich einen Augenblick und dann weiter. Mit geschlossenen Augen war es viel deutlicher, dass es hier gefährlich war, allein zu sein.

29

Sie saß in der Sonne. Das Licht durch die Wolken gedämpft. Zerstreut. Die Schatten aufgehoben und alles gleich hell. Die Sonne kam hinter der Wolke hervor. Die Schatten sofort scharf und tief. Sie sah dem Wechsel des Lichts zu. Sie hatte Durst. Der Hals. Die Kehle. Ihre Haut. Ihr ganzer Körper wollte Wasser. Im Magen dagegen. Das Wasser. Es schien zu schwanken. Zu schaukeln. Sie saß still. Hielt sich still um das Wasser in ihrer Mitte. Eine kippende Oberfläche mitten in ihr. Mit scharfen Rändern. Der Bogen der Straße vor ihr verlor sich nach rechts. Die Türen der Häuserreihe gegenüber. Die blauen Türen. Sie waren in allen Zuständen zurückgelassen worden. Frisch gestrichen und blau glänzend. Abgeschabt und nachgedunkelt. Der Lack abblätternd und mit langen Rissen. Fehlende Bretter mit hellen Spanplatten hinternagelt. Über aufgeraute zersplitterte Türen dunkle Bretter gehämmert. Pissgelbe Platten über die Türöffnung geschlagen. Es gab keine Ordnung. Neben einer blau glänzenden Tür mit goldpoliertem Messingtürklopfer und Türknauf schwarz versengte Bretter kreuz und quer in die nächste Türöffnung genagelt. Den Zugang zu verwehren. Dann wieder zwei farblos ausgebleichte Türen. In Wien gingen Zeugen mit. Bei Delogierungen. War das hier auch so. Die Zeugen wurden bezahlt. Vom Amt. Vom Amt bezahlte Zeugen des Elends. Zu sehen war, dass viele hier gewesen waren. Hier gelebt. Durch diese Türen ein- und ausgegangen waren. Dass niemand mehr da war und dass es noch nicht lange her war, dass Leute hier. Hier gelebt. Und jetzt nicht mehr. Das Verlangen, eine andere Person. Eine andere Person wenigstens zu sehen. Das Verlangen trieb sie auf. Sie musste sich am Gitter festhalten. Der Kopf. Im Magen

kippte die Oberfläche des getrunkenen Wassers. Sie stand.
Wartete auf das Gleichgewicht. Wartete bis die Wasserwaa-
ge in ihr zur Ruhe. Sie stieg die fünf Stufen zum Gehsteig
hinunter. Das Licht wechselte. Die Strahlen der Sonne fin-
gen sich in einer Wolke. Die Tiefe der Schatten löste sich auf.
Alles rückte näher. Schob sich auf sie zu. Selma hielt sich am
Geländer fest. »Ist da jemand.« sagte sie. Leise. Sie wusste
nicht, ob sie sich gehört hatte oder ob sie nur wusste, dass
sie gesprochen hatte. Dass sie sich innen gehört. Es war so
still. War sie doch taub. Taub geworden. Taub geblieben. Ihr
Leib schmerzte. Der Schmerz der Schürfung an der Ferse
jetzt überall und innen. Der Schmerz wie das Hören. Es war
ihr bekannt. Sie wusste es. Aber alles war sehr weit weg. In
ihr. Innen. Die zerrende Sehnsucht nach einem anderen
Menschen. Nach einer anderen Person. Und die scharf kippende Fläche des kalten Sees des getrunkenen Wassers. Sie
stieg auf den Gehsteig. Stieß sich vom Geländer ab. Das
Gehen jetzt eine Mühsal auch innen. Die Bewegungen erst
innen ausgeführt werden mussten. Gegen einen Widerstand
da. Und dann erst draußen. Und ein Schritt zu machen. Sie
ging. Watete durch zähen dunklen Nebel in sich. Wanderte
über die Risse und Aufwürfe des kaputten Gehsteigs der verlassenen Straße. Sie folgte der Biegung. Sie schaute nach
vorne. Sie erwartete einen Ausgang in die belebte Straße
zurück. Sie dachte, sie müsste von hier auf die belebte Straße
zurückkommen und dann wieder unter Menschen gehen.
Sie wäre gerne zu diesem »Sainsbury's« zurückgegangen
und hätte sich zu den Männern da gesetzt. Aber das war
wohl nicht klug. Als Ladendiebin. Und es hatte alteingeses-
sen ausgesehen. Wie die Männer da nebeneinander. Fest
gefügt. Schwierig, da hinzugehen und zu fragen, ob man
sich dazusetzen könne. Die Straße endete. Die Biegung

429

führte an eine lang gezogene Reihe von Garagen. Garageneinfahrten. Nur das Betonskelett der Garagen übrig. Die Betonpfeiler vorne. Die Wände an der Seite. Die Decke. Die Garagentore herausgerissen und an der Wand links angelehnt. In einer Reihe hintereinander gestapelt. Stehend. Vor den Garagen ein kleiner Platz. Ein Kreis. Zum Umkehren. In der Mitte eine gusseiserne Säule mit dem Schild »Mockingbird Crescent«. Das Schild von einer korinthischen Säule hochgehalten. Blaue Schrift auf weißem Grund. Die Säule. Einmal blau gewesen. Selma blieb am Ende der Häuserzeile stehen. Sie war die roten Türen entlanggegangen. Sie sah zurück. Das Licht wechselte. Die scharfen Schatten der hellen Sonne zeigten jeden Riss. Jeden Schnitt. Jeden Splitter. Sie hörte ein Schluchzen. Sie horchte. Es war nicht weit weg. Es kam aus dem Garagengebäude. Sie stand. Sie musste weg. Sie sollte weggehen. Flüchten. Ein Zwang, zu laufen. Weg. Einfach weg. Sie ging an den aneinander gereihten Garagentoren vorbei. Schaute in das Innere des Gebäudes. Sie konnte bis auf das andere Ende durchsehen. Auf der anderen Seite die Einfahrten auch ohne Tore. Der Boden schwarzstaubig. Müllübersät. Der Mann stand am anderen Ende. Er war nackt. Selma konnte ihn zwischen den Betonpfeilern hindurch an der Wand stehen sehen. Er stand mit dem Gesicht zur Wand. Seine Schultern wurden beim Schluchzen hochgerissen. Von hinten sah es aus, als lachte er. Das Schluchzen schüttelte ihn. Selma ging um das Gebäude. Sie machte einen Bogen um die Garagentore und ging die Rückseite hinunter. Beim Näherkommen. Der Mann sagte etwas. Er sagte etwas und dann schluchzte er wieder. Er war braun gebrannt. Die Haut unter einer Badehose hell geblieben. »I can't do that.« flüsterte der Mann. Er hatte den Kopf gebeugt und flüsterte immer wieder den Satz

430

»I can't do that.« Beim Schluchzen verbarg er jetzt den Kopf
in seinen Händen. In den Armen. Dann wieder der Satz. Selma stand hinter einem Betonpfeiler. Sie musste sich anlehnen. Das Schluchzen. Das Murmeln. Und ihre Angst. Die
Verzweiflung dieses Mannes steigerte sich. Sie rutschte den
Pfeiler entlang hinunter. Sie fiel in sich zusammen. Hatte
von sich nur mehr das Gefühl ein Haufen zu sein. Ein Bündel. Ein Bündel aus der Verzweiflung, die sie hörte, und ihrer
Angst. Sie fürchtete sich vor dem Weinen und der Trostlosigkeit dieses Mannes. Sie fürchtete sich aber auch vor
ihm. Seine Kraft in jeder Linie seines harten Körpers. Die
Nacktheit. Der Mann schien hilflos. Grenzenlos hilflos und
ausgeliefert. Er war in einer Hilflosigkeit gefangen, die sie
sofort weinen machte. Die sie ins Weinen stieß. Ins Mitwei-
nen. Ins Mitwissen von grenzenlosem Elend. Jammer. Und
tief unter diesem Weinen. Sie hatte Angst um sich. Vor diesem Mann. Und wie ihn trösten. Wie so jemanden ansprechen. Und wie ihn nur anzusprechen sie erschöpft zurücklassen würde. Ausgehöhlt. Immer alles gegeben und zurück
dann nichts. Sie hockte an den Betonpfeiler gelehnt. Es hatte sich nicht ausgezahlt. Für sie hatte sich doch alles nicht
gelohnt. Sie wurde wütend. Warum riss der Mann sich nicht
am Riemen. Sie heulte ja auch nicht herum. Sie sank wieder
in sich zusammen. Das waren ja die Sätze, gegen die sie sich
selber wehren hatte müssen. Und sie musste jetzt gehen und
diesem Mann helfen. Sie musste ihn fragen, wo seine Kleider waren. Anziehen. Wegführen. Reden. Auf ihn einreden.
Mit der Stimme für kleine Kinder. Selma rappelte sich auf.
Sie musste sich gegen den Pfeiler lehnen. Hinter den Garagen. Auf der Rückseite. Eine Mauer und nicht zu sehen, was
dahinter. Ein Auto. Sie hörte ein Auto gefahren kommen.
Die Angst gefunden zu werden. Entdeckt. Aufgespürt. Sie

stand einen Augenblick gelähmt an den Pfeiler gepresst. Dann stürzte sie nach links. Lief von Pfeiler zu Pfeiler. Das Auto fuhr langsam. Selma zwängte sich in die Ecke hinter den aufgestellten Garagentoren und der Wand. Sie konnte zwischen den Metallplatten der Tore durchsehen. Das Auto war schon vorbei. Nach links. Sie hörte Autotüren. Stimmen. Dass er hier gestanden habe. »Come over queer.« Britische Stimmen. Eine Männerstimme mit Akzent. Dann hatten sie ihn gefunden. Der Mann. Seine Litanei. Seine Stimme geriet immer höher. Das Sprechen von Schnapplauten unterbrochen. Dann keuchte er nur noch Töne. Schrille hohe Töne. Todesangst. Er wehrte sich. Grunzen und Keuchen. Ausrufe. Klatschen. Die nackte Haut. Schleifen und Trappeln. Die britischen Stimmen beruhigend. Erst. Dann befehlend. Der Mann in der anderen Sprache. Selma war sicher, dass es polnisch war. Der Mann schrie den anderen an. Der weinte wieder. Schluchzte. Dann die Autotüren. Das Auto fuhr an. Es fuhr die Runde um die Säule. Es fuhr »Mockingbird Crescent« aus und die Straße wieder zurück. Der Krankenwagen verschwand um die Biegung. Langsam. Der Fahrer fuhr um jedes Schlagloch herum. Selma lief in die andere Richtung davon. Zwischen Mauer und dem Garagenskelett. Es gab einen Ausweg. Ein Durchlass führte am Ende der Mauer weg. Ein Durchgang zwischen der Mauer und einem Bauzaun zu einem leeren Grundstück. Sie hatte das vermutet. Sie hatte die Vorstellung von London, dass man durchschlüpfen konnte. In Wien waren es die Durchhäuser. In London diese schmalen Durchgänge und mews. Hinterwege. Sie lief. Rechts. Das Grundstück eingeebnete Erde. Frisch. Ziegelstücke. Holzstücke. Metallreste. Ziegelstaub. Es war etwas abgerissen worden. Bei einer Tür in der Mauer nach links. In der

Nische der Tür lagen die Kleider des Mannes. Sie waren ordentlich zusammengelegt. Ein Stapel. Ein Sakko lag obenauf. Zusammengelegt wie ein Pullover und ein Paar hellblaue Socken eingerollt in den Ausschnitt gelegt. Selma lief vorbei. Sie zwang sich weiterzueilen. Zwang den Impuls nieder, den Kleiderstoß zu nehmen und der Rettung nachzulaufen. Zu »Mockingbird Crescent« zurück und dem Krankenwagen nachlaufen. Der Anblick der Socken. Sie hätte wieder weinen können. Der ordentliche Stapel. Eine Militärerziehung. Ein Kinderheim. Ein strenger Vater. Eine unerbittliche Mutter. Sie hatte keine Luft zum Weinen. Sie hörte zu laufen auf. Ging. Sie fand sich die Flasche in ihrer Jackentasche festhalten. Sie hielt die Riemen des Rucksacks mit der rechten Hand vor der Brust zusammen. Damit der Rucksack beim Laufen nicht so gegen den Rücken schlug. Sie hatte das Wasser noch. Das war gut. Das Stehlen war einfach gewesen. Sie hatte nur die Vorurteile der Kassierin gegen heruntergekommene Weiße benützen müssen. Und wahrscheinlich war das gar nicht ihretwegen gewesen. Und der Mann am Boden hatte gar nichts mit security zu tun gehabt. Hatte nicht sie verfolgt. Wegen einem Fläschchen Wasser. Lief da jemand los und verfolgte den Entwender. Die Entwenderin. Sie hätte in ein Haus gehen müssen. Für ein neues Wasser. Sie hätte wieder irgendwo hineingehen müssen. Und in welche Richtung war Sebastian. Sie konnte sich Sebastians Weichheit. Die konnte sie sich rund um sich vorstellen. In die konnte sie sich wünschen. A meaningful relationship, dachte sie. Das war doch alles, was sie sich gewünscht hätte. A meaningful relationship. Hinuntergehen. Zu Sebastian hinuntergehen. Das würde sie nicht können. Sie musste von oben hinunterrufen. Ihn heraufholen. Es war heiß. Nach rechts mehrere Wege weg. Sie nahm den rechten. Ging den Bauzaun entlang weiter. Hinsetzen. Es gab keinen Schatten. Eine Baugrube. Die Fundamente betoniert. Rostbraune Stahlstangen in die Höhe. Bündelweise. Ein Parkplatz. Der Maschendrahtzaun rostig und eingerissen. Eine weiß gestrichene Hütte für den Aufseher neben der Einfahrt. Der Parkplatz voll gestellt. Die Autos. Grau glänzend. Eisblau glänzend. Dunkel. Der Aufseher saß auf einem orangen Klappsessel vor dem Häuschen. Der Fernsehapparat stand im Fenster. Der Mann starrte auf das Bild. Er rauchte. Schnippte die Zigarette achtlos weg. Suchte nach der nächsten in der Brusttasche. Selma ging den Zaun entlang auf die Einfahrt zu. Der Mann schüttelte den Kopf über das, was er im Fernsehen sah. Er rauchte. Auf dem Bildschirm eine Polizeiaktion. Ein Polizist stand vor dem gelben Absperrband und sagte zu einer afrikanischen Frau, sie solle weitergehen. Hier wäre gesperrt. »Move on. Keep moving.« Selma schaute dem Mann über die Schultern. Durch den Zaun. Sie blieb stehen. Unten. Am unteren Bildrand stand »Attack on London.« Dann kam ein anderer Mann in Polizeiuniform ins Bild. Im Abstand von wenigen Minuten wären in der Londoner underground mehrere Explosionen ausgelöst worden, sagte er. Ein Bus wäre von einer solchen Explosion ebenfalls betroffen. Selma schaute das Fernsehbild an. Der Mann vor ihr drehte sich um. Er war dunkel. Ein Inder. Pakistani. Tamile. Sie konnte das nicht erkennen. Der Mann stand auf und kam an den Zaun. Was sie wolle. Er fragte sie lispelnd. Mit starkem Akzent. Sie verstand ihn nicht gleich. Der Mann machte scheuchende Handbewegungen. »Move on.« zischte er durch den Zaun. »Move on.« Selma fand das komisch. Sie ging weiter. Da hast du jetzt eine Geschichte versäumt. Sie dachte, dieser Mann hörte gerne Geschichten. Dramatische Geschichten. Er hatte sich

so vorgebeugt. Die Arme auf die Knie aufgestützt. Den Kopf
dem Bild zugereckt. Eager. Das war das Wort dafür. Gierig.
Jedes Unglück einer anderen Person löste Speichelfluss aus.
Deshalb mussten die alten Damen beim »Sluka« dann ja so
viele Torten essen. Um den reichlich fließenden Speichel zu
beschäftigen. Die Reaktion auf das Unglück anderer wurde
so zum Speck der Zuseher. Speichel und Torten wurden zu
Speck und waren dann eine Fortsetzung des Unglücks. Eine
Last. Das kleine Vergnügen des feuchten vollen Munds in
eine Last gekehrt. Die Zuschauer fügten Fettring um
Fettring um sich. Nährten aus dem beobachteten Unglück
ihren Schutzwall bis sie innen zerplatzten. Bis der Druck
innen so groß und das Herz zerplatzen musste. Selma wurde gewahr, wie fest sie die Flasche und die Riemen des Rucksacks umklammert hielt. Wie sich die Anspannung der
Hände bis in den Rücken zog. Widerlich, dachte sie. Widerlich. Die Gier dieses Mannes. Dieses gierige Vorbeugen.
»Attack on London.« Sie ging. Sie wollte nicht sie sein. Sie
selber. Sie wollte eine von den Personen auf dem Bahnsteig
dann sein. Sie wollte die Polizistin mit dem ruhig prüfenden
Blick sein. Sie wollte auch »that bad.« sagen. Mit dieser
Betonung. So fragend bestätigend. Der Mann. Der Sanitäter.
Der Arzt, der an ihr vorbeigesehen hatte. Sie schüttelte die
Hände aus. Die Arme. Die Muskeln. »Sore muscles.« sagte
sie sich. »My muscles are sore.« Sie formte den Satz. War
zufrieden, ihre Muskeln auf Englisch schmerzen zu lassen.
Sie war nun keine Heldin geworden. Sie hatte niemandem
beigestanden. Sie hatte nicht einmal in das Flüstern neben
ihr eingestimmt. Wie jemand »Jesus. Jesus.« geflüstert hat-
te. Da hatte sie sich nur überlegen können, dass sie nicht zu
Kreuze kriechen könne und beten. »Attack on London.«
Gegen sie war das gewesen. Und gegen den Mann auf dem

Boden. Nicht gegen London. Wer war London. Mit einem
Mal verstand sie den Ausdruck, die irdischen Fesseln
abstreifen. Sie hätte ihren Körper los sein wollen. Dieses
Ding, das niemanden interessierte. Sie auch nicht. Mit dem
man ihr aber wehtat. Ihr Schmerzen zufügte. Dieses Ding,
das ein einziges Gefängnis der Mühsal war. Geworden war.
Aber wahrscheinlich war sie zu blöd gewesen, es zu begreifen. Sie war eine dumme Ziege. Ihre hochfahrenen Ideen.
Alles hatte sie in diesen Niedergang geführt. Sie war ein Körper geworden. Nichts als ein alternder Körper. Sie war ein
einziges Medium ihrer eigenen Verwundungen. Sie hasste
sich. Hasste sich für ihr Versagen. Sie hatte alles falsch
gemacht. Ihr ganzes Leben eine Enttäuschung. Nichts Rea-
les. Nichts zu greifen. »Move on.« sagte sie vor sich hin.
»Keep moving.« Eine junge Frau kam ihr entgegen. Selma
schaute sie an. Böse. »Move on.« sagte sie. Die junge Frau.
Enge Jeans. Hohe Absätze. Bauchfreies rosarotes Oberteil.
Helle Haut. Die junge Frau wich Selma aus. Sie stieg vom
Gehsteig auf die Straße. Die junge Frau strebte an ihr vorbei. Ging rasch. Sie hatte Autoschlüssel geschwenkt. Ging sie
ihr Auto holen. Der Parkplatzwächter. Bei dem konnte man
sich leicht einen Rabatt holen. Bei dem konnte man umsonst parken. Für ein kleines Entgegenkommen. Wie viel
würde es kosten. Einmal Vögeln für eine Woche parken.
Oder für einen Tag. London war die zweitteuerste Stadt der
Welt. Für einen halben Tag durfte er sich an ihr schon reiben. Er konnte sich gegen ihr Hinterteil pressen und sich
einen abreiben. Tabledancefashion. Wenn einen eine nicht
unterbot. Wenn nicht eines Tages eine auftauchte und es
schon für eine Stunde machte. Wenn das ganze System
zusammenbrach. Die Vorstellung schüttelte sie. Alles ein
widerliches Geschlecke und Gespritze. Alles ein einziges

Hineingestecke. Wo ein bisschen Macht war, da wurde hineingesteckt. In die Ohnmächtigeren. Und sie steckten in alles hinein. In den Kopf. In den Leib. In die Seele. Augen. Ohren. Mund. Arsch und Scheide. Wo sich ein Loch fand. Und die Löcher eifrig. Die Löcher eifrig bemüht, sich entgegenzuhalten. Offen zu stehen. Bereit. Allzeit bereit. Eine große Konkurrenz der Löcher war das. Hinterwege und Löcher. Hinterwege und bereitwillig pulsierende Löcher. Das war London. Sie hasste diese Stadt. Sie ekelte sich vor dieser Welt. Kämpfte den Brechreiz nieder. Sie hätte sich über den Eingang zu diesem Parkplatz. In die Einfahrt. Sie hätte zurückgehen mögen und sich übergeben. Dem Mann da und der jungen Frau einen stinkigen See vor die Füße leeren. Sie wollte den Geschmack nicht im Mund haben. Sie hätte mit dem bitterscharfen Geschmack des Erbrochenen im Mund herumlaufen müssen. Selma überlegte. Das Studio von Sebastian war im Südwesten. Sie musste die Sonne zur linken Hand behalten. Halblinks. Jetzt ging sie direkt auf die Sonne zu. Sie ging in den Süden. Sie bog nach rechts. Die Straße belebter. Kleine Häuser. Geschäfte. Ein »Booth's«. Eine Auslage mit Geschirr. Gläser. Becher. Alles übereinander in Glasregalen. Billige Gläser und Becher in allen Farben. Kochgeschirr. Aluminiumtöpfe und Pfannen. Alles staubig. Obst und Gemüse. Die Kisten mit Salat und Karotten und Äpfeln auf den Gehsteig gestellt. Weintrauben. Die Kisten standen auf dem Boden. Die Kisten waren nur aus dem Geschäft herausgeschoben. Das Gemüse welk. Das Obst fleckig. Selma dachte an die Hunde. Wenn die vorbeigingen. Aber es gab nicht so viele Hunde in London. Nicht so viele wie in Wien. Hier. Es war teurer und die Leute waren ärmer. Da gingen sich Hunde nicht aus. Selma trat an eine Auslage. Schaute hinein. Sie wollte die Personen hinter ihr vorbeigehen lassen. Seit sie in diese Straße eingebogen war, war jemand dicht hinter ihr hergegangen. Es waren so wenige Menschen unterwegs. Sie hatte es bemerken müssen. Sie wollte niemanden so knapp hinter sich. In der Auslage Möbel. Alte Möbel. Gebrauchte Möbel übereinander gestapelt. Dunkelbraune Sessel mit moosgrün überzogenen Sitzen. Die Sitzflächen speckige Flecken. Die Sesselbeine abgeschlagen. Zusammengerollte Teppiche waren an die Auslagenscheibe gelehnt. Große rosarote Preiszettel mit an den Teppichen festgemacht. Selma musste an die große Zehe von Leichen denken. Und an die Schildchen, die da wirklich wegstanden. Ein Gartentisch war gegen die rechte Scheibe geschoben. Weißes Blech. Abgeschlagen. Ein Rattansessel war auf den Tisch gestellt. Selma sah die Möbel an. Sie hatte keine Vorstellung wie die Leben aussahen, zu denen diese Möbel gehört hatten. Wie diese Leben aussehen könnten. Sie wusste nichts darüber. In Wien. In Berlin. Sogar in Zagreb. Da hätte sie eine Vorstellung entwickeln können. Wie Tische und Sessel in Zimmern standen. Wie Wohnungen mit welchen Möbeln gefüllt wurden. Wie Menschen sich auf solche Sessel setzten und was sie von dem Tisch aßen. Hier. In diesen kleinen Häuschen. Es schien eine Sitzgarnitur geben zu müssen. Die gab dann Auskunft über den Status der Bewohner. In den ganz schmalen Reihenhäusern. Sie hatte da nur Küchen gesehen. Unten. Die einzige Wohnung in London. Sie war nur im Haus von diesem Mann gewesen. Und das war ewig her. Sie sah die Möbel an. Es stiegen keine Bilder auf. Es stiegen nicht diese Bilder auf. Diese ungenauen Bilder von anderen Leben. Von anderen Schicksalen. Diese Kurzfilme von fremden Leben. Der Rattansessel stand auf dem Gartentisch. Ein kaputter Thron. Sie gehörte nicht dazu. Sie wusste nicht einmal, wo und wie

so ein Rattansessel in diesen Häusern hier herumstehen
konnte. Das war traurig. Das entfernte sie. Das entfernte sie
von allem rund um sie. Es war traurig, wenn man von einer
Welt nur die Hotelzimmer kannte. Und in das von letzter
Nacht. Der Rattansessel hätte nicht hineingepasst. Die Leute hinter ihr waren nicht weitergegangen. Eine Person
tauchte neben ihr auf. Die andere blieb hinten. Selma konnte einen Mann in der Auslagenscheibe hinter sich sehen.
Verschwommen. Sie wandte sich zum Gehen. Sie fragte sich,
wer solche trostlosen Möbel kaufen mochte. Aber die Antwort war einfach. Irgendjemand war arm genug, sich mit
ärmlichen Möbeln. Sich mit ärmlichen Dingen zufrieden
geben zu müssen. So einfach war das. Der junge Mann
neben ihr. Der neben ihr in die Auslage gesehen hatte. Er
wandte sich ebenfalls zum Gehen. Selma ging schneller. Der
Mann ging schneller. Sie blieb wieder stehen. Schaute in das
Fenster eines Kiosks. Zigaretten. Zigarren. Wasser. Zeitungen.
Barbiepuppennachahmungen in durchsichtigen Schachteln. Barbie aus Afrika. Barbie aus Asien. In den entsprechenden Trachten. Feuerzeuge. Pistolen als Feuerzeuge.
Glasperlenketten. Plastikmaschinengewehre zum Abschie-
ßen von Plastikkugeln oder Wasser. Der Mann schaute
neben ihr in das Fenster des Kiosks. Selma drehte sich um.
Der andere Mann. Der andere Jugendliche. Die beiden sehr
jung. Fünfzehn. Siebzehn. Oder noch jünger. Der neben ihr
trug zerrissene Jeans und ein schwarzes T-Shirt mit einem
großen Totenkopf auf der Brust. Der andere war ganz in
Weiß. Weiße Hose. Weißes T-Shirt. Weißer Gürtel. Die Sonnenbrille, die er auf den Kopf hinaufgeschoben trug, hatte
einen weißen Rahmen. Er machte Fotos von ihnen. Er hielt
sein handy hoch und fotografierte Selma und seinen
Freund. Selma sah den jungen Mann neben sich an. Der

439

drehte den Kopf wie sie. Er hielt sich gebeugt. Selma drehte sich weg. Der Mann drehte sich weg. Wie sie. Ein Mann war aus dem Gemüsegeschäft gekommen. Eine Frau stellte sich neben ihn zwischen die Gemüsekisten am Boden. Beide lachten. Der fotografierende Mann. Er bog sich vor unterdrücktem Lachen. Er konnte das handy gar nicht immer auf sie und den anderen Mann richten. Selma. Einen Augenblick. Nur Traurigkeit. Eine unendliche Traurigkeit und Niedergeschlagenheit erfüllte sie. Der Wunsch zu vergehen. Dieser Situation durch Verschwinden zu entgehen. Sich aufzulösen. Sich nur wünschen müssen, woanders zu sein. Sich woandershin wünschen zu können und diesen Menschen zu entgehen. Zu entkommen. Dann die Scham. Sie war der Grund für diese Verachtung. Sie hatte diesen Jugendlichen den Anlass geboten. Sie stand. Starrte auf den fotografierenden Mann. Der krümmte sich vor Lachen. Sein Kopf gebeugt. Selma konnte jede gegelte Locke auf seinem Kopf einzeln sehen. Sie schaute zu dem Paar zwischen den Gemüsekisten hin. Die lachten. Fanden das komisch. Selma ging auf den Mann zu. Der neben ihr folgte. Er musste auch lachen. Beide Männer waren vom Lachen geschüttelt. Krümmten sich. Der Fotografierer hielt das handy hoch. Selma nahm ihm das handy aus der Hand und lief davon. Sie klappte es zusammen und hielt es hoch. Die Frau schrie auf. Die beiden jungen Männer konnten vor Lachen nicht gleich reagieren. Sie lachten weiter. Selma lief davon. Sie lief um die Ecke. Der eine junge Mann kam ihr nachgelaufen. Er war wütend. Aber er hatte das hysterische Lachen noch nicht ganz abschütteln können. Selma stand neben einer Hecke. Der Mann kam auf sie zu. Selma schrie. »Ich verachte euch.« Sie schrie um Hilfe. Sie schrie, dass das alles nicht auszuhalten sei. Dass der Teufel diese Stadt holen solle, in der einem so schreckliche Sachen passierten und in der man dann Gegenstand der Belustigung würde. »Ich verachte euch. Ich hasse euch. Ihr seid das Letzte. Was glaubt ihr eigentlich.« Selma schrie. Der Mann war stehen geblieben. Er schaute sich um. Der andere kam um die Ecke. Grinsend. Selma schrie ihn mit an. Dass sie nur treten könnten. In dieser Stadt. Eintreten aufeinander. Die Männer kamen nahe. Selma schrie wieder um Hilfe. »Help. Help. I'm being robbed.« Hinter einem Fenster rechts bewegte sich etwas. Ein Vorhang wurde zur Seite geschoben. Die Männer rückten näher. Sie beobachteten sie. Ihr Geschreie machte sie vorsichtig. Selma hielt das handy hoch. »Ich verfluche euch.« Sie sagte es mit Inbrunst. Warf diesen Satz diesen Jugendlichen vor die Füße. Die Verachtung in diesem Satz. Dann schrie sie »Arschlöcher. Arschlöcher. Arschlöcher.« Die Jugendlichen kamen näher. Vorsichtig. Nicht mehr ganz sicher. Selma schleuderte das handy über die Hecke. Dass das das erste Grün seit langem wäre, schoss es ihr durch den Kopf. Die beiden Jugendlichen. Sie lief um die Ecke zurück. Sie schrie um Hilfe. Und »Arschlöcher.« Immer wieder »Arschlöcher.« Sie lief. An der Ecke sah sie kurz zurück. Einer der Jugendlichen hatte versucht, über die Hecke zu klettern. Der Schwarzgekleidete steckte in den Zweigen fest. Er steckte in den Zweigen und fuchtelte. Schrie wütend. Der andere lachte wieder. Der Weißgekleidete krümmte sich schon wieder vor Lachen. Jemand sah aus dem Fenster. Selma hörte zu laufen auf. Sie bog in die Parallelstraße ab. Sie ging schnell. Sehr aufrecht. Bewegte sie sich so, wie dieser Bursche sie nachgemacht hatte. Ließ sie die Schultern so hängen. Schlich sie so dahin. Zog die Füße nach. Stolperte sie so vor sich hin. Und hielt sie den Mund so offen. Hatte sie den Mund so offen gehalten, wie der Mann sie nachgeäfft. Aber es hatte sehr komisch ausgesehen, wie die beiden Jugendlichen sich nicht getraut hatten, ihr nahe zu kommen. Und es war zu komisch gewesen, wie der Schwarzgekleidete in der Hecke herumgerudert hatte. Mit seinen Armen. Und feststeckte. Sie ging weiter. Lachend.

Es war heiß geworden. Die Sonne. Der Asphalt. Die Gehsteige aufgeheizt. Selma ging. Die Schuhe eng und rau. Die
Schuhe rieben. Zu warm. Sie hatte gedacht. Sie hatte gelesen. Irgendwo. Im »Spiegel«. Das war lange her. Sehr lange. Als es begann. Als sie begonnen hatten mit dem
Schockieren. In den Medien. Verkehrsunfälle. »Krieg auf
den Straßen« hatte »Der Spiegel« getitelt. Und Unfallfotos.
Abgeschnittene Arme. Abgetrennte Beine. Zermalmte Torsi. Sie hatte sich zwingen müssen, die Bilder anzusehen. Sie
hatte die Bilder nur einzeln ansehen können. Der Brechreiz
noch bei der Erinnerung. Die Weite im Kopf. Ihre Emp-
findungen in den entferntesten Winkel ihrer Vorstellung
verkrochen. Sie hatte sich gehasst dafür, diese Bilder nicht
unbeeindruckt ansehen zu können und hatte sich gezwungen dazu. Erzogen hatte sie sich dazu. Den Impuls unterdrückt. Wegzuschrecken. Sich zu identifizieren und flüchten wollen. Es nicht auszuhalten. Warum hatte sie sich das
angetan. Härte. Die Verwundungen mit hartem Blick.
Unverwandt. Da hatten sie Krieg geschrieben. Und war die
Kriegsmetapher richtig. Richtig gewesen. War das nicht
wieder eine von diesen Verschiebungen gewesen. Im
Straßenverkehr. Das war doch kein Gegeneinander. Da ging
es doch nicht um einen Kampf. Niemand ritt in seinem
Auto an die nächste Straßenecke und forderte einen anderen zum Zweikampf auf. Es ging doch um einen Wettbewerb. Beim Straßenverkehr ging es doch um Überholen.
Um Schneller-Sein. Um Sich-Vordrängen. Als Erster ans
Ziel. Vor den anderen. Straßenverkehr, das war doch Sport.
Das war Politik, und es ging um am-schnellsten-am-meis-
ten. Das war keine Attacke. Das war ein Wettrennen gewe-

sen. Warum hatte sie das nicht gesehen. Damals. Warum war sie in ihren Zeiten so gefangen gewesen. Hatte nie den Kopf herausgesteckt und darauf gesehen. Sie hätte sich besser verteidigen können, wenn sie nicht so eingetaucht gewesen wäre. In ihre Zeit. Und so sicher darin. So überlegen. Und war das ihre Situation, die das. Oder war das das Alter. Das Lebensalter und Erfahrung. Aber damals. Da hatten sie geschrieben. Da war da gestanden. Unfallopfer. Unfallopfer hatten keine Schuhe an. Schuhe waren das Erste, was Unfallopfern verloren ging. Sie schaute auf ihre Schuhe. Sie war kein Unfallopfer. Sie hatte Schuhe an. Sie ging. Sie arbeitete sich durch einen Nebel aus Müdigkeit. Rund um sie. Es war lebendiger. Die Menschen gingen schneller. Überholten. Wichen aus. Niemand sah sie an. Sie musste in belebten Gegenden bleiben. Sie blieb stehen. 2 Tische und Sessel auf dem Gehsteig. Sie setzte sich. Ein winziger Park gegenüber. Eine Baumreihe. Ein Streifen Gras. Dahinter wieder Straße und Häuser. Sie saß. Sie nahm den Rucksack auf den Schoß. Hielt den Rucksack umfangen. Warum hatte sie das gemacht. Sie sah sich als junge Frau. Sie hatte so klare Entscheidungen treffen können. Sie hatte so genau gewusst, was nicht. Sie hatte so kühle Linien ziehen können. Was zu verachten und was zu verabscheuen. Und alles auch richtig gewesen. Irgendwie. Aber in der Eindeutigkeit. Töricht. Warum hatte sie kein Mitgefühl mit sich gehabt. Für sich. Und dann ja auch keine Schlüsse gezogen. Immer sicher gewesen, eine Ausnahme zu sein. Sie hatte sich sicher gefühlt in ihren Eindeutigkeiten. Wie hatte sie das getan. Warum war das verloren. Sie saß da. Sie hielt ihren Rucksack umfangen. Sie sah in die Bäume hinauf. Riesige Linden. Die Baumkronen ineinander verwoben. Ein dichtes Band Grün vor dem Himmel. Sie saß im Schatten.

444

Die Sonne schräg hinter sich. Die Hauswand hinter ihr. Ein kühler Hauch fiel die Wand herunter. Ihre Füße brannten. Die Schürfwunden. Die Ferse. Die Hände. Die rechte Wange rau und ein singendes Brennen. Ein Jagen im Bauch. Ein Pumpen. Ein sich selber jagendes, treibendes Pumpen. In der Brust. Im Kopf. Sie war froh, den Rucksack in den Armen zu spüren. Sie wusste so, wo die Arme waren. Wo die Brust zu Ende. In der Brust eine Leere. Eine neblige Leere und so groß wie die Welt sein hätte können. Der Rucksack eine Grenze diesem Gefühl. Aber eine Auflösung. Bedrohlich. Sich selber stumm sah sie in die Bäume hinauf. Starb sie jetzt. Trennte sie sich jetzt. Von sich. Voneinander. Und warum ging das nicht leichter. Sie hatte halt irgendwie gelebt. Erleuchtung nicht zu haben gewesen und alles unvollständig. Aber warum hatte sie solche Angst. Solch namenlose Angst, ihr Blick könnte sich von ihr lösen und in diesen Bäumen hängen bleiben und sie eine Masse zusammensinken. Eine blicklose Masse und endgültig hilflos. Sollte sie Hilfe. Sie sollte Hilfe holen. Sich einliefern. Abgeben. Aufgeben. Andere für sich. Das, was sie nie gewollt hatte. Andere für sich. Sie konnte nicht. Sie durfte sich nicht. Unter keinen Umständen durfte sie diesen Helfern in die Hände fallen. Diesen Helfern, die wie alle Süchtigen einen in ihre Sphäre ziehen wollten. Die einen gleichmachen wollten und in dieser Gleichheit ersäufen. Für die alles eine Selbsthilfegruppe. Aber unter ihrer Dominanz. Ein Psychologieseminar und nichts begriffen. Sie musste zu Sebastian. Ihm das erklären. Ihn retten. Ihn für sein Zuhören erhören und dabei sterben und nicht in diesem Sessel. Unerkannt. Ohne jede andere Person. Obwohl es auch gleichgültig war und zumindest war sie in niemandes Besitz. Sie lehnte sich zurück. Ließ den Rucksack los. Ließ

445

die Umklammerung des Rucksacks fahren. Sie lehnte sich in den kühlen Hauch an der Hausmauer. Sie fehlte niemandem. Sie würde niemandem fehlen. Der Sydler vielleicht. Am ehesten der Sydler. Ein Schmerz setzte ein. Die Sydler in der Tür und ihr Blick. Ein Herzschmerz. Ein ziehender Schmerz links. Hoch oben. Der Schmerz zwang sie aufzustehen. Aufzustehen und die Schulter hochzurecken. Hochzuhalten. Dem Schmerz einen Raum. Selma fühlte einen Blick auf sich. Hinter der Scheibe des Lokals. Gleich rechts von ihr. Eine junge Frau schaute heraus. Beobachtete sie. Sah erleichtert drein. Erfreut über Selmas Aufstehen. Ihre Anstalten weiterzugehen. Erleichtert, sie nun nicht vertreiben zu müssen. Selma war gerührt darüber. Dankbar. Und wenn es Faulheit war. Sie war froh, nicht vertrieben zu werden. Sie spürte es feucht hinter dem rechten Ohr. Sie wischte sich mit dem Jackenärmel den Hals ab. Die Kopfwunde hatte wieder zu bluten begonnen. Kopfwunden machten das. Das stand überall zu lesen. Selma ging weiter. Sie sah die junge Frau nicht an. Sie hatte eine Aufwallung, sich bei ihr zu bedanken. Aber dann konnte sie sie nicht mehr sehen. Sie war in das Lokal nach hinten verschwunden und Selma hätte in das Lokal hineingehen müssen. Durch die Tür. Selma ging. Sie musste zu Sebastian. Sie mussten miteinander schlafen. Der Priester und die Rationalistin. Zwischen ihnen. Zwischen ihnen beiden. Sie würden etwas anderes werden. Etwas ganz anderes. Seine Rundungen würden ihre Ecken umhüllen. Ihre Eckigkeit würde sich ihm ins Fleisch bohren und die Entfernung aufheben. Ihre Eckigkeit würde sich ihm ins Fleisch schlagen und ein Maß. Der Fettsüchtige und die Anorektikerin. In der Mitte zwischen ihnen. Die Tränen konnten dann die Tränen bleiben. Die Tränen mussten sich nicht verwandeln.

446

In Fett. Oder in die papierne Trockenheit ihrer Haut. Die Straßen waren schmal. Inseln in der Mitte. Für die Fußgänger. Selma stand am Rand. Sie wusste, dass das mit den Autos anders war. Aber aus welcher Richtung sie nun kamen. Sie wartete. Bis kein Auto weit und breit. Dann ging sie auf die andere Seite. Ein großes Haus. Vor dem überdachten Eingang eine Auffahrt. Büsche am Rand. Alles verwildert. Vertrocknet. Der Asphalt auf der Auffahrt aufgeplatzt und Gras in den Kratern aufgegangen. In der Halle innen Menschen. Sie gingen langsam. Gebeugt. Zwei Frauen kamen aus dem Haus. Zwängten sich durch die Tür heraus. Die eine Frau stützte sich auf einen Rahmen. Die andere ging mit zwei Stöcken. Die Frauen. Die weißen Haare hingen in ungewaschenen Strähnen auf die Schultern. Die Kleidung. Selma fürchtete den Geruch. Die Frauen kamen langsam vorwärts. Aber sie schienen entschlossen. Selma beeilte sich. Sie wollte nicht mit diesen Frauen am Ende der Ausfahrt zusammentreffen. Es war sehr wichtig, an dieser Auffahrt dann schon vorbei zu sein. Die zwei Frauen humpelten die Auffahrt herunter. Sie wichen den großen Schadstellen aus. Gingen links und rechts davon vorbei. Schlossen wieder auf. Stumm. Sie wandten sich nicht aneinander. Jede war auf die Überwindung des Wegs konzentriert. Entschlossen kamen sie nebeneinander der Straße näher. Selma versuchte, schneller zu gehen. Es ließ sich nicht machen. Augenblicke lang wusste sie nicht, aus welcher Richtung sie selber kam. Aus welcher Richtung sie ihre Schritte setzte und wohin. Sie schaute deshalb nach den alten Frauen und dem Ende der Auffahrt. Sie dachte, wenn sie das Ende der Auffahrt fixierte. Ihre Beine würden dann dieser Richtung folgen. Sie ging sich nach. So. Sie hatte den Eindruck, sich selber zu folgen und sich anzutrei-

447

ben dafür. Von weit hinter sich. Damit sie vor diesen beiden Frauen da war und vorbei. Sie hörte den Gehrahmen der einen schleifen. Die Stöcke der anderen an der Betoneinfassung anschlagen. Sie kam vorbei. Die alten Frauen waren noch viele Meter von der Straße entfernt. Sie schauten nicht auf. Bemerkten Selma nicht. Sie bahnten sich ihren Weg. Waren auf dem Weg. Selma bog gleich um die Ecke. Sie ging die Hecke entlang. Um das Haus ein Streifen Gras und dann die Hecke. Die Hecke war abgestorben. Schwarzbraun dornige Zweige ineinander verstrickt. Nur manche Pflanzen noch am Leben und dort dunkelgrüne kleine Blätter und nicht durch die Hecke durchzusehen. Wie passend für ein Altersheim, dachte Selma. Die Hecke verdursten lassen. Die Straße hinunter dreistöckige Bauten. Lange Reihen. Die Gebäude weiß. Schwarze Ränder die Ritzen in den Fassaden. Unter den Balkonen und von den Dachrinnen braune Wasserspuren. Wäsche aufgehängt. Bei Fenstern heraus Gitter angebracht. Auf den Balkonen die Stricke quer. Zwischen den Häusern und zur Straße hin Gras. Dickes grünes Gras. Ein makelloser Teppich von den Mauern der Gebäude bis an den Gehsteig. Das Gras sah weich aus. Darauf liegen musste ein Vergnügen sein. Selma konnte es fühlen. Die feuchte Kühle im Rücken. Das Kitzeln der Grashalme am Hals. Und in den Himmel schauen. Beim Liegen. Sich in jedem Augenblick des Himmels versichern. Und der Weite. Aber sie hätte aufstehen müssen. Dann wieder. Sie ging. Niemand zu sehen. Alle arbeiten. Die Kinder in der Schule. Ein Telefon klingelte. Durch ein gekipptes Fenster gleich unten war das Klingeln zu hören. Gedämpft. Selma hörte es lange. Das lange Klingeln. Sofort der Gedanke an Katastrophen. An wichtige Mitteilungen. An erwartete Anrufe. An sehnlichst erwartete An-

rufe. An die gefürchteten. Sie ging über die Straße. Bog
in die nächste nach links. Dann wieder einzelne Häuser.
Doppelhäuser. Dann wieder Geschäfte. Kleider vor einem
Geschäft auf dem Gehsteig. Sommerkleider. Sie hingen an
einer Stange auf Rädern. Helle Farben. Alle Farben. Leuchtend. Hier wieder ein Wind. Neben den Kleidern indische
Schals. Vor das Fenster gehängt. Im Geschäft mit den indischen Schals. Selma sah 3 Personen stehen. 2 Männer. 1 Frau.
Die Frau trug einen rosafarbenen Folklorerock in vielen
Volants. Bis zum Boden. Die 3 standen und starrten auf
ihre handys. Sie diskutierten. »Just does not.« sagte die
Frau. Verwundert vorwurfsvoll. Auf der anderen Straßenseite waren 2 Geschäfte offen. Ein Mann und eine Frau
redeten miteinander. Diskutierten. Verhalten. Sie waren
einer Meinung. Sie nickten einander zu. Die Frau schüttelte den Kopf. Immer wieder. Ein Blumengeschäft. Eine Frau
hielt eine andere umfangen. Die Tür stand offen. Das
Geschäft dunkel. Die beiden Frauen eine Silhouette gegen
den Hintereingang. Die eine Frau schluchzte. Die andere
hielt sie. »There. There.« hörte Selma. Beruhigend begüti-
gend. Vor einem indischen Imbiss. Chicken Tikka kostete
4 Pfund 50. Rot gestrichene Holztische auf dem Gehsteig.
Die Bänke waren gegen die Tische gelehnt und mit Draht-
seil festgezurrt. 2 Männer standen in der Tür. Sie starrten
auf die Tische und Bänke. Unentschlossen. Der eine schlug
mit der flachen Hand gegen den Türrahmen. Immer wieder. Er sagte etwas. Selma wusste nicht, welche Sprache das
war. Der andere Mann. Er war sehr jung. Er zuckte mit den
Achseln. Er ging auf dem Gehsteig weiter. Blieb stehen.
Schaute auf die Tische und Bänke. Die Arme verschränkt.
Trotzig. Der ältere Mann schlug noch einmal gegen das
Holz. Er schleuderte die Hand hoch. Eine Geste der Ver-

449

zweiflung und der Aufgabe. Hilflos. Der andere blieb vor
der Tür. Den Kopf gebeugt. Die schwarzen langen Haare
das Gesicht verdeckend. Die Straße in der Sonne. Die Häuser zu niedrig, lange Schatten zu werfen. Der Gehsteig
schmutzig graue Platten. An vielen Stellen ausgebessert.
Neue Platten oder die fehlenden Platten mit Teer ausge-
gossen. Mit Mörtel verstrichen. Aus einer rot gestrichenen
Tür lautes Reden. Eine Kleiderstange mit Lederjacken war
halb aus der Tür geschoben. Die Auslage noch verschlossen. Ein rotes Brett vor die Fensterscheibe montiert. »Mur-
gatroyd« und »Leather Goods« in weißen Lettern auf dem
Brett. Eine Bäckerei. Eine Menschentraube hinten. Bei den
Stehtischen. Die Menschen standen ganz ruhig. Schauten
in die Ecke. Selma konnte nur den Widerschein des Fern-
sehbildes auf den Gestalten sehen. Das bläuliche Schim-
mern auf den Gesichtern. In einer schwarz angemalten Fassade drei Bankomatfenster. Auf der anderen Seite ein Café.
Eine Pizzeria daneben. Die Kellnerinnen standen davor.
Selma dachte, dass das die Kellnerinnen waren. Eine hatte
einen kurzen grünen Faltenrock und eine rote Bluse und
ein weißes Schürzchen an. Die drei jungen Afrikanerinnen
hielten ihre handys in der Hand. Sie schauten beieinander
auf die displays und drückten dann wieder auf ihren Geräten herum. Glitzernde Schals. Mit Strasssteinen bestickte
Jeans. Paillettenglänzende Miederoberteile. Die Kleider
waren rund um eine weiß gestrichene Tür gehängt. Schimmernd und glitzernd in der Sonne. Aufblitzend im Wehen
der leichten Luft. Aus dem Geschäft ein Klageton. Der Klageton. Das An- und Abschwellen. Der Ton lang gezogen
hinauf und dann ein Tremolo tief aus der Kehle in die Kopf-
stimme umschlagend. Es klang orientalisch. Die Stimme
klang wie eine der Sängerinnen auf einer der arabischen

450

Fernsehstationen. Einer, bei der Frauen auftreten durften. Es war aber nur klagend. Anklagend. Kein Rhythmus die Stimme in eine Melodie zu treiben. Der Klageton aus dem Geschäft. Die Stimme brach ab. Begann wieder neu. Die Tür wurde geschlossen. Der Ton abgeschnitten. Seit sie auf diese Straße gekommen war. Seit sie das Telefon in der leeren Wohnung so endlos läuten gehört hatte und dann auf diese Straße gekommen war. Seit sie diese alten Frauen aus ihrem Altersheim weglaufen gesehen hatte. Sich absetzen. Sich mit grimmiger Entschlossenheit davonmachen. Seit diese verkommenen Jugendlichen sie fotografiert hatten. Seit sie in dieses Zimmer mit den Ostmafiosi geschaut hatte. Im Keller von dem Restaurant. Es waren diese Blicke. Selbst diese alten Frauen. Sie hatten sie so betont nicht angesehen, dass man gleich wusste, dass sie einen beobachteten. Sie wurde beobachtet. Sie wurde verdächtigt. Von denen. Von denen allen. Der Inder. Wie er auf das Holz eingeschlagen hatte. An seiner Tür. Wie er mit der flachen Hand auf das Holz eingeklatscht hatte. Seine Wut und seine Enttäuschung in das Holz geschlagen. Er hatte sie angesehen dabei. Sein Blick hatte sie aufgefangen und war ihr nachgegangen. Diese Blicke wurden ihr nachgeschickt. Aufgeladen wurden die ihr. Jeder hatte aufgesehen und ihr so einen Blick hingeworfen. Als trüge sie einen großen Korb am Rücken und jeder konnte seine Verdächtigungen hineinwerfen. Jeder. Jede. Und sie musste das dann wegtragen. Es war gut, dass der Rucksack zugeschnürt war. Selma ging. Sie ließ den Rucksack über die linke Seite heruntergleiten und nahm ihn nach vorne. Sie schob den Rucksack über die Seite nach vorne. So konnte nichts geschehen. Hinter ihrem Rücken. Der Klageton hing um ihren Kopf. Innen und außen. So sind Dornenkronen, dachte sie. Der Ton

451

schmerzend knapp über den Augen. Der Jammer im Ton ließ die Augen brennen. Die Augen trocken und kratzig. Zu trocken für Tränen. Sie hatte nichts gemacht. Sie hatte überhaupt nichts gemacht. Aber sie fühlte sich nicht unschuldig. Etwas antwortete auf diese Blicke. Etwas in ihr wusste etwas darüber. Sie hätte sich krümmen mögen. Niederhocken über diesem singenden Schneiden der Scham hinter dem Nabel. Sie hatte nicht. Irgendetwas hatte sie nicht getan. Nicht rechtzeitig. Ein Versäumnis. Und alle wussten es und schickten sie weg. Sie wurde weggeschickt, es wegzutragen. Für alle. Sie hätte auf eine der roten Bänke vor dem indischen Restaurant steigen wollen. Auf einen Tisch. Und es allen sagen. Dass sie es nicht gewesen war. Aber dass es trotzdem richtig war. Dass alle Recht hatten. Sie war nichts wert. Sie hätte das zugeben müssen. Und dann hätten alle geweint. Dann hätten sie alle in diesen Klageton ausbrechen können. Einstimmen. Gemeinsam schreien. Alle schreien. Und vor schreien es nicht mehr hören müssen. Sie ging. Sie musste schneller gehen. Der Ton hing im Ohr. Kam mit. Links geschlossene Geschäfte. Ein Croissantimbiss. Leer. Niemand da. Ein Schuhgeschäft. Tanzschuhe. Theaterschuhe. Ballettschuhe. Stepptanzschuhe für Männer und Frauen. Die Schuhe aufgestellt. Die Metallplättchen auf den Sohlen matt glänzend hinter einer orangefarbenen Sonnenblende. Der Ton. So sind Dornenkronen. Sie musste den Kopf senken. Der Ton schwer. Alles schwer. Hier alle Geschäfte verschlossen. Verlassen. Die Auslagen mit Ankündigungen verklebt. Plakate. Ein gehängter Mann. Vom breiten Ast eines Baums hängend. Die neue CD der »Bad Boys Crazy« wurde angekündigt. Ein Durchlass nach links. Selma schwenkte ab. Der Gang führte zwischen Hausmauern durch. Der Gang sehr schmal. Eine Ab-

452

flussrinne für Regenwasser in der Mitte und rechts und links nur fußbreit betoniert. Selma musste breitbeinig gehen. In der Rinne feuchter Abfall. Es roch. Modrig. Nach Essensresten stinkend. Scheiße. Der süße Geruch von Totem. Geranien fielen ihr ein. Der Geruch der Geranien von der Mutter. An Hinterhöfen vorbei. Dann wieder Hausmauern. Dann die nächste Straße. Nach rechts. Über die Straße. Sie bog wieder ab. Kleine Reihenhäuser. Winzige Gärten. Vor einem Haus. Vor dem großen Wohnzimmerfenster des Hauses ein Strauch. Hoch. Gelbe Blüten. Selma setzte sich auf das Vorgartenmäuerchen. Der Duft. Sie saß ganz still und atmete. Der Rosenduft vom Abend. Die Düfte fielen ineinander. Mit jedem Atemzug rückten die schlechten Gerüche weg. Entfernten sich. Vergingen. Mussten vor der Schönheit dieser Gerüche flüchten. Darein vergehen, fiel ihr ein. Darein vergehen. Sie saß da. Die bösen Gerüche gebannt. Erfüllt vom Wohlgeruch. Der Wohlgeruch innen und außen. Sie wäre gerne sauber gewesen. Gewaschen. Frisch. Das trocken reibende Gefühl auf den zerschundenen Händen. Die Füße. Die Haare. Die Kopfhaut. Das getrocknete Blut juckend auf dem Hals. Die Wunden hinter dem Ohr. Die Wunde ein hell klaffender Schnitt. Immer öfter auftauchte. Sich vordrängte. Sich vorzudrängen begann. Der rußige Staub. Sie sog den Duft in sich. Sie wollte nicht weg. Nie mehr. Nicht von hier weg und nicht aus ihrem Zustand. So, wie das jetzt war. Das kannte sie. Das konnte sie. Eine Änderung. Veränderung. Das war drohend. Drohend und unbekannt und sie wusste nicht, ob sie es aushalten würde. Es wieder aushalten könnte. Dieses Elend jetzt. Das hatte sie jetzt schon gelernt. Und sie musste ja nur von duftendem Busch zu duftendem Busch gehen. Von Rosenstrauch zu Rosenstrauch. Und sie musste den Himmel sehen. Das war nicht viel. Das war zu machen. Ein Mann kam die Straße herunter. Er ging langsam. Er sah alt aus. Sehr alt. Er war klein. Dünn. Er ging an einem Stock. Stützte sich aber nicht auf den Stock. Er schwenkte den Stock. Er sah sie. Schon von weitem sah er sie an. Selma hob den Rucksack vom Mäuerchen. Machte sich bereit zum Weitergehen. Der Mann musterte sie. Seine blauen Augen. Sie sah ihn aufmerksam an. Wartete auf seinen Blick, sie weiterzuschicken. Er fragte, was sie da täte. Er fragte interessiert. Als interessiere es ihn. »I breathe this wonderful smell.« antwortete Selma. Und ob er ihr den Namen des Strauchs sagen könne. Der Mann blieb stehen. Sah auf sie hinunter. Was für einen Geruch sie meine. Ob er es denn nicht riechen könne, fragte Selma. Sie war erstaunt. Erst. Plötzlich fürchtete sie, der Wohlgeruch könne eine Einbildung sein. Sie stand auf. Hob die Nase in die Luft. Der Geruch war da. Schwächer. Aber da. Er solle sich setzen, schlug sie vor. Da könne man es am besten riechen. Der Mann sah sie skeptisch an. Er schnupperte. Selma dachte, dass er vielleicht zu alt sei. Dass sein Geruchssinn schon atrophiert wäre. Stechendes Mitleid erfüllte sie. Mit diesem Mann und dass es den Vorgang gab. Dass ein Sinn absterben konnte und dass man dann wahrnehmungslos durch die Welt. Sinn los. Dann wieder Angst in einer heißen Welle. Dass sie halluzinierte. Dass sie sich ihre Sinnlichkeiten ausdachte und der Genuss eine Chimäre. Der alte Mann setzte sich. Atmete. Er schnüffelte ein bisschen. Dann lächelte er. Das Lächeln breitete sich über sein Gesicht aus und über den ganzen Körper. Er ließ den Stock zur Seite rutschen und beugte den Kopf zurück. »You are so right.« Sagte er. »You are so totally right.« Und dass er bisher nicht gewusst habe, welche Genüsse er in seiner Straße habe. Er stand auf. Umständlich. Er stützte sich auf den Stock, sich hochzustemmen. Selma wollte ihm unter die Arme greifen. Ihm aufhelfen. Aber sie wusste von ihrem Vater, wie erniedrigend solche Griffe empfunden werden konnten. Sie trat einen Schritt zurück. Er habe ihr zu danken, sagte der Mann. Er verbeugte sich leicht. Selma lächelte. Man habe dem Strauch zu danken. Der Mann lachte leise. Er wandte sich weg. Ging weiter. Selma hatte in die Richtung gehen wollen, in der er ging. Sie brach in die andere Richtung auf. Es erschien ihr indiskret, hinter ihm herzugehen. Oder ihn zu überholen. Sie ging. Sie musste sich den Straßennamen merken. Der Rosenstrauch war in Adam & Eve Mews. Der wohlriechende Busch. Die Straße hieß Birchtree Close. Am Ende teilte sich die Straße. Hier die Vorgärten gepflegt. Die Zäune gestrichen. Die Gartentore geschlossen. Beim wohlriechenden Busch. Von den Zäunen nur die Mäuerchen vorhanden. Keine Gartentore. Der Boden getrampelte Erde und manchmal ein paar Blumenstöcke neben der Tür oder unter den Wohnzimmerfenstern. Hier Rasenstücke. Ornamente aus Kies und zu Kegeln und Kugeln geschnittenem Buchsbaum. Inseln aus Bambusstauden. Sorgfältig beschnittene Rosensträucher in runden Beeten mit Grasrand. Die Häuser frisch gestrichen. Fenster und Türen neu lackiert. Alles glänzend und spiegelnd und geputzt. In den Wohnzimmern Designercouchen oder Chintzsofas mit Porzellanvasenlampen rechts und links. Selma schüttelte den Kopf. Sie ging immer noch an Häusern vorbei und überlegte, ob sie da wohnen wollte. Wie das Leben in diesem oder jenem Haus sein könnte. Wie ein kleines Mädchen war sie. Träume. Träume vom Leben. Was einmal sein würde. Sie ging immer noch Straßen entlang und wünschte sich in fremde Häuser. Wie mit den Freundinnen. Am

455

Sonntagnachmittag. Mit der Tilly in Döbling. Oder der Marianne. Das war ja als einer der Vorteile der Klosterschule gesehen worden. Nur aus besseren Familien. Die kleine Katholikin in ihr. Sie träumte immer noch vom Paradies in einem Häuschen begrenzt. Ein Paradies aus Versorgung und Sicherheit und einem glücklichen Tod. Das hätte ihr der Freigeist des Vaters ersparen sollen. Aber der hatte sie zähmen lassen. Dort. Der hatte gedacht, sie würde da gezähmt werden. Dort würde die Mutter in ihr gezähmt. Und sie war ja frigide geworden. Aber nur fast und sie konnte nicht an solche Dinge denken. Wenn sie an Wien dachte. Wenn der Gedanke an die Welt da. Der Gedanke war schon hinter ihr. Sie dachte den Gedanken schon hinter ihr liegend. Der Gedanke dachte sich weit hinten. Eine geschlossene Tür und keine Vorstellung. Nur Erinnerungen. Eine braun glänzende Tür war das. In Augenhöhe aber hinter dem Kopf. Und das Denken daran ein schlimmes Gefühl in der Kehle. Verschlossen. Auch da. Die nächste Straße wieder weniger gepflegt. Auf der anderen Seite Backsteinbauten. Wohnungen. Projects. Public housing. An der Bushaltestelle saßen drei Frauen. Alle drei waren dick. Sie trugen afrikanische Trachten. Bunt bedruckte Kleider. Hoch aufgetürmte gemusterte Tücher auf dem Kopf. Selma bog nach links. Eine Pensionistentagesstätte. Daycenter for the elderly. Ein alter Mann am Fenster. Hinter ihm ein Saal. Orange Plastiksessel. Grüne Plastiktische. Erbsengrüne Plastiktische. Alles leer. Der alte Mann rauchte. Er saß am Fenster. Sah vor sich hin. Er hielt die Zigarette steil in der Hand. Den Arm auf dem Tisch aufgestützt. Die Zigarette nur Zentimeter von seinem Mund entfernt. Selma hätte ihm die Zigarette aus der Hand reißen können. Einen Augenblick lang. Sie ging weiter. Schnell. Das war alles hinten. Das war hinter ihr. Rauchen. Da war sie 14. Und in Wien. Eine trockene Leere, wenn sie daran dachte. Trocken. Hell. Die Möglichkeiten von damals mittlerweile vertan. Schal geworden. Sie wollte nicht als Hoffnungslose an die Hoffnungsvolle erinnert werden. Sie endete mit Blumenduft. Das war ziemlich wenig. Aber versöhnlicher. Wenn sie sich vorstellte, was sie ausfüllte. So waren es dann doch Mädchenträume, die erfüllt werden mussten. Aber sie würde nie mehr rauchen.

Die Straße führte leicht bergab. Selma schaute sich um. Hinter ihr. Die 3 Frauen auf der Bank. Sie saßen unbeweglich. Warteten. Es war kein Bus zu sehen. Kaum Autos. Vormittagsruhe. Selma hatte gedacht, so etwas gäbe es nicht mehr. Der Strom des Verkehrs nicht enden wollend den ganzen Tag. Die vielen Autos sich einen Platz suchen mussten und eines nach dem anderen durch jede Straße fuhr. Weil Autos sich mit Pferden verwechselten und ausgeritten werden mussten. Und weil jedes home ein castle war, musste jedes Auto als Pferd angesehen werden. Aus England nach Amerika mitgenommene feudale Ideale des Privaten über die Autoindustrie fragmentiert, dann globalisiert und von den Erdölmultis zur Erpressung benutzt und selbst erpresst. Und alle dazwischen. Es war zum Kotzen. Jeder erpressbar. Jede. Sie hätte das Angebot der Neurologin annehmen sollen. Es war als Hilfe gedacht gewesen. Hilfe als Ausweg. Öffentliche Fluchtwege. Der Orthopäde hatte ihr helfen wollen. Hatte ihr Hilfe angedeihen lassen wollen. Mit der Überweisung zur Neurologin. Sie hätte es ernst nehmen sollen und nicht so empört abwehren. Die Frage der Ärztin. »Was kann ich Gutes für Sie tun.« Die war wörtlich zu nehmen gewesen. Die war ernst gemeint. Ein Aufheller. Etwas zum Aufhellen. Das war ein Angebot. Die Ärzte als Engel. Fluchthelfer. Sie hätte sich das Prozac verschreiben lassen sollen. Dann wäre das alles nicht passiert. Dann hätte sie mit dem Gilchrist zivilisiert zu Abend gegessen und wäre ins Hotel und säße mit dem Tommi noch beim Frühstück, und sie würden über die Vergangenheit lachen. Über die rührenden Dummheiten der Eltern lächeln. Eine Frau mit einem kleinen Kind ging vor ihr. Die Frau schob einen Kinderwagen. Das Kind ging aber. Wackelte an der Hand der Frau. Das Kind war sehr klein. Die Frau musste sich tief hinunterbeugen, das Kind an der Hand zu halten. Das Kind langsam. Es zögerte vor jedem Schritt. Dann hob es das Beinchen. Setzte es nach vorne und verlagerte sein Gewicht auf das Bein vorne. Es hielt wieder einen Augenblick schwankend inne und machte dann den nächsten Schritt. Selma ging hinter den beiden. Sie sah dem Kind zu. Das Kind lernte das Gehen erst. Warum bestand sie auf ihren Gefühlen. Warum musste sie auf ihren Gefühlen bestehen. Bestand sie nur daraus. Ihre Gefühle. Die waren auch immer schon falsch gewesen und sie waren immer schon schrecklich. Worauf sie bestehen musste. Das war. Das war Untröstlichkeit. Schiere Trostlosigkeit. Der Mann in Mailand. In Santa Maria delle grazie. Während die Touristen in die Lanterna von Bramante hinaufstarrten und zustimmend nickten. Weil sie das vorfanden, was sie erwartet hatten. Und während alle draußen standen und auf die Mauern schauten. Weil da Vincis Abendmahl in restauro war und man nicht hineinkonnte. Wie immer. Damals. Der Mann war an der Seite gestanden. Für ihn war dieser Raum seine Kirche gewesen. Die Tränen waren ihm über die Wangen geronnen. Einfach geronnen. Die ganze Person war in einer Weise angespannt gewesen. Vollkommen unbeweglich in Trauer gesperrt. In Verzweiflung. Und nur die Tränen geronnen. Sie hatte den Mann noch einmal beim Heraustreten aus der Kirche gesehen. Beim Verlassen seines Gotteshauses. Sein Gesicht. Schräg. Aller Jammer und ohne Gegenwehr. Eine Ausgeliefertheit. Verloren an allen Jammer. Und weil er ein Mann war. Nicht alt. Die schwere Verwundung so offen noch erschreckender. Sie hatte sich Geschichten ausgedacht. Zu ihm. Natürlich waren das romantische Geschichten gewesen. Und natürlich der Impuls, ihm zu helfen. Wie jeden versehrten Mann gleich an Sohnes statt. Aber es war ganz klar gewesen. Dieser Mann war untröstlich und sie hatte ihn um das Ausmaß seiner Gefühle beneidet. Sie ging auf die andere Straßenseite. Das langsame Tappen der Frau mit diesem Kind. Es kam ihr plötzlich falsch vor, die Bemühungen dieses Kinds zu beobachten. Dieser Unbeirrtheit zuzusehen. Es ausgestellt zu finden, wie hilflos dieses Kind da. Und wie die Frau rauchte, telefonierte, den Kinderwagen schob und das Kind führte. Das Kind von Zeit zu Zeit losgelassen, sackte in sich zusammen und wurde dann am Arm wieder hochgezogen. Wie das Kind in die Höhe gezogen kurz in der Luft hing. Am Ärmchen gehalten baumelte. Und dann hingestellt wieder seine Gehversuche begann. Unverdrossen setzte es die winzigen Niketrainer einen vor den anderen. Selma ging im Schatten. Sie hätte gerne die Jacke ausgezogen. Aber dann waren die abgeschürften Hände zu sehen. Wahrscheinlich war sie schwarz. Am ganzen Körper schwarz. Schwarzgrau. Eine Häuserzeile. Dunkelbraune Häuser. Die Einfassungen der Fenster und Türen weiß. Rechtsanwälte. Firmen. In einem Haus Ärzte. Ein Dr. Hagger. Sie setzte sich auf die Stufen zu seinem Eingang. Sie hatte Zeit. Sebastian kam sicher erst am Nachmittag dorthin. Am Vormittag. Da waren alle in der Schule. Arbeiten. Schliefen noch. Oder rauchten sich gerade gemütlich ein. In den Häusern auf der anderen Straßenseite. Ein neuerer Wohnblock. Fünfstöckig. Lange Balkone. Die Türen zu den Wohnungen hinter den ausgebleichten blauen Balkonblenden. Bullaugen neben den Türen. Ein Bullauge. Eine Tür. Die Bullaugen wahrscheinlich die Clofenster. Ein winziges Badezimmer. Eine Küchenzeile rechts und dann ein Wohn-schlafzimmerschlauch. Aus einem Bullauge hing ein oranges Tuch. Neben den Türen große Eiskästen. Möbel. Von so einem Ort. Da musste man weg oder sich einrauchen. Oder sich von Dr. Hagger einen Aufheller besorgen und damit das Blau der Balkonblenden vertiefen. Das Blau im Auge des prozacgestärkten Betrachters blauer. Selma stand auf. Die Frau mit dem kleinen Kind tauchte von oben auf. Selma wollte nicht noch einmal das kleine Körperchen am Arm hochgezogen in der Luft hängen sehen. Konnte denn niemand dieser Frau sagen, dass die Schultern eines Kindes das nicht aushielten. Dass man mit einem so kleinen Kind. Vorsichtig. Vorsichtiger umgehen musste. Dass man es nicht so herumreißen. Selma ging. Sie trug den Rucksack vorne. Sie hatte die Träger über beide Schultern und den Rucksack vor dem Bauch. Das war gut gegen das Jagen im Bauch. Wenn das Jagen zu stark wurde, dann konnte sie den Rucksack dagegen drücken. Das fibbernde Jagen wegdrücken. Die Straße verwandelte sich zu einer Geschäftsstraße. Da, wo die Straße wieder eben wurde, ein Pub. »The Sad Hindmost« stand auf einem Schild über dem Eingang. Die Tür stand offen. Der Boden drinnen nass. Frisch ausgewischt. Der Geruch von nassem Holz, Desinfektion und das Zitronenaroma eines Putzmittels. »London transport« und »stopped« hörte Selma. Eine Fernsehansagerstimme. »Cellphone services«. »Terminated«. »Bombs«. In der nächsten Auslage handys. Die Geräte waren an Schnüren aufgehängt. Ein Regen von handys. Die Preisschilder größer als die Geräte. Auf allen Preisschildern war null Pfund angegeben. Eine große Null und das Pfundzeichen. Kleingedrucktes darunter. Ein Jeansladen. T-Shirts. Gürtel. Jacken. Heavy metal aus einem Lautsprecher über der Tür. Sie ging schneller vorbei. Die Lautstärke. Es war heiß. Kein Wind hier. Die Wolken. Hochgetürmte weiße Berge segelten rasch dahin. Tief über ihr. Zum Greifen nahe. Die Wolken hier schienen tiefer zu sein als zu Hause. Schneller. Aber der Wind nur oben. Unten die böse Sonne. Die Melanomsonne. Die Mörderin ihrer Mutter. Sie ging nahe den Hauswänden. Im tiefsten Schatten. Die Sonne hatte ihre Mutter umgebracht. Obwohl die Mutter die Sonne geliebt. Ewig herumgelegen. In der Sonne. Stundenlang. Nur umdrehen und sagen »Ich bin eine Salamander.« Sie hatte die Mutter auch nicht verstanden. Aber die Sonne. Sie hätte sie nicht töten dürfen. Sie blieb stehen. Ein Immobilienmakler. Die Fotos von Häusern und Wohnungen. »Properties to buy. Lakeland Cottage. Wythmoor Cottage has elevated views. 395,000, from Carter & Carter. Spacious Living. With six bedrooms. Side House provides room to room inside and out. 650,000, from Carter & Carter. Piece of English Heritage with 26 ares of land attached. 675,000, from Frank Knightly. Framed with flowers. Delightful garden surrounds this cottage. 420,000, from Jackson & staff. Architectural gem. Three bedroom has been beautifully restored in the last year. 3.3 million from Frank Knightly. Two bedroom apartment 320,000, from Henrietta Spencer.« Liebe. Sie starrte die Bilder an. Die Bilder der Häuser auf weißen A-4-Bögen. Die Angaben zu Größe, Lage, Preis in dicken Lettern unter den Bildern. Computerausdrucke. Die Bilder glanzlos. Die Angaben fett und schwarz leuchtend auf dem weißen Papier. Liebe. Sie hatte Liebe gewollt. Sie hatte das nicht immer gewusst. Wissen wollen. Liebe. Keine Beziehungen. Sie hatte sich nicht umerziehen können und sie hatte nicht genug Zeit gehabt. Sie hatte sich gerade die Möglichkeit verschafft, über die Freiheit zur Liebe nachzudenken. Sie hatte immer nur trainiert. Sie hatte den Wettkampf versäumt. Sie war nicht angetreten. Aber diese Austragung auch nicht ausgerufen worden. Und sie hatte in ihrem Eifer, es besser zu machen. Sie hatte sich selber keine Chance gegeben. Sie hatte sich mitbetrogen. Sie hätte es besser machen können. Aber erst jetzt. Erst jetzt hätte sie es besser machen können und jetzt zu spät. Sie hätte da liegen müssen und alle auf sie drauftrampeln. Warum war sie nicht gestorben. Vielleicht war dieser Mann da. Vielleicht war der geliebt worden. Auf sie wartete niemand. Hätte nie jemand gewartet. Es war ihr Pech. Ihr geschichtliches Pech. Sie war eine Übriggebliebene und ihr einziges Glück, dass sie es wusste und das dann auch ihr ganzes Unglück. Und warum ging sie nicht hin und trug sich an. Trug sich an. Zum Umbringen. Zum endgültig Umbringen. Sebastian konnte sie in einer Messe schlachten. In einer weißen Messe und ihre Vereinigung mit dem Messer so gut wie die mit ihm. Das Messer klarer und sie auch nicht mehr aufstehen wollte. Danach. Nachher. Sie würde durch dieses Meer einer Stadt durchtrödeln, bis es an der Zeit war und Sebastian seinen Keller öffnete. Seine Unterwelt. Der Podest war schon da. Der Altar. Man konnte sie zeichnen. Abzeichnen. Das Verbluten. Sie wollte eine Wunde wie den Lanzenstich. Das war würdig. Sie würde ruhig liegen. Ruhiger als in der Nacht. Sie musste nicht gefesselt werden. Sie wusste jetzt, worum es ging. Sie wusste, dass es für sie wichtig war. Dass sie sich wichtig war. Wie sich halt jedes einzelne Staubkorn wichtig war. Aber. Sie spielte sich nicht mehr auf. Sie würde sich nicht mehr aufspielen. Wie unter dem Griff von Miss Greenwood. Sie war compliant. Sie unterschrieb alle Einverständniserklärungen. Man sollte ihr nur alle Einverständniserklärungen hinlegen. Sie unterschrieb jede. Nur Aufhellen. Das nicht. Aufhellen. Das war sentimental. Dann lieber gleich ganz verdunkeln. Die Wehrlosigkeit ganz nehmen. Jedenfalls keine Nostalgie von guter

463

Gestimmtheit. Und ja. Sie wollte nicht zu Kreuze kriechen und weiterleben. Ihr war das recht. Ihr wäre das recht gewesen. Und warum war es nicht schon vorbei. Warum war es nicht schon geschehen. Warum musste sie sich um das endgültige Ende selber kümmern. Selma riss sich von den Immobilienanzeigen los. Sie war wütend. Sie war rasend wütend und kein anderes Gefühl hatte Platz in ihr. Sie drehte sich um. Sie machte sich auf die Suche nach der jungen Frau mit dem Kind. Sie würde der jungen Frau einen Vortrag halten. Sie würde sie beschimpfen. Sie wollte sie bedrohen. Mit Anzeigen. Bei Polizei und Fürsorge. Social services hieß das hier. Damit dieses Kind sorgsam behandelt wurde. Damit diesem Kind der Arm nicht dauernd ausgekegelt würde. Damit diese Frau dem Kind Aufmerksamkeit schenkte. Damit die Anstrengung dieses Kinds gesehen würde. Das Kind gesehen. Zur Kenntnis. Und nicht eine Last. Widerwillig in die Höhe gezerrt und nachgeschleift. Selma stürmte zurück. Wie sagte man das. »I implore you.« »You are damaging your child.« »The child in your care is not safe.« »Don't you love this child.« Sie ging den ganzen Weg zurück. Es war ein kleines Mädchen gewesen, das da mit Telefonieren und Rauchen konkurrieren hatte müssen. Das kleine Mädchen hatte ein rosarotes Bändchen mit einer großen Masche um den Kopf geschlungen getragen. Die Haare nur ein heller Hauch. Eine kleine Locke über dem Genick. Das Haarband eine reine Markierung des Geschlechts. Ein rosaweiß geblümtes Hängerchen mit winzigen Puffärmeln und ein Höschen aus demselben Stoff über der Windelhose. An den speckwülstigen kleinen Beinchen nur die Nikes. Wenn es ein kleiner Prinz gewesen wäre. Sie hätte wenigstens geredet mit ihm. Beim Hochreißen und Schultern ruinieren. Und nicht mit jemandem am Telefon.

Die kleine Steigung an den viktorianischen Reihenhäusern und dem Fertigteilbilligwohnhaus vorbei. Sie musste langsamer gehen. Die Hitze. Sie schwitzte. Der Schweiß auf der Stirn brannte. Sie wischte sich den Schweiß weg und riss eine Schürfwunde wieder auf. War die Stirn denn auch mitgenommen. Im Spiegel hatte sie nur die rechte Wange. Beim Hinaufgehen. Es wurde alles ganz gleichgültig. Sie kam zur Bank an der Bushaltestelle. Die Afrikanerinnen saßen nicht mehr da. Selma setzte sich. Die Frau mit dem Kind war nirgends zu sehen gewesen. Aber der alte Mann in der Pensionistentagesstätte. Er saß am Fenster. Hinter dem Fenster. Er schien sich nicht bewegt zu haben. Es war nur, weil sie zu müde war, dass sie nicht hinüberging und an das Fenster klopfte. Sich eine Zigarette und Feuer zu schnorren und zu rauchen und alle vergessen und wieder 14 sein. Die Sanftheit der Düfte gegen den Blitzschlag des Gifts. Der Theres nach und wie sie. Zwei Jahre lang sich noch alles überlegen. Bis zum Sterben. Und dann einschlafen. Noch einmal mit der Krankenschwester reden und dann einschlafen. Um acht Uhr am Morgen. Total undramatisch. Ein Frühstück bestellen und dann nicht mehr essen. Mehr war nicht möglich. Was hatte sie sich vorgestellt. Die Familie von der Theres. Alle in den Büros. Das letzte Gespräch mit einer bezahlten Hilfskraft. Die Familie. Alle an ihre Jobs gefesselt. Die Theres hatte sich das sicher nicht anders vorstellen können und war allein gestorben. Sie hatte keinen Vormittag eines Arbeitstags gekostet. Und was hatte sie sich vorgestellt. Dass sie es sich verbergen konnte. Sie kam aus einem faschistischen Land. Wie anders konnte man da als versteckt werden. Zum Abkratzen. Und besser früher als in einer Anstalt am Ende so richtig die Strafe für die falsche Natürlichkeit erleiden zu müssen. Dafür mit Polstern erstickt zu werden, weil man nicht das Jugendbildnis von sich sein konnte, sondern nur die eigene Wirklichkeit. Sie konnte so eine Wärterin werden. Ein Kurs in Altenpflege. 15 Jahre hatte sie noch. Sie konnte das System vollenden. Als Sterbehelferin. Sie würde geschickt sein. Ein Gespräch mit ihr lohnend. Intensiv. Mitgefühlig. So gut wie mit einer Familie reden, die ohnehin im Büro blieb. Am Arbeitsplatz. Den Arbeitsplatz besetzt halten mussten. Sie würde die Geschickteste sein. Und jetzt dachte sie an eine Zukunft. Sie hatte an eine Zukunft gedacht. Sie erschrak. Ein Schwindel drehte sie. Das Wort Zukunft löste ein Drehen der Welt aus. Sie schloss die Augen. Das Drehen verstärkte sich. Eine Lichtscheibe drehte sich hinter den Augen. In den Augen unten. Sie riss die Augen auf. Sie hatte sich an der Bank festgehalten. Ein Jammerlaut. Sie stöhnte. Das war alles unfair. Sie hatte um ihr Weiterkommen kämpfen wollen. Hier. Und nicht um das Überleben. Sie konnte sich nicht vorstellen weiterzugehen. Sie sollte wirklich über die Straße gehen und Hilfe holen. Sich an das daycare center wenden. Die wussten da. Wie man mit Leuten wie ihr verfuhr. Wohin man die einlieferte. Sie musste nur zugeben, traumatisiert zu sein. Dann würde alles seinen Lauf nehmen. Sie musste nur gestehen, was sie alles nicht konnte, und dann würde sie es tun müssen. Widerwillig verächtlich würde man warten, bis sie sich überwinden konnte, in einen Krankenwagen zu steigen. Die Verachtung würde sie hineintreiben, und dann musste sie es aber doch selber aushalten. Und nicht die. Sie würden sie niederspritzen. Beruhigen. In Wien würden sie das tun. Als Vorstufe zum Polster über dem Mund. In Wien gab es viele Vorstufen. In Wien brachte man es sogar fertig, Avantgarde und Pornographie zu solchen Vorstufen im Ersticken zu machen. Dorthin durfte sie nicht zurück. Sie schaute auf. Auf der elektronischen

Anzeigetafel der Buslinie blinkte eine Anzeige. »No service available on this line.« Sie stand auf. Als hätte sie auf diesen Bus gewartet, stand sie auf und ging weg. Folgsam. Sie ging nach links hinten. Sie ging den kleinen Hügel auf der anderen Seite hinunter. Die Richtung schien ihr zu stimmen. Südwesten. Die Sonne stand links von ihr. Aber sie konnte sich die Himmelsrichtungen gar nicht vorstellen. Einen Augenblick war sie nicht einmal sicher, ob das Süden war, wo die Sonne stand. Oder in welche Richtung die Sonne zog. Vielleicht war sie die ganze Zeit nach Osten gegangen. Sie konnte keinen Zusammenhang herstellen, wo die Sonne stand und wo sie war und was das bedeutete. Sie ging dahin. Sie konnte das nicht überlegen. Wenn sie darüber nachdenken wollte. Wenn sie genauer nachdenken wollte, wo sie war. Genau. Wo genau sie sich befand. Dort, wo sie das denken sollte, da war alles grau. Wolkig nebelig dunkelgrau. Ein filziges nebliges dunkles Grau war das. Zur gleichen Zeit hatte sie das sichere Gefühl, zu Sebastian zu finden. Den sanften Hügel hinunter Backsteinhäuser. Graue Steinhäuser. Sie geriet in verwinkelte schmale Straßen. Die Fronten der Häuser grenzten an die gepflasterte Straße. Es kam ihr heimatlich vor. Heimatlicher. Nicht diese riesigen Wohnzimmerfenster. Auslagenscheiben. Hier Vorhänge vor den Fenstern. Die Fassaden glatt. Die Dachrinnen außen. Solche Dachrinnen gab es im Salzburgischen auch außen an den Fassaden. Die Häuser hier schienen älter zu sein. Vorviktorianisch. Die Haustüren mit mehreren Schlössern gesichert. Keine Autos. Sie ging. Kurz dachte sie, sie wäre im Kreis gegangen. Sie dachte, sie hätte das Haus mit rot und weiß gestrichenen Fensterläden schon gesehen. Es sah mittelalterlich aus. Die Fensterläden schräg rot und weiß lackiert und geschlossen hätten sie ein Rautenmuster ergeben. So waren Fensterläden von Burgen angemalt. Es musste mehrere Häuser mit solchen Fensterläden geben. Sie kam auf einen kleinen Platz und von da gelangte sie auf eine stark befahrene Straße. Es war ihr niemand begegnet. In den winkeligen Gässchen. Es war still da gewesen. Der Stadtlärm weit weg. Der tobende Lärm. Die vielen Menschen auf den Gehsteigen. Die Autos fuhren schnell. Die Straße schien unüberquerbar. Die Autos fuhren in beiden Richtungen schnell und dicht hintereinander. Die Menschen gingen eilig. Überholten einander. Selma hielt sich an den Auslagen und Hauswänden. Sie war froh, den Rucksack vorne zu tragen. Die Gefahr angerempelt zu werden nicht so groß. Der Mann stand vor den Auslagenfenstern eines Restaurants. Einer Bar. Selma musste zwischen ihm und der Auslage durchgehen. Der Mann. Er war schwarz. Kurze klein geringelte Locken. Graue Fäden machten das Schwarz der Haare matt. Ließen die Locken struppig aussehen. Er war bloßfüßig. Die Haut des ganzen Körpers war mit etwas Hellgrauem überzogen. Mehl. Asche. Der Mann trug einen Lendenschurz. Der weiße Stoff so grau gefärbt wie die Haut. Im Gesicht trug der Mann eine blaue Bemalung. Auf weißem Grund waren unter den Augen breite hellblaue Streifen gemalt. Der Mann stand mit ausgestreckter Hand. Er hielt den Menschen hinter der Auslagenscheibe etwas hin. Zwei Frauen saßen hinter dem Glas. Die Begleiter der Frauen waren aufgestanden und schauten durch den offenen Teil des Fensters oben auf die Straße. Sie standen über ihre Frauen gelehnt und riefen dem Mann zu, dass sie hier nicht im Dschungel wären. Am Nebenfenster wurde man gerade aufmerksam. Die Männer da deuteten auf den Mann. Hinter ihnen waren ihre Begleiterinnen aufgestanden. Die Männer am offenen Fenster. Sie waren nicht ganz jung. So um die 30.

Sie trugen Hemden mit offenen Kragen. Rotgesichtig
blondhaarig der eine. Der andere hatte dunkle Haare und
blitzende blaue Augen. Im nächsten Fenster. Die Afrobriten.
Sie stießen einander an und kicherten. Die zwei Männer im
Fenster. Sie hatten richtig Spaß. Die Frauen wollten sie
abhalten. Sie hielten ihnen ihre Hände in den Weg, sie
zurückzuzerren. Die Männer auf ihre Plätze zurückzuholen. Der blonde Mann hielt die Hand der Frau neben ihm
fest in seiner. Ob er nicht ein wenig zu spät sei, fragte er den
Mann auf der Straße. Die Eroberung des Kongo sei schon
lange vorbei. Oder habe er das jetzt mit den Burenkriegen
vewechselt. Der dunkelhaarige Mann begann dem Mann
auf der Straße den Weg zu Buckingham Palace zu erklären.
Da müsse er hin. Er wolle doch sicher der Königin guten Tag
sagen. Die Frauen versuchten die Männer vom offenen
Fenster wegzudrängen. Sie lachten dabei. Sie lachten nach-
sichtig. Herzlich. Am Nebentisch stand ein Mann auf und
beugte sich zwischen den beiden Frauen aus dem Fenster.
Der Mann auf der Straße trat einen Schritt näher und hielt
ihnen seine Hand entgegen. Selma hatte kurz innegehalten.
Innehalten müssen. Die zwei Männer fuchtelten mit ihren
Armen aus dem Fenster heraus. Sie musste ausweichen.
Nahe an dem Mann auf der Straße vorbei. Er roch. Er war
von Geruch umgeben. Scharf. Erbrechen auslösend. Und
modrig süß. Selma nahm den Mann an der Hand. Sie nahm
die linke Hand des Mannes und zog ihn mit sich. »So geht
das nicht.« sagte sie. »Das geht so nicht. So kann man das
nicht machen. So ist das unmöglich.« Der Mann kam mit.
Selma musste ihn erst wegziehen. Wie ein kleines Kind vor
dem Zuckerlgeschäft, dachte sie angewidert. Sie war angewidert und angeekelt. Vor diesen Oberleibern aus dem Fenster
hängend und ihren Spott treibend. Vor diesem Mann und

469

wie er aussah. Wie er roch. Sie war grantig. Sie fühlte den Grant aufsteigen. Wie kam sie dazu, eine solche Szene. Aber es war unmöglich. Man konnte das nicht so lassen. Sie war grantig. Sie kam sich vor wie ein ganz alter Mann. Misslaunig gegen sich selbst. Sie hatte nur gewollt, dass dieser Mann. Dass die anderen nicht seinen Geruch, und ihre Schmähungen ernst geworden wären. Sie ärgerte sich über sich. Sie riss den Mann hinter sich her. Seine Hand trocken und heiß. Heißer als ihre. Sie hielt ihn fest. Er begann den Druck zu erwidern. Hielt sich fest. Ging mit. Der Mann trottete ein wenig hinter ihr her. Sie ging schnell. Sie brauchten eine Ecke, in der sie in Ruhe. Sie musste herausfinden, was der Mann wollte und ihm dann weiterhelfen. Sebastian kannte sich da sicher aus. Sie liefen dahin. Die Menge auf den Gehsteigen teilte sich um sie. Like the Red Sea, dachte Selma. Sie war wütend auf jede Person, die ihnen Platz machte. »Arschlöcher.« sagte sie laut. Nicht sehen. Nicht berühren. Das würde euch so passen. Sie ging mit Absicht nahe an Leuten vorbei. »Ja, so sind wir.« sagte sie dann. »Stinkig und verkommen. Ihr Arschlöcher. Nur weil euch nichts passiert ist. Das ist einfach.« Sie schimpfte vor sich hin. Sie dachte, sie erfüllte jetzt bald alle Voraussetzungen für eine Strotterin. Wildes ungepflegtes Aussehen und wilde Selbstgespräche. Einen Augenblick hatte sie Lust, es laut zu schreien. Es Leuten ins Gesicht zu schreien. Zwei Polizisten kamen über die Straße gegangen. Sie zerrte den Mann um die Ecke. Eine Straße und dann der Park. Sie hatte eine Hinweistafel gesehen. »Regent's Park«. »London Zoo«. Sie zog den Mann mit sich. Stand wartend in der Straßenmitte. Sie schaute nach ihm. Er wandte den Blick ab. Ach ja, sagte sie zu sich. Wahrscheinlich vergehen wir vor Frauenverachtung, und es ist eine Schande, mit einer Frau gesehen zu

470

werden. Aber da können wir jetzt auch nichts machen.
Sie mussten die Parkgitter entlanggehen. Einen Eingang
suchen. Die Gitter schwarz gestrichen. Hoch und lanzen-
spitz. Sie gingen. Selma wurde unsicher. Sie ließ die Hand
des Mannes los. Was machte sie da. Der Park. Hatte der
keinen Eingang. Sie stand unschlüssig. Der Mann stand wie
sie. Macht mich der jetzt auch nach, dachte sie. »This is
disgusting.« sagte sie laut. Sie wandte sich zurück. Begann
wieder zu gehen. Der Mann ging mit. Sie gingen nebeneinander auf ein Parktor zu. Einen Augenblick hatte Selma Sorge, es müsste Eintritt bezahlt werden. Aber das war in Zagreb so gewesen. Hier waren die Parks offen. Sie gingen
hinein. Büsche und Bäume am Rand. Dann Wiesen. Selma
ging auf eine Trauerweide zu. Die Äste nicht ganz bis zum
Boden. Der Baum mehr ein Baldachin. Eine Wiese davor.
Selma ging voraus. Wenn er nicht mitkommen will, dann
kann er es jetzt lassen. Sie ging über die sonnenhelle Wiese.
Weiter drüben saßen Menschen im Gras. Lagen. Das war
beruhigend. Anwesenheiten. Sie setzte sich unter den Baum.
Sie setzte sich an den Stamm. In eine Wurzelfalte. Der Boden
weich. Ihr verschwitztes Top und die Jacke pressten sich
gegen die Haut. Kaltfeucht. Es schauerte sie. Sie sah hinauf.
Der Himmel winzige blitzend blaue Splitter hinter dem
Blattgewirr. Der Mann stand. Unschlüssig. Er blieb vor den
herunterhängenden Zweigen. Er könne sich doch setzen,
sagte Selma. Englisch. Deutsch. Italienisch. Französisch. Sie
radebrechte es auf Russisch. Der Mann stand da. Selma
nahm den Rucksack und kroch unter den Zweigen hinaus.
Sie kroch nach links. In den Schatten. Setzte sich dort hin.
Der Mann schaute ihr zu. Selma kam sich dumm vor. Sie
war in einer Situation wie in diesen selbstgerechten ameri-
kanischen Fernsehserien. In denen Menschen Gutes taten

471

und immer so überraschende Erklärungen für ihre Handlungen fanden. Aber sie hatte kein Script und keinen Regisseur. Der Mann stand da und hielt ihr die Hand entgegen. Selma stand auf. Er hielt einen Stein. Einen handtellergroßen Stein. Abgerundet. In einem Fluss abgeschliffen. Grau. Ein brauner Streifen quer. Eine helle beige Einlagerung quer dazu. Ob sie den Stein nehmen solle, fragte Selma. Sie zeigte auf den Stein. Dann auf sich. Der Mann hielt den Stein. Er sah ihr nicht in die Augen. Er sah zu Boden. Selma nahm den Stein von seiner Handfläche. Der Stein war heiß. So heiß wie seine Hand. Hatte der Mann Fieber. Seine Augen hatten trüb ausgesehen. Der Mann sah auf. Er hielt ihr die offene Hand entgegen. Selma legte den Stein zurück. Der Mann hielt ihr den Stein wieder hin. Was er wolle, fragte Selma. Sie überlegte. Wollte er ihre Jacke. Sie deutete auf die Jacke. Der Mann hielt ihr den Stein hin. Sie zog die Jacke aus. Sie nahm den Stein und hielt dem Mann die Jacke entgegen. Der Mann verneinte. Es war seinem ganzen Körper anzusehen, dass die Jacke nicht richtig war. Selma gab den Stein zurück. Legte die Jacke auf das Gras. Sie stand da. Der Mann gegenüber. Die blaue Farbe auf seinen Wangen glänzend. An den Rändern zerfließend. Er hielt die Hand mit dem Stein ausgestreckt. Selma deutete auf ihre Schuhe. Sie schienen nicht das Richtige zu sein. Selma wurde ungeduldig. Sie riss das Seitenfach vom Rucksack auf. Taschentücher. Papiertaschentücher. Sie hielt sie hoch. Nein. Sie legte die Taschentücher neben die Jacke. Sie schaute in das andere Seitenfach. Kaugummis. Von irgendeiner Reise. Sie nahm den Stein. Legte die aufgerissene Packung Kaugummis in die Hand. Es war nicht richtig. Sie legte den Stein zurück. Die Kaugummis ins Gras. Der Mann zitterte. Selma musste sich setzen. Was wollte dieser Mann. Was brauchte er. Sie machte den Rucksack auf. Sie zog die Lederlasche vom Metalldorn und aus der Metallschnalle. Schlug den Lederdeckel zurück. Öffnete den Knoten der Bänder. Zog die Bänder auseinander. Sie griff hinein. Die Pyjamajacke. Sie stand wieder auf. Hielt die Jacke zur Ansicht hoch. Der Mann sah die Jacke an. Er ließ die Hand mit dem Stein sinken. Die Jacke war nicht richtig. Etwas zu essen. Selma machte Essbewegungen. Nein. Sie legte das Pyjamaoberteil ins Gras. Sie griff in den Rucksack. Die Pyjamahose. Sie hielt sich die Hose an. Die konnte auch ein Mann tragen. Selma hielt dem Mann die Hose hin. Der Mann trat zur Seite. Selma legte die Pyjamahose auf die Wiese. Das schwarze T-Shirt vom Vortag. Nein. Die Tagescreme. Die Nivea Q10. Sie schraubte die Dose auf. Zeigte ihm die Creme. Vielleicht wollte er sein Gesicht weiß nachschminken. Nein. Die Haarbürste. Sie fuhr sich mit der Bürste durch die Haare. Hielt ihm die Haarbürste entgegen. Nein. Die Zahnbürste und die Elmex-Zahnpasta. Sie drückte Zahnpasta auf die Zahnbürste. Tat so, als bürstete sie sich die Zähne. Nein. Das Nivea-Deo ohne Alkohol. Sie sprühte das Deo auf ihren Handrücken. Hielt ihm den Handrücken zum Riechen hin. Nein. Selma stand mit dem Mann da. Die Dinge aus ihrem Rucksack lagen um sie beide. Die Dinge bildeten einen Kreis um sie. Selma holte die Handtasche heraus. Rollte sie auf. War es das handy, das als Tauschwert galt. Aber die handys gingen nicht. Die handys waren abgeschaltet. »Services terminated.« hatte es im Fernsehen geheißen. »Services terminated.« »For security reasons.« war aus dem Pub zu hören gewesen. Ihre Geldbörsen. Sie öffnete die Geldbörse für das englische Geld. Sie hielt ihm das Fach für die Münzen hin. Zippte es auf. Nein. Die Kreditkarten. Der Pass. Die Autopapiere. Der Kamm. Sie legte die Dinge zu den anderen ins Gras. Auf dem Weg am Rand der Wiese war ein Paar stehen geblieben. Ein indisch aussehender Mann und eine dunkelhaarige Engländerin. Sie führten einen kleinen Hund an der Leine. Sie sahen zu. Selma war am Grund ihrer Tasche angekommen. Sie hielt dem Mann die Tasche hin. Die blaue Farbe auf seinem Gesicht hatte zu rinnen begonnen. Verschwamm an den Rändern mit dem weißen Untergrund. Das Paar mit dem Hund. Sie gingen über die Wiese auf sie zu. Was das bedeute, fragte die junge Frau. Ob das eine Performance sei. Der junge Mann lächelte Selma entschuldigend an. Ob hier Kunst gemacht würde. Sie hätten sich nicht einigen können. Darüber, was hier vor sich ginge. Deshalb fragten sie. Die junge Frau nickte lachend. Selma sah sich um. Die Dinge aus ihrem Rucksack lagen im Kreis um sie. Sie war von ihren Dingen umgeben. Eingekreist. Sie wies auf den Mann. Sie wies auf den Stein in seiner ausgestreckten Hand. Es ginge um diesen Stein, sagte sie. Sie dächte, es ginge um diesen Stein. Sie wüsste es selber nicht so genau. Sie vermutete, es ginge um diesen Stein. So, wie der Mann ihn hinhielt. Anbot. Offerierte. Selma wandte sich an das Paar. Sie hätte das Gefühl, es wäre wie in einem von diesen Märchen. Man müsse eine Aufgabe erfüllen. Prüfungen bestehen. Und sie hatte immer schon befürchtet zu versagen. Bei einer solchen Prüfung zu versagen. Sie wüsste ganz genau, was sie meine, rief die junge Frau. Sie klippte das Hündchen von der Leine. »Aren't nightmares made of this?« Der junge Mann verdrehte die Augen. »Riddles and exams.« Wäre das Leben nicht gespickt davon. Und hätte man nicht genug davon. Das weiße Hündchen lief über die Wiese davon. Die junge Frau und der junge Mann standen am Rand des Kreises. Sie schauten auf den Stein in der Hand des Afrikaners. Sahen ihm ins Gesicht. Sahen Selma an. Vielleicht wolle er,

474

dass der Stein eingehüllt würde, sagte Selma. Eingehüllt und verborgen, sagte die junge Frau. Versteckt, fragte der junge Mann. Er lächelte den Afrikaner an. »Whatever are we to do.« fragte Selma und schaute dem Mann ins Gesicht. Der hob den Stein höher. Hielt ihn ihr neuerlich hin. Alle sahen auf den Stein. Selma beugte sich hinunter und holte die Flasche Wasser aus der Jackentasche am Boden. Schraubte sie auf. »Perhaps we water it.« Sie goss Wasser über den Stein. Das Wasser tropfte zwischen den Fingern des Mannes ins Gras. Der Stein lag leuchtend blau von der Nässe in seiner Hand. Die Adern der Einlagerungen. Helle und dunkle Adern liefen in der Mitte zusammen. Bildeten einen Stern auf dem dunklen Blau. Der Mann ging in die Sonne. Hielt den Stein in die Sonne. Die Sternlinien glitzerten im Sonnenlicht. »Wow.« sagte die junge Frau. »Like a star in the sky.« Alle starrten auf den Stein und lächelten. Selma musste lachen. Der Sternenhimmel. Es war um den Sternenhimmel gegangen. Was sonst.

Marlene Streeruwitz

Jessica, 30.
Roman
Band 16136

Norma Desmond.
A gothic SF-Novel.
Band 15502

Lisa's Liebe.
Romansammelband.
Band 14756

Partygirl.
Roman
Band 16096

Majakowskiring.
Erzählung
Band 17182

Verführungen.
Roman
Band 15619

morire in levitate.
Novelle
Band 16578

Waikiki Beach.
Und andere Orte.
Die Theaterstücke.
Band 14693

Nachwelt.
Ein Reisebericht.
Roman
Band 15046

Fischer Taschenbuch Verlag

fi 555 032 / 2

Marlene Streeruwitz

Gegen die tägliche Beleidigung.

Vorlesungen.

192 Seiten. Gebunden

Marlene Streeruwitz übersetzt in einem Streifzug durch Texte der Hochkultur und des Trivialen diese Texte ins Wörtliche und kommt so der Architektur der Macht auf die Spur. Das ist eine leidenschaftliche Reise mit Hilfe von Verlangsamung und Untertönung, die Frage entlang, wie die Erzählung von der Macht weitergegeben wird. Das Ergebnis ist eine vorsichtige Eroberung ertragbarer Unsicherheiten und die Erkenntnisse daraus.

Der Band versammelt Vorlesungen und Vorträge aus den Jahren 2000 bis 2004.

S. Fischer

»Aber die Erinnerung davon.«
Materialien zum Werk von Marlene Streeruwitz
Herausgegeben von
Jörg Bong, Roland Spahr und Oliver Vogel
Band 16987

Der Sound von Marlene Streeruwitz, ihre Geschichten und Figuren, die messerscharfen Gedanken und Beobachtungen sind aus der deutschsprachigen Literatur nicht mehr wegzudenken. In diesem Materialienband werden die Hintergründe ihres Werks, die Formen und Stoffe weiblichen Schreibens und die Zugriffe der Literaturkritik ausgelotet und in Originalbeiträgen dargestellt.

Fischer Taschenbuch Verlag